재워 주세요

재워주세요

초판 1쇄 발행 2019년 11월 25일

지은이 | 메리j
발행인 김성룡
기획, 편집 | (주)스마트빅(쉼표)
교정 | 김은희
표지디자인 | 헤세
출판등록 | 제2014-000017호 (2011년 6월 30일)

펴낸곳 | 도서출판 가연
주 소 | 서울시마포구 월드컵북로 4길 77, 3층 (동교동 ANT빌딩)
전 화 | 02-858-2217
팩 스 | 02-858-2219
ISBN 978-89-6897-051-1 03810

가연 장르소설집 01

메리j 장편소설

차 례

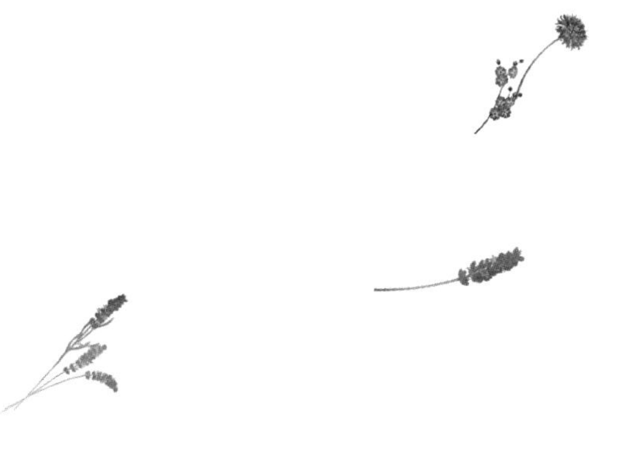

프롤로그

그의 인터뷰

유 비서…….

이런 말 어떻게 들릴지 모르겠지만, 내가 정말 절박해요.”

“도대체 뭔데 그러세요? 글씨 못 읽는 증세가 더 심해졌어요?”

아니. 아니.

수호는 말을 가로막지 말라는 듯 고개를 세차게 흔들었다.

“그……. 잠자리에서 책 좀 읽어 줄래요?”

“네? 잠자리요?”

“저 좀 재워 주세요.”

회상에 잠겼던 수호가 의미심장한 미소를 지었다.
“아무래도 그때부터였나?”
“네?”
인터뷰를 진행하던 기자는 한동안 침묵하던 수호의 뜬금없는 대답을 이해할 수 없었다.
이 남자, 아침부터 퀭한 눈으로 나타나서 질문에 집중도 안 하더니 결국 밑도 끝도 없는 이야기를 한다.
“이미 그때 내 마음에 자리 잡았는데. 멍청하게 몰랐네. 그 여자는 그랬어요. 가랑비 같은 사람이에요.”
“가랑비요? 지금 누굴 말씀하시는 건가요? 혹시 요즘 소문난 그…….”
기자는 가벼운 인터뷰에서 뜻하지 않은 큰 건수를 올릴 것 같은 예감에 바짝 몸이 달았다.
둘이 다시 만난다더니.
기자는 기대에 찬 눈을 빛내며 수호의 입술이 열리길 기다렸다.
그러나 수호는 불쾌하다는 듯 짙은 눈썹을 치떴다.
사나운 수컷 같은 느낌이 더 강해졌다.
“죄송하지만 인터뷰는 다음으로 미루죠. 찾아와야겠어요. 그 여자.”
수호는 기자에게 그다지 정중하지도 않게 양해를 구하고 바람처럼 자리를 벗어났다.
말도 없이, 처음부터 없던 사람처럼 도망간 괘씸한 여자를 찾으러 가는 수호는 결연해 보였다.
“아이 씨! 그 여자가 누군데?”

기자는 녹음기를 끄고 자리를 정리하다 뒤늦게 올라온 화를 참지 못하고 취재 노트를 집어 던졌다.

* * *

쟁그랑하는 가볍고 맑은 소리가 거실을 울렸다.

하얀 대리석 테이블 위에 올려진 와인 잔이 부딪치는 소리가 은은한 종소리처럼 들렸다.

검보랏빛 액체가 담긴 잔을 건네받은 안이 살포시 웃었다.

사연이 있는 여자처럼 침울한 그늘이 졌지만, 적당한 취기에 기분이 좋은 수호는 지금 그녀의 기분을 세세하게 알아챌 여지가 없었다.

"책 좀 읽어 줘."

"응? 이제 굳이 읽어 주지 않아도 되잖아요."

"오늘은 유난히 그쪽 목소리가 듣고 싶네."

잠시 생각을 하는 듯 멈춰 있던 안이 천천히 고개를 끄덕였다.

"흠……. 오늘은 마지막 회차예요."

"벌써? 그럼 다음에는 새로 썼다는 신작 읽어 주는 건가?"

"……."

안은 대답 없이 뜻 모를 미소만 수줍게 지어 보였다. 수호가 리모컨을 들어 오디오를 꺼 버렸다.

"음악은 왜요? 듣기 좋았는데."

"그쪽 목소리 듣는 데 방해되거든."

거실 조명까지 은은하게 조절한 수호가 넓은 소파에 긴 다리를 쭉 펴고 누웠다.

최고급 물소 가죽으로 만들었다는 소파는 수컷이라는 별칭으로 불리는 수호에게 더할 나위 없이 잘 어울렸다.

쿠션을 베고 비스듬히 누운 남자가 와인의 깊은 향을 음미하며 여자의 목소리가 흘러나오길 기대했다.

이북 리더기를 들은 안이 잔기침을 뱉으며 목소리를 가다듬고는 첫 줄을 읽었다.

"사랑해요."

"하! 오늘은 시작부터 꽤 직설적이네?"

"이제 좀 조용히 하세요."

꾸짖는 안의 목소리에 머쓱해진 수호가 와인 잔을 내려놓고 눈을 감았다.

큰 숨을 내쉬며 몸을 편안하게 이완하는 것이 보였다.

그녀의 이야기를 경청할 준비가 되었다는 신호였다.

나긋하지만 힘이 있는 목소리, 정확하지만 따스한 정감이 흐르는 발음.

자신이 쓴 로맨스 소설을 읽어 내리는 안의 목소리가 주변 공기를 아늑하게 다스렸다.

수호의 입가에 느른한 미소가 어렸다.

그녀의 목소리만 들어도 마음이 편안해진다는 남자.

수호의 지독한 불면증을 단번에 고쳐 버린 안의 목소리가 흐르는 물처럼 유유하게 흘러나왔다.

은근한 조명 아래 마치 황제 같은 자태로 잠든 남자의 주위로 내려앉던 조곤조곤한 여자의 목소리가 점점 작아졌다.

이윽고 수호의 평온한 숨소리가 들렸다.

안은 이북 리더기를 끄고 잠든 남자의 모습을 세세하게 제 눈에 새겼다.

큰 키에 두꺼운 몸통, 넓은 어깨와 탄탄한 허리, 그리고 남성적인 윤곽이 매력적인 얼굴까지.

안의 가슴에 그의 모습이 새겨질 때마다 심장에 생채기가 나고 핏방울 같은 눈물이 스몄다.

사랑은 여기까지.

안은 자신에게 차마 털어놓지 못하는 남자의 짐을 덜어 주기로 했다.

지금 당장은 사무치도록 그리워하던 그의 첫사랑이 다시 돌아왔다고 말하지 못하지만, 언제고 듣게 될 말이었다.

그전에, 그 소리를 듣고 수호 앞에서 추하게 무너지기 전에 스스로 정리하는 길을 택했다.

안은 그림자처럼 조용한 움직임으로 미리 챙겨 두었던 캐리어를 끌고 나왔다.

잘 있어요. 고마워요. 내 인생 최고로 아름다운 나날이었어요.

긴 복도를 지나자 현관의 센서등이 불을 밝혔다.

안이 나가고 현관문이 닫히자, 그녀의 퇴장을 알리듯 센서등도 꺼져 버렸다.

겨울밤의 적막이 수호의 집에 남겨졌다.

그녀가 떠난 그곳의 공기가 시리게 얼어붙기 시작했다.

1

부스럭거리며 옷감이 스치는 소리에 안이 소스라치게 놀라 눈을 떴다. 그러나 몸은 젖은 솜뭉치처럼 무겁게 가라앉아 그녀의 의지를 반했다. 안은 오늘 처음으로 남편의 출근을 제대로 챙겨 주지 못했다. 일을 그만두면서, 줄어드는 수입을 대신해 아내 역할은 잘 해내겠다고 약속했다. 하지만 요즘 같은 생활 사이클이라면 그마저도 못 지킬 것 같았다. 그 신호탄인지 오늘 안은 늘어지게 늦잠을 잤다.

"으으……. 아, 미안해요. 여보."

"아니야. 더 자."

요즘 부쩍 자상해진 남편의 말에 안도하며 안은 아예 편하게 널브러졌다. 어차피 아침을 차려 줄 수 있는 시간적 여유도 없었다. 옷도 다 챙겨 입은 남잔데……. 에라, 모르겠다.

"또 밤새웠어? 돈도 좋지만, 그러다 병나는 거 아니야? 병원도 몸 때문에 그만뒀으면서."

"병원 다닐 때 같은 일은 없을 거예요. 그땐 정신적 스트레스가 커서 그런 거고. 지금은 마음이 더없이 편한걸요."

요즘 야박한 짠돌이 남편 신준의 기분이 너그러운 이유는 아마도 안이 다시 돈을 벌기 때문일 것이다. 그것도 생각보다 짭짤하게.

원래 대학병원 간호사였던 안의 연봉은 작은 회사의 만년 대리였던 신준을 훨씬 웃돌았다. 그런 안이 건강상의 이유로 병원을 그만둘 때 남편이 그녀를 원망하던 표정을 지금도 잊을 수 없다.

"요즘도 독자들이 많아?"

"음, 조금씩 늘고 있어요."

"그 후로도 꾸준히? 와, 대박."

신준의 입이 함지박만 하게 벌어지는 모습을 보며 안은 아침을 차려 주지 않은 죄책감을 덜었다. 그의 표정은 지금 안 먹어도 배부른 자의 그것이었으니까. 어쩐지 얄미운 마음에 안은 그런 남편을 대충 서둘러 출근시켜 버렸다. 현관에서 형식적인 배웅을 한 후 다시 침대로 파고 들었지만 잠은 홀딱 깨 버렸고 어쩐지 심란하기까지 했다.

* * *

"흐음……."

"음……. 하아."

젊은 남녀가 하나가 되어 안타까운 헤어짐을 키스로 달래는 중이었다. 반짝 뜬 아침 해가 광활하게 넓은 거실을 가득 채운 시각. 이미 출근 시간을 30분이나 넘긴 수호는 이 달콤한 구속에서 헤어 나올 의지가 없었다.

"오빠, 이제 정말 그만. 이러다 병원 문 닫겠어."

"정말 미치겠다. 언제 부모님께 인사드리러 갈 수 있어?"

촉촉하게 젖어 붉게 부푼 입술을 손등으로 가리며 하영이 남자의 탄탄한 가슴을 밀어냈다. 지적이지만 짐승 같은 남자. 수호는 섹시하고 거친 남성미를 가진 남자였다. 그만큼 사랑도 강렬하게 표출하는 사내. 물론 자신, 하영에게만 한정이라 더 만족스러웠다.

"오빠 먼저 나가. 오늘하고 내일 저녁은 라디오 녹음 있어서 못 만나는 거 알지?"

"그래. 아쉽지만 나도 내일 저녁에 동문 모임이 있어."

"멋지게 입고 나가. 아니야! 대충 하고 나가. 너무 멋지게 하고 다니면 다른 여자들이 침 흘려서 싫어."

수호의 가슴을 손가락으로 지분거리며 하영은 온몸으로 교태를 발산했다. 단정하고 똑 부러지는 모습으로 뉴스를 진행하는 하영에게 이런 농염한 모습이 있다는 것을 아는 사람은 아마 아무도 없을 것이다.

"으이그! 이 욕심꾸러기. 분부대로 하겠습니다."

언제나 삭막한 황무지 같던 수호의 가슴에 화려한 불꽃을 터트린 여자, 하영. 사랑이라는 불꽃놀이에 흠뻑 빠진 수호는 그녀라면 하늘의 별이라도 따다 줄 수 있다는 통속적인 표현을 그대로 실천할 사람처럼 굴었다. 하영 앞에서는 한없이 약했고, 끝없이 너그러웠다. 처음으로 자신에게 사랑이 무엇인지 가르쳐 준 여자에게 못 해 줄 것이 없었다. 떨어지지 않는 발걸음을 무겁게 돌리던 수호가 다시 몸을 돌이켜 하영의 얼굴을 부여잡았다.

"정말 마지막!"

쪽! 하고 떨어지는 입술 점막의 소리가 꽤 요란하게 울렸다. 싱긋 웃으며 서로에게 손을 흔드는 것을 끝으로 연인의 인사가 마무리 지어졌다. 닫힌 문을 바라보는 하영의 웃는 얼굴이 점점 어둡게 가라앉았다. 조금 전까지 격렬한 키스에 시달렸던 부푼 입술 사이로 가느다란 한숨이 쏟아졌다.

* * *

오지도 않는 잠을 붙들고 침대에서 뒹굴던 안이 자리를 박차고 일어난 시간은 점심 무렵이었다.

대충 우유에 시리얼을 말아 먹고 세탁기부터 돌렸다. 집 안이 지저분한 것은 아니었지만, 안의 눈에는 모든 것이 성에 차지 않았다. 개운하게 아침 청소를 하고 일과를 시작하는 성격 탓이었다. 일단 제 몸을 씻는 것은 뒤로 미루고 침대를 정리하고 청소기를 끌고 나왔다. 빨리 청소하고 깨끗하게 샤워한 후 오늘 연재할 이야기를 써야지.

기분 좋은 다짐을 해 보지만, 오늘따라 유난히 찝찝했다. 조금 전에 본 거울 속 모습이 심히 후줄근한 것에 충격을 받은 것도 있었지만, 이유 없이 뒤숭숭한 기분이 진정되지 않는 것이 문제였다. 모든 것이 말끔하게 정리되면 기분이 조금 나아질까.

청소기의 요란한 소음이 한창일 때 초인종 소리가 울렸다. 택배인가? 안은 흘러내린 잔머리를 대충 손으로 매만지며 인터폰을 들여다보았다. 처음 보는 젊은 여자의 얼굴이 보였다. 뭐지? 사이비 단체에서 전도하러 왔나?

"누구세요?"

"저……."

"네?"

"배 과장님 댁이죠?"

아, 배 과장. 남편은 지난주에 과장으로 승진했다. 결혼 전부터 대리였던 탓에 아직 과장이란 직책이 어색하게 들렸다.

"네. 맞는데요."

"사모님, 문 좀 열어 주세요. 배 과장님 사무실 직원이에요."

하필 이런 몰골일 때. 안은 머리를 묶었던 고무줄을 풀어 다시 재빨리 머리를 다듬어 묶었다. 옷에 지저분한 것이 묻지 않은 것을 확인하고 나서야 빼꼼히 현관문을 열어 주었다.

"회사에서 무슨 일이세요?"

하얀 얼굴에 모난 데 없이 순한 인상. 요즘 말로 상견례 프리패스상인 앳된 얼굴의 여자가 머뭇거리며 서 있었다.

"사모님께 드릴 말씀이 있어서 왔어요."

"……."

"저, 잠시 들어가도 될까요?"

"아! 네."

안은 현관문을 활짝 열고 순둥이 같은 외모의 여직원을 집 안으로 들였다.
"집이……. 좀 어수선하죠? 청소하던 중이라 정신이 없네요."
집으로 들어온 순둥이 여직원은 안을 제쳐 두고 두리번거리며 집 안을 둘러봤다. 고개를 길게 빼고 이곳저곳을 훑어보더니 입으로 조그맣게 하나, 둘, 수를 세기까지 했다.
"방이 두 개뿐이에요?"
"네? 아……. 세 개예요."
"네……. 집이 밝고 좋네요."
뭐지? 정신이 나간 사람인가?
그제야 안의 눈에 보였다. 순둥이 여자의 등에 업힌 어린아이가. 잠이 들었는지 등에 코를 박고 잠든 아이는 참으로 작고 사랑스러웠다. 하지만, 아이가 사랑스러운 것과 지금의 상황은 별개의 문제였다.
"회사에서 오신 분 맞으세요?"
안의 조금은 날 선 질문에 순둥이 여직원은 말짱한 얼굴로 안을 지그시 바라봤다. 당돌하게 보이는 것은 기분 탓인가.
"차진주예요. 저 기억 안 나세요? 재작년쯤 저희 회사 회식에 잠깐 오셨잖아요. 그때 저하고 마주 앉아서 인사도 했는데요."
기억 안 난다. 그때 안은 병원 일과 사람에 치여 제정신으로 살고 있지 않았다. 그런 사소하고 귀찮은 일상을 일일이 기념하고 살 정신이 아니었다.
"죄송해요. 차……진주 씨? 제가 얼굴을 잘 기억 못 해요. 미안해요. 그런데 무슨 일로 오셨어요?"
애를 업고 오다니. 회사에 애를 데리고 출근했다가 외근을 나왔나?

"드릴 말씀이 있어서요. 좀 긴 이야기인데. 아이가 무거워서 그런데 좀 앉을 수 있을까요?"

"어머, 미안해요. 저쪽 소파에 앉으세요. 아이는 어쩌죠?"

아이를 다뤄 본 적이 없는 안은 허둥지둥 서둘렀다. 3인용 소파 위의 쿠션을 한쪽으로 정리하고 진주와 아기가 앉을 자리를 만들어 줬다. 그러고 보니 안이 앉을 자리가 마땅치 않았지만, 어쩔 수 없었다. 작은 집에 사는 것이 갑자기 초라하게 느껴졌다. 그래도 나름 신축 빌라에 융자 한 푼 없는 자가였다.

아이는 소파 위에서 쌔근쌔근 잘도 잤다. 안과 진주는 인스턴트커피를 사이에 두고 바닥에 앉았다. 안은 아침부터 찌뿌둥했던 몸, 구질구질했던 기분, 알 수 없는 불쾌감이 지금 이 순간을 위한 전조 증상이었던 것 같아 불안했다. 이 뜬금없는 방문과 어색함을 어찌해야 하나 고민하는 중에 진주의 입이 열렸다.

"우리 준우 십삼 개월이에요. 돌잔치도 제대로 못 했어요."

"……."

'그런데요. 그걸 왜 나한테 말하세요?'라고 물어야 하는데 안은 목구멍이 막혔는지 벙어리가 된 건지 말이 나오지 않았다. 멍청하게 동그란 눈만 껌뻑거렸다.

"제가 돈을 벌러 나가려면 아이를 어린이집에 보내야 하는데, 아직 호적에 못 올려서요. 그래서 이렇게 찾아왔어요. 배 과장님만 믿고 있다가는……."

안은 눈앞의 여자가 더는 순둥이로 보이지 않았다. 이 맹랑한 애가 뭐라는 거지?

"잠깐! 그렇게 앞뒤 자르고 불친절하게 말하면 내가 어떻게 알아들어요? 처음부터 차근차근. 기승전결 갖춰 주세요."

"역시 많이 배우시고, 글도 쓰신다고 하더니 확실히 다르시네요."

맹랑한 차진주는 입술을 감쳐 물고 잠시 침묵했다. 아마도 가장 먼저 꺼내야 할 말을 고르는 것 같았다. 결심이 섰는지 진주의 눈빛이 결연해지더니 도톰한 입술이 열렸다.

"우리 준우는 배 과장님 아이에요. 아까 말씀드린 대로 돌 지났고, 아들이에요."

안은 생각보다 놀랍지 않았다. 아마도 아이를 보는 순간 무의식적으로 예감한 일이었나 보다. 안은 진주가 하는 말을 묵묵히 듣기만 했다. 요점은 아이를 남편의 호적에 올려 달라는 것이었다.

"그럼, 아이를 호적에만 올려 주면 되는 건가요? 아이는 누가 키우나요?"

"저희가 키워야지요."

"저희라 함은……?"

"……."

순진한 얼굴에 맹랑한 속내. 도대체 이 아이는 몇 살일까?

"그런데 진주 씨는 몇 살이에요?"

"스물둘이요."

너무 어이가 없어서인지 재채기가 터진 것처럼 웃음이 터져 버렸다. 준우가 남편의 아이라는 것보다 진주가 스물둘이라는 사실이 더 놀라웠다. 핏덩이 같은 애와 놀아난 남편을 생각하자 상스러운 욕이 자연스럽게 튀어나왔다. 도대체 어디에 돈을 그렇게 쓰고 다니기에 매번 가져오는 돈이 시원찮을까 했던 오랜 의문이 풀렸다. 박

봉에 두 집 살림까지 하느라 꽤나 힘들었을 것이다.

안은 머릿속으로 이혼 절차를 떠올려 봤다. 살면서 여기저기서 주워들은 지식을 끌어모았다. '4주 후에 뵙겠습니다.'라는 드라마 대사가 머릿속에서 메아리쳤다. 안은 이 싸움에서 이길 수 없었다. 아이. 그것도 아들. 5대 독자 배신준에게 아들을 안겨 준 스물둘의 아가씨. 불임인 자신은 이 승부에서 수건을 던져야 했다. 링 위에 오를 필요도 없는 기권 패였다.

* * *

카메라 앞에서 능숙하게 포즈를 잡는 남자. 온통 하얀색으로 꾸며진 모던한 카페에 유명 모델이라도 납신 분위기였다. 새하얀 린넨 셔츠에 하늘색 재킷, 크림색 롤업 팬츠에 보트슈즈를 신은 수호는 천생 남자다운 생김새에도 불구하고 가벼운 차림새가 잘 어울렸다. 오히려 거친 매력을 순화하는 맛이 있었다. 살짝 구불거리는 반 곱슬머리를 자연스럽게 올려 빗은 것까지 오늘따라 경쾌해 보였다. 가끔 방송에 나올 때는 항상 클래식한 슈트를 즐겨 입어 어른 남자의 정석이라는 소리를 듣는 그였지만 오늘은 특별히 더 젊고 센스 있어 보이도록 코디에 신경을 썼다.

카메라 기자의 사진 촬영이 끝나고 수호가 테이블에 자리하자 오늘 인터뷰를 맡은 김 기자가 카푸치노 잔을 그에게 내밀었다. 긴 다리를 꼬고 여유 있게 인사하는 남자는 대한민국 남자가 아닌 것 같았다. 이런 마초 같은 분위기에 젤라또 같은 미소라니. 조지 크루니가 아이스크림을 판다는 이탈리아에서나 볼 수 있는 외양이었지만, 검은 머리에 유창한 한국어는 그가 토종임을 확실히 해 주었다.
"안 원장님, 오늘 인터뷰 응해주셔서 고맙습니다."
기자는 진심으로 고마워하고 있었다. 이 남자를 이렇게 코앞에서 한 시간이나 볼 수 있다니.
안 수호 원장 인터뷰가 잡혔을 때 편집부가 발칵 뒤집혔다. 가위바위보를 하고 사다리를 타고 제비뽑기를 하는 등, 온갖 소동 끝에 잡은 기회였다. 하지만, 젠장. 이렇게 잘난 남자에게 임자가 있다는 소문이 속 쓰렸다. 그것도 요즘 제일 잘나가는 아나운서 추하영이 짝이란다. 그림을 떠올려 보면 두 사람은 얼어 죽도록 잘 어울렸다. 물론 그림의 떡이지만, 잘난 남자는 공공재로 남아 줘야 하는 것 아닌가.
"아닙니다. 오히려 저희 병원 홍보도 되고, 제가 더 감사합니다."
아, 목소리 봐. 목소리도 상남자야. 저 굵은 목소리로 박력 있게 한번 불러 봤으면. 저 입으로 이름을 불러 주면 당장 꽃이 아니라 그의 애완동물이라도 될 것 같았다.
"저……. 이런 거 극비인 건 저도 알지만요. 그냥 사적으로 너무 궁금해서요. 워낙 소문이 파다해서 이젠 비밀도 아니잖아요?"
카푸치노를 마시던 수호가 잔을 내려놓으며 윗입술에 묻은 우유거품을 혀로 핥았다. 세상에 저 거품이라도 되고 싶다. 김 기자는 저도 모르게 침을 꼴딱 삼켰다.
"무슨 말씀이신지."
되묻는 수호의 얼굴에 작은 미소가 떠올랐다. 무슨 질문인지 그도 예상하고 있었다. 오늘은 솔직하게 밝혀 버릴 생각이었다. 하영이를 생각하자 잔잔했던 그의 미소가 큰 웃음으로 바뀌기 시작했다.

"추하영 아나운서하고 정말 사귀는 사이 맞죠? 기자들 사이에서 목격자들이 많아요."

수호의 목구멍을 울리는 그윽한 웃음소리가 들렸다. 남자다운 얼굴에 수줍은 표정이 떠올랐다. 쑥스러운지 강인한 턱을 큰 손으로 쓸어내리던 남자가 고개를 끄덕였다.

"네!"

"어머! 어떡해!"

김 기자는 이미 다 알고 있었음에도 당사자의 흔쾌한 답변을 듣자 자신도 모르게 소리를 지르며 테이블을 두드렸다.

"하하하하."

호탕한 웃음소리가 카페를 쩌렁쩌렁 울렸다. 마주 앉은 김 기자도 그를 따라 경쾌하게 따라 웃었다. 비록 마음의 표정은 썩어 가지만 울 수는 없는 노릇이었다.

"그럼 원장님은 추 아나운서하고 어디까지 생각하시는 거예요? 너무 잘 어울려서 솔직히 질투 나네요."

"당연히 결혼이죠. 아직 어른들께 인사는 못 드렸지만, 조만간 찾아뵐 생각입니다."

수호의 말과 행동에 자신감이 넘쳤다. 정말 두 사람은 결혼 초읽기에 돌입한 것 같았다.

"저……. 김 기자님."

그녀를 따라온 수습기자와 카메라 담당이 뭐 마려운 사람들처럼 낑낑대며 쿡쿡 찔러 댔다. 이상한 낌새를 눈치 챈 김 기자가 그들을 돌아보자 눈앞에 열애 기사가 뜬 핸드폰 화면이 불쑥 내밀어졌다.

"어머……. 세상에. 어쩌면 좋아."

김 기자는 핸드폰을 들고 기사를 죽 훑어 내려갔다. 앞에 앉은 수호에게 실례임을 알면서도 세 사람은 자기들끼리 속닥거렸다.

"안 원장님, 오늘 인터뷰 정말 감사합니다. 기사와 사진은 저희가 정리해서 메일로 보내 드릴게요. 병원 홍보팀으로 보내면 될까요?"

아무리 인터뷰가 끝났다지만, 김 기자는 눈에 띄게 어색하게 서둘렀다.

"아니요. 우선 저부터 보여 주시죠. 아까 드린 명함에 제 메일 주소가 있습니다."

수호는 갑자기 묘하게 바뀐 기류에 기분이 상했지만, 성형외과 원장으로서 갈고닦은 영업용 미소를 잃지 않았다. 하지만 시선을 피하며 자기들끼리 신호를 주고받는 기자들에게서 알아내야 할 것이 있다는 촉을 무시할 생각은 없었다.

* * *

안은 자신의 전화를 받고 달려온 친구 상림에게 일주일 전 당한 기가 막히고 코가 막히는 사건을 전했다. 안의 남편 신준이 바람을 피웠다는 말에도, 아이까지 있다는 소식에도 상림은 건져 놓은 녹차 티백을 쿡쿡 찌를 뿐 별다른 반응을 보이지 않았다.

"그걸 이제 말하냐? 유안, 너도 참 징하다. 그래서 어떡할 작정이야?"

차분한 상림의 말투 속에 담긴 걱정이 깊었다. 안은 자신의 절친이 호들갑을 떨거나 흥분하는 모습을 거의 본 적이 없었다. 하지만 누구보다 속정이 뜨거운 친구였다. 무엇보다 입이 무척 무거워 사람들은 그녀에게는 어떤 일이라도 털어놓았다. 희한하게도 상림에게는 의지하고 싶게 하는 마성의 매력이 있었다.

"헤어질까 해. 애까지 낳아서 밀고 들어오는데 기가 질리더라. 시어머니가 완전 눈이 뒤집혔어. 5대 독자 집안에 불임 며느리가 가당키나 하냐고 나를 들들 볶던 분이잖아."

"삼신할머니가 보우하셨다고 생각해. 엄밀히 말해 난임이지 불임은 아니잖아. 잘 생각했어. 별 볼 일 없잖아. 네 남편."

정곡을 찌르는 상림의 말에 안은 슬쩍 눈가가 찌푸려졌지만, 수긍할 수밖에 없었다. 처음부터 상림은 안에게 보는 눈이 그 정도밖에 안 되냐고 결혼을 말렸었다.

"불임이나 난임이나 사실은 똑같다는 것 너도 알면서……. 도망치듯 결혼하는 건 정말 아니었나 봐. 그때 네 말 들을걸."

"인제 와서 그때 얘기는 뭐 하러 해. 과거는 못 바꾸지만 앞날은 아직 네 손에 있어. 어디 가까운 데 여행이라도 다녀와. 아무리 별것 없이 산 세월이라도 속 시끄러운 건 어쩔 수 없잖아."

"그럴까?"

"당연하지. 바람도 쐬고, 머리도 식히면 네 마음도 좀 편해질 거고 글도 더 잘 나올걸? 참, 인기 작가님아, 이번 거 재미있더라."

"인기 작가는 무슨."

"그나저나 재산 분할 확실히 하고. 이 집만 해도 네 돈이 더 많이 들어갔잖아. 위자료로 집부터 챙겨!"

"알았어!"

"알기는 퍽이나. 너는 마음이 너무 약해. 물러 터졌어. 이제 병원 일은 안 할 거지?"

“지금 당장은 생각 없어. 왜? 너희 병원에 자리 있어? 멋진 원장님 보면서 일하는 거면 생각 좀 해 볼까?”

장난스럽게 농담을 던지는 안의 볼에 설핏 홍조가 떠올랐다. 그 모습을 본 상림이 한심하다는 듯이 혀를 찼다. 생전 어떤 연예인도 좋아해 본 적 없는 안이 TV에 나온 안수호 원장을 보고 팬이 될 줄은 몰랐다. 한때는 틈만 나면 안 원장 얘기 좀 해 달라고 졸라 대는 통에 만나면 피곤할 정도였다.

“병원은 아직도 많이 바빠?”

“조금. 안 원장님은 여전히 잘생겼고, 멋있고, 상남자고, 인기는 하늘을 찌르니까. 사람들이 자기 얼굴을 고치러 오는 건지 원장님 얼굴을 보러 오는 건지 병원은 항상 인산인해야. 그런데 요즘은 기약 없는 휴가를 내셔서 병원이 한가해.”

상림의 말을 듣던 안의 얼굴이 점점 불편하게 일그러졌다. 그러더니 허리를 꾹꾹 누르며 통증을 호소했다.

“요즘 너무 앉아서 글만 썼나 봐. 허리가 아파.”

“그래? 많이 안 좋아? 병원 가 봤어?”

“응. 엑스레이상으로는 별문제가 없어서 먹는 약만 받아 왔어. 그런데 약 기운 떨어지면 또 아프다.”

“그럼 약 먹고 좀 누워라. 허리 찜질해 줄게.”

안은 상림이 해 주는 뜨거운 찜질에 허리를 맡기고 약 기운에 취해 잠이 들었다. 며칠 동안 속을 앓으며 잠을 설쳤던 안은 친구에게 제 속을 풀어놓고 나자 그제야 편안한 잠을 잘 수 있었다. 서너 시간이 지나고 밤이 깊었다. 상림은 잠든 친구를 차마 두고 갈 수 없어 곁에서 TV를 보고 있었다.

"으……. 아그그."
"어? 왜 그래?"
안이 허리를 잡고 엎드려 일어날 줄을 몰랐다.
"허리가 너무 아파. 죽을 것 같아."
"뭐? 어떻게 아픈데?"
"칼로 쑤시는 것 같아."
상림은 엎드려서 통증에 어쩔 줄 몰라 하며 흐느끼는 안의 허리를 더듬었다.
"어디? 여기? 여기?"
"상림아……. 나 아무래도 단순 요통이 아닌 것 같아."
"그래?"
"요로 결석 같아. 옆구리하고 등 좀 쳐 봐."
안의 말에 상림은 살짝 힘을 줘서 갈비뼈 아래쯤을 통통 두드렸다.
"아악!"
"맞네. 결석이다. 야, 응급실 가자. 안 되겠다. 119, 119."
"야! 아니야. 걸어갈 수 있어. 그 정도 아니야. 택시 타. 119 창피해."
"아직 덜 아프네. 창피한 걸 챙기는 것 보니."
창백한 얼굴의 안은 친구의 부축을 받으며 거리로 나왔다. 도로에서 한참 택시를 잡느라 정신없는 상림을 보며 가로수에 몸을 기대고 버텼다. 이미 승객을 태운 몇 대의 택시를 보내고 발을 동동 구르던 상림 앞에 파란색의 고급스러운 SUV가 멈췄다.
"현 선생? 여기서 뭐 해요?"

"어! 원장님! 살았다. 저희 좀 태워 주세요. 친구가 요로 결석 같아서 응급실 가려던 중이었어요."

안은 가로수의 나무껍질을 손톱으로 쥐어뜯으며 제 눈앞에 나타난 중세 유럽의 조각상 같은 남자를 안타깝게 바라봤다. 하필 이럴 때, 이 개똥같은 몰골로 볼 게 뭐람. 요동치는 통증에도 불구하고 안은 수호에게 시선을 빼앗겼다. 거기다 수호가 차에서 급하게 내려 안을 부축하자 그만 다리에 힘이 쭉 빠져 버려 주저앉고 말았다.

"실례합니다. 제가 좀 도와 드릴게요."

"엄마야!"

안은 심장이 후들후들 떨렸다. 그야말로 황송했다. 식은땀을 흘리며 수호에게 들리다시피 차에 실리면서도 안은 제 눈앞에서 오락가락하는 그의 넓은 가슴과 남자다운 콧대, 강한 턱선을 눈에 담았다. 이성을 끌어 모아 그를 보지 않으려고 해도 자석이라도 된 것처럼 남자에게 들러붙은 눈길이 말을 듣지 않았다. 남자에게서 풍기는 강한 페로몬 향에 도취된 안은 잠시나마 통증을 잊었다.

"괜찮으십니까?"

안 괜찮아요. 여러모로 괜찮을 수 없어!

안은 수호가 잘생긴 얼굴을 자신의 코앞에 디밀자 통증으로 혼미한 정신이 더 아득해져 갔다.

"네……. 아직은 참을 만……해요. 흐응."

말끝에 안의 입에서 듣기 민망한 소리가 새어 나왔다. 수호가 눈썹을 꺾으며 안의 표정을 자세히 살펴보았다.

"아닌데. 안 괜찮으신 것 같은데. 현 선생, 일단 제일병원 응급실로 데려다줄게요."

"네, 원장님."

여전히 덤덤한 얼굴의 상림은 제 다리 위에 몸을 누인 안의 허리를 마사지해 주었다.

* * *

"친구는 좀 괜찮아요?"

"죽으려 하죠. 엄청 아파해요. 애 낳는 것보다 아프다잖아요."

자판기에서 커피가 나오는 것을 지켜보던 상림이 불만에 찬 목소리로 입을 열었다.

"그나저나 원장님은 언제 복귀하실 거예요? 원장님 예약 환자 다 빠져서 병원이 한산해요. 이러다 매출이 반으로 꺾이겠다고 상담 실장님들이 투덜대시던데요."

실적을 올려 인센티브를 챙겨야 하는 상담 실장들의 불만이 폭주하고 있었다. 수호 역시 마음이 급했다. 개인적 사정으로 언제까지 병원을 비워 둘 수도 없었지만, 지금으로서는 뾰족한 수가 떠오르지 않았다.

"현 선생, 사실, 내가 문제가 좀 생겼어요."

상림은 달짝지근한 자판기 커피를 홀짝이며 수호의 고민을 들어줄 준비를 했다. 사람들은 자신만 보면 왜 이렇게 비밀을 털어놓는지 이해할 수 없었지만, 들어주기만 하면 되는 것이기에 큰 불만은 없었다. 게다가 눈앞의 수호는 일주일 만에 얼굴이 반쪽이 되어 나타났다. 하긴 그렇게 뜨겁게 연애를 하다 차였으니 그럴 만도 했다. 그의 고민 들어주기를 뿌리칠 수 없는 이유였다.

잠시 후.

"네?"

좀처럼 놀라지 않는 상림의 목소리가 높아졌다. 원장이 털어놓은 고민은 예상을 비껴갔고 특이하기까지 했다.

"내가 지금 까막눈이야. 환자 상담은커녕 차트를 볼 수조차 없어."

"헐……. 그게 일시적인 게 아니었네요."

"다 나을 때까지 일 년이고 이 년이고 병원은 당분간 김 원장이 맡아서 해야 할 것 같아."

뜨뜻미지근한 결혼의 파탄과 불같이 타오르던 연애의 종결. 상림은 오늘, 두 가지 극과 극인 인연의 끝을 간접적으로 경험했다.

"이러다 병원 문 닫는 거 아니에요? 솔직히 원장님이 우리 클리닉의 얼굴인데요. 잘 아시잖아요. 그러게 엔간히 잘생기시지. 방송까지 타는 바람에……."

수호에게서 시름 깊은 한숨이 들려왔다. 어떻게 일군 자신의 병원인데……. 이대로 무너질 수는 없었다.

* * *

난독증(Dyslexia). 학습 장애의 하나로 글을 읽어 주면 잘 이해하나 스스로 읽고 이해하기 어려운 증상. 하지만 현재 수호가 겪고 있는 증상은 엄밀히 말하면 난독증은 아니었다. 그저 정신적 충격에 의한 일시적인 현상이라고 볼 수 있었지만, 표면적으로 봤을 때는 난독증으로 분류해도 무방했다. 글을 읽을 수 없게 되었으니까.

잡지사 인터뷰가 있던 그날, 수호는 경솔하게도 하영과의 관계를 인정했다. 그답지 않게 결혼하느니 마느니 설레발을 떨었다. 명예와 자존심을 중시하는 수호의 망신살이 제대로 뻗친 날이었다.

〈아나운서 추하영, 열애설 인정. 상대는 JS그룹 형제 중 하나〉

팔불출처럼 제 여자 자랑을 늘어놓는 남자를 보다 못한 김 기자가 내민 하영의 열애설 기사를 접한 수호는 그 자리에서 용광로의 쇳물처럼 벌겋게 달아올랐다.

"아니……. 이게 무슨. 아니, 이럴 리가 없습니다."

"원장님, 정식으로 보도 자료까지 나간 거랍니다. JS 최진원 상무하고 추하영, 내일 기자회견까지 잡혔대요."

현실을 부정하는 수호를 보는 김 기자의 눈에 짙은 연민의 그림자가 드리워졌다. 망신과 더불어 수호의 드높은 자존심에 깊은 상처가 그어지는 순간이었다.

무슨 정신으로 어떻게 돌아왔는지도 모르게 차를 몰아 병원으로 돌아온 수호는 원장실로 들어가 컴퓨터를 켰다.

〈JS그룹 최진원 상무이사를 사로잡은 미모와 지성, 아나운서 추하영〉

〈가을 신부 추하영 아나운서, 결혼 준비 밀착 취재〉

포털 사이트마다 메인 뉴스로 하영의 결혼 소식을 다뤘다. JS그룹 차남 최진원과 교제한 지 1년이 넘었다는 뉴스에 그만 눈앞이 핑 돌며 암전이 되어 버렸다.

"일 년! 나하고 육 개월인데 최진원하고 일 년!"

수호는 타는 갈증을 달래 주던 물컵을 든 손으로 책상을 내리쳤다. 외과 수술을 하는 의사로서 무엇보다 손을 아끼는 수호가 제 손에 상처를 입히고 말았다. 피가 흐르는 오른손으로 다시 마우스를 잡고 기사를 검색하는 수호의 눈이 피처럼 붉게 충혈되었다. 기사를 읽을수록 터질 듯이 부풀어 오르는 분노의 열기가 그를 집어삼켰다. 모니터 속 글자가 그를 비웃었다. 기사에 달린 댓글에는 어김없이 수호와 하영의 이야기가 등장했다.

지난 반년 동안 뜨겁게 타올랐던 하영을 향한 수호의 열정은 댓글 속에서 가볍게는 해프닝으로 우습게는 닭 쫓던 개로 폄하되고 조롱받고 있었다. 난생 처음 마음을 준 사랑이 우스갯거리가 되어 수호를 구정물 통에 처박았다.

"네가, 네가 감히 나를 갖고 놀아……."

똑똑! 수호의 답을 듣지도 않고 원장실 문이 그의 눈치를 보듯이 조심스럽게 열렸다.

"수호야……."

왕장이 고개만 빼꼼 들이밀고 수호를 살폈다.

"헛! 안 원장! 이런 미친놈아!"

안 그래도 수호가 외출에서 돌아왔다는 소리에 걱정이 되어 찾아온 왕장은 피 칠갑을 한 손으로 모니터와 눈씨름을 하는 친구를 보고 경악을 금치 못했다.

"나가! 혼자 있고 싶어."

짐승처럼 짖듯이 일갈하는 목소리에 움찔했던 왕장이 정신을 차리고 수호에게 달려들었다.

"야 이 씨! 너 이 자식, 손이 생명인 새끼가 이게 뭐 하는 짓이야."

부산을 떨던 왕장이 소독제와 붕대를 들고 다시 돌아왔다. 왕장이 알코올을 부어 가며 수호의 손을 세척하고 있을 때 호출을 받은 상림이 들어왔다.

“아이구, 원장님들, 이게 무슨 일이에요. 봉합해야 해요?”
상림이 엉망이 된 책상을 치우며 조용하게 물었다.
“아니요. 그 정도는 아니고 유리 조각 박힌 것만 빼고 드레싱만 하면 될 것 같아요.”
책상을 치우며 힐끔 모니터를 본 상림이 착잡한 표정으로 묵묵히 왕장을 거들었다. 수호와 하영의 연애를 A부터 Z까지 모두 아는 사람은 같은 병원에서 일하는 왕장과 상림뿐이었다. 왕장은 수호의 의대 동기이며 성형외과 〈The 美來(미래)〉의 공동 원장이었다. 수호가 속마음을 털어놓는 유일한 측근이었다. 상림은 우연히 수호와 하영의 열애 현장을 초창기부터 여러 번 목격한 처지였다. 그러나 단 한 번도 그녀의 입에서 사실이 새어 나간 적이 없어 수호는 상림을 꿀떡같이 믿었다.
“왕장, 나 먼저 좀 들어갈게. 현 선생, 오늘 예약 잡힌 것 좀 취소해 줘요.”
“안 됩니다. 한두 건도 아니고, 중국인 고객들은 비행기까지 타고 오는 건데 말도 안 돼요. 다행히 수술은 없으니까 상담만은 진행하세요.”
상림은 단호하지만 차분차분하게 수호를 설득했다. 붕대 감긴 제 손을 물끄러미 보고만 있던 수호가 천천히 고개를 끄덕였다. 바보같이 그깟 여자 하나 때문에 고객과의 약속을 우습게 다룰 수는 없었다.
“에……. 김영……지 님?”
“네.”
모니터 속의 환자 기록지를 읽는 수호의 이마에 식은땀이 배어 나왔다. 이석증이라도 온 것처럼 눈앞이 뱅글뱅글 돌고 구역질이 치밀었다.

"코……? 코를 손보고 싶으신 거죠?"

수호는 미간을 좁히고 눈을 찡그려 가며 모니터 속 글자에 집중하려고 노력했다. 그럴수록 치미는 구역감 때문에 더 죽을 맛이었다.

"잠시만 실례 좀 할게요."

급기야 수호는 환자에게 양해를 구했다. 수호의 잘생긴 얼굴과 훤칠한 허우대를 감상하던 환자는 그가 몸을 일으켜 밖으로 나가는 모습을 홀린 듯이 바라봤다.

"현 선생! 현 선생 어디 있습니까?"

다급하게 상림을 찾는 수호의 굵은 목소리가 환자들이 대기하고 있는 로비에 울렸다. 조무사에게서 안 원장이 자신을 급히 찾는다는 소리를 들은 상림이 헐레벌떡 수호 앞에 나타났다.

"저 찾으셨어요?"

수호가 상림의 옷자락을 끌고 그녀의 귓가에 속닥거렸다.

"현 선생……. 들어와서 모니터 좀 봐 줘요. 내가 두통이 심해서 진료 기록부를 못 보겠어요."

그때부터 수호의 문맹 생활이 시작되었다.

* * *

작은 캐리어를 달달달 끌고 오던 발걸음이 빌라 입구에서 멈춰 섰다. 안은 깊은 심호흡을 하며 새 출발을 다짐했다. 단 4박 5일 간의 여행이었지만, 지난 시간을 정리하고 마음을 다잡기 충분했다. 오랜만에 새로운 장소에서 얻은 활기찬 에너지가 그녀를 점령했던 권태로움을 몰아내고 그 자리를 대신했다.

엘리베이터 거울을 보며 제 모습을 정돈한 안은 내리자마자 들려오는 아이 울음소리에 걸음이 느려졌다. 머릿속이 빠르고도 복잡하게 움직였다. 이것은 분명 안의 집 501호에서 나오는 소리였다. 안은 여행을 떠나기 전 신준과 함께 법원에 가서 이혼 신청을 마쳤다. 그리고 신준은 짐을 싸 내연녀와 아이가 있는 집으로 들어갔다.

501호에서 들려오는 아이 우는 소리. 안의 가슴이 불안과 불쾌감으로 두방망이질했다. 설마 그럴 리가. 말도 안 돼. 안은 현관문의 번호 키를 눌렀다. 경보음이 울렸다. 다시. 다시. 다시. 어이없는 경보음이 안의 신경을 긁었다. 안은 초인종을 누르는 대신 발로 거세게 문을 두드렸다. 번호 키의 경보음을 들었을 텐데도 집에 있는 사람은 나와 보지 않았다. 초인종 따위로 문을 열어 줄 리 없었다. 거센 분노를 담아 현관문을 부술 듯이 발로 찼다.

띠리리리. 드디어 잠금 장치가 해제되고 문이 열렸다. 순진한 얼굴에 맹랑한 눈빛을 한 진주가 열린 문틈으로 안을 쳐다봤다.

"뭘 쳐다보고 있어요!"

안은 문을 확 열어젖히고 진주를 밀어내며 집 안으로 들어갔다. 이럴 수가. 이미 이 집은 안의 집이 아니었다. 화이트 앤 베이지로 모던한 아늑함을 뽐내던 인테리어는 알록달록한 유아용품으로 화려한 탈바꿈을 했다. 온갖 장난감과 기저귀가 굴러다니는 바닥을 망연하게 쳐다보던 안이 서서히 눈을 들어 진주를 노려보았다.

"이게 뭐 하는 짓이에요?"

"지금 지내는 곳이 후지다고 애 아빠가 들어오라고 했어요."

안에게 맹랑한 눈빛을 들킨 줄도 모르고 진주는 여전히 순진한 척 꾸며 댔다. 안은 자신은 아무것도 모른다는 듯이 무책임한 얼굴로 지껄이는 진주의 아구창을 날려 버릴 뻔했다.

"여긴 내 집이에요. 배신준 씨와 이미 합의된 사항이라고요. 당장 비워요!"

"저는 몰라요. 애 아빠와 얘기하세요. 지하 방이 너무 습하고 곰팡이가 심해서 아이가 천식에 시달린단 말이에요."

안은 눈을 감고 깊은 심호흡을 했다. 벌벌 떨리는 가슴은 조금도 진정되지 않았지만, 안은 최선을 다해 좋은 말로 답했다.

"그건 내 알 바 아니고요. 배신준과 당신은 이 집에서 당장 나가야 한다고. 경찰 불러서 가택침입으로 처넣기 전에 짐 챙겨 나가요."

팔을 뻗어 현관문을 가리키는 안의 손끝을 힐끗 쳐다본 진주가 못 들었다는 듯이 무시하며 안의 곁을 지나쳤다.

"이게 진짜!"

"아악!"

안은 질끈 하나로 묶은 진주의 머리채를 휘감아 아래로 잡아당겼다. 별로 세게 당기지 않았음에도 진주는 엄살을 떨며 울부짖었다.

"바바부우우우."

그때 아이의 옹알이 소리가 안의 고막을 묵직하게 파고들었다. 이제 갓 돌이 지났다는 준우가 벽을 짚고 위태위태한 걸음을 걸으며 거실로 나왔다. 새까만 동공에는 순수함이 가득했다. 제 엄마처럼 꾸며진 순수가 아닌 진짜 순수를 담은 아기의 반짝이는 눈이 안을 뚫어져라 쳐다봤다. 볼썽사납게 다투던 두 여자는 조그마한 아이 앞에서 서로를 움켜잡은 손을 내려놓았다.

진주가 재빠르게 준우에게 다가가 제 품에 꼭 끌어안았다. 마치 안이 전염병이라도 되는 듯이, 봐서는 안 되는 흉물이라도 되는 듯이 진주는 아이의 눈을 제 품으로 가렸다.

* * *

모두가 퇴근한 〈The 미래 성형외과〉의 미팅룸. 넓은 회의 테이블 한쪽에 수호와 왕장, 그리고 상림이 모여 앉았다. 수호와 왕장의 표정은 근심으로 그늘졌고, 상림은 내가 왜 이 자리에 불려 왔나 하는 지루한 얼굴이었다.

"전혀 못 읽겠어?"

"짧은 단어 정도는 가능해. 이름이나 간판 같은 거. 그런데 한 줄 넘어가면 벌써 식은땀이 나고 글자들이 개미 떼처럼 흩어져. 어느 방향으로 글씨를 읽어야 하는지를 모르겠고, 상형문자처럼 보이기도 해."

심각한 얼굴로 자신의 증상을 털어놓는 수호를 걱정스럽게 바라보던 왕장의 얼굴이 상림을 향했다.

"어쩌죠, 현 간?"

나? 그걸 왜 나한테. 상림은 자신에게 답을 구하는 김왕장 원장의 얼굴을 빤히 쳐다봤다. 상림은 이미 다른 병원에 이력서를 넣을 준비를 하고 있었다. 아닌 말로 자신이 이 병원의 투자자도 아닌데 왜 자꾸 한배에 태우려 하는지 모를 일이었다.

"글쎄요. 그걸 왜 저한테."

"아니, 현 간, 어떻게 그런 냉정한 소리를……."

왕장은 꽃미남으로 명성이 자자한 얼굴을 매혹적으로 일그러트리며 상림을 탓했다.

"제가 제일 오래 일한 직원이긴 하지만, 이 일에 어떤 의무가 있는 것도 아니고요. 저한테 뭘 바라시는지 모르겠네요."

다소 냉정하게 말하는 상림을 지켜보던 수호의 이마에 실금이 그려졌다.

"혹시 현 선생! 다른 곳에 가려고 준비하고 그러는 거 아니죠?"

"……."

왠지 원망하듯 들리는 수호의 목소리에 상림이 주저하다 입을 다물어 버렸다. 그 모습에 충격이라도 받았는지 왕장이 오버스럽게 그녀를 힐난했다.

"했네, 했어! 가려고 했어. 현 간호사는 나를 두고 〈The 미래〉를 떠날 생각을 했어!"

"현 선생, 도와줘요. 지금 있는 직원 중에 현 선생만큼 믿을 만한 사람이 없어요."

"아니, 그러니까 제가 뭘 어떻게 도와야 하는 건데요."

상림은 타인의 고민을 들어주는 역할이 새삼 피곤하다는 생각이 들었다. 자신도 모르게 이 두 원장님의 믿음직한 직원이 되어 있는 현실도 귀찮았다.

"그걸 몰라서 우리가 지금 모였잖아요. 현. 상. 림. 씨."

왕장은 아직도 가시지 않은 서운함을 담아 상림의 이름을 강조했다.

"그러니까 안 원장님은 수술이나 상담은 다 가능한데, 글을 못 읽어서 불편하신 거잖아요. 병원은 다니고 계세요? 신경정신과라든가 상담클리닉 같은……."

"현 간! 이게 소문나면 우리 병원 끝인 거 몰라요? 얼마나 시끄러워지겠어요? 의사가 글도 못 읽는데 수술은 제대로 하겠냐는 소리가 나와 안 나와? 게다가 안수호 얘가 보통 유명해야 말이지. 인터넷에서 실연당해서 충격 받았느니 어쩌니, 길이길이 기록이 남을 겁니다."

왕장은 잘 정돈된 머리를 손으로 마구 헝클었다. 수호의 유명세 덕에 큰 병원이었지만, 그 유명세 때문에 번거로워질 날이 올 줄이야.

"그렇다면……."

수호와 왕장이 기대에 찬 모습으로 상림에게 나올 말에 집중했다.

"병원을 닫아야지요."

"현 선생!"

"현상림 씨!"

나는 다른 병원에 갈 거라니까. 표정 하나 변하지 않고 자기 생각을 내뱉은 상림은 절규하는 두 원장님을 남겨 두고 가방을 챙겨 들었다.

* * *

안 원장과 김 원장의 회유와 간절한 하소연에 장시간 시달린 상림의 지친 발걸음이 자신의 집 앞에 웅크리고 있는 사람을 발견하고 빨라졌다.

"안? 유안?"

부스스한 패잔병 같은 모습의 안은 이혼했다고 신나 하며 여행을 떠나던 지난주의 모습과 달라도 너무 달라져 있었다. 아무래도 기분 전환에 무슨 오류가 발생한 듯했다. 요즘 왜 이렇게 주변에 일 치르는 인간이 많은지 모를 일이었다.
“야, 무슨 일 있어? 몰골이 왜 이래? 옥고라도 치른 년 같네.”
“상림아…….”
“빨리 말해. 너 뭐야. 여행은 갔다 온 거야?”
“나 이제 거지야. 집도 뺏겼어.”
“이게 무슨 개가 뼈 발라 먹는 소리지? 일단 들어가자.”
안은 남편이 밖에서 낳아 온 아이의 순수한 눈빛에 마음이 약해지고, 그 아이가 피 토하듯 뱉어 내는 기침 소리에 무너졌다고 했다. 게다가 여우 같은 진주의 SOS를 듣고 때마침 밀고 들어온 구 시어머니와 시누이의 드잡이에 만신창이가 되어 있었다.
이런 물러 터진 것. 상림은 어째 일이 일사천리로 물 흐르듯 진행된다 싶었다.
“난 이제 거지야.”
넋이라도 있고 없고. 정신 나간 여편네처럼 중얼거리는 안을 보던 상림이 착잡한 한숨을 내뿜었다.
“경찰에 신고라도 하지.”
“가택침입으로 신고했는데, 아직 이혼 확정이 아니고 시댁 식구들이 인정하는 여자라 소용없대. 배신준은 지방 출장 중인데 전화도 안 받아. 고소할 거야!”
“너 돈은 좀 있어?”
“당장 목돈은 없어. 지난달에 빌라 융자 싹 다 갚았잖아. 내 피 같은 퇴직금이랑 원고료. 흐어어엉.”

꺼이꺼이 울고 있는 안을 보던 상림의 어두운 눈동자에 문득 한 줄기 빛이 떠올랐다.

"유안, 그럼 아르바이트 좀 해라. 페이 엄청 세게 쳐줄게. 종합병원 수간호사보다 더 세게."

"혹시, 병원 일이야? 그건, 너도 알다시피 내가 노이로제가 있잖아."

"병원 일이긴 한데 좀 달라. 특히! 네가 열렬히 좋아하는 우리 안 원장님에 관한 일이야."

희망에 찬, 그리고 단호한 상림의 목소리에 안은 조금씩 설득되어 갔다.

* * *

여긴 어디? 나는 누구? 그리고 눈앞의 섹시한 당신은 의느님.

안은 그 길로 상림에 의해 말끔하게 치장되어 이곳으로 끌려 나왔다. 그리고 앞으로 영영 2D로만 볼 줄 알았던 남자를 3D로 접하고 있었다.

〈The 미래 성형외과〉가 있는 건물은 총 5층 높이에 지하 주차장과 옥상 정원까지 갖춰져 있었다. 그리고 지금 안이 수호를 마주하고 있는 곳은 병원 5층 꼭대기 즉, 수호가 거주하고 있는 집이었다. 넓은 거실 중앙에 마련된 침대만큼 아늑하고 쿠션감 끝내주는 소파에 다소곳이 앉은 안은 상림의 주재 하에 수호에게 면접을 보는 중이었다. 바짝 긴장한 안과 달리 수호는 지금 한시름 놓기 일보 직전이라 무조건 기분이 좋은 상태였다.

"전에 한국대병원에서 오랫동안 간호사 생활을 하셨네요? 그런데 왜 그만두셨죠?"

"어……. 그건."

안은 떠올리기 싫은 지난 일을 입에 올려야 한다는 생각에 자신도 모르게 인상을 썼다.

"안 원장님, 아묻따!"

"네?"

안의 대변인이자 이 인연의 연결 고리인 상림이 수호의 질문을 쳐내 버렸다.

"아묻따 하시라고요. 아무것도 묻지도 따지지도 마시라고요."

"아니, 그래도 내가 고용주로서……."

"그럼 우리 유안도 원장님이 지금 왜 이 지경인지 알아야 하지 않겠어요?"

수호는 입을 꾹 잠가 버렸다. 지퍼를 올리고 단추까지 단단히 채웠다. 여자한테 뒤통수 맞은 후유증으로 글자 읽는 법을 잊어버렸다고 말하고 싶지 않았다. 그렇게 사랑했던 하영의 결혼 기사 후 단 한 번도 그녀에게 연락하지 않을 만큼 수호의 자존심은 드높았다. 무슨 일이 있어도 자존심을 지켜야 하는 것이 그의 인생 신조였다.

"우리 안이는 지금 나이팅게일 같은 박애 정신으로 안 해도 되는 일을 하는 거예요. 한국대병원에서 일할 당시 능력 있는 간호사였던 것은 제가 보증하고요. 근무 시간은 병원 오픈 시간만큼. 야근은 없음. 중요 업무는 간호사가 아닌 원장님 비서로 하시는 게 좋겠어요. 아무래도 원장님을 붙어 다니면서 마크해야 하니까요."

또박또박 딱 부러지게 말하는 상림 앞에서 안과 수호는 당사자임에도 불구하고 서로를 멀뚱히 바라만 볼 뿐이었다. 입을 열 틈이 없었다. 묘하게 두 사람 사이에 동지 의식이 형성되는 순간이었다.

"자, 제가 여기 두 분이 업무 중에 해야 할 일과 삼가야 할 항목을 정리해 봤어요. 보시고 마음에 드시면 사인!"

A4 용지 두 장에 깔끔하게 정리된 항목을 꼼꼼히 살펴보던 수호가 낮은 신음을 울렸다. 뭔가 마음에 안 드는 사항을 발견했다는 신호였다.

"페이가 너무 세……."

"그럼 됐어요. 저도 안도 원장님과의 인연은 여기까지."

상림이 한 점 미련 없이 계약서를 챙기자 수호의 손가락이 재빨리 얇은 종잇장을 낚아챘다.

"쌔끈하다고! 마음에 든다고요! 현 선생, 왜 이렇게 급해요?"

이런 협상의 귀재 같으니. 수호는 평소 시큰둥하고 덤덤한 상림의 모습이 발톱을 숨긴 맹수가 아니었던가 하는 의심이 들었다. 그나저나 눈앞에 있는 유안이라는 여자는 볼 때마다 상태가 안 좋아 보였다. 지난번 요로 결석 응급실행 때는 아파서 그렇다 치고 오늘도 핏기 하나 없이 창백한 것이 보기에 별로였다.

"이제 몸은 좀 괜찮으세요?"

"네? 아, 네. 그때 결석은 작은 거라 이틀 동안 물 많이 마셔서 자연스럽게 빠졌어요."

수호는 안의 목소리를 제대로 듣는 것이 처음이었다. 아프다고 끙끙대던 그날과 사뭇 다른 예쁜 목소리를 듣자 호감마저 일었다. 아나운서인 하영보다 더 매력적인 음색이었다.

"목소리가 참 좋으시군요."

"그런 소리 종종 들어요."
남자의 뜬금없는 칭찬에 부끄러워진 안은 얼굴을 분홍빛으로 물들이며 눈까지 살짝 내리깔았다.
"얼렐레, 지금 둘이 소개팅해요?"
상림의 핀잔에 기분 좋게 흐르던 화기애애한 분위기가 급격히 건조해졌다.
"여기다 각자 도장을 찍든 사인을 하든 하세요. 한 장씩 나눠 가지시고. 안은 내일부터 저하고 같이 출근할게요. 그 전에 알려 두실 것 있으시면 지금 말씀하세요."
안과 수호는 각자 서류에 사인하고 한 장씩 나눠 가졌다. 그러자 수호가 손뼉을 짝 치며 쾌활하게 술자리를 제안했다.
"그럼, 이렇게 뭉치게 된 것도 인연인데 가볍게 술이나 한잔할까요? 킹왕짱까지 불러서!"
"김 원장님은 뭐 하러 부르세요. 내일부터 우리 안이 첫 출근인데 무리할 것 없어요."
역시 어림없는 현 선생. 수호는 눈썹을 구기며 안에게 시선을 돌렸다. 이제 조금 편해졌는지 생긋 웃고 있는 모습이 아까보다 한결 나아 보였다.
"그래요. 그럼 가볍게 보드카나 데낄라 한 잔씩 하고 끝내요."
안 역시 오늘 질풍 같은 하루를 보냈기에 빨리 쉬고 싶은 생각이 컸다. 안 원장의 잘생김은 앞으로 매일 볼 수 있으니 아쉬움을 접는 데 큰 어려움은 없었다. 언제부터 보드카나 데낄라가 가벼운 술이 된 건지 알 수 없지만, 수호는 마침 홈바에 있던 레알레스(reales) 데낄라를 꺼내 왔다.

"오크통에서 오래 묵힌 데낄라예요. 향이 좋죠."
"색이 참 예뻐요."
잘 익은 황금빛 데낄라를 흥미롭게 바라보는 안의 눈빛이 아이처럼 맑게 반짝였다. 수호는 그 흔한 쌍꺼풀도 없는 안의 눈이 꽤 예뻐 보여 홍채 미인이라는 생각을 했다. 그만큼 그녀의 계산 없는 듯한 순한 눈빛은 매력적이었다.
수호는 얇게 썬 레몬에 히말라야산 핑크 소금을 뿌려서 접시에 내왔다. 세 사람은 작은 스트레이트 잔에 데낄라를 따르고 각자 레몬을 한 조각씩 입에 물었다.
"자, 한 잔 시원하게 들이켜고 내일부터 파이팅 합시다!"
수호의 파이팅 넘치는 외침이 끝나자 제일 먼저 안이 작은 머리통을 뒤로 젖히며 술잔을 비웠다. 꽤 독한 술이 주는 찌릿한 감각과 레몬의 신맛에 안이 몸을 가볍게 떨며 인상을 찌푸렸다. 그 모습을 본 수호가 유쾌하게 웃으며 뒤를 이었다. 그리고 마지막으로 상림까지 시원하게 잔을 털었다. 마치 도원결의라도 맺은 사람들처럼 세 사람은 술잔을 내려놓고 결연한 눈빛을 빛냈다.

* * *

두 여자가 집으로 돌아간 후, 수호의 집은 다시 적막해졌다. 수호는 그 쓸쓸함이 싫어 음악으로 텅 빈 집 안을 채워 넣었다. 피가로의 결혼 중 '저녁 바람 부드럽게'의 아름다운 선율이 그의 마음을 잔잔하게 두드렸다. 하지만 수호는 마음의 문을 열지 못했다.
지난 반년 간 이곳을 채웠던 여자의 환영이 자꾸만 아른거렸다.

다정했고 뜨거웠던 시간이 아쉬웠다. 사랑을 듬뿍 받고 자란 하영이 주는 여유로운 애정에 수호는 미친놈처럼 빠져들었다.

"나쁜 년……."

거친 말을 뇌까리던 수호가 소파에서 몸을 일으켰다. 테이블 위에 남겨진 데낄라를 병째 들이마셨다. 독한 액체가 식도와 가슴을 지나 혈관을 태우며 퍼져 나갔다. 찢긴 가슴의 상처까지 싹 태워 주면 좋으련만, 실연과 배신의 아픔은 더 선명해졌다.

수호는 지독한 불면증을 위한 최소한의 장치인 안대를 눈에 걸치고 그대로 소파에 몸을 뉘었다. 하영의 품이 그리웠다. 원래부터 불면증이 심한 수호는 그나마 하영과 있으면 잠을 못 이루더라도 외로움만은 덜했었다. 하아……. 고독에 지친 수호의 입에서 지독히 외로운 한숨이 터져 나왔다. 익숙한 것의 상실로 더 고통스러워진 밤이었다. 오늘도 수호의 고독을 관통하는 불면의 괴로운 밤이 깊어 갔다.

* * *

상림의 집 거실 소파 위에서 담요를 말고 누운 안은 좀처럼 잠이 들지 못하고 뒤척이기만 했다. 분함과 심란함이 그녀의 수면을 방해했다. 안은 잠든 상림을 생각해 까치발로 조용조용 주방으로 가 냉장고를 열었다. 마시다 만 소주가 그녀를 반갑게 유혹했다.

"오! 다행이다."

잔도 필요 없을 만큼 적은 양이었지만 그걸로 충분했다. 안은 병째 한 모금 마시고 소파로 돌아갔다. 그러다 문득 TV 옆에 놓인 단체 사진에 눈길이 갔다. 작년에 단체로 다녀왔다는 의료봉사 기념 사진 같았다.

"와, 겁나게 잘생겼다. 이런 남자는 누구랑 결혼할까?"

안은 손가락으로 가만히 수호의 모습을 쓰다듬었다. 자신과 상관없는 남자였지만, 정말 심장 떨리게 멋진 것은 확실했다. 그 옆의 김 원장도 꽤 잘생겼지만, 여자 빰치게 예쁜 건 안의 취향이 아니었다.

"결혼 전에 이런 남자나 만나볼걸……. 풉!"

안은 조용히 내뱉은 혼잣말이 어이없어 웃음을 터트렸다. 이런 남자가 미쳤다고 자신 같은 평범하다 못해 존재감조차 희미한 여자를 만날 리가.

반의반 병이었던 소주는 어느새 안의 위장 속으로 자취를 감추었다. 하릴없이 입맛만 다셔야 했다.

"양이 너무 적었나. 소주가 입술만 스치고 지나갔어."

여전히 잠이 올 기미는 없고 마음은 복잡했다. 남아 있는 이혼 절차와 배신으로 쓰린 속, 막막한 미래, 첫 출근의 기대와 불안이 혼재해 수면 욕구가 들어올 자리가 없었다. 안은 캐리어를 열어 노트북을 꺼냈다. 잠도 오지 않는 이 밤, 그녀의 취미이자 미래인 소설 쓰기에 몰두할 생각이었다. 안은 현재의 마음을 담은 글을 한 자, 한 자 모니터 속에 새겨 넣으며 마음을 다스렸다.

* * *

"다들 인사하세요. 오늘부터 제 비서로 일하실 유안 씨입니다."

"안녕하세요. 유안이라고 합니다. 잘 부탁드립니다."

수호가 아침 조회 시간에 미팅룸에 모인 직원들 앞에서 안을 소개했다. 오늘 처음 보는 안이 간호사도 조무사도 코디네이터도 아닌 비서라는 말에 직원들 얼굴에 의아함이 떠올랐다.

“새로 론칭 할 화장품 라인 방송이며, 중국 출장까지 제가 몸이 두 개라도 모자라서요.”

그제야 직원들은 당연하다는 얼굴로 수긍하며 안에게 인사를 건넸다.

조회를 끝내고 안과 상림이 수호를 따라 원장실로 들어왔다.

“참, 유 비서 복장을 어떻게 해야 할지?”

갖춰 입는다고 했지만, 집에서 옷을 가져오지 못한 안의 옷차림이 애매했다. 아마도 그 점이 항상 완벽한 스타일링을 자랑하는 수호의 심기를 거스른 모양이었다. 온 얼굴에 옷이 그것뿐이냐는 질문이 3차원 입체 영상처럼 떠올랐다.

“죄송합니다. 제가 그동안 집에만 있다 보니 출근 복장을 제대로 갖추지 못했습니다. 그냥 저도 유니폼 입으면 안 될까요?”

“아니 그건 좀 아닌 거 같아요. 앞으로 외근도 잦을 텐데 유니폼 입고 다니기는 좀 그렇고……. 아무래도 정장이 좋을 것 같은데.”

안의 옷차림이 영 거슬리는지 수호의 미간이 펴질 줄을 몰랐다. 안은 정장을 몇 벌씩이나 갖춰야 하는 비용을 생각하자 벌써 가슴이 답답해졌다. 어울리는 가방과 구두까지……. 배보다 배꼽이 더 클 판이었다.

“저는 유니폼 입고 외근해도 참 좋은데요.”

수호가 짙은 눈썹 한쪽을 치켜세웠다. 야성적인 남자의 냉소적인 표정이 조금 무섭게 느껴졌다. 안은 신속하게 제 뜻을 꺾었다.

"그럼 주말에 쇼핑을 좀 하겠습니다. 당장은 시간이 안 되고요."
"그럼 정장도 안 원장님이 지원하시는 거죠?"
불쑥 끼어든 상림의 말에 안과 수호의 시선이 부딪쳤다. 너무나 당연하게 제시하는 상림의 말에 두 사람은 잠시 혼란이 왔다.
"제가요?"
근무 시간이지만 엄연히 사복인데 개인이 준비해야 하는 것이 아니었던가.
"네, 직원들 유니폼도 병원에서 지급하니까. 우리 안이 출근복도 안 원장님이."
상림의 말이 끝나기도 전에 수호의 쭉 뻗은 손가락 끝에 법인카드가 들려 있었다.
"예산은 어느 정도로 잡을까요?"
생글거리는 상림의 얼굴을 미심쩍게 바라보던 수호가 귀찮다는 듯이 손을 흔들었다.
"알아서 하세요. 여자들 옷값을 제가 어떻게 압니까? 대신, 업무 실수는 봐주지 않습니다."
"안, 들었지? 투자한 만큼 굴리실 예정인가 봐. 잘해야 한다! 쇼핑은 퇴근 후 바로 하겠습니다!"
협상에 성공한 상림이 발랄한 목소리를 남기고 자리를 떠났다. 잠을 설친 수호는 마른세수를 하며 정신을 가다듬으려 노력했다. 그 모습을 지켜보던 안도 옆에서 덩달아 하품을 하고 말았다.
"유 비서도 피곤해요?"
"네? 네……. 좀. 제가 어제 잠을 한숨도 못 잤거든요."
"왜요?"

“개인적으로 생각할 일도 있고 갑작스럽게 출근하게 돼서 긴장도 했고.”

“커피 한잔 할래요?”

수호가 기다란 몸을 일으켜 원장실 한쪽에 마련된 커피 머신으로 다가갔다.

“어떤 커피 좋아합니까?”

“라떼가 좋긴 한데. 지금은 너무 피곤해서 아메리카노로 할게요.”

가볍게 고개를 끄덕이던 수호가 싱긋 미소를 지으며 안을 돌아봤다. 피곤에 취해 멍하게 있던 안은 갑작스럽게 대한 그의 미소 앞에 심장이 깃발처럼 나부꼈다. 하얀 이를 드러내며 웃는 남자의 모습은 눈부신 태양처럼 강렬했다.

“에스프레소는 어때요?”

“네? 한, 한 번도 안 마셔 봤는데.”

이 아줌마야, 말은 왜 더듬어. 안은 그를 마주 쳐다볼 자신이 없어 황망한 시선을 이리저리 굴렸다.

“그럼 오늘 마셔 봐요. 처음이니까 효과 좋겠네.”

앙증맞은 에스프레소 잔이 받침대와 함께 안의 손에 들려졌다. 달고나 같은 갈색 크레마가 올려진 에스프레소의 고소하면서도 그윽한 향이 코 속으로 밀려들었다.

수호에게 감사의 미소를 보낸 안이 짙은 커피를 한 모금 입에 담았다. 그 모습을 바라보는 수호는 마치 어린아이에게 새로운 것을 가르쳐 주고 반응을 살피는 사람처럼 조마조마해 보였다.

“어때요? 괜찮죠?”

수호가 큰 키를 구부정하게 굽히고 안을 들여다보는 바람에 안은 커피 맛을 음미할 여유를 놓쳐 버렸다. 혹시 방금 코로 커피를 마시지 않았는지 헷갈렸다.

"머, 먹을 만한데요. 좀 쓰지만."

"그럼 각설탕 하나 넣어 줄게요. 젓지 말고 살짝 흔들어서 마셔 봐요. 점점 단맛이 강해져서 먹는 재미도 있어요."

안의 잔에 각설탕 한 알을 넣어 준 수호는 자신의 머그잔에 계속해서 에스프레소를 추출했다. 둘, 셋, 넷.

"그렇게 많이 드세요?"

"저도 잠을 못 잤거든요."

어쩐지 수호의 이국적인 눈이 붉게 충혈되어 보였다.

"제가 제대로 못 할까 봐 걱정 많으셨죠? 열심히 할게요. 잘 가르쳐 주세요."

"아니, 아닙니다. 원래 불면증이 심해요. 어릴 때부터."

"잠이 보약인데……. 원장님도 힘드시겠어요."

"뭐, 이제 습관이 돼서 견딜 만해요. 그럼 우리도 해야 할 일을 시작해 볼까요?"

멋들어진 동작으로 슈트 재킷을 벗은 수호가 하얀 가운으로 갈아입었다. 뭘 입어도 런웨이구나. 안은 자신이 잘생긴 수호를 눈앞에 두고 일에 집중할 수 있을까 염려되었다.

"오늘 오전 진료는 없어요. 오후에 상담이 계속 있고, 수술이 두 건 있어요. 휴가 끝이라 한가하지만, 앞으로 점점 일이 많아질 겁니다. 외부 업체 미팅이라든가 방송 녹화 때도 유 비서가 함께해 줘야 해요."

"네, 알겠습니다."

안은 굵직하고 낮은 수호의 목소리가 듣기 좋았다. 전남편 신준의 목소리가 남자치고 높은 편이라 들을 때마다 신경을 거스르던 것과 달랐다.

"당분간 일정 체크와 조율도 제가 하겠지만, 차차 유 비서가 챙겨 줬으면 해요."

"그럼, 우선은 아침에 진료 시작 전 보셔야 할 서류들을 제가 짚어 드리고, 예약 환자들의 진료 기록지도 훑어 드릴게요. 진료나 상담 중에 모니터는 제가 대신 읽어 드리고, 기록도 제가 할게요. 빨리 저희 둘이 손발이 잘 맞아야 할 것 같아요."

"그렇죠. 병원에 오래 계셨으니까 차트 보는 데 지장은 없으실 테고……. 참, 남편이 갑자기 출근한다고 하니까 뭐라고 안 해요?"

"아, 뭐. 돈 벌어 오니까 좋아하죠."

안은 쓰게 웃으며 서류를 챙겼다. 그에게 자신의 상황을 구구절절 읊을 필요가 없어 그냥 기혼이라고 말해 둔 것이 이상하게 불편한 느낌이었다. 그냥 이혼할 예정이라고 할 걸 그랬나? 이혼할 예정……. 그것도 좀 웃기네.

오전 내내 안과 수호는 밀린 서류들을 점검하고 앞으로 있을 일정들을 조율했다. 안은 금세 업무에 적응했고, 수호는 생각보다 빠르게 맞아 가는 손발에 기뻐하며 안에게 하이파이브까지 권했다. 짝, 하고 마주치며 울리는 경쾌한 소리와 더불어 수호의 환한 미소가 빛을 뿌렸다. 안은 어쩌면 〈The 미래 성형외과〉에서의 업무가 매일 즐거울 것만 같은 예감이 들었다. 성공한 덕후가 된 안은 횡재한 기분이었다. TV와 잡지에서 보던 이상형이 직접 커피를 내려 주고 손바닥도 마주쳐 주다니. 이 나이에 어디 가서 자랑할 데가 없는 것이 억울했다.

* * *

“유 비서는 일머리가 있네요. 한 번 말하면 그다음 것까지 예상하고 준비해 두니까 제 마음이 한결 편안합니다.”

“다행이네요. 점심 먹고 들어와서 오후 진료와 스케줄 정리해 드릴게요.”

“점심, 같이하죠?”

수호가 하얀 가운을 벗고 어느새 슈트 상의로 갈아입고 있었다. 마치 남성 정장 광고를 보는 것 같은 비주얼에 맞춰 배경음악까지 깔리는 기분이었다.

“아, 아니요. 저는 상, 상림이하고 먹을게요.”

바보처럼 또 말을 더듬었어! 안은 자신이 어리숙해 보이거나 그한테 홀려 있다는 것을 들킬까 봐 조마조마했다.

“현 선생한테는 제가 양해를 구할게요. 현 선생은 우리 킹왕짱이랑 같이 먹으면 됩니다.”

“네? 킹왕짱이 누구예요?”

“아, 김 원장이요. 이름이 김왕장이라 학교 때부터 별명이 킹왕짱이었어요. 왕짱이 현 선생 좋아하는데 모르셨어요?”

“네에? 전혀요!”

수호는 눈이 왕방울만 하게 커지는 안을 보며 안타깝다는 듯이 고개를 저었다. 금시초문이라는 듯 놀라는 안을 보니 왕장의 존재 자체를 들어 본 적도 없는 것이 확실했다.

"불쌍한 놈. 내 이럴 줄 알았어. 현 선생은 김 원장한테 전혀 관심이 없네요. 절친한테도 언급 안 한 걸 보니."

"아……. 상림이가 원래 남자한테 별 관심이 없어요."

"불쌍한 녀석."

안과 수호는 근방의 맛집으로 유명하다는 한정식집으로 갔다. 다행히 조금 일찍 서둘러 나온 덕에 줄을 서지 않고 바로 자리를 잡을 수 있었다.

"잘 부탁해요, 유안 씨."

"저야말로 잘 부탁드립니다."

두 사람은 보리차가 담긴 잔을 부딪치며 장난스럽게 화합의 의지를 다졌다.

상다리가 휘어지게 차려진 밥상을 받은 안은 오랜만에 남이 차려준 밥다운 밥을 먹는 기분이었다. 매일같이 아침은 뭘 하지, 점심은 뭘 먹지, 저녁은 어쩌지 고민하던 의무에서 벗어났다는 생각이 들자 문득 이혼이 주는 홀가분함이 마음에 들었다.

"남편은 뭘 하세요?"

분주하게 오가던 안의 젓가락 속도가 현저하게 느려졌다.

"그냥 회사원이에요. 작은 회사에 다니고 있어요."

"네……. 유 비서는 직장이 병원이라 병원에서 만날 인연이 더 많았을 텐데 의외네요."

"선봤거든요."

"그래요? 유 비서 인기 많았을 것 같은데. 어째서 연애를 안 하시고?"

"제가요? 저 인기 없었어요. 예쁜 것도 아니고 성격이 좋은 것도 아니고……. 하다못해 귀엽기라도 했으면 좋았을 텐데."
수호는 자조적인 미소를 띠며 웅얼거리는 안을 곰곰이 뜯어보았다. 성형의로서 봤을 때 안은 나름 오목조목 괜찮은 얼굴이었다. 다소 밋밋해 보이는 것이 흠이긴 했지만 나쁘지 않았다.
"전문가로서 고칠 데가 안 보이거든요. 괜찮은 얼굴입니다. 슬퍼하지 마세요."
"헤헤, 정말요? 감사합니다."
"겉모습 예쁘고 화려한 건 다 소용없어요."
수호는 참하고 지적인 이미지에 생김새도 꽤 예뻤던 하영을 떠올렸다. 그 정숙한 이미지에 그런 앙큼함이 숨겨져 있었다고 생각하니 또다시 불쾌감이 치밀었다.
"무엇보다 유 비서는 목소리가 엄청 좋아요. 살면서 그렇게 발음 좋고 듣기 좋은 목소리는 처음이었어요."
게다가 홍채도 예쁘지. 수호는 유난히 따뜻한 눈빛을 가진 안의 눈이 꽤 괜찮다고 생각했다.
"저 사실 어릴 때 장래 희망이 성우였어요. 그런데 성대가 약해서 금방 목이 쉬는 거 있죠."
"저런."
"원장님 목소리도 끝내줘요."
"저요? 저는 너무 무겁다고 생각하는데."
"네. 저는 남자의 굵은 목소리가 듣기 좋거든요. 제 취향 저격이에요."
듣기 좋은 칭찬에 기분이 좋아진 수호는 멋쩍게 웃었다.
"하하, 어쨌든 칭찬 고맙습니다."

"칭찬 많이 듣고 계시잖아요. 우선 잘생겼다는 말, 지겹게 들었죠?"

"뭐, 그렇죠."

"잡지만 펼쳐도 원장님 외모 찬양이 줄줄이 쓰여 있어요. 섹시하다, 멋있다, 남자답다, 잘생겼다 등등. 사실, 저도 작년에 TV에 나온 원장님 보고 너무 놀라서 들고 있던 컵을 떨어뜨렸다니까요."

"네? 컵을?"

"잘생겨서 놀랐거든요. 해외에서 활동하는 재미교포 영화배운 줄 알았어요. 그런데 아래 자막에 〈The 미래 성형외과〉 원장이라고 나와서 더 깜짝 놀랐어요."

기분이 들뜬 안의 호들갑스러운 칭찬이 쏟아졌다. 수호는 연신 머쓱하게 웃어넘겼지만, 이런 칭찬에 매우 익숙한 사람이었다. 사춘기 쯤부터 귀가 닳도록 들었던 말들이었다. 하지만 이렇게 사적인 자리에서 세세하게 들어 본 것은 처음이었다. 사춘기 여고생처럼 들뜬 눈빛을 감추지 않고 종알거리는 안의 솔직한 모습이 신기했다. '거짓 없음.' 수호의 머릿속에 안전 신호가 켜졌다.

* * *

어느새 일주일이 지났다. 그사이 안과 수호는 업무적으로 거의 완벽한 호흡을 자랑하는 환상의 짝꿍이 되었다. 손발이 맞아도 어쩜 이렇게 잘 맞는지 난독 증상에도 불구하고 수호는 안이 있어서 능률이 배로 오르는 것을 체감했다.

점심 식사를 마치고 원장실로 들어온 안은 의자에 몸을 기대고 잠든 수호를 보고 흠칫 놀라 몸을 굳혔다. 아침마다 눈이 붉게 충혈되는 것을 보아 수호의 불면증은 심각해 보였다. 안은 그가 쪽잠이라도 푹 잘 수 있도록 구두까지 벗고 맨발로 조용히 돌아다녔다. 오후 예약 리스트를 정리하고 진료 기록지를 훑어보던 안은 무심코 습관대로 소리 내어 글을 읽었다.

"김OO님은 리플링에 의한 재수술 상담이니까 augmentation mammaplsty으로 분류하고, 최OO님은 double fold……."

나직하고 사근사근한 안의 목소리가 물 흐르듯 이어졌다. 눈을 감고 있던 수호의 미간이 찡긋 움직였다. 별 내용도 없는 딱딱한 리스트를 읊조리는 것뿐인데 마치 운율이라도 붙은 것처럼 들리는 목소리에 수호의 오감이 반응했다. 한 편의 시를 읽는 것처럼 안의 목소리가 잔잔한 파동을 일으키며 수호의 수면 호르몬을 자극했다. 사실 수호는 잠든 것이 아니었다. 불면증과 실연의 상처로 인한 극심한 피로에 지쳐 그저 의미 없이 눈을 감고 있는 것뿐이었다.

"서후는 아름다운 이현의 눈동자에 마음이 끌렸다. 그리고……."

이건 뭐지? 갑자기 안이 읽던 내용이 바뀌었다. 드문드문 노트북 자판을 두드리는 소리와 함께 마음을 간지럽히는 내용이 들리기 시작했다. 수호의 입가에 둥근 미소가 그려졌다. 그는 지금 아득한 잠의 미로로 기분 좋게 빠져드는 중이었다. 그냥 이대로 몇 시간이나 푹 잘 수 있다면…….

"원장님! 안 원장님!"

고막을 진동하는 소리에 수호가 눈을 번쩍 떴다. 그의 어깨를 조심스럽게 흔들던 안이 놀라 굳어지는 것이 보였다. 갑자기 마주친 시선에 두 사람은 아무것도 하지 못하고 서로를 응시했다. 짧은 시간이 영원처럼 느껴질 만큼 기묘한 순간이었다. 누군가 둘의 시선을 묶어 놓은 것처럼 단단히 매인 느낌이었다. 안의 긴 생머리가 툭 떨어져 수호의 얼굴을 스치는 것과 동시에 시간의 마법이 깨졌다.

"이, 일어나세요. 진료 시간 다 되었어요."

안은 화르르 붉어지는 얼굴을 급히 돌리며 자신의 자리로 돌아갔다. 그의 눈 속에 빠져 허우적거린 것이 민망했다. 당황해서인지 벌렁거리는 심장이 진정되지 않았다.

"아, 제가 깜빡 잠이 들었네요. 지금 몇 시죠?"

"한 시 오십 분이요."

계산해 보니 대략 20여 분을 잔 것 같았다. 수호는 짧은 시간 동안 어찌나 달게 잤는지 머릿속이 맑고 온몸이 개운했다. 이렇게 시원하게 푹 잔 경험은……. 수호의 기억에 없었다.

"고마워요."

"네? 아아, 깨워 드려서요? 깨우기 미안할 정도로 깊이 주무셔서 한참 망설였어요."

"그랬어요? 사실 자고 일어나서 이렇게 시원한 기분 처음인 것 같아요."

그러고 보니 항상 경직돼 보이던 수호의 미간이 편안해 보이는 것도 같았다. 안은 긴 팔을 휘두르며 스트레칭을 하는 건장한 남자를 흘깃 훔쳐보며 또다시 얼굴을 붉혔다. 이러다 혼자 정분나겠네. 안은 연예인을 보듯 수호를 흠모하는 자신의 마음이 우스웠다. 어린 소녀도 아니고 외모에 혹해서 수호의 일거수일투족에 휘둘리는 자신이 철없게 느껴졌다.

똑또독똑똑! 장난스러운 노크 소리는 어김없이 왕장이었다.

"수호야아!"

화사한 미모를 뽐내며 들어선 왕장이 안을 향해 찡긋 눈인사를 했다. 넉살 좋은 왕장의 장난에 안은 기분 좋게 웃었고, 수호는 마뜩찮다는 듯 눈살을 찌푸렸다.

"왜! 진료 시간 다 됐는데 왜 이렇게 돌아다녀?"

"오늘 퇴근 후 우리 유 비서님 환영회 하자고 하는데? 새 사람이 왔는데 입 닦는 게 어디 있느냐고 다들 난리다. 게다가 오늘은 불토잖니."

정신없이 흘러간 일주일이었다. 수호는 벌써 시간이 그렇게 지났나, 놀라며 달력을 확인했다.

"아! 그렇지. 그 생각을 못 했네. 그런데 다들 시간 괜찮대? 유 비서는 어때요?"

"저는……. 괜찮아요. 좋아요!"

안은 흔쾌히 승낙했다.

"그럼 오늘 퇴근 후 회식 있다고 알린다!"

신이 난 왕장이 문을 닫고 나가려 하자 수호가 다급히 그를 붙들었다.

"장소는? 장소를 정해야지!"

"그건 직원들이 알아서 할 거야. 이따 보자. 이따 봐요, 안 씨!"

"엄청 신이 나셨네요."

"왕짱이 노는 걸 꽤 좋아해요. 어릴 때부터 노는 데는 이골이 난 놈이죠. 재수 없게 머리도 좋아서 전교 일등을 놓친 적이 없어요."

"와아! 부럽네요. 저는 간호대 다닐 때 죽도록 공부했어요. 그것도 너무 힘들었는데."

"의대나 간호대나. 힘든 건 매한가지죠."

안은 수호의 책상 옆에 나란히 붙은 자신의 자리에 앉아 노트북을 켰다. 인터넷을 구동하자 메인 화면으로 설정된 포털 사이트가 떴다.

"와, 너무 예쁘다."

안이 모니터에 빨려 들어갈 듯 몰입하자 수호도 힐끗 시선을 던졌다. 〈눈꽃처럼 순결한 신부, 아나운서 추하영〉이라는 기사 제목이 수호의 눈에 걸렸다. 그 아래에는 단아하고 세련된 모습의 하영의 웨딩 사진이 큼지막하게 올라와 있었다.

"멋지다. 예쁜 사람은 뭘 해도 다 예쁘네요."

혼잣말인 듯 홀린 듯 중얼거리던 안이 옆을 돌아보자 무시무시한 얼굴의 수호가 모니터를 불태울 듯 노려보고 있었다.

"원장님, 뭐가 잘못됐나……? 흐익!"

쿠당탕! 노트북을 덮어 버리는 수호의 거친 손길에 그만 노트북이 책상 아래로 나동그라졌다. 놀란 안이 벌떡 몸을 일으켜 구석으로 피했다. 한쪽 벽에 서서 겁먹은 모습으로 선 안의 모습에 수호의 정신이 돌아왔다. 그 역시 순간적으로 이성을 잃고 자신도 모르게 거친 행동을 한 것에 놀랐다.

"미안해요. 유 비서, 많이 놀랐죠?"

"……."

수호가 책상 밑에 널브러진 노트북을 챙겨서 책상 위에 올려놨다. 그때까지도 안은 벽에 기대선 채 미동도 하지 않았다.

"아, 어쩐다. 노트북 액정이 나간 것 같은데……."

"그거."

조심스러운 안의 목소리가 들려왔다. 뭔가 할 말이 있는 것 같은 주저함을 느낀 수호가 그녀를 바라봤다.

"그거 제 노트북이에요."

"아……. 이런."

안이 천천히 다가와 자신의 노트북을 살펴보았다. 익숙한 것이 좋아 자신의 노트북을 업무용으로 쓴 것이 문제였다. 전원은 들어오지만, 화면은 줄곧 까만색이었다.

"수리 맡겨야겠어요."

"제가 물어 드릴게요. 미안해요."

"……."

안은 아무 말 없이 원래 업무용으로 쓰던 컴퓨터를 켰다. 수호의 폭력적인 모습에 놀란 안의 표정이 좀처럼 누그러지지 않았다. 수호는 그녀를 놀라게 한 것이 미안해 책상에 앉아서도 안절부절못했다.

"유 비서, 저……."

"원장님, 진료 시작됐어요."

무 자르듯 딱 잘라 수호의 말을 끊어 낸 안의 눈은 모니터에 고정되어 있었다. 안의 서늘한 옆모습을 안타깝게 바라보던 수호가 거칠게 머리를 쓸어 올리며 한숨을 쉬었다.

* * *

〈The 미래 성형외과〉의 회식은 영화를 본 후 간단한 식사를 하고 헤어지는 것이 공식이었다. 그러나 오늘은 특별히 왕장의 주도하에 회식의 정석 코스를 밟았다. 1차 고깃집, 2차 생맥주를 거쳐 3차 노래방까지 섭렵한 직원들은 후련하게 스트레스를 날렸다는 인사를 하며 각자 뿔뿔이 흩어졌다. 안과 상림도 작별 인사를 전하고 돌아서던 참이었다.

"어! 어! 두 사람, 벌써 어디를 가시려고?"

왕장이 상림의 가방끈을 붙들고 제 쪽으로 끌어당겼다.

"김 원장님, 왜 우리만 붙잡으시는 거예요?"

"그거야. 내가 현 간을 제일 좋아하니까!"

평소 뽀얗다는 느낌을 주는 하얀 얼굴이 불콰하게 달아오른 왕장이 해맑게 웃으며 상림을 자꾸만 잡아당겼다.

"현 선생, 윤 비서, 근처에 제가 잘 가는 라운지 바가 있는데 가볍게 한 잔씩만 더 하고 들어가요. 모셔다 드릴게요."

"핫한 곳인가요?"

수호가 정중하게 권하자 상림도 더는 빼지 않고 안의 팔짱을 꼈다.

"안아, 한 잔만 더 하고 가자. 저 둘이 다니는 바(bar)라면 엄청 괜찮은 곳일걸? 오늘, 네 노트북도 박살냈다며. 확 뒤집어씌우자."

"나 배부른데."

"누가 밥 먹자고 했습니까."

언제 가까이 왔는지 수호가 불통한 얼굴로 안을 쳐다봤다. 자신이 실수한 것은 맞지만, 회식 내내 자신을 피하는 안에게 서운한 마음이 들었다. 오해를 풀지 못한 채 보내면 주말 내내 안이 자신에 대해 안 좋은 생각만 쌓고 올 것 같았다. 수호는 다시 한 번 그녀에게 정중히 사과할 필요를 느꼈다.

토요일이라 그런지 늦은 시각임에도 이태원의 라운지 바는 사람들로 북적였다. 밤의 활기에 놀란 안의 눈이 휘둥그레 커졌다. 자신이 집구석에서 재미없게 사는 동안 사람들은 이렇게 신나게 재미있게 즐기고 살았나 보다. 살면서 제대로 놀아 본 적도 없고 즐겨 본 적도 없는 자신의 인생이 너무 지루했구나 하는 씁쓸한 생각이 들었다.

부내가 풀풀 나는 고급 원목으로 장식된 바에는 바텐더들이 손님들과 대화를 주고받으며 칵테일을 만드는 것이 보였다.

"나만 빼고 다 부잔가 봐. 세상에 술값이……. 스테이크보다 더 비싸!"

"안, 그냥 즐겨. 네 돈 아니니까 실컷 즐겨. 기준이 스테이크라니 너도 참."

상림의 핀잔을 들으며 안은 여전히 바 안을 구경하느라 바빴다. 직원이 수호 일행을 보더니 달려 나왔다.

"원장님 오셨어요?"

"사람이 많네요? 지금 빈 룸 없겠죠?"

"왜 없겠습니까. 두 분 원장님을 위한 룸은 항시 대기!"

너스레를 떠는 쾌활한 직원을 따라 일행은 조용한 룸에 자리를 잡았다. 안은 난생 처음 와 보는 장소에서 처음 보는 양주를 맛보았다.

"유 비서, 아깐 내가 정말 미안했어요. 노트북은 주말에 똑같은 것으로 준비해 놓을게요."

"아니에요. A/S만 받아도 될 것 같아요."

"쓰읍! 넣어 둬요, 안이 씨! 이 자식 돈 많아요."

"안 원장님, 최신형으로 사다 주세요!"

왕장과 상림이 안의 술잔에 양주를 따라 주며 수호를 마구 뜯어먹으라고 충고했다. 술잔이 몇 번 돌고 왕장과 상림이 아웅다웅하느라 정신없는 사이에 수호가 자리에서 일어나는 것이 보였다. 전화기를 귀에 대고 나가는 것이 아마도 통화를 하려고 나가는 것 같았다. 안도 화장실에 가기 위해 밖으로 나갔다. 앉아 있을 때는 몰랐던 취기가 후끈하게 올라왔다. 벽을 짚고 휘청거리는 몸을 추스른 안이 정신을 차리기 위해 제 볼을 찰싹찰싹 때리던 때였다.

"오빠! 내 말 좀 들어줘!"

뭐지? 여자가 흐느끼는 소리가 들렸다. 안은 복도 한쪽에 숨어서 빼꼼히 눈만 내놓았다. 원장님? 수호의 탄탄하고 넓은 등이 안의 눈에 한가득 들어왔다. 얇은 셔츠 밖으로 그의 남성적인 근육들이 불끈불끈 움직이는 것이 보였다. 그의 커다란 몸에 가려서 보이지 않지만, 여자가 훌쩍이고 있는 것이 분명했다. 혹시 여자를 때렸나? 왜 울어? 안은 낮에 노트북을 박살내던 수호의 모습이 오버랩되자 진저리를 쳤다.

"왜 불러냈어. 여기가 어디라고 네가 놀러 와?"

"오빠, 정말 미안해. 나도 어쩔 수 없었단 말이야. 여기라도 오면 혹시 오빠를 볼 수 있을까 해서 요즘 자주 왔었어. 아까 오빠 들어오는 것 보고 심장이 터지는 줄 알았어."

수호의 목소리는 가혹하다 싶을 만큼 차가웠고, 여자의 목소리는 애처롭기 그지없었다.

"너, 정말 JS 최진원하고 일 년이나 사귄 거야? 그럼 나하고 만날 때는 양다리였어?"

뭐야아! JS? 그럼 저 여자가 추하영? 구석에서 몰래 엿듣던 안은 자신도 모르게 새어 나오려는 새된 목소리를 급히 손으로 틀어막았다.
"아니야. 그것 그냥 다 시나리오야. 사실 한 달 전에 선본 거야. JS 기업 이미지를 위해서 다 짠 거야."
"하, 정말. 몰래 선이나 보고. 뻔뻔하게."
"흐흐흑. 오빠, 미안해. 나도 어쩔 수 없었어."
하영의 애간장을 녹일 듯한 하소연 때문인지 수호의 목소리가 누그러졌다.
"너 정말 그놈한테 가는 거니?"
"아빠 회사가 너무 어렵대. 나 아니면 우리 집 이대로 망한다는데 어떡해."
하영의 부친이 운영하는 회사는 JS전자에 주요 부품을 납품하는 꽤 내실 있는 중소기업이었다. 하영을 마음에 둔 JS의 차남 때문에 압력이 들어간 것이 이 결혼의 전후 사정이라 했다.
"오빠, 나 오빠 너무 사랑해. 매일 보고 싶어. 너무 힘들어. 나 미워하지 마. 제발 부탁이야."
제 앞에서 오열하며 무너지는 여자의 몸을 재빨리 일으켜 세우던 수호가 그녀를 품에 와락 끌어안았다.
"나도……. 너, 아직도 사랑한다."
더 이상 숨어서 보는 것이 양심에 걸렸다. 안은 까치발을 들고 조심조심 소리 죽여 다시 룸으로 돌아갔다. 상림과 왕장은 무슨 게임을 하고 있는지 서로 딱밤을 때리며 투덕거리느라 바빴다. 안은 얼음물을 마시며 조금 전 보았던 장면을 되새김질했다. 그제야 오늘 낮에 수호가 왜 그렇게 분노했는지 이해가 갔다. 사랑하는 여자가 웬 놈이랑 결혼한다는데, 웨딩드레스 입은 사진이 대문짝만하게 실렸는데 눈이 뒤집히지 않으면 그게 더 이상한 일이었다.

"우리 원장님 불쌍하네……."

안의 귓가에 물기 어린 하영의 목소리와 가녀린 실루엣이 아른거렸다. 그림자마저도 예쁜 여자였다. 덩달아 격정으로 떨리던 수호의 안타까운 목소리도 떠올랐다. 한 편의 영화를 본 것도 같고, 로맨스 소설을 읽은 것도 같았다.

멋진 사람들은 사랑도 실연도 아름답구나. 안은 자신도 그렇게 아련하고 뜨거운 사랑을 한 번쯤 해 봤으면 하고 생각하다 재빨리 머리를 털어 냈다. 어머, 나 잔인한 것 봐. 저 사람들은 지금 가슴이 갈기갈기 찢기듯이 아플 텐데……. 명색이 로맨스 소설 쓰는 사람이 이렇게 못돼 먹어서야. 안이 얼음을 와그작 씹어 먹으며 정신을 가다듬었다. 그때 수호가 들어왔다. 원래도 그리 유쾌해 보이는 얼굴이 아닌 남자였지만, 지금의 그는 위태로워 보이고 막막해 보였다. 진짜 불쌍하네, 우리 원장님.

안은 온더록스 잔을 단숨에 들이켜는 수호를 물끄러미 바라보았다. 그런데 왜 내 마음이 이렇게 쓰리지? 마음에 구멍이라도 난 것처럼 시리고 허전했다. 안은 수호를 안쓰럽게 생각하는 것을 넘어선 또 다른 낯선 감정이 느껴지자 혼란스러웠다. 나 설마, 저 남자를 좋아하는 거야?

2

모니터 속 하영의 미소는 당연히 아름다웠고 행복에 겨워 보였다. 어쩔 수 없이 결혼한다는 말이 믿어지지 않을 정도로 완벽히 설레는 신부의 모습이었다.

집에 돌아온 수호는 술이 깨는 것이 두려운 사람처럼 또 다른 술을 위장에 들이부었다. 안주는 사랑하는, 그리고 사랑했던 여자의 웨딩 사진이었다. 마지막으로 오늘 밤을 함께 보내고 싶다는 하영을 뿌리친 것이 후회됐지만, 그의 이성은 잘한 결정이라고 수호를 다독였다. 남의 아내가 될 여자를 안는 것은 그의 자존심이 허락하지 않았다.

"제길! 보고 싶어. 보고 싶다. 하영아, 안고 싶다."

이미 흠뻑 취해 신체 반응이 엉망이 되었다. 잔에 따르는 술이 반 이상 테이블 위로 쏟아지고 있었다. 그런데도 정신만은 맑고 또렷했다. 수호는 흔들리는 몸이 아니었다면 취했다는 것을 모를 정도로 멀쩡한 정신이 야속했다. 술기운을 빌려 잠들고자 했던 계획조차 제 마음대로 되지 않는 현실이 가혹하게 느껴졌다. 수호는 그대로 카펫이 깔린 거실 바닥에 벌렁 드러누웠다. 두 눈을 감은 그의 얼굴이 고통스럽게 구겨져 있었다.

"다 잊고, 자고 싶다. 제발, 꿈도 꾸지 말고, 죽은 듯이."

순간 수호는 오늘 낮에 들었던 안의 목소리가 떠올랐다. 푸른 새벽, 강가의 찰랑이는 물결 소리처럼 섬세하게 심금을 울리던 목소리가 절실하게 필요했다. 안의 목소리를 듣고 잠으로 빠져들던 순간의 아늑함이 간절했다. 그러자 그녀의 따스한 눈동자가 생각났다. 갸름한 얼굴, 콧잔등 위의 흐릿한 주근깨. 여성스럽기도 하고 철부지 소녀같이 엉뚱하기도 한 유 비서. 재미있는 유 비서.

천천히 들어 올려진 수호의 눈꺼풀 아래 눈동자에 의문이 떠올랐다. 갑자기 왜 유 비서가 생각나는 거지? 단지 그녀의 목소리가 좋았다고 생각했을 뿐인데 줄줄이 딸려 나오는 이미지를 수호는 막지 못했다.

* * *

안이 부스럭거리는 소리에 잠이 깬 상림이 잠에 취한 목소리로 물었다.

"잠이 안 와?"
"미안! 나 때문에 깼구나?"
"걱정돼서 그래? 그놈이 빌라는 네 몫으로 해 준다고 각서 쓰고 공증도 받았다며. 그걸로 안 되나?"
"강제집행 가능하다고 하는데 좀 못 미더워. 나 위자료도 청구하고 그 맹랑한 계집애한테 손해배상 청구도 할 거야!"
"그래, 그건 내일 맑은 정신으로 알아보자."
다시 잠을 청하는 상림의 고른 숨소리를 듣던 안이 바에서부터 내내 망설이던 궁금증을 꺼냈다.
"상림아, 안 원장님 있잖아."
"으응."
"그런 소문 있었잖아. 아나운서 추하영이랑 그렇고 그런 사이라고."
"그래, 그런 소문 있었어."
상림의 목소리가 좀 더 맑아졌다. 안이 갑자기 왜 그런 것을 묻는지 몰랐지만, 이유 없이 긴장되었다.
"그거 진짜더라."
"……!"
"나 아까 봤어."
"뭘?"
이게 뭔 소리야. 얘가 어디서 뭘 보고 온 거야? 상림은 침대에서 몸을 일으켜 앉았다.
"아까 바에서 화장실 가려고 나갔는데. 안 원장님이랑 그 추하영이랑 복도 끝 후미진 곳에서 만나고 있더라고."

"뭐? 정말이야? 추하영 걔 결혼하는데, 왜?"
"그러니까. 추하영, 그 여자는 결혼하고 싶지 않은데 집안 때문에 어쩔 수 없었다고 막 울더라."
"그래서 원장님은 뭐래?"
"그게……. 사, 사랑한대."
"아이고오."
"야! 현상림, 너 혹시 다 알고 있었어?"
뭔가를 깨달았다는 듯 안이 날을 세우며 물었다.
"어. 김 원장님하고 나는 확실히 알고 있었어. 김왕짱은 둘이 절친이니까 알았고, 나는 두 사람 열애 현장을 자꾸 목격하게 돼서, 알고 싶지 않은 일을 알고 있었지."
"넌 어떻게 제일 친한 나한테도 말을 안 해 주냐. 너무한다."
안은 수호에 관한 중요하고 흥미로운 사실을 알려 주지 않은 친구가 야속했다.
"뭐, 개인 프라이버시고. 안 그래도 다들 떠들고 시끄러운데 나까지 입 보태고 싶지 않았어."
"우리 원장님, 불쌍하더라. 목소리가 떨리더라고……. 그 와중에 계속 멋있고."
"놀고 있네."
그 팬심 대단하다. 중얼거린 상림이 이불을 펄럭이며 털썩 드러누웠다. 이미 끝난 그들의 사정에 대해 더 듣고 싶지 않았다.
"너, 로맨스 소설 쓰더니 더 감상적으로 됐어. 젊을 때 연애하고 헤어지고 다 그런 거지! 사랑이 밥 먹여 주니? 지금 원장님보다 네 코가 석 자야. 집도 뺏기게 생겨서 돈 많은 안 원장 걱정할 때냐."

“그러게나 말이다. 나는 어째 갈수록 맹맹해지냐.”

사랑받고 싶어서 그러지. 상림은 목구멍 끝까지 올라온 말을 차마 뱉지 못하고 침묵했다. 사랑을 믿고 사랑받고 싶어 하는 안의 외로움을 누구보다 잘 알았다. 벌써 나이가 서른인데 우리 안이는 언제 사랑받고 살 수 있을까. 잠이 홀딱 깨 버려 말똥해진 상림의 눈동자에 안을 향한 염려가 깊었다.

친구가 자신의 걱정 때문에 잠을 설치게 생긴 것도 모르고 안은 줄곧 수호 생각뿐이었다. 굳이 생각하려 하지 않아도 안의 머릿속 어딘가에 그의 집이라도 지어졌는지 자리를 잡고 떨어지지 않았다. 마냥 잘생긴 얼굴이 보기 좋아 즐거웠던 감정과 달랐다. 그가 하영을 끌어안고 떨리던 목소리를 쏟아 내던 순간이 재생되면 속이 상했다. 다시 룸으로 들어온 수호의 상심한 표정이 떠오르면 마음이 저릿저릿한 것이 그가 안타까워 어쩔 줄 모를 지경이었다.

연애 한 번 제대로 못 해 보고, 마음껏 누군가를 사랑해 본 적도 없던 안은 지금 제 마음이 어떤 상태인지 깨닫지 못했다. 단순히 실연한 남자에 대한 주제넘은 동정이라고만 생각했다. 불 꺼진 어두운 방의 까만 허공에 수호의 떨리던 뒷모습과 떨치지 못한 미련으로 상처받은 슬픈 얼굴이 동동 떠다녔다.

* * *

월요일 아침. 원장실에서 만난 수호와 안의 안색은 꼴이 말이 아니었다.

안은 주말 내내 위자료 청구 소송과 상간녀에 대해 손배 소송을 알아보느라 머리가 빠개질 것 같았고, 틈틈이 그녀의 전두엽을 점령하는 수호의 환영 때문에 지쳐 버렸다. 주말 동안 안은 철모르고 들뜨는 감성을 제어하느라 너무 많은 에너지를 쏟았고 그에 따른 결과물도 얻었다. 말도 안 되지만, 안은 자신이 짝사랑에 빠졌다는 것을 알아차렸다. 지금 이 상황에 남자가 눈에 들어온다는 것이 제정신인가. 자기 자신에게조차 부끄러웠다.

수호 역시 일상 틈틈이 하영을 비집고 튀어나오는 유안 때문에 혼란스러웠다. 그녀에 대해 딱히 궁금한 것도 없는데, 단지 목소리가 너무 좋아서 불면증에 특효라는 것이 팩트일 뿐인데. 왜 자꾸 떠오르는 걸까. 두 사람은 서로에 대한 생각으로 분주한 것과 다르게 인사를 제외하고 아침 내내 아무 말도 나누지 않았다.

역시나 오늘 아침에도 글자들이 수호를 공격했다. 난해한 고대 문자처럼 까다롭게 굴며 수호를 괴롭혔다. 읽어 보려던 노력을 때려치운 수호가 모니터를 끄고 서류도 밀어 둔 채 펜 끝으로 의미 없이 책상을 톡톡 두드렸다. 진료 개시 30분 전, 수호는 열심히 꼼지락거리며 바쁜 안을 넋 나간 눈으로 보고 있었다. 조용하고 부지런한 움직임을 보고 있자니 왠지 믿음직했다.

안은 예약 리스트를 정리하고 상담 실장들에게 받은 정보들을 개인별 진료 차트와 꼼꼼히 대조했다. 이제 수호에게 간단한 보고만 해 주면 진료 시작이었다. 모든 준비를 마친 안이 수호의 옆에 자리했다.

"원장님, 준비되셨어요?"

날렵하고 우뚝한 콧대가 멋지게 중심 잡은 얼굴이 멍해 보였다. 자신을 보고 있는 그의 눈에 의문이 가득한 묘한 표정이었다.

"오늘 일정부터 일러 드릴게요."

안이 애써 그를 무시하고 제 할 일을 시작했다. 일정표에 있는 사항들을 하나하나 읊조리는 안의 목소리가 창가에 하늘거리며 나부끼는 하얀 커튼처럼 살랑거렸다. 바로 이거야. 이 목소리. 수호는 눈을 감고 안이 일러 주는 내용을 머릿속에 심으며 따로 목소리를 음미했다.

"이상입니다."

"벌써?"

수호는 듣기 좋은 노래가 끝나 버려 아쉬운 사람처럼 입맛을 다셨다.

"네?"

"아! 오늘 일정이 그게 답니까? 별로 없네요?"

"아닌데요. 오전 진료 끝나고 계속 미팅인데요. 그래서 말씀인데 오늘은 저녁 약속까지 있던데 저는 없어도 되는 거죠? 김 원장님도 같이 가시잖아요."

분명 고용 계약서에는 '정시 퇴근, 야근 없음'이 명시되어 있었지만, 수호는 오늘 미팅에 안이 없이 나갈 수 없었다. 개발 중인 화장품 라인을 홈쇼핑 관계자들과 만나 사전 설명을 하는 자리였다. 분명 온갖 서류가 난무할 텐데 안이 없다고 생각하니 영 불안했다.

"안 됩니다. 유 비서가 꼭 필요해요. 오늘 읽어야 할 자료들도 많고……. 부탁해요, 유 비서. 일 끝나고 집 앞까지 안전히 데려다줄게요."

곤란한 표정을 짓던 안은 단 한마디 말에 현혹되고 말았다.

'꼭 필요해요.'

수호가 꼭 필요하다고 하지 않는가. 안은 환하게 웃으며 걱정하지 말라고, 비서로서 최선을 다해 주겠다고 수호에게 다짐까지 해 버렸다. 내가 이렇게 쉬운 여자였구나. 안은 제 책상을 정리하면서 자신의 헤픈 미소와 방정맞은 입을 탓했다.

수호가 오전 수술에 들어간 시간. 수술실에서는 상림이 그를 지켜주고 있어 다행이라는 생각을 하며 로비를 지날 때였다. 그다지 반갑지 않지만 지나칠 수 없는 목소리가 상담 데스크에서 들려왔다.

"예약자 유정이에요. 김왕장 말고 안수호 원장님으로 바꿔 줘요. 휴가 끝났다면서요! 바꿔 줘요."

한눈에 봐도 돈깨나 들인 미모를 빛내는 늘씬한 여자의 옆모습을 본 안은 난처한 표정을 숨기지 못했다. 절대 모른 척할 수 없는 상대였다.

"언니?"

안이 부르는 소리에 몸을 돌이킨 정이 살짝 놀라며 안의 전신을 위아래로 훑었다.

"뭐야. 너? 네가 왜 여기 있어?"

"여기서 일하게 됐어. 얼마 안 됐어."

안의 말을 들은 정의 얼굴에 반가운 기색이 떠올랐다. 안의 기억에 자신을 보고 저렇게 기분 좋은 얼굴을 하는 언니는 뭔가 뺏어 갈 것이 있을 때뿐이었다.

"그래? 그럼 직원 할인 같은 것도 되겠네? 어느 정도나 DC 돼?"

안은 직원 혜택에 대해 전혀 아는 바가 없었다. 이곳에서 어딘가를 손볼 생각도 없었고, 하다못해 4층에 있는 에스테틱을 이용할 생각도 없었기에 알아본 적이 없었다.

"글쎄. 그건 잘 모르겠어. 그런데 언니야말로 여긴 어쩐 일이야?"
"요즘 나이가 들어서 그런지 엉덩이, 허벅지에 살이 쪄서 지방분해 주사 좀 맞아 볼까 하고. 온 김에 가슴도 알아보고."
도대체 돈을 얼마나 더 들여야 만족할까. 안의 언니 정은 어려서부터 집안의 사랑을 독차지해 왔다. 그녀가 원하는 것은 머리카락을 팔아서라도 다 해 주겠다고 하던 모친의 목소리가 들리는 것 같았다.
"지금 안 원장님 수술 중이셔. 좀 기다려야겠네."
"알아! 그런데 넌 여기서 뭐 해? 간호사? 그 좋은 대학병원 때려치우고 이런 데서 일해?"
"아니, 비서. 안수호 원장님 비서로 취직했어."
"What? 정말 안수호 비서로 들어갔어? 야! 그런 좋은 일자리가 있으면 나한테 먼저 알렸어야지! 네가 낼름 하니? 하여튼 어려서부터 지만 알지. 싸가지 하고는."
안은 다른 직원들과 고객들이 수두룩한 곳에서 상스럽게 구는 정이 부끄러웠다.
"나도 상림이가 추천해서 갑자기 하게 된 일이야."
"그나저나 너 어떻게 된 일이야?"
"뭐가?"
정이 뭔가를 캐물으려던 찰나 수호가 쌩하니 곁을 지나가며 안을 불렀다.
"유 비서, 원장실로 들어와요."
푸른색 수술복을 입고 한쪽 귀에 마스크를 걸고 지나가는 모습이 의학 드라마의 한 장면 같았다. 안이 재빨리 대답하고 제 언니를 돌아봤다.

"언니, 이따 보자. 나 일해야 해."

"와! 대박. 진짜 제대로 핸섬하네. 넌, 매일 보고 살아서 신나겠다. 들어가서 내 얘기 좀 잘해라. 많이 깎아 주라고!"

불에 달군 화로처럼 얼굴이 붉어진 안의 부끄러움이 보이지도 않는지 정의 높은 목소리가 2층 전체에 울려 퍼졌다.

결국, 정의 진료 순서가 되도록 안은 수호에게 말하지 못했다. 우리 언니니까 좀 잘 봐 달라고. 또는 직원 혜택이 어찌 되느냐고 물어볼 융통성이 그녀에게는 없었다.

"다음 고객은……. 유정 님. 지방분해 주사와 mammoplasty(유방성형수술)인데요."

왜 하필 가슴 수술이야. 안은 말을 꺼내기가 수줍어졌다. 자꾸만 말을 길게 빼며 느려지는 것이 수상한지 수호의 시선이 안에게 꽂혔다.

"무슨 문제 있어요? 유 비서까지 왜 그래요? 그쪽도 글씨가 춤춰요?"

"아, 아니요. 실은……. 이분이 제 언니라서요."

점점 모깃소리보다 더 작아지는 목소리와 홍옥보다 더 붉어지는 안의 얼굴을 본 수호가 피식 웃음을 흘렸다.

"알았어요. 내가 알아서 할게요. 유 비서한테 언니가 있었구나. 들어오시라고 하죠."

진료실 문이 열리고 화려한 웃음을 지으며 유정이 들어섰다. 수호는 자매의 판이한 외양과 분위기에 약간 놀란 눈치였다.

"안녕하세요? 말씀 들으셨죠? 제가 얘 언니예요."

"네, 알고 있습니다."

장시간의 상담을 끝내고 수술 일정까지 잡은 정이 상체를 바짝 기울여 수호에게 가까이 다가갔다.

"직원 할인은 몇 프로까지 해 주시는 거예요?"

"얼마나 생각하시는데요? 유 비서님 언니분이시니 제가 조금 더 쓰겠습니다만."

잘 갈고닦은 영업용 핸섬 스마일이 빛나 보였지만, 수호의 눈동자에는 벌써 정에 대한 불편함이 엿보였다.

"그래요? 저는 사실 반값 생각했는데……."

"언니! 그냥 가! 내가 알아서 할게."

더는 듣지 못하고 안이 나섰다. 세상만사 제멋대로인 언니의 입에서 무슨 말이 나올지 뻔히 알 것 같았다. 정을 상대하는 수호의 입꼬리가 비릿하게 올라가는 것을 본 순간부터 수치심으로 어질어질했다.

"진짜? 그럼 나 신경 안 쓸게. 너만 믿는다!"

"그래, 알았어. 그만 가 봐. 다음 진료 대기 밀렸어."

"알았어. 하여튼 기집애 정떨어지게 굴어. 참! 너 이혼했다며? 엄마가 개망신이라고 난리던데. 전화 한번 드려라."

"언니! 정말!"

정은 놀라서 발끈하는 동생의 모습이 재미있다는 듯이 얄궂게 싱글거렸다. 집안의 분란 덩어리 주제에 어려서부터 공부도 잘하고 밖에 나가 칭찬만 받는 안이 얄미웠다. 지금도 수호의 곁에 앉아 오른팔처럼 구는 것이 영 밥맛이었다. 일단 질러 봤는데, 동생이 파르르 떠는 모습을 보니 직장에서는 아직 이혼이 알려지지 않은 모양이었다. 이렇게 통쾌할 수가.

정이 끝까지 얄미운 인사말을 남기고 나간 후, 진료실에는 불편한 침묵이 흘렀다. 마우스를 잡은 안의 손가락이 가늘게 떨리는 것이 보였다. 수호는 생각지도 못한 안의 속사정을 듣게 된 것이 거북했다. 의연한 척 허리를 곧게 펴고 버티는 여자를 지켜보는 것이 예의에 어긋나는 것 같았다. 그녀도 자존심이 있을 테니 지금 이 순간이 얼마나 힘들까.

"다음 환자는……."

목소리까지 떨면서 버티기는. 수호는 더는 지켜볼 수 없다고 판단했다. 그렇다고 애들처럼 함께 언니 흉을 보면서 수다를 떨 수도 없고.

"유 비서, 괜찮아요?"

"……."

수호는 곁에 앉은 안의 상태가 영 불안했다. 잠시 마음을 진정시킬 틈을 줄 필요성을 느꼈다.

"나 잠시 쉬고 올게요."

탁, 수호가 나가고 문이 닫히는 소리와 동시에 안의 몸이 책상 위로 엎드러졌다.

'네까짓 것이 정이하고 같다고 생각하니? 맹랑하구나.'

오래전 들었던 엄마의 냉정한 목소리가 귓가에서 앵앵 울렸다. 안이 기억하는 모든 순간의 엄마는 차고 무관심한 모습이었다.

어려서부터 안은 사랑받고 싶어서 무던히 애를 쓰고 살았다. 언니는 아무것도 하지 않아도 존재 자체만으로도 부모님께 사랑받고 인정받았다. 하지만 자신은 어떤 노력을 해도 가족의 사랑을 얻을 수 없었다. 돌아오는 것은 싸늘한 냉대와 경멸에 찬 무서운 눈빛이었다.

"아, 창피해."

안은 자리에서 일어나 진료실 창문을 열고 마른손으로 얼굴을 마구 비볐다. 겨울 기운을 머금은 늦가을 공기가 붉어진 뺨과 목덜미를 식혀 주었다. 미세먼지 가득한 공기를 폐 속 깊이 들이마셨다. 해로운 먼지를 채워서라도 마음속 답답함을 밀어내고 싶었다.

* * *

"정말 유 비서 아니었으면 큰일 날 뻔했어요."

식당을 나서며 안을 돌아보는 수호의 얼굴에 화색이 돌았다. 홈쇼핑 관계자들과의 미팅이 예상보다 수월하게 끝이 난데다, 계약 조건 또한 파격적이라 한시름 놓은 덕이었다.

"아니에요. 곁에서 서류만 읽는 건데요, 뭘. 저는 들어도 무슨 말인지 잘 모르겠더라고요. 계산에 약한 타입이거든요."

"이럴 땐 겸손하지 말고 보너스를 챙겨요. 아까 MD한테 내가 라섹 수술을 해서 눈을 쉬어야 한다고 말했을 때 놀랐어요."

수호는 자신이 비서를 달고 나왔을 때부터 상대방이 이상하게 생각하는 것을 느꼈다. 모든 서류를 안과 왕장이 챙겨서 읽어 줘야 하니 모양새는 더 이상했을 터였다. 그때 안이 알아서 적절한 변명을 해 주었다.

"솔직히 저라도 이상하다고 생각했을 상황이거든요. 중요한 서류들인데 본인이 읽지를 않으니. 그래서 미리 생각해 놓은 변명이었어요. 잘 먹혀서 다행인 거고요."

"정말 우리 유 비서, 보너스 챙겨 줘야 하겠네."

"저, 보너스는 됐고요."

"뭐, 소원이라도 있어요? 말해 봐요. 소원 수리 가능합니다."

"술 한 잔만 사 주세요."

수호는 정면을 보고 잠시 생각에 잠겼다가 흔쾌히 승낙했다. 오전에 안의 언니라는 사람이 왔다 간 후로 내내 가라앉아 보이는 것이 신경 쓰이던 참이었다. 게다가 자신도 집에 일찍 가 봤자 잠들지 못하는 괴로움과 씨름하며 늦게까지 술병을 기울일 것이 뻔했다.

한적한 골목 안쪽에 있는 오뎅바는 인테리어도 남다르고 꼬치에 꽂힌 오뎅의 모양도 예뻤다. 수호는 예쁘고 멋진 것을 추구하는 사람인 것이 분명했다. 그가 걸치고 즐기는 것들은 모두 멋스러워 보였다. 상림의 말대로 얼굴이 그 모든 것을 완성하는 것도 있겠지만, 천성 자체가 멋을 추구하는 사람이었다.

"아니, 무슨 오뎅바가 이렇게 고품격이에요? 여기저기 금칠이네. 오뎅에도 금이 있나? 오뎅도 비싸!"

"좀 그렇죠? 그런데 여기가 맛도 있고 서비스도 좋고. 무엇보다 한적해서 편해요."

"오뎅을 금값에 파니까 한적하죠."

이미 평소 주량을 넘어선 안은 어눌해지는 발음은 둘째치고 목소리에 기백이 서려 있었다. 평소 차분하고 조용한 그녀답지 않았지만, 유쾌해 보이는 것이 나쁘지 않았다. 종일 생각에 빠져 처져 있던 모습보다는 한결 보기 편했다.

"이제 기분이 좀 나아졌어요?"

안의 손에 들린 소주잔을 슬며시 빼돌린 수호가 대신 차가운 녹차 잔을 들려주었다.

"네, 원장님 덕분에, 좋아졌어요. 고맙습니다."

"힘든 시간을 보냈겠어요."

무슨 말일까. 잠시 생각을 더듬던 안은 그가 지금 그녀의 이혼을 언급한다는 것을 알아들었다. 부러 자신을 외면한 채 가볍게 흘리듯 말하고 있지만, 모든 걸 털어 내고 내일부터는 어둡지 말라는 의미까지 충분히 전달받았다.

"아니요. 전혀 아니요. 사실 아직 이혼이 마무리 지어진 것도 아니에요. 서류 넣은 지 얼마 안 됐거든요. 이혼이 생각보다 별것 아니더라고요. 뭐 결혼도 별것 아니었지만."

"흠……."

괜한 말을 꺼냈나. 수호는 취기가 오른 안이 구구절절 사연을 꺼내 놓을 것 같아 부담스러워지기 시작했다.

"그런데요. 서로 사랑했다면 진짜, 진짜 힘들었겠죠?"

"그렇겠죠."

실연으로 힘든 수호는 그녀의 말에 절실하게 동감하며 고개를 끄덕였다. 하영을 사랑해서 힘들었으니까. 그래서 글씨도 못 읽는 병신이 됐으니까.

"그런데 우리 부부는 사랑하지 않았거든요. 사랑한 적이 없었어요. 선봐서 결혼했고, 결혼했으니까 살고……. 애는 안 생기고."

"거봐. 유 비서, 힘들었네. 사랑하지 않고 살았으니까 힘들지."

"아하, 그렇구나. 대신에 헤어져도 안 힘들잖아요. 개이득!"

어찌 말이 또 그렇게 되는지. 수호는 살짝 꼬부라지고 어눌해졌을 망정 그녀의 말이 나름대로 설득력 있게 느껴졌다.

"그런데요. 원장님, 저는 잘 몰라요."

"뭘요?"

"사랑이요. 사랑을 받으면 어떤 기분인지 몰라요. 아무도, 아무도 저를 사랑하지 않아서 알 수가 없어요. 그냥 짐작하고 상상하는 거예요. 그런 기분이겠지, 그러면 행복하겠지 하면서요. 사실, 사랑하는 기분도 잘 몰랐는데 요즘은 조금 알 것도 같아요."

조잘조잘 떠들던 안은 말을 그치고 수호를 바라보며 씨익 웃었다. 느리게 끔뻑거리는 눈매에 걸린 웃음은 관능도 아니고 유혹도 아니었다. 그럼에도 순간 수호의 마음 어딘가가 움찔거렸다. 안의 눈이 품고 있는 아늑한 빛이 따스하게 녹아내리는 것처럼 보였다.

"사랑은 힘들어요."

수호는 무심코 속말을 뱉고 말았다. 어쩐지 저 넉넉하고 따뜻한 눈빛 앞에서 자신의 드높은 자존심 따위 잠시 내려놓고 싶었다.

"원장님처럼?"

"그게 무슨 말이죠?"

안은 수호에게 향했던 눈길을 거두었다. 머릿속에서 하영을 끌어안고 사랑한다고 속삭이던 수호의 모습이 떠오르자 더는 그를 제대로 볼 용기가 없었다. 부끄럽고 난감하고……. 샘이 났다.

"사실, 저 봤어요. 회식 날 이태원 바에서 추하영 아나운서랑 원장님이요. 어렴풋이 루머로만 알고 있었는데 조금 놀랐어요. 힘든 시간을 보낸 건 제가 아니고 원장님인 거 같네요."

끄응. 수호의 가슴 깊은 곳에서 못마땅함을 품은 신음이 올라왔다. 감정에 취해 타인의 시선을 고려하지 못한 것이 내심 마음에 걸리던 참이었는데 아니나 다를까 목격자가 있었다.
"추하영 바보."
한참 입술을 삐죽거리며 머뭇대다 쏟아 낸 안의 말이 수호를 웃겼다.
"풋! 뭐요?"
"바보라고요. 나 같으면 원장님 택해요. 그깟 JS 최진원 따위. 허여멀건 샌님처럼 생겼잖아요. 별로야, 별로."
그깟 얼굴뿐인 병원장보다 대기업 재벌 4세가 실속 있다던 뒷말들이 난무했었다. 그런데 이 여자는 그깟 JS 최진원 따위라고 시원하게 깔아뭉개 준다. 속이 시원했다.
"고맙네요. 편들어 줘서."
"그럼 우리 같은 편인 거죠? 비밀도 서로 하나씩 들켰고."
"그래요. 같은 편, 그거 합시다!"
까닥까닥 위태롭게 몸을 흔들던 안이 손바닥을 내밀었다. 수호는 자신과 한편이 되기로 한 안의 손바닥을 힘 있게 맞부딪쳐 주었다. 경쾌하게 울리는 파열음에 명치끝이 시원하게 뚫리는 기분이었다.
두 사람은 오뎅바를 나와 밤거리를 걸었다. 술도 깨고 저물어가는 계절의 끝도 즐겨 보자고 뜻을 모은 결과였다.
"같은 편, 유 비서."
"네."
"혹시 내가 왜 난독증이 왔는지 들었어요?"
"상림이한테요? 자세한 건 몰라요. 일시적이고 심리적일 거라고 뭉뚱그려 말했어요. 그래서 언제 멀쩡해져서 잘릴지 모르니 페이를 높이 쳐서 받으라고 했죠."

"허허, 참."

수호는 절친한테까지 말을 아낀 상림을 칭찬해야 할지, 너무하다 해야 할지 판단이 서지 않았다.

"현 선생 말대로 심리적인 거예요. 치료를 받으려고 알아보고 있어요."

"그런데 난독증이 갑자기 생기기도 해요?"

"알아보니. 그렇기도 합니다."

"심리적이라면……. 혹시 추 아나 때문에요? 어머, 대박."

안이 손뼉까지 치며 시끄럽게 반응하자 수호의 굵은 목소리가 날카롭게 높아졌다.

"재밌습니까?"

"아니, 왜 저한테 짜증이세요? 추 아나한테 화를 내셔야지. 내가 한강인가? 여기서 화풀이하게?"

안은 여리고 아름다운 모습으로 수호 앞에서 흐느끼던 하영이 얄미워졌다. 누구는 자기 때문에 글도 못 읽게 됐는데, 매일같이 온갖 매체에 등장해서 행복한 미소를 지어 대니 말이다.

11월 초의 밤은 어느덧 겨울이었다. 가을 외투로 버티기에는 무리가 있었다. 안은 오소소 떨리는 몸을 추스르며 걸었다.

"이게 무슨 가을이에요? 깊어 가는 가을을 만끽하자더니 얼어 죽겠어요. 벌써 겨울이야."

"나, 참! 유 비서도 가는 계절이 아쉽다고 같이 걷자고 했잖아요?"

"아, 몰라요. 입고 있는 재킷 좀 주시면 안 돼요? 너무 추워서 뇌까지 얼어붙는 것 같아요."

"나도 추운데."

수호는 장난스럽게 몸을 사리며 입고 있는 헤링본 재킷을 꼭 여미는 시늉을 했다. 사실 아까부터 이까지 딱딱 부딪치는 안이 걱정스러워 뭐라도 해 줘야 하나 고민하던 참이었다. 그런 속내를 알 길 없는 안은 야속하다는 듯 수호를 곱게 흘겨보았다.

"저 감기 몸살 걸리면 누가 원장님께 글씨 읽어 줄 것인지……."

"여기 있어요. 입어요, 입어! 이제 택시 잡읍시다. 귀하신 몸 감기 걸리기 전에."

수호가 넉살 좋게 받아치며 재킷을 벗어 안의 어깨에 푹 덮어씌웠다. 수호가 막 벗어서 덮어 준 재킷은 담요처럼 포근했다. 안은 그의 재킷에 스민 체온의 열기와 체향이 날아가는 것을 아쉬워하는 자신이 변태처럼 느껴졌지만, 은근 좋았다. 아니, 대놓고 좋았다. 마구 즐기기로 마음먹었다. 안은 제 몸을 감싼 커다란 재킷의 앞섶을 움켜잡고 택시를 잡느라 바쁜 수호에게 터벅거리며 다가갔다.

"원장님!"

"왜요. 아직도 추워요?"

"아니요. 엄청 따뜻해요. 일단 고맙고요. 혹시, 원장님 난독증이 일시적이고 원인이 실연이라면요……."

"예. 반드시 일시적이어야 하고 분명 실연이 원인입니다. 추하영 결혼 기사 본 순간부터 이 지경이니까요."

"그럼, 사랑을 하면 고쳐지지 않을까요?"

"예?"

"사랑을 잃어서 글씨를 잊으셨잖아요. 그럼 다시 사랑하면 글씨가 돌아올지도……."

"소녀 같네. 우리 유 비서."

안의 얼굴이 환하게 펴졌다. 오늘 벌써 그에게 두 번째 듣는 유 비서 앞에 붙는 '우리'라는 접두어가 무척 마음에 들었기 때문이다. 수호에게 좀 더 의미 있는 존재가 되는 기분이었다.

"왜 그렇게 웃어요? 재미있어요?"

"아니요. 재미없어요. 그 대신 좋아요."

"뭐가요?"

"원장님이요."

"……!"

수호는 두 눈을 깜빡이는 것 말고는 할 수 있는 것이 없었다. 갑자기, 뜬금없이 받은 고백의 의미를 어느 정도 무게로 받아들여야 하는지 가늠이 되지 않았다.

"아, 그, 유안 씨……."

"워워, 두려워 마세요. 해치지 않아요! 원장님, 팬 많죠? 저도 그런 거예요. 제가 말씀드렸잖아요. 처음 TV에 나온 원장님 보고 너무 놀라서 컵을 떨어뜨렸다고."

그제야 심각하게 금이 갔던 수호의 미간이 펴졌다.

"정말이죠? 정말 그냥 그런 의미죠?"

아직 술기운이 남은 거겠지? 수호는 그렇게 생각하는 편이 마음 편했다. 제 눈앞에서 아이 같은 맑은 얼굴로 좋아한다며 생긋 웃는 얼굴이 멀쩡한 정신의 서른 살 여자일 리 없어야 했다.

"네! 그러니까. 너무 걱정하지 마세요. 원장님 난독증도 지독한 불면증도 제가 다 도와 드릴게요. 이래 뵈도 저 병원에 있을 때 정신 전문 간호사 코스 생각하고 있었다고요."

"내가 불면증 있는 건 또 어떻게 알았어요?"

“저 실력 있는 간호사였다니까요! 아침마다 질질 끌다시피 늘어진 다크 서클, 핏줄 돋은 흰자위, 물 마시듯 퍼마시는 에스프레소, 구겨진 미간, 지끈거려서 수시로 문지르는 관자놀이 등등. 더 말씀드려요?”

“차라리 의대를 가시지.”

“그러게요. 저 공부도 곧잘 했는데. 엄마가 저더러 언니보다 잘나면 안 된다고 했거든요.”

“어어, 또 그렇게 처진 얼굴 하지 말아요. 내가 오늘 유 비서 기분 풀어 주려고 꽤 애쓴 거라고요.”

“정말요? 그렇다면 성공하신 거예요. 저 지금 기분이 꽤 상쾌하거든요. 상당히 춥긴 하지만. 하여튼 제가 안수호 팬클럽 회장인 거나 인정해 주세요.”

이미 술은 다 깨고 정신이 맑아진 지 오래였다. 하지만 안은 거짓된 취기를 빌려 그녀의 마음을 드러내 버렸다. 적당히 장난스럽고 부담스럽지 않도록. 그녀의 말에 못 말리겠다는 듯 절레절레 고개를 저으며 웃는 남자는 정말 장난으로 받아 주는 것 같았다. 수호에게 춥다고 툴툴거렸지만, 오히려 빨갛게 달아오르는 얼굴을 식히기에 더없이 고마운 추위였다.

* * *

출근 후 원장실에 들어온 수호는 은은하게 풍기는 기분 좋은 향에 코를 벌름거렸다. 익숙하고 편안한 향이었지만, 이 장소에서는 처음 맡아 보는 향이었다. 어딘지 모르게 바뀐 자신의 공간이 어색했지만, 굳어 있던 어깨 주변 근육이 이완되면서 마음까지 가벼워졌다.

"오셨어요?"

긴 머리를 하나로 단정히 묶고 짙은 초콜릿색 바지 정장을 차려 입은 안이 환하게 웃으며 수호를 반겼다. 오늘따라 기분이 좋아 보이는 그녀는 어젯밤 장난스럽게 투덕거리던 모습의 연장선으로 느껴졌다.

"유 비서도 굿모닝!"

수호는 기분 좋은 향기와 안의 밝은 모습에 절로 미소가 떠올랐다. 테이블 위에는 세탁된 가운이 멸균 비닐 팩에 담겨 있었다.

"지난주에 세탁업체를 바꿨어요. 새로 생긴 업체인데 소독이며 멸균 과정이 철저하더라고요."

"언제 그런 일까지 처리했어요? 자꾸 이렇게 일 잘하면 내가 점점 의지하게 되는데."

"의지하세요. 월급 많이 받는 전담 비서이자 팬클럽 초대 회장이잖아요."

안은 멸균 팩을 뜯어내고 깨끗하게 세탁된 가운을 수호에게 건넸다.

"그거 농담인 줄 알았는데. 정말이었어요? 술김에 장난하는 줄 알았는데."

"술김은 맞는데 장난은 아니었어요."

"그런데 이 향 뭐예요? 좋다."

수호는 향이 어디에서 나는지 알 수 없어 주변을 기웃거렸다.

"좋죠? 라벤더하고 이것저것 섞은 아로마 향이에요. 불면증과 두통에 좋대요. 제가 어제 그랬잖아요. 원장님 불면증도 제게 맡기라고. 이런 것 저런 것 하다 보면 난독증까지 좋아질 수도 있잖아요."

"내가 난독증 다 나으면 유 비서는 실직할 텐데요."

농담처럼 하는 말이었지만, 현실적인 말이었다. 안은 글을 읽는 데 어려움을 겪는 그를 위해 고용됐을 뿐이니까.

"저 직업 따로 있어요. 지금 원장님 때문에 쉬엄쉬엄하고 있지만."

"그래요? 뭔데요? 전문적인 기술이 필요한 건가?"

"네. 나름 전문직."

"……?"

안은 수호에게 따듯한 머그잔을 내밀었다. 수호는 그것이 무엇인지도 모르고 얼결에 받아 들었다. 과하지 않은 향이 나는 차를 한 잔 마신 수호는 커피 생각이 간절한 탓에 인상을 써 버리고 말았다.

"저, 사실 소설가예요. 아름다운 이야기를 쓰는 로맨스 소설가요."

덤덤한 척 말하는 안의 목덜미와 귓불이 붉어지는 것이 보였다. 수호는 그 모습이 꽤 귀염성 있게 느껴졌다.

"정말? 현 선생한테 못 들었는데."

"상림이가 남의 말 열심히 하는 타입은 아니잖아요."

"그렇긴 하죠. 그런데 신기하네요. 제목이 뭐예요? 나도 한번 읽어 봅시다."

안은 팔짝 뛰며 손을 내저었다. 살짝 붉었던 목덜미의 붉은 기운이 순식간에 이마까지 번졌다. 저러다 정수리에서 칙칙폭폭 증기라도 뿜어낼 것 같았다.

"안 돼요! 원장님은 절대 못 읽으세요. 너무 꽁냥거리고 오글거려요. 특히 제 글은 더 심하다고요."

피식, 웃던 수호가 긴 손가락으로 제 관자놀이를 긁었다. 잠시 망설이는가 싶던 그의 입술에서 놀라운 문장들이 튀어나왔다. 굵고 낮은 저음으로 읊조리는 소리에 놀란 안의 눈동자에 경악의 빛이 스쳤다.

"서후는 이현이의 아름다운 눈동자에 빠져들었다."

"으악!"

수호가 키득거리며 자신의 자리에 앉아 컴퓨터를 켜고 모니터 속의 글씨를 응시했다. 오늘도 여전히 글씨들은 상형문자처럼 어지러웠고 난해했다. 그때 수호의 책상을 넘어올 기세로 안이 불쑥 다가왔다.

"그걸 어떻게 알고 계신 거예요? 설마 제 글 독자?"

이 짐승남이? 안의 상상 속에서 성난 근육질의 남자가 지극히 남자다운 모습으로 핑크빛 광채가 샤방샤방한 자신의 글을 읽는 생경한 장면이 펼쳐졌다.

"내가 지금 그럴 수가 없는 처지잖아요. 그러고 보니 읽어 보고 싶네. 인디깝다. 문맹인이 슬픔이여."

"아, 맞다. 글을 못 보시지. 그런데 정말 어떻게 아시는 거예요?"

"유 비서가 읽는 소리를 들었어요. 지난주 점심시간에 내가 자는 줄 알고 소리 내서 읽던데."

"아……. 제가 또 소리 내서 읽었나 봐요. 제가 글을 읽을 때 저도 모르게 중얼거리는 버릇이 있거든요."

안은 앞으로 병원에서 글을 쓸 때는 특별히 혼자 있는 곳으로 숨어 들어가리라 마음먹었다.

"덕분에 잘 잤어요."

"네?"

"자장가처럼 듣기 좋았어요. 목소리가 좋다고 내가 말했죠?"

"예. 면접 보던 날 그런 말씀 하셨어요."

"잠깐이었는데 아주 푹 자서 그날 내내 컨디션도 좋았어요. 늦었지만 고마워요."

"아니, 뭘요."

안은 오늘도 눈 밑에 검은 그늘을 지고 있는 수호가 신경 쓰였다. 아침에 유난히 피곤해 보이는 그는 점심 무렵이 지나서야 활기차 보이곤 했다. 언제부터 잠을 제대로 자지 못한 것일까. 안은 그의 사소한 것에 조금씩 침범하고 싶은 욕구를 느꼈다.

* * *

점심을 부리나케 먹고 난 안은 원장실에 들어와 아로마 향초를 켜고 잔잔한 명상 음악을 들릴 듯 말 듯 틀어 놓았다. 수호가 들어와 쉬는 동안 편안했으면 좋겠다는 바람뿐이었다. 연하게 우린 대추차를 머그잔에 따르는 중 안의 전화벨이 울렸다. 발신인을 확인한 안의 표정에 불쾌한 그늘이 졌다.

"여보세요."

- 나야. 잘 지내?

"됐고. 무슨 일이에요?"

- 집은 미안해. 당장 갈 곳이 없어서 우선 들어와 있으라고 했는데, 나 없는 동안 그런 소란이 일어날 줄은 몰랐어.

이유 같지 않은 이유라더니. 신준의 변명은 구차함과 뻔뻔함, 그리고 무책임함까지 두루 갖추고 있었다.

“지금 그걸 변명이라고! 됐어요. 핑계 듣고 싶지 않아요. 부동산에 내놨으니까 곤란해지기 전에 빨리 정리하고 나가요.”

– 알았어. 그런데……. 여보.

“호칭 주의해 줘요. 지금 누가 누구의 여보라는 거예요?”

안의 목소리가 앙칼지게 튀어나왔다. 그녀답지 않은 반응에 놀랐는지 신준의 목소리가 좀 더 조심스러워졌다.

– 여보, 미안한데 토요일이 아버지 제사야.

“그래서요.”

– 제사 음식 말이야. 진주가 아직 나이도 어리고 경험이 없어서 못 하겠대. 어머님도 몸이 많이 안 좋고. 그래서 네가 와서 좀 도와줬으면 해서.

어이가 집을 나갔는지 말문이 막혔다. 이 정신 나간 인간이 얼굴에 무쇠 철판이라도 깔았나. 안은 화가 나는 것은 둘째치고 이런 사람과 살을 맞대고 살았다는 것이 인생의 치욕으로 느껴졌다.

“…….”

– 여보세요? 여보!

“미쳐도 곱게 미치세요. 이혼 소장 내놓은 사이에 와서 제사 음식 만들라는 게 인간의 입에서 나올 말이에요?”

– 알아. 염치없지. 그런데 어떡해. 할 수 있는 사람이 없잖아.

“그건 잘난 그쪽 집안 구성원끼리 알아서 하세요! 당신, 지금 내 가슴에 꽂은 비수의 손잡이를 잡아서 비틀고 있어. 이 소시오패스야!”

안은 버럭 외마디 소리를 지르고 전화를 끊어 버렸다. 제사 음식을 도우라고? 뭐 진주는 나이가 어려서 못 해?

스물다섯에 결혼한 안은 결혼식 다음 달에 닥친 제사부터 책임을 져야 했다. 얼굴 한번 본 적도 없는 시할아버지의 제사에 정성을 운운하던 구 시어머니는 입만 정성스러웠다.

"스물둘이나 다섯이나! 나한테는 그것도 못 하느냐고 성질부리더니. 정 뭐하면 사서 차리든가."

안은 따듯한 대추차를 머그잔에 따르면서 내내 삭이지 못한 분을 터트렸다. 양손에 한 잔씩 들고 뒤를 돈 순간 안은 너무 놀라 대추차를 옷에 쏟아 버릴 뻔했다.

"원장님!"

"그거 제 거예요?"

수호가 커다란 등받이가 특징인 자신의 원장님 의자를 반 바퀴 돌리더니 자리에서 일어나 안에게 다가왔다. 무안한 표정을 감추지 못하고 빨갛게 얼어붙은 안에게서 받아 든 머그잔에는 달짝지근한 향이 풍기는 대추차가 찰랑거렸다.

"죄송해요. 계신 줄 몰랐어요."

"그런 줄 알았어요. 나는 나갔어야 했는데 어쩌다 보니 다 듣게 됐네요. 내가 더 미안해요. 그런데 정말 화나겠어요. 유 비서 말대로 남편이 소시오패스네."

"쉬세요. 대추가 숙면에 좋대요. 커피는 아침에 한 잔 정도만 드시는 게 좋겠어요. 숙면과 두통에 좋은 차를 여러 가지 바꿔 가면서 드시는 게 좋을 것 같아서 준비했어요."

안은 일부러 자신의 이야기를 쏙 빼놓고 화제를 돌려 버렸다. 신준 같은 파렴치한 남편과 살았다는 이유만으로 동정 받고 싶지 않았다.

“그럼 아침에 나한테 먹인 것도 잠에 좋은 겁니까?”

“네. 잠깐이라도 눈 좀 붙이세요. 저는 나가 있을게요.”

“실은 잠이 오는데……. 잠이 안 옵니다.”

사실 수호는 안이 들어오면 뭐라도 좀 읽어 달라고 부탁할 생각이었다. 자신의 자리에 앉아 문을 등지고 눈을 감고 있던 수호는 종종거리며 아로마 향을 피우고 음악을 틀어 주는 그녀의 정성을 즐기고 있었다. 누군가가 자신을 챙겨 주고 돌봐 주는 기분을 느낀 것이 얼마 만인지. 수호는 오랜만에 느끼는 푸근한 감성에 젖어 기척을 내는 것을 잊고 있었다.

안은 잠이 오는데 잠이 안 온다는 수호의 말을 제대로 알아들었다. 수면 장애를 호소하는 그에게 자신이 더 해 줄 수 있는 일이 없음에 안쓰럽게 그를 쳐다보았다.

“이런, 어쩌죠.”

수호는 불면증이 자신의 책임이라도 되는 양 미안해하는 안을 바라보며 더 미안한 표정을 지었다. 안의 눈앞에 할 말을 참느라 달싹거리는 수호의 입술이 보였다. 연달아 마른 입술을 혀로 축이고 아랫입술을 질끈 무는 모습까지. 수호가 의도하지 않은 관능과 마주친 안은 자신도 모르게 두 주먹을 불끈 쥐었다.

“그……. 유 비서, 정말 미안한데.”

“네, 말씀하세요.”

변태 새끼라고 생각하면 곤란한데. 수호는 굵직한 목울대를 꿀렁이며 마른침을 삼켰다.

“아무 서류나 좀 소리 내서 읽어 줄 수 있을까요? 좀 이상하지만,

아니, 많이 이상하겠지. 오해하지 말고. 지난번에 유 비서가 글 읽는 소리가 너무 좋아서 금방 잠이 든 게 자꾸 생각나서 시험해 보고도 싶고. 정말 유 비서 목소리에 그런 효능이 있는지. 아, 부담스럽거나 싫으면 거절해도 됩니다."

수호의 눈동자와 목소리가 두서없이 흔들렸다. 커다란 남자가 별것도 아닌 것을 부탁하면서 저리도 쑥스러워 하다니. 안은 그 모습에 또 마음이 살랑이는 자신의 주책맞은 마음을 다독였다.

"그러죠, 뭐. 그럼, 어떤 걸 읽을까요? 지난번 홈쇼핑 MD한테 받은 서류를 읽을까요?"

"그것도 괜찮고."

"그럼 자리 잡으세요. 읽어 드릴게요."

너무나 아무렇지도 않게 흔쾌히 자신의 부탁을 들어주는 여자. 수호는 문득 그녀라면 자신의 모든 것을 놓아 버려도 다 받아 줄 것 같은 홀가분함을 느꼈다. 상담용 의자에 앉아 목소리를 가다듬는 안을 보며 수호는 편안하게 몸을 늘이고 눈을 감았다.

"흠흠! TV 홈쇼핑 표준 계약서. 월드 홈쇼핑(이하 홈쇼핑이라고 한다.)과 'The 미래 성형외과'는 다음과 같이……. 풉! 푸하하!"

수호가 이제 막 안의 목소리에 흡족해 하던 찰나였다. 서류를 읽던 안이 갑자기 웃음을 터트리더니 배를 잡고 깔깔거리기 시작했다.

"왜 웃어요. 난 지금 진지한데."

역시 변태스러웠나? 수호는 자신의 드높은 자존심에 바삭거리며 금이 가는 소리가 들리는 것 같아 잔뜩 인상을 찌푸렸다. 더불어 민망함을 감추기 위해 더 험악한 인상을 지었다.

“아하하. 아, 죄송해요. 사실 이런 딱딱하고 재미없는 서류를 읽어 드리면서 주무시라고 하는 게 어색해서요. 다음부터는 소설책이나 시집을 읽어 드릴게요.”

생각지 못한 안의 제안에 수호는 너무나 손쉽게 마음을 풀었다.

“정말입니까? 다음에도 읽어 줄 거예요?”

“네! 밤새 못 주무셨으니까 점심시간에 토막잠이라도 주무시라고요.”

이렇게 고마울 때가. 수호는 자신도 모르게 안의 두 손을 부여잡고 흔들 뻔했다. 자기를 대신해 글씨를 읽어 주겠다고 면접을 왔을 때보다 더한 고마움이었다.

“정말입니다! 그 약속!”

안이 야무지게 고개를 끄덕여 주자 수호의 늠름한 얼굴에 어린 소년을 연상시키는 순진무구한 기쁨이 떠올랐다.

“자, 그럼 오늘은 어쩔 수 없으니 아무거나 좀 읽어 줘요.”

“안 돼요.”

안의 단호한 태도에 수호의 흡족했던 표정이 금세 시무룩 빛을 잃었다.

“왜요?”

“풉! 뭐예요. 그 표정. 꼭 나라 잃은 사람처럼. 벌써 점심시간이 십 분밖에 안 남았어요. 오늘은 어쩔 수 없이 피곤해도 참으셔야 해요.”

시간을 확인한 수호는 낭패했다는 듯 주먹을 휘둘렀다.

“하……. 무슨 시간이 이렇게 빨리 가. 그럼 커피라도 마셔야겠다.”

"안 돼요."

흥얼거리며 커피 머신으로 가던 수호의 발걸음도 안에게 붙들렸다.

"또 왜요?"

"제가 커피는 아침에 한 잔만 드시라고 했잖아요. 종일 피곤하다는 이유로 카페인을 달고 사시는 것 같아요. 참으세요. 악순환을 끊어야 해요."

"으아! 왜 이렇게 나를 컨트롤하려고 해요?"

"저는 지금 의료인으로 말씀드리는 거예요. 원장님도 환자들이 말 안 들으면 좋으세요?"

의료인이시란다. 아주 완벽히 틀린 말은 아니라 수호도 더는 반박하지 못했다. 자신을 생각해 조언하는 의료인의 말을 의사가 되어 씹어 먹을 수는 없었다.

"후……. 알겠습니다. 알겠어요!"

수호가 내지르는 체념의 대답 속에 짜증과 화가 섞여 있었지만, 안은 부드럽게 웃으며 고개를 끄덕였다. 그가 대견하다는 듯. 그 모습에 용기를 얻은 수호가 매력적이고 섹시한 미소를 뿜어냈다.

"근데 오늘까지만 봐주면 안 됩니까? 글도 안 읽어 줬잖아요!"

하지만 돌아오는 것은 하얗게 치뜬 안의 곱지 않은 눈길이었다.

"알았어요. 알았어!"

* * *

씩씩거리며 관자놀이를 지압하는 안의 스트레스가 극에 달해 있었다. 심신 안정에 좋다고 뿌려 놓은 진료실의 아로마 향도 그녀의 곤두선 신경을 다스리지 못했다.

"왜 이렇게 전화를 안 받아."

전남편 배신준은 벌써 안이 여러 차례 걸고 있는 전화를 착실히 무시하는 중이었다.

'아니, 집을 내놓으면 뭘 해요? 문을 안 열어 줘서 매수자가 찾아와도 구경을 못 시켜 주는데. 벌써 이게 몇 번째예요?'

부동산마다 안에게 전화를 걸어 내놓은 집을 어떻게 할 것인지 결정하라며 닦달이었다. 부동산 사장님들이 짜증 낼 만한 상황이기에 안은 미안하다는 말만 앵무새처럼 반복해야 했다. 한 번만 더 걸어 보고 연락이 안 되면 집으로 찾아가려고 결심하던 참이었다. 드디어 연결된 전화기 속 신준의 목소리는 안의 초조한 마음과 달리 태평하다 못해 심드렁했다.

- 여보세요.

"왜 이렇게 전화를 안 받아요."

- 바빴어.

안은 자신의 불편한 목소리 따위 안중에도 없는 바람난 남편의 태평한 말투를 듣자 슬슬 약이 올랐다. 이를 앙다물고 치미는 화를 견뎠다.

"부동산에서 찾아가면 문 열어 줘요. 계속 이런 식으로 나올 거예요?"

- 그게……. 안 그래도 집 문제로 의논 좀 하려고. 집을 팔아서 재산을 나누면 그 돈으로 얻을 수 있는 집이 없어. 애가 천식이 있어서 양육 환경이 중요하거든.

"그건 내 알 바 아니고요."

– 사람이 왜 이렇게 잔인해? 퇴근이 몇 시야? 만나서 의논 좀 해. 서로 좋은 방향으로 이끌도록 대화 좀 해야겠어.

안은 어처구니없는 신준의 타박 앞에 벙어리가 되고 말았다. 한순간에 안은 바람난 남편에게 뒤통수를 맞은 피해자에서 인정머리 없는 잔인한 여자가 되어 버렸다.

* * *

퇴근 후 안은 병원 근처 카페에서 신준을 기다리고 있었다. 약속 시각에서 10분쯤 지났을 무렵 신준에게서 전화가 왔다.

"어디예요?"

– 밖으로 좀 나와. 카페 앞에 차 세워 두고 있어.

안은 전화를 끊지 않고 엉거주춤한 품새로 나가 보았다. 익숙한 신준의 중형차가 보였다. 신준은 차에서 내릴 생각이 전혀 없는지 시동도 끄지 않고 있었다.

"안 들어오고 여기서 뭐 해요?"

"뭐 하러 커피값을 써. 차에 타. 여기서 얘기해."

"싫어요. 커피는 제가 살 테니까. 카페로 들어가요."

"내가 바빠서 그래. 잠깐 타."

"그럼 그냥 서서 얘기할게요. 당신은 차에 있든지 해요."

짜증난다는 듯이 안을 사나운 눈길로 쳐다보던 신준이 한숨을 내쉬었다.

"알았어. 집은 당장 못 옮겨. 그렇게 알아. 대신."

도대체 저 뻔뻔한 입에서 나올 기상천외한 조건이 뭘까. 안은 불안으로 떨리는 가슴을 달래며 침착하게 다음 말을 기다렸다.

"내가 퇴직금 정산 받아서 조금 해줄게. 그거부터 받고 부족한 금액은 다달이 갚아 나갈게."

"미친놈."

자신을 지칭하는 세 음절의 강력한 호칭을 들은 신준의 눈알이 당장 바닥으로 쏟아질 듯 커졌다.

"뭐?"

"싸가지도 없고, 양심도 없고, 의리도 없는 재수 없는 놈."

"이 여자가 미쳤나!"

당장 차에서 내릴 듯이 창밖으로 몸을 내미는 신준을 피해 안이 두어 걸음 뒤로 물러났다. 하지만 가슴속에 응어리진 말들은 주저없이 실타래가 풀리듯 술술 이어져 나왔다.

"당신은 결혼 서약도, 부부간의 신뢰도 깨 버린 놈이고, 그것에 대한 미안함이 개미 발톱의 때만큼도 없는 놈이야. 그런데 내가 당신 말을 어떻게 믿어? 다달이 갚는다고? 다달이 통장에 돈이 들어올 리도 없지만, 들어올 때마다 재수 없는 당신과 당신 가족이 떠오를까 봐 두려워. 아니, 짜증 나. 지질하게 질질 끌지 말고 깨끗하게 재산 분할합시다. 사랑하는 당신 엄마랑 같이 살면 되겠네. 툭하면 혼자 사는 우리 엄마 불쌍해서 어쩌냐고 했잖아."

신준은 어안이 벙벙했다. 결혼 5년 동안 한 번도 보지 못했던 아내의 모습에 충격을 받았다. 이렇게 대차고 살벌한 여자였나? 항상 웃는 낯으로 예스만을 외치던 여자였다. 그 힘들다는 종합병원 3교대 근무를 하면서도 이를 악물고 웃던 여자였다. 살림이며 돈벌이며 차고 넘치게 잘한다는 것을 신준도 알고 있었지만, 그녀의 재능이라고 생각했다. 나이트 근무를 끝내자마자 집안 대소사에 끌려가서도 묵묵히 할 일을 하던 전형적인 곰 같은 마누라였다. 그랬던 아내가, 그렇게 수더분하기만 하던 여자가 불만을 줄줄 읊으며 그를 노려보고 있었다.

"아, 아니야! 나도 양심이 있지. 정말 다달이 꼬박꼬박 챙겨 줄 생각이었다고."

"챙겨 주긴 뭘 챙겨 줘요. 마치 고양이 쥐 생각하듯 하는데 건방진 거 알아요? 그 집 사는 데 당신 돈 쥐꼬리만큼 밖에 안 들어갔어. 양심이 있고 기억력이 있으면 생각이라는 것 좀 해요."

안은 5년간 해 보고 싶었던 말을 조금씩 꺼내 놓았다. 사랑받으려고 부단히 노력했던 결혼 생활이 끝난 마당에 가릴 것이 없었다.

안은 결혼하면서 원대한 꿈을 가졌었다. 남편에게, 가족에게 인정받고 사랑받고 싶었다. 어릴 적부터 가족들에게 냉대 받았던 안은 시댁 식구들이 자신을 편견 없이 바라봐 주길 바랐다. 예전 삶은 지나고 새 삶이 시작된 줄 알았다. 그래서 노력하고, 노력하고, 또 '노오력'을 한 그녀에게 결국 돌아온 것은 '호구' 타이틀이었다.

"어쩔 수 없네요. 재판으로 가요. 나는 더 할 말 없어요. 잘 가요."

안은 당차게 돌아섰지만, 솔직히 무서웠다. 누군가에게 이렇게 가시를 세우고 하고 싶은 말을 쏟아 낸 적이 처음이었고, 상처를 준 적도 처음이었다. 아니나 다를까 안의 등 뒤에서 차 문이 여닫히는 소리가 들리고 신준의 급한 발소리가 들렸다. 안은 발가락이 오그라드는 불안에 압도되어 발걸음에 속도를 더했다.

"잠깐, 아직 얘기 안 끝났어. 같이 좀 가."

"이거 놔요!"

신준이 바삐 걷는 안의 팔을 붙들고 끌어당겼다. 안의 대답이나 의견은 깡그리 무시당했고 그녀는 신준의 강압적인 힘에 질질 끌려갔다.

"차에 좀 타."

"싫어요. 대체 왜 이래요? 더 할 말 없다고요!"

"알았어. 얘기는 그만하고. 일단 우리 집에 좀 가자. 제발 부탁이다."

"뭐라고요?"

순간 안은 어제 신준과 통화했던 내용이 기억났다. 이건 뭐 지질이 종합 세트도 아니고, 같이 살 때는 모른 척 지나쳤던 신준의 치졸함에 소름이 끼쳤다.

"왜요. 내가 왜 가야 하는데요."

"내일이 제사야. 장은 진주랑 우리 엄마가 다 봐 놨대. 가서 좀 도와줘. 진주는 할 줄 아는 것이 하나도 없고, 엄마는 허리가 아프시단다."

"어머니 사시는 동네 시장 가면 제사 음식 주문할 수 있어요. 나물이며 전이며 다 파니까. 걱정하지 말고 사서 해요."

"야! 제사는 정성인 거 몰라?"

"그 정성 너희 집 식구끼리 모으라고요. 왜 생판 남인 나한테서 정성을 찾아요."

안의 말을 듣던 신준은 망설이던 입술을 놀렸다. 그가 이렇게 당당하게 나올 수 있는 근거를 제시해야 할 것 같았다.

"너……. 아직 우리 집 며느리라고."

차라리 벽에 대고 말을 하는 것이 낫지. 안은 더는 듣고 싶지도 말을 섞고 싶지도 않았다. 제 팔뚝을 움켜잡은 신준의 손을 있는 힘껏 뿌리치고 돌아섰다.

"유안! 어디 가!"

자신을 부르는 신준의 다급한 목소리와 함께 다시 안의 외투가 그의 손에 잡혀 끌려갔다.

"이거 놔! 놓으라고!"

"아직 네 의무 안 끝났어. 법적으로 우리, 아직 남 아니거든?"

신준은 콧김을 뿜으며 붉으락푸르락했다. 단단히 틀어쥔 안의 외투 자락을 흔들며 자신을 따라오라고 닦달했다.

"당신, 뭐야!"

짙은 분노가 느껴지는 낮고 굵은 남자의 벼락같은 호령. 그 목소리에 익숙한 안도, 처음 듣는 신준도 모두 놀라 정지 화면이 되었다. 엎어지면 코 닿을, 딱 그만큼의 거리 앞에 수호가 서 있었다.

* * *

이른 퇴근을 한 수호는 일주일 치 식량을 살 겸 마트로 외출을 나온 길이었다. 병원 앞 도로에서 천천히 차를 몰던 수호는 안이 웬 남자와 실랑이를 벌이는 모습을 보고 말았다. 아무래도 다투는 것 같은 모습에 걱정이 된 수호는 아예 차를 한쪽에 세워 두고 상황을 주시했다.

"저 사람이 남편인가?"

핸들에 올린 손가락을 톡톡 두드리던 수호는 괜히 남의 일에 참견하는 것이 아닌가 하는 망설임에 애써 무시하고 가던 길을 가려고 했다.

"어? 저 새끼가."

남자가 안의 팔을 낚아채고 옷자락을 잡아끄는 모습이 보였다. 여자가 겁먹기 충분한 상황이었다. 수호의 기준으로 결단코 남자가 해서는 안 되는 행동이었다. 차에서 내린 수호는 긴 다리에 정의감을 실어 성큼성큼 그들에게 다가갔다.

"아직 네 의무 안 끝났어. 법적으로 우리, 아직 남 아니거든?"

남자의 어이없는 헛소리를 듣고 말았다. 이혼 소송 중이면 이미 남보다 못한 사이일 텐데 의무 타령이라니. 수호의 짙은 눈썹이 사납게 꿈틀거렸다.

"당신, 뭐야!"

안 그래도 수호의 낮고 굵은 목소리는 힘이 있었다. 거기에 단호함이 얹히니 사나운 맹수의 포효만큼 공격적으로 들렸다. 월등한 신장과 체격의 차이와 남자다움 앞에서 신준 역시 작지 않은 덩치임에도 맥을 놓고 말까지 더듬거렸다.

"상, 상관하지 마세요. 부, 부부 사이 일입니다."

"지금 세상이 어느 때인데 아무리 부부 사이라도 그렇지, 사람을 강압적으로 끌고 가는 것은 납치 아닙니까?"

수호의 호통에 질린 신준의 힘이 약해진 틈을 타 안은 재빨리 수호의 옆으로 몸을 옮겼다. 그러자 수호가 슬쩍 안의 몸을 가리며 앞으로 나섰다.

"유 비서, 괜찮아요?"

"네, 원장님 덕분에 살았어요."

"뭐야! 둘이 아는 사이야? 도대체 무슨 사이야?"

신준은 미심쩍다는 얼굴로 두 사람을 쳐다보았다. 생판 남인 줄 알았던 길 가던 잘난 놈과 안이 주고받는 대화가 범상치 않게 들렸다.

"무슨 사이냐니? 무슨 질문 수준이 그래?"

수호는 지금 자신이 듣고 있는 신준의 말이 정상인의 것인지 의심스럽기까지 했다. 매서운 기세에 질린 신준이 수호의 눈길을 피하며 안을 다그쳤다.

"유안! 네가 말해 봐. 이거 나보다 더한 거 아니야?"

"뭐 눈에 뭐만 보인다더니. 직장 상사에요."

직장 상사라는 말에 신준의 입매가 비틀어졌다. 어디서 본 것 같다고 생각했던 남자의 얼굴을 이제야 알아보았다. 그 유명한 의사 양반 아닌가.

"이제 보니 너도 그리 정정당당할 것 없어 보이는데? 너 일부러 취직시켜 달라고 찾아간 것 아니야? 어떻게 해 보려고?"

신준은 TV에 수호가 나올 때마다 저 사람 잘생겼다고 감탄하던 안의 모습이 기억났다. 그 모습이 눈꼴셔 한동안 TV나 잡지에 수호가 나오면 신경질을 내기도 했었다.

"유 비서, 이 사람이 지금 뭐라는 거예요?"

"아……. 별것 아니에요. 신경 쓰지 마세요."

안의 얼굴이 빨갛게 달아올랐다. 안은 지금 신준이 무슨 생각을 하고 어떤 오해를 하는지 생각하자 쥐구멍을 찾아 숨고 싶은 심정이었다. 내가 저런 인간에게 사랑받아 보겠다고 5년이라는 시간을 그토록 애를 쓰고 살았단 말인가.

"어쨌든. 유안 씨는 당신과 더 이상 있고 싶지 않은 모양이니 돌아가시죠."

귀찮다는 듯 손을 훠이훠이 내젓는 수호가 불쾌했지만 신준은 그와 맞붙을 수도 없었고 더는 떼를 쓸 수도 없었다. 신준은 야속하다는 듯 안을 노려보았다.

"나는 당신이 이렇게 인정머리 없고 매정한 여자인 줄 몰랐어. 내가 늦게라도 눈이 밝아 인연을 찾게 된 것이 정말 다행이라는 생각이 드네."

"갈수록 개 짖는 소리만 하네."

수호의 등 뒤에 숨은 안이 지지 않고 쏘아붙였다.

"뭐? 이게 정말!"

신준은 수호의 등 뒤에 숨어 얄밉게 말대꾸를 하는 안을 잡아채려 달려들었다. 순간, 아악! 신준의 입에서 엄살 섞인 비명이 터져 나왔다. 안을 위협하려 달려들던 신준의 팔을 수호가 틀어잡고 있었다. 수호의 악력은 대단했다. 그저 잡혀 있을 뿐인데도 뼈가 아리고 뒤틀리는 통증이었다.

"으……. 이거 놔. 당신 폭력으로 신고할 거야!"

"너, 지금 무섭지?"

신준의 팔을 터트리기라도 할 기세로 힘을 주고 있는 수호의 목소리는 평온했고 음산했다. 그의 짙은 눈동자를 마주한 신준은 아무 말도 못 하고 마른침만 삼켰다.

"……."

"무서워 죽겠지? 그런데 여자는 어떻겠어? 신고해. 누가 더 곤란해지는지 해 보자."

수호가 내팽개치듯 팔을 놓아주자 잠시 비틀거리던 신준이 뒷걸음을 치며 멀어졌다. 신준은 수호의 눈치를 보면서도 안을 노려보는 것을 그만두지 않았다. 마치 그 야비한 눈빛이 그의 마지막 자존심이라도 되는 것처럼 차에 올라 자리를 떠날 때까지 안을 흘겨보는 것을 그치지 않았다.

멀어지는 얄미운 신준의 차 꽁무니를 보던 안이 아름드리나무처럼 제 앞에 버티고 선 남자의 넓은 등을 새삼스럽게 바라보았다.

"고맙습니다, 원장님."

"조심하세요. 전남편 맞죠? 도대체 어디를 그렇게 끌고 가려고 그러는 거예요?"

"시댁이요. 풋!"

순식간에 안의 얼굴이 달아오르는가 싶더니 갑자기 웃음을 터트렸다.

"이 상황에 왜 웃어요? 너무 놀라서 이상해진 거 아니에요?"

"너무 어이가 없고……. 부끄러워서요. 내일 시댁에 제사가 있는데 음식 할 사람이 없다고 데리러 온 거예요."

"……."

수호 역시 너무 어이가 없어 입만 벙긋거렸다. 듣자 하니 남편에게 다른 여자가 생겨서 이혼하는 듯했다. 그렇게 큰 상처를 준 주제에 이혼 절차를 밟고 있는 전처에게 제사 음식을 하라니. 그놈은 염치를 어딘가에 팔아먹고 다니는 모양이었다. 곁에 선 안은 피식거리며 웃고 있었지만, 텅 빈 얼굴이었다. 그녀의 허탈을 누구보다 잘 알 것 같았다. 텅 빈 마음에 들어차는 것은 허무함뿐일 텐데. 저딴 피식거리는 웃음으로 달래지지 않을 텐데.

"유 비서, 아직 저녁 전이죠?"
배라도 채워 줘야 할 것 같았다.

* * *

수호의 뒤를 쫄래쫄래 따라가고는 있지만, 안은 아직도 마음을 확실히 정하지 못했다.

'유 비서, 아직 저녁 전이죠?'

어디 가서 저녁이나 같이 먹자는 줄 알았다. 아니, 그러니까 식당 같은 곳에 가자는 그런 의미로 알아들었다.

'내가 밥해 줄게요. 아! 그 흔해 빠진 파스타 그런 거 말고. 제대로 된 밥상 차려 줄게요. 갑시다!'

안이 망설이던 찰나의 순간. 수호는 '75분의 1초'라는 그 짧은 '찰나'도 기다려 주지 않고 앞장서 걷기 시작했다. 그리고 어느새 안은 수호의 차를 탔고 다시 그의 집으로 통하는 병원 건물 엘리베이터에 오른 상황이었다.

"저, 원장님, 저는 아무래도 집에 가 봐야겠어요."

"왜요? 남자 집에 혼자 들어가는 게 좀 그래서요? 걱정하지 말아요. 유 비서는 내 타입 아니니까. 정 불안하면 현 선생도 불러요."

뭐 그렇게까지 현실적으로 콕 짚어 주고 난리람. 입술을 삐죽이던 안은 오기가 생겼다. 자신만만한 태도로 안의 코를 납작하게 짓누른 남자가 얄미웠다. 그의 이상형쯤은 얼마든지 가늠이 됐다. 추하영 같은 여자를 사귀었던 남자다. 저 큰 키의 정수리 꼭대기에 눈이 달린 남자 아니겠는가.

뉴스를 진행하는 추하영은 지적이고 단아했다. 웨딩 사진 속 추하영은 우아하고 세련돼 보였다. 일상 사진 속 추하영은 사랑스럽고 귀여워 보이기도 했다. 거기에 비교하면 유안, 자신은 그냥 여자였다.

"뭐 해 주실 건데요?"

수호는 자신을 매력적인 여자로 볼 리 없는 엄청 잘난 남자였다. 그냥 밥이나 얻어먹자.

"뭐든지요. 마침 오늘 장을 잔뜩 봤네? 유 비서 오늘 계 탔다."

오! 오! 계 탔다! 사실 그가 보여 주는 풍성한 장바구니 같은 것은 안의 눈에 들어오지 않았다. 수호가 양손에 든 커다란 마트 봉지를 번쩍 들어 올리자 걷어 올린 소매 아래로 굵은 힘줄들이 투두둑 솟으며 남성적인 존재감을 과시했다. 남자다운 팔뚝에 매료된 안은 침을 꼴딱 삼키며 그의 팔을 탐하듯 바라보았다.

"하하. 유 비서, 배 많이 고팠나 보네."

수호는 설마 안이 자신의 팔뚝을 보고 군침을 삼켰다고 생각하지 못했다.

두 번째로 수호의 집을 방문한 안은 그제야 인테리어가 눈에 들어왔다. 정말 재미없는 집이었다. 한 층을 툭 터서 사용하는 집은 넓었지만 아늑한 맛이 전혀 없었다.

"소파에 잠깐 앉아 있어요. 테이블에 리모컨 있으니까 재미있는 거 찾아보면 되겠네. 현 선생한테는 내가 전화할까요?"

"아니요. 상림이는 오늘 부모님이 올라오셔서 불러도 못 와요."

"아, 그렇구나. 그럼 왕짱만 부르죠, 뭐."

뭐가 그리 신이 나는지 수호는 휘파람까지 불며 주방으로 들어갔다. 안은 소파 한쪽에 외투와 가방을 내려놓고 수호를 따라 주방으로 들어갔다.

"왜요? 뭐 필요한 거 있어요? 아! 마실 거?"

"아니요. 저도 같이 도우려고요."

"노! 노노노! 손님이잖아요. 절대 안정하고 놀고 있어요."

환자도 아닌데 절대 안정이라니. 조금씩 주방에 발을 들여놓던 안의 몸을 수호가 핑그르 뒤로 돌려 밖으로 밀어냈다. 다시 거실로 옮겨진 안은 망설이지 않을 수 없었다. 정식으로 초대된 것도 아닌데 밥 차려질 때까지 거실에 혼자서 덩그러니 앉아 있는 것이 영 불편했다.

"아니, 그래도 우두커니 앉아 있다가 밥만 얻어먹기는 좀 불편해요."

"그럼 집 구경해요. 다 열어 봐도 좋아요. 침실이건 어디건."

수호는 여기는 침실, 저기는 서재, 욕실, 드레스룸 어쩌고저쩌고 가리키면서 마음껏 구경해도 좋다고 했다. 하는 수 없이 안은 거실을 천천히 둘러보기로 마음먹었다. 집은 넓은데 정말 별것 없이 사는 남자였다. 소파, 테이블, TV, 오디오, 그리고 운동 기구들. 바닥도 벽도 집기들도 모두 검은색과 흰색뿐인 그야말로 깔끔하고 재미없는 공간이었다. 별것 없는 거실 구경은 컵라면 익는 시간보다 짧게 끝이 났다. 하는 수 없이 베란다를 열고 나가자 꽤 괜찮은 야경이 넓게 펼쳐졌다.

"화분도 하나 없네. 삭막하다."

베란다 한쪽에 먼지가 수북이 앉은 벤치가 외로워 보였다. 안은 난간 앞에 서서 저 멀리 거리를 밝히는 불빛들을 바라보았다. 어릴 때 안은 불빛마다 품고 있을 사연을 궁금해 했다. 저 도로 위를 달리는 차마다, 아파트 층마다, 집집마다. 안은 모든 불빛의 주인들이 행복할 것이라고 상상했다. 자신을 빼고 모두 따뜻하고 행복하게 잘 지내고 있을 것만 같았다. 그 아련하고 서글픈 감정이 떠올라 코끝이 시큰했다.

"여기서 뭐 해요?"

불쑥 들려온 수호의 목소리에 안이 화들짝 놀랐다.

"악! 깜짝이야."

"놀라기는. 들어와요. 다 됐어요."

"버, 벌써요?"

"왕짱은 전화를 안 받네요. 우리끼리 먹어야겠어요."

손도 빠르네. 의사라 그런가? 안은 자신만만한 모습으로 성큼성큼 걷는 수호를 따라 주방으로 들어갔다. 혼자 사는 사람이 식탁은 또 왜 이리 큰지. 기다란 식탁 한끝에 옹기종기 차려진 반찬과 밥이 보였다. 수호는 안 그래도 넓은 어깨에 힘까지 잔뜩 주고 생색을 냈다.

"차린 거 진짜 많으니까 많이 먹어요."

정말 차린 것이 꽤 많았다. 샐러드, 겉절이 김치, 젓갈 반찬, 삼색나물, 표고버섯전, 깻잎전, 불고기, 육개장, 그리고 새하얀 밥.

"왜 이렇게 빠르세요? 저도 주부였지만 이렇게 못 해 봤어요. 잘 먹겠습니다."

"제가 밥은 꼭 제대로 차려 먹거든요. 혼자 산다고 허투루 먹다가는 그게 몸에 배어서 점점 먹는 것이 시원찮아지더라고요."

"네, 맞는 말씀이에요."

안은 먹음직스럽게 붉은 때깔을 자랑하는 육개장을 한입 떠먹었다. 음! 이 맛은?

"어때요? 먹을 만해요?"

"네? 네……. 맛있어요."

안은 윤기가 졸졸 흐르는 흰 쌀밥을 먹고, 반찬 몇 가지를 먹은 후 깨달았다. 이렇게 빠른 상차림이 가능한 이유를. 모든 음식에서 전 국민이 다 아는 고향의 맛이 느껴지는 이유를.

수호의 등 너머 싱크대를 확인한 안이 고개를 주억거렸다. 일회용 포장 용기들이 산처럼 쌓여 있었다.

"왜요? 왜 그렇게 웃어요?"

"저는 원장님이 요리를 직접 다 하시는 줄 알았어요."

하도 의기양양하시기에. 하도 잘난 척을 하시기에.

아아……. 수호는 멋쩍게 웃으며 고개를 끄덕였다.

"그럴 시간이 어디 있어요? 할 줄도 모르고 재료 낭비도 심해요. 마트 가면 다 파는데 뭐 하러."

"맞아요. 게다가 이렇게 맛도 있고 보기도 좋은걸요. 제가 이런 걸 모르고 너무 애쓰고 살았어요. 멍청하게."

"멍청한 건 아니고. 할 줄 아는 사람은 해 먹으면 좋죠."

두 사람은 소소한 일상 이야기를 주고받으며 식사를 즐겼다. 별것 아닌 얘기에 웃음이 터졌고 또 다른 이야기가 가지를 치며 대화가 끊이지 않았다.

"와, 이렇게 재미있게 밥 먹은 지가 언제더라."

수호는 아주 어린 시절 까마득한 점처럼 남은 기억이 떠올랐다. 씻은 김치를 수저에 얹어 주던 할망의 모습이 아련하게 떠오르며 마음이 따뜻해졌다. 그 시간 이후로 아주 오랫동안 수호는 혼자 식사를 해결해 왔다는 것을 새삼스럽게 깨달았다.

"치우는 건 저도 도울게요."

"아니, 아니요. 식기 세척기 있어요. 유 비서가 할 일은 정말 없어요."

"그럼 제가 차라도 준비할까요?"

"노! 아니죠. 그러면 내가 대접한 티가 안 나잖아요. 왜 이렇게 일 못 해서 한 맺힌 사람처럼 안절부절못해요? 나중에 유 비서도 나한테 갚아요. 그럼 됐죠? 이제 마음 편합니까?"

"네. 알겠어요. 확실히 갚아 드릴게요."

식기 세척기에게 설거지를 맡긴 수호는 근처 멋진 카페에 가서 차를 마시자고 권했다. 안 역시 남자 혼자 사는 집에 너무 오래 있는 것이 어색했기에 흔쾌히 따라나섰다. 그러나 카페에는 사람이 너무 많았다. 둘은 소화도 시킬 겸 상림의 집까지 걷기로 했다.

"밥이 부족했어요?"

"네? 아니요! 왜요?"

"아니, 밥 먹자마자 밀크티를 주문해서."

안이 말리는 바람에 커피를 못 마시고 페퍼민트 티를 받아 든 수호가 다소 불만스러운 얼굴로 안에게 딴지를 걸었다. 자기는 먹고 싶은 것 다 먹으면서. 수호는 안이 괘씸해서 입술을 두툼하게 내밀고 있었다.

"아……. 그래서 제가 이렇게 포동포동한가 봐요. 우유 들어간 음료를 너무 좋아해요. 커피도 라떼 위주로 마시잖아요."

"포동포동까지는 아니고, 아직 보기 괜찮아요. 남자들은 마른 여자 별로 안 좋아해요."
'유 비서는 내 타입 아니니까.' 수호가 했던 말이 떠올랐다. 이 남자, 마른 여자 별로 안 좋아할 리가 없다. 그런 남자가 추하영이랑 사귀었나. 실제로 본 하영은 날씬을 넘어선 몸매였다. 그래야 화면에서 날씬하게 나온다는 말은 들었지만 그렇게 말랐을 줄은 몰랐다.
"남자들이 말하는 통통한 여자는 가슴이 통통한 여자 아니에요?"
"누가 그래요?"
"저번에 김 원장님이 그러셨어요. 가슴하고 엉덩이가 통통한 걸 쳐주는 거지 뱃살을 쳐주는 건 아니라고."
"그 자식, 하여튼 쓸데없이 솔직해."
"원장님도 지금 솔직하시네요."
"제가요? 저는 방금 유 비서가 보기 좋다고 말했잖아요."
"그러니까 제 통통은 원장님들 기준이 아니라는 거잖아요."
수호는 순간 할 말도 잃고, 시선 둘 곳도 잃었다. 어디서부터 자신이 솔직해져 버린 것인지 당황하고 말았다.
"아, 뜨거워! 무슨 차를 이렇게 뜨겁게 줬어!"
수호는 애먼 차를 탓하며 안을 앞질러 걸었다. 마냥 얌전한 여잔 줄 알았는데 가만 보면 꽤 공격적인 여자였다. 그래서 그런지 같이 있으면 심심하지는 않았다.
"현 선생이 여기 살았구나. 운동 삼아 걸어 다니기 좋겠네요."
"저는 그렇게 생각하는데 상림이는 질색해요. 십 보 이상 탑승이 걔 신조예요."

"어울리네요. 항상 느긋한 사람이니. 생각해 보니 웬만해선 뛰지도 않네요."

"이제 가 보세요. 늦었어요. 참, 이거."

안은 가방을 뒤적거리더니 작은 병을 찾아서 수호에게 내밀었다.

"이게 뭡니까?"

"아로마 오일이요. 병원에서 뿌리던 그거예요. 아까 드린다는 걸 자꾸 까먹었는데 다행히 지금 생각났어요."

"고마워요. 유 비서가 이렇게 열일 해 주는데 빨리 나아야겠네. 잠이든 글씨든."

"어서 가세요."

안은 수호에게 손을 흔들며 엘리베이터 버튼을 눌렀다.

"엘리베이터 고장 난 거 아니에요? 불이 다 꺼졌는데?"

"그런가……."

아무리 버튼을 눌러도 엘리베이터는 고철 덩어리처럼 멈춰 선 채 작동하지 않았다.

"정말 고장인가 봐요. 그냥 걸어 올라가야겠네요."

"몇 층인데요?"

"칠 층이요."

"같이 올라갑시다."

"네? 아니에요. 여기까지 데려다주셨잖아요. 어서 가세요. 피곤하실 텐데."

"일찍 가면 뭐 해요. 잠도 안 오는데요. 봐요. 계단이 꽤 어두운데요? 무섭잖아요."

낡은 원룸 건물의 비상구는 침침했다. 게다가 전등이 깜빡거리기까지 하자 스릴러물에 나오는 사건 현장같이 느껴져 오싹하기도 했다.

"같이 갑시다."

또 수호는 안의 대답을 듣기도 전에 앞장서 걸었다. 긴 다리로 두세 단씩 걸을 것 같은 남자는 안의 속도에 맞춰 천천히 올라가 주었다.

"이것 봐요. 여기부터는 전등도 나갔네. 나 없었으면 어쩔 뻔했어요?"

마치 칭찬을 바라는 소년처럼 수호는 생색을 내며 안을 돌아보았다.

"그러네요. 원장님 아니었으면 저는 집에도 못 들어가고 방황했을 거예요."

안은 웃음이 나는 것을 애써 내리누르며 수호에게 커다란 고마움을 표현했다. 이 덩치 좋은 남자는 평소 과묵하고 남자다운 것과 달리 인정받고 싶은 욕구가 강한 사람인 것 같았다.

"아악! 벌레! 바퀴벌레! 죽여야 해요!"

"어디요!"

꺅! 소리를 지르며 안이 계단 한구석을 손가락으로 가리켰다. 까맣고 작은 것이 재빠르게 돌아다니는 것이 보였다. 수호는 여자가 바퀴벌레를 무척 무서워한다고 판단했다. 빠른 발놀림으로 요리조리 피해 다니는 벌레를 공격했다.

"앗! 원장님! 잠깐이요. 잠깐!"

어디서 그런 힘이 났는지 갑자기 안이 수호를 확 끌어냈다.

"세상에, 이거 벌레 아니에요. 동물이에요!"

난간을 붙들고 떨어지지 않기 위해 버티고 있던 수호는 안의 말소리가 들리지 않았다. 벌레라고 죽이라고 할 때는 언제고 이렇게 가차 없이 밀어내다니. 자기가 힘없는 비실한 남자였으면 분명 저 아래로 굴렀을 터였다.

"원장님, 얘 좀 잡아 주세요. 가여워라. 아가야, 너 왜 여기 있니?"

안은 계단 한끝에서 내려가지도 올라가지도 못하고 구석에 몰려 떨고 있는 새끼 햄스터를 집에 데려갈 생각이었다.

"……."

"원장님?"

너무나 고요한 분위기. 안은 심상치 않음을 느끼고 뒤를 돌아보았다. 수호는 묵직한 시선을 햄스터에 꽂은 채 어두운 오라를 풍기고 있었다.

"원장님, 왜 그러세요?"

"햄스터만큼 저도 소중한 존재입니다."

"네?"

수호는 더 긴말하고 싶지 않다는 듯 안을 지나쳐 구석에서 떨고 있는 도토리만 한 햄스터를 들어 올렸다.

"이 녀석 어디에 담아 갈 거예요? 이렇게 들고 칠 층까지 갈까요?"

정말 햄스터는 그 상태로 수호의 손가락에 들려 상림의 집까지 도착했다. 안은 커다란 그릇을 들고 나왔다.

"여기에 두세요. 햄스터야, 안녕! 이제부터 같이 사는 거야."

안은 엄지손가락 한마디만 한 새끼 햄스터에게 이미 홀딱 빠져 버렸다. 그 모습을 지켜보던 수호가 어이없다는 듯 코웃음을 쳤다. 바퀴벌레인 줄 알고 죽였다면 양지바른 화단에 장사라도 지내 줄 여자였다.
"이름 지어야겠네."
"뭐라고 지을까요? 햄돌이?"
"여자면 어쩌려고요. 중성적으로 지어 봐요."
"음……. 그러면 뭐라고 할까요? 그런데 생긴 것이 그다지 여성스럽지 않은데요."
"그런가? 그럼 햄만이 어때요."
"에? 그건 좀."
너무 투박하고 촌스러웠다.
"존만 한 햄스터. 햄만이. 딱 좋네."
"그게 뭐예요!"
"그렇게 지어요. 내가 구했잖아요."
그러고 보니 햄스터를 집어서 이곳까지 데려와 준 수호의 공이 컸다.
"그, 그런가요?"
"잘 키워요. 그럼 전 갑니다."
수호는 안이 문단속을 잘하는 것까지 확인했다. 어두운 비상구를 터벅터벅 내려오는 수호의 입꼬리가 천천히 위로 올라갔다. 별것 아닌 소소한 시간을 보낸 것 같은데 마음 한구석부터 부족함 없는 만족이 서서히 차오르고 있었다.

3

왕장은 눈을 가늘게 뜨고 멀찍이 떨어진 안과 수호를 지켜보고 있었다. 저 둘 사이에 흐르는 기류. 그것은 무엇일까. 단맛이 나는 것 같으면서도 심심한 맛. 알쏭달쏭했다.

"애애하단 말이지."

음료 픽업대에 기대선 상림이 왕장의 나직한 혼잣말을 용케 알아들었다.

"뭐가요. 뭐가 애매해요?"

"애애하다고. 아직 화기애애까지는 아니고 애애. 저 두 사람."

왕장이 턱짓으로 가리킨 방향 끝에는 안과 수호가 함께 있었다.

수호가 무엇인가를 열심히 설명하고 있었고, 안은 가끔 고개를 끄덕이며 진지하게 경청하고 있었다. 특별히 끈적끈적하지도 알콩달콩하지도 않은 분위기였다. 상림은 미간을 좁히며 고개를 내저었다.

"어딜 봐서요? 그냥 둘이 붙어 있는 시간이 많으니까……."

기분이 싸해진 상림이 말을 맺지 못했다. 왕장과 상림이 서로를 바라보았다. 저것은 그린라이트?

"오호!"

"안 되는데."

같은 장면을 보았지만, 의견은 달랐다.

"왜요? 나는 수호가 저렇게 편한 얼굴로 있는 거 정말 오랜만이라 보기 좋구만. 솔직히 추하영 때는 저 자식이 제대로 미쳐 돌아간 거지. 난 무슨 약 먹은 놈인 줄 알았다니까! 이십사 시간 열에 들떠서는. 여자를 처음 사귀었으니 절제를 못 하고 판단력까지 상실해서는 쯧쯧."

"나이가 몇 살인데 판단력을 잃어요? 아무리 첫 연애라지만. 그냥 그 둘이 잘 맞았던 거지."

"추하영, 걔 내숭과로 보이지 않았어요? 그런데 내가 아무리 말을 해도 소귀에 경 읽기더라고. 그러더니 제대로 뒤통수 따악! 하여튼 나는 저 두 사람 찬성! 딱, 보니까 안정적인 것이 천생연분일세."

하지만 상림의 의견은 정반대였다.

"무슨 권리로 찬성이래? 우리 안이 같은 타입은 안 원장하고 안 맞아요. 못 맞춰요. 애가 여려서 질질 끌려다니다 상처받아요. 안 돼요."

상림은 멀리 떨어진 두 남녀에게서 눈길을 거두지 않고 유심히 지켜보았다. 왕장과 달리 두 사람이 감정을 잇게 마음껏 찬성할 수 없었다.

"나는 수호 절친으로서 찬성!"

"안이는요. 내 친구 안은!"

"안 씨가 왜요? 수호 정도면 괜찮지 않나? 잘생겼지, 몸도 좋지, 나쁜 놈 아니지, 돈 잘 벌지."

"나쁜 놈 아닌지 김 원장님이 어떻게 알아요? 남녀 사이는 아무도 몰라요. 당사자가 되어 봐야 안다고요. 아무리 남자들 사이에 괜찮아도 연인, 부부 사이에서 어떤 사람이 될지 모른다고요."

잔잔한 말투였지만 상림은 단호했다. 상림의 강경한 태도에 당황한 왕장은 얌전하게 꼬리를 내렸지만, 그 역시 뜻을 굽히지 않았다.

"왜 이렇게 날을 세워요? 남자한테 크게 데이기라도 한 사람처럼."

"그럼 이 나이에 순탄하게만 살았겠어요? 나나 유안이나."

"나는 순탄했는데."

상림은 해맑은 왕장의 얼굴을 씁쓸하게 바라보았다. 그의 뽀얀 얼굴에 항상 맺혀 있는 외모에 대한 자부심이 오늘따라 더 못마땅했다.

"좋으시겠어요. 일생 순탄하셔서."

"그러게 왜 나한테 빨리 안 오고 엄한 데 가서 방황했어요? 지금이라도 늦지 않았어요."

"아오! 됐어요. 저리 비켜요. 음료 나왔잖아요."

왕장이 재빨리 상림이 들려고 했던 쟁반을 낚아채고 테이블로 다가갔다. 그때까지도 안과 수호는 대화에 깊이 빠져 누가 가까이 오는지도 몰랐다.
“두 사람, 무슨 얘기를 그렇게 열심히 해? 누가 보면 결혼식 준비라도 의논하는 커플인 줄 알겠어. 아주 심각한 듯 밀접해 보여. 좋아, 매우 보기 좋아.”
“네? 아니, 김 원장님은 왜 그런 말씀을.”
“하여튼 쓸데없는 놈.”
대수롭지 않게 넘겨듣는 수호와 달리 안의 얼굴은 붉게 달아올랐다.
“여기 난방이 너무 센가? 아님, 유 비서, 홍조 있나? 얼굴이 금방 빨개지네? 어디 한번 봐요. 홍조는 레이저로 손보면 되는데.”
수호가 아무렇지도 않게 안의 볼을 쓰윽 훑으며 유심히 들여다보았다. 놀란 안이 자라목이 되어 움츠리며 그와의 거리를 넓히자 수호의 손길도 머쓱하게 떨어졌다. 그 꼴을 보던 왕장이 한심하다는 듯 혀를 끌끌 찼다.
“어휴, 홍조란다. 돌팔이 자식.”
“뭐? 지금 누굴 보고 돌팔이래? 네가 나보다 의대 졸업 성적은 좋았는지 몰라도 실전은 내가 더 강하거든.”
“응. 아니야.”
수호와 왕장이 애들처럼 싸우는 사이 상림은 빨개진 얼굴을 식히느라 손부채질을 하는 친구를 심리 해부학적 눈으로 관찰했다. 연예인 좋아하듯 수호를 동경하는 것은 알고 있었지만, 이제 겨우 며칠이나 됐다고 감정이 싹텄을까? 역시 너무 붙어 있어서일까? 자신을 관찰하는 시선도 모르고 카페모카 위의 생크림을 퍼먹고 있는 안의 시선은 수호에게 박혀 있었다. 상림은 상황이 심각할 수 있음을 인정했다. 조용히 눈을 감고 숨을 내쉬자 뜨거운 콧김이 뿜어져 나왔다.

"자, 그럼 현 선생하고 왕짱은 담소 나눠. 우리는 먼저 들어갈게."

상림은 지금 수호의 입에서 나온 '우리'라는 단어가 남다르게 느껴졌다. 저 인간은 무슨 마음일까?

"왜요? 아직 점심시간 많이 남았는데요? 안이라도 두고 가세요."

상림은 필사적으로 안의 외투 끝을 붙잡고 놓지 않았지만, 수호가 강한 의지를 담아 잡아당기는 힘을 이길 수 없었다.

"저는 꿀 같은 낮잠을 자야 하니까요. 갑시다, 유 비서!"

안은 자신의 가방을 들고 앞장서는 수호를 어색한 모양새로 따르고 있었다. 안과 수호가 멀어지는 모습을 보던 왕장도 자리에서 일어났다.

"현 간, 우리도 가 봐요. 도대체 뭘 하기에 낮잠 잔다면서 꼭 유 비서를 끼고 가는지 내가 오늘은 꼭 확인해 봐야겠어요."

"그래야겠네요. 물가에 내놓은 어린애도 아니고. 유안, 이것을 그냥!"

여간해서 타인의 일은 타인에게 맡기는 상림도 이번에는 강 건너 불구경만 할 수 없었다. 찌질이한테 뒤통수 맞은 지 얼마나 됐다고 금세 홀딱 빠지고 난리람. 나를 이렇게 긴박한 기분에 휩싸이게 하다니! 상림은 씩씩거리며 빠른 걸음으로 왕장을 앞질러 버렸다.

"뭐지? 우리 현 간 오늘따라 에너제틱하네?"

* * *

의자에 앉은 수호는 오늘따라 자세가 마음에 안 드는지 이리저리 뒤척거렸다. 안은 책상 서랍에서 시집을 한 권 꺼내 들고 자리에 앉았다.

"소파를 하나 살까?"

"지금 그 의자도 편해 보이는데 왜요?"

"인간의 욕심은 끝이 없다더니 잠깐 잘 수만 있어도 좋다고 생각했는데, 이젠 편하게 누워서 자고 싶은 마음이랄까요."

"제가 언제 그만둘 줄 알고요? 난독증 괜찮아지시면 전 바로 그만둘 거예요. 저도 해야 할 일이 많은 사람이라고요."

그만둔다. 유 비서가 그만둔다. 수호는 그 한마디에 묘한 감정을 느꼈다. 두 주를 함께 지냈을 뿐인데 유 비서가 사라진다고 생각하니 불안했다. 명판에 새겨진 자신의 이름 세 글자까지도 빙빙 돌았다.

"나는 유 비서가 계속 여기서 일했으면 좋겠는데. 굳이 내 난독증 아니어도……. 간호사로 있으면 어때요?"

"싫어요. 전 글 쓰는 것이 더 좋아요. 괜히 원장님 욕심 차릴 생각하지 마세요. 그러다 어느 날 월급 많이 가져간다고 필요 없다고 자르시면 저는 어떡하라고요."

이 남자와 시간을 보낼수록 위험하다는 것을 안다. 지금도 순간을 다투며 깊어지는 마음을 다잡기 위해 얼마나 많은 애를 쓰는지 아무도 모른다. 지금 이 정도 거리가 좋다. 일 잘하는 유 비서. 안수호가 필요로 하는 유 비서. 딱, 여기까지가 적당하다. 여기서 더 욕심이 생기면 물러설 생각이었다.

"이제 눈 감으세요. 코 잘 시간이에요."

안의 장난스러운 농담에도 수호는 웃지 않았다. 평소와 다르게 눈을 감지 못하고 생각에 빠져 있었다. 정말 유 비서가 어느 날 갑자기 그만둔다는 생각을 할수록 헛헛했다.

"우리 할망 생각나네."

"네?"

"아니에요. 시나 읽어 줘요."

수호가 눈을 감자 안이 시집을 펼치고 읽어 내리기 시작했다. 신기하게도 안이 글을 읽고 몇 분만 지나면 수호는 잠이 들었다. 안은 편안해지는 수호의 미간을 보면서 그가 잠들었다는 것을 알아챘다. 시간을 확인하고 시집을 덮었다.

안은 숨소리를 가라앉히고 수호를 바라보았다. 한참 미동도 없이 실컷 눈 호강을 한 후 아로마 향을 뿌리고 국화차 우릴 준비를 했다. 그제야 수호의 원장실 문틈 사이로 바쁘게 움직이던 네 개의 눈동자도 할 일을 마쳤다. 왕장은 두 손을 모으고 염원하듯 말했다.

"저것 봐요. 둘이 잘될 수 있어."

어딜 봐서? 지금 우리 안이만 푹 빠졌는데! 상림이 심각하게 돌아섰다. 신이 나서 조잘거리는 왕장의 주둥이를 찰싹 때리고 싶었지만 참을 인을 새기며 노려보는 것으로 만족했다.

* * *

상림은 이불을 펴고 있는 안을 묵묵히 지켜보며 갈등 중이었다. 다 큰 어른이 된 사이에 참견해야 하는지 말아야 하는지. 아닌가? 이건 참견이 아닌가?

"안아, 이번 주는 네가 침대에서 자라."

"왜? 너 바닥에서는 잘 못 자잖아."

"너도 마찬가지잖아. 내가 꼭 주인 유세하는 것 같아서 그래. 한 번씩 바꿔 자자."

"안 그래도 나, 방 얻어서 나갈까 해. 너도 혼자 지낸 지 오래라서 불편하잖아."

"내 눈치 봤어? 돈도 없는데 무슨 방을 얻어?"

"아니. 그게 나도 마음이 편해서 그래. 알아보니까 요즘 보증금 적게 내고 들어갈 수 있는 방도 있더라고. 고시원도 있고. 월급 나오면 보증금 정도는 어떻게 될 것 같아."

"그래. 그건 네가 알아서 해. 하지만 고시원은 안 돼. 저 햄만이 자식 밤새 쳇바퀴 굴리는 소리에 너 쫓겨나."

밤에 피는 장미도 아니고 불만 끄면 존만 한 햄만이는 활발해졌다. 낮에는 뭘 하며 지내는지 모르겠지만 밤새 쳇바퀴를 굴리고 쉬지 않고 돌아다니는 거로 봐서 그때 잠을 자는 것 같았다.

"그러네. 햄만이 생각을 못 했네. 안 원장님 키우라고 드릴까?"

수호는 햄만이를 주워 온 날 바로 마트에 가서 햄스터 집과 장난감, 먹이를 잔뜩 샀다. 다음 날 출근한 안에게 건네주며 어찌나 생색을 내는지 안은 그가 좋아하는 칭찬을 종일 해 주었다.

"야, 유안."

"응?"

"너 말이야. 안 원장 좋아하지?"

"응."

누룽지가 탈 정도로 뜸을 들이다 물어본 사람이 무안하게 안의 대답은 너무나 빠르고 쉬웠다.

"아오, 깜짝이야. 너무 쉽게 대답해서 더 놀랐잖아. 그러니까 내 말은 정말, 진짜로, 현실 남자로 좋아하냐고. 아이돌 좋아하듯 꺄꺄거리는 거 말고."

"……."

대답 대신 침묵. 하지만 수줍은 당황. 숨겨지지 않는 들뜬 눈빛. 얼어 죽을 그린라이트였다.

"아오! 내가 미친년이다, 진짜! 순진한 유안을 왜 끌어들였을까. 정말 얘를 어쩌면 좋아."

"왜? 나는 괜찮아. 어차피 잠깐인데 뭘. 나 비록 짝사랑이지만 누굴 좋아해 본 것도 처음이야. 그래서 막 설레고……. 너무 좋아."

끄응. 상림은 뜨거운 콧김을 길게 내뿜으며 울화를 다스렸다. 마음이란 것이 그렇게 네가 생각한 대로 흘러간다면 얼마나 좋을까.

"상림아, 네가 뭘 걱정하는지 나도 알아. 안 원장님 같은 분이 날 좋아해 줄 리도 없고. 바라지도 않아. 그냥 일하는 동안 잠깐. 잠깐만 욕심내고 혼자 볼게. 내 인생에 이런 감정, 한 번쯤 사치 부려 보고 싶어서 그래."

"짝사랑이 무슨 사치야! 사서 고생이지! 로맨스 소설 쓴다는 애가 할 말이야?"

"안다니까! 그런데 나한테는 이런 감정도 사치야. 소중해. 내가 뭘 어찌해 보겠다고 욕심부리는 것도 아닌데 왜 그래?"

안타까움에 몸부림치던 상림이 제 가슴을 탕탕 두드렸다.

"그러니까! 욕심은 또 왜 안 부리는데! 네가 뭐 어때서? 확 부려. 들이대! 제까짓 게 뭔데? 글씨도 못 읽는 주제에! 잠도 못 자는 주제에!"

"……."

가만. 나 지금 뭐라는 거니? 상림은 백 년 만의 흥분 탓에 심각한 헛소리를 지껄인 것을 뒤늦게 깨달았다.

"그래도 될까?"

"엉?"

"그러게. 내가 뭐 어때서?"

이 일을 어쩌면 좋을까. 이 착하고 순한 년을 어쩌면 좋아.

"그치. 우리 안이가 어때서……. 그런데 안아, 일단 이혼은 마무리해야 하지 않을까?"

상림은 발그레 달아오른 얼굴로, 생전 처음 보는 행복한 얼굴로 묻는 안에게 그건 아니라고 말할 수 없었다. 혹 떼려다 혹 붙인 격이었다. 그만 어려운 남자는 일찌감치 덮으라고 충고하려던 계획이 이렇게 궤도를 이탈하다니. 이래서 타인의 일에 나서면 안 되는 거였다. 이 일을 어쩐다. 그럼 안수호가 어떤 마음인지 알아봐야 하나? 아니지. 추하영하고 헤어진 충격으로 글도 못 읽는 남자의 마음에 다른 여자가 벌써 들어올 리가 없지.

상림은 극심한 두통으로 골이 지끈거렸다. 왕장에게 의논할 수도 없었다. 그랬다간 쌍수 들고 환영하며 저 두 남녀를 호텔 방에 군만두만 넣어 주고 감금해 놓을 위인이었다.

"근데. 안아, 너 안수호가 왜 좋아?"

"잘생겼잖아."

이럴 수가. 얘가 정말! 겨우 그런 이유라니.

"너 혹시 그게 다냐? 정녕 그게 끝이야?"

"응. 더 이상 뭐가 필요해? 잘생겼고……. 그리고 좀 불쌍해."

사실 안도 잘 모른다. 자신이 왜 수호를 좋아하는지. 좋아하는 이유를 콕 집어 들 수가 없어 그냥 잘생겼다고 둘러댔을 뿐이었다.
"뭐가 불쌍해? 나는 네가 더 불쌍한데!"
"헉! 상림아, 너 그러고 보니까 소리 지른 거야? 네가 웬일이니? 혹시 너도……. 안 원장님 좋아한 거니? 그래서 화난 거야? 그럼, 내가 양보할게."
아이고, 머리야. 상림은 그대로 풀썩 드러누워 버렸다. 이 서른 살 소녀를 누가 좀 말려 줘요.
"시끄러워! 누가 누굴 좋아한다고 그래? 그 산적같이 생긴 놈을! 좋아하면 책임을 져야지 양보는 무슨 얼어 죽을 양보야!"
"아, 다행이다. 아무리 그래도 상림이 너라면 내가 참으려고 그랬지."
"아악! 낚였어. 저 기집애한테 또 낚였어."
상림은 안을 말리려 할수록 말려드는 지금 상황이 기묘했다. 마치 누군가 이 모든 것을 지켜보고 조정하는 것처럼 자신의 의지와 상관없이 말이 나오고 안을 지지하고 있었다.
"하여튼 상림아, 너무 걱정하지 마. 잠깐 스치는 시간이고 인연일 뿐이야."
"그렇다고 네가 상처받지 않냐고. 아니, 결국 마음 아파질 거고 힘든 건 너야."
"괜찮아. 나는 괜찮아."
상림은 처음으로 안의 고집을 보았다. 항상 쉽게 물러서고 양보하던 친구가 아니었다. 부드러운 눈빛, 고요한 말투 속에 안의 확고한 사랑이 엿보였다. 그래서……. 그녀의 감정을 함부로 단속할 수 없었나 보다.

* * *

“내가 구해 준 햄만이 자식은 잘 크죠?”
“그럼요. 쳇바퀴도 엄청 빨리 돌리고 철망에 매달려서 유격 훈련도 해요. 해바라기 씨도 와구와구 잘 먹어요. 원장님 말씀대로 수놈인가 봐요.”
안이 투명한 노란 빛깔이 고운 캐모마일 티를 건네주자 수호가 인상을 썼다. 며칠째 꽃 냄새 나는 밍밍한 차만 마시니 성 정체성까지 모호해지는 것 같고 도무지 취향에 맞지 않았다. 아무래도 오늘은 좀 강하게 어필해 보겠다고 출근할 때부터 마음먹은 참이었다.
“아메리카노.”
어깨가 축 처진 수호의 풀 죽은 모습이 언뜻 귀엽기까지 했다. 안이 잠시 고민하는 틈이 보이자 수호가 재빨리 파고들었다.
“제발 아메리카노.”
픕! 안이 웃었다. 수호의 강한 어필이 제대로 먹혀든 모양이었는지 안이 지고 말았다. 머신에 커피 캡슐을 밀어 넣는 것이 보이자 수호가 함박웃음을 지었다. 얼마 만에 식후에 마시는 커피인지 금단현상에 시달린 지난날이 아찔했다.
“고마워요!”
진한 아메리카노가 나른한 김을 피워 내며 수호의 책상 위에 도착했다. 향긋한 커피 향을 맡자 머릿속의 안개가 걷히며 정신이 맑아지는 것 같았다. 이제 꿀 같은 낮잠만 자면 지난 24시간의 피로

가 말끔해지겠지.
"아, 역시. 식후에는 진한 커피로 마무리해야 한다니까. 나 요즘 유 비서 덕에 낮잠도 잘 자는데 하루 세 번 정도는 허락해 주면 안 되나?"
안은 아무 말 없이 책상 서랍을 열고 시집을 꺼내 들었다. 재고의 여지도 없다는 무언의 거절이었다.
"대답도 안 하네."
시집을 펼치던 안의 손이 멈췄다. 반신반의하는 눈을 들어 수호를 응시했다.
"원장님, 정말 아침에 제가 드리는 커피만 드신 거예요?"
"그럼요."
"정말 한 잔만 드시고 버티셨다고요?"
순한 눈망울을 굴리며 안은 믿을 수 없다는 듯 재차 물었다. 하루에 에스프레소를 머그잔으로 몇 잔씩 마시던 남자가 아침에 내려 주는 투 샷 에스프레소 한 잔으로 견뎠다는 것을 믿을 수 없었다.
"그렇다니까요. 유 비서가 그렇게 애를 쓰는데 속일 수는 없잖습니까. 왜요?"
"좀 놀랍네요. 여자 말 꽤 안 듣게 생기셨거든요. 별명 중에 마초남도 있어서 엄청 속 썩일 줄 알았는데."
"참나, 사람 겉모습으로 판단하면 됩니까? 제가 좀 남성적으로 멋지게 생겨서 그렇지 순종적이라고요."
어머, 자기 입으로 자화자찬을. 하지만 반박할 수 없는 그의 외모 자부심을 인정해야 했다. 그는 잘생겼고, 잘생겼으며 또 매우 잘생겼으니까.

"순종 마초시네요."

"그거 내 별명이에요? 마음에 든다, 그거. 나중에 방송 나가서 써먹어도 되겠네."

"안 돼요. 나중에 제 소설 제목으로 쓸 거예요. 저작권 등록해 놔야겠다."

"그럼 주인공은 접니까? 와, 그 소설 벌써부터 대박 조짐인데요. 분명 영화로도 나올 거야. 아, 그러면 내 역을 누가 하지? 나처럼 멋진 배우가 없는데?"

"아우, 뭐래요, 정말."

와하하 터지는 수호의 웃음소리 사이로 안의 얌전한 웃음소리가 섞여 들렸다. 오늘도 문틈으로 엿보던 왕장과 상림의 표정은 대조적이었다.

"역시 우리 수호 짝으로 유 비서가 딱이야. 우리 수호가요, 추하영하고 만날 때도 저렇게 말이 많지 않았다고. 아주 따박따박 주고받는 대화가 만담 콤비네. 아주 잘 맞아."

"그놈의 추하영 얘기 좀 그만하면 안 돼요? 우리 안이는 그냥 안이라고요. 비교하지 말아요. 재수 없어요."

왕장이 자신의 입을 툭툭 때리며 잘못을 인정했다.

"유 비서하고 얘기는 좀 해 봤어요?"

"……."

"해 봤구나. 뭐래요? 수호 좋다죠? 그럼 이제 내가 나서 볼까나."

"제발 아서요. 놔두세요. 알아서 하게."

"왜요? 옆에서 팍팍 밀어 주면 또 그런가? 하면서 마음이 동하는 게 남녀 사이인데."

"그런 거 싫다고요. 안수호가 저절로 안이를 좋아해야지 왜 옆에서 부추겨야 해요? 그것도 재수 없어."

"현 간……. 정말 우리 수호 미워하는구나? 우리 수호도 짠한 놈입니다. 너무 그러지 말아요."

짠한 거 좋아하네. 평생 호의호식하며 달달하게 산 거 다 아는데 짠은 무슨 짠. 짠한 거로 치면 우리 안이지. 단짠단짠도 아니고 내내 짠짠짠인데.

"됐고요. 그냥 지켜보는 게 좋을 것 같아요. 안이도 지금 이대로가 좋대요."

"하긴 연애도 자기 스타일이 있으니까요. 그런데 유 비서는 혹시 모쏠인가? 남친이 없었어요?"

"남친 없이 바로 남편이 있었죠."

"……!"

왕장은 얼음이 되었다. 입을 쩍 벌리고.

"몰랐어요? 그런 것도 모르면서 무슨 연애 코칭이에요?"

"말 안 해 주면 모르지!"

"지금 좀 복잡해요. 그러니까 쓸데없이 함부로 나서지 말라고요."

"알았어요. 그럼 이제 우리 얘기를."

매일 지치지도 않고 들이대는 왕장은 오늘도 쉬지 않았다.

"저리 가세요."

상림이 떠난 자리에 찬바람이 휘돌았다. 때마침 화분에서 낙엽인 양 잎사귀까지 떨어졌다.

"현 간! 같이 좀 가지?"

* * *

안이 사라졌다. 엄마처럼 몰래 가 버렸다. 유 비서의 사표가 수호의 책상에 놓여 있었다. 그녀처럼 하얗고 단정한 종이 위에 '안녕히.' 세 글자만 남겨 놓고 그녀가 떠났다. 막막했다. 아무것도 할 수 없는 무능력자가 된 기분이었다.

"유 비서!"

눈을 떴다. 수호가 앉아 있던 의자 시트가 축축했다. 입고 있던 셔츠 목덜미에 차가운 물기가 느껴졌다. 식은땀까지 흘리고 잔 모양이었다. 꿈과 현실의 경계가 점점 선명해질 때쯤 안의 목소리가 들렸다.

"왜 그러세요? 꿈꾸셨나 보네. 물 좀 드려요?"

물끄러미 수호를 들여다보던 안이 물을 가지러 간다고 일어섰다.

"가지 마요."

수호가 안의 손을 덥석 잡았다. 별안간 붙들린 것에 놀란 안이 급히 손을 빼려다 수호의 황망한 표정에 마음이 누그러져 버렸다. 가만히 앉아 수호가 안정되기를 기다렸다. 분명 잠들기 전까지 안과 농담을 하며 신이 났던 남자였다. 도대체 무슨 꿈을 꾸었기에 이 남자가 이렇게까지 불안해할까. 안은 붙들리지 않은 손으로 수호의 커다란 손등을 가만가만 두드렸다. 마음이 안정되자 수호는 아이처럼 꿈 따위에 놀란 모습을 보인 것이 부끄러워졌다.

"미안해요. 꿈이 너무 생생해서."

"미안할 게 뭐 있어요. 귀신이라도 나왔어요? 혹시 가위눌리셨어요? 요즘 스트레스가 심하신가 보다."

네가 가 버렸다고, 말도 없이 사표만 던져 놓고 사라져서 무서웠다고 말할 수 없었다. 글씨 못 읽는 것도 창피한데 덤까지 얹어서 이미지를 훼손하고 싶지 않았다. 수호는 자신의 드높은 자존심에 더 이상 흠집을 내고 싶지 않았다.

* * *

누구나 그렇겠지만, 안은 자신이 살면서 경찰서나 법원을 드나들게 될 줄은 몰랐다. 이렇게 착잡한 심정으로 가정법원 앞을 어슬렁거리는 처지가 된 것을 생각하니 한심했다. 겨우 이런 끝을 보려고 좋아하지도 않는 남자와 결혼을 하고 비위를 맞추고 살았다는 것에 헛웃음만 나왔다. 열심히 애쓰고 산 보람은커녕 처음보다 더 초라해진 자신만 남았다.

결국, 이혼 협의 절차가 끝났다. 신준이 무단 점거하고 있는 빌라는 재산 형성 기여도에 따라 분할하기로 했다. 안은 처음으로 구 시어머니에게 감사했다. 신준과 진주에게 자신을 모시고 살지 않으면 죽어 버리겠다고 했단다. 염치도 개념도 없는 신준은 칭얼거리는 진주가 안쓰럽다면서 그 어린 여자가 시댁살이를 어찌 견딜지 괴롭다고 했다. 배신감에 치가 떨리던 것도 잠시, 안은 깨달았다. 신준에게 자신은 어떤 것을 요구해도 괜찮은 여자였고, 진주는 지키고 보호해 주고 싶은 여자라는 것을.

판결은 안의 입장에서 손해가 막심했지만, 신준을 비롯한 시댁과의 인연까지 끊어 낼 수 있다는 것에 만족하기로 했다. 안은 수호가 걱정되었다. 안이 법원에 오는 바람에 휴가를 냈고 지금 상림이 안의 역할을 대신하고 있었다. 진료 시간인 것을 고려해 상림에게 메시지를 넣었다.

[상림아, 별일 없지?]

[없다.]

아무 일도 없구나. 역시 내가 없어도 세상은 신나게 잘 굴러간다. 그에게 '꼭' 필요한 유 비서까지는 아니었나 보다. 하영을 잃어서 글자도 잃은 남자에게 자신은 아무 존재도 아닐 뿐이라는 현실이 서글펐다. 전남편에게도 짝사랑 상대에게도 그녀는 아무것도 아니었다.

처음으로 그를 향한 짝사랑이 서러웠다. 마음이 더 커지기 전에 정리해야겠다는 결심이 섰다.

안은 욕심이 생기려는 어리석은 마음을 털어 내기 위해 자신을 혹사할 생각이었다. 오늘따라 날씨가 더 쌀쌀했다. 마음도 시린데 날씨까지 우중충하니 을씨년스러웠다. 정해진 방향도 없이 걷는 안의 몸이 오들오들 떨렸다.

* * *

"진료 끝입니다. 수고하셨습니다, 원장님."

상림이 진료실을 정리하며 수호의 눈치를 살폈다. 딱딱하게 굳어진 얼굴이 아침부터 그대로였다. 조각 같은 얼굴이 그대로 조각이 된 것 같았다. 안이 휴가를 내서 손발이 안 맞아 헤맨 것도 그의 심기를 거슬렀지만, 가장 큰 원인은 역시 추하영이었다.

"수호야, 한잔하러 가자."

왕장 역시 종일 수호가 걱정이었다. 오늘 추하영의 성대한 결혼식이 있었다. 온갖 매체가 떠들어 대는 재벌가 자제와 인기 아나운서의 결혼식. 수호가 피하고 싶어도 어떻게든 들리는 소식이었다.

"현 간도 같이 가죠."

왕장의 제안에 상림이 급하게 고개를 저었다.

"아니요. 저는 안이 보러 가야 해요."

"그럼 유 비서도 불러요."

"오늘 안이가 놀 기분이 아닐 거예요."

"나도."

돌덩이처럼 입 다물고 앉아 있던 수호가 입을 열었다.

"나도 오늘 어울릴 기분 아니다. 유 비서는 오늘 급한 볼일이 있다더니 잘 해결했답니까? 사람이 연락 한 번이 없어. 걱정도 안 되나."

어딘지 삐친 듯한 목소리가 수호와 전혀 어울리지 않았다.

"아! 아까 별일 없냐고 문자 한 번 왔었어요."

"그래서요?"

"없다고 했는데요. 딱히 큰일이 없어서……."

전화도 아니고 문자 한 번 툭 보내 놓고 연락 두절이라니. 수호는 보기보다 정이 없는 사람이라며 안을 향해 구시렁거렸다.

"다들 퇴근하세요. 저도 일찍 들어갑니다."

수호는 가운을 벗어서 아무렇게나 내팽개치고 진료실을 나갔다.

* * *

집으로 돌아온 수호는 러닝머신이 백 미터 트랙이라도 되는 양 전력으로 달렸다. 자신이 헐크라도 된 것처럼 덤벨의 무게를 추가하며 무리했다. 그렇게 온갖 운동 기구를 과도하게 사용하고 시끄러운 음악에 정신을 파묻었다. 추운 날씨에 아랑곳하지 않고 얼음장 같은 물을 틀어 놓고 폭포 밑에서 도 닦는 사람처럼 버텼다.

"하! 왜 이렇게 기분이 더럽지?"

하영의 결혼 날짜는 누구보다 정확히 알고 있었다. 언제 어디서 누구와 어떻게 하는지까지 속속들이 알고 있었다. 예상하고 각오했음에도 충격은 덜하지 않은 모양이었다. 게다가 유 비서까지 자리를 비워 오늘 하루 긴장 속에서 보냈다. 여러모로 불쾌한 하루였다.

젖은 머리에서 뚝뚝 떨어지는 물기를 대충 손으로 털어 내며 수호는 핸드폰을 집어 들었다. 인내심이 바닥날 때쯤 안의 목소리가 들렸다.

– 네, 원장님.

"볼일은 다 봤습니까?"

– 네.

"내일 출근에 지장 없는 거죠?"

– 네, 걱정하지 마세요. 오늘 괜찮으셨어요?

"그럼요. 뭐 내가 유 비서 없다고 일 못 하고 그럴 정도로 무능력하지는 않으니까."

불편한 심기를 엄한 사람에게 드러내 놓았다. 나 좀 알아 달라고. 내 마음이 이렇게 힘들다고. 무던한 너라도 알아 달라고 괜한 투정을 부리는 중이었다.

– 다행이네요. 괜히 걱정했네요.

"걱정, 걱정하긴 했어요?"

— 그럼요.

자신을 걱정했다는 안의 말에 수호의 기분이 한결 나아졌다. 봄볕에 녹는 살얼음장처럼 수호의 굳었던 얼굴이 슬그머니 풀어졌다.

— 상림이하고 호흡 맞춘 적은 없으시니까요. 그런데 다행이네요. 굳이 저 아니어도 될 것 같아 안심이에요.

이 여자가 뭐라는 거야? 수호는 지난번 꾸었던 꿈이 떠올라 덜컥 겁이 났다. 정말 유 비서가 내일이라도 당장 사표를 낼 것 같았다.

“지금 어디예요? 현 선생 말로는 오늘 유 비서 기분이 별로일 거라고 하던데. 아직 집에 안 갔어요?”

— 들어가는 중이에요. 지금 전철이라 잘 안 들려요. 내일 봬요.

수화기 너머로 전철 내부의 안내 방송이 들렸다. 삼성역. 그리 오래지 않아 집에 도착할 거리였다.

“목소리가 왜 다 죽어 가. 죽어 갈 사람은 난데. 하여튼 신경 쓰이는 직원이야.”

툴툴거리던 수호는 서둘러 옷을 입고 나갈 준비를 했다. 지금 바로 안이 지내고 있는 현 선생의 집으로 갈 생각이었다.

* * *

종일, 걸어도 너무 걸었는지 안은 발바닥에 불이 붙은 것 같았다. 집도 다 와 가는데 구두를 벗고 맨발로 걸으면 어떨까, 하는 중에 전화벨이 울렸다.

“응. 상림아, 나 거의 다 왔어.”

— 연락도 없고 걱정했잖아. 기분 괜찮아? 술 한잔할래?

통화하며 잠시 걸음을 멈춘 안은 한쪽 구두를 벗고 발바닥을 종아리에 대고 비볐다.

"아니. 오늘은 쉬고 싶어. 참, 나 지낼 곳 얻었어. 재산 분할도 잘했고. 자세한 건 이따 얘기하자."

벗어 놓은 구두가 툭, 쓰러졌다. 발가락으로 구두를 똑바로 세우느라 이리저리 애를 쓰는데 신경이 분산된 순간, 굵고 낮은 목소리가 끼어들었다.

"이사 갑니까?"

"상림아, 일단 끊자."

수호를 발견한 안은 지친 눈을 느리게 깜빡이며 말없이 서 있었다. 한쪽 구두가 벗겨진 채로 바닥에 발을 디딘 우스운 모습으로 이제 정리하기로 마음먹은 과분하게 멋진 남자와 마주 보고 있었다.

* * *

축 처진 어깨, 절뚝이는 걸음걸이, 파랗게 얼어붙은 살결, 온기 없는 눈동자. 안의 볼품없는 모양새를 보자 수호는 아무 생각도 할 수 없었다. 오늘 종일 그를 불편하게 했던 일도, 짜증났던 감정도 모두 아무것도 아닌 일이 되었다. 도대체 그쪽, 무슨 일이 있었던 거야? 오늘 누구보다 힘든 하루를 보냈다고 온몸으로 주장하는 그녀 앞에서 추하영의 결혼식 따위로 징징거린 자신이 부끄러웠다.

"이사 갑니까?"

부리나케 차를 몰고 와서 기다리는 중이었다. 안의 불편한 걸음걸이를 더는 볼 수 없어 막 차에서 내리던 순간 통화하는 소리를 들었다. 가긴 어딜 가려고. 이상하게도 수호는 그녀가 어디론가 간다는 것에 날이 섰다. 그날 그런 꿈을 꾼 이후로 체하기라도 한 사람처럼 항상 그 부분에 대해 생각하면 명치가 갑갑했다.

"여기는 어쩐 일이세요? 상림이 보러 오셨어요?"

"이사 가냐고 물었어요."

수호의 무뚝뚝한 목소리를 귓등으로 들으면서 안은 구두를 제대로 꿰어 신었다. 그러고는 또 절뚝거린다.

"네. 상림이네 집도 좁고, 언제까지 신세 질 수는 없어서요."

"멀리 갑니까?"

"아무래도 출퇴근 거리가 멀어졌어요. 당장은 자금 여유가 없어서 좋은 동네는 엄두도 못 내겠더라고요."

멀리 가면……. 그쪽, 다리가 더 아플 텐데. 수호의 눈은 계속 안의 발 언저리를 맴돌았다.

"우리 지, 아니, 빌려 줄게요."

수호는 '우리 집'이라고 말할 뻔했다. 우리 집에 들어오라고. 아무 거리낌 없이 말해 버릴 뻔했다. 이 무슨 미친 의식의 흐름인지 스스로 이해가 가지 않았다. 하마터면 큰 실수를 할 뻔했지 않은가.

"네? 뭘요?"

"돈 빌려 줄 테니까 병원 근처로 와요. 유 비서가 지각하면 내가 긴장돼서 그래요."

"걱정하지 마세요. 지각 안 해요. 돈 빌리고 그러는 거 부담스러워요."

"사람 일을 누가 압니까? 서울 시내 교통이 유 비서 마음대로 굴러가요? 뉴스도 안 봐요? 전철도 파업하고, 버스도 파업하고, 택시도 파업하고 그러던데. 어느 날 세 가지 다 파업하면 어쩌려고 그래요?"

이쯤 하면 좀 알아먹으라고. 이쯤 하면 '아, 그런가 보다.' 해 주라고.

"그럼 미리 뉴스 보고 그런 날은 일찍 움직일게요."

은근 고집쟁이 같으니라고. 수호는 좋다고 소문난 자신의 두뇌를 풀가동시켰다.

"좋아! 가불이라고 생각해요."

"제가 언제까지 일할 줄 알고요."

또! 또! 협박으로 들린다. 저 순한 눈으로 사람을 들었다 놨다 하는 경향이 있다. 일부러 저러나?

"그, 그럼 퇴직금. 퇴직금 당겨 준다고 생각해요."

"갑자기 오셔서 왜 이러세요?"

"복지. 직원 복지. 나는 유명한 사람이니까 항상 이미지에 신경 써야 하는."

안이 검지로 눈썹 끝을 긁으며 골똘한 표정을 지었다. 이제 좀 알아듣는 눈치였다.

"네. 그럼 생각해 볼게요. 제가 오늘 많이 피곤한데 이제 들어가 볼게요. 상림이 불러 드려요?"

"밥은."

오늘 이 남자가 왜 이렇게 맥락 없이 구는지. 뭐에 쫓기는 사람처럼 종종거리는 것이 평소의 그와 달랐다.

"……?"

"밥 먹었어요? 지금 유 비서 꼴이 어떤 줄 알아요?"

말하지 않아도, 보지 않아도 자신의 꼴이 어떨지 짐작이 갔다. 멋스러운 것을 좋아하는 남자에게 얼마나 초라해 보일지 너무 '자알' 알고 있었다.

"그러니까요. 제가 지금 꼴이 말이 아니거든요. 춥고 배고프고 피곤해요. 그래서 쉬고 싶어요. 내일 봬요."

"가지 말아요."

수호는 그냥 단도직입적으로 말해 버렸다. 계산하고 따지고 머리 굴려 봐야 통하지 않는 여자인 걸 이제 인정했다. 꼭, 저처럼 직진해야 하는가 보다.

"……?"

이 남자가 오늘 왜 이러나? 유독 어린아이처럼 구는 수호를 뿌리칠 수 없어 안은 조용히 다가가 그와 마주 섰다.

"안 가면요. 여기에 혹시, 저 보러 오셨어요?"

설마 그럴 리가. 왜 나를. 쓸데없는 걸 물어봤네.

"그래요. 유 비서 보러 왔어요. 처음에는 온종일 연락도 없는 게 괘씸했는데 아까 전화 목소리도 그렇고 해서 와 봤어요. 그런데 꼴은 더 최악이네."

아, 그래서. 안은 그제야 수호가 왜 여기까지 와서 씩씩거리는지 이해가 갔다. 상림이 별일 없다고 해서 곧이곧대로 듣고 말았는데 아니었나 보다.

"네. 알겠어요. 최악이라고 말씀 내내 잘 알려 주셔서 고맙습니다. 이제 정말 가 보세요. 내일은 말끔하게 하고 출근할게요."

"나랑 같이 가요. 맛있는 거 사 줄게요. 나도 배고파."

병을 주러 온 건지 약을 주러 온 건지. 안은 그를 상대하는 것이 더

없이 피곤해지기 시작했다.

"지금 제 기분을 똥망으로 만들어 놓고 맛있는 거 사 주신다고요?"

"나도 오늘 최악이거든. 오늘 추하영이 시집갔어."

"아!"

깨달았다는 듯 고개를 주억거리던 안이 수호를 지나쳐 앞장섰다.

"뭐 해요? 맛있는 거 먹으러 가자면서요."

안의 한마디에 수호의 굳었던 이목구비가 부드럽게 풀어졌다.

"뭐 먹을지는 정했고?"

덩치 큰 남자가 헤실거리며 차 문을 열어 놓고 재촉한다.

"라면이요. 원장님 집에 라면 먹으러 갈래요."

* * *

넓은 거실 한가운데 편하게 퍼져 앉은 두 남녀는 라면을 흡입하느라 정신이 없었다. 후루룩 면발 넘기는 소리와 나직한 웃음소리, 간간이 소주잔 부딪치는 소리가 만들어 내는 편안함이 거실을 채웠다. 어느 정도 배가 찼는지 안의 굽었던 등에 힘이 들어가고 눈에도 생기가 돌아왔다.

"밥은 없어요?"

"즉석밥 있는데."

"빨리 가져와요."

"유 비서, 아까부터 왜 자꾸 나만 시켜 먹지?"

안의 말이 끝나기 무섭게 벌떡 일어서던 수호는 엉거주춤 선 자세로 딴지를 걸고넘어졌다.

"저는 퇴근했을 시간이니까 이제 직원도 아니고, 맛있는 거 사 준다고 꼬신 사람은 원장님이니까요."

안의 논리적인 대꾸에 수호는 아무 소리도 못 하고 주방으로 쏜살같이 사라졌다. 잠시 후 김이 모락모락 오르는 즉석밥이 도착했다.

"아이 참, 이렇게 뜨겁게 데워 오시면 어떡해요."

안은 라면 하나 먹으면서도 무척 까다롭게 굴어 수호는 저녁 내내 그녀의 잔소리를 듣고 있었다. 덜 끓은 물에 면을 넣어서 혼나고 두 개 끓이는데 라면 수프 두 개 다 넣었다고 혼이 났다. 마지막으로 달걀을 마구 휘저었다고 혼났는데 이제는 따뜻한 밥 대령했다고 짜증이다. 밥해 먹이고 이렇게 구박을 받다니 오늘 안수호의 드높은 자존심이 남아나질 않는다.

"밥이 뜨거워야지 그럼!"

수호는 더는 밀릴 수 없어 버럭 항변했다.

"라면엔 찬밥이죠. 도통 맛의 메커니즘이 없으시네. 찬밥에 말아야 국물이 밥알을 코팅하면서 짠맛이 스미지 않아 딱 먹기 좋은 간이 밴다고요."

피곤한 여자다. 그깟 MSG 덩어리 밀가루 면발을 먹으면서 맛의 메커니즘씩이나. 수호는 툴툴거리며 잘 먹던 라면 그릇을 소리 나게 내려놓았다.

"사실 나는 라면 같은 거 잘 안 먹습니다. 건강에도 별로고 조미료 듬뿍인 데다."

"원장님께서 열심히 사다 드시는 반찬하고 국도 다 조미료 맛이거든요."

수호가 눈을 부라리며 정색했다.

"아닌데. 다 유기농 코너에서 산 건데. 내가 입이 얼마나 까다로운지 알아요?"

"그렇게 플라세보 효과라도 누리고 사세요."

"여기서 플라세보가 왜 나와요?"

"하여튼 앞으로는 꼭 기억하세요. 라면 국물에는 찬밥을 말아 먹어야 제격이다!"

안은 부지런하게 즉석밥에 부채질을 하며 굳이 찬밥을 만들고 있었다.

"그런데 오늘 진짜 비싸고 맛있는 거 사 주려고 했는데. 이거 가지고 되겠어요?"

"비싼 거 뭐요? 그 금값 뺨치는 오뎅 그런 거요?"

"아니. 고기."

"너무 지쳐서 식당에 앉아 있을 기운도 없었거든요. 고기 굽는 거 기다리다 쓰러졌을 거예요. 혼자 밥 먹기 싫은 얼굴이셔서 저도 나름 과감한 결정 내린 거라고요."

"그런데 한 번 들어와 봤다고 우리 집을 너무 쉽게 생각하는 경향이 있네. 나도 남잔데."

"원장님 타입 아니라면서요."

잠시 생각을 더듬던 수호가 자신이 했던 말을 떠올리고 겸연쩍게 웃었다.

"혹시 그 말을 가슴에 담아 뒀어요?"

으으응. 안이 고개를 빠르게 내저으며 소주잔을 들었다.

"저도 제가 남자 집을 이렇게 아무렇지도 않게 들어와서 씻고 라면 끓여 먹을 깡이 있는 줄 몰랐어요. 오늘 제가 큰일을 치르고 왔더니 간이 부었나 봐요."

"왜요? 도대체 유 비서는 오늘 무슨 일이에요?"

캬아. 단숨에 잔을 비운 안이 진저리를 치며 요란한 추임새를 넣었다.

"오늘 이혼했어요. 판결 끝! 배신준이여, 안녕. I'm free. 전 이제 하고 싶은 대로 막살아 볼 거랍니다."

"……."

"위로의 말 같은 거 하기만 해 봐요. 절교야."

안이 손가락을 까딱까딱 흔들며 경고했다.

"안 해요. 그놈 별로야. 잘했어요."

경고가 아닌 치하의 말을 건네며 수호가 소주잔을 들어 올렸다. 쨍하고 술잔 부딪치는 소리가 한동안 이어졌다. 별것 아닌 음식, 별것 아닌 대화가 두 사람에게 별난 즐거움을 안겨 주었다.

"나는 말린 과일은 별론데. 이상한 단맛이란 말이에요."

장 볼 시기가 지나 버린 수호의 냉장고는 가난했다. 안주로 먹을 만한 거라고는 말린 무화과뿐인데 기어이 한마디 토를 단다. 그런데 그 까탈스러움이 밉지 않았다. 수호는 오늘 제 마음이 유난히 하해(河海)와 같이 넓고 깊은 것이 기특했다.

"좀 주는 대로 먹으면 안 됩니까? 유 비서가 이렇게 먹거리에 까다로운 줄 처음 알았네."

"미안해요. 아직 열심히 살림하던 주접이 남아서 그래요."

쫀득하게 말린 무화과 한입을 깨물자 은은한 단맛이 입안에 퍼졌다. 안은 자신이 오물거리며 먹는 모습에 지나치게 집중하고 있는 수호를 보고 웃음이 터졌다.
"먹을 만해요. 너무 신경 쓰지 마세요."
"그럼 다행이고. 사실 그게 싫으면 안주로 생수나 주려고 했지."
배도 부르고 편하고 집도 따뜻하다. 취기가 은근히 올라오니 졸음이 몰려왔다. 안은 드러눕고 싶은 욕구를 힘겹게 밀어내고 벌떡 일어섰다.
"저 이제 가 볼게요."
수호가 어이없는 얼굴로 안을 올려다봤다.
"갑자기? 나는? 내가 유 비서 먹이고 씻기고, 아니, 씻으라고 안내해 주고 내 옷도 내줬는데. 자기 기분만 위로받고 가는 건가? 의리도 없는 사람."
"갑자기 너무 졸려서요. 여기서 잘 수는 없잖아요. 상림이한테 전화도 계속 오고."
"좋겠어요. 졸리면 잘 수도 있고."
이렇게 말하면 내가 갈 수가 있나. 안은 흘러내리는 수호의 추리닝을 다시 추켜 입고 자리에 앉았다.
"알았어요. 그럼 이제 원장님 차례. 저는 오늘 속 시원하게 이혼했고. 전남편이 어떤 인간인지도 잘 아시니까. 저도 원장님 얘기 듣고 싶어요."
"뭐요. 추하영이 시집간 이야기요?"
"그건 인터넷이 다 말해 주니까 됐고! 둘이 어떻게 만났어요? 어디가 그렇게 좋았어요? 선남선녀는 어떻게 만나는지 들어나 봅시다."
안은 무릎을 세우고 턱을 괴었다. 흥미진진한 유명인의 연애사를 들을 생각에 졸음이 달아났다.

"잡지사 화보 촬영하면서 처음 만났어요. 〈Man Q〉라고 남성 잡지 있잖아요. 전문직 특집인가 그랬던 거 같아요. 프로 골퍼, 변호사, 의사, 건축사, 아나운서 등등 몇몇이 모였죠."

"그리고요? 첫눈에 반했어요?"

"아니요. 처음에는 형식적인 인사만 하고 헤어졌어요. 별로 기억에 남거나 그런 것도 없이. 좀 새침하다는 생각은 했지만."

"그래서요!"

안이 엉덩이를 슬금슬금 수호 쪽으로 밀며 다가왔다. 눈동자 가득 '재미있어 죽겠네!'라고 외치고 있었다.

"이제 그만."

"혹시 얼굴 따지세요. 안 예쁘면 눈길도 안 가요?"

"네."

어머나. 빈틈없이 단호해.

"그래서 제가 원장님 타입이 아니구나."

"아, 참, 그거 농담이었어요. 언제까지 우려먹을 참이에요?"

"알겠어요. 설마 예뻐서 오직 그 이유로 좋아하시게 된 거예요?"

"이제 정말 그만. 오늘은 그만 떠올리고 싶은데."

쳇. 안이 혀를 차며 토라진 듯 입술을 삐죽거렸다. 이제 할 일도 없는데 집에도 못 가게 하더니 재미있는 얘기도 안 해 준단다.

"치사한 사람이었어. 안수호 씨는."

안은 자리에서 일어나 거실을 서성거렸다. 값비싸 보이는 오디오 주변에 꽂힌 음악 CD를 꺼내도 보고 운동 기구를 움직여도 보고…….

"밤에 잠이 안 오면 뭘 하세요?"

"주로 스포츠 중계를 봐요. 영화도 보고, 음악도 듣고, 운동도 하고. 원래 책을 많이 읽었었는데 요즘은 그럴 수 없으니 더 힘들어요."

"흐음, 그렇구나."

정말 집에 가야 할 것 같았다. 할 일이, 아무리 찾아도 할 일이 없었다. 시간을 확인하니 이 집에 들어온 지도 어느새 네 시간을 훌쩍 넘겼다.

"원장님, 저 아무래도 이제 가야 할 것 같아요. 여기 온 지 너무 오래됐어요."

수호도 알고 있었다. 보내 줘야 할 시간이고 보내야 할 사람이었다. 차라리 안이 남자였으면 좋겠다는 생각까지 들었다. 왜 이렇게 아쉬운 마음인지. 아무것도 안 하고 같이 있기만 해도 재미있는 것이 가장 큰 문제였다.

"책 읽어 드릴게요. 주무세요. 그러면 저도 마음 편하게 집에 돌아갈 수 있겠어요."

"정말입니까?"

로또에 당첨되면 저런 표정일지도 모른다. 수호의 입꼬리가 귀에 걸리는 것을 보며 안은 주변에 읽을거리를 찾아 두리번거렸다.

"잡지도 없네. 뭐 읽을 것 좀 갖다 주세요."

잠시 후 안의 손에 들린 책은 안나 카레니나였다.

"엄청 긴 책도 가져오셨네요. 여기 자리 잡으세요."

안이 널찍한 소파를 손바닥으로 탕탕 두드리자 수호가 떨떠름한 얼굴로 되물었다.

"여기서 자라고요?"

“그럼 어디서 읽어 드려요? 침실은……. 좀 그렇잖아요? 제가 아무리 원장님 스타일이 아니어도 그렇지.”
“아, 그건 그렇지.”
머리를 긁적이던 수호가 침실로 들어가 쿠션과 담요를 들고 나왔다. 수호의 기대에 찬 얼굴을 보자 안의 기분도 덩달아 좋아졌다. 수호가 소파에 눕듯이 기대어 안의 목소리를 기다렸다. 흠흠! 목청을 가다듬는 기침 소리가 몇 번 이어지더니 짧은 침묵이 흘렀다.
“행복한 가정은 모두 비슷한 점이 있지만, 불행한 가정은 제각각 다른 모습으로 불행하다.”
안나 카레니나의 서문을 시작으로 안의 조용한 목소리가 차분하게 흐르기 시작했다. 겨울의 초입을 향하는 아늑한 밤, 나른한 술기운, 감미로운 목소리, 그리고 그를 덮치는 수마의 기운.
수호의 손가락 끝이 툭 떨어졌다. 수면 마취에 빠지듯 몽롱하게 젖어 드는 잠기운에 더할 나위 없이 만족스러웠던 그 순간, 수호의 눈이 번쩍 떠졌다.
“유 비서!”
금세 잠이 들 것처럼 흡족한 표정이던 수호가 불현듯 눈을 뜨더니 안을 찾았다.
“네! 왜 그러세요? 그사이에 꿈이라도 꿨어요?”
“아니. 그건 아니고.”
아예 몸을 바로 일으킨 수호가 할 말이 있는 사람처럼 머뭇거리며 안의 눈치를 살폈다. 손바닥으로 제 허벅지를 쓱쓱 문지르며 초조한 낯빛을 감추지 못했다.
“별로 효과가 없어요? 이제 저도 약발이 떨어졌나 보다. 아님, 장소가 바뀌어서 그런가?"
"아니, 아니, 전혀! 효과 최고예요. 방금 잠에 곯아떨어질 뻔한 걸 억지로 깬 거예요."
"왜요? 그렇게 자고 싶어 하시더니."
"부탁이 있어요."
간절한 눈빛, 긴장한 듯 마주 비비는 손바닥, 머뭇거리는 입술. 도대체 무슨 부탁이기에 이 남자가 이렇게 망설이나. 안은 괜찮다는 듯이 고개를 끄덕이며 어서 말해 보라고 재촉했다.
"유 비서……. 이런 말 어떻게 들릴지 모르겠지만, 내가 정말 절박해요."
"도대체 뭔데 그러세요? 글씨 못 읽는 증세가 더 심해졌어요?"
아니, 아니. 수호는 말을 가로막지 말라는 듯 고개를 세차게 흔들었다.
"그……. 잠자리에서 책 좀 읽어 줄래요?"
"네? 잠자리요?"
"아! 단어가 좀 그런가? 아니다. 전반적으로 좀 그렇긴 하다."
이미 입에서 튀어나온 말을 주워 담을 수는 없었다. 황당해 하는 안의 얼굴을 보니 자신의 뻔뻔함이 면목 없었지만, 언제고 쏟아 낼 말이긴 했었다. 아예 저질러 버리자 후련하기까지 했다.
"미안해요. 그럴 수는 없겠지만 없었던 일로 합시다. 내가 욕심이 과했어. 미친놈."
"미안하실 것까지는……. 그런데 정말 들어 드리기는 힘든 제안이네요. 죄송해요."
"유 비서가 왜 사과를 해요. 정신 나간 내가 문제지."

안은 들고 있던 책의 모서리를 손가락으로 문지르며 오랜 시간 침묵했다. 오늘 온종일 걸으며 했던 생각을 정리하는 중이었다. 조금 전까지 즐거웠던 분위기는 끝이 났다. 정신 차리고 제 마음과 상황을 정리해야 할 시간이었다.

"원장님."

안의 목소리가 무겁게 가라앉아 있었다. 수호 역시 미안한 마음이 그 무게만큼 더해졌다.

"다른 비서를 구하세요."

내가 큰 실수를 했구나. 수호는 가슴이 내려앉는 기분이었다.

"정말 내가, 내가 미안해요. 유 비서를 우습게 생각해서 한 말이 아니고."

"알아요. 그런 분 아닌 거."

그녀의 말은 진심이었다. 안의 눈동자는 여전히 따뜻하고 너그러웠다. 화나지 않은 것이 분명했다. 그런데 왜.

"그럼, 왜? 왜 그만두려는 겁니까?"

오히려 수호가 따지듯 날카롭게 물었다. 요즘 들어 그녀가 사라질 것 같았던 불안이 떠올랐다.

"……."

"네? 말을 해 봐요. 나도 뭘 알아야 고치든가 하지. 이렇게 잘 놀고 잘 있다가 갑자기 그만두려고 하면 내가 당황하지 않겠어요? 내가 얼마나……. 얼마나 유 비서를 의지하는지 몰라요?"

"오늘 보니까 저 아니어도……."

"아니요! 유 비서가 제일 편해요. 제일 잘 맞아. 그러니까 생각 바꿔요. 월급 더 올려 줄 수 있어요. 점심시간에 책 안 읽어 줘도 됩니다. 이제 자러 가야겠어요. 내일 봐요."

수호는 벌떡 몸을 일으켜 침실로 향했다. 안이 다른 생각을 할 여지를 주지 않을 속셈이었다.

"제가 힘들어서 그래요. 제 마음을 마음대로 할 수가 없어요."

우뚝 멈춘 걸음. 수호가 천천히 뒤를 돌아서 안을 바라보았다. 가만가만한 몸짓으로 책을 내려놓은 안이 말간 얼굴로 수호를 마주보았다.

"제가 원장님을 더 많이 좋아할 것 같아서요. 그러면 지금보다 더 힘들어질 것 같아서요. 인제 그냥 팬으로만 좋아할 것 같지 않아요. 확실히요."

"실제 이성으로 좋아한다는 뭐, 그런 말인가요?"

"……."

안의 시선이 바닥으로 떨어졌다. 속은 시원했지만 부끄럽고 두려웠다. 이제 거절을 들어야 할 차례였다. 몇 번이나 수호가 한숨을 쉬는 소리가 들렸다. 그리고

"그럼, 그렇게 해요."

가차 없는 허락이 떨어졌다. 안의 얼굴에 조용히 미소가 지어졌고 동시에 눈물이 맺히려 했다. 탁! 그의 침실 문이 닫히는 소리와 함께 눈물이 떨어졌다.

* * *

원장실을 정리하는 안의 손길이 오늘따라 더 싹싹했다. 깔끔하게 먼지를 닦아 내고 아로마를 뿌리고 원두를 갈았다. 잔잔한 클래식

음악을 틀어 놓고 노트북을 켜는데 수호가 들어왔다.
"좋은 아침입니다, 원장님."
수호는 대답도 없이 그대로 안을 지나쳤고 재킷을 벗어 아침마다 안이 가져다 놓는 새로 세탁한 가운으로 갈아입었다.
자리에 앉던 수호는 책상에 가지런히 놓인 하얀 봉투를 보고 와락 눈썹을 구겼다. 그녀의 예고대로 사직서가 올라와 있었다. 저 봉투를 열면 꿈에서 본 대로 '안녕히' 세 글자가 그를 반길 것 같았다. 차마 열어 보지 못하고 그대로 책상 서랍에 던져 넣었다. 다시 서랍을 열어 '사직서' 세 글자가 보이지 않도록 신경 써서 뒤집어 놓았다.
안은 담담한 모습으로 커피를 내리고 있었다. 방금 원두를 갈았는지 공간은 좋은 향으로 가득했다. 저 순한 얼굴로 이렇게 사람을 길들여 놓고 그만두는 여자라니. 무서운 여자, 유안. 달그락거리는 찻잔 부딪치는 소리와 함께 향긋하고 진한 커피가 수호의 책상 위에 올라왔다.
"이거 말고요. 에스프레소로."
"아, 어제는 드립이 좋으시다고 해서."
"에스프레소 포 샷."
절대 투 샷 이상 허락하지 않는 유 비서였다. 그래서 일부러 고집을 피워 본다.
"여기 있습니다."
이젠 그만둔다고 말릴 생각도 없는 모양이었다. 평소 같으면 일장연설로 잔소리를 늘어놓았을 거면서 오늘은 너 먹고 싶은 대로, 살고 싶은 대로 하라는 듯 군말 없이 샷을 네 개나 내려서 가져왔다. 수호는 진한 크레마의 고소한 향이 역했다. 제 앞에 놓인 머그잔을 눈빛으로 박살 낼 기세로 노려보기만 했다.

"오늘 구직 사이트에 구인 광고 올릴까 하는데요."

"뭐라고 올릴 건데요."

수호가 퉁명스럽게 대꾸했다.

"네? 뭐……. 원장님 비서 구한다고."

"안수호가 글씨도 못 읽는 병신이니까. 와서 글씨 좀 읽어 줘라."

"네?"

"그렇게 올리시라고요."

안은 마음먹고 비꼬는 수호의 신랄한 말에 놀랐다.

"원장님, 화나셨어요?"

"아니요. 제가 왜 화를 냅니까? 새로 올 직원이 제대로 알아야 할 것 아닙니까? 자신이 와서 어떤 일을 해야 하는지."

그는 분명 화를 내는 것 같았다. 갑자기 그만두는 무책임함 때문이라는 생각이 들자 안의 마음이 더욱 무거워졌다.

"죄송합니다. 제가 그 생각을 못 했네요. 그냥 비서 채용만 생각했어요. 그럼 알음알음으로 알아볼게요."

"왜요. 여기저기 안수호가 글씨도 못 읽는다고 알리고 다니시려고요?"

안은 퉁명스러운 수호의 반응에 어찌해야 할 줄을 몰라 입을 다물었다. 잠시 침묵했던 안이 마음을 가라앉히고 다시 물었다.

"원장님, 정말 저한테 왜 이러세요?"

"제가 뭘요?"

"왜 이렇게 시비조로 말씀하시냐고요. 분명 제가 어제 말씀드렸잖아요. 제 사정이 그렇다고요."

"누가 뭐랍니까?"

"도대체……. 제가 어떻게 했으면 좋으시겠어요?"

안의 목소리가 떨려 나왔다. 괜히 고백했다는 후회만 들었다. 우스운 사람이 돼 버리고 말았다.

"……."

"제가 그런 마음으로 일하면 원장님도 점점 불편해지실 거예요. 그래서."

"저는 괜찮습니다만."

안은 수호의 이기적인 대답에 기운이 빠졌다.

"저는요? 저는 불편해요. 저는 감정 없는 로봇이 아닌데요. 어제 하루 겪어 보니 저 없어도 큰 문제없으신 것 같아서 큰마음 먹고 털어놓은 건데. 멍청한 짓이었네요. 제가 우습게 보이시죠? 원장님은 저 같은 여자들이 우스울 거예요. 생각보다 냉정하신 분이네요."

말이 길어지자 감정이 올라 눈물이 고이기 시작했다. 급히 눈물을 훔친 안이 자리에서 일어났다.

"그러면 상림이가 제 일을 대신하고 새 간호사를 구하시는 게 편하실 것 같아요."

안이 새로운 대안을 내놓고 나가 버렸다.

"설마, 울어? 내가 뭘?"

말은 그렇게 했지만, 안이 자리를 비우고 덩그러니 남은 수호는 후회막급이었다. 못난 말로 안의 속을 긁어 놓은 자신의 옹졸함을 탓했고 왜 그랬는지 알 수 없어 당황했다.

* * *

담배 연기 자욱한 룸에는 심심풀이 포커판이 한창이었다. 수호는 영 게임이 풀리지 않자 카드를 엎어 버리고 밖으로 나왔다. 분기에 한 번씩 딱 여덟 명이 모이는 고등학교 동창 모임이었다. 오랜만에 참석한 수호에게 멤버들은 묻고 싶은 것이 많았지만 눈치만 살폈다. 오늘은 왕장이 나오지 않아 대신 물어볼 만만한 상대도 없었다.

룸 밖으로 나오자 나머지 인원들은 술잔을 기울이며 수다가 한창이었다. 여자와 돈 얘기가 노골적으로 오가는 소리를 들으며 수호가 옷을 챙겨 들었다.

"야! 안수호, 벌써 가냐?"

"응. 요즘 컨디션이 영 안 좋네. 일찍 가서 쉬려고. 다음에 보자."

"그럴 땐 여자를 안아야지. 괜찮은 애 하나 소개해 줘?"

수호가 짜증스럽게 미간을 구겼다. 가볍게 손을 흔들며 작별을 표했다.

"야, 너 지난번 모임에도 안 나왔잖아. 그땐 왜 안 나온 거냐?"

"저 자식, 목하 열애 중이었지 않냐. 지금 기운 없는 것도 다 걔 때문 아니냐?"

"늦게 배운 도둑질에 날 새는 줄 모른다더니. 우리 모쏠 수호가 그렇게 열정적일 줄 몰랐다."

놀리고 싶어 안달 난 놈들이 어쩐지 조용하다 싶었다. 수호는 쓴웃음을 지으며 친구들에게 주먹 엿을 날리고 나와 버렸다. 호텔 복도를 걷는데 파티 룸에서 빠져나온 다른 놈이 따라붙었다.

"야, 수호야, 같이 가자. 하여간 폼생폼사. 힘들면 힘들다고 티 좀 내라. 우리가 한두 해 사귄 사이냐. 불알친구 좋다는 게 뭐야."

"그 불알, 너희들끼리 위로해라. 솔직히 위로하는 척하면서 너희 궁금한 것 채우는 거잖아."
"신랄한 새끼. 너 여자 좀 만나라. 누가 너 좀 만나게 해 달라고 벌써 몇 달째 나를 들들 볶는다."
"시간 없다. 여자한테 쏟을 정성도 바닥났고."
"너는 정성 쏟지 말고 그냥 시간만 때워 주라. 뻥 차더라도 네가 직접 좀 차. 친구 좀 살리는 셈 치고 적선 좀 베푸시게. 야! 또 누가 알아? 여자로 생긴 상처가 여자로 치유되는 기적이 너에게도 생길지."
여자로 생긴 상처라……. 최근 수호는 두 여자에게 제대로 상처를 받았다는 생각이 들자 친구의 제안이 솔깃했다.
"누군데 그래?"
"우리 와이프 절친. 아주 두 여자가 나를 볶아 먹는다. 나 살 내린 것 좀 봐. 피아노 치는 여잔데 몇 달 있다가 다시 독일 들어가야 한대. 그냥 가볍게 만나서 술친구나 하든지. 사람은 진짜 괜찮아. 새로 친구 하나 사귄다고 생각해. 부담 없고 좋잖아."
짧은 고민 끝에 수호는 결단을 내렸다.
"내일 저녁 여덟 시. 청담동 그레이 OK?"
"승낙? OK! 나 지금 바로 연락해서 약속 잡는다. 알았지?"
호들갑을 떨며 고마워하는 친구의 어깨를 가볍게 두드린 수호가 먼저 차에 올랐다. 사이드 미러로 보니 벌써 전화기를 붙들고 떠드는 것이 보였다.
"피아노 치는 여자라……. 나쁘지는 않네."
소개로 만나는 여자는 처음이었다. 충동적 결정이었지만, 은근 기대되기도 했다. 하영과 헤어지고 다시는 여자를 만나지 말아야 하나 고민도 했었다. 연애에 쏟는 감정의 피로가 컸다는 후회 때문이었다. 하지만 오늘따라 유난히 마음이 허했다. 불꽃처럼 태워 버릴 열정이 필요했다. 정신없이 몰아치던 연애의 맛이 절실했다.

* * *

조금 이른 시간, 출근하던 수호는 왕장에게 붙들려 휴게실로 끌려 나왔다. 왕장은 오늘따라 더 제대로 빼입고 나타난 수호를 보며 길게 휘파람을 불었다. 새로 맞춘 다크 그레이 컬러의 체크무늬가 들어간 커스텀 메이드 정장이 유난히 몸에 착 감겨 보였다.

"안수호, 내가 어제 놀라운 소식을 들었는데 말이다. 너한테 확인해야겠어."

대충 뭘 물어볼지 알겠는지라 수호는 여유롭게 바지 주머니에 손을 꽂고 가슴을 쭉 폈다.

"물어봐."

"너, 여자 소개받기로 했어?"

마치 형사가 범인을 신문하듯 왕장은 심각하게 접근했다.

"어. 창수한테 들었지? 하여간 빨라."

"웃기네. 너는 단톡도 확인 안 하냐. 밤새도록 네 녀석 얘기로 뜨겁게 달아올랐는데."

"아, 단톡. 하도 시끄러워서 알람을 껐지. 남자 놈들이 왜 이렇게 시끄럽게 살아? 소개팅이 별거냐?"

"나이 서른넷에 소개팅이란 단어는 좀. 우린 이제 맞선이야."

"쓸데없이 진지하네. 맞선은 무슨. 창수가 하도 부탁해서 그냥 만나나 볼까 하는 것뿐이야."

"그럼 유 비서는?"
수호의 태도가 딱딱하게 돌변했다.
"여기서 유 비서가 왜 나와?"
"너 유 비서 좋아하잖아."
허! 수호가 황당하다는 얼굴로 반문했다.
"뭐? 내가? 그런 건 어디서 나온 유언비어야? 전혀 아니야. 오해야."
"아닌데. 내 눈은 정확한데."
"어딜 봐서 내가 유 비서를 좋아한다는 결론이 나오는 거야?"
"너의 모든 것에서 나온 결론이지. 너 유 비서가 매일 보고 싶고 같이 있으면 좋고 그렇지 않아?"
"아니. 매일 보는데 뭘 더 보고 싶어 해? 같이 있으면 심심하지 않고 편하긴 하지. 비서니까."
"아닌데. 좋아하는 것 같은데. 나는 네가 고백을 해서 유 비서가 부담스러워 그만두는 줄 알았지."
내가 고백을? 사실이 거꾸로 와전되고 있나? 그런데 어떻게 소문이 난 거지?
"너 그건 어떻게 알았어? 유 비서가 떠들고 다녀? 그만둔다고?"
"아니. 현 간한테 들었는데. 아무래도 자기가 유 비서 일을 대신하고 간호사를 뽑아야 할 것 같다고."
수호의 얼굴에 불편과 불쾌가 고스란히 떠올랐다.
"아직 사표 수리 안 했어. 그럴 일 없어."
"이것 봐. 너, 유 비서가 그만두는 게 싫은 거잖아."
"당연하지! 이만큼 손발 맞춰 놨는데 별 이유도 없이 그만둔다는 게 말이 돼? 제멋대로인 사람이야. 아주 불쾌해."

"흐음……. 홧김에 맞선이라."

"맞선은 무슨! 그리고 홧김이라니? 자꾸 넘겨짚지 마."

왕장의 오해가 점점 불쾌하게 느껴졌다. 수호는 단호하게 윽박질렀다.

"너야말로 네 감정을 넘겨짚지 마, 이 병신아."

왕장은 답답하다는 말을 구시렁거리며 휴게실을 떠났다.

* * *

오랜만에 찾는 숨 막히는 공간. 결혼 전 가족과 함께 살던 집. 안에게는 세상에서 가장 불편한 곳이 친정이었다. 이젠 친정이라고 부를 자격조차 잃어버린 곳이니 뭐라고 불러야 할지도 모르겠다. 어쩔 수 없이 안을 불러들여 키워 준 엄마, 숙정의 목소리가 바늘 끝보다 뾰족했다. 이혼한 안을 걱정해서 부른 것은 아닐 텐데 어서 용건이나 마쳤으면 하는 바람뿐이었다.

"아무리 제멋대로인 아이라지만 이혼하면서 부모한테 말 한마디 안 하다니. 어디 가서 말도 꺼내지 말아라. 가정교육 운운하는 소리 듣고 싶지 않다."

안은 벌써 30분도 넘게 소파에 앉아 테이블 모서리만 뚫어져라 보고 있었다. 어릴 때부터 안은 가족들과 시선을 마주치지 않기 위해 어느 한 점을 정해 놓고 쳐다보는 버릇이 있었다. 눈을 마주치면 재수 없게 눈치를 본다거나, 싹수없이 빤히 쳐다본다고 혼이 나기 일쑤여서 택한 방법이었다.

"배 서방이 밖에서 아들을 봤다고 하던데 그게 정말이냐?"

우유부단하기로 세상 최고인 아버지 일남이 침묵을 깨고 물어왔다.

"네."

"허! 그 망할 녀석."

"손 귀한 집에서 애를 못 낳으니 당연한 거 아니겠어요? 예전 같으면 진즉에 쫓겨날 일이야. 나 같아도 바람나지."

안은 숙정의 칼날 같은 말을 묵묵히 삼켰다. 이제 굳은살이 단단히 박여 상처도 생기지 않았다.

"그래서 너는 앞으로 어떻게 살 셈이냐?"

"일단은 그냥 이렇게 지내려고요. 결혼을 너무 일찍 했고, 그동안 시달려서 힘들었어요. 먹고사는 데 문제는 없으니 너무 걱정하지 마세요."

걱정할 리가 없지만, 안은 형식적이면서도 다분히 자식 입장에서 해야 할 답을 했다.

"그래도 아직 젊어도 한창 젊은데 혼자 지내는 건 말이 안 된다. 조만간 좋은 자리 알아봐 줄 테니 허투루 살지 말고 몸 간수 잘하고 있어라."

"그게……. 무슨 말씀이세요?"

일남이 멋쩍은 헛기침을 내뱉으며 안을 외면했다. 평생 안의 일에서는 한발 뺀 모습으로 비겁하게 살아온 사람다웠다. 이 부모라는 사람들이 무슨 얼토당토않은 요구를 할지 안은 상상도 할 수 없었다. 숙정은 말을 하다 말고 먼 산만 보는 일남을 한심한 눈으로 노려보며 대신 입을 열었다.

"아버지 사업이 요즘 너무 힘들어. 아버지한테 투자를 제안한 젊은 양반이 상처한 지 오래라고 하더라."

심청이도 아니고 삼백 석쯤에 몸을 팔라는 말이었다. 그다지 좋지 않은 혼처인 것이 분명했다. 언니 정이 아닌 자신에게 차례가 왔으니 불을 보듯 뻔했다.

"투자를 제안한 그 젊은 양반은 상처한 지 언제고 나이가 몇인데요? 재력이 대단한 것 같은데 왜 저 같은 애를. 언니가 더 낫지 않아요?"

"언니는 할 줄 아는 게 없잖니? 그 사람은 내조 잘하는 여자를 원해. 네가 딱이야."

양심도 없이 숙정은 잘도 둘러댔다.

"그래서 몇 살인데요?"

"아직 젊어. 쉰도 안 됐다."

다행히 안이 예상한 정도만큼 놀라웠다. 하긴 칠순 노인까지는 아니니 나름 상식적이라고 해야 할까. 착잡한 마음도, 그나마 남아 있던 혈육에 대한 미련도 접어 두고 안은 자리에서 일어섰다.

"저 이만 가 볼게요. 이때까지 키워 주셔서 고맙습니다. 폐 끼치지 않고 조용히 살 테니 서로 보지 않아도 괜찮을 것 같아요."

이 집과 이 집 구성원들과의 인연도 과거도 모두 버리기로 했다. 이혼도 했겠다, 아예 새로운 삶을 살아 버리기로 했다.

"저 더러운 년이!"

현관에서 신발을 찾아 신는 안에게 익숙한 욕설이 꽂혔다. 그리고 일남을 향해 소름 끼치는 악다구니가 이어졌다.

"이게 다 당신 때문이야! 당신이 싸지른 업보를 내가 무슨 죄로 평생 돌봤는지 모르겠네. 쟤 좀 보라고요. 은혜도 모르고 양심도 없는 저 짐승보다 못한 것을 보라고! 창녀 새끼 주제에 고고한 척 꼴값이야!"

안은 가슴을 헤집고 난도질하는 익숙한 악담을 뒤로하고 오랜만에 찾아왔던 생지옥을 벗어났다.

* * *

교통 체증을 생각해 서둘러 나온 수호는 20여 분이나 일찍 약속 장소에 도착했다. 당연히 자신보다 훨씬 늦게 나올 여자를 생각해 수호는 혼자 간단히 칵테일을 즐길 생각이었다.

바(bar)에 자리를 잡고 앉아 주문하고 있던 수호는 자신의 어깨를 가볍게 두드리는 손길을 느꼈다.

"일찍 오셨네요? 안녕하세요? 송서연이에요."

시원한 미소가 호감 가는 서구적인 미인이었다.

"아, 안녕하십니까. 안수호……."

"알아요, 안수호 씨. 제가 그렇게 소개해 달라고 졸랐는데 모를 리가 없죠."

풀을 먹인 것처럼 빳빳하고 깨끗한 흰 셔츠에 늘씬한 스키니 진을 입은 여자의 모습이 의외였다. 당연히 여성스러운 차림새에 우아한 이미지를 예상했었다. 하영이 항상 그런 모습을 유지했었기에 더 그랬는지 모른다.

"일찍 나오셨네요. 여자분이라 좀 늦을 줄 알았는데."

"여자라서 늦는다……. 왜 그런 선입견을 품게 되셨을까요?"

수호의 머릿속에 다시 추하영이 떠올랐다. 30분은 기본이었던 하영은 항상 살살 녹는 애교로 여자는 준비 시간이 길어 어쩔 수 없다는 말을 했었다. 그때는 방송 시간은 칼같이 지키는 것을 기특하다고만 생각했었는데 지금 생각하니 기분이 더러웠다.

"수호 씨, 혹시 저녁 드셨어요? 저는 아직 못 먹었는데."

"아, 저도 아직 식사 전입니다. 제가 장소를 잘못 정했네요."

"아니에요. 이따가 다시 오죠, 뭐."

두 사람은 바(bar)를 나와 걸으면서 줄곧 대화를 나누었다. 서연은 시원시원한 성격에 말재주가 좋은 편이었다.

"수호 씨는 뭘 좋아하세요?"

"글쎄요. 딱히……."

"살면서 제일 맛있게 먹은 건 있을 거 아니에요?"

순간 수호는 머리에 떠오른 생각을 그대로 말해 버렸다.

"라면?"

"라멘이요?"

"네……. 그렇죠. 라멘."

비슷한 메뉴가 있어 다행이었다. 창수의 분노하는 얼굴이 잠시 스쳤다가 사라졌다. 여자를 소개받는 첫 만남에 라면 먹으러 가자고 했다 하면 제 와이프 얼굴 운운하며 조용히 지나갈 놈이 아니었다.

맛집으로 유명한 라멘 전문점이 마침 근처에 있다며 서연이 이끌었다. 라멘은 솔직히 수호의 입맛에 맞지 않았다. 먹는 둥 마는 둥, 대화도 하는 둥 마는 둥. 수호는 라면을 언급한 이후로 이 만남에 집중하지 못했다.

"서연 씨는 라멘 말고 라면도 드십니까?"

수호가 반도 먹지 않고 젓가락을 내려놓은 것과 달리 서연은 맛있게 비워 내고 있었다.

"당연히 먹죠. 다이어트 때문에 피할 뿐이죠. 맛있잖아요. 특히 국물에 밥 말아 먹을 때는……."

"찬밥!"

마치 엄청난 노하우를 알고 있는 사람처럼 수호는 득의양양하게 외쳤다. 서연이 생긋 웃으며 젓가락을 내려놓았다.

"잘 아시네요?"

"찬밥을 말아야 간이 적당히 배어서 맛있다고 하더군요. 뜨거운 밥을 가져갔다가 어찌나 혼꾸멍이 났던지."

"누구한테요?"

수호는 자신이 이 만남에 왜 집중하지 못하는지 깨달았다. 매정한 유 비서, 그 여자 생각이 꼬리를 물고 따라다니고 있었다.

"……."

"혹시 추하영?"

"아닙니다, 전혀. 왜 갑자기 그 이름이."

"말씀하실 때 꽤 신나 보여서요. 그래서 혹시 전 여친과의 추억인가 했어요. 실은 라멘이 아니라 라면이 드시고 싶으셨나 보다."

"글쎄요. 꼭 그런 건 아니었는데."

결코, 라면은 수호가 좋아하는 음식이 아니었다. 오히려 멀리하는 메뉴에 속했다.

"추하영 씨가 아니라니 정말 다행이네요."

"네? 왜죠?"

"이미 남의 여자인데, 아직도 수호 씨가 추억하고 있다면 슬픈 일이잖아요. 그럼 다른 인연?"
"……."
멀뚱히 생각에 잠긴 수호를 가만히 바라보던 서연이 가볍게 고개를 내저었다. 이 남자에게 자신이 비집고 들어갈 여지가 없어 보였다. 내내 다른 생각에 푹 빠진 것이 마음에 들지 않았지만, 생긴 것과 다르게 순진한 분위기를 풍기는 남자가 밉지는 않았다.
"안수호 씨?"
서연이 테이블을 똑똑 두드리며 수호의 의식을 현실로 불러들였다.
"오늘은 수호 씨 생각이 저 어딘가에 가 있어서 안 되겠네요. 우리 다음에 창수 씨 부부하고 다 같이 만나서 술이나 한잔해요."
"저 지금 까인 겁니까?"
"그렇다고 해 두죠. 하지만 나쁘지 않았어요. 기회가 닿으면 좋은 친구로 지내죠. 저는 이만 일어날게요. 수호 씨는 지금 생각나는 사람에게 가 보세요."
"네?"
"거기 정답이 있는데 왜 여기서 헤매세요? 밥값은 수호 씨가 내세요. 나중에 저한테 고마워하실 테니까요."
서연은 성격처럼 시원한 웃음을 남기며 일어섰다. 뒤도 돌아보지 않고 나가는 서연의 모습을 우두커니 보고 있던 수호는 한참이 지나서야 주섬주섬 일어섰다.
"지금 생각나는 사람?"
유 비서. 유안. 그 여자……. 왜? 유 비서, 나한테 왜 이래?
시동을 걸던 수호는 급히 핸드폰을 찾아 들었다. 저녁 내내 자신을 멍청하게 만들었던 여자는 전화를 받지 않는다. 비서라는 사람이 요즘 들어 꽤나 속을 썩인다. 짧은 시간 자신을 길들여 놓더니……. 그리고는 뜬금없이 너무 좋아져서 안 되겠단다. 혼란스러운 건 자신인데 오히려 어떻게 해 주길 바라냐며 눈물까지 보였다. 여자를 울린 못난 놈을 만들었다.

"지금 날 조련하는 거야?"

수호의 파란색 르반테가 시원한 속도로 도로 위를 내달리기 시작했다.

* * *

벨을 누르자 상림이 뚱한 모습으로 나와 성의 없이 수호를 맞이했다.

"유 비서 없어요? 전화도 안 받는데."

"부모님 집에 다니러 갔어요."

요즘 들어 현 선생도 이상했다. 원래도 사근사근한 사람은 아니었지만, 최근 자신을 보는 눈길이 곱지 않았다. 지금도 위아래를 훑어보며 마음에 들지 않는 눈빛을 노골적으로 쏘아 대고 있었다.

"언제 옵니까? 오늘 안 오나요?"

"아니요. 오는 중일걸요."

"이 밤에 혼자 들어올 사람이 걱정도 안 됩니까? 친구라는 사람이."

수호는 복도 너머 어둑한 창밖을 걱정스럽게 보며 투덜거렸다. 그 모습이 별꼴이라는 듯 상림은 삐죽거렸다.

"그런데 여긴 왜 오셨어요?"

"하도 그만둔다고 해서 대화 좀 하려고 왔어요."

"그냥 두세요. 사귀어 주실 것도 아니면서."

아침에는 왕장이 이상한 소리를 하더니, 이젠 현 선생마저도.

"현 선생도 알아요?"

"당연히 알죠. 우리 안이. 안 그래도 요즘 힘들고 복잡한 거 아시죠? 그러니까 그만두게 해 주세요. 원장님 보필은 제가 신경 써서 할게요. 안이가 순진하고 마음이 여려서 이 상태로 원장님 곁에 있으면 못 견딜 거예요. 안 보이면 마음도 멀어진다고, 제 딴에 많이 고민하고 내린 결정이에요. 존중하세요."

상림의 심각한 분위기 때문에 수호는 더는 뭐라 할 말을 찾지 못했다.

"알겠습니다."

"참! 여기 잠깐 계세요. 드릴 게 있어요."

잠시 후 상림이 들고 온 것은 햄만이가 사는 케이지였다. 집이 흔들리는 것이 당황스러운지 햄만이는 말똥한 눈을 한 채 얼어 있었다.

"얘 좀 데려가세요. 안이가 이사할 집은 벽이 얇아서 옆방이랑 소음을 공유한대요. 얘가 밤새 쳇바퀴를 돌리고 돌아다녀서 엄청 시끄럽거든요. 잠 못 자는 둘이 잘 지내보세요. 저도 시끄러워서 못 키우겠어요."

수호는 얼결에 떠맡은 케이지를 들고 터벅터벅 오피스텔 밖으로 나왔다. 왠지 떨어지지 않는 발걸음을 주춤거린 지 한참이 지났을 때 안이 오는 것이 보였다. 수호는 큰 걸음으로 망설임 없이 안에게

다가가 그녀의 앞을 막았다.

“어? 오셨어요…….”

젖은 머리와 화장기 없는 얼굴에서 비누향이 풍겼다. 그를 보며 말갛게 웃는 모양이 비누향과 어우러져 청량하게 다가왔다.

“어디 다녀오는 길이에요? 이 추운데 머리는 다 젖어서.”

“목욕탕이요. 더럽다는 소리를 들어서 돈 들여서 때 밀고 왔어요.”

“네? 그게 무슨 소리예요? 누가 유 비서보고 더럽다고 해요? 어디서 넘어지기라도 했어요?”

상림의 집에 거의 다 왔을 때쯤 안의 눈에 목욕탕이 보였다. 그대로 허름한 동네 목욕탕에 들어가 미친 듯이 몸을 씻었다. 이렇게 씻는다고 제 몸에 섞인 몸 팔던 여자의 피가 깨끗해지지는 않겠지만, 출생의 속사정을 알게 된 후로 가끔 이렇게 씻는 것을 위안으로 삼았다.

“햄만이를 왜 원장님이 데리고 계세요?”

날이 추워서 그런지 햄만이는 톱밥에 파묻혀 모습이 보이지 않았다.

“현 선생이 시끄럽다고 데려가라고 하던데요. 유 비서가 키울 여건이 안 된다고 해서 갖고 왔어요.”

안이 케이지를 들여다보며 주의 사항을 줄줄 꺼내 놓았다.

“잘 부탁드려요. 해바라기 씨 너무 많이 주지 마세요. 주는 대로 다 먹더라고요. 톱밥은 일주일에 한 번씩 갈아 주시고요. 아침마다 깨끗한 물 채워 주세요. 그리고 또…….”

“아, 복잡해. 난 모르겠으니까 유 비서가 돌봐요. 원장실에 둘 테니까."

"또 이러신다."

굽혔던 몸을 일으킨 안이 아이를 혼내는 엄마처럼 엄한 표정으로 수호를 째려보았다.

"그런데 여긴 왜 오셨어요?"

"뭘 좀 확인하려고 왔는데. 아직도 모르겠어요."

이 여자를 봐도 두근거리지 않는다. 달아오르지도 않는다. 반갑기는 하지만, 도대체 유 비서가 생각나는 이유를 모르겠다. 왕장의 말은 역시 헛소리였고, 송서연의 잘 아는 척하는 말도 선문답으로 느껴질 뿐이었다.

"뭐가요?"

"그러니까. 도대체 뭔지. 뭐가 뭔지 알 수가 없네."

내가 이 여자를 좋아한다고? 남녀는 불꽃이 튀어야 한다. 사랑은 불같이 거침없고 뜨겁지 않았던가. 유 비서는 친구 같은 존재로만 느껴진다.

"저 추워요. 들어가겠습니다. 내일부터는 정말 면접 좀 봐 주세요."

하지만 이 여자가 제멋대로 굴면 조급해진다. 나를 좋아한다는 말도 싫지 않았다.

"나 오늘 여자 만났어요."

"네?"

"여자 소개받았다고요."

수호는 자신을 좋아한다면서 놀라지도 않는 그녀의 모습에 기분이 별로였다.

"네에. 그런데 잘 안 되셨어요?"
"아무렇지 않아요? 나 좋아한다면서요?"
안은 대답 대신 원망스럽게 수호를 쳐다보았다.
"원장님이 사람 약 올리는 취미가 있는 줄은 몰랐네요. 제가 원장님 좋아한다고 이런 식으로 사람 괴롭히시는 거 아니에요. 불쾌하네요."
"아무렇지 않아요?"
"속상해요. 이제 됐어요?"
뿌루퉁한 얼굴로 수호를 지나쳐 오피스텔로 들어갔던 안이 다시 걸어 나왔다. 씩씩한 걸음으로 빠르게 다가오더니 얼굴을 바짝 들이대고 소리쳤다.
"쌤쌤이네요. 저도 오늘 선 들어왔는데!"
순간 수호는 확 신경질이 났다. 아니, 이혼한 지 얼마나 됐다고 벌써 선이 들어오는 거지? 수호는 안이 그렇게 주목받는 여자였나 생각하며 그녀의 주변을 정신없이 서성거렸다. 그녀에게 선이 들어왔다는 말을 들었을 뿐인데 마치 '유안'의 이름이 박힌 청첩장이라도 받아 든 것처럼 멘탈이 너덜너덜해졌다. 난데없는 소유욕과 승부욕이 그를 들쑤셨다.
"선? 선이 들어왔다고요? 벌써?"
조용히 고개를 끄덕이던 안은 수호가 케이지를 마구 흔드는 것을 보고 깜짝 놀라 그의 팔을 꼭 붙들었다.
"원장님, 조심하세요. 햄만이 놀라요."
내가 놀란 것은 안 보이나.
"추운데 언제까지 여기 이러고 계실 거예요? 햄만이도 춥겠어요.

어서 돌아가세요."

오직 햄만이 걱정뿐인 여자를 말없이 내려다보던 수호는 결단을 내렸다. 이 상태로 흐지부지 지낼 수는 없었다. 그녀의 태도와 자신의 마음. 어느 것 하나 명료하지 않은 현 상황에 변화가 필요했다.

"아무래도 안 되겠어. 어디 좀 들어갈래요? 머리가 얼었어요. 차에라도 탑시다."

수호는 안의 대답을 기다리지 않고 주차해 놓은 차로 앞장섰다. 도중에 뒤를 돌아 왜 따라오지 않냐는 신호를 보냈다. 체념한 듯 한숨을 내쉰 안이 수호를 따라가 조수석에 올랐다. 뒷좌석에 햄만이의 케이지를 내려놓은 수호도 운전석에 올라탔다. 수호는 시동을 건 뒤 시트의 열선을 켜고 히터를 틀었다.

안의 몸이 녹기를 기다리는 것인지 수호는 아무 말도 하지 않고 앞만 보고 있었다. 미세한 엔진 소리와 뒷좌석에서 햄만이가 만들어 내는 소음이 어색함을 달래 주었다. 수호가 먼저 침묵을 깼다. 그가 자아내는 담담하고 진중한 분위기 때문인지 안은 그가 하는 말이 기다려지면서도 긴장되었다.

"솔직히 이만큼 나이가 들어도 나는 잘 모르겠어요. 이런 기분이 도대체 뭔지."

"……?"

"내가 유 비서에 대해 생각해 보면."

잠자코 있던 안이 수호를 향해 몸을 돌렸다. 또렷한 눈빛과 목소리로 다시 한 번 자신의 생각을 밝혔다.

"죄송해요. 저 속 편해지자고 섣불리 마음을 털어놔서 원장님을 혼란스럽게 했어요. 경솔했습니다. 그래서 더 불편해지기 전에 그만두려고 하는 거예요."

"사람 말을 다 듣지도 않고 왜 그래요. 그냥 사귀어요."

방금 무슨 말을 들은 것인지. 안은 두 눈을 깜빡거리며 방금 들은 환청을 되새김질했다.

"……!"

"사귀어 보자고요."

환청이 아니었네.

"왜……요?"

"유 비서가 나 좋다면서요. 생각해 보니까 나도 싫지는 않아. 아주 좋아하지 않는 게 좀 걸리지만, 사귀다 보면 많이 좋아질 수도 있지 않을까? 옛날에는 얼굴도 안 보고 결혼해서 백년해로도 했다는데."

그럴 줄 알았다는 듯 안이 고개를 저었다.

"지금은 이십일 세기에요. 누가 그런 식으로 만나서 결혼해요."

"내가 결혼하자고 했습니까? 사귀어 보자고 했지."

"말꼬리 잡지 마시고요. 그래도 이건 아닌 것 같아요."

수호가 아랫입술을 꽉 물었다. 가지고 노는 것도 아니고, 뭐가 이렇게 복잡한지 갈피를 잡을 수 없는 여자 때문에 머리가 지끈거렸다. 차라리 다른 여자들처럼 달려들었으면 속이 시원할 것 같았다.

"아니! 먼저 고백해서 사람 복잡하게 만들어 놓고. 이제는 왜 또 튕기는 겁니까? 짜증나게."

"저 튕기는 거 아니에요. 동정하듯 사귀는 건 아니라고 생각해서 그러죠."

"내가 유 비서를 동정한다고? 확실히 해 둡시다. 그런 바보 같은 감정은 아니에요. 그냥, 유 비서 같은 여자라면 괜찮을 것 같고 마침 나를 좋아한다니까."

수호가 일일이 설명을 하는데도 안은 무슨 생각을 하는지 반응이 없었다. 대답 없는 안을 지켜보던 수호가 벌컥 큰소리를 냈다. 이건 거꾸로 고백 받은 사람이 고백한 사람에게 사귀어 달라고 사정하는 꼴이지 않은가.

"그럼, 뭘 어쩌자고! 이십일 세기 최신식 원해요? 요즘은 원나잇 먼저 하고 사귀기도 하던데. 그럴까요?"

"어머, 원장님."

안이 두 팔을 엑스 자를 만들어 제 가슴을 막았다. 크기를 키운 땡그란 눈동자에 두려움이 담겨 있었다.

"원나잇이 무서우면……."

수호가 안의 팔을 붙들어 아래로 내려놓았다.

"원키스로 시작하는 건 어때요?"

아찔한 한마디에 너무 놀라 안은 잠시 눈을 질끈 감았다. 촉. 그 사이 순식간에 맞닿았다 떨어지는 부드러움에 질린 안이 다시 눈을 부릅떴다. 어느새 다가온 남자의 잘생긴 이목구비가 현실일 리가 없었다. 하지만

"눈을 감아야지."

다시 들려온 낮은 목소리가 꿈이 아님을 일깨워 주었다. 수호의 커다란 손이 안의 얼굴을 감싸고 그의 엄지가 안의 말랑한 아랫입술을 문질렀다.

"이제 우리, 사귀는 겁니다. 나 장난하는 거 아니에요."

언제나처럼 수호는 안의 대답을 기다리지 않았다. 한쪽 손은 그녀의 뒷머리를 감싸고 다른 손은 가늘게 떨리는 안의 어깨에 부드럽게

얹었다. 수호가 안을 끌어당기자 맥없이 그의 품에 안겨 버렸다. 두 입술이 닿는가 싶더니 금세 포개어지고 뜨거운 살덩이가 해일처럼 밀려들어왔다. 키스란 것이 이렇게 아름다운 행위였구나.

안은 소용돌이치는 몽환적 감각에 휩쓸려 정신을 차릴 수 없었다. 수호가 그녀를 위로하듯 부드럽게, 한없이 부드럽게 여린 살결을 훑고 쓰다듬고 머금었다. 안은 지금껏 그녀가 알지 못했던 다른 세상으로 끌려 들어갔다. 어쩔 줄 모르고 허공을 떠돌던 안의 두 손을 수호가 잡아서 제 목 뒤로 둘렀다.

"왜 이렇게 떨어요. 내가 지금 그쪽 잡아먹는 중이에요?"

수호의 목구멍 안에서 굵은 웃음이 나직하게 울렸다. 아직도 집 나간 혼이 돌아오지 않은 안은 그의 탄탄한 어깨 위로 둘린 제 팔에 힘조차 주지 못했다.

"내 목 꽉 잡아요. 이제 내 마음대로 할 거니까."

지금까지도 제 마음대로 안을 휘둘러 놓고 친절이라도 베푼 양 수호가 생색을 냈다. 흡! 그랬구나. 이 남자는 지금까지 여지를 주고 그녀를 살피고 있었을 뿐이었다. 운전석을 넘어올 듯 안을 향해 완전히 몸을 기울인 수호가 그녀의 몸을 터트릴 기세로 끌어안았다. 바위처럼 단단한 팔과 가슴 사이에 갇혀 버렸다. 아늑함이 지나쳐 질식할 것만 같았다.

"잠깐만요. 답답해요."

안의 목소리가 끊어질 듯 가늘게 이어졌다. 수호가 잠시 힘을 풀고 그녀를 들여다보았다. 갑작스러운 상황에 놀란 탓인지 키스를 했음에도 안의 얼굴은 평소보다 더 희게 질려 보였다. 수호의 큰 손이 어르듯이 안의 머리를 천천히 쓰다듬었다.

"내가 실수한 건가?"

안이 조용히 고개를 저었다. 그녀의 눈동자가 수호에게 붙들렸다. 지금 제 머리를 쓰다듬는 손길이 너무 좋아서 눈물이 핑 돌 지경이었다. 이렇게 소중한 취급을 받아 본 적은 처음이었다. 그가 바람둥이라도, 제 마음을 멋대로 부릴 줄 아는 남자라도 이 순간은 진심같이 느껴졌다. 어쩌면 진심이길 간절히 바라는 자신의 믿음일지라도 안은 상관없었다.

"저는 오르지 못할 나무는 쳐다보지 않던 사람이에요. 그런데 저를 이렇게 흔들면……."

"난 나무가 아니야. 그리고 그쪽은 아주 괜찮은 사람이고. 그런 자존감 떨어지는 소리 하지 마. 내 자존심이 허락하지 않아."

안이 바르작거리며 수호의 품에서 벗어났다. 그녀가 떠난 품이 허전했다. 안을 위해 히터를 틀었지만, 한기가 품 안에 남은 것 같아 마음에 들지 않았다. 몰캉한 몸을 좀 더 안고 있길 바랐다.

"어쩌다 이렇게 갑작스럽게 된 건지……. 지금 정신이 없네요."

"열심히 신호를 보내는 여자라서 방심하고 있었지. 그런데 누가 가로채 가는 건 내 성격상 받아들일 수 없거든."

잠시 그의 말뜻을 헤아리던 안은 금세 깨달았다. 갑자기 수호가 적극적이게 된 이유를. 고작 선 자리가 들어왔다는 말에 상황이 급진전 된 모양이었다. 그는 생긴 그대로 승부욕이 대단한 남자임이 틀림없었다.

"그건 그렇고. 그쪽, 내 것 맞나 보다."

"네?"

"안아 보니까 내 품에 꼭 맞는 게 안정감 있더라고. 예뻐. 키스도 예쁘게 하고 소리도 예쁘게 내고."

남자에게 처음 들어 보는 노골적인 말이 칭찬인지 뭔지 알 수 없었지만, 심장이 설레발을 쳤다. 기분이 좋은 것과 별개로 빨갛게 달아오른 얼굴로 안은 퉁명스럽게 대답했다.

"전 예쁜 것과 거리가 있는 여자예요."

참하고 단정하다는 소리 정도는 듣고 살았다. 자랄 때도 예쁘다는 소리는 언니 정에게만 해당하는 말이었다.

"내가 예쁘면 예쁜 거야. 나 안수호야. 내로라하는 성형외. 손꼽히는 의느님이라고. 내 미감을 무시하나?"

안수호는 안과 전혀 다른 성향의 남자였다. 지는 것을 싫어하고 제 것을 양보하는 것도 견디지 못하는, 자존심이 남다른 사람이었다.

"나 지금 라면이 엄청 먹고 싶은데."

"아직 식사도 안 했어요? 배 많이 고파요?"

수호는 피식 웃음이 새어 나왔다. 이런 센스 꽝인 여자한테 휘둘렸다는 사실이 믿을 수 없었다. 유혹이 뭔지도 모르는 여자가 던진 덫에 자진해서 붙잡혔다.

"지금 그쪽을 데리고 집에 가면 원키스로 끝내지 못할 것 같아."

"아……."

이제야 알아들은 안은 마주 앉은 수호를 쳐다보지도 못하고 흔들리는 시선으로 헤매기만 했다. 수호가 허둥대는 안의 어깨를 붙잡고 눈을 맞췄다.

"이제 그만두지 않을 거지?"

마치 최면에 걸린 듯.

"네."

순순한 대답이 나왔다.
"그만둔다는 소리도 안 할 거고?"
"네. 그럴게요. 그런데."
"응?"
"병원에서는 전처럼 대해 주세요. 직원들 눈도 있고."
"접수! 그건 나도 바라는 바야."
안은 유치하고 변덕스럽게 그 말에 또 서운해지고 말았다. 제가 먼저 꺼낸 말인데도 그의 입으로 확인받으니 쓰라렸다. 하지만 괜찮았다. 비교는 나쁘지만, 그 예쁘고 대단한 추하영과 사귈 때도 공공의 비밀로 남긴 남자였다. 안은 그 사실에 마음의 위안을 얻었다.
"그럼 내일 봐. 일찍 와."
그는 또 안의 대답을 기다리지 않았다. '네'라는 소리가 안의 목구멍을 벗어나기 전에 대답을 위해 벌어진 입술 사이로 그가 침입했다. 수호는 단맛이 새록새록 솟는 안의 입술이 마음에 들었다. 그녀의 모든 것이 아늑했다. 편안하고 즐거웠다. 수줍게 새어 나오는 신음도 예쁘고 제 어깨와 가슴에 닿은 손바닥의 작은 떨림도 예뻤다. 화려하지 않고 자극적이지 않은, 딱 예쁘장한 사람이었다.
수호는 키스를 끝내고 마주 보는 순간이 이처럼 따사로울 수 있다는 것을 처음 알았다. 열정에 취해 끓어오르거나 헐떡이는 것과 또 다른 감각이었다. 심장이 천천히 뭉근하게 달아올라 알아채지 못하는 순간에 이미 그녀에게 점령당해 있었다.
오피스텔 입구에서 그들의 애정 행각을 바라보고 있던 상림은 들고 있던 재활용 쓰레기를 후드득 떨어뜨렸다. 이미 화살은 시위를 떠났다. 누가 말린다고 떨어질 사이가 아님이 확실했다. 의외로 둘은 잘 어울려 보였고, 더 놀라운 것은 안 원장이 홀딱 빠진 사람처럼 보인다는 거였다. 이왕 벌어진 일, 상림은 자신이 보고 느낀 대로 수호가 안에게 푹 빠져 버리기를 바랐다. 덤으로 수호의 병신 같은 이별 후유증도 낫고 안도 사랑을 듬뿍 받는 인생을 즐기길 기도했다.

"나는 왜 안수호 자식이 연애할 때마다 목격자가 되는 거야."

상림은 바닥에 흩어진 재활용 쓰레기를 다시 정리하며 투덜거렸다.

* * *

집에 돌아온 수호는 햄만이의 케이지를 드레스룸에 두었다. 어두운 곳을 좋아하는 햄만이와 시끄러운 것을 싫어하는 자신을 위한 적당한 장소였다.

"잘 지내보자. 너희 누나가 너 잘 키워 주랬어."

수호는 작은 두 손으로 해바라기 씨를 연신 받아먹는 작은 햄스터 새끼를 보고 있자니 다시 안이 떠올랐다. 평소 너무 화려한 여자들을 많이 봐서 그런가. 담백하게 생긴 안이 꽤 예쁘다는 생각이 들었다. 햄만이처럼 들여다보고 있으면 예쁘고 귀여운 구석이 하나씩 튀어나오는 묘한 여자였다. 홍채는 처음부터 예뻤고, 목소리는 정말 끝내준다. 단정하고 조용한데 의외로 골 때리는 면이 있어 심심하지 않았다.

"볼수록 매력 쩌는 여자야."

옷을 갈아입는 내내 수호의 입에서 자꾸만 웃음이 새어 나왔다. 새로운 연애 때문인지 적당한 흥분으로 달아오른 기분이 유쾌했다. 무엇보다 안이 떠날지도 모른다는 막연한 불안에서 벗어난 것이 제일 좋았다.

“가긴 어딜 가. 내가 찍었는데.”

수호는 골치 아픈 문제를 해결했다는 성취감에 휘파람을 불며 욕실로 들어갔다. 오늘 밤은 잠이 오지 않아도 얼마든지 괜찮은 밤이 될 것 같았다.

* * *

밤새 상림 몰래 뒤척이느라 잠도 제대로 자지 못한 안은 수호의 부탁대로 평소보다 30분 일찍 출근했다. 평소에도 다른 직원들보다 일찍 출근하는 편이니 거의 한 시간이나 이른 시간이었다. 병원 출입문을 보안 해제하고 원장실로 들어섰다.

“꺅!”

문이 채 닫히기도 전에 무언가에 낚인 듯 안의 몸이 휩쓸려 갔다.

“진짜 일찍 나왔네? 착하기도 해라.”

어느새 수호의 품에 안긴 안은 제 두 손바닥 아래에 생동하는 얇은 셔츠 아래의 피부를 느껴 버렸다. 뜨거운 체온이 손바닥을 통해 퍼지자 마치 수호의 맨가슴을 더듬는 기분이었다.

“깜, 깜짝 놀랐잖아요. 왜 이렇게 일찍 나오셨어요.”

허리를 틀며 수호에게서 몸을 빼려 할수록 올가미에 묶인 것처럼 더 강하게 붙들렸다.

“자꾸 이렇게 몸부림치면 아침부터 힘들어. 여기 소파가 없는 걸 다행으로 알아.”

"아으, 어떡해."

안은 두 손으로 얼굴을 가려 버렸다. 이렇게 야한 말을 아무렇지도 않게 하는 남자인 줄은 몰랐다. 그저 멋지고 젠틀한 남자라고만 생각했었다. 어제 아침의 안수호와 오늘 아침의 안수호는 전혀 다른 인격 같았다.

"밤새 생각해 봤는데 말이야."

안을 품에 안은 채 수호는 한 걸음 한 걸음 걸었다. 안은 그대로 주춤거리며 뒷걸음을 걸었다. 딱딱한 벽이 등에 닿자 수호가 싱긋 웃으며 안의 얼굴을 부드럽게 감싸 쥐었다.

"그쪽, 꽤 예뻐. 마음에 들어."

안의 순한 눈동자에 맺힌 수호의 모습이 점점 크게 자리 잡았다. 눈을 감을 수밖에 없었다. 그의 뜨거운 숨결과 섹시한 입술을 맞이하기 위해서.

4

난생처음 연애를 해 보는 안과 생애 두 번째로 연애하는 수호. 안은 평소의 그녀대로 단정했고 수호는 평소의 젠틀함은 모두 거짓이었던 사람처럼 종일 집적거렸다.

"원장님, 제발 가만 좀 계시면 안 돼요?"

"우리 둘만 있을 때도 가만히? 그러면 사귀기 전이나 후나 뭐가 다른가?"

수호는 몽글몽글한 그녀의 감촉이 좋아 자꾸만 손대고 싶었다. 옆구리를 찌를 때마다 꺅꺅 거리는 것이 재미있어 멈출 수가 없었다. 가만있는 안을 이유 없이 툭 건드리거나 마우스를 잡은 손을 덮고 장난을 쳐 업무를 방해하기도 했다. 누가 오너이고 누가 직원인지 알 수가 없을 정도로 수호는 일에 집중하지 못했다.

"병원에서는 그전처럼 하자고 약속했잖아요."

"그건 다른 직원들 앞에서라고 했던 거지."

수호는 책상 위에 올린 팔에 머리를 괸 채 퇴근 준비 중인 안을 관찰했다. 안은 어제나 그제나 오늘이나 다른 점이 없었다. 사귀는 사이라고 해서 더 친밀하게 굴지도 않았고, 한 잔 주던 커피를 두 잔 주는 것도 아니었다. 심지어 점심시간에는 자신에게 말도 안 하고 현 선생과 먼저 나가 버렸다. 수호는 그것도 모르고 바보처럼 뭘 먹으러 갈지 메뉴를 떠올리며 그녀를 기다리기까지 했다.

"그쪽은 연애가 뭐라고 생각해?"

"그런데 왜 반말하세요? 어제부터 은근."

"연인이니까. 내가 나이도 네 살이나 많은데 뭘. 내외하나?"

연인. 갑자기 시작된 연애가 실감 나지 않아 내내 평온했던 안의 마음에 작은 파동이 일었다. '연인', 소리 나지 않게 조용히 발음해 보자 자신도 모르게 애틋한 미소가 떠올랐다.

"왜 웃어?"

"좋네요. 그 말."

"어떤 말? 연인?"

"네. 그 말 들으니까 진짜 연애하는 것 같아요."

"진짜 연애지 그럼 뭐 계약 연애인가?"

안은 빙긋 웃기만 할 뿐 대답하지 않았다. 사실 안은 진짜 연애라는 생각이 들지 않았다. 자신의 일방적인 짝사랑이 받아들여진 것이 아직도 꿈만 같아서 뭘 어떻게 해야 하는지도 감이 오지 않았다. 글을 쓸 때는 마음껏 상상하고 썼던 것들이 하나도 떠오르지 않았다.

"이제 뭐 하고 싶어?"

"퇴근해야지요. 오늘 저 바빠요."

수호는 은근 기분이 상했다. 정색하며 바쁘게 퇴근 준비하는 안을 바라보았다. 지금 누가 먼저 좋다고 고백했던 것인지 헛갈리기까지 했다. 고백 받은 당사자가 사정해서 사귀게 된 것도 억울한데 연애의 단맛이라고는 조금도 느껴지지 않는 여자가 어이없었다.

"이봐요. 유 비서, 우리 연애하는 것 아닌가?"

수호의 목소리가 심상치 않았다. 그제야 이상한 눈치를 챈 안이 서두르던 퇴근 준비를 멈추고 수호를 쳐다봤다. 이렇게 차고 냉정한 모습도 있구나. 수호는 굉장히 불만스럽게 안을 쳐다보고 있었다. 노려보는 것이 아닌데 노려보는 것처럼 느껴지는 이유를 모르겠지만, 안은 자연스럽게 그의 눈치를 보게 되었다.

"아……. 화, 나셨어요?"

수호는 대답 없이 목을 좌우로 꺾으며 짜증을 가라앉혔다. 그 모습이 꽤 남성적이라고 느낀 안은 카메라로 찍었으면 좋겠다는 허튼 생각에 빠졌다.

"그쪽. 연애 처음 해 보는 것도 아니고."

수호는 초장에 분위기를 바로잡아야겠다는 마음으로 안 그래도 무게감 있는 목소리에 힘을 실어 따졌다.

"처음인데요."

"……?"

"저 연애, 처음이에요. 그래서 잘 몰라요. 저의 어떤 점이 마음에 안 드셨어요? 고칠게요."

고분고분한 안 때문에 수호는 하고 싶던 말이 뭔지 아득히 잊어갔다.

"아니. 결혼도 하고 이혼도 한 사람이 연애는 안 했다는 게 말이 되나?"

"네. 그것만 했고. 연애는 안 했어요. 언니 대신 나간 선 자리에서 바로 결혼 얘기가 오갔고, 한 달도 안 돼서 결혼했어요."

괜히 미안해진 수호였다. 치사하게 그녀의 상처일지도 모를 결혼과 이혼까지 들먹인 것 같아 부끄럽기까지 했다. 흠흠! 수호의 헛기침 소리가 그가 당황하고 있음을 알렸다.

"제가 오늘부터 이사한 집으로 퇴근이에요. 청소도 해야 하고 짐도 정리해야 해요. 그래서 오늘은 데이트 같은 거 할 시간이 없어요. 그런데 데이트할 때는 뭘 해야 할까요? 원장님은 얼마 전까지 연애를 해 보셨으니까 잘 아시죠?"

그렇게 순진무구한 얼굴로 후벼 파는 질문을 하는 당신이란 여자, 무서운 여자. 조금 전 내 질문에 대한 복수인가.

"보통 데이트할 때는……."

사실 수호도 잘 모르는 바였다. 수호도 얼굴이 꽤 알려졌고 하영은 더더욱 이미지 관리가 중요한 사람이었다. 하영은 프로다운 아나운서로서 그리고 자신이 쌓아 올린 단아한 이미지에 연애 가십은 위험하다고 유난히 몸을 사렸다. 항상 간첩이 접선하듯 몰래 만나서 차 안에서 시간을 보냈고 야외 데이트는 한강이 유일했다. 만나면 거의 수호의 집이나 호텔에서……. 격렬하게 뒹구는 것이 다였다.

"섹스."
"……."
파삭. 안의 정신이 붕괴하는 소리가 들리는 것 같았다. 얼빠진 얼굴로 수호를 보는 안의 눈동자에 잠깐이었지만 경멸이 스쳐 지나간 것 같았다.
"원장님, 미쳤어요?"
그래서 그렇게 키스도 잘하고 사람을 만지는 것에 망설임이 없었나. 안은 빨개지는 얼굴을 감추지 못했고 수호는 순진한 전직 유부녀에게 괜한 말을 했다고 후회했다. 그사이 부랴부랴 가방을 챙겨서 나가던 안이 수호에게 붙잡혔다.
"또 왜요?"
"같이 가. 이사했다면서. 나도 한번 가 봐야지."
"말이 이사지 그냥 몸만 이동한 거예요. 딱히 달라진 것도 없어요."
"그래도. 내가 청소라도 도와야지. 참, 현 선생도 알지? 우리 사귀는 거."
"말 안 했어요."
수호가 대뜸 화를 냈다.
"왜! 절친한테는 말해야지!"
나, 안수호와 사귀는 것을 자랑하고 싶지도 않았단 말인가?
"말해야 하는 거예요? 원장님은 김 원장님께 말씀드렸어요?"
그러고 보니 자신도 아무에게 알리지 않았다. 심지어 오늘 왕장과 현 선생을 피해 다니기까지 한 사람은 자신이었다.
"아니. 나중에 알게 되겠지. 하지만 그쪽이 절친한테 말 안 했다니까 왜 섭섭할까."

"원장님, 순 자기중심적인 거 알아요? 듬직할 줄 알았는데……. 애도 아니고."

"나 그런 소리 처음 들어 봐. 나로 말할 것 같으면 일찍이 사춘기 시절부터 듬직하다, 남자답다, 과묵하다, 믿음직하다, 일찍 철들었다 등등. 소년답지 않게 갖은 극찬을 듣고 자란 캐릭터라고."

안은 제 앞에 팔짱을 끼고 버티고 서서 낮고 굵은 목소리로 자기 자랑에 매진하는 남자를 뚫어져라 쳐다봤다. 부담스러울 정도로 초롱초롱한 눈을 빛내며 수호를 응시했다.

"왜? 갑자기 왜 그렇게 열심히 쳐다보는 거야?"

"너무 신기하고 부러워서요."

"뭐……가?"

"자화자찬이요. 아무렇지도 않고 당연하게 자기 입으로 자기를 자랑하는 게 너무 부러워요."

수호는 멍한 눈으로 안을 바라봤다. 표정을 보니 진심인 것은 확실한데 내용은 묘하게 거북했다.

"지금 그거 좋은 뜻으로 하는 말 맞지?"

"그럼요! 저도 그렇게 좀 자신만만하게 살았으면 좋겠어요. 당당한 사람이 제 이상형이에요."

"OK! 접수. 그런 남자 친구가 되도록 하지."

"꺅!"

"왜? 또 뭐야?"

"남자 친구래. 저 남자 친구 생긴 거예요?"

예쁜 색으로 발갛게 물든 얼굴을 손바닥으로 두드리는 안은 무척 행복해 보였다. 연인이라는 단어에 설레하더니 이젠 남자 친구라는 말에 흥분한다. 별것 아닌 것에 일일이 좋아하는 것이 수호의 마음에 쏙 들었다.

"하하! 그 말이 그렇게 좋아? 그럼 애인은 어때?"

"어머! 어떡해요!"

"어떡하긴 뭘 어떡해. 다 가지면 되지. 애인, 남자 친구, 연인. 다 그쪽으로 등록할게."

남편만 가져 보고 다 가져 보지 못했던 안은 단어 하나마다 설렘을 감추지 못했다. 수호는 홍채 미인이 반짝반짝 눈을 빛내자 유난히 더 예쁘게 느껴졌다.

* * *

"이런 곳에서 지낸다고?"

안의 방에 먼저 들어선 수호는 문밖에 서 있는 안을 방에 들이고 싶지 않았다. 자신의 집 욕실보다 작은 방도 마음에 들지 않았지만, 옆방 사람이 방귀 뀌는 소리까지 적나라하게 들릴 만큼 얇은 벽도 문제였다. 수호가 얇은 합판으로 막아 놓은 벽을 시험 삼아 두드리자 바로 옆방에서 화답하듯 노크 소리가 들렸다.

수호가 코웃음을 치며 고개를 저었다. 대놓고 마음에 안 드는 티를 내는 수호 때문에 안은 자존심이 상했다. 이런 꼴을 보이기 싫어 함께 오기 싫었는데 굳이 따라오더니 이런 식이었다.

"안 돼. 아무래도 안 되겠어. 여기는 아니야."

수호가 안의 팔을 붙들고 밖으로 끌고 나오려 했지만, 그녀의 고집도 만만치 않았다. 제 팔을 잡은 수호의 손을 찬찬히 풀어내고 방에 들어가 트렁크를 열고 정리를 시작했다.

"잠깐 지내는 거예요. 먼저 살던 집이 나가면 바로 괜찮은 원룸으로 옮길 수 있어요."

"그래? 그럼 더 괜찮은 곳이 있어."

수호가 다시 트렁크를 닫아서 한쪽 구석에 밀어 놓았다.

"원장님, 제 생활도 존중해 주세요."

"남자 친구인 내 마음도 존중해 주세요. 나랑 같이 지내자."

"저는 괜찮아요. 벌써 같이 지내는 건 아닌 것 같아요. 그리고 직원들한테 들킬 거예요."

"뭐가 그리 복잡해? 그냥 나하고 같이 지내자."

안은 귓등으로 들을 가치도 없다는 듯 대답도 하지 않고 다시 트렁크를 끌어당겼다.

"그쪽. 내 생각은 안 해?"

지금까지의 강한 태도를 버리고 수호가 한없이 부드럽게 안을 끌어안았다. 말랑한 몸을 품에 안으니 더 불안해졌다. 이 여자를 이런 곳에 혼자 내버려 두고 갈 수 없었다.

"병원에서 거리도 멀고 교통도 불편해. 오다 보니까 동네도 위험해. 거주 환경도 열악해. 이런 곳에 그쪽을 두고 나 혼자 넓고 좋은 집에 가서 무슨 생각이 들 것 같아?"

자신을 진심으로 걱정해 주는 것에 안의 마음이 누그러졌다. 하지만 망설이지 않을 수 없었다.

"그래도 한집에서 지내는 건 좀. 우리 사귀기로 한 지 아직 이십사 시간도 안 됐어요."

"자유롭게 막살기로 마음먹은 여자 아니었어?"

그렇긴 했지만, 고기도 먹던 놈이 먹는다고 안은 자유롭게 사는 것도 막살아 보는 것도 엄두가 나지 않았다.

"어차피 병원하고 우리 집은 엘리베이터도 달라. 정 불안하면 비상구로 출퇴근해. 잠깐이라면서. 잠깐만 조심하고 지내면 되잖아."

"그건 그렇게 해결한다고 해도."

"아! 나? 내가 불안한 거야?"

수호는 대답하지 않고 슬그머니 시선을 피하는 안의 얼굴을 붙잡고 제게 고정했다.

"그쪽 틴에이저야? 나하고 연애할 때 손만 잡고 산책하고 놀이터에서 술래잡기 같은 거 할 생각이었어?"

"아니, 뭐 그런 것까지 일일이 생각한 적은 없……. 원장님은요?"

"나야 당연히 그쪽하고 할 것, 안 할 것 전부 다할 생각이었지. 이 예쁜 애인을 장식품으로 두고 지낼 줄 알았어? 도 닦는 것도 아니고 왜 그런 고행을 사서 해?"

안은 말문이 턱 막혔다. 이런 주장을 얼굴색 하나 변하지 않고 무슨 서류 읽듯이 아무렇지 않게 하는 남자가 낯설었다.

"가자. 제발. 우리 집으로."

이번에도 수호는 망설이는 안을 기다려 주지 않았다. 커다란 트렁크를 닫아서 가볍게 손에 들더니 그대로 나가 버렸다. 빈방에 우두커니 남은 안은 알쏭달쏭한 마음을 어쩌지 못하고 망설였다. 아무리 하고 싶은 대로 살아 보겠다고 선언했다지만 이렇게 빠른 전개는 예상 밖이었다.

"빨리 안 와? 너도 내가 확 들고 나올까?"

낡은 대문 밖에서 수호가 큰 소리로 안을 불러 댔다. 안은 동네 창피란 이런 것이구나, 느끼며 재빨리 신발을 신고 수호를 따라나섰다.

"얼떨떨해요. 갑자기 이렇게 된 것이."

안은 조수석에 앉아 얼떨떨한 와중에도 운전하느라 힘줄이 돋은 수호의 팔을 구경하는 데 정신이 팔렸다. 자꾸만 수호의 육체적인 면이 눈에 들어오는 것이 자신에게 타고난 음란함이 있는 것이 아닐까 잠깐 고민이 됐다.

"내가 어제도 말했지만, 원나잇부터 하고 연애하는 세상이야. 꼭 죄짓는 것 같은 얼굴 하고 있는 거 알아? 내가 마치 범죄자가 된 기분이야."

"그런 거 아니에요. 그냥 좀 익숙하지 않아서."

"오해할까 봐 말해 두는데. 나도 이런 거 익숙한 사람 아니야. 그냥……. 너한테 이렇게 하고 싶은 거야. 그리고 조만간 정기적으로 일할 사람 쓸 거야. 쓸데없이 집안일 하고 그러지 마."

"왜요? 그냥 내가 해도 되는데."

"난 말이지 나름대로 책임감도 있고 염치도 있는 남자야. 그러지 말았으면 해."

"그런데 모르는 사람이 드나드는 게 좀 마음에 걸려요."

"그래? 그러면 우리 근무 시간에 와서 청소만 하라고 할게. 그 정도는 괜찮지?"

"네."

"우리 내일은 영화 보러 갈까? 아니면 오늘 심야 영화 볼래? 데이트 코스 알아봤더니 거의 영화 보고 밥 먹는다던데."

"오늘은 좀 피곤해요. 내일 보러 가요."

"참, 오늘 저녁은 해야 할 일이 있어. 그리고 사실 나도 데이트할 때 뭘 하는지 잘 몰라. 하영이하고는 밖에서 만날 수가 없어서 거의 실내에만 있었거든. 그러니까 그쪽도 데이트할 때 뭐가 하고 싶은지 생각 좀 해 봐."

갑자기 안은 퇴근 무렵 수호가 말했던 '섹스'라는 말이 의미 있게 다가왔다. '실내'에서만 만나는 두 남녀가……. 뻔했다. 더불어 이태원 바에서 흐느끼며 울던 하영을 격하게 끌어안고 달래던 수호의 듬직한 뒷모습이 떠올랐다. 알고 싶지 않은 것을 아는 괴로움은 생각보다 더 힘들고 불쾌했다.

"여기가 어디예요?"

안이 불편한 감정에 사로잡혀 있는 사이 둘은 어느 가구 매장 앞에 와 있었다.

"그쪽이 머물 방은 있는데 침대가 없어."

"저 잠깐 신세 지는 건데."

"그럼 아예 내 방에서 지낼래?"

"아니요!"

수호가 짓궂게 웃으며 안을 데리고 매장으로 들어갔다. 진열된 고급스러운 가구들을 보고 있자니 마치 혼수를 장만하러 온 예비부부 같은 기분이 들었다.

"이 침대 어때?"

하늘하늘한 캐노피가 달린 하얀색 침대를 본 안이 질색하며 고개를 흔들었다.

"그런 공주풍은 제 취향이 아니에요."

결국, 무난한 디자인의 원목 침대를 골랐다. 바로 다음 날 배송받기로 계약을 하고 가구 매장을 나서던 수호가 곁에 선 안에게 무심하게 말했다.

"내 방 침대도 얼마 전에 새로 바꿨어."

"네?"

"그러니까 불쾌하게 생각하지 말라고."

제 손을 잡고 걷는 수호의 뒷모습을 보면서 안은 혹시 오늘 밤 그의 침대를 써야 하는 일이 생기지 않을까 걱정스러운 기대에 빠졌다.

* * *

가구점에서 나온 수호는 모든 것이 흡족한 결과를 맺었다는 생각에 마냥 뿌듯했다.

"저녁은 어떻게 할까? 오늘은 늦었으니까 밖에서 먹자."

"이사했으니까 짜장면 먹어요."

"하여튼 귀여워."

안은 호텔 중식당으로 가겠다는 수호를 말렸다.

"사람 사는 게 뭐 있어? 돈 벌어서 뭐 하나? 비싸고 좋은 거 먹는 거지."

"네. 알겠어요. 그런데 오늘은 좀 편하게 대충 널브러지고 싶어요. 이사한 날 호텔 중식당에서 짜장면 먹는 사람은 아마 없을 거예요."

"그럼 어디 생각해 놓은 곳 있어?"

"상하이에 가서 포장해요."

"상하이는 다음 달에 가는데?"

실제로 수호는 다음 달 주말을 이용해 중국 성형학회 출장이 잡혀 있었다. 수호는 그저 출장이었던 일정이 안과의 즐거운 여행이 될지도 모른다는 혼자만의 상상에 빠졌다.

"장난하지 마시고요."

병원에서 조금 떨어진 동네 골목에 제법 정갈한 중화 요릿집이 있었다.

"이런 곳이 있었어? 어떻게 나보다 더 잘 알아?"

"저는 김 원장님한테 소개받았는데요? 한 번도 안 와 보셨어요? 이 집 볶음짬뽕이랑 찹쌀탕수육이 끝내줘요. 배달도 안 하는 집이라고요."

둘은 짜장과 찹쌀탕수육, 그리고 고량주를 한 병 사서 집으로 돌아왔다.

"이상하게 그쪽이랑은 여기서 먹는 게 편해."

안이 씻고 나오자 이미 거실 테이블에 요리가 한 상 가득 차려져 있었다.

"제가 차리려고 했는데. 손도 빠르세요."

"아직 집이 익숙하지 않잖아. 당연히 내가 해야지. 저번에도 느꼈는데 집안일 안 하면 막 불안하고 그래?"

"그런가? 그러고 보니 좀 그랬던 거 같아요."

어려서부터 사랑받고 인정받으려고 부단히 애쓰고 살아온 인생이었다. 그런 것들이 몸에 배어 어디서든 솔선수범하는 일꾼이 되어버린 모양이었다.

"집안일이라도 많이 도와야 엄마가 화를 덜 내셨거든요."

수호가 말없이 안을 안아 주었다. 커다란 손이 그녀의 등을 잔잔하게 쓰다듬었다.

"그쪽은 잘하고 있어. 지금 하는 거 반만 해도 남들보다 열심히 사는 거야."

"고맙습니다."

"자, 그런 의미에서 애피타이저부터."

"애피타이저가 어디 있……."

분명 대화를 하고 있었는데 안은 어느새 수호에게 매달리다시피 안겨 있었다. 그녀의 입술이 수컷에게 집어 삼켜져 마음껏 모양이 바뀌고 있었다. 전혀 가볍지 않은 애피타이저였다. 수호는 종일 참았던 열정을 안의 입술에 그대로 폭발시켰다. 안의 머릿속에 붉은 비상등이 번쩍번쩍 불을 밝혔다.

세상에 뭐 이런 키스가 다 있을까. 그에게서 들리는 거친 숨소리와 상반된 농밀하고 감미로운 입맞춤 덕에 전신의 힘이 빠져나갔다. 제 몸을 터트릴 듯 부둥켜안고 열심히 입술을 탐하는 남자는 만족스러운 신음까지 흘리고 있었다. 부드러워서 숨이 꼴딱 넘어갈 것처럼 감질나다가도 어느새 폭풍처럼 밀어붙이며 혀를 잡아챈다. 그러면 또 숨이 턱턱 막혀서 정신이 아득해졌다.

안은 수호의 목에 팔을 두르고 그가 이끄는 대로 생각을 놓아 버렸다. 움츠리고 물러서며 주변의 눈치를 보던 답답한 자신을 잠시 내려놓았다. 끝나지 않을 것 같던 다채로운 키스가 멈추고 아쉬운 듯 만족한 듯 두 입술이 떨어졌다. 새빨갛게 달아오른 안의 얼굴이 수호의 품 안으로 숨어 들어갔다. 하지만 사납게 들썩이는 남자의 가슴은 그녀의 수줍음을 감추기에 그리 적당한 장소가 아니었다. 오히려 또 다른 관능적 상상을 불러일으키는 요망한 포인트였다.

"음식 다 식었겠어. 면발도 다 퍼지고."
아직도 넓은 가슴이 요동치고 있음에도 수호의 목소리는 평소와 별반 다르지 않았다. 안의 머릿속에 이름 모를 여자들과 키스를 즐기는 수호의 모습이 파노라마처럼 펼쳐졌다. 그가 자신 같은 숙맥이 아닌 것에 대한 묘한 질투심과 안도가 뒤섞였다. 언제 그렇게 대단한 입맞춤을 했냐는 듯 평온한 수호는 안을 이끌어 앉히고 젓가락을 놓아주고 작은 잔에 고량주를 채웠다.
"많이 먹어! 우리 집에 입주한 것을 환영합니다. 건배!"
"건배."
찰랑. 부딪친 술잔에서 독한 술이 넘쳐 손가락을 타고 흘렀다. 눈을 꼭 감고 들이켜자 콧속 가득 독한 알코올 향이 훅 끼치며 배 속을 찌릿하게 태웠다. 안이 어깨를 움찔 털며 진저리를 쳤다.
"크! 입주자 환영이 꽤 대단하네요."
"폭죽을 준비 못 해서 다른 거로 대체했는데 마음에 들었나 봐?"
음흉하고 장난스러운 수호의 웃음 때문인지 술 때문인지 안의 얼굴이 단숨에 붉어졌다.
"뭐……. 나쁘진 않았어요."
배가 고파 맹렬히 젓가락을 놀리던 수호의 손이 멈췄다. 겨우 나쁘진 않았단다. 자존심에 균열이 갔다. 맞은편에 앉은 수호의 눈빛 공격이 따갑지도 않은지 안은 단정하게 앉아서 야무지게 짜장면을 먹고 있었다.
"두고 보자."
"뭘요?"
"말로 해서 알아들을 수 있는 게 아니야. 어서 먹기나 해. 많이 먹어 둬."

빈정 상한 듯 코웃음을 치는 수호가 무슨 생각을 하는지 모르는 안은 많이 먹어 두라는 그의 말을 잘도 따랐다.

* * *

수호의 침실과 마주 보고 있는 방문이 열렸다. 커다란 창이 시원해 보이는 방은 그대로 써도 무방할 만큼 멀쩡했다.

"이 방이 해도 잘 들고 전망도 좋아. 마음에 들어?"

"네. 좋아요."

솔직히 좋고 말고를 따질 주제도 아니고 정신도 없었다. 고량주가 그녀의 정신을 헤집었고 당장 닥칠 상황에 대한 궁금증으로 맑은 정신이 아니었다. 수호가 안내하는 대로 따라다니며 고개만 끄덕였다. 잠깐 다녀갔을 때는 몰랐던 공간들이 많았다. 그는 이렇게 넓은 집에서 외롭지 않았을까. 청소는 어떻게 하고 사는 걸까. 자잘한 의문들이 꼬리를 물었다.

"그쪽 옷은 여기에 두면 돼. 욕실하고 연결돼서 편리할 거야."

수호가 세컨드 욕실의 파우더룸과 연결된 곳의 붙박이장을 가리켰다.

"네. 잘 쓸게요."

수호가 안의 트렁크를 서랍장 위에 올려 주었다.

"이제 정리할 거지? 그럼 이따 봐."

"네? 어디……서 봐요? 뭐 하려고요?"

"글쎄? 어디서 보고 싶어? 뭐 하고 싶어?"

수호의 강한 두 팔이 안의 허리로 미끄러져 들어왔다. 안은 또 아찔해지는 정신머리를 챙기는 것에 온 신경을 집중해야 했다.

"저, 저는 짐부터 정리하고요. 이따 거실에서 잠깐……. 그러니까……."

수호가 당황하는 안을 재미있다는 듯 바라보더니 머리를 쓱쓱 쓰다듬었다.

"나는 바람도 쐴 겸 그쪽이 좋아하는 핫초코 사 올게. 도대체 그걸 왜 마시는지 모르겠지만."

"저, 원장님!"

안이 다급하게 수호를 불러 세웠다.

"응?"

"휘핑크림 꼭 얹어서."

"당연하지. 그거 엄청 좋아하잖아? 그쪽 말랑함의 비결인 것 같아."

안은 순순하게 자신을 놓아주고 나가는 수호의 뒷모습을 멍하게 바라보았다. 저 남자는 페로몬 덩어리다. 일만 할 때는 몰랐는데 들이대는 것에 참으로 능숙했다. 앞으로 저 남자에게 휘말리지 않으려면 정신을 똑바로 차리고 있어야 할 일이었다. 안은 트렁크를 열고 몇 가지 안 되는 화장품을 서랍장 위에 진열했다.

"내가 쓰던 화장대보다 훨씬 좋네."

서랍장을 열어 간단한 옷가지들을 정리하고 마지막으로 옷장을 열었다.

"어……."

안의 눈에 잠시 당황의 그늘이 스쳤다. 잠시 우두커니 서서 고민하던 안은 쓴 입맛을 다시며 하던 일에 집중했다. 짧은 망설임을 끝낸 안은 정장과 외투를 옷걸이에 하나씩 정리해서 걸기 시작했다.

* * *

간단히 샤워를 마치고 거실로 나오자 수호가 초조한 얼굴로 테이크아웃 컵을 들고 서 있었다.

"어머! 깜빡했어요."

아뿔싸 하는 안의 얼굴을 본 수호의 어깨가 한숨과 함께 가라앉았다.

"이것 봐. 생크림이 거의 다 녹아서 가라앉았어. 그쪽 때문에 뚜껑도 안 닫고 조심해서 들고 왔는데 보람도 없이."

쳇 하고 혀를 차던 수호의 굳은 얼굴이 점점 펴지더니 어느새 개구쟁이 같은 웃음기가 돌았다.

"짠!"

어쩐지 칭찬해 달라는 웃음이 보이더라니.

"어! 어머나……."

일부러 더 깜짝 놀란 티를 낸 안은 수호에 손에 들린 두 개의 잔과 그의 얼굴을 번갈아 보았다.

"어쩐지 불안해서. 아이스 초코를 하나 더 사 왔어. 그쪽 스틱으로 생크림 떠먹는 거 좋아하잖아. 핫초코는 데워 올까?"

"아, 아니요. 그냥 주세요."

수호에게서 음료를 받아 든 안은 기분이 이상했다. 이런 걸 친절이라고 불러도 좋을까? 배려인가? 뭐지? 누구도 이렇게 세심하게 안을 챙겨 준 기억이 없었다. 고등학교 때부터 붙어 다닌 상림조차도 특유의 무심함이 천성인지라 세심함과는 거리가 있었다. 큰 덩치의 남자가 저런 얼굴을 하고 핫초코의 생크림이 녹을까 봐 신경 써서 걸어왔다는 것이 감동적으로 느껴졌다.

"이럴 때 감동하는 거 맞는 거죠?"

"뭘 감동씩이나. 쑥스럽게. 녹으니까 빨리 먹어."

"밤에 이렇게 잘 챙겨 먹으면 안 되는데. 배가 끝 모르게 나온다고요."

"내 배 아니니까 뭐. 저기 운동 기구 많잖아. 종종 이용해."

수호가 턱 끝으로 가리키는 운동 기구들을 힐끗 쳐다본 안은 언제 뱃살 걱정을 했나 싶게 생크림 먹는 일에 푹 빠졌다. 수호는 야금야금 아이스크림 떠먹듯 생크림을 먹는 안을 물끄러미 바라보았다.

"왜요? 먹고 싶어요? 한입 드려요?"

"아니. 나는 단 거는 별로. 그 입술에 묻은 건 맛있어 보이지만 그러면……."

안은 손으로 벅벅 입술을 문질러서 생크림을 흔적 없이 지웠다. 새치름한 눈으로 흘겨보는 안의 볼에 수호의 손가락이 스치고 지나갔다. 이 여자의 자유롭게 막살아 버릴 거라는 선언의 기준이 어디까지인가 궁금해졌다.

"참, 오늘은 그쪽이 내 침실 써. 내가 소파에서 잘게."

"왜요? 제 방에서 잘게요."

"침대가 없잖아. 매트도 없어서 깔고 잘 것도 없어. 말 듣도록 해. 난 소파에서 자주 잠드니까 괜찮아."

"전 괜찮은데……."

"아까도 말했지만, 침대 새로 바꿨어. 찜찜해 하지 않아도 돼."
수호는 하영과 헤어지자마자 침대를 바꾼 것을 다행이라 생각했다. 옛 연인과 공유하던 침대를 정리하고 싶었을 뿐인데 만약 그 침대가 있는 상태에서 안을 이곳에 들였다고 생각하니 자신이 더 불쾌했다.
"그런데 아까부터 침대 바꾼 건 왜 자꾸 강조하세요?"
"……."
수호는 딱히 할 말이 없어 하릴없이 뒤통수를 긁으며 주변을 두리번거렸다.
"큼! 그럼 이제 들어가서 자."
수호는 오늘만큼은 신사답게 숙녀를 들여보내는 매너를 발휘할 셈이었다. 보아하니 어제오늘의 키스만으로도 안은 꽤 긴장한 눈치였으니 더 놀라게 하면 안 될 것 같았다.
수호의 말을 들은 안은 자신도 모르게 하품을 했다. 슬슬 졸음이 오기 시작했지만, 눈앞에 쌩쌩한 수호를 두고 잘 생각을 하니 미안한 생각이 들었다. 이 남자는 평소에 몇 시간이나 자는 걸까?
"그럼, 제가 책 읽어 드릴게요. 원장님 잠드는 거 보고 저도 자러 들어가면 되겠다. 어? 잠깐!"
무언가를 깨달았다는 듯 안이 추궁하는 눈빛으로 수호를 지그시 쳐다봤다.
"왜?"
"혹시 저더러 책 읽어 달라고 여기 들어오라고 한 거예요?"
거기까지 생각한 적 없었는데, 그러고 보니 수호는 굉장한 보물을 집에 들여놓은 것이었다. 수호는 시치미를 떼고 빙글거렸다.

"이제 알았어?"

"정말이에요?"

"크큭. 아니. 정말 그쪽하고 같이 있고 싶었어. 그게 다야. 눈앞에 있으면 마음이 놓여서."

"제가 불안하게 한 적 있어요?"

잠시 생각하던 수호가 대답했다.

"자꾸 그만둔다고 했지. 멀리 떨어져서 이사도 가 버렸잖아."

"제가 뭐라고요."

"너는……."

그랬다. 수호도 미처 깨닫지 못했다. 왜 안이 보이지 않으면 불안한 건지. 순전히 글씨를 못 읽는 일 때문에 그런 것일까. 수호는 아무 말도 못 했다. 딱 떨어지는 답을 할 수 없었다. 까닭 없이 서로 바라보기만 하던 시간이 지나고 안이 먼저 침묵을 깼다.

"전에 읽던 게 이거죠?"

안이 소파 위에 뒹굴고 있던 안나 카레니나를 집어 들었다.

"싫어. 그거 읽지 마. 그거 읽다가 일 그만둔다고 했잖아. 부정 탄 책이야."

수호가 책을 낚아채서 구석으로 집어 던졌다.

"그럼, 다른 책 가져오세요."

"흠……. 네 것. 읽어 줘 봐."

"네?"

안이 팔짝 뛰며 빠르게 고개를 저었다. 얼굴이 불타듯 달아올랐다.

"네 글, 꽤 인기 있다고 하던데 나도 알고 싶어."

"아, 안 돼요! 창피해!"

"앞으로 네가 쓴 글 첫 번째 독자가 될 거야."

"누구 마음대로요!"

짓궂게 웃던 수호가 헛기침하며 목청을 가다듬었다. 언젠가 원장실에서 들었던 한 구절을 읊기 시작했다.

"서후는 이현의 아름다운 눈동자에……."

"아악! 그만! 그만하세요."

"어차피 네가 몇 줄 읽기도 전에 나는 잠들어. 그러니까 걱정하지 말고 읽어 줘. 이따위 딱딱한 책은 이미 많이 읽었어. 나도 너처럼 말랑말랑한 글 좀 알아보자."

수호는 위대한 대문호의 글들을 제쳐 두고 안의 글을 읽어 달라고 조르고 졸랐다. 한 시간의 실랑이 끝에 두 손을 든 안이 방에 들어가서 이북 리더기를 들고 나왔다.

"오오! 기대됩니다, 작가님!"

그는 이미 쇼파에 길게 몸을 눕히고 숙면을 기대하는 자세로 안을 맞이했다.

"놀리지 마세요."

정말 안이 한 단락을 다 읽기도 전에 그의 숨소리가 달라졌다. 혹시나 하는 마음에 한 회차를 죽 읽어 내린 안이 깊이 잠든 수호의 얼굴을 관람하기 시작했다. 와……. 이 잘생긴 남자가 무려 남자 친구라니. 안은 '남자 친구'라는 단어가 주는 생소한 수줍음 때문에 몸이 배배 꼬였다.

* * *

톡! 톡!

안은 차가운 물이 얼굴에 닿는 느낌에 정신이 들었다. 잠자리에서 얼굴에 물을 맞을 일이 뭐가 있을까. 궁금증을 느끼며 부스스 눈을 떴다. 그리고 너무 놀라 심장이 멎는 줄 알았다.

"꿈에서 독립운동 했어? 왜 만세를 하고 자?"

짙은 회색 목욕 가운을 걸친 남자가 머리카락에서 물을 뚝뚝 흘리며 자신을 내려다보고 있었다. 뭐라고 말을 하고 어떻게 반응해야 할까, 안의 머릿속은 바쁘게 움직였지만 아무래도 기능이 저하된 모양이었다.

"어……. 어……."

멍청이처럼 버벅거리기만 할 때

"굿모닝."

수호의 잘생긴 얼굴이 안의 입술을 찾으며 다가왔다.

* * *

심야 상영이라 그런지 극장은 한산했다. 수호는 지독하게 단 캐러멜 팝콘을 품에 가득 안고 행복해 하는 안을 보며 고개를 절레절레 저었다. 안은 매번 배가 나온다고 툴툴거리면서도 달콤한 먹거리들만 보면 그냥 넘어가지를 못했다.

"그게 그렇게 맛있어?"

"네. 달고 짭짤한 것이 심하게 맛있어요. 아, 정말 이 시간에 이러면 안 되는데."

그러면서도 캐러멜이 많이 묻은 것만 알뜰하게 골라 먹고 있다.

"아직 시간 좀 남았으니까 우리 저 밖에 잠깐 나갔다가 들어가요."
안이 가리키는 곳을 보니 나름대로 운치 있게 가꿔진 야외 휴게실이 있었다. 극장 측에서 마련한 야외 공간에는 연인들이 늦은 밤 데이트를 즐기고 있었다.
"그쪽 감기 걸려. 옷도 얇게 입고 나왔잖아."
"야경이 너무 예쁘잖아요. 잠깐만 있다 들어가요."
안은 수호의 재킷 자락을 잡아끌었고, 그 약한 힘에 수호는 못 이기는 척 질질 끌려 밖으로 나갔다.
밤공기는 예상대로 차가웠지만 답답한 실내에만 있다 보니 상쾌했다.
"시원하죠? 와, 너무 좋다."
"그래. 생각보다 춥지는 않네."
"극장에 정말 오랜만에 와 봐요. 원장님은요?"
"흠……. 나도 꽤 오랜만이네. 왕짱하고 작년 여름휴가 때 온 것이 마지막이야."
"전 결혼 전에 와 본 게 끝이에요."
수호는 저보다 더한 여자의 말이 믿을 수 없었다.
"어디 감금돼서 살았어?"
"그러게요. 누가 그러라고 한 것도 아닌데 왜 그렇게 여유 없이 살았는지 모르겠어요. 알아주는 사람도 없는데."
"자유를 외치며 앞으로 막살겠다고 큰소리칠 만했네. 쇼생크 탈출급이야. 수고했어, 유안."
수호가 대견한 아이를 칭찬하듯 안의 머리를 쓱쓱 쓰다듬었다. 안은 그렇게 수호가 쓰다듬어 주는 것이 좋았다. 이럴 때마다 두근거렸고 그의 보호를 받는 특별한 기분이 들었다.
"이런 거 좋아요."
"응? 머리 만져 주는 거?"
안이 수줍게 고개를 끄덕였다. 가만 볼수록 고운 여자. 별것 아닌 것들에 일일이 의미를 두고 별것 아닌 스킨십에도 수줍어하는 모습이 예쁜 사람. 수호는 곁에 서서 팝콘 통을 끌어안고 있는 안의 어깨를 끌어당겼다. 그리고 안의 머리와 이마에 입술을 꾹 눌러 제 마음을 심어 주었다.
"춥지 않아? 들어갈까?"
"조금만 더 있다 들어가요."
안은 지금 이 분위기를 조금 더 누리고 싶었다. 그의 듬직한 팔이 자신의 어깨를 감싸고 있고 다정한 입맞춤이 있는 순간이 소중했다.
"그러다 감기 걸리지."
수호가 안의 어깨에 두른 팔을 내리더니 자신의 재킷을 벗었다.
"내 소중한 비서가 감기 걸리면 까먹는 인수호는 아무것도 못 하잖아."
커다란 재킷으로 안을 폭 감싸고 그녀의 볼을 살짝 꼬집었다.
"나는 괜찮아요. 원장님이야말로 감기 걸리면 병원은 어떡하시려고 그래요."
"나야말로 괜찮습니다. 이 덩치에 매일 열심히 운동하는데 그렇게 약할 리가 없잖아?"
"그럼 지금 들어가요. 곧 영화 시작할 시간이에요."
코트를 벗으려 하던 안이 수호의 너른 품에 안겼다.

"아니. 그냥 조금 더 있자. 나도 너하고 이렇게 있는 게 참 좋다."
수호는 안의 뒤에서 그녀를 품고 넓게 펼쳐진 야경을 바라보았다. 그녀와 함께하는 이 시간이 아늑하고 편안했다.

* * *

영화가 끝나고 수호는 화장실에 간 안을 기다리느라 복도 벽에 기대어 서서 핸드폰을 들여다보고 있었다.
"오빠."
떨림이 묻은, 잊을 수 없는 목소리가 수호를 불렀다.
"어……. 이 시간에 여긴 웬일이야."
기대어 있던 몸을 바로 세운 수호가 제 앞에 홀연히 나타난 하영을 믿을 수 없다는 듯이 바라보았다.
"남……편하고 영화 보러 왔어."
"그렇구나. 나도 영화 보러 왔어."
"같이 온 여자가 있던데."
질투심을 숨기지 않는 하영의 질문에 수호는 대답하지 않았다.
"누구야?"
재차 묻는 하영의 눈에 물기가 어리자 수호의 마음이 약해졌다.
"만나는 사람이야."
하영의 얼굴에 수호를 향한 원망이 비쳤다.
"난, 아직도 오빠 사랑하고 있다고 했어."
하영의 시선이 올곧았다. 수호 역시 그 시선을 올곧게 받아쳤다.
"그만해. 그런 감정은 깨끗하게 정리해라. 너는 네 남편에게 충실

하도록 해. 보는 눈이 있으니 빨리 가."

"오빠는 이제 내 생각 안 해? 벌써 다른 여자가 들어와?"

"내가 너한테 왜 그런 것을 말해야 하는지 이해가 안 가는데."

수호는 점점 불쾌해져 갔다. 저녁 내내 안으로 인해 만족스러웠던 감정이 상하는 것이 아까웠다.

"잤어?"

"뭐?"

직설적이고 염치없는 질문을 들은 수호의 눈썹이 사납게 꿈틀거렸다.

"자존심 상한다. 기왕이면 나보다 조금이라도 나은 여자를 만나지 그랬어. 아무리 급해도 그렇지 아무나."

"너 말조심해. 네가 그따위로 평가할 사람 아니야!"

한때 열렬히 사랑했던 두 남녀는 그때만큼이나 격앙된 분노를 터트리기 직전이었다.

"저 왔어요."

수호가 좋아하는 착하고 예쁜 목소리가 옆에서 들려왔다. 잘 다듬어진 아나운서 추하영의 목소리보다 더 듣기 좋은 목소리를 가진 여자가 조심스럽게 서 있었다.

안은 붉어진 얼굴을 한 채 저만치 서서 두 사람을 바라보고 있었다. 언제부터 저기에 서 있었을까. 어디서부터 들었을까. 수호는 골치 아픈 상황을 들킨 것이 당황스럽고 미안했다. 성큼 안에게 다가가 그녀의 손을 꼭 잡고 하영을 지나쳤다.

안은 그 짧은 순간에 자신을 위아래로 훑어보는 하영의 시선과 마주치고 말았다. 무시가 담긴 눈길과 비스듬히 올라가는 입꼬리가 안의 가슴에 생채기를 남겼다. 야심차게 준비한 첫 데이트는 엉망이 되었다.

돌아오는 내내 안과 수호는 아무 말도 하지 않았다. 집에 돌아오자마자 안은 쉬고 싶다는 말을 남기고 방으로 들어가 버렸다.

"차라리 화를 내지. 죽겠네, 진짜."

하영은 샘이 많고 자기주장이 강한 편이었다. 제 마음에 들지 않는 것은 그 자리에서 따지고 반드시 수호의 사과를 받아 내려 했었다. 그래서 열렬히 사랑한 만큼 싸움 또한 화끈했었다. 그런데 안은 입을 다물어 버린다. 무슨 생각을 하는지 알 수 없을 정도로 묵묵했다. 수호는 착한 여자의 가라앉은 침묵이 어려웠다.

안은 오랜 시간 공들여 몸을 씻었다. 살갗이 빨갛게 익을 정도로 뜨거운 물을 틀어 놓고 열심히 문질렀다. 추하영의 입에서 나온 '아무나'라는 말이 아직도 귓가에 쟁쟁했다. 기왕이면 자기보다 나은 여자를 만나지 그랬냐는 말이 쓰라렸다. 안은 거울 속의 초라한 여자를 보며 상심했다.

"재수 없지만, 틀린 말은 아니네."

자꾸만 눈물이 나와서 밖으로 나갈 수가 없었다. 세수를 하면서 울어 버렸다. 요란한 물소리에 흐느낌을 묻어 버리고 흐르는 물에 눈물을 숨겼다.

샤워를 마치고 방에 들어오자 수호가 어두침침한 공간 한가운데 떡하니 앉아 있었다.

"아! 깜짝이야."

"무슨 샤워를 이렇게 오래 해? 나 모르게 집에 사우나 시설이라도 들여놨나 했어."

"아직 안 주무셨어요?"
말하고 보니 우스운 인사였다. 잠 못 자는 남자한테 전혀 어울리지 않는 말이었다.
"잠깐 기다리세요. 책 읽어 드릴게요."
"침대가 아주 좋아. 스프링이 탄탄하고 누워 보니까 척추가 편해. 잘 산 거 같아."
수호가 침대에 앉아서 매트리스를 팡팡 두드리며 너스레를 떨었다.
"네……. 잘 쓸게요. 나가 계시면 아니, 원장님 방에 가 계시면 책 읽어 드릴게요. 머리 좀 말리고. 아, 벌써 말렸네."
안은 의미 없이 분주하게 돌아다니며 이 말 저 말 주저리 떠들었다. 그 모습을 물끄러미 보던 수호가 침대에서 일어나 안의 팔을 잡아끌었다. 가까이 들여다본 안의 얼굴이 부어 있었다. 특히 눈은 나 펑펑 울고 왔어요, 라고 솔직히 고하고 있었다.
"안아."
그에게 처음으로 불리는 이름이었다. 항상 유 비서, 그쪽, 유안 씨로 불렸던 기억만 있었다.
"왜 화를 안 내. 나한테 따져야지. 나한테 소리 지르고 화내야지. 울어도 나한테 와서 티 내면서 울어야지."
"화 안 났어요."
"울었잖아. 이렇게 눈이 부을 정도로 울어 놓고 왜 나한테 아무렇지 않은 척해?"
안의 얼굴에 힘없는 미소가 피었다.
"뭘 따져야 할지 몰라서요. 원장님이 내 흉을 본 것도 아닌데 원장님께 화를 낼 수도 없고, 추하영 씨가 저를 보고 그렇게 느낀 것을 누굴 탓하겠어요. 이제 와서 그분을 찾아갈 수도 없잖아요."
"유안은 바보구나."
"화장실에서 화장을 고치고 나오지 않은 것을 후회했어요. 립글로스라도 덧바르고 나올 걸 그랬다고 생각했어요. 그러면 조금은 나아 보였을까요?"
"아니."
서글픈 눈을 느리게 깜빡이던 안이 고개를 주억거렸다.
"그때 이미 유안은 예뻤어. 더 예쁘면 내가 감당 못 해."
"와, 느끼해. 그런 말 처음 들어 봐요."
설사 거짓말이라도 좋았다. 안은 기꺼이 속아 주고 싶었다. 그래서 그를 향해 환하게 웃어 버렸다.
"다행이다. 많이 듣고 살았으면 안 먹혔을 거 아니야."
수호는 풀 죽은 안의 어깨를 끌어와 품에 안았다. 그녀가 좋다고 한 대로 머리를 가만히 쓰다듬었다.
"말을 해, 바보야. 일단 밖으로 꺼내. 그러고 나서 지지고 볶든지 하자. 나하고 연애하는 유안은 대단한 여자야. 위대하다고. 세상에서 제일 예쁜 목소리를 갖고 있고 그보다 더 예쁜 글을 쓰지."
수호의 단단한 가슴은 넓고 따뜻했다. 안은 그의 가슴에 귀를 꼭 붙이고 수호의 말소리와 심장 소리를 들으며 행복감에 젖어 들었다.
"미안해. 첫 데이트를 말아먹어서."
"괜……."
"괜찮지 않아. 오늘은 데이트 아닌 거로 해. 무효야, 무효."
안은 대답 대신 수호의 허리를 두 팔로 꼭 끌어안았다. 그의 품에 기댄 머리를 더 밀어붙이며 가슴으로 파고들었다. 그 몸짓에 화답해 안을 세게 끌어안아 주던 수호가 그녀의 턱 끝을 슬며시 들어 올렸다.

온기 가득한 시선을 주고받던 것도 잠시 이내 서로의 입술을 찾으며 눈을 감았다. 부드럽게 부딪친 입술이 열리고 서로의 달콤하고 여린 점막을 매끄럽게 훑었다. 입술이 위치를 바꿀 때마다 타액에 젖은 촉촉한 소리와 깊이 내쉬는 숨소리만 간간이 들렸다. 떨어지는 것이 아쉬워 안의 도톰한 아랫입술을 지분거리던 수호의 입술이 그녀의 귓불을 지나 목덜미를 데우며 아래로 떨어졌다. 안이 입고 있는 티셔츠 아래로 침입한 수호의 손이 그녀의 허리와 등을 가만히 쓸며 보드라운 살결을 더듬었다.

"너는 말랑말랑해."

"아, 뭐예요."

쿠쿡. 수호의 낮은 웃음소리가 안의 귓가에서 진동했다. 그의 짓궂은 놀림에 안이 주춤거리며 몸을 뒤로 뺐지만, 그것이 오히려 수호의 흑심을 자극했다.

"그래서 좋다고. 움츠리지 마."

수호의 입술이 안의 목덜미를 찍고 돌아다니는 동안 티셔츠 안에 들어간 손도 부지런히 움직였다. 안이 입고 있던 티셔츠가 바닥으로 떨어졌다. 유난히 피부가 하얀 탓일까, 부연 어둠 속에서 안의 살결이 뽀얗게 빛나 보였다. 수호의 품에 안긴 몸이 그의 입술로 사랑받았다.

"귀여워."

"정말 그렇게 생각해요?"

"응. 정말 귀여워. 촉감도 끝내주고."

수호가 안을 가뿐하게 들어 올리더니 새로 산 침대에 함께 드러누웠다.

"오늘 새로 산 침대 성능 테스트해야 해. 각오해."

"각오해야 해요?"

안의 순한 눈망울에 장난기가 가득했다.

"이 여자 남자의 승부심에 불 지를 줄 아네. 음전한 요부였어."

수호가 벌떡 일어나 티셔츠를 벗어 던졌다. 넓은 어깨와 두툼한 흉곽이 벗은 몸을 더 장대해 보이게 했다. 남자다운 뼈대를 감싼 근육들은 보기만 해도 단단함이 느껴졌다. 헬스장 광고에서나 보던 울퉁불퉁한 근육들이 실사로 안의 눈앞에 펼쳐졌다.

"나 근육 한 번만 만져 봐도 돼요?"

"물론이지. 만지지도 않고 어떻게 중요한 일을 해치우나?"

안의 손가락이 수호의 탄탄한 어깨와 단단한 근육이 박힌 팔을 스치고 강대한 가슴근육을 쓸었다. 쫄깃한 복근의 요철을 느끼던 손가락이 점점 아래로 내려가 그의 장골 근처에서 멈췄다.

"멋있다."

"그치? 정말 괜찮은 놈이지? 유안은 봉 잡은 거야."

"응. 정말 멋있어요."

"그런데 구경만 할 거야?"

안은 대답할 틈도 얻지 못했다. 부드럽게 안의 입술을 열고 들어오는 매끄러운 혀에 감기면서 생각이 끊어져 버렸다. 속옷 속으로 파고든 손가락이 허리를 간지럽혔다. 움츠리며 웃는 안을 따라 웃으며 수호의 입술이 목덜미와 빗장뼈에 뜨거운 낙인을 찍었다. 그의 손안에 말랑한 둔덕이 소담하게 담기자 안이 날카롭게 숨을 들이켜는 소리가 들렸다. 그의 입술이 가슴을 누르고 물며 희롱할 때마다 뜨거워진 숨결이 붉은 자국이 난 피부 위에 쏟아졌다. 수호가 펼치는 사랑의 행위는 능숙하고 뜨거웠다. 물결치듯 흔들리는 안이 수줍음을 물리치고 이 순간에만 집중할 수 있도록 몰아쳤다. 다른 생각은 하지 못하도록 그녀의 몸 안을 가득 채우고 마음을 사로잡았다. 안은 그가 묵직하게 밀려들어올 때마다 숨이 받치는 두려움과 생경한 쾌감에 몸을 떨었다. 그런 그녀를 안심시키는 수호의 눈동자가 열에 잠식되는 것을 보며 안은 흥분에 젖은 소리를 내질렀다.

시간을 아끼며 서로를 탐구하던 열렬한 사랑이 끝났다. 수호는 가쁜 숨을 몰아쉬며 땀을 식혔고, 안은 그의 곁에 힘없이 늘어져 버렸다.

"나 오늘은 책 못 읽어 줄 것 같아요……."

안의 목덜미에 고개를 묻고 있던 수호가 잘게 입맞춤을 하며 그윽한 웃음소리를 냈다. 그런 것쯤 오늘은 괜찮다는 듯이 안을 끌어안고 토닥였다.

* * *

아직도 짙은 어둠이 여전한 새벽녘. 수호는 말랑한 여체의 온기를 느끼며 잠에서 깼다. 그 나른하고 포근한 만족감 속에서 수호가 몸을 길게 늘이고 기지개를 켰다.

안이 깨지 않도록 조심스럽게 몸을 일으킨 수호는 순간적으로 밀려 나오는 웃음소리를 참지 못할 뻔했다. 그렇게나 자유로운 새 인생을 외치더니 안은 자면서도 독립을 꿈꾸는 모양이었다. 위로 들어 올린 양쪽 팔이 꽤 진취적으로 보였다.

머리맡에는 안이 늦은 시각에 읽어 주던 이북 리더기가 놓여 있었다. 몸을 나누고 까무룩 잠이 들었던 안은 늦은 시간 잠이 깼다가 자신을 구경하고 있는 수호와 눈이 마주쳤다. 빨개진 얼굴로 자는 사람을 왜 그렇게 보냐고 종알거리더니 고운 목소리로 수호를 재워 준 고마운 여자는 아직도 꿈나라에 가 있었다. 수호는 잠든 안의 머리를 살며시 쓰다듬어 주었다.

"이렇게 하는 게 좋다고 했지? 착하다, 유안."

미간을 살짝 찌푸리던 안이 몸을 뒤척이며 이불 속으로 파고 들어갔다. 안이 하는 양을 가만히 지켜보던 수호가 몸을 일으켜 그녀의 침실을 빠져나갔다.

* * *

한바탕 달리기를 하고 땀에 푹 절은 수호가 돌아왔다. 주방에서 달그락거리는 소리가 들리고 구수한 새 밥 짓는 냄새도 풍겼다.

수호는 조용한 몸놀림으로 사부작사부작 부엌일을 하는 안의 뒷모습을 넋 놓고 지켜보았다. 머리털 나고 처음으로 젊은 여자가 주방에서 일하는 모습을 보았다. 어린 시절 자신을 돌봐 주었던 할망이 음식 하는 모습을 본 적이 있었지만, 할망은 젊은 여자가 아니었다.

"악! 깜짝이야!"

작은 뚝배기를 들고 몸을 돌리던 안이 화들짝 놀라며 소리를 질렀다.

"아, 미안해."

"소리도 없이 그렇게 서 계시면……. 이거 떨어뜨렸으면 어쩔 뻔했어요. 다시 해야 하잖아요."

안이 뚝배기를 내려놓고 제 가슴을 쓸어내렸다. 보글거리며 김이 펄펄 나는 뚝배기를 안이 떨어뜨렸을 생각을 하니 수호는 아찔했다.

"그게 떨어져서 그쪽이 다치는 게 무서운 거지. 다시 하는 게 대순가. 그런데 일찍부터 웬 거야."

"너무 배고파서 깼거든요. 원래 아침을 챙겨 먹기도 하고요. 그런데 쌀 사 놓은 지가 얼마나 오래된 거예요? 바짝 말라서 밥을 해도 푸석해요."

"주로 즉석밥을 먹으니까. 사다 놓고 해 먹을 일이 없었어."

"원장님도 아침에 밥 드세요?"

수호는 뭐에 정신이 팔렸는지 줄곧 얼빠진 얼굴이었다.

"어? 아니. 나는 내가 알아서 간단히 챙겨 먹을게. 배고프다면서. 먼저 먹고 있어. 나는 좀 씻을게."

겉을 바삭하게 구워 낸 토스트에 버터를 바르면서도, 우유를 마시면서도 수호는 맞은편에 앉아서 밥을 먹는 안을 꾸준히 쳐다보았다. 함께 지낸다는 것이 갑자기 묵직한 책임감으로 다가왔다. 주방에서 일하는 안을 보는 순간 자신이 사는 공간이 '집'이 아닌 '가정'으로 느껴졌다.

"혹시나 해서 냄새 안 나는 거로 준비했는데 다행이에요. 아침에 빵 드시는 분들은 아침부터 음식 냄새 풍기는 거 싫어하더라고요. 그래도 전혀 냄새를 안 피울 수는 없으니 양해 부탁해요."

밥을 먹어서 기분이 좋은가. 수호는 밥을 먹으면서도 이러쿵저러쿵 수다로 꽃을 피우는 안을 보며 설핏 웃었다. 한참을 떠들던 안은 지나치게 잠잠한 수호를 깨닫고 조용히 입을 다물었다. 밥 먹을 때 재수 없게 떠들지 말라고 했던 전남편이 떠올랐다.

"죄송해요. 조용히 할게요."

"아."

"……!"

수호가 안을 향해 입을 벌리고 기다리고 있었다.

"나도 그 달걀찜 한입만. 아!"

"잠시만요. 새 수저 가져올게요."

부리나케 일어나는 안을 수호가 붙잡아 다시 자리에 앉혔다.

"아니야. 그냥 그쪽이 쓰던 거로 줘. 키스도 했으면서 왜 그래."

안이 달걀찜을 후후 불어 식힌 후 수호의 입에 넣어 주었다. 음음거리며 한동안 요란하게 감탄하던 수호가 환하게 웃었다.

"나도 내일부터 밥 먹을게. 엄청 맛있다. 혹시 귀찮으면 말하고."

"아니요. 전혀요."

"사실 아침에 그쪽이 주방에서 일하는 걸 보니까 기분이 좀 이상했어."

"……?"

"좋은 뜻이야. 고민하는 얼굴 하지 마."

"네."

수호는 먹던 빵을 그대로 밀어 두고 연신 안에게 입을 벌리며 밥을 먹여 달라고 졸랐다. 안은 손에 수저를 쥐여 주는데도 한사코 먹여 줘야 맛이 있다고 우기는 수호에게 핀잔을 줬지만, 사실은 많이 행복했다.

* * *

오랜만에 이른 아침 출근한 왕장은 휴게실에 들어오는 수호를 보고 두 눈이 휘둥그레졌다. 밤사이 무슨 일이 있었는지 안 그래도 잘생긴 놈의 얼굴이 서광이라도 비친 듯 번쩍거렸다.

"안수호? 밤중에 뒷산에 올라가서 산삼이라도 캐 먹었어?"

"또 무슨 개 짖는 소리야."

수호가 바짝 얼굴을 들이대는 왕장에게 귀찮다는 듯이 손을 휘저었다.

"너 이 새끼 혹시……. 프로포폴 맞았냐?"

"이 자식이 돌았나. 그 주둥이 뒷산에 파묻는 수가 있다."

남성적인 윤곽이 험악하게 구겨지는 모습에 왕장이 부랴부랴 꼬리를 내렸다.

"안 원장, 오늘따라 얼굴이 왜 이렇게 환하지? 눈 밑이 산뜻한데? 색에 굶주린 놈처럼 다크서클이 있어야 안수호인데."

"닥치고 커피나 마셔."

"야, 너 그 커피 유 비서한테 허락받았어?"

"응."

"허어! 유 비서가 포기했구나. 안수호를 버렸어. 그냥 너 꼴리는 대로 살라고 하든?"

"우리 유 비서는 그런 격 떨어지는 말 안 써."

아침부터 내가 뭘 듣고 있는 거야. 왕장은 난생처음 보는 수호의 산뜻한 상태도 놀라웠지만, 안을 지칭하는 순간의 다정함에 충격 받았다. 심지어 하영과 사귈 때도 외부에서의 수호는 최대한 덤덤한 모습을 유지했었다. 왕장은 희고 긴 손가락이 특징인 잘 빠진 손으로 제 입을 틀어막으며 놀람을 표시했다.

"친구! 지금 우, 리, 유 비서라고 했나?"

"아침부터 시끄러워 죽겠네. 들어가서 우리 유 비서 목소리나 들려 달라고 해야겠다."

"야! 야! 가긴 어딜 가! 이 형님한테 할 말 있는 거 아니야? 고백할 거 있는 거 같은데."

휴게실을 벗어나던 수호는 다급한 왕장에게 뒷덜미를 잡혀서 도로 끌려갔다.

"고백은 무슨. 하여튼 요란해. 그러니까 진중한 현 선생이 너를 우습게 보는 거야. 남자 놈이 무게가 없어."

"그러는 너도 알고 보면 생각보다 그렇게 무게 있지 않다는 것을 유 비서가 알아야 할 텐데."

두 남자가 아웅다웅하는 사이 안이 출근하는 모습이 보였다. 사람들과 친근하게 인사를 주고받는 안 역시 오늘따라 화사해 보였다.

"너희들 뭐 있구나. 너, 유 비서한테 고백했어?"

고백? 고백은 안이 했지만, 사귀자고 매달린 건 자신이었다. 이걸 뭐라고 설명해야 하나.

"좋은 감정을 갖고 서로 알아 가는 중이라고 하지."

"연예인 놀이하고 있네. 어디 기획사 소속이십니까?"

"하여튼 병원에서는 당분간 티 안 내기로 했으니까. 너도 조심해 줘."

"그래. 알았다. 축하한다."

수호는 제 친구를 빤히 쳐다보았다. 하영과 사귈 때는 시큰둥하다 못해, 언제 헤어질 예정이냐고 비아냥거리던 녀석의 축하를 받으니 뭔가 꽤 잘한 일을 한 것 같았다.

"지금 현 선생한테도 말 안 한 상황이야. 내가 하영이하고 소문도 아직 그렇고, 유 비서도 병원에 온 지 얼마 안 돼서 조심스러워."

"알았다고. 조심할게!"

휴게실 테이블에 기대선 수호의 눈동자는 로비를 분주히 돌아다니는 안을 놓치지 않고 따라다녔다.

출근하면서 본 현관에 가지런히 놓인 안의 구두가 마음에 걸렸다. 꽤 낡은 구두였다. 신발장을 열어 보니 다른 구두가 보이지 않는 거로 보아 그 한 켤레가 전부인 모양이었다. 신발을 사 주면 도망간다는 말이 마음에 걸렸지만, 첫 선물로 멋진 구두를 사 주고 싶었다.

"어!"

구두 선물 할 생각에 마음이 들떠 있던 순간 안이 반질반질하게 닦인 로비에서 느닷없이 넘어지는 모습이 보였다. 수호는 들고 있던 컵을 내던지고 안에게 달려갔다. 안을 부축하던 다른 직원들을 인정사정없이 밀어내고 안을 일으켜 세우며 세심하게 살폈다. 왕장은 바닥에 뒹구는 종이컵과 커피를 내려다보며 혀를 끌끌 찼다.

"병원에서 티 내지 말라면서? 아주 감쪽같다. 아무도 눈치 못 채겠어."

* * *

"괜찮아? 어디 긁혔거나 피 나는 거 아니야?"
원장실로 들어온 수호는 안을 의자에 앉혀 놓고 걱정스럽게 물었다.
"아니에요. 살짝 넘어졌고 바닥도 매끈해서 괜찮아요."
"뼈는? 엑스레이 찍어야 하지 않을까?"
안은 부산을 떨며 걱정하는 수호를 진정시키며 붙들었다. 한숨을 푹 내쉬고 수호의 앞에 다리를 내밀었다. 안의 다리는 상처 하나 없었고 스타킹도 멀쩡했다.
"기껏해야 멍 조금 들 거예요. 정말 괜찮아요."
"그래? 그래도 자세히 봐야겠는데. 스타킹을 벗어 보도록 하지."
수호의 손이 안의 스커트 자락을 들치고 파고들려 했다.
"미쳤어요! 어머! 왜 이래요?"
수호의 손을 있는 힘껏 붙들며 안이 제 다리를 꼭 붙였다. 그녀의 다급한 얼굴을 본 수호가 웃음을 터트리고는 안의 어깨를 살며시 끌어안았다.
"장난이야, 장난. 그러게 다 큰 어른이 넘어지고 그래?"
"바닥에 물이 있었는데 못 보고 밟았어요."
수호의 품에 안겨 있는 것이 마음에 들었지만, 안은 애써 그를 밀어냈다.
"병원에서 자꾸 이러면 안 돼요. 느슨해져서 언젠가 티가 난다고요. 저 종합병원에 있을 때 그런 식으로 들키는 커플 많이 봤어요."
"나도 알아. 그래도 잠깐만 더 안고 있자."
말랑한 몸을 잠깐 안아 버린 탓에 수호는 더 안달이 났다. 결국, 수호는 안을 꼬시고 달래서 간신히 키스를 허락받았다.

의자에 앉은 안의 앞에 쪼그리고 앉았던 수호는 키스에 몰입하면서 몸을 일으켰다. 수호는 안을 번쩍 들어 올려 제 책상에 앉혔다.

"이제 키가 맞네."

입술을 붙인 상태에서 중얼거린 수호가 안의 허리를 바짝 당겨 안으며 다시 그녀의 입술에 몰두했다.

"여기가 넘어진 쪽인가?"

안의 왼쪽 무릎을 가만히 매만져 주던 손이 은근슬쩍 안의 스커트를 들쳤다. 스타킹 신은 허벅지를 쓸던 뜨거운 손바닥이 욕구를 참지 못하고 나쁜 손으로 돌변했다.

"미쳤어요! 어디까지 가는 거예요? 이러다 정말 큰일 나요!"

수호의 손을 뿌리쳐 보지만 하루살이만도 못한 영향력이었다. 바둥거릴수록 책상만 어지럽혀질 뿐이었다.

"이러지 말고. 그만, 그만!"

금방 울 듯이 잔뜩 미운 얼굴을 한 안을 보던 수호가 달궈진 한숨을 쉬더니 다행히 손길을 거두었다. 하지만 경로가 바뀌었을 뿐 의지를 꺾은 것은 아니었다.

"정말 큰일 치르고 싶다."

안이 어버버 하는 사이 차이나 칼라로 목을 감싼 블라우스 단추가 하나씩 열리고 있었다. 안 역시 마음속 갈등이 천 갈래 만 갈래였다.

"아, 정말……. 이러다 누가 들어오면 어떡해요."

"하아, 미치겠다. 잠깐 집에 다녀올까?"

마주한 두 눈에 뜨거운 열기가 일렁였다. 남자의 집요한 눈과 여자의 망설이는 눈이 부딪쳤다.

"그건 무리지 않을까요."

그렇게 말해 놓고 안은 수호의 얼굴을 두 손으로 감싸고 그의 입술을 가르고 들어갔다. 수호는 억눌린 신음을 흘리며 그녀를 더욱 바짝 끌어당겼다. 블라우스 자락이 들리고 수호의 손에 그녀의 말랑한 살결이 닿았다. 밖에서는 출근하는 직원들의 인사 소리와 웃음소리, 지나다니는 발소리가 바쁘게 들렸다. 안은 조마조마한 가슴이 터질 듯 불안한데도 이 남자와의 은밀한 유희를 끝내고 싶지 않았다. 이렇게 환한 곳에서, 공적인 장소에서 흐드러진 모습으로 남자와 함께하는 자신이 어색하면서도 묘한 쾌감이 들었다.

안은 간신히 의지를 끌어모아 수호의 입술을 떼어 냈다. 두 사람의 젖은 입술이 반짝거렸다. 이마를 맞대고 펄펄 끓는 욕구를 가라앉히느라 가쁜 숨을 내쉬어야 했다.

"내가, 미쳤나 봐요."

듣기 좋은 낮은 소리로 웃던 수호가 안의 입술에 잔잔한 입맞춤을 하고는 머리를 쓱쓱 쓰다듬었다. 수호가 블라우스 자락을 꼼꼼하게 단속하는 동안에도 안은 '미쳤나 봐.'라는 말만 중얼거렸다. 마지막으로 수호는 맥없는 손가락으로 블라우스 단추를 잠그느라 헛손질하는 안의 손을 치우고 단정하게 채워 주었다.

"자, 이제 업무 시작합시다, 유 비서."

영혼이 탈곡하여 아직도 어리바리한 안과 달리 수호는 말끔한 모습으로 그녀의 앞에 서 있었다. 뭐야. 나만 이래? 왜 나만……. 하지만 안은 수호의 불룩한 속사정을 모르고 있었다. 그가 속으로 얼마나 많이 애국가와 반야심경, 그리고 기도문을 외우고 있는지 상상도 하지 못했다.

* * *

퇴근 후 수호는 왕장에게 붙잡혀 근처 수제 맥줏집으로 끌려갔다. 안은 낮에 조퇴한 상림과 통화를 하며 먼저 집에 들어왔다.

"어. 그렇게 됐어. 너하고 김 원장님만 아는 거야. 그래, 자세한 건 내일 말해 줄게."

통화를 마친 안은 욕실로 들어갔다. 스타킹을 벗던 안은 아침에 있었던 키스가 떠올랐다. 갑자기 떠오른 농밀한 기억은 안의 모든 사고를 마비시키고 뒤늦은 민망함을 불러일으켰다. '미쳤어, 미쳤어.'를 또다시 수백 번 외치며 샤워를 마치고 나오자 수호에게 메시지가 와 있었다. 왕장과 한잔 더 하고 들어갈 테니 먼저 저녁을 먹으라는 내용이었다. 아직 왕장도, 상림도 둘이 한집에 사는 것까지는 모르는 상황이라 수호가 조심하는 중이었다.

냉장고를 열어 저녁거리를 확인했다. 수호는 반찬을 꽤 열심히 쟁여 놓는 나름의 살림꾼이었다. 아침에 지어 놓은 밥만 데워서 자신의 저녁만 해결하면 될 일이었다. 접시에 먹을 반찬들을 조금씩 덜고 밥과 국을 데워 상을 차렸다. 가끔은 제대로 된 요리를 해서 수호와 먹으면 좋겠다는 생각을 하며 막 수저를 들었을 때 현관문이 열리고 인기척이 들렸다. 안은 반가운 마음에 벌떡 일어나 종종걸음으로 거실로 나갔다.

"누구……?"

"누구세요?"

넓은 거실에서 두 여자가 마주쳤다.

* * *

왕장은 가늘게 뜬 눈으로 애써 아무렇지 않은 척 앉아 있는 수호를 관찰했다.

"너 혹시 데이트 있는데 끌려 나온 거 아니냐?"

말은 그렇게 생각해 주는 척하면서 느긋한 것이 곯려 줄 생각이 확실했다. 왕장은 그 좋아하는 맥주를 보란 듯이 핥아 먹으며 아껴 마시고 있었다. 수호가 이번 잔이 막잔이라고 선언했기에 일부러 약을 올리려는 속셈이었다. 짜식, 귀엽게 굴기는.

자리에 앉자마자 시계부터 들여다보는 것이 분명 유 비서와 오붓한 시간이 예약된 모양이었다. 그런데 저 녀석이 왜 군말 없이 따라나섰을까. 본능에 충실한 연애를 지향하는 수호를 생각했을 때 왕장은 짚이는 데가 있었다. 숨길 것이 있는 안수호. 이미 제 몫의 잔을 깨끗이 비운 수호는 손가락으로 빈 잔을 두드리며 조용히 왕장을 재촉했다.

"어휴, 벌써 다 마셨어? 한 잔 더 할래? 안주를 좀 시킬까?"

"아니! 배불러."

맥주 두 잔 마신 것이 다면서 배부르기는. 하긴 단숨에 원샷 하듯 마셨으니 배가 부를 만도 했다.

"넌 오늘 왜 이렇게 못 마셔? 내가 대신 마셔 줄까?"

"어어! 왜 이러셔? 배부르다면서? 나 지금 아껴 먹는 거다."

수호는 얄미워 죽겠다는 얼굴로 왕장을 노려보았다. 하도 안이 조심스러워 해서 일부러 약속도 없는 척 따라나선 것이 후회막급이었다.

"안 되겠다. 나 먼저 일어날게."
"가긴 어딜 가. 앉아 봐."
"왜!"
왕장은 싱글싱글 웃으며 약 오른 수호를 다시 제자리에 앉혔다.
"유 비서 어디가 그렇게 좋아?"
"……?"
"어디라고 꼭 집어 말 못 할 만큼 좋은가 보네."
수호의 고개가 갸우뚱 기울어졌다.
"글쎄, 그냥 편한 사람이야."
"누가 들으면 결혼 십 주년인 줄 알겠어."
왕장은 예상 밖의 덤덤한 대답에 실망했다.
"놀리면 반응이 재미있고……. 유 비서는 좋은 사람이야."
"좋아하는 사람이야, 라고 말해야지."
"……."
"지금 한참 콩 튀듯 팥 튀듯 설레야 하는 거 아니야?"
"그러게."
수호는 생각에 잠겼다. 안을 생각하면 마음이 편하다. 보이지 않으면 이상하게 불안했다. 어젯밤도 흡족했다. 그녀를 안는 것도 입을 맞추는 것도 좋았다. 어제의 소동을 떠올리자 하영보다 안에게 더 마음이 쓰였다. 가슴이 살랑이는 것도 같으면서도 아늑한, 이런 감정이 정확히 무엇인지 헛갈리기 시작했다.
"왕짱, 나 전이랑 비교해서 어때 보여?"
왕장은 어리숙하게 묻는 친구를 보며 빙긋 웃기만 할 뿐이었다.

* * *

왕장을 급히 돌려보내고 집으로 돌아온 수호는 주방에서 들리는 대화 소리에 놀라 발을 멈췄다. 목소리를 따라 들어간 다이닝룸에는 두 여자가 화기애애한 분위기 속에서 대화중이었다.

아직 오십 대 중반인 수호의 어머니 김미선은 오늘도 평생의 자랑인 그녀의 미모를 화려하게 뽐내며 아들 집에 무단 침입을 했다. 그리고 아들의 새로운 여자 친구인 안에게 생각지도 못한 따뜻한 환대를 받았다.

"언제 오셨어요?"

수호는 나이보다 십 년 이상은 젊어 보이는 아름다운 제 어머니에게 반가움이 전혀 느껴지지 않는 인사를 했다.

"원장님, 오셨어요?"

안이 반갑게 그를 맞이했지만, 수호는 여전히 표정을 풀지 않았다.

"왔니? 그쪽은 남자 친구한테 원장님이 뭐야? 애교 있게 불러야지."

"아, 그게. 그렇게 불렀다가 병원에서 실수할까 봐서요."

"어머, 들키면 좀 어때? 젊은 남녀가 만나고 헤어지고 그러는 건 흉이 아니야. 흉을 본다면 그 인간들이 부러워서 그러는 거지. 패배자들이 떠드는 소리에 너무 민감하게 반응하지 마. 인생 재미없어져. 안 그래?"

자유분방한 성격의 미선은 까르르 웃으며 안에게 동의를 구했지만, 그것이 수호의 비위를 거슬렀다.

"그런 건 우리가 알아서 해요."

"그래, 맞아! 너희들 인생 너희가 알아서 사는 거지. 난 내 인생 즐기기도 벅차."

냉랭한 아들과 유쾌한 어머니의 대화는 외줄을 타듯 아슬아슬했다. 안은 수호의 눈치를 살피며 자리에서 일어났다.

"원장님, 식사하셨어요?"

"됐어. 생각 없어."

차갑게 툭 던지는 대답에 안은 무안해졌다. 고래 싸움에 새우 등 터진다더니 오늘 저녁 그녀의 역할은 아무래도 새우였나 보다.

"내버려 둬. 저 녀석 원래 저래. 안수호, 나는 네 집에 올 때마다 다른 여자를 만나게 될 줄은 몰랐다. 전에 걔가 더 예쁘고 보기에는 좋았다만."

거침없는 미선의 말에 수호의 인상이 굳어졌고, 안은 애써 못 들은 척했다.

"우리 아들 능력 있네. 하긴 네 생김새에 비하면 너무 보수적으로 살았지. 쟤 보면 달려드는 여자마다 적극 환영하게 생기지 않았어요?"

"네?"

안은 연속적으로 터지는 미선의 엉뚱한 질문 때문에 아까부터 가치관의 혼란을 겪는 중이었다. 게다가 자신이 그 달려드는 여자 N번째에 해당했던 것도 같아 찔리는 부분이었다.

"어머니! 말조심하세요. 듣는 사람 생각은 안 하세요?"

"어머! 너, 이 아가씨하고 결혼이라도 할 거니?"

잠시 안과 수호의 시선이 부딪쳤지만 이내 안이 시선을 내렸다.

"아직……."

수호는 왠지 결혼은 아니라고 말하는 것이 꺼려져 말끝을 흐렸다.

"저희 아직 사귄 지 얼마 안 됐어요."

수호를 대신해 안이 상냥하게 대답했지만, 화려한 네일 아트로 꾸민 손톱을 들여다보던 미선이 심드렁하게 대꾸했다.

"결혼 같은 걸 뭣하러 하나 몰라. 결혼은 족쇄야. 특히 자식은 더 그렇지. 그런데 저 녀석은, 아까 내가 말했지? 예전부터 결혼해서 아들, 딸 펑펑 낳고 사는 게 꿈이라고 했다니까. 촌스럽기는. 그쪽도 같은 생각이야?"

"그게……. 저희 아직, 아니, 결혼 같은 건 생각도 안 하고 있어요. 심려 안 하셔도 되세요."

수호의 시선이 천천히 안을 향해 돌아갔다. 생글생글 웃으며 미선에게 둘의 관계가 아무것도 아님을 설명하는 안을 보는 수호의 표정이 복잡 미묘했다.

"어머, 아가씨. 유안이라고 했나? 난 그런 거로 심려 안 해. 자기 인생 각자 알아서 살기도 바쁘다니까."

"……?"

안은 더는 어떻게 반응해야 할지 몰라 어색하게 웃고 말았다.

"그만 돌아가세요. 갑자기 들이닥치는 거 하지 마시라고 했는데 왜 연락도 없이 오셔서 개똥철학을 떠드는 거예요?"

수호의 거친 말에도 미선은 아랑곳하지 않았다. 두 모자의 대화는 항상 이런 식이 아니었을까 충분히 예상 가능한 분위기였다. 그런데 내내 먼지보다 가볍게 굴던 미선이 갑자기 진지하게 가라앉았다.

"나도 나이가 들었나 보다. 그래도 하나 있는 아들이라고 가끔은 보고 싶더라고. 나 내일 출국한다. 참, 네 아버지가 한 번 다녀가라고 했다면서? 가서 재산이나 좀 뜯어. 명색이 장자고 본처 아들인데 겨우 건물 한 채가 뭐니?"

성질을 죽이느라 지그시 눈을 감은 수호의 미간이 신경질적으로 구겨졌다. 그대로 두면 곧 폭발할 것 같은 분위기가 두려워 안은 슬며시 수호의 팔을 붙들었다. 그 차분한 손길이 수호를 잠재웠다. 그녀의 나긋하고 상냥한 목소리가 그를 재워 주는 것처럼 안의 존재감이 수호의 화를 다스렸다.

수호가 눈을 뜨고 안을 돌아보자 그녀가 조용히 웃으며 그러지 말라고 눈으로 말했다. 분명 저보다 더 기분이 나쁘고 토라져 마땅한 순간에도 이 여자는 괜찮다고 온몸으로 말하고 있었다.

"난 이만 가 볼게. 잘 있어요, 유안 씨. 다음에 또 볼 수 있을까? 느낌이 나쁘지 않아서 몇 번 더 봤으면 좋겠는데……. 안수호가 그사이 다른 여자로 갈아 치우면 어쩔 수 없고."

"어머니!"

미선은 아들을 제쳐 두고 안에게 손을 내밀어 악수를 청했다.

"오늘이 마지막인 것처럼 인사해요, 우리."

"네, 만나서 반가웠습니다. 건강하세요."

"그래요. 잘 있어요."

주름 하나 없이 뽀얗고 팽팽한 젊음과 미모를 자랑하던 미선은 아들의 분노 따위 알 바 아니라는 듯 여유 있는 인사를 남기고 사라졌다. 수호는 진이 빠진 사람처럼 소파에 풀썩 주저앉았다.

"미안해. 우리 엄마가 좀 특이해. 자기밖에 모르고……. 대책이 없어."

"알아요."

"……?"

"아까 저하고 식사하면서 얘기했어요. 욜로(YOLO)가 삶의 지침이시라고……."

안은 무슨 생각인지 꽤 즐거워 보였지만, 수호는 자신의 철없는 모친이 민망했다.

"욜로 같은 소리 하네. 그러다 골로 가야 하는데……. 그러기엔 돈이 너무 많아. 제길."

"재미있는 분이세요. 부럽기도 하고요."

"뭐? 그쪽도 그런 게 좋아 보여? 부러워?"

수호는 덜컥 겁이 났다. 저 여자마저 제 모친이 물들이고 간 것이 아닐까 불안했다.

"자신만만하고 자기 위주로 사는 삶이……. 저한테는 부러운 인생이에요."

"너는 그러기만 해 봐."

안이 빙그레 웃으며 테이블 위의 찻잔을 정리했다. 그 웃음이 너무 초연해 보여서 수호는 기분이 상했다.

"그쪽은 왜 그렇게 느슨하지?"

"네? 뭐가요?"

"마치, 너 따위 사귀어 봤으니까 여한이 없다. 뭐 그런 느낌이랄까."

"와우, 정확하시네요. 사실, 제 평생에 원장님처럼 잘난 남자랑 사귈 거라고 상상도 못 했거든요. 저는 여한이 없어요."

"그럼, 여기까지가 끝이야?"

답을 기다리며 마른침을 삼키는 수호의 목울대가 그의 초조함을 드러냈다.
"그냥……. 오늘이 마지막인 것처럼 사귀어요, 우리."
안은 미선이 남긴 인사말을 그대로 따라 하며 싱긋 웃기만 했다.
"그런 거 따라 하지 마. 잘 알아 둬. 나는 우리 엄마를 별로 좋아하지 않아. 나는 가정에 충실하고 평범하게 사는 게 좋아."
"네. 알았어요. 남자 친구가 꽤 듬직해서 마음이 편하네요."
찻잔을 거둬 주방으로 가는 안의 뒤를 수호가 따라붙었다.
"그리고 오해할 것 같아서 말해 두는데. 이 집에 들어와서 지내는 건 그쪽이 처음이야."
"네. 알겠어요."
지나치게 진지하게 설명하는 수호와 달리 안은 무심했다.
"엄마가 지난번에 봤다는 여자는……. 그러니까 하, 하영이야."
"네. 알겠어요."
"그리고 걔 말고는 여자 없었어. 이 집에 들어온 여자는 두 명밖에 없다고. 그러니까……."
안이 몸을 휙 돌려 수호 앞에 섰다. 구구절절 떠들던 수호의 입이 안의 침착한 눈빛 앞에 다물어졌다.
"원장님."
"그쪽, 혹시 삐친 거 아니지?"
그야말로 편안한 표정의 안이 피식 코웃음을 쳤다.
"그럼요. 괜찮아요. 저는 결혼해서 오 년 동안 한 남자랑 살았어요."
"아, 그렇지. 그럼, 그쪽하고 나하고 비긴 거야."
"네?"

"그쪽도 남자 두 명, 나도 여자 두 명."
"제가 남자 두 명이라고 누가 그래요?"
"아……니……라고?"
달그락거리며 찻잔 씻는 소리를 뚫고 수호의 흥분된 목소리가 주방을 울렸다. 의미심장하게 웃는 안 때문에 수호는 기분이 오르락내리락하고 있었다. 수호는 분주히 주방을 오가는 안을 붙잡아 세우고 재차 물었다.
"아니야? 그런 거야?"
하는 수 없이 안은 농담을 그만두기로 했다. 가벼운 장난일 뿐인데 이렇게 죽자고 달려들 줄 몰랐다.
"맞아요. 인생 통틀어서 남자 두 명이고, 그중에 두 번째 남자가 제일 멋있고, 그리고 또……."
"그리고 또?"
"훨씬 좋아요. 아니다. 비교가 안 된다."
수호의 입꼬리가 끝 간 데 모르게 치솟았다. 그 모습이 유치하고 귀여워 안은 놀리지 않을 수 없었다.
"안수호 어린이."
"뭐?"
풋! 하고 안이 웃음을 터트리자 수호도 따라서 너털웃음을 웃었다.
"배고프지 않아요?"
"고파. 왕장 따돌리고 빨리 오느라 맥주만 먹었어."
안수호 어린이는 어린이답게 투정 부리듯 답했다.
"라면 먹을래요? 스페셜하게."

* * *

안과 수호는 패딩을 입고 베란다에 앉아 라면이 끓기를 기다렸다.

"정말 안 먹어도 돼?"

"네. 아까 밥 먹었다니까요. 저는 한 젓가락만 먹을게요."

"그거 어디서 많이 듣던 거짓말인데."

"들켰네."

어이없다는 듯 웃는 수호를 향해 안이 혀를 메롱 하며 놀렸다.

"그런데 우리 꼭 이렇게 궁상떨어야 하나?"

"어머, 추운 날 야외에서 먹는 라면이 얼마나 맛있는데요. 캠핑이면 더 재미있었겠지만, 오늘은 기분만 내 봐요."

"하여튼 라면 먹을 때마다 까다롭게 굴어."

"일단 잡숴나 보세요."

코펠 뚜껑을 열자 안의 말대로 뜸이 제대로 들은 라면이 진한 냄새를 풍기며 군침 도는 자태를 뽐내고 있었다.

"와! 냄새 죽인다. 배고파 죽을 것 같아."

안이 코펠 뚜껑에 면발을 덜어서 수호에게 건네주었다. 적당히 꼬들꼬들하게 익은 면발이 입에 들어오자 수호는 요란을 떨면서 뜨거운 면발을 씹었다.

"어때요?"

"후, 하. 끝내줘! 평생 먹은 라면 중에 두 번째로 맛있어."

"애걔? 정말요? 난 내가 해 준 게 제일 맛있을 줄 알았는데 실력자가 따로 있었나 보네."

"첫 번째는 그쪽하고 거실에 앉아서 먹은 라면."

안은 의외의 대답에 놀랐고 이내 쑥스러워졌다.

"영광이네요. 이러다 헤어지면 안수호 어린이는 라면 볼 때마다 유안 생각나겠네."

안의 우스갯소리에 수호의 표정이 단박에 얼어붙었다.

"꼭 좋은 분위기를 망쳐야겠어?"

"그냥 농담이에요."

"너하고 나. 사귄 지 며칠이나 됐다고 그런 말이 아무렇지도 않게 나와?"

안은 그의 말대로 사귄 지 며칠 되지 않았기 때문에 그런 말을 하고 말았다. 아직 자신이 수호에게 그다지 중요하지 않기 때문에 할 수 있는 말이라고 생각했다.

"경솔했어요. 미안해요. 어서 들기나 해요. 라면 불어요."

어제의 좋은 분위기는 수호로 인해(엄밀히 말하면 추하영이었지만), 오늘의 좋은 분위기는 안 때문에 망가졌다. 수호는 그때부터 아무 말도 하지 않았고 정겨운 라면 파티는 파투가 났다.

안은 퇴근 후 연달아 신경 쓸 일이 많았음에 지쳐 버렸다. 햄만이를 방으로 데려와 해바라기 씨를 먹이며 한참을 놀자 마음이 조금 안정되었다.

안은 노트북을 열고 그동안 밀린 글을 쓰기 시작했다. 글을 쓰면서도 수호에게 책을 읽어 줘야 한다는 생각 때문에 집중이 되지 않았다. 무척 화가 난 남자에게 더 이상의 사과는 무의미한 것 같았고, 도대체 이렇게까지 화내는 이유를 안은 이해할 수 없었다.

"뭐가 이렇게 어렵니? 저렇게 생긴 남자도 삐지는 거니?"

안은 꾸벅꾸벅 조는 햄만이를 들여다보며 부질없는 질문을 던졌다. 똑똑! 노크 소리에 안이 다가가 문을 열자 수호가 서 있었다.
"얘기 좀 하자."
안은 수호를 따라 거실로 나오면서 골치가 아프다고 생각했다. 스산한 분위기를 풍기는 남자는 아까 일을 아직도 잊지 않고 연장전을 가질 생각으로 보였기 때문이었다.
내가 왜 고백을 했단 말인가. 왜 사귀어 보자는 남자의 선심성 떡밥을 냉큼 물었을까. 안의 머릿속에서 이혼 후 그렇게나 꿈꾸었던 자유가 날개를 달고 저 멀리 도망치는 환영이 보였다.
소파에 앉아서도 수호는 한참을 침묵했다. 안은 남자가 무한 제공하는 지루한 침묵 속에 갇혀 오만 가지 생각에 시달렸다. 결국, 생각은 꼬리에 꼬리를 물어 극으로 치달아 나가라면 오늘 당장 나가고 말지, 하는 오기가 되었다.
"자꾸 그렇게 어디론가 가 버릴 것처럼 굴지 마."
응? 안은 자신의 예상과 정확하게 반대되는 전개에 살짝 당황했다.
"그런 생각을 하면 힘들어."
털 개수라도 셀 기세로 바닥에 깔린 러그만 열심히 보던 수호가 고개를 들었다.
"내 어머니는 스무 살에 나를 낳았어. 어리고 예뻤던 엄마를 보고 한참 연상의 아버지가 한눈에 반했다더군."
수호는 자신의 이야기를 시작했다. 살면서 그 누구에게도 말하지 않은 심지어 왕장조차도 자세히 알지 못하는 이야기를 안에게 털어놓고 있었다.
온 동네가 떠들썩하게 예뻤던 수호의 모친 김미선은 은막의 스타를 꿈꾸던 말괄량이 아가씨였다. 지역의 유명한 자산가였던 수호의 아버지 안백만은 첫눈에 반한 아가씨를 훔쳐 왔다. 그렇게 꿈을 짓밟힌 수호의 모친 미선은 남편과 아들을 원망했다. 그녀는 밖으로 나돌며 남편에게 반항했고 아이와 가정을 등한시했다. 어린 아내를 지극히 사랑한 백만은 몇 년간은 모든 것을 감내했지만, 나날이 심해지는 아내의 우울증과 히스테리에 점점 지쳐 갔다.

밤이 되면 미선은 밖으로 나갔다. 가정이 있는 여자답지 않은 온갖 유흥에 빠져 즐겼다. 그녀를 향한 지저분하고 자극적인 소문은 끝이 없었다. 자신의 인생을 구렁텅이로 내몬 두 남자에게 그렇게라도 복수를 하고 보상을 받아야겠다고 늘 주장했다.

어린 수호는 어두워지면 엄마가 나갈까 봐 전전긍긍했고 매번 자리를 비우는 그녀에게 실망했다. 몇 밤이 지나서야 돌아오는 엄마를 그리워하느라 밤새 우는 날이 많았다. 수호는 엄마 없는 아이처럼 보모인 할망의 손에 외롭게 자라야 했다. 자라면서 엄마의 시선을 끌기 위해 반항과 탈선도 해 보았지만 아무 소용이 없었고, 결국 아버지의 눈 밖에까지 나 버렸다.

수호가 중학생이 되었을 때 결국 부모님은 이혼을 했다. 게다가 할망까지 노쇠하여 고향인 제주로 돌아가야 했다. 수호는 혼자 남았고, 본격적으로 불면증에 시달리는 날들이 시작되었다.

"나는 엄마를 이해할 수 없어. 증오해. 뻔뻔함에 치가 떨려."

격렬하게 내뱉는 증오와 달리 수호는 나약해 보였다. 밤새 엄마를 기다리던 어린 수호가 그곳에 있었다.

"하지만 가족이고 부모니까……. 싫어도 미워도."

"알아요. 당신이 어떤 마음인지. 모두 말하죠. 그래도 부모님이니까 네가 이해하라고, 용서해야 한다고 하죠. 참아야 하고 자식 된 도리를 해야 한다고. 그럼에도 너는 더 잘하고 열심히 살아야 한다고. 그렇게 어린애를 세뇌하더라고요. 당해 보지도 않은 사람들이."

수호가 힘없이 고개를 끄덕였다. 아버지에게, 할망에게 어릴 때부터 귀가 닳도록 들어온 말이었다.

자존심 강한 수호는 부모의 부재에도 불구하고 번듯하게 자랐다는 소리를 듣고 싶어 정신을 차렸다. 부모 따위 없어도 혼자서 얼마든 잘해 냈다고 보여 주고 싶었다. 그래서 이를 악물고 자신을 다잡고 상처에 의연해지려 했다.

"저도 많이 듣던 말이에요. 사람들은 내가 받는 상처와 고통은 중요하게 생각 안 하죠. 오히려 어리고 약한 존재에게 도리를 다하라고 다그쳤어요. 그럴 때일수록 정신을 차리라는 둥."

비슷한 상처가 있는 여자가 자신에게 공감해 주었다. 한때 수호는 완벽한 여자에게 위로받을 수 있을 줄 알았다. 유복한 가정에서 사랑만 받고 자란 하영은 항상 여유롭고 사랑스러웠다. 하지만 수호를 이해할 마음의 자리를 내주지는 않았다. 하영은 강하고 능력 있고 남자다운 수호를 좋아했다. 항상 수호의 보호와 품 안에서 완벽하게 행복한 그녀의 인생을 이어 나가길 원했다. 어쩌면 영리한 하영은 수호의 나약한 면을 본능적으로 알아차렸는지도 모른다.

"안아 드려도 돼요?"

자존심 드높은 수호는 안의 질문에 답하지 못했다. 나약한 안수호가 들통나 그녀가 실망할지도 모른다는 불안이 그를 억눌렀다. 안이 자리에서 일어나 수호에게 다가갔다. 덩치가 안의 두 배에 가까운 남자를 품 안에 담을 수는 없었다. 하지만 안은 제가 펼칠 수 있는 마음의 자락을 모두 펴서 수호를 덮어 주었다. 수호가 그녀에게 해 주는 것처럼 그의 머리를 찬찬히 쓸어 주고 어깨를 토닥여 주었다. 어떤 말도 나누지 않았지만, 서로의 마음이 녹아들어 교감하는 순간이었다. 석상처럼 우두커니 있던 수호가 두 팔로 안의 허리를 끌어안았다.

"원장님이 필요 없다고 하기 전까지 꼭 붙어 있을게요. 불안해하지 마세요."

수호는 아무 답도 하지 않았다. 문득 떠오른, 평생 안이 필요하면 어떡해야 하나, 그 생각에 답을 찾느라 조금은 복잡했기 때문이었다.

* * *

"그냥, 방에 가서 책 읽어 드릴 테니 주무세요."

"아니야. 나는 신경 쓰지 말고 그쪽 할 일 해. 난 내 할 일 할게."

수호는 고집스럽게 대답하며 안의 침대에서 벗어날 생각을 하지 않았다. 더 넓고 좋은 침대를 두고 왜 굳이 여기서 버티는지 이해할 수 없었지만, 오늘 밤은 그의 응석을 받아 줘야 할 거 같았다. 안은 하는 수 없이 수호를 내버려 두고 노트북을 켰다. 옆에서 수호가 햄만이를 약 올리는 소리를 들으며 글쓰기를 시작했다.

안은 중간중간 썼던 글을 소리 내어 읽으며 글을 다듬는 버릇이 있었다. 습관적으로 제가 쓴 글을 읽던 안이 멈칫했다. 수호도 햄만이도 고요했다. 어느새 두 수컷이 안의 침대 위에서 잠들어 있었다.

"어머, 안수호 어린이도 잠들었네?"

안은 불을 끄고 수호에게 이불을 덮어 주었다. 불이 꺼지면 소란스러워 지는 햄만이는 거실로 잠자리를 옮겨 주었다.

* * *

"으음……."

얼굴을 간지럽히는 감촉을 느낀 안은 한쪽 눈을 뜨고 어둠 속을 더듬었다. 은근한 빛을 뿜는 수호의 눈동자가 그녀를 응시하며 손으로 안의 얼굴에 붙은 머리칼을 떼고 있었다. 안은 자다 일어나 푹 가라앉은 목소리로 물었다.

"언제 깼어요?"

"덕분에 푹 자고 나도 조금 전에 깼어."

"좀 더 주무시지……. 내가 그렇게 신기해요? 왜 또 구경하고 있어요?"

"신기하지. 어쩌면 이렇게 못생겼을까. 윽!"

이불 속에서도 정확히게 수호의 정강이를 공격한 안이 토라진 티를 내며 등을 돌려 누웠다.

"뭐야? 삐친 거야?"

"삐치는 건 그쪽이 전문 아니실까요?"

"……."

그녀의 등에 이마를 기댄 수호는 말이 없었다. 슬며시 안의 몸을 타고 넘어온 손이 그녀의 허리를 끌어안았다.

"미안. 내가 어제 괜한 심통을 부렸다. 나도 내가 왜 그렇게 유치하게 굴었는지……. 부끄러워."

안이 다시 몸을 돌려 그를 마주 보았다.
"미안하시면 안아 주세요."
말이 떨어지자마자 수호의 손이 안의 티셔츠를 들치고 브래지어 호크를 향해 전진했다.
"아니, 아니요. 진짜로 그냥 안아만 달라고요."
"나 벌주려는 거였어?"
그윽하게 웃는 소리를 내던 수호는 고분고분하게 손을 정리하고 안에게 팔을 내주었다. 꼬물거리며 수호의 품에 파고든 안은 그의 가슴에 얼굴을 묻고 다시 잠을 청했다.
"몇 시예요?"
"지금이, 네 시 반."
"좀 더 잘게요."
수호는 말없이 안의 머리를 쓰다듬어 주었다. 그녀가 좋아한다는 것을 알게 된 이후로 그 역시도 안의 머리를 쓸어 주는 것을 좋아하게 된 것 같았다. 도대체 이 여자는 뭘까. 아무렇지도 않게 나타난 여자가 어느새 가슴에 묵직하게 자리한 것을 느꼈다.
"안……. 유안?"
"응?"
수호는 벌써 잠에 취했는지 생전 안 하던 반말을 하는 안이 마음에 들었다.
"당신 처음 본 게 응급실 실려 갈 때였는데……. 왜 나한테 실려 왔을까?"
"그때, 택시가 안 잡혀서 그랬잖아요."
역시 비몽사몽인지 안은 수호의 말을 대충 듣고 현실에 충실한

답을 했다.
"그때는 이렇게 될 줄 몰랐는데. 정말 아무것도 아니었는데."
"……."
수호가 깊은 한숨과 함께 잠에 빠진 안에게 두른 팔에 힘을 가했다.
"윽, 답답해요!"
안은 바둥거리며 수호를 밀어냈다. 안은 잠이 들 만하면 말을 시키더니 기어이 깨워 놓은 수호가 귀찮았다.
"왜 이렇게 자는 사람을 못살게 굴어요? 잠이 깨셨으면 운동이라도 하세요."
"그런데 그쪽은 우리 집이 추워?"
수호는 밀어내는 안을 더 바짝 끌어안으며 그녀의 머리와 귓불에 입을 맞추었다. 차갑고 말랑한 귓불을 입 안에 넣고 굴리며 이로 살짝살짝 물며 가지고 놀았다.
"갑자기 그게 무슨 소리예요? 난방 잘돼서 좋은데요. 전혀 불편하지 않아요."
"그런데 옷을 왜 이렇게 일일이 다 챙겨 입고 자?"
어느새 수호의 입술은 그녀의 쇄골 근처를 돌아다녔다.
"음흉한 속셈을 뭘 또……. 그렇게 돌려서 말하세요?"
안이 입고 있던 옷이 침대 밖에 쌓이기 시작했다. 그 위로 수호의 옷이 떨어졌다. 안은 그의 잔 근육들을 손바닥으로 세세히 감상했다.
"음흉? 그쪽이 나한테 먼저 원했잖아?"
"제가요……? 언제요?"

이미 기운찬 제2의 안수호가 그녀를 원한다고 떠들고 있었다.
“운동하라면서. 이제부터 꽤 칼로리 소모가 큰 고강도 운동을 할 생각이거든, 내가.”
“입으로 칼로리 소모 다 되겠어요. 으앗!”
먼저 몸을 일으켜 앉은 수호가 안의 팔을 잡아당겨 일으켰다.
“언제까지 말대꾸하나 보자.”
안을 제 다리 위에 앉히고 그녀의 머리를 쓸어내리던 수호가 고개를 숙였다. 터지는 한숨과 함께 안의 머리가 뒤로 꺾어졌다. 안의 하얗고 약한 피부 위, 수호가 지나간 자리마다 붉은 흔적들이 남았다. 무엇이 부족한지 자꾸만 안을 제 품으로 바짝 끌어안았다.
안은 수호의 얼굴을 붙들고 그의 눈을 들여다봤다. 그의 눈 속에서 육체의 욕망이 아닌 그녀를 향한 애정을 찾고 싶은 욕심이 일었다.
“자꾸 욕심이 나잖아요. 그러면 안 되는데.”
수호의 대답을 기다리지 않고 안은 그의 입술을 막았다. 그의 볼을 부여잡고 욕심껏 입술을 탐했다. 지금의 안은 적극적이었다. 그녀가 원하는 대로 감추지 않고 모든 것을 드러내 놓았다. 수호의 어깨에 이마를 기대고 더운 숨을 내쉬며 출렁이는 움직임에 몸을 맡겼다.
수호에게서 짐승의 하울링이 들렸다. 창백한 여명 속에 붉게 달뜬 얼굴을 한 안이 몽환의 눈동자를 빛내며 수호를 원했다. 마주 보는 시선에 찬 열기 속에서 또 다른 감정이 피어올랐다.
안의 벌어진 입술을 엄지로 쓸던 수호가 참지 못하고 그녀에게 입맞추었다. 열정의 시간을 보낸 두 사람은 만족스러운 숨을 내쉬느라 바빴다. 헝클어진 서로의 모습을 보며 씨익 미소를 지었다.

"우리 꽤 잘 맞는 것 같은데."

안은 대답 대신 그의 강인한 턱 끝에 입을 맞추었다.

"정말 좋아진 것 같아."

궁금증을 담은 안의 눈이 수호의 잔잔한 눈 속에 빠져들었다.

"네가."

잠시 멍하게 있던 안이 그제야 알아듣고는 수호의 목을 끌어안았다. 수호도 제 마음에 실려 온 소중한 사람을 꼭 끌어안았다.

5

함께 몸을 씻고, 함께 아침 식사를 준비하고 각자의 방에서 출근 준비를 마쳤다. 다시 거실에서 만난 안과 수호는 연이은 베이비 키스를 나누며 실없이 웃었다.

안이 구두를 신는 동안 손을 잡아 주는 수호의 시선이 그녀의 구두에 머물렀다. 수호는 구두를 사 주면 도망간다는 말은 전부 헛소리라고 생각하며 예쁜 신상 구두를 신은 안을 상상했다. 다시 안의 입술을 머금은 수호는 그녀의 허리를 부러트릴 듯 뒤로 꺾으면서 진한 키스에 빠져들었다. 안 역시 수호의 목 뒤로 팔을 두르고 적극적으로 농밀한 유희를 즐겼다. 끝날 기미 없이 키스에 깊이 몰두했던 두 사람이 간신히 제정신을 찾았다. 아쉬운 듯 몇 번의 입맞춤을 이어 가던 두 남녀는 눈이 마주치자 또 바보처럼 웃기 시작했다.

"아무래도 안 되겠어요. 원장님부터 출근하세요. 저는 십 분쯤 있다가 내려갈게요."

"그래. 그럼 잠시 후에 봐."

연인은 잡은 손을 놓는 것도 아쉬워 떨어지는 마지막 순간까지 맞닿은 손가락을 떼지 못했다.

* * *

휴게실에서 상림과 티타임을 즐기던 왕장은 콧노래를 흥얼거리며 출근하는 수호를 부러운 눈으로 지켜보았다.

"좋을 때다. 저 녀석, 늦복이 터진 것 같은데."

"왜요? 안 원장님 말씀하시는 거예요?"

"저 자식 얼굴 봐요. 나는 재 얼굴이 저렇게 완벽히 깨끗하고 맑고 자신 있는 걸 본 적이 없어."

"그러게요. 광이 나네요. 안색이 엄청나게 환한데요."

추하영 때보다, 라고 상림은 작게 중얼거렸다. 상림은 4층에 있는 에스테틱에서 매일 관리를 받아도 저런 물광 넘치는 안색은 나오기 힘들다고 생각했다.

"나도 연애하면 저거보다 더 잘생길 수 있는데. 물론 지금도 잘생겼지만."

왕장의 너스레가 들리지 않는지 상림은 수호가 들어간 원장실 문을 뚫어 버릴 듯이 쳐다보고 있었다.

"현 간? 내 말 듣고 있어?"
"네. 듣고 있지만 대답할 가치가 없어서 가만있는 거니까 조용히 좀 하세요."
싸늘한 대답에 시무룩해진 왕장을 남기고 상림은 휴게실을 떠났다.

* * *

10여 분이 지난 후 안도 현관문을 나섰다. 불과 두 층 아래였지만 조심스러운 출근길이었다. 하지만 안의 조심성을 비웃기라도 하듯이 4층과 3층 사이 비상구 계단에서 상림을 마주쳤다.
"깜짝이야. 상림! 너 왜 여기 있어?"
상림은 자신의 예상이 적중한 것이 마음에 들지 않아 안에게 냉소적으로 굴었다.
"그건 내가 할 말이다. 이 기집애야, 너 왜 거기서 내려와."
"상림아아!"
심각한 얼굴로 추궁하는 상림과 달리 안은 눈꽃처럼 하얀 얼굴을 반짝반짝 빛내며 친구를 끌어안았다.
"너 아침부터 한잔 걸쳤어? 얘가 왜 이래?"
상림은 자신을 꼭 끌어안고 밑도 끝도 없이 까르르 웃어 대는 안을 떼어 내느라 진땀을 뺐다.
"정신 좀 차려! 너 정말 술 마신 건 아니지?"
"아니야. 음주 근무할 만큼 얼빠지진 않았어. 제정신이야."
"그건 그렇다 치고. 너 정말 왜 위에서 내려와? 옥상에 볼일이 있었네 하는 거짓부렁 칠 생각하지 말고 이실직고해. 벌써 찐한 사이야? 안 원장하고……. 그래?"
"응. 그래."
마치 자랑하고 싶었던 사람처럼 안의 대답은 재빠르고 명확했다.
"후……. 성인들이니 알아서 하겠지만, 나는 네가 영 불안하다. 너 막, 그냥 될 대로 되라 그런 거 아니지? 너 혼자 좋아서 매달리고……. 그래 뭐, 그게 마음대로 되는 건 아니니까. 그래도 최선을 다해서 좀 덜 좋아하는 척이라도 하면 안 될까?"
"그래야 해?"
"너도 글 쓸 때 밀당 같은 거 써먹잖아. 네가 여주인공이라고 생각하고 좀!"
눈동자를 굴리고 생각하던 안은 문제없다는 얼굴로 순순히 고개를 끄덕였다.
"그래. 알았어. 최선을 다해서 그 사람한테 뜨뜻미지근한 척하면 되는 거야?"
하지만 티 한 점 없이 맑게 웃는 것이 상림의 말을 그다지 신경 쓰고 있지 않다는 증거로 느껴졌다.
"그래. 네가 필 꽂히면 한 번씩 네가 아닌 것 같을 때가 있는 건 알지만. 너무 깊이 빠지지 말라고."
"알았어. 사랑해, 현상림."
이것 봐라. 지금 안은 제정신이 탈출한 상황임이 분명했다. 방방 뜬 기분에 취한 안은 분홍 빛깔 연애의 향기를 폴폴 날리고 있었다.
"안수호가 그렇게 좋아?"
"응. 좋아. 그리고 잘해 줘."

안의 순한 눈매가 둥글게 휘어졌다. 이 관계에서 꽤 행복감을 느끼는 것이 분명해 보였다.

"그래? 그건 예쁘네, 짜식."

상림은 이토록 맑고 밝게 웃는 안을 본 적이 없었다. 안은 진짜 사랑에 푹 빠졌구나. 상림은 그녀답지 않게 눈시울이 뜨뜻해지려는 것을 간신히 참았다.

* * *

점심시간의 도로는 생각보다 한산했고 도로를 달리는 수호의 기분은 설렘으로 두근거렸다.

"고마워요, 현 선생."

"뭐가 고마우세요? 지금 같이 가 줘서? 아니면 안이를 친구로 둬서? 또 아니면 안이 응급실 갈 때 차 태워 달라고 해서? 또 아니면 안이를 비서로 붙여 줘서?"

날이 선 상림의 반응을 이해할 수 없었지만, 수호는 지금 기분이 매우 좋은 관계로 크게 신경 쓰지 않았다.

"그러고 보니 현 선생한테 고마운 일 천지네요."

진심이었다. 모든 것이 상림으로 인해 시작된 인연이었기에. 하지만 상림은 수호와 전혀 다른 생각임을 여과 없이 드러냈다.

"그러고 보니 후회할 일 천지네요. 저한테 고마워 마세요. 사실 저는 안 원장님하고 못 사귀게 적극적으로 말리지 않은 것을 내내 후회 중이에요."

"흠……. 제가 그렇게 남자로서 별로였나요?"

"그냥 남자로 보기에는 좋지만……. 둘 사이가 너무 급진전 되는 바람에 보고 있는 저도 정신을 못 차리겠어요. 사실 안이가 이러는 것도 불안해요. 얘가 정말이지 제 마음을 제대로 알고서 이러는 건지. 급하게 먹는 떡이 체한다는데 우리 안이만 나중에 급체해서 끙끙 앓는 건 아닐까. 저는 솔직히 원장님이 불안해요."

"저도 유 비서 좋아합니다."

오늘 내내 싱글벙글 웃기만 하던 수호의 표정이 진지하게 가라앉았다. 그 역시 상림이 걱정하는 이유를 이해했다. 하영과 헤어진 지 얼마 되지도 않았고, 병신같이 그 일 때문에 난독증에 시달리는 놈이 믿음직할 수는 없었다.

"부탁드릴게요. 제발 상처 주지 마시고, 잘해 주세요. 우리 안이, 평생 외롭게 지냈어요. 마음 붙일 곳도 없는 애라서 어디 틈만 나면 마음을 준다고요. 그러면 인간들이 고마운 줄 알고 갚아 줘야 하는데 죄다 뒤통수만 치고 먹튀야."

"알겠습니다. 명심하겠습니다."

"그리고 제발 좀 들키지나 마세요."

"예?"

또 뭘 들켰을까. 수호는 문득 하영과 데이트하던 때마다 상림과 마주쳤던 흑역사가 주마등처럼 스쳐 갔다.

"우리 집에 와서 햄만이 데려간 날……. 그날부터 사귀기로 한 거 맞죠?"

"네. 그걸 어떻게 아셨어요?"

"추하영이랑 사귈 때도 번번이 제 눈에 띄더니, 그날 차에서 둘이 막! 응? 막! 첫날부터!"

"아하하! 그걸 또 봤어요?"

이런 낭패가 있을까. 상림이 저를 질색할 만도 했다. 자칫 가벼운 남자로 보일 수도 있었고, 안의 마음을 이용하는 파렴치한 놈으로 보일 수도 있었다.

"보이니까 봤죠! 동네방네 광고하고 사귀실 것 아니면 제발 조심하시고요. 오늘 아침에 안이가 비상구로 내려오던데 출근할 때도 좀 조심하시고요."

"넵! 알겠습니다!"

"제발……. 많이 사랑해 주세요. 받을 생각만 하지 마시고."

상림의 마지막 말은 어딘지 힘이 빠지게 들렸지만, 그 진정성만은 절실하게 와 닿았다.

* * *

명품 브랜드 매장에서 수호는 공손하게 두 손을 맞잡고 있는 매장 직원의 친절한 안내를 받고 있었다.

"여성 구두를 보신다고요? 사이즈는 알고 계시죠?"

"원래 신던 구두에 235라고 쓰여 있었습니다."

"연령대가 어떻게 되실까요?"

"젊습니다."

직원의 눈에 언뜻 호기심이 비쳤다. 처음 남자가 매장에 들어왔을 때부터 낯이 익는다고 생각했었다. 직업상 평소 수많은 잡지를 다 독하는 직원은 곧 수호를 알아보았다.

"그럼 특별히 여성분이 원하시는 디자인이라든가 취향은 어떻게 되는지요?"

"그게 물어보질 않아서……. 지금 신는 구두는 재미없게 생겼는데, 저는 그 사람이 아주 예쁜 신발을 신었으면 좋겠습니다. 발목이 가늘고 종아리가 긴 편이에요. 키가 큰 편은 아닌데 다리가 예쁘고……."

"어우, 답답해. 원장님, 지금 뭐 하시는 거예요? 이리 나오세요."

점점 팔불출 같아지는 수호의 장황한 설명을 듣다 못한 상림이 나섰다.

"한국 사이즈 235에 발볼은 보통이에요. 평소 무난한 스타일만 신어요. 굽은 칠 센티나 오 센티를 제일 많이 신고요."

"나는 무난한 것보다 예쁜 구두를 사 주고 싶은데요."

수호는 기껏 마음먹은 선물인데 밋밋한 것을 내밀고 싶지 않았다. 안이 아주 예쁘고 좋은 신발을 신고 꽃길을 걷길 바랐다.

"그럼 무난한 것 하나, 예쁜 것 하나. 그렇게 사 주시면 되겠네요."

상림은 자신의 탁월한 협상력에 흡족해 하며 두 켤레의 구두를 득템할 안을 떠올렸다.

"겨우 두 켤레 사 주라고요?"

"아니, 그러면 뭐 얼마나 사 주려고요?"

예상 밖 수호의 스케일에 상림은 살짝 놀랐다.

"일단 제일 인기 많은 신상부터 다 보여 주세요."

수호는 오늘 상림에게 자신이 안을 생각하는 마음이 절대 가볍지 않다는 것을 재력으로 증명할 생각이었다.

* * *

모두가 퇴근한 시간 안은 혼자 미팅룸에 앉아 글쓰기에 열중하고 있었다. 상림이 마음먹고 자신을 기다린 것이지만, 오늘 아침 비상구에서 마주친 탓에 안은 더 조심스러워졌다. 안은 업무가 끝나면 글을 쓰다가 가장 마지막으로 퇴근하는 방법을 택했다.

한창 절정 부분을 쓰느라 몰입해 있었다. 노트북 위의 손가락이 신명 나게 키보드를 두드리고 있을 때 안의 맞은편에 수호가 자리했다.

"유안, 이제 그만하고 들어가자."

"네. 여기만……."

수호를 쳐다보지도 않고 안은 정신없이 손가락을 움직였다. 똑똑! 테이블을 두드리며 재촉해 본다.

"네. 네."

역시 또 안의 입에서 성의 없는 대답이 나왔다. 수호는 긴 다리를 쭉 펴고 불량스러운 분위기를 풍기며 의자에 기대어 앉았다. 아무래도 방해하지 않는 것이 좋을 것 같았다.

팔짱을 끼고 앉은 수호는 한창 글에 몰입한 안을 지켜보는 재미에 빠지기로 했다. 토독 토토독. 자판 두드리는 소리가 들리고 사이사이 안이 글을 읽는 소리가 들렸다. 고요한 미팅룸에 너와 나, 그리고 너의 감미로운 목소리와 열정적이고 포근한 눈동자. 그저 지금 이대로 모든 것이 만족이었다.

수호는 조용히 앉아서 안의 모습을 세세하게 눈에 담았다. 그녀의 모든 것을 눈과 머리와 가슴에 아로새겼다. 볼수록 예쁜 여자, 새록새록 정이 돋는 신기한 유안이라는 사람.

"어머, 언제부터 있었어요?"

이제 정신이 들었나 보다. 수호는 조용히 웃기만 했다. 시간을 확인하더니 어머, 어머 호들갑을 떠는 여자가 귀여워 그냥 내버려 두었다.

"오셨으면 인기척이라도 하시지. 왜 그렇게 앉아 계셨어요? 배고프시죠?"

안의 말을 정정하려던 수호는 이내 생각을 고쳐먹었다. 자신이 불편한 것은 모두 괜찮다고 말하는 착한 여자에게 부담을 주고 싶지 않았다.

"나는 참을 만한데. 그쪽이야말로 배고프겠어."

"네. 갑자기 엄청난 허기가 몰려와요. 나 손 떠는 거 보여요?"

안이 다소 과장되게 손을 떨어 보이며 수호에게 어리광을 부렸다.

"글은 많이 썼어? 너무 열심히 써서 궁금했잖아. 나 읽어 봐도 되냐고 멍청하게 물을 뻔했어."

"원장님이 글을 몰라서 다행이에요."

아차. 안이 자신의 입을 톡톡 두드리며 미안한 표정을 지었다.

"아니. 글을 읽을 줄 몰라서 다행이에요. 음…… 이것도 아닌데."

당황으로 빨갛게 물든 볼을 한 안이 입술을 감쳐 물며 어찌할 줄 몰라 했다.

"됐어. 너무 신경 쓰지 마. 그런 말 했다고 내가 상처받을까 봐 그래?"

"곧 나아질 거예요. 클리닉도 알아보고 계시니까 너무 걱정하지 말기로 해요."

수호는 대충 고개를 끄덕였다. 자신의 증상에 대해 오늘은 고민하고 싶지 않았다. 이곳에서 안을 지켜보며 결심한 것을 실행하는 것이 더 중요했다.

“가자! 오늘 너하고 할 것이 있어. 서둘러야 해.”

“어딜 가는데요?”

“아주 좋은 곳. 환상적이고 매혹적인. 평생 못 가 보는 사람이 더 많을걸?”

“그래요? 도대체 어디를 가는데요?”

“별 보러. 오늘 밤 너에게 별을 보여 줄 거야.”

그런데 이 남자 왜 이렇게 섹시하게 웃는 걸까? 안의 허리를 끌어안은 수호가 입술 끝을 매력적으로 끌어 올리며 안을 홀렸다. 안은 그의 손에 이끌려 엘리베이터에 올랐고, 문이 닫히기도 전에 그의 품에 안겨 입술을 내줘야 했다.

* * *

“도대체 어디를 가는 거예요?”

손에 들린 샌드위치와 밀크티로 허기를 달래며 안은 궁금증을 해소하기 위해 계속 수호를 졸랐다.

“미리 알면 감흥이 깨져. 그냥 따라와.”

하지만 수호의 표정을 본 안은 궁금증이 더했다. 꿀단지라도 숨겨 놓은 사람처럼 의뭉스러운 웃음이 그의 얼굴에 가득했다. 어두운 도로를 달리던 수호는 말없이 재촉하는 안을 돌아보며 얄미울 정도로 신이 난 목소리로 말했다.

“오빠 믿지?”

“우웩! 뭐예요. 그런 구닥다리 대사는.”

"이게 왜 구닥다리 대사야? 나는 지금 진심으로 묻는 거라고. 아! 뭔가 기대하고 있었나 본데 미안하지만, 오늘 밤은 순결할 예정이야."

실없는 농담을 주고받다 보니 어느새 서울을 벗어나 외곽을 달리고 있었다. 밤에도 휘영청 불빛 밝은 서울 시내와 달리 외곽은 벌써 한산했고 어둡기가 칠흑 같았다.

"충동적으로 결정했지만, 다행히 오늘 날씨가 아주 좋아서 너에게 좋은 선물이 될 것 같아."

한참을 달리던 수호가 아주 한적한 길로 접어들더니 차를 세웠다. 라이트를 끄고 미등만 밝혔다.

"잠깐 눈 좀 감고 있을래? 내가 뜨라고 할 때까지 절대 눈 뜨면 안 된다!"

안은 순순히 고개를 끄덕이고 그가 시키는 대로 눈을 감고 두 손으로 얼굴까지 가렸다. 다시 차가 느린 속도로 움직이기 시작했고 잠깐의 시간이 흘렀다.

"OK! 아직 눈 뜨지 말고 잠깐 기다려."

수호가 차에서 내리는 것이 느껴졌다. 안은 궁금증을 꾹 누르며 얌전히 기다렸다. 조수석의 문이 열렸다.

"착하네. 말도 잘 듣고."

수호가 안의 좌석에 있던 안전벨트를 해제했다.

"자, 눈 감은 채로 내 손 잡고 내려."

"도대체 뭔데 그래요?"

"오빠 믿지?"

안은 키득거리며 수호의 손을 잡고 차에서 내려 그가 이끄는 대로 몇 걸음을 걸었다. 수호는 눈을 감고 걷는 안이 불안하지 않도록 품에 안고 부축했다.

"자, 이제 눈 떠도 좋아."

안이 그의 주문대로 천천히 눈을 떴다.

"아!"

짙고 어두운 쪽빛 하늘에 강물처럼 흐르는 수많은 별이 흐드러지게 빛나고 있었다. 태어나서 처음 보는 아름다운 장관이었다.

"오늘 특별히 하늘 상태가 좋네. 다행이다."

무뚝뚝한 수호의 말투조차 아름다운 시처럼 느껴지는 순간이었다.

"별이 이렇게 많은 거 처음 봐요. 세상에, 정말 쏟아질 것 같아! 너무 예쁘고 멋있어요."

"나처럼?"

"네……."

정말 넋이 나갔는지 안은 수호가 하는 말에 의식 없이 답하고 있었다.

몇 년 전 밤 운전을 하던 수호는 우연히 이곳을 발견했다. 나중에 안 사실이지만 이곳은 별 보기 좋은 곳으로 전문가들 사이에 이름난 장소였다. 존경하는 교수님의 장례식을 다녀오던 길, 마음이 유난히 지치고 힘든 날이었다. 까만 어둠을 빛으로 수놓은 별과 어둠의 적막 속에서 수호는 경이로운 환희를 맛보았다.

"아득하고 슬퍼요. 그런데 그 슬픔조차 너무 아름답네요."

"슬퍼하라고 데려온 건 아닌데. 판단 미스인가?"

"아니요. 너무 고마워요. 나쁜 뜻으로 한 말이 아니에요. 그냥 제가 표현력이 부족해서."

수호가 가볍게 안의 입술에 키스를 하고 그녀의 머리를 쓰다듬었다. 안은 살포시 웃으며 수호의 가슴에 기대어 그 손길을 음미했다. 행복이 사무쳐 두려울 정도였기에 너무 크게 웃지도 말하지도 못했다.

"죽을 때까지 못 잊을 밤이 될 것 같아요."

수호는 안의 손을 가져와 자신의 양 뺨을 가져다 대었다. 따뜻한 여자의 손이 차가운 귓불에 닿는 감촉이 안온했다.

"너를 데려올 수 있어서 얼마다 다행이라고 생각하는지 모를 거다."

"……?"

정말 사랑하는 사람이 생기면 꼭 함께 오고 싶었던 곳에 지금 네가 있어서. 의아한 얼굴을 한 안의 머리를 쓰다듬으며 수호는 속내를 감췄다.

"그런 게 있어."

수호는 차에서 목도리와 담요를 꺼내 와 안의 몸에 둘러 주었다. 그리고 그녀의 어깨를 끌어안고 보닛에 기대어 함께 별을 바라보았다.

"이렇게 밤하늘을 보고 있으면 우리가 얼마나 미미한 존재인지 그런 생각이 들어."

"그러게요."

"바람 소리만 들으면서 하늘을 보고 있어 봐. 내가 저 속에 들어가 있는 것 같을 거야."

"눈물이 날 것 같아요. 가슴이 이상해."

수호가 더 강한 힘으로 안을 보듬었다. 광활한 세상에서 그녀를 만나게 된 것이 새삼 감사했다. 항상 보던 별은 아름다웠지만, 혼자라는 외로움을 더하기도 했었다. 하지만 오늘 함께 보는 별은 더 이상 외롭지 않았다.

"따뜻해지면 또 오자."

"네."

두 사람은 한동안 별을 보며 두런두런 이야기를 나누었다. 손에 잡힐 듯 선명한 은하수가 흐르는 천상의 길을 보며 그들은 아름다운 기억을 공유했다.

* * *

집으로 돌아오는 길, 안은 깊은 잠이 들었다.

"참 잘 잔단 말이야."

수호는 출발할 때, 피곤할 테니 옆에서 말동무를 해 주겠다고 호기롭게 외치던 안을 생각하면서 기분 좋게 웃었다. 이제 집에 가서 오늘의 마지막 선물을 보여 주면 얼마나 좋아할까 상상하니 마음이 조급해졌다.

도착 후, 곤히 잠든 안을 깨워 엘리베이터에 올랐다.

"옆에서 재밌는 얘기 해 준다고 하더니 꿈속에서 해 준다는 말이었어?"

"미안해요. 추운 곳에 한참 있다가 따뜻한 히터 바람을 쐬니까 잠이 막 쏟아지지 뭐예요."

안은 말을 하면서도 계속 하품을 했다. 눈꼬리에 눈물이 맺힐 정도로 하품이 멈추지 않았다.

“쏟아지는 별을 보여 줬더니 유안은 나한테 잠을 쏟아 내는 거야?”

“그러게나 말이에요. 한 것도 없이 옆에서 잠만 자 놓고 왜 이렇게 졸린지 모르겠네.”

수호는 문을 활짝 열고 안이 먼저 들어가도록 했다. 제발 전부 마음에 들어야 할 텐데. 수호는 자신도 모르게 마른침을 꿀꺽 삼켰다.

“저게 뭐지?”

거실 한가운데 열 지어 있는 쇼핑백들을 본 안이 고개를 갸우뚱하며 신발을 벗고 들어갔다.

“집에 오면 심심할까 봐 도미노 좀 설치했어.”

안은 재미있지도 참신하지도 않은 수호의 우스갯소리를 뒤로하고 성큼성큼 집으로 들어갔다. 거실에 가운데 우두커니 서서 수많은 쇼핑백을 멍하게 바라보았다. 익숙하지만 말로만 듣고 눈으로만 보던 로고가 찍힌 쇼핑백이 브랜드별로 구색을 갖추고 늘어서 있었다.

“이게 도대체 다 뭐예요?”

안은 얼빠진 목소리로 재차 물었다. 수호는 제 머리를 긁적이며 으스대고 싶은 마음을 숨기고 머쓱하게 답했다.

“실은 점심때 현 선생하고 백화점에 갔었어. 원래는 네 구두 몇 켤레만 사려고 했었는데 예쁜 게 워낙 많아야지. 매장에서 보여 주는 것마다 너하고 어울릴 것 같아서 두고 올 수가 없었어.”

점심도 먹지 않고 급한 일이 있다고 나간 두 사람이 느지막이 들어오는 바람에 김 원장을 진땀 빼게 하더니 이런 사고를 친 모양이었다.

"세상에……. 미쳤나 봐. 정말. 이게 다 얼마야."
수호는 이 순간 자신의 능력과 재력에 스스로 찬사를 보내고 있었다. 해 주고 싶은 것을 마음껏 해 줄 수 있는 기쁨이란 이루 말할 수 없었다.
"응. 좀 비싸. 차 한 대 정도?"
어깨가 절로 으쓱인다.
"정말이에요?"
얼마나 놀랐는지 안의 목소리가 두 옥타브는 올라갔다. 평소 순해 빠졌던 눈꼬리도 같이 올라갔다는 것이 문제였지만 수호는 거기까지 알아채지 못했다.
"뭐 최고급 세단은 아니고. 그럭저럭 탈 만한 차. 아악! 왜 때려!"
안은 수호의 팔뚝과 등을 매운 손맛을 자랑하며 찰싹찰싹 때려주었다. 그녀는 보통의 가정에서 자랐고, 자의 반 타의 반으로 사치라는 것을 부려 본 경험이 없었다. 중저가 브랜드의 세일 행사 매대를 주로 이용하는 편이었다. 차 한 대 값의 쇼핑이라는 말에 안은 총 맞은 것처럼 큰 충격을 받았다. 알뜰 주부의 근성이 튀어나오고 말았다.
"왜 그래, 정말!"
수호는 어이가 없는 것은 둘째치고 자신이 매를 맞았다는 사실에 더 놀랐다. 부모에게 사랑을 못 받았을 뿐이지 매를 맞아 본 적은 단 한 번도 없었다. 사춘기 시절 문제아일 때도 유명한 지역 유지의 아들에게 손대는 선생님은 없었다. 게다가 중학생 때부터 남다른 덩치와 키를 자랑하는 그에게 덤비는 또래는 물론 선배들도 없었다. 그런 수호에게 매를 휘두른 사람이 이 연약한 여자였다. 수호는 인정사정없이 자신을 무차별 가격하는 안의 두 손을 잡고 그녀를 진정시켰다.

"안! 유안! 말로 하자. 도대체 왜 그래? 마음에 안 들어? 그럼 교환하면 돼. 진정하자."

말을 하면서 수호는 안의 손바닥을 살폈다. 자신의 몸을 때렸으면 바위를 때린 것 같을 텐데. 아니나 다를까 안의 손바닥이 새빨개져 있었다.

"어휴, 손 아프겠다."

안은 재빨리 수호에게 붙들린 얼얼한 손을 빼고는 아무렇지 않은 척하며 수호를 흘겨보았다.

"정말……. 차 한 대 값만큼 물건을 샀어요?"

"그래. 그게 뭘."

정말. 그게 뭘. 수호는 펄쩍 뛰는 안을 이해할 수 없었다. 제가 겪은 여자라고 해 봤자 하영과 모친이 전부라고 할 수 있었지만, 그들을 빼고도 친구의 와이프나 여자 친구들이 품위를 유지하기 위해 투자하는 돈은 대단했다. 아마 그들이 1년 동안 제 몸을 가꾸는 데 쓰는 비용은 지금 거실에 있는 쇼핑백의 몇 배는 될 것이었다. 수호는 제 여자인 안이 그들보다 못하다고 생각하지 않았기에 그녀의 이런 반응이 이상했다.

"미쳤나 봐, 정말. 누가 이렇게 돈을 함부로 써요?"

"미치지도 않았고. 함부로 쓴 것도 아니야."

"도대체 이것들이 다 뭐예요? 내가 언제 이런 거 필요하다고 했어요?"

야무지게 몰아세우는 안을 보던 수호가 목에 걸린 타이를 거칠게 잡아 뺐다. 슈트 재킷을 뒤로 탁 털어 내면서 허리춤에 양손을 얹고 안을 내려다보았다.

"보지도 않고 마음에 안 든다는 그 태도는 도대체 뭐지?"

안이 그제야 자신의 모습을 돌아보았다. 놀란 마음에 수호를 너무 몰아붙인 것을 깨달았다.

"……."

"맞아. 무리해서 쇼핑했어. 하지만 한 푼도 허튼 마음으로 쓰지 않았어. 신발 한 켤레, 스카프 한 장, 원피스 한 벌! 다 일일이 너 생각하면서 내가……."

감정이 격앙된 수호가 잠시 말을 멈추고 숨을 골랐다.

"내가 너한테 해 주고 싶어서 산 거야. 내 능력 밖의 일도 아니었어."

"그래도 이 정도는 너무 과해요."

전세가 역전되어 안이 누그러진 목소리로 웅얼거렸다.

"내가 너한테 과해?"

안의 눈이 느리게 깜빡거렸다. 내내 그렇다고 생각하고 있었기에 아니라고 답하지 못했다.

"정말 그렇게 생각하고 있었어?"

수호는 황당했다. 그냥 홧김에 던져 본 말이 과녁 중앙에 꽂혔다.

"이럴 수가. 잘 들어, 유안. 물질은 마음을 못 따라가. 돈으로 성의를 표시할 수는 있지만, 측정은 어려워. 말도 그렇지. 마음을 모두 표현할 수 있는 말이 있을까?"

안이 느리게 고개를 저었다. 그녀 역시 그를 좋아하는 마음을 말로 다 표현할 수 없었다.

"이건 그냥 물건이야. 돈 주면 살 수 있는 물건. 이것들이 과하다고 생각했다면 넌 나를 너무 스케일 작은 놈으로 봤어."
그의 마음의 스케일은 어느 정도일까.
"오늘의 쇼핑은 빙산의 일각도 안 돼."
그만큼이나 수호가 자신을 생각한다는 것을 믿을 수 없었다. 항상 사람들에게 먼저 다가가고, 먼저 잘해 주고, 먼저 사랑하며 살았다. 그리고 그들은 착한 안을 이용하기 급급했다. 단물이 빠지면 뱉어 버리는 껌처럼 살았던 안에게 이런 애정은 상상도 할 수 없는 일이었다.
수호는 이 와중에도 주저하는 안이 답답하고 안쓰러웠다. 현 선생의 신신당부가 떠오르자 마음이 더 불편해졌다.
"이리 와."
듣기 좋은 울림이 안의 마음을 툭 건드렸다. 시선이 떨어지고 눈시울이 붉어졌다. 울음이 날 것 같아 입술을 감쳐 물면서 꾹 참았다. 안의 어깨를 끌어안은 수호는 그녀의 머리를 천천히 쓰다듬었다.
"울지 마. 못생겨서 안 돼."
"안 울어요. 울면 너무 청초해서 나한테 홀딱 반한 안 원장이 백화점 털어 올까 봐 못 울겠어."
"뭐라는 거지. 이 몬난이가?"
수호는 안의 몸을 힘주어 끌어안으며 그녀의 머리에 입을 맞추었다.
"미안해요. 다짜고짜 화내서."
"조금 무섭더라고. 갑자기 막 때리고……. 안수호 어린이 놀랐어."
둘은 서로 끌어안은 채 깔깔대고 웃었다.

"때리는 데 손바닥에 불나서 나 너무 놀랐잖아요. 야심차게 후려쳤는데 모양 빠지게 아프다고 할 수도 없어서 꾹 참았다고요."

"그러게 왜 까불고 그래. 오빠한테."

쿡쿡 웃던 수호가 목소리를 가다듬더니 평소보다 더 굵은 목소리를 착 가라앉혔다.

"나를 이렇게 막 대한 여자는 네가 처음이야."

"나한테 이렇게 잘해 주는 남자는 당신이 처음이에요."

진심을 담은 안의 고백에 수호는 가슴 끝부터 저릿해졌다. 이 여자의 쓸쓸한 삶이 안타까웠다. 누구보다 사랑이 넘치는 따뜻한 여자에게 너무 가혹한 세상이었다.

"농담을 이렇게 진지하게 받아 버리면 어떡하라는 거지? 사람 당황하게 하는 재주가 있어."

"고마워요. 선물도 고맙고, 다 고마워요."

"내가 더 고마워. 내 여자 친구가 상당히 알뜰하다는 것에 감동했어."

"대부분 여자들은 다 저 같아요."

"다행이군."

"뭐가요?"

"평범한 유안이라서 다행이야. 난 알뜰한 여자는 드라마에만 존재하는 줄 알았거든. 그런데 현실에서 만나다니."

"돈이라는 것이 문제 아니겠어요? 어쩔 수 없이 알뜰하게 살아야 하니까요. 그게 평범한 삶인 거죠."

"평범한 게 제일 힘든 거 아니야? 왜 그런 거 있잖아. 가족 드라마 같은 데 나오는……. 알뜰하고 살림 솜씨 좋은 엄마, 가정적인 애처가 아빠, 아웅다웅하며 크는 아들하고 딸들. 난 어릴 때부터 그런 모습을 동경했어. 가장 이상적인 삶이라고 생각했거든."

여유로운 표정으로 수호는 자신이 평소 꿈꾸었던 미래를 설명했다. 결코, 이룰 수 없을지도 모른다고 생각했던 꿈을 안에게 털어놓으며 수호는 자신도 모르게 그 속에 안을 포함하고 있었다.

"네. 저도 어릴 때 드라마 보면서 많이 부러워했던 거예요."

"당신도? 우린 역시 통하는 게 있어."

수호는 들뜬 기분에 사로잡혀 안의 씁쓸한 눈빛을 읽지 못했다. 안은 갑자기 이 연애의 끝이 두려워지기 시작했다. 왜 엔딩을 생각하지 못했을까. 자신의 경솔함을 탓했다.

* * *

말랑하고 따뜻한 몸이 곤히 잠든 수호의 품으로 꼼지락거리며 들어온다. 머리채에서는 향긋한 샴푸 냄새와 함께 흐릿한 음식 냄새가 풍겼다. 수호는 아늑하고 포근한 기분이 좋아 잠이 채 깨기도 전에 벌써 웃음이 떠올랐다. 수호의 목젖 근처에서 안의 목소리와 숨결이 느껴졌다.

"일어나라, 안수호 어린이."

은근 엉뚱한 안의 장난이 그의 기분을 간질였다. 도대체 몇 시나 됐을까? 감은 눈이 쨍하도록 환한 볕이 느껴졌다. 미간을 찡그리며 눈도 뜨지 못한 수호가 저를 깨우며 장난치는 안을 팔다리로 얽어 버렸다.

"지금 몇 시나 된 거야?"

"열 시 다 돼 가요. 나 너무 배고파."

"뭐? 열 시?"

수호는 안을 품에 안은 채 한쪽 팔을 더듬거리며 침대 옆 작은 탁자에 있는 탁상시계를 집어 들었다.

"진짜 열 시네. 와우!"

기억하는 한 안수호 인생에 신기록이었다. 긴 시간을 한 번도 깨지 않았고 늦잠까지 자 버렸다.

"밥 다 차려 놨어요. 어서 일어나서 같이 먹어요."

"아, 미안. 깨우지 그랬어. 설거지는 내가 할게."

그러나 수호는 이불 속에서 뭉그적거리며 일어날 생각을 하지 않았다. 주말 아침의 늦잠이 이렇게 꿀 같은 행복이었구나. 수호는 포근한 이불 속에서 자신의 여자를 품고 게으름을 피우는 맛에 푹 빠져 버렸다. 수호의 기분과 별개로 그에게 갇힌 안은 숨이 막혀 낑낑거렸다.

"이 무거운 팔, 다리 좀 치워 주실래요? 저 배고파서 소멸할 지경이에요. 제발 좀 일어나요. 아니면 나 혼자라도 먹게 풀어 주시든가."

무슨 말씀. 너 혼자 아무것도 못 해.

"우리 몬난이 오늘따라 꽤 쨍알대는데?"

"어제부터 자꾸 못난이라고 그러는데. 그거 진심이에요?"

수호가 한쪽 눈을 슬며시 뜨고 안을 쳐다보더니 이내 미간을 찌푸리며 다시 감아 버렸다.

"어우, 정말 못났네."

하얗고 말랑하고 따뜻한……. 예쁜 몬난이, 유안. 하지만 안은 아무리 장난이겠지 치부해도 섭섭했다. 사귀기 전에는 오히려 유 비서는 꽤 괜찮은 외모라고 사탕발림 빵이라도 쳐 주더니 이제는 편해졌는지 곧이곧대로 못났다고 타박이었다.

"어서 세수하고 나와요. 음식 다 식겠어요."

안은 억지스럽게 그의 팔과 다리를 밀어내고 수호의 침실을 벗어났다.

* * *

식탁 위에는 안의 성격대로 정갈하고 담백한 상차림이 대기 중이었다. 같은 반찬인데 안이 차려 낸 밥상은 유난히 맛깔스러운 윤기가 더했다.

"와! 맛있겠다. 잘 먹겠습니다."

수호가 자리에 앉자 안이 구수한 들깨 향이 식욕을 자극하는 시래깃국을 놓아주었다.

"이거 직접 한 거야?"

그냥 딱 봐도 봉지만 뜯어 데워 놓은 비주얼이 아니었다. 수호는 휘둥그레한 눈으로 안과 시래깃국을 번갈아 보았다.

"네. 반찬은 원장님이 사다 놓은 게 워낙 많아서 일단 그거부터 먹어야 해요. 국만 제가 했어요."

진하고 구수한 멸치 육수의 감칠맛이 수호의 구미에 딱 맞았다.

"끝내주게 맛있어. 정말 맛있어. 고마워. 잘 먹을게."

"어차피 저도 먹어야 하는걸요."

국 한 그릇에 감정이 동동 뜬 수호와 달리 안은 웃음기 하나 없는 얼굴이었다. 뜨끈한 국물에 밥을 말아 정신없이 먹던 수호는 문득 다이닝룸에 감도는 전운을 느꼈다. 맞은편의 안은 평소와 다르게 맛있게 먹지도 않았고, 수호의 귀를 즐겁게 하던 재잘거림도 없었다. 그녀가 기분 상했음을 알아채지 않으면 바보였다.

"왜 그래? 뭐 기분 안 좋아?"

"아뇨. 왜요?"

아닌데. '아니요.'가 아닌 것이 확실한데.

"내가 뭐 잘못했어?"

수호는 안의 기분이 처진 이유를 찾느라 머릿속이 분주했다. 너무 머슴같이 퍼먹어서 매력이 떨어졌나?

"나 그만 먹을까?"

"맛없으면 그만 드세요."

매정하게 딱 떨어지는 말투가 서릿발보다 차가웠다. 수호는 수저를 내려놓고 아침에 눈을 뜨고 있었던 일을 하나씩 떠올려 봤다. 분명 예쁘고 사랑스럽게 품에 들어와서 자기를 깨웠다. 그리고 무슨 일이 있었더라. 몬난이?

"몬난이?"

부지런히 깨작거리던 안의 손이 잠깐 정지했다. 그거구나.

"기분 나빴어?"

"네."

아니라고 튕기지는 않아서 고마웠다. 수호는 그것만 해도 다행이었다. 화 안 났다고 하면서 화내는 게 더 무섭다는 것을 경험을 통해 잘 알고 있었다.

"그건 그냥 장난이잖아. 그리고 정말 못생겨서 그렇게 부르는 거 아니야."

"네. 알겠어요. 저는 속도 좁아요."

안은 그의 눈도 마주쳐 주지 않았다.

"알았어. 앞으로 그렇게 안 부를게. 그렇게까지 마음에 걸려 할 줄 몰랐어."

"원래 미친놈한테 미쳤다고 하면 화내잖아요. 못생긴 사람한테 못났다고 하면 찔려서 기분 나쁘거든요. 그래서 제가 기분이 별로인가 봐요."

아, 어려워. 이걸 어떻게 풀어 줘야 하지? 안의 눈치를 살피면서 밥을 먹는 수호는 가시방석에 앉은 기분이었다. 그런데 밥은 또 왜 이렇게 맛있는지. 눈치 없는 식욕이 원망스러웠다.

"안아."

깨작거리며 밥을 먹던 안은 수호가 작정하고 부르는 무게감 있는 목소리에 마음이 흔들렸다. 가만히 수저를 내려놓고 그를 바라보았다.

"애칭이랍시고 센스 없게 굴어서 미안하다. 그런데 나는 네가 정말 귀여워서 그렇게 부른 거야. 왜 그런 거 있잖아. 귀한 아이한테 개똥이라고 부르는."

후우! 안의 꺼질 듯한 한숨이 너무 무거워 식탁이 내려앉을 것 같았다. 이게 아닌가. 수호는 수습할수록 우주를 떠도는 분위기를 어쩌지 못했다.

"기왕이면 예쁜이. 그런 거 좋잖아요? 못난이가 뭐예요?"

"아……. 미안. 그건 쓸 수 없어. 그리고 못난이 아니고 몬난인데."

"왜요? 왜 쓸 수 없어요? 예쁜이에 뭐 상표 등록이라도……."

한참 따지던 안은 뇌리를 스치는 불쾌감에 입을 다물었다. '예쁜이'라는 상큼한 애칭과 함께 그에 걸맞은 외모를 지닌 한 여자가 떠올랐다. 그 애칭은 이미 사용자가 있었구나. 안은 식욕이 떨어졌는지 밥이 반절도 넘게 남은 그릇과 수저를 챙겨 들고 일어났다.

"안아, 배 많이 고프다고 했잖아. 왜 먹다가 말아?"

수호의 간절한 부름은 안의 차가운 태도에 부딪혀 힘을 잃었다. 누가 주말을 황금 같다고 했던가. 수호는 자칫하면 첫 끗발이 개 끗발인 주말을 보낼 위기에 봉착했다.

* * *

혼자 식사를 마친 수호는 분주한 티를 한껏 내며 뒷정리를 하더니 혼자 밖으로 나가 버렸다. 그가 나가 버리자 안은 울컥 화가 나면서도 한편으론 서러웠다. 와서 한 번은 더 들여다보고 달래 줄 거라 기대하고 있었다. 그러면서도 안은 화내고 있는 자신이 어색했다. 이런 일로 삐치거나 화를 낸 적은 처음이었다. '몬난이'라는 말을 받아들이지 못할 정도로 속 좁게 군 것이 정말 '못난이'가 아니면 뭐겠는가. 안은 햄만이 집을 청소하며 기분을 달래고 있었다.

"그래도 햄만아, 걔는 예쁜인데 나는 몬난이라고 하는 건 너무한 거 아니니?"

임시로 작은 상자에 옮겨진 햄만이가 상자를 긁어 대며 밖으로 나오려는 것을 말리며 놀아 주고 있는데 문소리가 들렸다. 말도 없이 나갔던 수호도 기분이 별로일 것 같아 안은 일부러 아는 척을 하지 않았다. 아니, 아는 척을 하는 것이 쑥스러웠다. 바깥에서 묻혀 온

찬 공기를 풍기며 수호가 안의 곁에 다가왔다.

"뭐 해? 햄만이 집 정리해? 그거 내가 할게. 이거 먹을래?"

수호가 불쑥 내민 것은 생크림이 잔뜩 올라간 따뜻한 카페모카 한 잔이었다. 풍성하게 올린 생크림이 뭉개질까 봐 뚜껑도 닫지 않고 들고 온 모양이었다.

"네가 좋아하는 길 건너 카페에서 사 왔어."

안은 신선한 우유 향이 느껴지는 생크림에 쌉쌀한 초코 가루가 뿌려진 것을 보자 입 안에 군침이 고였다.

"생크림, 자꾸 이렇게 많이 먹으면 배 나오는데."

안은 생크림을 먹기 전 항상 하는 의미 없는 푸념을 하고는 못 이기는 척 받아 들었다.

"나 때문에 밥도 다 안 먹었잖아. 샌드위치도 사 왔어. 먹을래?"

"아니요. 이것만 먹어도 칼로리 폭탄이에요."

"살은 운동하면서 빼면 되지. 나하고 같이 운동해."

카페모카를 스틱으로 쭉 빨아 마시던 안의 귓불이 빨갛게 변하는 것이 보였다. 금세 먹던 커피를 코로 뿜어낼 것처럼 콧구멍도 커졌다. 도대체가 내숭도 없고 속이 다 들여다보이는 여자였다.

"푭! 진짜 운동! 무슨 생각에 귀가 그렇게 빨개져?"

수호는 안의 화를 풀어 줄 마지막 카드로 그녀의 머리를 부드럽게 쓰다듬었다. 생크림을 입술에 묻혀 가며 먹던 안은 고분고분하게 수호의 손길을 받았다.

"미안해. 그런데 정말 네가 못생겼다고 생각한 적, 단 한 번도 없어."

"알아요. 실은 나도 유치하게 굴어서 미안했어요."

"사실 하얗고 몽실몽실하고 따뜻해서……. 찐빵이라고 부를까 생각 중이었는데. 그것도 별로지?"

하얗고 몽실몽실하고 따뜻하단다. 안은 그 표현이 마음에 들었다. 수호는 안이 피식 웃는 모양새를 보고 그녀가 마음에 들어 한다고 판단했다.

"그렇게 불러도 될까?"

끄덕이는 안의 머리를 헝클어트린 수호는 만족하게 웃으며 햄만이의 케이지 안에 새 톱밥을 깔아 주었다.

"오늘 뭐 할래?"

"글쎄요."

"흠……. 말 나온 김에 호텔에 가자."

"네?"

"나하고 같이 운동해야지."

"……!"

"크크큭, 이것 봐. 너 또 무슨 생각하셨을까? 딸기맛 찐빵이 되셨네?"

수호는 얼굴 전체가 분홍색으로 물든 안의 코를 살짝 잡고 흔들었다. 순진한 면이 많은 여자가 색다르고 신기했다.

"내가 운동 다니는 호텔 피트니스가 있어. 너도 같이 등록해."

아, 그런 뜻이었구나. 안은 사람이 오해하기 딱 좋게 말해 놓고 놀리는 수호의 유들유들함에 매번 걸려들었다.

"집에서만 운동하는 거 아니었어요?"

"여기 있는 건 그냥 기본 기구들이잖아."

안은 거실 한쪽에 있는 운동 기구들을 둘러보았다.

“저는 여기 있는 거로만 해도 충분해요.”
저 많은 것 중에 안이 사용할 것은 아마도 러닝머신 하나일 터였다.
“나랑 같이 운동하는 게 싫은 거야?”
“그건 아니지만.”
“그럼 됐어. 준비하고 나가자. 햄만이 집 정리도 다 했어. 자! 유햄만, 이제 네 집으로 들어가라.”
“걔가 왜 유햄만이에요?”
“네가 누나라면서? 나는 존만 한 녀석이랑 형제 할 마음 없어.”
하긴 그가 저 작고 앙증맞은 햄만이와 형제애를 논할 덩치는 아니었다. 지금 쪼그리고 앉아 호박씨를 먹이고 있는 모습도 위협적으로 느껴지는 남자였다. 안은 그의 의견에 전적으로 수긍하며 고개를 끄덕였다.

* * *

피트니스에 들러 등록을 하고 전담 트레이너까지 소개받은 두 사람은 안의 운동복을 사러 백화점에 들렀다.
“아까 보니까 여자들이 엄청 쭉쭉빵빵 늘씬하던데. 나도 운동하면 그렇게 될까요?”
같이 운동하자고 안을 꾀어서 피트니스에 들른 수호는 괜히 안을 데려왔다고 후회했다. 그동안 크게 신경 쓰지 않고 지나쳤던 여자들의 차림새가 새삼 눈에 들어왔다.
“운동하면 다들 그렇게 되긴 하겠지만, 그렇게 벗고 운동할 생각은 하지 마."

"어휴, 전 성격상 그렇게 당당하게 못 해요."

하긴 단정한 유안이 그럴 리가 없지.

"내 앞에서만 당당하면 돼. 찐빵이 의외로 당당한 건 이미 경험한 바이지만."

"가만 보면 일부러 헛갈리게 말해서 나 놀리는 것 같아."

이제야 눈치챈 안의 투덜거림에 수호는 웃음을 참으며 딴청을 부렸다.

"어!"

엘리베이터를 기다리던 안이 갑자기 두리번거리며 부산을 떨었다.

"왜?"

"방금 그 매장에서 쇼핑백 하나를 두고 온 것 같아요. 수영복 산 거요."

"이런, 여기 있어. 내가 금방 다녀올게."

수호는 어제 새로 산 옷과 구두로 치장하느라 발이 불편한 안을 남겨 두고 자리를 비웠다. 엘리베이터 앞에서 기다리던 안은 새 구두의 높은 굽이 불편해 주춤거리다가 뒤에 서 있던 유모차와 부딪쳤다.

"어머! 죄송합니다."

"어……?"

서로를 알아본 안과 유모차의 주인인 아기 엄마는 찬물을 뒤집어쓴 얼굴로 서로를 쳐다봤다. 반갑지 않은 우연 앞에 안의 머릿속이 하얗게 비워졌다. 바보처럼 입만 벌리고 '어어' 하는 안과 달리 진주는 금세 아무렇지도 않은 얼굴이 되었다.

"안녕하셨어요?"

안은 또 한 번 기가 막혔다. 전부터 맹랑한 애라는 생각은 했지만, 이 상황에서 인사를 주고받을 용기를 낸 어린 여자가 무섭기까지 했다.

아기가 칭얼거리는 소리가 들리자 진주는 유모차를 앞뒤로 굴리며 아이를 달랬다. 그러더니 안에게 보란 듯이 생긋 웃기까지 했다. 그 모습이 어딘지 우월감을 드러내는 것 같다고 생각했지만, 안은 인정하고 싶지 않았다. 그런 생각조차 이 스물두 살의 무섭도록 맹랑한 여자에게 지고 들어가는 기분이어서 불쾌했다.

"백화점에는 웬일이세요? 저는 너무 답답해서 바람 좀 쐬러 나왔어요. 세일 기간이라 사고 싶은 게 너무 많은데 얼마 전에 벌써 가방을 선물 받아서 참느라 힘드네요."

진주는 보란 듯이 명품 브랜드 로고가 가방 전체에 도배된 국민 가방을 들어 보였다. 진주는 시어머니가 입이 닳도록 노래하는 살림 잘하고 돈 잘 벌고 알뜰했다던 신준의 전처 앞에서 으스대고 싶었다. 너에게는 허락되지 않았던 아이와 명품 백 선물까지 나는 모두 가졌다고 티를 냈다.

안은 유아용품에 관해 문외한이었지만, 지금 진주가 굴리고 있는 유모차가 기백만 원 한다는 것쯤은 알고 있었다. 5대 독자 집안의 대를 이을 아들이니 그럴 만했다. 하지만 진주의 명품 백 앞에서 안은 쓴웃음을 감출 수 없었다. 왜 그런 집구석에서 그런 남자에게 시시한 취급을 받으며 살았을까. 저까짓 국민 명품 가방 스몰 사이즈쯤은 안의 월급으로 1년에 서너 개는 거뜬히 살 수 있는 능력이 있었는데. 누가 알아준다고 알뜰살뜰 아끼고 모았는지.

안의 허탈한 표정을 부러움으로 오해한 진주는 고개를 뻗대며 얄미운 눈동자를 떼굴떼굴 굴렸다. 속내가 뻔하 보이는 진주를 보자 안은 이 유치한 어린애와 맞대고 시간을 허비하고 싶지 않았다.

"각자 가던 길 가죠. 우리 이렇게 서로 안부 묻고 다닐 사이 아니잖아요."

"저는 언니한테 악감정 없어요. 저 너무 미워하지 마세요. 저도 어린 나이에 손해 본 결혼이에요. 아직 드레스도 못 입었다고요."

어려서 그런 걸까. 아니면 너라는 아이가 그런 걸까. 진주의 당돌함에 질려 버린 안은 코웃음을 쳤다.

"그쪽 미워할 만큼 나는 이혼이 억울하지 않아요. 착각하지 말아요. 네가 가져가 줘서 고마울 뿐이니까. 앞으로 어디서 보든 아는 척하지 말도록 하고."

진주는 안의 차분하고 덤덤한 태도 앞에서 할 말을 잃었다. 자신이 아무리 도발해도 흔들리지 않는 상대는 몇 단수나 위인 고수처럼 느껴졌다. 다 차지한 것은 자신인데 왜 저 여자가 더 여유로워 보이는지 이해할 수 없었다. 막 안의 말에 대꾸하려고 입을 열던 진주는 갑자기 앞에 나타난 남자를 보고 정신이 멍해졌다. 잘생겼다. 게다가

"안아, 이분은 누구셔?"

긴 팔로 안의 허리를 감으며 자상하게 묻는 낮고 부드러운 목소리에 제 귀를 의심했다. 보통의 사이라면 나올 수 없는 분위기였다.

"언니! 벌써 남자 생긴 거예요?"

남자의 짙은 눈썹이 살짝 들렸다. '너는 누구냐?'라고 묻는 남자의 눈빛이 무례하고 무서웠다.

"당신이 알 필요 없는 사람이에요."

안은 제 허리를 감은 수호의 손에 깍지를 끼워 잡았다. 풍부한 감성이 깃든 우아한 미소로 수호를 홀리며 그의 시선을 끌어당겼다. 안에게서 처음 들어 보는 '당신'이라는 호칭과 여성스럽고 야릇한 분위기 앞에 수호는 아득해졌다. 하마터면 그 자리에서 꽉 끌어안고 정신없이 입술을 훔칠 뻔했다.

"그래? 그럼 우리 이제 집에 갈까? 갑자기 빨리 가고 싶어졌어."

잡아먹을 듯한 수호의 눈빛에 당황한 안의 걸음이 주춤 뒤로 물러났지만, 허리에 감긴 팔이 허락하지 않았다.

진주는 반쯤은 거의 들리다시피 남자의 품에 안겨서 엘리베이터에 오르는 안을 망연자실 쳐다보기만 했다. 자신을 투명인간 취급을 한 남자는 들끓는 욕망을 감출 생각도 하지 않고 안을 채어 갔다. 진주는 자신도 엘리베이터를 타고 내려가야 한다는 사실을 망각하고 방금 본 장면을 곱씹었다. 남자는 외모도 잘났지만, 돈을 처바른 티가 물씬 났다. 게다가 남자가 들고 있던, 안의 것으로 추정되는 가방은 올해 한정판으로 나온, 돈이 있어도 사기 힘들다는 명품 백이었다. 주렁주렁 들고 있던 쇼핑백의 브랜드 역시 진주가 꿈도 꿀 수 없는 가격대를 자랑하는 명품 중의 명품이었다.

"어디서 저런 남자를 물었어? 원래부터 바람피우고 있던 거 아니야?"

진주는 입술을 툭 내밀고 심술 맞은 생각을 굴렸다. 나이만큼이나 잔소리도 많은 반면에 나잇값 못 하고 혼자 밥도 못 챙겨 먹는 남편이 새삼 볼품없이 느껴졌다. 칫. 혀를 차며 안을 무시해 보려 했지만, 머리에 박힌 부러운 잔상이 떠나질 않았다. 갑자기 아이도 남편도 모두 귀찮고 짐스럽게 느껴졌다. 안이 버린 재활용도 못 할 쓰레기를 떠안은 기분이 들어 집에도 들어가기 싫었다.

* * *

차에 오른 안은 짐 정리를 하고 운전석에 앉는 수호를 말끄러미 바라보았다. 이 남자, 지금만큼은 안수호 어린이가 아니다. 듬직해 보인다. 닫히는 엘리베이터 문 사이로 본 진주의 모습이 떠오르자 유치하게도 기분이 좋아졌다.

저를 보는 남다른 눈길을 느낀 수호가 안전벨트를 풀고 안에게 몸을 기울였다. 가녀린 어깨를 끌고 오면서 그대로 입술을 머금었다. 엘리베이터에 오르기 전부터 달아오른 감각을 간신히 자제 중인데 바라보는 눈길 때문에 잦아들던 불꽃이 팍 살아났다.

그녀가 좋아하는 생크림만큼이나 달고 부드러운 혀가 스스럼없이 밀려와 엉키는 감촉이 끝내줬다. 부드럽게 녹아들며 시작한 키스가 무르익어 감에 호흡이 가빠졌다. 수호의 손이 안의 허리에서 가슴으로 올라와 봉긋한 둔덕을 무람없이 주물렀다. 안 역시 욕구를 숨기지 않고 수호의 얇은 니트를 들추고 단단한 근육의 결을 더듬었다. 아마 자동차의 선팅이 훨씬 어두웠다면 지금 이 자리에서 해갈하고도 남았을 흥분이었다.

"안 되겠다. 일단 집으로 빨리 가자."

수호는 끌어안은 안의 몸을 다독이고는 긴 심호흡을 했다. 열기를 식히기 위해 창문을 열고 시동을 걸었다.

"왜 자꾸 그렇게 봐? 남자 친구가 너무 멋있지?"

수호는 자꾸만 자신을 들여다보는 안 때문에 미칠 것 같았지만, 일부러 창으로 느껴지는 찬바람에 집중했다.

"네."

남의 속도 모르고 안은 감상에 빠졌다. 한 손으로 거침없이 능숙하게 핸들을 돌리고 차를 빼는 모습이 어쩜 이렇게 사람 설레게 하는지. 잡지에서만 보던 남자가 왜 내 옆에 있을까.

"너도 참 예뻐."

게다가 자신을 보고 예쁘다고 말해 준다. 대답 없이 생각에 빠진 안을 힐끔 보던 수호가 안의 손을 가져와 깍지를 꼈다. 안은 자신을 붙든 든든한 손을 내려다보며 남의 얘기하듯 입을 열었다.

"남편의 아이를 낳아서 저를 찾아왔더라고요."

"……?"

"아까 그 여자요. 이제 스물 둘이에요. 전남편은 서른여섯인데……. 재주도 좋아. 더 어린 안수호도 서른 살 이혼녀 유안하고 사귀는데."

안의 자조적인 말을 듣던 수호의 미간이 좁혀졌다. 불쾌한 마주침으로 그녀의 마음이 좋지 않을까 봐 걱정이었다.

"그 지질한 동태 눈깔 자식에게 갑자기 고마운 마음이 드는데! 너를 놓쳐 줘서. 어쩐지 둘이 서 있는데 분위기가 별로더라고. 무슨 얘기 했어? 걔가 너 괴롭혔어?"

수호는 깍지 낀 안의 손을 끌어가 손등에 입을 맞추었다. 위로해 주고 싶은 마음의 표현이었다.

"내가 원장님을 어떻게 후렸나 몰라. 나 좀 타고난 여우인가?"

"여우 맞아. 자기가 먼저 고백해 놓고 나를 안달 나게 했으니 찐빵은 분명 구미호야."
그의 말을 들으니 정말 자신은 웃기는 여자였다. 좋아한다고 폭탄을 터트려 놓고 당신과 사귈 수는 없다고 몇 날 며칠을 도망 다녔으니.
"아까처럼 불러 봐."
"응?"
"아까처럼 예쁘고 야하게 웃으면서 나 불러 보라고."
안은 멍한 얼굴로 눈만 끔뻑거렸다.
"내가 뭐라고 불렀는데요?"
"당신이라고 했잖아. 엄청 묘하게 웃으면서."
"아……."
"뭐야. 아까 그 여자 앞이라고 일부러 그런 거야? 생각보다 지능적인데."
안은 아랫입술을 내밀고 잔뜩 미안한 표정으로 수호를 쳐다봤다.
"미안해요. 쪼끄마한 게 자꾸 나를 도발하잖아요. 잘난 척하면서. 나는 이혼한 거 하나도 안 억울한데. 어디서 잘난 척이야!"
감정이 격해지는 안의 말을 가만히 듣고 있던 수호가 잡고 있던 손에 지그시 힘을 주었다.
"우리 찐빵, 처음에 얼마나 많이 놀라고 힘들었을까. 혼자 정리하느라 고생했어."
말문이 턱 막혔다. 진중한 남자의 진심 어린 짧은 위로에 마음이 노곤해졌다.
"처음에는 놀라고 어이없고 그랬어요. 그런데 이상하게 속상하지도 슬프지도 않은 거예요. 눈물 한 방울 안 흘렸어요. 아마 내심 잘

됐다고 생각한 것 같아요. 내가 못 쳐내는 거 이렇게 밀려나는 것도 나쁘지 않은…….”

말을 하다 보니 마치 먼 옛날의 어떤 날처럼 느껴졌다. 하지만 아직 계절도 바뀌지 않은 멀지 않은 과거였다. 곁에 있는 남자는 아직도 실감 나지 않을 만큼 갑작스러운 선물이었다. 내가 좋아하는 남자가 나를 좋아하는 말도 안 되는 기적, 그가 곁에 있었다.

* * *

남성용 소변기의 스마일 표시를 정확히 조준하고 있는 수호의 곁에 왕장이 섰다.

“좋은 아침.”

“글루미 먼데이.”

왕성한 에너지를 소변발로 증명하며 경쾌한 아침 인사를 건네는 수호와 달리 왕장은 우울 그 자체였다. 힘차게 뿜어내는 수호의 그 녀석을 흘깃 쳐다본 왕장이 깊은 한숨을 푹 내쉬었다.

“왜? 형님의 건재하심을 보니까 기가 죽어?”

“내가 어디 가서 기죽는 거 봤어? 그저 내 주니어한테 너무 미안해서 그런다. 이러다 흔적기관으로 남는 게 아닐까 하는 위기의식도 들고.”

“그게 무슨 말이야?”

지퍼를 올리고 바지를 추스른 수호가 손을 씻으며 거울을 통해 친구를 바라봤다.

“곧추세울 일이 없어.”

"허어……. 한창 활동할 나이에 안쓰러워 어쩌나."

가볍게 받아치려 했던 수호는 평소보다 진지하게 우거지상인 왕장이 심상치 않았다. 친구로서 형식적인 조언이라도 해야 할 것 같았다.

"그냥 현 선생은 접고 어머님 말씀대로 선이나 보러 다녀라. 요즘 어머님이 난리시라며."

"그럴까. 그래야 하는 걸까? 현실에 굴복해서 그렇고 그렇게 살아야 하는 거야? 이 메마른 세상에 촉촉한 로맨스 하나 없이 퍽퍽한 닭 가슴살 같은 결혼을 해야 하는 게 내 운명이야?"

짜식, 호들갑은. 수호는 열변을 토하는 왕장 앞에서 귀를 후벼 판 손가락을 틱 퉁겼다. 어쩌면 무뚝뚝한 현 선생한테 저놈이 딱 어울릴 텐데. 아깝다는 생각이 들기도 했다.

"그런데 너는 현 선생이 왜 그렇게 좋은 거야?"

"몰라. 나도 몰라. 같이 있으면 편하고 그냥 좋아. 애교도 없고 살갑지도 않은데 툭 하고 던지는 말이 너무 매력 넘쳐. 나쁜 여자의 멋이랄까?"

같이 있으면 편하고 좋다. 수호는 애처롭게 왕장을 바라보며 고개를 저었다. 그것만큼 무서운 게 없다는 것을 자신이 누구보다 잘 알고 있었다.

"왜? 그 아련한 눈빛 뭐야?"

"너도 꽤 고생하겠다 싶어서. 그냥 생각 없이 툭툭 건드리고 장난치듯 덤비지 말고 전략을 짜 봐."

"너는……?"

"나, 뭐?"

"너는 무슨 전략을 짰는데?"
"나는 전략을 짰다기보다는……."
단정한 여자의 치명적 고백에 낚였지. 유안한테 제대로 걸려서 엄청 고맙지.
"잘난 척하는 거냐? 너는 전략 따위 필요 없었다. 뭐 그런 거냐고."
"아니. 나는 운명적으로 구제받은 거지."
수호가 뜻 모를 말만 남기고 나가자 왕장은 곰곰이 친구가 한 말을 되짚었다. 전략이라……. 벌써 현 간을 따라다닌 지도 어언 2년이 넘어간다. 수호의 말에 일리가 있었다. 왕장은 번개처럼 머리를 스치는 아이디어에 감탄하며 휘파람을 불었다.

* * *

욕실에서 나온 신준은 찌뿌둥한 몸을 이리저리 움직이며 옷장 문을 열었다.
"아이 씨! 뭐야. 이게……."
옷걸이는 물론 서랍에도 새로 꺼내 입을 와이셔츠가 한 장도 보이지 않았다. 생각 같아서는 버럭 화를 내고 싶었지만, 매일 애를 보느라 피곤하다며 늦게까지 잠을 자는 진주의 눈치를 살피며 살금살금 움직였다. 깨워 봤자 짜증이요, 성질이니 출근 전부터 기분을 망치지 않으려면 알아서 해결해야 했다.
베란다에 널어놓은 구겨진 셔츠를 걷어 입던 신준은 또 한 번 성질을 죽여야 했다. 소매와 목둘레에 묵은 때가 그대로였다. 도대체 빨래를 어떻게 하는 건지. 분명 같은 세탁기에 같은 세제를 쓰는데.

안이 세탁할 때는 새 옷이 울고 갈 정도로 뽀얗고 반듯했던 옷들이 진주의 손만 거치면 걸레짝이 따로 없었다.

옷장을 열면 색상별로 소재별로 정갈하게 걸려 있던 와이셔츠와 반듯하게 개어져 차곡차곡 정리되어 있던 옷가지들이 눈앞에 아른거렸다. 옷을 갈아입고 주방으로 나가면 아침 식사가 매일 다른 메뉴로 차려져 있었는데……. 문득 입에 쓴 침이 고였다.

신준은 생활하는 가운데 문득문득 안이 떠올랐다. 사실 그만큼 참하고 괜찮은 여자도 없었는데 뭐에 씌었던 건지. 진주와 살림을 합친 지 이제 겨우 한 달 남짓 사이에 신준은 10년은 늙은 기분이었다. 하루가 멀게 진주와 엄마가 싸워 대니 집에 들어오는 것이 지옥이었다. 신준은 오늘도 제 발로 찬 천국을 그리워하며 빈속에 냉수 한 잔을 들이켜고 출근길에 나섰다.

* * *

"이러고 있으니까 꼭 결혼한 것 같네."

수호의 넥타이를 매 주던 안이 잠시 뜨끔했던 마음을 가라앉히고 가볍게 웃었다.

"정말 나 없어도 괜찮겠어요?"

언니 유정이 수술하는 날이었다. 수호는 막말을 서슴없이 하는 유정으로 인해 안이 상처받는 것이 싫어 오늘 하루 안에게 휴가를 권했다.

"응. 현 선생이 있잖아. 네가 불편한 게 더 싫어."

"잠깐 보는 건데요, 뭘."

시계를 골라 차던 수호가 단호하게 고개를 저었다.
"당신 언니라는 사람. 현 선생한테 물었더니 조용하게 상욕을 하던데. 욕을 다채롭게 잘해서 잠깐 놀랐어."
상림이 나직하게 중얼거리며 걸진 욕을 쏟아 냈을 것이 뻔했다. 그 모습이 눈에 선해 안은 또 웃음이 터졌다.
"상림이가 원래 정 언니를 많이 싫어했어요."
"응. 실은 나도 첫눈에 싫었어. 자매가 달라도 너무 달라."
안은 슈트 재킷을 펴서 수호의 팔이 편하게 들어갈 수 있도록 잡아 주었다. 은은한 광택이 도는 검은색 캐시미어 슈트를 입은 수호의 모습이 날렵하면서도 남자다웠다. 옷에 붙은 작은 먼지를 떼고 수호의 옷매무시를 점검하는 안을 사랑스럽게 내려다보던 수호가 참지 못하고 그녀를 꼭 끌어안았다.
"이런 거 정말 좋다. 이게 행복이구나."
안은 수호의 품에 안겨 강아지처럼 그의 가슴에 얼굴을 문질렀다.
자신의 머리를 쓰다듬는 수호의 손길에서 느껴지는 애정에 가슴이 먹먹할 만큼 행복했다.
"점심 같이 먹어요. 김 원장님이랑 상림이도 데려오세요."
"그냥 우리 둘이 먹지. 번거롭고……."
안은 단둘만 있고 싶어 하는 수호의 마음을 인정 없이 잘라 버렸다.
"데려오세요."
"네. 알겠습니다."
자꾸만 뭉그적거리며 안의 입술에 집착하는 수호의 등을 돌려세운 안은 커다란 곰 한 마리를 밀어내듯 끙끙거리며 현관으로 몰아

냈다.

* * *

수술대 위에 누운 정은 상림을 상대로 얄밉게 조잘거렸다.

"언니가 수술하는데 걔는 휴가를 내냐. 하여간 인정머리도 없고 싸가지도 없어."

상림은 수술을 도와줄 또 다른 간호사와 마취의의 눈치를 보며 정을 노려보았다. 저 입에 거즈 뭉치를 쑤셔 넣든가 마취약을 처먹이면 딱 속이 시원할 것 같았다.

"유정, 입 다물어. 여기 엄연히 안이 직장이야. 동생 체면은 생각 안 하냐?"

상림은 어금니를 꽉 물고 유정의 귓가에 나직이 속삭였다.

"야! 너도 그래. 내가 너보다 한참 언니인데 생전 언니 소리를 안 하더라."

정은 얼굴과 가슴에 피부의 긴장도와 결을 따져 가며 그린 수술용 도안이 그려진 상태였다. 그 상태로 나불거리는 모습이 우스꽝스러운 줄도 모르고 잘도 떠들고 있었다. 마취 전 수술 준비를 살피러 수호가 들어온 인기척을 못 느낀 정은 쉬지 않고 잘난 입을 놀렸다.

"걔 있잖니. 선 자리가 들어왔는데 반항하느라 부모님하고 의절한 애야. 무서운 기집애. 부모님 알기를 뭣같이 아는 거지."

정의 머리맡에 선 수호의 표정이 눈에 띄게 불편한 기색이었다.

"입 좀 다물라고 했어. 그런 건 나중에 사람들 없을 때 말해."

상림이 이를 사리물고 수호의 눈치를 살피며 정을 윽박질렀지만,

눈치 없는 정은 동생 흉보는 재미에 푹 빠져 주책없이 굴었다.

"아빠 사업 도와준다는 아저씨가 계시는데 안이를 그렇게 욕심내더라고. 내가 봐도 걔한테 딱인 자리인데 비싼 척한다니까. 주제를 몰라요, 주제를."

"마취 준비 다 됐습니까? 진통제는 잘 들어가고 있죠?"

수호의 목소리를 들은 정이 활짝 웃으며 아는 체를 했다. 수술 전 정신 말끔할 때 저 잘난 얼굴 한 번 더 보는 것에 신이 났다.

"어머! 오셨어요? 수술 전 문진이 짧아서 섭섭했는데 여기서 이렇게 민망한 모습으로 한 번 더 뵙네요."

수호는 상림의 도움으로 라텍스 장갑을 끼면서 정이 들으라는 듯이 중얼거렸다.

"마취 시작하죠. 요즘 수전증이 심해서 수술이 잘될지 모르겠네. 또 재수술해 달라고 난리 치면 귀찮은데."

"그러게요. 이번에는 좀 제대로 하세요. 저번처럼 짝 가슴 만들지 마시고요."

'어쭈, 역시 현 선생은 제법이야.'

'풋, 이 정도쯤이야.'

상림과 수호는 표정 없이 눈빛으로 합을 맞추며 정을 불안에 떨게 했다.

"네! 어머! 그게 무슨 말이에요? 상림아! 이게 무슨 말이니?"

"어이쿠, 혼잣말한다는 것이 그만. 걱정은 내려놓으세요. 마취하면 아무것도 모릅니다."

정이 따지는 소리 따위 들리지도 않는 사람들처럼 수호와 상림은 능청스럽게 굴었다.

"자, 환자분 마취 들어갑니다."

전생에 꼴뚜기였는지 망신살 뻗치게 주책을 떨던 정은 상림이 하나, 둘 카운팅을 시작하자마자 불안한 마음을 안고 의식을 놓았다.

* * *

오전 내내 연이은 수술로 지친 수호는 거실에 널브러져 눈을 감고 왕장과 대화 중이었다. 상림은 안을 도와 점심상을 차리면서 아침에 있었던 일을 그녀에게 대충 알려 주었다.

"정말 그랬단 말이야?"

재미있는 에피소드라고 생각하는 상림과 달리 안은 얼굴이 화끈거렸고, 정의 성격을 생각하자 뒤끝이 두려웠다.

"응. 안 원장님 때문에 유정 고것이 혼비백산했다니까. 절규하면서 기절하는데 참깨보다 더 고소하더라. 푸하하! 마취 깨서도 김 원장 붙들고 울고불고. 자기 가슴이랑 코랑 멀쩡하냐고 수백 번 물었어."

"아, 머리 아파. 원장님은 도대체 왜 그러신 거야?"

"얼마나 얄미웠으면 안 원장님이 그랬겠어."

"정 언니는? 그러고 그냥 퇴원이야?"

"아니. 오늘 하루 입원하셔야겠단다. 정신적 충격이 너무 심하다고. 너 오늘 휴가 내길 잘했어. 안 원장님도 오후 진료 빨리 마감하신대. 참, 자기 너무 놀랐다고 서비스로 입꼬리 수술해 달라고 하더라. 그건 김 원장님이 해 주기로 했어. 야, 근데 이 겉절이 대박 맛있다. 나 좀 싸 줘."

상림은 드라마 줄거리 이야기하듯 술술 얘기하고 넘겼지만, 안은 심란하고 망신스러웠다. 수호를 볼 낯이 없었다. 안은 두 손으로 얼굴을 감싸고 식탁 의자에 털썩 주저앉았다. 유정이 조용하지 않을 것은 예상했지만, 이것은 너무 셌다. 믿었던 상림까지 한술 더 떠서 수호와 쿵작거렸다는 것이 믿어지지 않았다.

"상림아, 너까지……. 너 요즘 너무 감정적이야."

"그렇지? 내가 너 때문에 요즘 평상심이 많이 깨졌어. 한 2박 3일 템플 스테이라도 다녀와야겠어. 마음을 항상 고요하게 유지해야 하는데."

"너 기독교잖아."

"말이 그렇다고. 따지지 마."

두 여자가 점심상은 뒷전으로 미뤄 두고 대화에 심취해 있을 때, 거실에서는 남자들만의 심오한 대화가 한창이었다.

"수호야, 나 전략을 좀 세워 봤어."

"전략? 아! 현 선생 전략? 뭔데. 형님이 들어줄게. 브리핑 해 봐."

"뭐니 뭐니 해도. 오래된 고전적 방법이 제일 낫지 싶어서."

"그냥 네 아이디어가 부실한 거겠지. 창의력도 없고. 고전은 무슨."

느긋하게 눈을 감고 있는 수호에게 주먹을 휘두른 왕장이 다시 제 생각을 꺼냈다.

"질투. 질투를 이용하는 게 어떨까 싶어."

"질투? 현 선생이 그 정도 얄팍한 수법에 넘어갈까?"

"옛말에 열 번 찍어 안 넘어가는 나무 없다 했어."

믿을 구석이 확실한지 왕장은 제법 확신에 찬 목소리였다.

"그래. 그런데 현 선생은 안 넘어가잖아. 하루에 열 번씩 찍고 있잖아."

하지만 수호는 여전히 심드렁했다.

"그러니까. 내가 하루에 열 번씩 이 년을 찍었잖아. 넘어가진 않았지만. 흠은 나지 않았겠어?"

"흠이라. 하긴 처음에 비하면 두 사람 많이 친해지긴 했지."

"그렇지? 그렇지!"

수호가 긍정적인 반응을 보이자 왕장은 더 신이 났다. 그러나 두 남자의 전략 회의는 식사 준비가 다 됐다는 소리에 일단 중지되었다.

* * *

안이 갖은 채소와 강된장에 밥을 쓱쓱 비벼 수호에게 넘겨주자 그의 입이 함지박만 하게 벌어졌다. 안은 어릴 때 할망이 보살펴 주던 기분을 종종 느끼게 하는 탓에 수호가 기분 좋은 향수에 젖게 하는 여자였다. 수호는 말로는 이렇게까지 안 해 줘도 된다고 하면서도 왕장 보란 듯이 어깨를 세우고 으스댔다. 옆에서 그 꼴을 부러운 눈으로 보던 왕장은 겉절이 맛에 감탄하면서 자기 밥만 열심히 먹는 상림을 야속하게 바라보았다.

"유 비서는 너무 수호 챙겨 주지 말아요. 아들 키우는 것도 아니고 너무 다 해 준다."

시샘을 감추고 시무룩해 있는 왕장이 마음에 걸린 안이 상림을 곁눈으로 보면서 부러 친절하게 말했다.

"김 원장님 것도 비벼 드릴까요?"
"걔를 왜 비벼 줘!"
수호의 벼락같은 소리에 놀란 세 사람의 동작이 멈추었다. 뒤이어 어색한 침묵이 찾아왔다. 자신도 모르게 큰소리를 낸 수호 역시 뻘쭘해져 앞에 놓인 물 잔을 단숨에 비웠다.
"지금."
상림이 소리 나게 수저를 내려놓으며 도전적으로 수호를 쳐다보았다. 그 시린 눈빛에 서린 푸른 날이 섬뜩했다.
"우리 안이한테 큰소리 내신 거예요?"
줄곧 기회가 있을 때마다 우리 안이한테 무조건 잘해 주라고 협박하듯 노래하는 상림이었다. 수호는 설명이든 변명이든 뭐라도 해야 했다.
"현 선생, 나는 지금 유 비서한테 소리친 것이 아니고."
안 그래도 무표정한 상림이 서릿발 선 눈으로 수호를 노려보며 따지자 분위기가 더없이 궁색해졌다. 수호는 한층 누그러진 목소리로 안에게 사과했다.
"미안해. 내가 심했어."
"저는 괜찮아요. 상림아, 너 왜 그래."
안이 이상해진 분위기를 다시 살리고자 밝게 웃으며 넘겼다.
요것아, 네가 너무 순둥순둥하니까 그렇지. 상림은 작게 한숨을 쉬며 왕장을 쳐다보았다.
"김 원장님은 그게 그렇게 부러웠어요?"
"뭐……. 조금?"
"이리 내요."

상림이 왕장의 대답을 듣지도 않고 그의 밥을 가져가 강된장을 넣고 비벼 주었다.

"자, 이제 됐어요? 다들 애들도 아니고 왜 그래요. 정말? 어린이야, 뭐야?"

수호는 '어린이'란 말에 뜨끔하며 안을 쳐다봤다. 혹시 상림이 자신들만의 별칭을 알고 있을까 봐 조마조마한 얼굴이었다. 안이 설핏 웃으며 고개를 젓자, 그제야 수호도 안심하며 그녀를 따라 웃었다. 키 크고 잘생기고 허우대도 멀쩡한 두 남자가 고분고분하게 상림의 훈계를 들으며 식사를 했다.

수호가 분위기도 바꿀 겸 왕장을 대신해 칼을 빼 들었다.

"현 선생은 결혼 안 해요? 도통 누구 만나는 것 같지도 않고."

"언젠가는 하겠죠. 그런데 지금은 아니에요."

"독신주의가 아니었어요?"

수호는 내심 상림이 독신주의가 아닐까 생각하던 차였다. 옆에 있던 안이 상림을 대신했다.

"상림이, 독신주의 아니에요. 그냥 지금은 딱히 남자에게 관심이 없는 거지."

"그럼 소개팅 같은 건 해요?"

"그런 건 어릴 때나 했죠."

"마지막 연애가 언제였어요?"

상림이 담백한 표정으로 수호를 쳐다보더니 왕장을 향해 피식 웃음을 날렸다.

"그만하죠, 이제."

상림은 속 보이는 질문에 대답하는 것이 피곤해지려 했다.

"네. 아, 마지막으로 하나만 더 물어 볼게요. 이상형이 있긴 해요?"
"이상형은……."
왕장이 눈에 띄게 긴장하며 마른침을 삼키는 것이 보이자 수호의 얼굴에 웃음이 번지기 시작했다.
"딱히 없네요. 그런데 단지 정말 싫은 타입은."
상림이 물을 한 모금 마시더니 허심탄회하게 말했다.
"잘생긴 남자요. 특히 꽃미남. 정말 싫어."
안이 옆에서 작게 고개를 끄덕였고, 수호는 왕장을 쳐다봤다. 거의 울기 직전인 듯 일그러진 꽃처럼 고운 왕장의 얼굴이 그렇게 안쓰러울 수 없었다.

* * *

수호는 과거 혼자였을 때 밤새 축구 경기를 보거나 왕장을 구슬려 게임을 하곤 했었다. 그마저도 여의치 않으면 파김치가 되도록 운동을 하고 지친 김에 잠깐 눈을 붙였다.
하영과 사귈 때도 그녀가 이 집에서 밤을 함께 지내 주는 일은 극히 드물었다. 항상 목 컨디션과 자신의 스케줄을 챙기느라 바빴던 하영은 수호의 수면 사이클을 함께 고민할 여유가 없었다. 그런 지루하고 메마른 밤을 어떻게 살아 냈을까. 지금 자신과 한 공간에 있는 포근한 사람이 손끝으로 느껴지자 불과 얼마 전만 해도 그렇게 살았다는 것이 믿어지지 않았다.
평소 수호는 다소 올드한 록이나 시끄러운 메탈 음악을 좋아했지만, 요즘은 안이 좋아하는 관계로 쇼팽을 자주 듣게 되었다. 너른 소파에 누워 안과 함께 쇼팽 피아노 협주곡을 듣고 있는 수호는 따뜻한 부뚜막 위의 고양이처럼 느른한 만족감에 취해 있었다. 제 다리에 기대 반쯤 누워 시집을 읽는 안의 찰랑대는 머리카락을 살살 쓰다듬는 재미가 쏠쏠했다.

"뭐 읽어?"

"시집이요."

수호는 자세를 바꾸려 뒤척이는 안을 그대로 끌어 올려 품 안에 눕혔다.

"혼자만 읽지 말고 나도 읽어 줘. 제목이 뭐야?"

"오래 보아야 예쁘다. 너도 그렇다."

"그게 제목이라고?"

수호가 목소리를 높여서 되물었다.

"네. 왜요?"

"아니, 그냥. 제목이 좋아서. 읽어 줘."

세상에서 제일 듣기 좋고 다정한 목소리가 시를 읊는다. 수호는 시의 내용을 음미하면서 가만히 웃음 지었다. 그 내용이 꼭 유안을 닮았다. 들에 핀 풀꽃처럼 소박하나 깨끗하고 수줍은 여자가 떠오를 때면 혼자서 웃는 일이 잦아 요즘 직원들에게 연애하냐는 말을 종종 듣고 있었다.

"안아……."

수호는 나른하게 잠긴 목소리로 안을 부르며 그녀의 어깨에 얼굴을 묻었다.

"네. 벌써 졸려요?"

"응. 그리고."
웅얼거리는 입술이 안의 목덜미를 지분거리자 간지러운지 목을 움츠린다.
"네가 너무 좋다."
"……."
안이 아무 말도 하지 않자 수호가 고개를 들어 그녀의 얼굴을 마주했다. 홍채가 예쁜, 정 깊은 눈이 그의 시선을 맞아 주었다. 쪽 하고 가볍게 입을 맞추고 또 서로 마주 보고 슬며시 웃는다. 쪽. 또 쪽. 쪽. 수호가 점점 안에게 몸을 기울이며 다가왔다.
"그만요. 새벽 일찍 나가야 하잖아요."
새벽부터 〈The 미래〉의 이름을 단 화장품 라인의 홈쇼핑 론칭 방송이 있다. 생방송이기 때문에 컨디션 조절을 위해 오늘은 일찍부터 편안한 분위기를 조성해 주었는데 뽀뽀 몇 번에 남자는 달아오르는 눈치였다.
"이렇게 좋아하는 여자를 안고 그냥 자면 컨디션이 더 안 좋아질 것 같아서 말이야."
이미 수호의 나쁜 손이 안을 지분거리고 있었다.
"원장님 피곤해서 안 돼요. 집에서 새벽 세 시에는 나가야 해요."
"그 원장님 소리 좀 그만하면 안 돼? 저번처럼 당신이라고 불러도 좋고."
수호의 볼멘소리에도 불구하고 안은 차분하게 그를 설득했다.
"그게……. 그러다가 병원에서 사람들 앞에서 실수할까 봐 그러죠. 조심스러워요."
수호가 한숨 쉬는 틈을 타 슬며시 그의 손을 빼내고 몸을 일으키던 안은 도리어 억센 팔에 갇혀 버렸다.
"가지 마. 지금 안고 싶은데."
"내일 피곤해서 방송 중에 실수하시면."
제발. 수호의 입에서 애타는 음성이 터지자 안의 마음이 허물어졌다. 허락의 의미로 수호의 목에 팔을 두르고 입술을 겹쳤다. 수호는 양 볼이 홀쭉해질 정도로 안과의 키스에 열중했다. 내내 참고 있었는지 남자의 거칠 대로 거칠어진 숨소리가 가쁘게 안의 귓전에 뿜어졌다. 품 안에서 바르작거리는 안을 향한 손길이 다급했다. 조금 전까지 조용하게 음악을 감상하던 남자가 맞나 싶도록 수호는 급하게 굴었다.
"천천히. 원장님, 천……!"
대화할 시간도 아끼려는 듯 수호는 다시 안의 입술에 집중하며 그녀의 몸을 세차게 끌어안았다.
"안아, 어떻게 해 주길 바라?"
눈 밑까지 발갛게 열이 달은 안이 몽롱한 눈으로 수호를 흘겨보았다.
"정말 얄미워."
키득거리며 웃던 수호가 여전히 느긋한 태도로 안을 달아오르게 했다. 분명 먼저 흥분해 달려든 것은 수호인데 이제는 안이 그에게 매달리고 정작 그는 느긋하게 즐기고 있었다.
얄궂은 남자의 장난기가 느껴졌다. 안에게서 듣고 싶은 말을 꼭 들어야겠다는 속내였다. 수호와 사랑을 나눌 때는 적극적인 안이었지만, 이전의 그녀는 항상 수동적이었고 움츠러드는 쪽이었다. 그런 안이었기에 환하게 불이 밝혀진 거실에서 그의 품에 안긴다는 것이 아직은 부끄러운 일이었다.
"새벽에, 흐음……. 피곤하지 않겠어?"
"진짜! 그만 약 올리고 지금, 안아 줘요."
"누가?"
"당신이!"
말이 끝남과 동시에 안을 그득하게 채우는 수호가 느껴졌다. 남자의 커다란 몸을 끌어안고 흔들리는 대로 적셔지는 대로 그를 따랐다. 격정에 치받을 때마다 수호의 목을 조를 듯이 힘주어 감고 매달렸다. 거실 천장에 매달린 환한 조명이 부옇게 번지고 새어 나오는 가쁜 숨에 갈증이 느껴질 때 수호가 그녀를 끌어안으며 늘어졌다.
잠시 안의 목덜미에 얼굴을 묻고 있던 수호가 고개를 들고 그녀의 얼굴을 살폈다. 아직도 홍조가 가시지 않은 얼굴에 입술은 더 새빨갛게 부풀어 있었다. 소리를 참느라 질끈 물었던 흔적에서 야릇한 색기가 느껴졌다.
"아프겠다. 뭐 하러 참아."
엄지로 부푼 입술을 살살 어루만지던 수호가 잔잔한 키스로 얼얼함을 달래 주었다.
"혹시 오늘 위험한 날이야?"
"아니요. 괜찮아요."
"후……. 사실 위험하길 원했는데."
"……!"
쿠쿡. 낮은 웃음을 터트린 수호가 당황한 눈빛을 감추지 않는 안의 볼을 톡톡 두드렸다.
"농담이야."

안은 어색하게 웃으며 그의 눈을 피해 버렸다. 자신은 피임 따위 필요 없다고 지금 말하는 것이 적절한 때인 것 같았다. 마음을 다잡은 안은 다시금 얼굴이 화끈거리는 것이 느껴졌다. 앞으로 눈앞에 펼쳐질 수호의 반응이 두려웠다. 평범한 가정에서 아들, 딸을 낳고 행복하게 살고 싶다는 남자에게 털어놔야 할 자신의 오점이 커다란 혹이 되어 목구멍에서 막혀 버렸다. 마음과 달리 목소리가 나오지 않자 큼! 하고 헛기침을 했다. 간신히 용기를 끌어 올려 입술을 열 때였다.

"사랑해."

안은 그대로 입을 다물고 해야 할 말을 삼켰다. 좋아하는 남자에게 처음 듣는 고백 앞에 자신의 잔인한 고백은 다음으로 밀려 버렸다.

"진심이야. 내가 유안을 사랑하는 게 확실해."

그의 행복과 그녀의 슬픔이 교차하는 순간. 안은 자신의 슬픔을 접어 버리고 그의 행복한 순간을 함께하는 것에 집중했다. 편치 않은 얼굴을 들키고 싶지 않아 그의 품으로 얼굴을 가리고 잠자코 있었다.

"부끄러운 거야?"

조용히 고개를 끄덕이는 여자가 사랑스러워 수호는 그녀의 머리를 쓱쓱 쓰다듬어 주었다. 혼자 좋아하는 것에서 멈췄어야 했는데……. 왜 고백했을까. 안은 온밤을 새워 후회했다.

* * *

"안 원장님, 오늘 방송 좋았어요! 매출 대박! 파이팅!"
"감사합니다. 다 담당님 덕이죠."
홈쇼핑의 뷰티 담당 MD는 입꼬리가 귀에 가 걸리고 광대가 탈출할 지경으로 함박웃음을 웃었다. 방송 20분 만에 준비한 수량이 매진된 덕이었다.
홈쇼핑 첫 론칭 방송은 성공적이었다. 새벽에 판매하는 화장품 라인이 팔려야 얼마나 팔릴까 노심초사했던 안은 전광판에 '완판' 불이 들어오자 기운이 쭉 빠지면서 다리가 풀렸다. 담당 MD가 판매 걱정은 넣어 두라고 했던 말은 빈말이 아니었다. 수호의 자신감 넘치는 태도와 핸섬한 얼굴은 화면 속에서 더 빛을 발했다. 의사가 아니라 전속 모델을 맡은 배우라고 해도 좋을 정도로 후광을 빛냈다.

* * *

"남성용 라인이 그렇게 많이 팔릴 줄 몰랐어요."
"나도. 왕장이 하도 만들자고 해서 긴가민가하면서 개발했거든. 출근하면 찾아가서 큰절이라도 올릴까 봐."
"다음 방송은 김 원장님이 하신다고 했죠?"
"응. 그 녀석 피부가 좋아서 더 잘 팔릴 거야."
"한 병원을 책임지는 두 원장 이미지가 극과 극이야. 일부러 그렇게 콘셉트 잡아서 개원한 건 아니죠?"
"아니지. 그냥 우리는 어릴 때부터 친했어. 사실 나는 사춘기 지나서 인물 좋다는 소리 들었고, 왕짱은 태어날 때부터 들었지."
"그래요?"

"응. 왕짱은 어릴 땐 더 예뻤고, 나는 시커멓고 좀 투박했었어."

안은 그에게도 못난이 시절이 있었다는 소리를 듣자 왠지 마음이 편해지면서 어릴 적 사진을 찾아보고 싶은 마음이 들었다.

"오늘은 오후 진료부터 있으니까. 들어가시 좀 자 둬. 눈 밑이 파랗네. 금방 쓰러질 것처럼 피곤해 보여."

"누구 때문에 잠을 제대로 못 잤거든요."

수호는 사랑을 나누자마자 바로 곯아떨어졌고, 안은 밤새워 뒤척이다 방송을 따라 나왔다. 주변을 둘러보던 수호는 인적이 전혀 보이지 않자 안의 볼에 재빨리 입을 맞췄다.

"미안. 그러니까 밥 먹고 들어가서 자. 나는 왕짱하고 미팅 좀 해야 해. 어? 차는 지하 삼 층에 주차했는데?"

엘리베이터에 오른 안이 1층 버튼을 누르자 수호가 의아하게 바라보았다.

"저 집에 좀 다녀오려고요."

"집? 무슨 집?"

수호는 전에 안을 따라갔던 허름한 단칸방이 떠올라 와락 인상을 구겼다.

"아, 제가 전에 살던 집이요."

"거기는 왜?"

"음……. 오늘 이혼 신고하러 주민 센터에 다녀오려고요. 주소지 관할에 신고해야 한대요."

"오늘 피곤한데 다음에 하지."

안이 빠르게 고개를 저었다. 벌써 1층에 도착해 엘리베이터 문이 열렸지만, 수호가 그녀의 팔을 잡고 놓아주지 않았다.

"싫어요. 빨리 정리하고 싶어요. 예감에 질질 끌면 안 좋을 것 같아서 그래요."

"그래? 그러면 같이 가자."

따라 내리는 수호를 만류하며 다시 밀어 넣었다.

"혼자 다녀올게요. 전철 타면 금방이에요."

못마땅한 기분을 숨기지 않는 수호에게 안은 솔직한 마음을 밝혀야 했다.

"별로 좋은 일도 아니고……. 그런 것 보여 주고 싶지 않아서 그래요."

"근처까지라도 같이 가 줄게."

입을 꾹 다문 안이 결연한 눈을 빛내며 고개를 저었다.

"하여간 부드러운 거 같으면서도 고집이 세다니까."

수호는 불안하고 안쓰러워 몸이 달았지만, 불편하다고 극구 말리는 안의 뜻을 따라 주었다. 엘리베이터 문을 고정해 놓은 채 수호는 로비를 지나 커다란 유리 회전문으로 빠져나가는 안의 뒷모습을 배웅했다.

"허전하네."

단 몇 초, 수호는 그 잠깐의 부재에도 마음이 시려 오는 것을 느꼈다.

6

최종적으로 주민 센터에 이혼 신고서를 제출한 안은 건물을 나서자 딱딱하게 굳었던 어깨에 힘이 빠지며 몸이 느슨하게 풀어졌다.

아마 자신도 모르게 긴장 속에 살고 있었나 보다.

안은 숙려 기간 내내 또 어떤 기상천외한 요구를 해 올지 예측 불허한 신준을 생각하며 껄끄럽게 지냈다.

최종적으로 주민 센터에 이혼 신고서를 제출한 안은 건물을 나서자 딱딱하게 굳었던 어깨에 힘이 빠지며 몸이 느슨하게 풀어졌다. 아마 자신도 모르게 긴장 속에 살고 있었나 보다. 안은 숙려 기간 내내 또 어떤 기상천외한 요구를 해 올지 예측 불허한 신준을 생각하며 껄끄럽게 지냈다. 그의 지질함과 철면피 같은 성향을 봤을 때 그러고도 남을 사람이었다.

똑 떨어지는 H라인 스커트 정장에 하이힐을 신은 안은 한때 단골이었던 카페까지 아이처럼 신나게 뛰어갔다. 생크림이 잔뜩 올라간 달콤한 버터 브레드와 아메리카노를 주문해 사진을 찍어 수호에게 보냈다.

[이혼녀의 만찬]

사진의 제목과 함께 자신의 현재 상황을 알렸다.

[맛있겠다. 빨리 와.]

[잠깐 부동산만 들렀다가 갈게요. 도시락 사서 갈 테니까 점심 같이 먹어요.]

[사랑해.]

입가에 생크림을 묻히고 입 안 가득 빵을 우물거리던 안은 그다음 답장을 쓰지 못하고 핸드폰을 내려놓았다.

나도 사랑하는데.

다시 핸드폰을 열고 메시지 창을 맴도는 손가락.

함부로 말하지 말아야지.

결국, 다시 내려놓았다. 애꿎은 빵만 꾸역꾸역 입에 넣으며 먹는 것에만 집중했다.

* * *

"좋은 점심!"

점심시간이 다 돼서야 출근한 안은 평소와 다른 생기발랄을 뽐내며 병원 2층 로비로 뛰어 들어왔다. 점심을 먹으러 삼삼오오 짝을 지어 나가는 직원들과 인사를 주고받으며 도시락이 담긴 쇼핑백을 점검한 후 수호의 원장실 문을 활짝 열었다.

"저 왔어요! 어머!"

입구에 선 채로 안은 돌이 되었다. 안은 자신이 잠시 자리를 비운 몇 시간 만에 수호가 늙어 버린 줄 알았다. 놀랍도록 수호와 똑같이 생긴 노신사가 원장실 창가에 뒷짐을 지고 서 있다가 안을 돌아보았다.

"아가씨는 누구신가? 수호 찾아왔나?"

자세히 보니 수호보다 선이 더 굵직한 얼굴이었다. 목소리에서 느껴지는 위압감이 대단한 어르신이었다.

"아, 네. 저는 원장님의……."

"형하고 잘 아는 사이신 것 같은데요."

이번에는 아주 젊은 수호가 사각지대에서 튀어나왔다. 수호와 달리 밝고 유쾌한 분위기였다. 웃는 얼굴이 해맑은 소년의 모습이라 보는 이의 마음이 무장 해제되는 매력이 있었다.

"왔어? 여기 서서 뭐 해?"

당연하다는 듯 안의 허리를 감는 팔과 함께 이번에야말로 익숙한 목소리가 들렸다. 안은 이상한 세상에 떨어진 앨리스가 된 기분이었다. 똑같은 얼굴을 한 세 명의 남자가 연령대별로 눈앞에 있었다.

"언제 오셨어요? 어머니도 그렇고 왜 다들 말도 없이 들이닥치는 건지."

안의 뒤에 섰던 수호가 두 방문객을 발견하고는 살짝 놀라며 안의 허리에 둘렀던 팔을 정리했다.

"네놈이 피해 다니니 그렇지."
노신사는 여전히 궁금하다는 태도로 안을 눈여겨보았고, 젊은 수호는 흥미롭다는 듯 빙글거리며 안을 쳐다보았다.
"소개 안 해 주냐?"
굳은 인상을 펴지 않는 아들을 못마땅하게 보던 백만은 안을 향한 호기심을 숨기지 않았다. 떫은 표정으로 서 있는 수호를 대신해 안이 공손하게 인사했다.
"안녕하세요. 저는 안 원장님을 돕고 있는 직원입니다."
안은 책상 아래에 도시락을 내려놓고 쭈뼛거리며 미소 지었다. 수호가 제 허리를 감는 모습을 봤으니 속으로 무슨 생각을 할지 민망했다.
"이름은 유안이라고 하고요. 참, 차 내 드릴게요. 어디 앉으실 데가 변변찮아서."
혼자서 동분서주하는 안을 보는 수호의 표정에 설핏 부드러운 기운이 퍼졌다. 방문객인 두 남자는 그 미묘한 변화를 놓치지 않았다.
"유 비서, 신경 쓰지 마."
"미팅룸으로 모시면 될 것 같아요. 제가 차 내어 갈게요."
아버지와 동생은 안중에도 없이 수호는 차를 준비하러 가는 안을 따라붙었다.
"점심 먹었어? 피곤하지 않아? 내가 할게. 좀 쉬어."
소곤소곤 중얼중얼. 하지만 낮고 굵은 목소리는 딱 듣기 좋은 울림이 되어 방문객의 귀에 쏙쏙 박혔다.
"어서 미팅룸으로 모시지 않고 뭐 하세요."
안의 한마디에 고분고분해진 수호가 아버지와 동생을 데리고 원장실을 빠져나갔다.

"와! 완전 똑같이 생겼어. 아, 웃겨."

안은 놀란 마음 보다 똑같이 생긴 세 부자의 모습이 생각할수록 신기하고 우스웠다.

* * *

"애인이냐? 재가 추 뭔가 그 애냐?"

의자에 앉기도 전에 백만은 아들을 추궁했다. 생전 처음 보는 아들의 편안한 얼굴과 자상한 모습이 생소했기에 궁금증을 참을 수 없었다.

"아빠, 아까 유안이라고 소개받았잖아요. 큰 실수할 뻔했어요. 그리고 추하영은 지난달에 다른 남자하고 결혼했어요."

수호의 배다른 동생 수형이 재빨리 끼어들어 오류를 정정했다.

"뭐? 누구랑?"

"JS그룹 아들, 최진원 상무요."

백만의 눈썹이 여덟 팔 자를 그리며 위로 치솟았다.

"아니. 네 에미가 지난번에 나한테 와서 말하기로는 추 뭐랑 사귄다고."

"그렇게 됐습니다."

골치 아프다는 듯 이마를 문지르며 수호는 덤덤하게 답했다.

"뺏긴 거죠. 재벌한테."

수형은 얄밉게 형을 놀렸다.

"염병할!"

승부욕 강한 남대문 큰손 안백만의 심기가 불편해졌다. 말을 안 듣고 뺏뺏해서 그렇지 제 아들 수호는 어디 내놔도 꿀리는 데 없이 잘난 녀석인데 처음 사귀었다는 여자를 뺏겼다는 사실이 그의 자존심에 치명타를 입혔다. 그것도 겨우 재벌 나부랭이 자식에게!

"예쁘냐?"

"아까 저분이요? 저는 그럭저럭 괜찮은데요."

수형은 잠시 보았던 안을 떠올리며 그녀를 평했다.

"시끄러워! 쪼끄마한 게 뭘 안다고 그래."

수호의 날카로운 타박에 수형의 입이 얌전하게 다물어졌다. 어려서부터 형을 좋아했지만, 평생 곁을 내주지 않는 바람에 여전히 어려웠다.

"아니, 추하영인가 고것 말이야. 예뻤냐고."

"예뻤죠. 유명한 아나운서잖아요. 뉴스도 잘하고 예능도 잘하고. 실력도 좋은데 얼굴도 예뻤어요."

"예쁜 것 다 쓸데없다. 그렇게 가 버릴 애였다면 너희 형 인연도 아니었고, 사람도 영 아니었던 게지!"

다분히 팔이 안으로 굽는 결론을 내린 백만의 마음에 추하영은 몹쓸 아이로 분류되었다.

"저는 추하영 그 여자보다 아까 그분이 좋아 보였어요. 우리 수정이가 보면 꽤 좋아하겠어요."

"음! 얌전하고 참하니 인상이 좋던데. 그런 사람이 진국이지. 언제 결혼할래?"

수호의 눈이 튀어나올 듯 커졌다. 안백만은 절대 호락호락한 사람이 아니었다. 치밀하게 이익을 따지는 철저한 사업가였으며, 돈 앞에서는 피도 눈물도 없는 냉혈한이었다. 제 손에 쥔 것을 놓지도 않았지만, 아무거나 집어 들지도 않는 날카로운 안목을 가진 사람이었다. 아무리 나이가 들었다지만 이렇게 무르게 나올 아버지가 아니었다. 그런 아버지가 묻지도 따지지도 않고 유안을 점찍었다.

"아버지! 왜 혼자 막 나가시고 그러세요."

"너야말로 아까 막 끌어안던데? 내 앞에서. 마음에 없는데 그랬다고?"

"그건……."

마침 노크 소리가 들리고 안이 차를 가져왔다. 수호가 벌떡 일어나 쟁반을 받아 오는 모습을 본 백만과 수형은 웃음이 나오려는 것을 애써 참았다. 제 앞에 사람이 지나가든 코끼리가 지나가든 무신경한 안수호의 색다른 모습이었다.

도자기 주전자에서 짙은 색의 보이차를 따라 내는 안의 모습을 찬찬히 살피는 백만의 눈빛이 예리했다. 그리고 중간에 안과 눈이 마주친 수호가 자신도 모르게 설핏 웃는 모습까지 발견했다.

조만간 저 빡빡한 놈, 치울 수 있겠네.

백만은 아들의 비서라는 아가씨가 눈에 들었다. 차분하고 담담한 모습과 상냥한 태도가 꾸밈없이 고왔다. 게다가 싸늘하기가 남극 빙산보다 더한 놈이 오늘따라 유한 것이 다 저 유 비서 영향인 것이 확실했다. 노총각 딱지를 붙인 아들을 치울 날이 머지않았다는 기대감이 노신사를 들뜨게 했다.

"아까 이름이 유……."

"유안입니다."

목소리까지 곱기도 하지.

"외자로군. 어디 유 씨인가?"

"풍산 유 씨입니다."

"양친은 건재하시고."

"네……."

자신을 둘러싼 묘한 기류 속에서 안은 말끝을 길게 늘이며 수호를 바라보았다. 한껏 미안하고 민망한 표정을 한 남자를 보자 어느 정도 상황 파악이 되었다. 아무래도 수호가 제 허리에 손을 두른 것이 사달이었다.

"몸은 건강한가?"

"아버지! 그만 좀 하세요. 유 비서, 고마워요."

수호가 벌떡 일어나 쟁반을 챙겨 안에게 들려주고는 미팅룸 문을 활짝 열었다. 안은 때는 이때구나 싶게 생긋 웃으며 뒷걸음질을 쳤다.

"네. 그럼 말씀 나누세요."

미팅룸 문이 닫히자마자 백만은 껄껄 웃기 시작했다.

"새끼, 벌벌 떨기는. 수형아, 네 형 이마에 저거 땀이냐?"

"그렇네요."

"꼴을 보니 미래가 빤히 보인다."

당사자들은 제쳐 두고 혼자 들뜬 아버지를 보던 수호가 체념한 듯 한숨을 쉬었다.

"그런데 여기는 왜 오셨어요?"

"아무리 불러도 오지를 않으니 내가 와야지. 그리고 병원은 언제까지 이고 지고 있을 게야! 아비 이제 늙어 간다. 일 좀 맡아서 해야지."

"저는 의대 나온 의삽니다. 일은 수형이 키워서 넘겨주세요. 저는 제 능력으로 먹고살겠습니다."

또 저놈의 배부른 헛소리. 다른 집 자식들은 서로 재산 싸움하느라 피가 튀고 살점이 날린다는데 이 두 아들놈은 도대체 아비의 재산에 관심이 없다. 수형은 이제 스무 살, 아직 철부지 딱지도 떼지 못했으니 그렇다 하지만 수호는 서른 중반 나이에 사업도 해 본 놈이었다. 세상 물정 알 만큼 알았으니, 이제 반항도 그만할 때가 지났건만 황소고집은 여전했다.

"같이해야지. 내가 젊을 때보다 사업체가 커져도 보통 커진 줄 알아! 수형이 혼자 못해 낸다. 둘이 힘을 합쳐야지. 어미는 달라도 너희 두 놈, 나 안백만의 피를 이었어. 이 정도 구멍가게 같은 병원 가지고 성에 찰 놈이면 내 핏줄 아니다."

"아버지, 구멍가게라뇨. 형이 하는 병원이 얼마나 유명한데요. 중국에 분원도 있는데."

아버지 재산은 우습게 알면서 제 형은 자랑스러워하는 수형이었다. 형의 성과를 깎아내리는 아버지가 마음에 들지 않는다고 냉큼 끼어들어 편을 들었다.

"겨우 병원 몇 개. 그나저나 내 손주들 언제 보여 줄 거냐!"

수호는 갑자기 결혼에서 손주들로 건너뛰는 아버지의 속도를 따라갈 수 없었다.

"아니! 아버지."

"사내놈이 뭘 그렇게 뜸을 들여. 오늘 밤에 프러포즈 하고 다음 주에 날 잡아서 상견례 하고, 다음 달에 결혼하면 딱 좋겠네. 그럼 내년 말에는 손주 보는 거냐?"

백만의 태도가 한층 부드러워졌다. 너무 강해 부러지고 마는 아들을 더 몰아세우면 안 된다는 것을 익히 아는 백만은 유들유들하게 전략을 바꿔 수호를 떠봤다.

"아버지, 급하게 먹는 밥이 체하는 거 누구보다 잘 아시는 분이 왜 그러세요."

백만은 거기에서 말문이 막혔다. 수호의 모친 미선을 납치하다시피 가져 버린 탓에 오늘날까지 집안이 시끄러우니 큰아들에게 한 소리 들어도 할 말은 없었다.

"큼큼! 하여튼 잘해 봐. 또 등신처럼 어디 뺏기지 말고. 그리고 다음 주에 내 생일인 건 아냐?"

"그러셨어요?"

심드렁한 수호의 시선과 착잡한 백만의 시선이 부딪쳤다. 하지만 백만은 수호를 탓할 수 없었다. 부모들 사이에 치여 겉돌며 홀로 자란 큰아들을 향한 미안한 마음이 늙을수록 사무쳤다. 만나 주는 것만 해도, 말 상대해 주는 것만 해도 고마운 녀석이었다. 게다가 오늘은 대답도 곧잘 하니 더 바랄 것이 없었다.

"환갑이다, 이놈아! 너 맨날 가는 양복장이한테 옷 맞춰 놨으니 가서 찾아 입어라. 앙드레인지 안드레안지 말하는 건 영 간드러진 놈이 옷은 남자답게 잘 빼더구나. 장소하고 시간은 김 비서가 연락해 줄 거야."

"……."

수호는 찻잔만 빙글빙글 돌리며 답하지 않았다. 평소였다면 가지 않겠노라 거침없이 대답이 나왔을 터였다. 그런데 오늘은 왠지 그러지 못했다. 아마도 '환갑'이라는 것 때문이겠지. 수호는 아버지의 제안에 처음으로 마음이 약해져 갈등했다.

"형, 환갑이시니까 잠깐이라도 들러요."

느슨해진 수호를 눈치챈 수형이 한 번 더 운을 뗐다.

"유 비서도 같이 와. 너 같은 놈 일 봐 주느라 애쓰는데 와서 밥이나 먹여."

"밥 굶기지 않습니다."

백만 역시 수호의 말은 아랑곳하지 않고 자리를 털고 일어섰다.

"유 비서는 어디 갔냐! 나 이제 간다고 전해라."

백만이 로비에 서서 안을 찾느라 두리번거렸다.

"아버지, 벌써 너무 시아버지 코스프레신데요?"

수호가 안을 찾으러 원장실로 들어가자 수형이 조용히 주의를 주었다.

"좀 무섭게 느껴질까?"

"어쩌면 빈정 상할 것 같아요."

"그럼 안 되는데. 저 자식이 난리 칠 텐데."

"집에 가서 수정이한테 물어봐요. 어떻게 해 줘야 하는지."

"지금 가세요?"

안이 나타나자 백만의 만면에 화색이 돌았다. 어쩐지 저 참한 처자가 볼수록 마음에 꼭이었다.

* * *

수호는 새벽부터 홈쇼핑 방송을 따라나선 안이 피곤할 것을 고려해 한 시간 일찍 집에 들여보냈다. 퇴근 후 도어락을 열고 들어가자 집 안 가득 고소한 기름 냄새가 진동했다. 오후부터 추적추적 내리기 시작한 비와 어울리는, 수호의 집에서 한 번도 풍겨 본 적이 없는 냄새였다. 사랑하는 사람이 자신을 기다리는 집. 그 완전한 아늑함에 가슴이 뻐근했다.

라디오에서 나오는 아날로그 음악과 맛있는 냄새가 주는 푸근한 감성에 입꼬리가 호선을 그리며 올라갔다. 수호는 안을 놀라게 해줄 생각으로 발소리를 죽이고 들어갔지만, 누군가와 통화 중인 그녀를 방해하지 못하고 걸음을 멈춰야 했다.

"오늘 이미 신고했어요. 그리고 그건 각자 알아서 하는 거예요. 같이 갈 필요 없어요."

한 손을 머리에 짚은 채 안은 싱크대에 기대어 있었다. 전남편 신준과 통화하는 안의 목소리에 짜증이 잔뜩 묻어 있었다.

"내가 연애를 하든, 결혼하든 그쪽하고 무슨 상관인지 모르겠네요. 게다가 밖에서 애를 낳아 온 사람한테 이런 말 듣는 것도 불쾌하고."

상대방이 한참 뭐라고 윽박지르는지 안은 핸드폰을 귀에서 살짝 뗀 채 천장을 쳐다보고 있었다.

"난 평생 결혼 같은 거 할 생각 없으니까 입 다물어요. 끊어요. 앞으로 전화 안 받을 테니까 그렇게 알고."

안의 예쁜 목소리가 건조하게 갈라져 나왔다. 복받치는 감정의 덩어리를 참느라 답답해진 명치를 두드리던 안은 냉장고를 열고 찬물을 벌컥벌컥 들이켰다. 수호는 지금 들어가면 분명 안이 곤란해 할 것 같아 다시 조용히 현관으로 나갔다. 그리곤 다시 도어락을 해제하고 일부러 문을 큰 소리 나게 닫았다. 그리고 굼뜨게 신발을 벗고 쓸데없는 헛기침을 하며 집으로 들어갔다.
"왔어요?"
양 볼이 붉게 상기되고 흰자위가 충혈된 안이 급조한 미소를 지으며 주방에서 나왔다. 그 모습이 수호의 가슴에 아릿하게 부딪쳤다. 아무것도 모르는 척 내색하지 않고 안을 가볍게 끌어안으며 이마에 입을 맞추었다.
"이 맛있는 냄새는 뭐야?"
"비가 오니까 부침개 생각이 나서요. 냉장고 뒤져서 김치전 좀 했어요."
"지금 먹을 수 있어?"
"네. 옷 벗고 손만 씻고 나오세요."
"싫어. 지금 바로 먹고 싶은데. 너무 배고파."
수호는 안을 지나쳐 인덕션으로 가더니 김치전이 익고 있는 프라이팬을 들여다봤다.
"이거 지금 뒤집어야겠는데."
수호는 곁에 다가온 안의 허리를 끌어안음과 동시에 한 손으로 프라이팬을 살살 흔들다 휙 하고 공중에 김치전을 날렸다. 착! 공중회전을 한 김치전이 안정감 있게 프라이팬에 안착했다.
"오오!"
안이 감탄하며 작게 박수를 쳤다. 순한 눈꼬리가 확 처지는 예쁜 눈웃음이 귀여웠다.
"이런. 우리 찐빵이가 또 오빠한테 반했네."
"그러게요. 별것이 다 멋있어서 집에 가둬 놓고 나만 볼까 보다."
안이 미리 부쳐 놓은 김치전을 찢어 수호의 입에 넣어 주었다. 한

입 가득 푸짐하게 들어온 김치전의 고소하고 새콤한 맛이 식욕을 당겼다.

"어때요? 간이 맞아요?"

"어. 진짜 맛있다. 술 한잔하면 딱 좋겠는걸."

"소주도 있고 막걸리도 있지요."

뒤집개로 부침개를 누르며 안이 보기 드물게 애교를 떨었다.

"우리 찐빵한테 내가 이렇게 길든다니까. 완전 내 속에 들어갔다 나온 것처럼 척하면 삼천리야."

"어서 옷 갈아입고 나와요. 기름 냄새 배요."

"잠깐만 이렇게 안고 있어 보자. 보고 싶었어."

"풉. 떨어진 지 얼마나 됐다고요."

"그래도……."

수호는 안을 가볍게 끌어당겨 품에 안았다. 제 어깨 아래에 오는 까맣고 작은 머리통을 부드럽게 쓸어 주던 수호는 끓어오르는 감정에 코가 아렸다. 평생 결혼 같은 거 할 생각 없다는 이 여자의 말은 진심일까. 덜컥 겁이 났다. 자신이 안에게 믿음을 주지 못하는 것인지, 마음이 불편했다. 내가 잘할게. 마음속으로 되뇌었다.

빌트인 라디오에서 마이클 부블레의 〈home〉이 나오고 있었다. 두 사람은 서로를 품에 꼭 안고 음악에 젖어 가볍게 몸을 흔들었다.

"네가 너무 좋다."

낮지만 진실한 수호의 음성이 혼잣말처럼 흘러나왔다.

"……."

수호는 안을 놓아줄 수 없었다. 안은 이제 그의 심장이었고 영혼이었다. 수호가 머물러야 할 집이었다.

* * *

삼성동 그랜드 카라 호텔. 안은 도착해서 엘리베이터를 탔을 때까지만 해도 긴장은 했지만, 놀랄 일이 있으리라 생각지 못했다. 수호에게 아버지의 생신이라는 말을 듣고 따라나선 길이었다. 물론 비서 자격으로. 수호가 쭈뼛거리며 자신은 원래 그런 자리에 참석하지 않지만, 환갑이라 특별히 가는 것이라고 부연 설명을 했을 때도 그러려니 했었다.

"생신을 여기서 하신다고요?"

"응."

안은 태평하게 대연회장으로 들어가는 수호의 귀티 흐르는 새 슈트를 잡아당겼다. 갑자기 발끝부터 긴장감이 타고 올라 온몸이 뻣뻣해지는 기분이었다. 수호는 망설이는 안의 어깨를 다독였다.

"그냥 저녁이나 먹는 자리야. 아버지가 지인이 많아서 좀 크게 하는 거야."

그러게. 가서 저녁만 먹고 오면 된다고 하더니. 먹다가 급체하기 딱 좋은 분위기였다. 안은 규모가 있는 룸이나 더 나아가 약간 작은 홀을 빌려 회갑연을 여는 것까지는 상상했었다. 그런데 대연회장이라니. 끝이 어디쯤인지 보이지 않을 정도로 넓은 홀에 하객 수도 대단했다. 회갑연이라더니 파티였네. 물론 잔치가 영어로 파티지만, 일반적으로 이렇게 규모가 큰 잔치는 파티로 분류하는 것이 상식이지 않은가.

"원장님의 아버님은 유명하신가 봐요?"

안은 지금 무슨 정신으로 발걸음을 옮기는지 모를 정도로 얼떨떨한 상태였다.

"아니. 유명하지는 않아. 유명한 건 나 같은 남자를 말하는 거야."

장난스럽게 매력적으로 씨익 웃는 수호의 웃음도 전혀 위로가 되지 않았다.

안 회장님으로 불리는 수호의 아버지는 동분서주 바쁘셨다. 가족석에 앉아 있는 백만에게 인사를 하기 위해 줄 선 하객들이 끝도 없었다. 안은 수호의 가족석에 한자리 차지하고 앉아 있는 것이 가시방석으로 느껴졌다. 수호의 새어머니 진홍주 여사, 일전에 보았던 젊은 수호를 연상시키는 남동생 안수형, 깜찍하고 털털한 사춘기 소녀인 여동생 안수정은 생글생글 웃는 얼굴로 안을 관찰하기 바빴다.

"우리 유 비서야! 많이 먹고 튼튼해라. 다른 거 다 필요 없다. 건강하면 장땡이지."

백만이 스스럼없이 안을 예뻐하는 티를 내는 바람에 하객들의 호기심 어린 시선까지 더해졌다.

"나를 그만 쳐다보세요. 유 비서가 아무것도 못 먹잖아요."

보디가드라도 되는 사람처럼 수호는 잔뜩 인상을 구기고 안의 주변 공기를 엄호했다. 겨우 수프 몇 수저 떠먹은 안이 좋아하는 스테이크에 손도 못 대는 것이 마음에 들지 않았다.

"언니! 언니라고 불러도 되죠?"

수정이 발랄한 눈빛을 빛내며 친근하게 안을 불렀다. 사랑받고 자란 유복한 가정의 늦둥이 막내딸 티가 물씬 나는 귀여운 아이였다.

"네. 그러세요."

"언니, 저 이제 막 고등학생 됐어요. 말씀 편하게 하세요. 큰오빠!"

"왜."
어린 여동생 수정에게 무뚝뚝하게 대답했지만, 수호의 표정은 안에게 하는 것만큼이나 너그러웠다.
"나, 안이 언니하고 연락하고 지내도 돼? 그래도 돼요, 언니?"
"아니!"
수호가 단칼에 잘라 냈지만
"괜찮아요."
안은 흔쾌히 허락했다.
"괜찮겠어?"
혹시라도 억지로일까 싶어 수호의 표정이 조심스러웠다.
"그럼요."
"꺅! 언니, 저 자주 연락해서 귀찮게 할 거예요. 우리 쇼핑도 같이 다니고 맛있는 것도 자주 먹어요."
"음……. 그런데 수정 씨, 나도 직장을 다니니까 아무 때는 안 돼요. 시간 맞으면 약속 잡아서 같이 다녀요."
안은 초롱초롱 동그란 눈을 빛내는 수정의 맑고 밝음이 부럽고 사랑스러웠다. 저런 여동생이 있었으면 어땠을까 하는 잠깐의 생각에 빠질 만큼 수정은 안에게 대놓고 친근하게 굴었다. 그 저돌적인 모습이 안백만 회장님과 너무 닮아 하객들 앞에서 카리스마를 휘두르는 그를 보던 안은 설핏 웃음을 터트렸다. 여긴 어디? 나는 누구? 안은 하객들과 담소를 나누는 백만과 수형, 그리고 수호의 곁에 서서 어설픈 미소를 짓고 있었다.
공식 석상에 처음 나온 장남을 자랑하고 싶어 안달이 난 백만은 마침 안이 있는 틈을 타 기어이 수호를 일으켜 세웠다. 잘나고 꽤 유명세 있는 아들 수호를 자랑하는 재미에 푹 빠진 백만은 평소의 카리스마는 어디로 팔아먹었는지 주책맞은 노신사가 되어 버렸다.

수호도 처음에는 떫은 표정을 숨기지 않고 고사하더니 지금은 방송이나 잡지에서 보여 주는 근사한 미소를 남발하며 남대문 큰손 안백만 장남으로서의 아우라를 뿜어 대고 있었다.

"저 잠깐 손 좀 씻고 올게요."

겨우 두 시간도 안 됐는데 안은 2박 3일은 지난 것처럼 피곤했다. 안은 잠시 한산해진 틈을 타 혼자만의 여유를 가질 생각이었다.

"어, 그래. 같이 가 줄까?"

"새끼, 유 비서가 화장실 가다가 길 잃어버릴까 봐 불안하냐?"

백만과 수호가 눈빛으로 티격태격하는 사이에 안은 연회장을 빠져나갔다. 멀어지는 안의 뒷모습을 보던 수호의 태도가 사뭇 진지해졌다.

"아버지."

"왜."

"정말 제 마음에만 들면 되는 겁니까?"

백만의 표정 역시 진지해져 평소의 안백만 회장님으로 돌아와 있었다.

"왜. 무슨 흠이라도 있는 처자야?"

"흠이라기보다는……."

아들의 머뭇거림이 뜻하는 바를 알아들은 백만이 뒷짐을 지며 하객들 사이로 시선을 놓았다. 사람 욕심이야 끝이 없다. 하지만 아들이 이만큼 장성하는 동안 해 준 것이 없는 아비로서 양심은 있어야 할 것 같았다. 웬만한 흠이야 눈 감고 안 보면 그만이었다.

"다른 건 다 됐고 몸과 마음이 건강하기만 하면 돼. 내가 거는 조건은 딱 그것 하나다!"
"알겠습니다."
자리를 벗어나던 백만은 뭔가 더 할 말이 있는 눈치였다.
"그……. 내가 유 비서가 꽤 마음에 들어서 그러는데 따로 한 번 만나서……."
잠시 풀어졌던 수호의 표정이 평소대로 딱딱하게 굳어졌다.
"안 됩니다."
"옷이라도 한 벌."
재고의 여지도 없다는 듯이 아버지의 말을 잘라 냈다.
"제가 사 줍니다."
"밥이라도 한 끼."
확 좁혀지는 수호의 미간이 성질 사나워 보였다.
"됐습니다."
"건물이라도 한 채."
"……."
그쯤에서 수호는 잠시 머뭇거렸다.
"새끼! 이것도 이제 닮았어. 너 지금 솔깃했지?"
수형은 주먹으로 입을 막고 돌아서며 웃음을 숨겼다.
"큼! 그런 거 아닙니다. 갑자기 들어서 좀 헛갈린 거지."
겸연쩍은 웃음을 지으며 수호가 제 아버지의 팔을 부축했다.
"이놈아, 나 아직 그럴 나이 아니야!"
말로는 냉정하게 쳐 냈지만, 백만은 처음으로 큰아들의 손길을 받았다. 두 부자는 자연스럽게 나온 행동에 서로 내심 놀라고 있었다.

백만이 꼬장꼬장한 표정으로 쑥스러움을 감추고 있을 때 한 무리의 남자들이 다가와 정중하게 인사했다.

"안 회장님, 회갑 축하드립니다."

"어이구, 이거 오랜만입니다. 얼마 전에 집안에 경사가 있었다고 들었는데 우리 집 개가 장염에 걸려서 못 가 봤소."

백만은 JS그룹 최철호 회장 앞에서 여전히 꼿꼿한 자세를 유지하며 거만하게 인사를 받았다. 재개 20위 안에 꾸준히 드는 JS그룹 따위 백만의 안중에 없었다. 너희 집 둘째 아들의 혼인보다 우리 집 강아지 장염이 더 중한 일이라고 말하는 백만 앞에서 최 회장은 싫은 티도 못 내고 떫게 웃고 말았다. 대한민국에서 기업 하는 사람 중, 비상시에 백만의 돈을 쓰지 않은 자가 없다. 탄탄한 비상 자금줄인 백만에게 밉보여서 좋을 것 하나 없으니 꾹 참아야 했다.

"인사해라, 수호야!"

백만은 뒤에 선 수호를 돌아보며 호탕하게 웃었다.

"얘가 우리 큰놈. 지금은 제힘으로 병원 차려서 잘나가고 있지만, 앞으로 내 사업 물려받을 장자요."

"안녕하십니까. 안수호라고 합니다."

정중하게 앞으로 나서 최 회장에게 인사를 한 수호는 자신을 죽일 듯이 쳐다보는 한 남자와 시선이 마주쳤다. 추하영의 남편이자 최 회장의 차남 최진원 상무이사. 수호는 그의 적개심 가득한 시선을 이해할 수 없었다. 포커페이스를 유지하며 JS그룹 일원들과 일일이 인사를 하고 마지막으로 최진원과 악수를 했다.

"결혼 축하드립니다. 안수홉니다."

"네. 감사합니다. 최진원입니다."

최진원은 자신의 예상과 달리 당당하고 여유 넘쳐 보이는 수호의 손을 강한 악력으로 움켜잡았다. 그런 진원의 도발이 귀엽다는 듯 수호는 한쪽 눈썹을 찡긋 올리며 맞잡은 손에 힘을 가했다.

* * *

대연회장을 벗어나 쉴 곳을 찾아 기웃거리던 안은 복도 끝에 있는 발코니를 발견하고는 문을 열고 나갔다. 차가운 바람을 맞자 뻣뻣하게 긴장했던 등과 목 주변의 통증이 이제야 느껴졌다.

하. 하고 길게 내쉬는 한숨과 함께 뽀얀 입김이 까만 공기 중에 흩어졌다. 안은 발그레 달아오른 뺨을 식히며 도로를 메운 자동차들의 불빛 행렬을 내려다보았다. 전혀 생각지 못한 방향으로 일이 점점 커지고 있었다. 주인공은 자신인데 어떻게 해야 할지 갈피를 잡을 수 없었다.

수호라는 남자 하나만 보고 시작한 연애. 너무 쉽게 생각하고 철없는 어린애처럼 감정대로 행동한 것이 아닐까 혼란스러웠다. 문득 옆에서 인기척이 느껴졌다. 안은 하나로 묶었던 머리를 풀어 헤치고 지끈거리는 두피를 지압했다. 그리고

"저를, 왜 그렇게 열심히 쳐다보세요?"

휘황찬란한 야경에서 시선을 돌려 옆에 선 멋지게 차려입은 아름다운 여자에게 질문을 던졌다.

"거슬렸어요?"

새하얀 밍크 재킷을 걸치고 샴페인 골드빛 글램룩 원피스를 입은 추하영은 가느다란 스트랩이 아슬아슬한 황금빛 루부탱을 신

고 있었다. 안은 하영의 마른 몸이 꽤 섹시해 보이는 것이 신기하다고 생각하면서 한편으로 화려하고 세련된 것이 익숙한 그녀가 부럽기도 했다.

"금색, 엄청 좋아하시는 것 같아요."

예기치 못한 안의 말을 잠시 음미하던 하영이 피식 웃었다.

"멋있잖아요. 묵직하고 찬란하고 뽀대도 나고."

하영에게서 진한 술 냄새가 풍겼다.

"뽀대……. 아나운서도 그런 말을 쓰는구나."

슬슬 한기를 느낀 안은 팔짱을 끼고 다시 야경을 바라보았다.

"좋아 보여요."

"……?"

하영은 무례하다 싶을 정도로 안을 똑바로 바라봤다. 눈앞에 있는 수호의 새 애인은 아무리 봐도 수수했다. 특별히 예쁘지도 않았다. 도대체 안수호는 이 여자를 왜 만나는 건지……. 진심일까? 하영은 그의 마음이 궁금했다.

"당신도 오빠도 좋아 보인다고요. 난 말이죠. 내가 이렇게 빨리 안수호에게 정리될 거라고 생각도 못 했어요. 그만큼 열렬했다고요, 우리는."

"그럼 원장님이 언제까지고 추하영 씨 때문에 괴롭길 바랐어요?"

다시 하영을 향하는 안의 시선과 목소리에 혐오의 감정이 스쳤다.

"있잖아요. 나는 안수호의 첫사랑이라고요. 오랫동안 그 남자 마음에 남아 있을 자격이 충분하지 않아요?"

안은 술에 취해 어눌한 발음으로 잘난 척하는 하영이 오싹했다. 철없는 어린아이가 곤충을 갖고 놀다 날개를 떼고 다리를 떼고……. 마지막에는 생존 능력을 잃은 생명을 나 몰라라 버리고 가는 그런 잔인함을 느꼈다.

"못됐네요, 정말."

"여자는 그런 거예요. 남자의 가슴에 영원히 남고 싶은 거라고요. 무슨 성모 마리아라도 되는 것처럼 고결하게 구는 거……. 그거 설마 진심이에요?"

겉모습이 이렇게 예쁜데, 마음도 예뻤다면 이 두 사람은 지금도 여전했을까? 문득 안은 수호와 하영이 나란히 선다면 더할 나위 없이 잘 어울릴 것 같다는 생각이 들었다. 자꾸만 하영 앞에서 움츠러드는 자신을 애써 부정했다. 조용히 깊은숨을 들이마시고 몸을 곧게 폈다.

"모든 여자가 당신 같지 않아요. 원장님, 한동안 많이 힘들어 했어요. 그쯤에서 만족하세요. 정말 사랑했다면 각자의 삶에서 행복하기를 빌어 줘야 하는 거 아닌가요?"

"아, 너무 지루해. 그런 교과서 같은 말……. 수호 오빠가 은근 고리타분한 데가 있었는데. 아무래도 그런 면에서 두 사람이 잘 맞는가 봐요."

안은 실망스러웠다. 겨우 이 정도 여자 때문에 난독증에 시달리는 수호가 안타까웠다. 더 들어 봤자 유치한 계집아이의 질투에 찬 푸념이겠지. 안은 비릿하게 웃어 보이고 다시 연회장으로 돌아가기 위해 발걸음을 뗐다.

"허구한 날 결혼해서 아들, 딸 주렁주렁 낳고 조용하게 살고 싶다고 노래하지 않아요?"

하영을 등지고 선 안의 걸음이 잠시 멈춰졌다. 자신이 수호에게 해 줄 수 없는 일이 있다는 것을 그의 첫사랑에게 확인받는 잔인한 순간이었다.

"남자가 하도 꿈이 소박해서 버렸는데. 웬일이니……. 기업 회장님들도 굽신대는 집안 장남이라네."

축 처진 하영의 목소리에서 탐욕스러운 아쉬움이 느껴졌다. 안은 중얼거리는 하영을 두고 발코니를 나왔다. 기운 빠진 걸음으로 복도를 걷는데 서글픈 웃음이 났다. 나는 안수호가 대단한 것이 부담스러운데 당신은 아쉽구나. 나도 당당하게 욕심낼 수 있다면 얼마나 좋을까.

"안아!"

연회장 입구에서 두리번거리던 수호는 멀찍이서 걸어오는 안을 발견하고 달려왔다. 안은 저 잘난 남자가 자신을 보자마자 걱정스럽고 반가운 기색을 숨기지 않고 달려오는 것이 신기했다.

"어디 있었어?"

"잠깐 바람 좀 쐤어요."

안은 그의 눈에 자신이 추하영만큼 예뻐 보일까 궁금했다. 자신도 모르게 씁쓸하게 웃어 버렸다. 수호가 설핏 인상을 쓰며 안의 눈치를 살폈다.

"어디서? 얼마나 오래 밖에 있었던 거야? 이 얼굴 좀 봐. 얼어서 터지겠다."

수호는 차가운 기운을 몰고 나타난 안의 몸을 큰 손으로 비벼 주었다. 꽁꽁 언 손을 잡고 어쩔 줄 몰라 하다가 그녀의 얼음장 같은 얼굴을 포근하게 감싸 안았다.

"그만하세요. 사람들이 봐요."

"병원 사람들 없잖아. 병원 사람들만 조심하고 싶었던 거 아니야?"

안이 가볍게 수호의 가슴을 밀어냈다. 안의 거부가 마음에 들지 않는지 미간이 확 구겨지는 것이 보였다. 빙그레 웃은 안이 검지로 그의 미간을 살살 문지르며 타이르듯 부드럽게 말했다.

"들어가요. 회장님도 힘드시겠어요. 이 많은 사람들 인사를 일일이 받으시니."

"노인네, 좋은 거 많이 드셔. 걱정하지 마."

"그럼 다행이고요."

"힘들지? 조금만 더 있다가 우리 먼저 가자."

"그래도 돼요? 나 진짜 힘들긴 해요. 이렇게 엄청난 자린 줄 몰랐어요. 다음……."

"응?"

"아니에요."

안은 다음을 기약하지 않았다. 괜스레 부질없이 느껴졌다.

수호는 곁에 있는 안의 손을 힘주어 그러잡았다. 모래인 양 흩어질 것처럼 구는 것은 단지 자신의 기우일 것이라고 애써 부정했다.

* * *

"왜? 부러워? 아까워 죽겠어?"

멍하니 서서 멀찍이 떨어진 수호와 안을 지켜보는 하영의 옆에 진원이 섰다. 주머니에 손을 꽂고 건들거리며 제 아내를 바라보는 모양이 그다지 살갑지 않았다.

"왜 또 시비예요."

하영의 목소리가 얼음장 같았다.

"너, 안수호가 안 회장 아들인 거 몰랐지? 어쩌냐. 잔대가리 굴리다가 똥바가지 써서."

"아니에요."

하영의 대답을 전혀 믿지 않는다는 듯이 진원이 코웃음을 쳤다.

"나는 안수호가 폐인까지는 아니어도 꽤 힘들어 하고 있을 줄 알았거든? 그런데 웬걸. 저거 봐라. 아주 행복에 겨웠다. 너는 아직도 못 잊었잖아. 그치?"

"……."

대답 대신 하영의 눈꼬리가 뾰족하게 치켜 올라갔다. 멀리 있는 수호는 팔짱을 낀 채 반쯤 고개를 숙이고 안의 말을 경청하고 있었다. 무슨 말을 하는지 몰라도 중간중간 고개를 끄덕이고 어깨가 들썩일 정도로 웃는 것이 진원의 말대로 행복에 겨워 보였다. 둘에게서 사소한 즐거움과 잔잔한 안정감이 느껴졌다. 얄미워. 저 밋밋하고 별것 아닌 여자도 얄밉고, 자신은 이렇게 불행한데 금세 자신을 잊은 안수호도 얄미웠다.

"똑똑한 척하던 최고 인기 아나운서 추하영, 추락하다! 오페라 극장에서 우연히 만난 러브 스토리 따위, 중매쟁이들이 흔하게 써먹는 구닥다리 레퍼토리인 줄 몰랐지? 우리 집에서는 다 알고 있었다고. 그런데 너 같은 걸 왜 받아 줬을까? 그만큼 최진원이 JS의 골칫덩어리니까 치워 버린 거지. 허영심에 눈먼 하이에나한테."

"그 입! 닥쳐요. 중독자 주제에."

하영은 황금빛 루부탱을 신은 발을 구르며 연회장을 뛰쳐나갔다.

뒤에 남은 진원은 이미 제 마음에 가증스러운 여자로 자리 잡은 아내의 뒷모습을 노려보았다.

* * *

연회가 한창 무르익어 가는 시간. 안은 손짓으로 수호의 키를 제 귓가로 낮추라고 신호를 주었다. 안은 살짝 까치발을 들고 그의 귓가에 속삭였다.

"나 좀 지금 안아 줄 수 있어요?"

턱을 쓸며 잠시 생각하는 듯하던 수호가 음흉한 미소를 지으며 안에게 눈을 찡긋했다.

"그렇게 얌전하게 남자를 끓어 넘치게 하는 재주는 어디서 배웠을까?"

수호는 주머니에서 네모반듯한 카드 키를 꺼내서 흔들어 보였다. 하필 금색인 것이 마음에 들지 않았지만, 안은 생긋 웃으며 그의 재킷 자락을 잡아끌었다.

룸에 들어온 수호는 건드리면 터질 것 같은 욕구를 억누르며 느긋하게 넥타이를 끌렀다. 테이블 위에 시계를 풀어 놓고 커프스 버튼을 하나씩 풀어 올려놓았다.

"피곤하지? 먼저 씻을래? 아니면 같이 씻을까?"

장난스럽게 웃는 수호와 달리 안의 표정은 진지했다.

"그냥. 지금. 바로 지금 안아 주세요."

둥근 호선을 그렸던 수호의 입꼬리가 내려오며 눈빛이 어둡게 가라앉았다. 금세 정욕이 들어찬 눈동자가 새까맣게 짙어졌다. 그대로 안의 얼굴을 잡고 찬바람에 거칠어진 빨간 입술을 삼켰다.

안은 수호에게 입술을 붙들린 채 입고 있는 재킷의 단추를 풀어서 벗어 던졌다. 팔이 뒤집혀 벗겨진 재킷이 바닥 어딘가로 낙하했다. 수호의 성급한 입술은 입이 하나인 것이 안타까운 사람처럼 안의 여기저기에 입을 맞추느라 바쁘게 돌아다녔다.

수호의 커다란 손이 반듯한 라인을 자랑하던 정장 스커트의 허리춤에 닿았다. 옷가지들이 너저분하게 바닥에 흩어졌다. 깔끔하게 빗어 묶었던 안의 머리도 흐트러져 몇 가닥이 흘러내려 있었다.

"예쁘다, 유안."

제 앞에 선 여자에게 시선을 떼지 않고 수호는 제 옷을 거칠게 벗어 던졌다. 셔츠가 떨어져 나간 근육질의 상체에 안의 손이 닿자 수호가 부르르 떨었다. 더듬거리는 손가락으로 벨트를 푸느라 곤욕을 치러야 했다.

"미치겠네. 이거 왜 이렇게 안 풀려."

낮게 긁혀 나오는 목소리가 그의 욕망의 깊이를 알려 주었다. 안은 자신을 안고 싶어 흥분하고 이성을 잃는 수호가 좋았다. 자신이 첫사랑이라고 잘난 척하던 여자의 코를 납작하게 누르고 싶었다. 가능하다면 지금 이 모습을 하영에게 보여 주고 자신도 잘난 척하고 싶었다. 이제 네가 아니라고. 그는 이제 나를 원한다고 알려 주고 싶었다. 안은 그의 품에 달려들어 커다란 몸을 두 팔로 끌어안았다.

"오늘 왜 이렇게 다른 사람처럼 굴어? 나 막 설렌다."

수호가 둥글고 여린 어깨에 입을 맞추자 안의 고개가 뒤로 젖혀졌다.

하나가 되기 위한 황홀한 몸짓은 시작부터 화려하고 뜨거웠다. 조금의 부드러움도 없이 두 남녀는 격렬하고 급하게 서로의 몸을 갈구했다. 아프도록, 살결이 붉게 부풀도록 움켜쥐고 주무르는 남자의 손길에도 안은 애가 탈 뿐이었다. 수호가 거칠게 밀어붙일 때마다 안은 더 적극적으로 그를 맞이하고 매달렸다.

수호는 축 늘어져 미끄러지는, 땀에 젖은 안의 몸을 부둥켜안았다. 하나였던 심장이 다시 둘이 되어 진정될 때까지 그녀를 놓지 않았다. 헝클어진 머리를 가만히 쓸어내리며 여운을 즐겼다.

"너무 신기해요. 항상."

수호의 가슴에 기댄 안이 나른한 잠을 물리치며 입을 열었다.

"뭐가."

"원장님이랑 이러는 거."

수호의 미간이 살짝 좁아졌다.

"사랑을 나눈다고 해야지. 그런 표현 마음에 안 들어."

"그래요. 당신이 나를 사랑해 주는 거……. 아직도 믿을 수 없어요."

오랜만에 안의 입에서 원장님 이외의 호칭이 나왔다. 그녀의 정수리에 입을 맞춘 수호가 짓궂게 웃었다.

"어쩔 수 없네."

"……?"

"믿을 수 없다니까 한 번 더 믿음을 줘야지."

안의 몸이 다시 침대에 눕혀졌다.

* * *

안을 만난 후 잘만 자는 수호와 달리 안은 잠을 설치는 날이 많아졌다. 새벽까지 노트북을 두드리며 자신과 달리 완벽하게 사랑스럽고 예쁜 여자 주인공의 스토리를 풀어 나가던 안은 아랫배의 싸한 통증을 느꼈다. 친해지고 싶지 않은 손님이 안을 찾아온 모양이었다.

드레스룸 서랍장을 열고 생리대를 챙기면서 안은 서러운 기억을 떠올렸다. 5년을 참 부단히도 노력했었다. 용하다는 한의원이 있다면 두메산골은 물론 섬마을까지 찾아갔었다. 항상 시어머니가 받아 온 부적을 품고 다녀야 했다. 신묘한 무당이 일러 준 비방이라면서 새벽마다 일어나서 미친 여자처럼 탑돌이 하듯 거실을 돌고 사방 천지 모든 신에게 치성을 드린 적도 있었다.

인공수정과 시험관까지 현대 의학이 할 수 있는 것은 모두 했었다. 그때 안은 몸도 마음도 너덜너덜해진 상태로 자기 자신을 잃어 갔었다. 시름시름 말라 가면서 설상가상으로 생리 불순은 심해지고 직장에서도 인간관계에서 오는 스트레스와 회의감으로 산송장같이 살던 시간이었다. 그 시절의 안은 아이를 '가져야 한다.'는 마음이었다. 하지만 지금은 수호의 아이를 '갖고 싶었다.' 그와 자신을 닮은 작은 사람을 갖고 싶었다. 하지만 속옷에 묻은 혈흔과 함께 와르르 기대가 무너지는 소리가 들렸다.

"내가 그렇지 뭐."

체념 섞인 혼잣말이 나름의 위로가 되었다.

만약 수호와 결혼한다면 지난 5년간 했던 일이 다시 되풀이될 것은 불을 보듯 뻔한 일이었다. 행복의 크기는 작아지고 지금의 따뜻한 사랑도 그저 아이를 갖기 위한 의무가 된다면……. 끔찍한 일이지 않은가. 이번에야말로 견딜 자신이 없었다. 다복한 가정을 꾸려 행복하게 살고 싶어 하는 수호도 문제였지만, 그의 대단한 집안도 무서웠다. 별 볼 일 없는 집안의 며느리였던 때보다 더하지 않을까, 안은 벌써 숨통이 죄어 왔다.

수호를 사랑하는 마음과 익숙한 불행의 기억 사이에서 딜레마에 빠진 안은 평소와 다르게 욕심을 내는 자신을 발견했다. 항상 자신이 먼저 내려놓으면 모두가 만족하고 편안한 결말이었다. 그런데 이번만큼은 내려놓고 싶지 않았다. 수호의 마음을 잃고 싶지 않았다. 만약, 그렇게 된다면 나도 추하영 같아질까.

"아, 나 왜 이래. 바보 같아."

안은 두 손으로 얼굴을 가리고 머리를 흔들었다.

거실로 나오자 언제 일어났는지 부스스한 수호가 햄만이의 쳇바퀴를 붙잡고 돌리지 못하게 괴롭히고 있었다.

"뭐 하는 거예요? 애 좀 그만 괴롭혀요."

"아니, 너무 뺑이를 돌길래 좀 쉬라고 그러는 거지."

안이 가늘게 뜬 눈으로 흘겨보자 머쓱해진 수호가 햄만이의 케이지를 조용히 제자리로 가져다 놓았다. 그러다 소파 위에 놓인 노트북을 발견한 수호가 불편한 기색을 감추지 않았다.

"또 밤새웠어? 그러다가 병나겠다. 쉬엄쉬엄해도 되는 일이 아니었나 봐."

"인형 눈 붙이는 부업도 쉬엄쉬엄하지 않잖아요. 취미도 아닌데 열심히 해야죠. 잠이 안 와서 쓰다 보니 어느새 날이 밝았더라고요."

수호는 눈가가 퀭해져서 쌍꺼풀까지 생긴 안의 얼굴을 붙들고 이리저리 살펴보았다. 파리한 얼굴에 입술도 하얗게 말라 있고 눈가의 푸른색이 짙었다.
"하룻밤 사이에 무슨 일이 있었던 거야? 얼굴이 반쪽이야."
"그게, 여자들이 한 달에 한 번씩 아픈 날 있잖아요. 그거예요."
"아……. 우리 찐빵은 생리통이 심하구나."
가만히 안을 끌어안고 머리를 쓰다듬어 주던 수호가 급히 제 방으로 들어갔다. 잠시 후 그의 손에는 진통제 한 알과 물이 들려 있었다.
"생리통은 참아도 내성이 생기지 않아. 약부터 먹자. 아침 준비는 내가 할게. 들어가서 좀 자든지 누워 있어."

* * *

"출근 시간이 얼마 안 남았는데……."
침대에 눕혀진 안이 다시 몸을 일으키려 하자 수호가 검지로 안의 이마를 꾹 누르며 못 일어나게 했다.
"어딜 일어나려고 해? 약 기운 퍼질 때까지라도 좀 누워 있어."
"그래도."
수호가 엄한 얼굴로 겁을 주는 척을 하자 안은 피식 웃으며 그가 바라는 대로 편하게 누웠다. 이불을 여며 주는 수호의 손길이 좋아 정말로 일어나기 싫어져 버렸다. 생리통 한다고 이렇게 대접받아 본 적은 처음이었다. 안이 그의 손을 잡고 제 볼에 가져다 댔다. 크고 따뜻한 손이 주는 안정감이 배와 허리의 통증까지 달래 주는 것 같았다.
"생각 같아서는 오늘 쉬라고 하고 싶은데……. 내가 너 없으면 일을 못 하니. 하, 안수호가 어쩌다 이렇게 된 거야."

수호는 안의 앞머리를 쓸어 넘겨주며 안쓰러운 표정을 감추지 못했다.

"그런데 생리통에 좋은 약이나 음식 같은 거 뭐 없어? 한약 같은 거 먹는 건가? 아, 그런데 나는 한약은 좀……."

"먹긴 뭘 먹어요. 진통제 먹었으니까 금세 괜찮아질 거예요. 벌써 배 아픈 게 많이 가라앉았어요."

"알았어. 일단 누워 있어. 밥 다 차리면 부를게."

수호는 방문을 닫고 나오면서 주머니 속에 있던 핸드폰을 꺼내 들었다. 생리통에 좋은 음식을 검색하려던 수호는 거실 한가운데에 망연자실 멈춰 버렸다.

"아, 글씨를……."

자신의 무능력을 뼈저리게 느끼면서 수호는 모자를 눌러쓰고 죽을 사러 나갔다.

* * *

안을 눕혀 놓고 혼자 이른 출근을 한 수호는 상림을 발견하고는 뛸 듯이 좋아하며 원장실로 끌고 들어갔다.

"굿모닝, 현 선생."

"네. 요즘 잘 지내세요? 우리 안이한테 잘해 주면서?"

"그럼요!"

수호의 대답은 호쾌했다.

"안이가 워낙 무던하니 이건 뭐 검증해 볼 수가 있어야지."

상림은 날카롭게 굴면서도 입꼬리에 웃음기를 머금고 있었다.

"그런데 저는 왜 이렇게 급하게 찾으시는 거예요? 안이는 어디 갔어요?"

"지금 생리통이 심해서 집에 눕혀 놨어요. 최대한 늑장 부리고 나오라고 했는데 아마 지금쯤 벌써 나올 준비 하고 있겠네요. 은근 고집이 세요."

"걔가 좀 그래요. 하나에서 열까지 지가 다 알아서 하려고 하고. 세상 혼자 사는 사람처럼."

상림의 말이 수호의 뇌리에 박혔다. 안을 세상 혼자이게 두고 싶지 않다는 생각이 스쳤다.

"하여튼. 생리통에는 뭘 먹여야 해요?"

"진통제요."

무심한 대답을 내놓은 상림은 어이없어 하는 수호는 아랑곳하지 않고 책상 위의 아로마 오일을 열어서 향을 맡았다. 그러다 수호의 곱지 않은 시선과 마주쳤다. 내가 너무했나? 상림은 이마를 긁으며 조금은 신중한 척해 보았다.

"그냥 진통제가 제일 좋아요. 배 따뜻하게 하고 있으면 더 좋고. 아! 이런 아로마 오일 중에 그런 쪽으로 효과 있는 거 알아보시든지요."

"오! 그거라도 해 봐야겠네요."

수호는 길 건너 상가에 있던 아로마 오일 샵을 떠올리며 싱긋 웃었다.

"저도 원장님께 드릴 말씀 있어요."

상림이 두 손을 모으고 진지하게 말을 꺼냈다.

"뭡니까?"

"저 한 육 개월, 안식년 좀 주세요. 〈The 미래〉 개원할 때부터 휴가도 거의 못 쓰고 달렸어요. 안 되면 그냥 사표 낼게요."

다른 사람이었다면 사표라는 꼼수를 부린다고 생각했겠지만 상림은 그런 류의 사람이 아니었다. 수호는 자신이 유안 다음으로 신뢰하고 의지하는 현 선생의 빈자리가 벌써 걱정되기 시작했다.

"초록은 동색이라더니. 유 비서도 사표 쓴다고 날 협박하더니 현 선생도 그걸 써먹네."

"팩트는 저희 둘 다 진심이었다는 부분?"

상림의 우스갯소리에도 불구하고 수호의 분위기는 무거웠다. 병원의 오너로서 중요 인력의 구멍이 여간 걱정스러운 것이 아니었다.

"하……. 휴가는 드려야 하는데. 그럼 현 선생 자리 메꿔 줄 인력을 먼저 구해야겠네요."

"그건 제가 찾아봤어요. 대학 후배인데 결혼하고 잠시 쉬던 친구예요. 원장님 일정 맞춰서 면접 시간 잡을게요."

"면접은 뭐. 현 선생이 어련히 잘 알아서 추천하겠어요. 그런데 어디 여행이라도 가세요?"

"한 삼 개월은 해외 의료 봉사를 떠날 예정이고 나머지는 휴식을 겸해서 여행을 좀 다녀오려고요. 그리고 서른 살을 마무리하면서 제 인생도 돌아보고요."

"현 선생 없으면 우리 왕짱은 어쩌나."

수호가 흘깃 눈치를 보며 상림을 떠봤지만, 그녀는 슬쩍 웃기만 할 뿐 평소와 별반 다르지 않았다.

"워낙 성격 좋은 분이니 잘 지내시겠죠. 요즘 소개팅에 열 올리시던데 그사이 짝을 만날 수도 있고."

그 소개팅. 전부 개뻥인데. 왕장은 상림을 자극해 보겠다고 앞에서 소개팅을 하느니 마느니 떠들고 다녔다. 그런데 상림의 반응은 전과 다름없이 시큰둥했고 오히려 병원 내 직원들 사이에서 지조 없는 남자로 찍히는 부작용만 낳았다.

* * *

"뭐라고?"
왕장은 문진용 의자에서 벌떡 일어나 우왕좌왕했다.
"야! 정신없어. 좀 앉아 봐. 육 개월이라잖냐. 그만두는 것도 아니고 잠시 쉰다는데 그럼 어쩌냐. 휴가 안 주면 사표 쓰겠단다. 지나고 나서 생각하니까 이 두 여자는 조용한데 이상하게 강해. 비결이 뭐지?"
그러고 보니 상림이나 안이나 생전 큰 소리 한 번 내지 않을뿐더러 말투가 덤덤하거나 나긋나긋했다. 그런데 도저히 이겨 먹을 수 없는 강단이 있었다.
"어디로 간대? 나도 갈까?"
"라오스였나? 캄보디아였나? 너까지 가기는 어딜 가?"
수호는 다리를 달달 떨며 머리를 굴리는 왕장의 가운을 잡아채서 자리에 앉혔다.
"나 아직 작전도 성공 못 했는데 이렇게 보내?"
풉! 무방비 상태에서 '작전'이라는 소리를 듣고 수호가 웃음을 터트렸다. 작전은 무슨. 군인이었으면 적군에게 밥 먹듯이 고지를 내줬을 놈이었다.

"그 작전 아직도 유효했어? 난 진즉에 포기한 줄 알았지. 별로, 아니, 전혀 먹히지도 않는데 그만두지?"
"아직 마지막 단계가 남았단 말이야."
왕장의 표정이 너무 비장하여 수호는 더 놀리지 못했다.
"뭔데. 들어서 어설프기만 해 봐. 평생 놀려 먹을 거야."
"내가 현 간을 너무 쉽게 봤어. 소개팅 루머 정도로 흔들릴 사람이 아닌데 말이지."
안 그래도 왕장의 계획을 전해 들은 안 역시 고개를 갸우뚱하며 말렸었다.
"상림이가 눈치도 엄청 빠른데 그 정도로 되겠어요?"
안은 그냥 지금 속도로 꾸준히 들이대면 넘어올 거라고 했었다. 하지만 왕장에겐 이미 2년이라는 시간이 지난 상태였다. 더 뜸을 들일 인내심은 남아 있지 않았고, 그에게 더한 인내를 요구한다는 것은 잔인한 일이기도 했다. 게다가 앞으로 6개월은 정성을 들일 기회조차 없다는 사실이 왕장을 조바심 나게 했다.
"왕짱! 아무래도 작전은 접고 조신하게 육 개월 더 기다리는 것이 현 선생의 심금을 울릴 것 같아."
"너 같으면. 유 비서 어디 내보내고 육 개월 동안 안 볼 수 있어?"
수호는 슬그머니 시선을 피하며 책상 서랍을 열고 서류를 뒤적거렸다.
"글씨도 못 읽는 주제에 연극 하지 마!"
왕장은 뽀얀 가운을 펄럭이며 문짝이 날아가도록 세차게 닫고 나갔다.

* * *

수호는 예약이 6개월이나 밀렸다는 유명한 심리 클리닉 상담실에 앉아 있었다. 안락한 리클라이너 체어에 앉은 수호의 마음은 초조하고 불편했다. 최면요법으로 유명한 나이 지긋한 전문가를 바라보는 수호의 눈에는 의심이 가득했다. 과연 웃돈을 주면서까지 예약을 당겨서 올 만한 곳인지 믿음이 가지 않았다.

"그런 눈으로 보면 치료 효과가 없어요. 믿음 없이 치유는 요원합니다."

돋보기를 벗어 마른 융으로 깨끗하게 닦은 심리 치료사는 여유로운 얼굴에 다시 돋보기를 걸쳤다.

"충격으로 인한 일시적 난독증으로 추측하신다고요?"

상담 전 문진했던 차트를 들춰 보던 심리 치료사가 수호의 눈을 응시했다.

"난독증의 원인이 된 사건이 있다면 얘기해 줄 수 있겠어요?"

손깍지를 끼고 초조히게 앉아 있던 수호가 기억을 더듬으며 입을 열었다.

* * *

퇴근 무렵 안을 불러낸 상림은 친구의 몰골을 보고 인상을 찌푸렸다. 걸그룹의 최신곡이 흥겹게 울려 퍼지는 호프집과 전혀 어울리지 않아서 그런지 안의 떼꾼한 얼굴은 아침보다 더 지쳐 보였다.

"야, 너 얼굴 꼴이 왜 그래?"

"생리통에다가 어제 필 받은 김에 밤새 글 좀 썼더니 오늘 많이 힘들다."

피죽도 못 먹은 듯 힘없는 안의 목소리가 소음 속에 파묻혔다.

"들어가서 일찍 자라. 오늘 제대로 달려 볼까 했더니 그랬다간 집에 가는 길에 객사할 분위기네."

상림은 갓 튀겨 나온 후라이드 치킨의 다리를 안의 접시 위에 놓아주었다.

"그 정도는 아닌데. 사실 지금 바로 드러눕고 싶기는 해. 그런데 무슨 일이야?"

"안 원장님이 아무 소리 안 해?"

"응. 너한테 직접 들으라고 하던데."

"일단 목 좀 축이고."

500cc 피처 잔에 가득 찬 차가운 맥주를 단번에 다 비운 상림이 후련한 얼굴로 웃었다.

"나, 조만간 장기 휴가 낸다. 전부터 하고 싶었던 의료 봉사도 하고 여행도 하면서 재충전 좀 하려고. 그런데 지금 보니까 충전은 네가 해야 할 것 같다."

"나? 나 요즘 딱 좋은데? 단지 오랜만에 생리통에 시달려서 상태가 안 좋은 것뿐이야. 장기 휴가도 가능해? 가면 얼마나 있을 건데?"

"휴가는 육 개월 냈는데. 봉사는 삼 개월 정도. 나머지는 자유 시간. 나도 긴가민가하고 안 원장한테 안식년 좀 줍쇼 했는데 바로 OK 하더라. 지질하지 않은 건 옛날부터 마음에 들었어."

정말 기분이 좋은지 상림답지 않게 들뜬 목소리에서 그녀의 흥분이 고스란히 느껴졌다.

"조금 부럽긴 하다."

"야! 많이 부러워야 내가 보람 있지. 이게 연애하더니 배가 불렀어."

안은 조용히 웃기만 했다.

"너, 정말 지금이 딱 좋아?"

"응. 편하고 행복해."

분명 사랑받고 있는 것 같은데. 상림은 무던하다 못해 답답한 경지까지 가는 일이 다반사인 안이 걱정스러웠다. 오전 내내 수호에게 신신당부해 놓은 것이 있긴 했지만 어쩐지 불안 불안했다.

"그래? 하여튼 이 언니 다녀올 동안 잘 지내고 있으라고. 아까 안 원장님한테는 내가 겁 좀 줬다. 유안 모시기를 신줏단지처럼 하라고."

"풋! 그래서? 겁먹어?"

"먹히던데? 그래도 내 협박이 좀 먹히는 거 보면 안 원장이 너 정말 좋아하기는 하나 보다. 아침에도 너 생리통에 뭘 먹여야 좋냐고 묻더라고."

상림의 말을 들은 안의 눈이 동그랗게 커졌다. 양 볼이 볼록해질 정도로 입꼬리가 사정없이 올라갔다.

"정말?"

"어쭈, 좋아 죽네. 좋아 죽어."

"너도 알다시피……. 내가 아프다고 신경 써 주는 사람이 누가 있었니. 아! 너 말고."

상림은 아직도 먹지 않고 있는 닭다리를 집어서 안의 손에 쥐여 주었다.
"야, 야! 그런 거지같던 기억 다 버리고 새 출발만 생각하자. 먹고 힘내!"
"그나저나 너는 어떻게 할 거야? 김 원장님 말이야. 그냥 저대로 두고 가는 거야?"
"데려가냐, 그럼?"
"전혀 생각 없는 건 아니지?"
상림은 허심탄회하게 왕장에 대한 생각을 밝혔다.
"내가 그걸 생각하러 떠나는 것도 있어. 줄기차게 들이댐을 당해서 이젠 나도 헷갈리거든. 그 얼굴에 열 여자 넘게 따를 텐데……. 하필 나한테 꽂혀서 그 양반도 개고생이다."
"상림아, 김 원장님 소개팅 했다고. 그런 거……. 그거 말이야."
"뻥이잖아."
안의 조심스러움이 무색하게 상림은 태연했다.
"역시 네가 이미 알고 있을 줄 알았어."
"야, 그걸 눈치 못 채면 현상림이 아니지. 내가 왕년에 연애할 때 어땠니? 내가 CSI 저리가라인 거 너도 알지? 네 전남편도 나였으면 애까지 낳을 엄두도 못 내고 즉시 걸렸을 거야."
"그러게. 내가 좀 둔하지?"
"둔하지는 않지. 그저 너무 잘 참는 거지. 어쨌든 결과적으로 그놈하고 찢어진 건 해피엔딩이야. 인내의 아이콘께서 그렇게 속전속결로 끝내서 나 좀 놀라긴 했었다."
"그러네, 정말. 이혼도 그렇고 우리 부모님도 그렇고 원장님도……. 나 요즘 뭐에 씐 사람처럼 마음대로 살고 있네."

안은 불과 한두 달 사이에 처리한 일들이 자신의 의지였다는 것이 새삼 놀라웠다.

* * *

집에 들어가자 수호는 보기에도 엄청 무거워 보이는 덤벨을 들어 올리고 있었다.

"운동하고 있었어요?"

"응. 네가 언제 올지 몰라서 시간 때우느라. 바보처럼 TV만 보고 있기는 싫고 해서."

수호는 하던 운동을 멈추고 안의 뒤를 따랐다.

"그 화분은 뭐야? 샀어?"

"네. 원장님 집은 너무 삭막해요. 인테리어도 하얗고 까맣기만 하고……."

새로 들여온 라벤더 화분은 베란다 창가에서 조금 떨어진, 아침마다 해가 잘 드는 선반에 자리를 잡았다.

"그래? 말을 하지 그랬어. 네 마음에 드는 스타일로 인테리어 바꾸지 뭐. 지금은 겨울이라 공사하기 좀 그런가? 당분간 호텔에서 지내도 되는데."

수호의 제안에 잠시 솔깃했지만, 안은 이내 마음을 접었다. 아직 그의 집을 제 마음대로 휘두르고 싶지 않았다.

"아니에요. 멀쩡한 집을 왜……."

안은 어두운 드레스룸에 있던 햄만이의 케이지를 들고 나와서 화분 옆에 올려 두었다. 햄만이는 갑자기 환한 빛이 불편했는지 톱밥

속으로 부지런히 몸을 숨겼다.

"너희 둘이 잘 지내보자."

안은 작고 미미한 동물과 초록색 식물이 주는 정감이 마음에 들었다. 이 정도만 해도 넓고 삭막한 수호의 집이 전보다 아늑해 보이는 것 같았다.

"들어와서 나는 안 보고. 이것들만 본 거 알아?"

라벤더 잎사귀만 살피고 있는 안이 불만인 수호가 그녀의 허리에 팔을 끼워 넣었다.

"밖에서 현 선생하고 무슨 일 있었던 건 아니지? 아직도 안색이 안 좋아."

투덜거리는 수호를 향해 몸을 돌린 안은 그의 볼을 톡톡 두드리며 사랑스럽게 바라봐 주었다.

"아니요. 상림이하고 무슨 일이 있겠어요. 화분을 빨리 제자리에 두고 싶어서 그랬죠. 안수호 어린이는 걱정 그만해요. 식사는 했어요?"

그는 금세 잘도 풀리는 어린이였다.

"아직. 너는?"

"저는 닭다리 하나 먹었어요."

"애걔, 그거 먹고 되겠어? 이리 와. 나하고 같이 먹자."

저녁 먹기에는 다소 늦은 시간이었지만, 다이닝룸에는 아직도 저녁상이 차려져 있었다.

"어휴, 이게 다 뭐예요?"

데친 물미역과 톳으로 만든 샐러드가 안의 자리 앞에 놓여 있었다. 이걸 누가 다 먹는다고. 양이 참 많기도 많았다.

“생리통에 해조류가 좋대. 잠깐 기다려. 지금 매생이국 데우고 있어. 후식으로 생강차도 준비했지. 내가 대신 아파 줄 수는 없고…….”

“고마워요. 정말 고마워요.”

“지나치게 감격하는데? 쑥스럽다.”

수호는 피식 웃으며 안의 앞에 밥을 놓아주었다. 안은 인덕션 앞에 버티고 서서 국이 데워지기를 노심초사 기다리는 수호의 뒷모습을 빤히 쳐다보았다. 저런 모습, 저런 자리는 항상 자신의 역할이었는데. 똥차 가면 벤츠 온다더니. 그런데 이 벤츠에 계속 탑승할 수 있을까.

“욕심도 많지.”

안의 입에서 가느다란 혼잣말이 삐져나왔다.

“응? 뭐라고?”

용케 그 소리를 들었는지 수호가 홱 하고 뒤를 돌았다.

“아니에요. 참, 상림이 장기 휴가 낸다는 말 들었어요.”

“응. 그렇게 됐어. 내일 당장 현 선생 대체할 직원 면접 잡았어. 네가 옆에서 좀 잘 봐 줘.”

“상림이가 추천한 친구니까 뭐 믿을 만하겠죠. 그러고 보니 나도 상림이가 추천한 친구네.”

식탁으로 두 그릇의 매생이국이 배달되었다.

“뜨거우니까 조심해서 먹어. 현 선생은 너를 물어다 준 황새니까 특별히 장기 휴가 컨펌했지.”

“있잖아요. 나 처음으로 원장님 봤을 때.”

“TV에서 보고 컵 깨드렸다고? 그거 저번에 얘기했어.”

"아니요. 나 병원에 데려다줬을 때."

수호가 희미하게 미간을 찌푸렸다. 그때 기억을 되살리는 중이었다.

"아, 그때!"

"나 그때 엄청 엉망이었는데……. 원장님이 갑자기 나타나서 얼마나 창피했는지 몰라. 막 떨리고. 너무 긴장해서 잠깐 통증을 잊었을 정도였어요."

수호는 사실 그때 안의 모습이 거의 기억에 없었다. 하지만 수호는 안이 하는 말을 들으며 고개를 끄덕이고 웃어 주었다. 여고생처럼 종알종알 그때 일을 털어놓는 안은 오늘 중 가장 쌩쌩한 모습이었다.

"그때부터 이 오빠의 매력에 넋을 놓은 거야?"

"네."

가만 보면 이 여자, 허를 찌르는 재주도 남다르다.

"오늘 나 쑥스럽게 하려고 작정한 건가? 나는 농담인데 너무 진지하게 그렇다고 하니까 민망하잖아."

"그때 보고 다시는 볼 일 없을 줄 알았는데. 사람 앞일 모른다더니."

"나도 내가 유안한테 이렇게 정신 못 차리게 될 줄 몰랐는데. 남녀 앞일 모른다더니."

둘은 키들거리며 웃었다. 여전히 안색은 별로였지만, 수호와 함께인 안은 무척 편안해 보였다.

"좀 팍팍 먹어."

"네. 열심히 먹고 있어요."

안은 이 든든하고 자상한 남자의 곁에 꼭 붙어 있고만 싶었다.

* * *

샤워를 마치고 안의 침실로 들어간 수호는 쯧, 혀를 차고 말았다. 마시라고 챙겨 준 생강차는 다 식은 상태로 테이블에 그대로였다.

"많이 피곤했나 보네."

푹 잠이 든 것이 확실했다. 두 팔을 하늘 높이 들고 나비잠이 들면 깊은 잠이 들었다는 증거였다. 수호가 이불 속으로 파고들어도 안은 아무것도 몰랐다. 안이 입고 있는 티셔츠를 들추고 배에 손을 대자 움찔 떨며 눈을 떴다.

"미안. 많이 놀랐어?"

"네. 갑자기 배에 뭐가 들어오니까 놀라죠. 뱃살도 많은데."

말랑한 안의 몸을 사랑하는 수호로서는 그녀의 부끄러움을 이해할 수 없었다. 이렇게 좋은 걸 자꾸 빼야 한다고 할 때마다 몹시 마음에 들지 않았다.

"그런데 배가 왜 이렇게 차? 이러니까 아프지."

냉골 같은 배에 체온이 높은 커다란 손이 닿자 안은 기분이 좋았다. 스멀스멀 수호의 품으로 기어들어 갔다. 그의 넓은 가슴통을 울리는 그윽한 웃음소리에 마음까지 편해졌다. 따뜻한 손이 시계 방향으로 둥글게 배를 마사지해 주자 안의 눈이 다시 감겼다.

"참, 안아."

"네……."

"현 선생 말이야."

"네……."
"왜 꽃미남을 싫어해? 나는 안 싫어하지?"
"원장님은 꽃미남이 아니잖아요. 그리고……."
안이 부스럭거리며 몸을 뒤척이자 수호는 그녀가 편하게 누울 수 있도록 베개를 매만졌다. 안은 가물거리는 정신으로 수호의 질문에 답했다.
"상림이가 예전에 사귀던 남자가 엄청 잘생겼었어요. 완전 꽃미남. 대학 선밴데 학교가 떠들썩하게……."
"왕짱보다 더?"
"네……. 진짜 영화배우 저리 가게 잘생겼었어요. 그런데 지가 잘생긴 걸 너무 잘 알아서……."
그래서? 잠잠해진 안의 호흡이 고르게 들렸다.
"자는 거야? 아니, 말을 하다 자 버리면 어떡해? 이 여자가 여기서도 끊기 신공을 쓰네."
고롱고롱. 안은 수호의 궁금증만 잔뜩 부채질해 놓은 채 나 몰라라 잠들어 버렸다.

* * *

상림은 당분간 못 볼 직원들에게 돌릴 모닝커피를 양손 가득 들고 출근했다. 평소의 왕장이라면 득달같이 달려가 상림의 짐을 냅다 들어 줬겠지만, 오늘은 그럴 기분이 아니었다. 데스크 직원들에게 커피를 나눠 주는 상림을 바라보는 왕장의 표정은 원망과 미련, 그리고 애정이 뒤섞여 오묘한 슬픔을 자아냈다.

"김 원장님은 라떼죠?"

그런 제 마음도 몰라주고 상림은 오늘도 시크했다. 가운 주머니에 손을 꽂고 있던 왕장은 아무 말 없이 상림이 건네는 커피를 받아 들었다. 그 냉랭한 기운이 상림 역시 처음인지라 그를 유심히 쳐다보게 되었다. 여자보다 더 고운 피부와 반듯한 눈썹, 그리고 매끈하고 오뚝한 콧날이 참 부담스러웠다.

"오늘 기분 별로세요? 어디 안 좋아요?"

"나한테 신경 끊어요."

왕장은 냉기를 폴폴 날리며 수호의 원장실로 들어갔다.

"뭐야. 어디서 신경질이야. 또 다른 작전인가?"

상림은 눈썹을 일그러뜨리며 왕장이 세게 닫은 문을 노려보았다.

"유 비서는 오늘도 늦게 나오나?"

온기 가득한 라떼를 빨아 마시며 왕장은 아직 보이지 않는 안의 안부를 물었다.

"응. 오늘도 몸이 안 좋아서 최대한 늦게 나오라고 했어."

"어디가 아픈데?"

"그냥 몸살. 그러는 너는 얼굴이 왜 그 모양이냐?"

"밖에서 현 간이 그 예쁜 얼굴로 생글생글 웃으면서 직원들한테 커피 돌리고 있다. 떠나는 게 그렇게나 좋은 모양이다."

"예쁜 얼굴이라……."

수호는 반박하고 싶은 마음을 꾹 눌렀다. 뭐, 제 눈의 안경이니 토달 일은 아니었다.

"참! 내가 어제 유 비서한테 물어봤어. 현 선생이 왜 꽃미남을 싫어하냐고."

“그래서? 뭐라고 그래?”

왕장은 커피를 내려놓고 의자를 바짝 끌어당겨 앉았다. 상림의 측근과 꽁냥거리는 처지에 중요한 정보를 이제야 물어 온 수호가 조금은 얄미웠지만, 일단 정보를 습득하는 일에 집중했다.

“예전에 사귀던 대학 선배가 엄청나게 잘생겼었대. 캠퍼스가 떠들썩했대.”

“그래? 그래서 뭐가 어떻게 된 거야? 그 새끼가 현 간을 찼어? 바람이 났나? 혹시 불치의 병으로 먼저 갔나?”

“거기까지밖에 못 들었어.”

“……!”

왕장은 가슴 깊은 곳에서 끓어오르는 용암보다 더 뜨거운 분노를 콧김으로 분출했다.

“이따가 유 비서 출근하면 다시 이어서 물어볼게. 나가 봐.”

안에게 당한 끊기 신공을 왕장에게 써먹은 수호는 느긋한 얼굴로 턱짓하며 나갈 것을 명령했다.

7

"4,500원입니다."

담배 바코드를 찍은 편의점 직원은 지친 모습으로 지갑을 연 신준에게 카드를 받아 리더기에 꽂았다. 계산을 기다리는 굼뜨게 느껴지는 짧은 시간이 지났다.

"다른 카드 없으세요?"

"왜요? 안 돼요?"

"한도 초과로 나오는데요?"

"아……. 그러면 현금으로 계산할게요."

지갑 속에 달랑 한 장 남은 만 원권을 헐어 썼다. 편의점을 나서는 신준은 뒤통수가 화끈거렸다. 지난달부터 매번 카드마다 한도 초과 안내를 받고 있었다. 동네 창피하다는 생각이 들었다. 월급날이 얼마나 지났다고 벌써 카드 한도를 꽉 채웠을까? 진주의 씀씀이를 관리하는 차원에서 가족 카드를 발급받았지만, 나아지는 점은 없었다.

바람피운 벌을 이제 받는 걸까. 1년이 지나기를 했나, 반년이 지나기를 했나. 윤택했던 삶의 질이 한순간에 곤두박질쳤다. 결혼 5년 만에 마련했던 괜찮은 동네의 번듯한 신축 빌라도 사라지고 집안 꼴은 가관도 아니었다.

살림을 합친 어머니의 오래된 집 대문 앞에서 신준은 한참 동안 서성였다. 더 이상 퇴근 후 집에 들어가는 것이 기쁘지 않았다.

"돈이 있어야 술 한잔이라도 걸치지! 젠장!"

마당에 널린 이불은 어둑한 밤인데도 그대로였고, 현관은 널브러진 온갖 신발들로 정신 사나웠다. 쾌적하고 아늑한 집에서 단정한 모습으로 저녁을 준비하고 있던 아내는 이제 없었다.

"다녀왔습니다."

칠십이 다가오는 모친은 돌이 지난 준우를 업고 거실에 흩어진 장난감을 발로 밀어내고 있었다. 그 게으르고 신산한 모습에 자연히 인상이 써졌다.

"준우야! 아빠 왔다."

그나마 아빠를 알아보는 준우가 반갑게 맞아 주었다.

"진주는요? 또 어디 나갔어요?"

"방에 들어가서 꼼짝을 안 한다. 신준아, 너 내 방으로 잠깐 들어와 봐."

오늘은 또 무슨 일 때문일까. 신준은 도살장으로 끌려가는 소처럼 무거운 발걸음을 꾸역꾸역 옮겼다.

"왜요? 진주랑 또 싸우셨어요?"

"어른이 애하고 싸우니? 어린것이 대드는 거지! 그나저나 뭐 저런 물건이 다 있어?"

"오늘은 뭔데요?"

"무슨 사업을 한다고 몇 날 며칠 물건을 잔뜩 사들이더니 이제는 그 사람들하고 워크샵인지 뭔지 여행을 가겠다고 난리다."

신준은 베란다와 거실에 쌓여 있는 박스들이 떠올랐다. 미처 신경 쓰지 못하고 있던 사이에 진주는 또 무슨 일을 꾸미는 건지.

"네? 여행이요? 그 사람들이 누군데요? 그리고 애는 어쩌고 여행 타령이래요?"

"애는 나더러 보라고 하면서 빽 소리를 지르더라고. 아무래도 저것이 좀 미친 것 같아. 그러면서 여행 경비로 백만 원이 모자란다고 나더러 달라고 한다. 저거 정신병자 아니니? 넌 어떻게 씨를 뿌려도 저런 기한테 뿌렸어?"

"……."

저녁도 못 먹고 들어온 신준은 허기짐 때문인지 다리가 꺾이며 풀썩 주저앉았다. 사업, 여행, 백만 원이라는 단어가 송곳이 되어 관자놀이를 찔러 댔다.

"저, 신준아."

신준 모친의 목소리가 은근한 것이 이 노인네도 꿍꿍이가 있는 듯했다.

"네."

"안이, 걔 말이야. 요즘 어떻게 지내는 줄 알아?"

"그 사람은 왜요? 혼자 잘 먹고 잘 사나 봐요. 편하겠죠. 오라 가라 하는 시어머니가 있나."

"너 꼭 내 탓을 하더라?"

신준의 모친은 주저앉아서 양말을 벗는 아들의 머리꼭지를 노려보았다. 애만 달랑 빼 올 것이지 멀쩡한 며느리까지 내보내고 나이 어리고 개념 없는 계집애를 집안에 들인 것이 내심 못마땅하던 차였다.

"안이……. 다시 합치자고 해 봐. 이제 아들은 있으니까 괜찮잖아. 안이가 하던 대로 살면 되니까 속은 편하지 않겠어?"

신준은 너털웃음을 터트렸다.

"그 사람 하던 대로 살라고요?"

함께 살 때는 몰랐다. 그녀의 바지런함과 똑소리 나는 살림 욕심을. 일류 종합병원 간호사로 넉넉한 월급을 받아서 신준의 빈약한 월급을 채우면서도 불평 한마디, 생색 한 번 낸 적 없던 여자. 규모 있게 살림을 가꾸는 손끝이 여문 사람이었다.

1년이면 여덟 번이나 있는 제사며 가족들 생일에 친인척 경조사까지 일일이 챙기면서 단 한 번도 잊은 적이 없었다. 시어머니 등쌀에 '아야' 소리 한 번 뱉은 적 없었다. 요구하는 대로 달에 두 번 시댁에 들러서 욕실, 주방, 마당 청소를 했으며, 철마다 시어머니의 이불 정리와 옷 정리까지 깔끔했었다.

정작 여자는 살림 손끝이 단정하고 집안을 일으키는 남자한테 잘해야 한다고 윽박지르던 제 모친은 게으름의 끝판왕이었다. 입만 달고 안을 부려 먹던 성미 고약한 노인네의 모습이 이제야 제대로 눈에 들어왔다.

"엄마한테 도대체 그 사람은 뭐였어요?"
지나고 보니 실컷 부려 먹어 놓고 당연하다 생각했었다. 아프다고, 힘들다고……. 한 번쯤 말이라도 하지. 미련한 여자 같으니.
"뭐긴? 며느리지. 솔직히 안이 걔가 애 못 낳는 거 빼고는 아주 괜찮았더라고. 어디 가서 도우미를 해도 재벌 집 집사급이라고 하더라."
"누가요?"
"내 친구들이. 걔가 없으니까 화단도 엉망이고 이불 빨래해 주는 사람도 없고……. 애 보랴, 살림하랴, 내가 아주 죽겠어. 안이 좀 연락해 봐."
"엄마가 해 봐요. 내 전화 받지도 않아요."
"어머! 그래? 얌전한 것들이 그렇게 독하다니까. 내 전화는 받지 않을까? 걔가 그래도 예의는 발라서 어른 전화는 받을 텐데."
신준은 태어나서 처음으로 자신의 모친이 염치는 없고 욕심은 많은 사람이라는 것을 깨달았다. 그러면서도 제대로 말리지 않는 자신의 염치없음은 깨닫지 못했다

* * *

아침 출근길. 붐비는 광나루역 계단을 막 벗어난 상림 앞에 왕장이 보였다. 3미터 전방. 아리따운 어린 처자와 함께 커피를 마시며 담소를 나누는 모습이 꾸며진 듯 암수 서로 정다웠다. 무시하고 지나치려는 순간 눈이 마주쳤다.
"현 간!"

으스대듯 일부러 상림을 부른 티가 참, 많이도 났다.

"안녕하세요."

그래도 아침이니까. 상림은 쾌청한 모습으로 왕장에게 인사를 했다. 왕장의 곁에 딱 붙어선 하얗고 조막만 한 얼굴에 하늘하늘 여린 몸매를 한 아가씨가 상림에게 가볍게 눈인사를 했다.

"인사해, 현 간. 내 여……자 친구야."

"네. 소개팅 끝에 미인을 얻으셨네요. 그런 전 이만. 인수인계가 바빠서."

미련 없이 사라지는 상림의 뒷모습을 하염없이 보던 왕장은 아직도 눈을 떼지 못한 채 옆에 있는 옥남을 툭툭 건드렸다.

"예쁘지?"

"솔직히 말해도 돼?"

"아니, 하지 마! 그냥 예쁘다고 해."

"예뻐. 근데 저 언니, 오빠한테 정말 관심이 1도 없어 보여."

"이미 아는 사실을 굳이 픽스하지 마."

"알았어. 돈부터 줘."

왕장은 주머니에서 지갑을 꺼내 오만 원권 두 장을 뽑아 들었다.

"오예!"

그러나 옥남의 손끝은 신사임당을 스치기만 했다.

"뭐야! 오빠! 지금 떼어먹으려는 수작?"

"이게 하늘같은 오빠한테 수작? 말버릇하고는. 이따 점심때 한 번 더 와. 그러면 이십만 원 더!"

"콜!"

"단! 뛰어난 연기력 필수야. 지금 좀 어설펐어!"

"남 말 하신다, 진짜. 오빠가 더 티 났어. 오빠나 잘해!"
옥남은 왕장의 손에 있던 오만 원권을 독수리보다 더 용맹하고 날렵하게 채 갔다.

* * *

출근하자마자 옷도 갈아입지 않은 왕장이 수호의 원장실 문을 대차게 열었다. 예압! 나이스 타이밍! 의자에 털썩 내던져지는 수호를 목격한 왕장은 어제의 앙갚음을 했다는 사실에 만족해서 호탕한 웃음을 터트렸다. 분명 찰나의 시간이었지만, 둘의 입술이 흡착된 순간을 보았다.
"하하하! 유 비서, 보기보다 힘이 장사네요."
사람이 위급한 상황에서 괴력을 발휘한다는 가설이 입증되는 순간도 목격했다. 후다닥 놀란 안이 밀어낸 힘에 어이없이 점프한 수호는 순간 이동이라도 당한 사람처럼 얼빠진 얼굴이었다.
"아침부터 또 왜 들어왔어."
괜히 모니터를 들여다보는 수호를 비웃으며 왕장이 환자용 의자에 앉았다.
"야, 어쭙잖게 글씨 보는 척하지 말고, 유 비서도 여기 좀 앉아 봐요."
한쪽에서 쭈뼛거리고 섰던 안까지 자리에 앉힌 왕장이 신문하는 형사처럼 살벌한 눈빛을 빛냈다.
"자, 어제에 이어서. 얘기 좀 해 봐요."
"뭘요?"

수호가 웃는 이유도 모른 채 안은 두 남자를 번갈아 봤다.

"안아, 네가 나한테 현 선생 옛날 남자 친구 얘기하다 말았잖아. 그거 이어서 말하라는 거야."

"아……. 그걸 또 김 원장님한테 말했어요? 상림이가 알면 싫어할 텐데요."

"비밀 지킬게요. 도대체 왜, 뭣 때문에 잘생긴 남자가 싫다는 겁니까? 나 태어나서 처음으로 부모님을 원망했다고요."

"어머, 감사하셔야지요."

왕장은 두 손을 휘이휘이 내저으며 주위를 정리했다.

"다 됐고! 알았으니까. 도대체 왜 그런 거예요?"

"음……. 그 오빠가 대단한 바람둥이였어요."

"오빠? 현 간이 오빠라고 부르던 놈이 있었어요? 현 간하고 안 어울리는데 그 새끼는 되게 부럽네."

"허! 오빠? 지금 오빠라고 했어? 유 비서는 나한테도 안 쓰는 말을 왜 거기서 쓰나?"

쓸데없는 부분에서 흥분한 두 남자의 맹공격에 정신이 혼미해진 안이 책상을 두드렸다.

"조용히 좀 해요. 그땐 대학생이었으니까 다 오빠라고 불렀어요."

두 남자는 여전히 마음에 안 든다는 표정이었지만, 안의 다음 말을 들어야 했기에 꾹 눌러 참았다.

"상림이가 원래도 눈치가 빠르긴 했지만, 유난히 잘 잡았어요. 나중에는 여자애들이 거꾸로 상림이한테 만나자고 해서 그 오빠랑 헤어져 달라고 하기도 했어요. 하여튼 마음고생이 심했어요. 거짓말도 밥 먹듯이 하고 생전 밥 한 번 산 적이 없어요. 아예 지갑을 안 들고 다녔다니까요. 상림이 생일도 다 까먹고."
"개망나니네. 어쩌다 그런 거지같은 놈을 만나서."
주먹 쥔 왕장의 뼈마디가 하얗게 질렸다.
"그 오빠가 엄청 따라다녀서 사귀었거든요."
"역시 마성의 현 선생. 그럴 미모가 전혀 아닌데."
왕장의 하얀 눈이 수호를 죽일 듯이 쏘아보았지만, 눈치 없는 수호는 안만 쳐다보고 있었다.
"그리고 여덟 번째였나? 열한 번째였나? 하여튼 마지막으로 바람 피우는 현장 목격하고……."
"뭐요? 열 번이 넘어? 우리도 이 얼굴에 여자가 겨우 두 번째인데! 그거 뭐 하는 놈이지?"
왕장과 수호는 서로를 쳐다보면서 억울하다는 얼굴로 울분을 토했다.
"좀! 가만히 좀 계시라고요. 진료 시간 다가오는데 자꾸 말 끊으실래요? 하여튼 그때 상림이가 그 자리에서 다 끝냈어요. 그랬는데 이번에는 절대 못 헤어진다고 스토킹하고."
"저런!"
"아오! 우리 현 간, 불쌍해서 어쩌냐."
정말 왕장의 눈이 붉게 충혈되어 있었다. 그 무심한 여자가 얼마나 속을 끓였을까 생각하니 애간장이 끊어지는 심정이었다.
"한 이 년 조용하더니 또 연락이 왔었어요. 제발 한 번만 더 기회를 달라고. 그랬는데……."
"그랬는데!"
"온갖 SNS 계정을 다 털었더니 며칠 전에 웨딩 촬영한 거랑 청첩장 시안 사진이 올라와 있더라고요."
"어허!"
"죽여 버리고 싶은 캐릭터다."
"그래서 상림이가 남자한테 데였다고 하는 거죠. 특히 얼굴값 하는 것들 재수 없다고 노래를 해요."
왕장은 책상 위의 거울로 제 모습을 들여다보며 중얼거렸다.
"나는 얼굴에 비해 참 경제성 있게 행동하는데. 그 자식 때문에 나까지 피 보네."
"그래서 상림이는 허풍 떨고, 거짓말하는 걸 제일 싫어해요. 그리고 솔직히 잘생긴 거 싫은 사람이 어디 있겠어요. 그러니까 김 원장님도 쓸데없이 소개팅이다 뭐다 뻥 치지 마세요. 상림이가 이미 다 알고 있어요. 괜히 점수만 깎아 먹고 계신 거라고요."
"알고 있다고요? 아! 어떡하지?"
"왜? 또 뭔 짓 했어?"
"넌 몰라도 돼. 고마워요. 유 비서, 이 은혜는 잊지 않을게요!"
왕장은 급히 수호의 원장실을 나서며 전화를 걸었다.
"얘가 왜 또 전화를 안 받아."
거짓말을 싫어하는 여자를 속이다가 큰 기회를 잃을 위기를 느꼈다. 왕장은 상림에게 들키기 전에 아침에 했던 작당 모의의 수습이 급해졌다.

* * *

왕장이 연락이 닿지 않는 옥남 때문에 전전긍긍하는 사이 점심시간이 다가왔다. 수호는 오전 진료 차트를 정리하는 안을 붙들고 진하게 입맞춤을 했다.

"요 며칠 자연의 섭리에 굴복해서 얌전하게 지냈더니 힘드네. 언제쯤 안고 잘 수 있어?"

노골적인 말을 들은 안은 수줍게 웃으며 딴청을 부렸다.

"원장님, 점심 뭐 드실래요?"

"글쎄, 나는 됐고. 네가 제대로 못 먹었잖아. 네가 골라 주는 거 먹을게."

"그럼, 나 저 길 건너 골목에 있는 할머니 김치찌개 먹고 싶어요. 칼칼한 거 먹으면 입맛이 좀 돌 것 같아요."

"거기? 음……. 맛있긴 한데. 너무 허름해서 좀……."

"우우웅."

안아, 어색해. 수호는 목구멍까지 올라오는 말을 간신히 삼켰다. 얼굴이나 빨개지지 말든지. 수호는 이마까지 빨개진 안의 얼굴이 더 애교스럽게 느껴졌다.

"애, 애교야?"

"네. 죄송해요."

"풉! 알았어. 나 홈쇼핑 MD한테 전화 올 것 있으니까 그것만 받고 가자."

"거기 늦으면 줄 엄청 긴데. 그럼 제가 먼저 가서 주문해 놓고 있을게요."

"그럴래?"

안이 나가고 10여 분이 훌쩍 지났다. 연락받기로 한 홈쇼핑 MD에게 전화가 오지 않자 마음이 급해진 수호가 시계를 확인하며 전화기를 들었다. 그때, 요란한 소리가 귀청을 찔렀다. 들려야 할 전화벨 소리가 아니었다. 불길할 정도로 시끄러운 사이렌 소리. 익숙한 병원 응급차의 소리도 들렸지만, 이것은 소방차가 지나가는 소리였다.

수호는 왠지 불안한 마음에 안에게 전화를 걸었다. 수호는 통화 연결음을 들으며 창밖을 내다봤다. 길 건너 어딘가, 먹구름 같은 연기가 뭉게뭉게 피어오르고 소방차와 응급 앰뷸런스가 줄지어 달리는 것이 보였다.

꽝!

문짝이 부서질 듯 열리는 소리에 로비에 남아 있던 직원들이 소스라치게 놀라며 수호를 쳐다봤다. 그 모습을 뒤로한 채 수호는 엘리베이터도 기다리지 못하고 뛰어 내려갔다. 계단을 서너 개씩 뛰어 내려가면서도 수화기를 귀에 꼭 붙이고 있었다.

"안아……. 전화 좀 받아라, 제발."

결국, 상황에 어울리지 않는 친절한 안내 멘트 음성을 끝으로 통화는 종료되었다. 횡단보도 신호에 걸린 수호는 다시 왕장에게 전화를 걸었다.

"장! 너 어디야?"

– 나? 병원이지.

"혹시 안이 봤어?"

– 아까 점심 먹으러 간다고 하면서 나가던데. 왜?

"혹시 현 선생도 같이?"

– 아니. 현 간은 지금 내 옆에 있어. 왜 그래? 무슨 큰일이라도 났어?

"안이가 길 건너 김치찌개 집으로 갔는데. 불이 난 거 같아."

수호는 그대로 통화를 끝내고 전력을 다해 달렸다. 그리고 눈앞의 펼쳐진 상황 앞에 좌절했다. 골목은 입구부터 복잡했고 소란스러웠다. 혹시나 했던 기대가 무참히 깨어졌다. 너무 허름해서 수호의 마음에 들지 않던 김치찌개 집은 뜨거운 열기와 유독가스를 뿜어 대며 불타고 있었다. 구경하러 나온 사람들로 가득 메워진 좁은 골목에서 소방대원들이 소방 호스를 들고 건물로 뛰어가는 것이 보였다.

"지금 가까이 가시면 안 됩니다!"

현장 정리를 위해 투입된 경찰이 무모하게 뛰어드는 수호의 앞을 막았다. 불길이 내뿜는 열기는 대단했다. 꽤 먼 거리에서도 얼굴이 화끈하고 머리카락이 나풀거릴 정도로 뜨거운 기운이 넘실거렸다.

"저 안에! 아는 사람이 있습니다!"

"그래도 안 됩니다. 질서 좀 지켜 주세요! 어이! 최 경장, 이리 와서 나 좀 거들지!"

"안에! 제 약혼자가 있습니다! 부탁합니다. 찾아와야 합니다!"

경찰은 난감한 표정을 지었지만, 소신을 꺾지 않았다.

"이러시면 구조 작업이 더 늦어집니다! 이성적으로 판단하세요."

날뛰던 수호는 그 말에 더 고집을 부릴 수 없었다. 자신 때문에 안이 더 위험해질 수 있다는 것을 깨달았다. 자신이 할 수 있는 일이 없었다. 얌전히 기다리는 것이 최선이라는 현실이 잔인하게 느껴졌다.

"답답하시겠지만 기다리시면 구조 현황 파악해서 알려 드리겠습니다. 사람들이 거의 빠져나왔다고 하니 너무 걱정하지는 마십쇼!"

"네. 꼭 좀 부탁드립니다. 하얀색 코트를 입고 긴 머리를 하나로 묶은 젊은 여자입니다."

"이삼십 대 여성? 하얀 코트 말고 혹시 보라색 정장 같은 거 입은 여자 찾아요? 대부분 외투 벗은 상태로 구조됐어요."

옆에 있던 젊은 경찰이 안으로 추정되는 여자를 보았다고 나섰다.

"네! 맞아요! 보셨습니까?"

경찰의 대답을 기다리는 짧은 시간, 수호는 입이 마르고 속이 탔다. 마치 자신이 불에 타는 기분이었다.

"조금 전 빠져나간 응급차에 탔어요. 할머니 모시고 나오느라 거의 마지막에 나와서 기억나요. 한라의료원 응급실로 가 보세요."

"상태는 어땠습니까?"

"유독가스를 마셨는지 힘들어 보였는데 생명에 지장은 없을 것 같았어요."

한시름 놓은 수호는 두 손을 무릎에 의지하고 버텼다. 앞에 있는 경찰에게 큰절이라도 하고 싶을 만큼 고마웠다.

"감사합니다. 정말 감사합니다."

수호는 즉시 큰길로 달려가 택시를 잡아탔다. 그냥 가지 말라고 할걸. 가더라도 기다렸다가 같이 가자고 할걸. 수호는 달리는 택시 안에서 모든 상황을 되돌리며 후회하고 있었다.

* * *

택시에서 내려 허겁지겁 응급실로 뛰어 들어가자 입구에 있던 안내 직원이 다가왔다.

"무슨 일이시죠?"

"화재 현장에서 실려 온 환자들은 어디 있습니까?"

"보호자신가요?"

"네! 유안이라는 삼십 대 여성을 찾습니다."

"음……. 명단에는 안 보이지만, 의식 없이 오신 분 중에 젊은 여성이 한 분 계세요."

안내를 받아 들어간 응급실은 당연히 정신없었다. 화재 현장에서 구조되어 온 환자들은 이미 여기저기 흩어져 치료를 받고 있다고 했다. 간호사에게 안내받은 침상에는 안이 깊이 잠든 사람처럼 고요하게 누워 있었다. 의료진과 환자들이 분주하게 오가는 아비규환 속에서 평온하게 잠든 그녀가 이질적으로 보였다. 그 모습이 마치 죽은 사람을 연상시켜 불길하게 느껴졌다.

가까이에서 본 안의 모습은 평소의 단정함과 거리가 멀었다. 얼룩덜룩해진 옷과 검댕이 묻은 얼굴, 그리고 물씬 풍기는 탄 냄새가 스산하게 느껴졌다. 안의 눈꺼풀을 열어 동공 반응을 살피면서 수호가 간호사를 불렀다.

"이 환자, 지금 어떤 상태입니까?"

"그게 여기 차트를 보면……."

간호사가 침대 발치에 꽂혀 있던 안의 진료 차트를 들여다봤다.

"올 때 이미 의식이 없어서 ABGA(arterial blood gas analysis, 동맥혈가스검사 : 신체의 산, 염기 균형과 산소 공급 상태를 파악하기 위한 검사) 돌렸고요. 결과는 좀 기다리셔야 합니다. 다행히 바이탈은 정상입니다. 그리고 음……."

사방에서 다급하게 불러 대는 소리에 간호사도 정신이 없어 보였다. 수호는 간호사가 들고 있던 차트를 뺏었다. 누구보다 간호사의 입장을 잘 아는 그였지만 말이 곱게 나가지 않았다.

"응급실 근무 처음입니까?"

무뚝뚝하고 음산한 목소리로 간호사를 탓한 수호는 차트를 들여다보았다.

"왼팔은 2도 화상으로 기록되어 있는데 표제성입니까? 번 실드 드레싱은 OK, 뇌 확산 MRI는 언제 들어갑니까? 깨어나면 통증이 심할 텐데 이부로펜으로 견딜 수 있을지……."

"거기 기록이 안 됐나요? 표제성 맞고요. MRI는 지금 더 급한 분들이 먼저 진행 중이세요."

수호와 간호사는 머리를 맞대고 안의 오더 기록을 보고 있었다.

"수호야!"

어느 틈에 도착했는지 왕장이 상림과 함께 근심 가득한 얼굴로 서 있었다.

"야! 너까지 여길 오면 어떻게 해? 내 예약까지 네가 맡아야 할 판국에."

상림이 버럭거리는 수호를 지나쳐 안에게 다가갔다.

"병원 걱정하시는 거 보니까 우리 안이는 무사한가 보네요."

"야, 안수호, 그런데 너 지금 차트 읽었어? 그런 거야?"

"어?"

그러고 보니 급한 나머지 자신이 안의 진료 차트를 읽어 버렸다. 수호는 손에 들린 진료 차트를 다시 한 번 들여다보았다.

C.C : altered status

P.I : 화재 현장 내원, 정황 아는 보호자 없음, 본인 대화 불가로 Hx. 보충 필요

p.Ex : drowsy M.S

both arm redness, multiple bullae

Imp : 1. R/O CO intoxication

2. flame burn. both arm. depth unspecified

plan : ABGA, CXR, Brine CT

"그, 그러네?"

수호는 막힘없이 한글과 영어, 그리고 숫자가 휘갈겨 쓰인 진료 차트를 무리 없이 읽어 내려갔다.

"안이의 살신성인으로 원장님의 실연 병이 한 방에 나았네요."

"오! 사랑의 힘?"

믿을 수 없도록 극적인 상황이 벌어졌다. 조금 전까지도 안이 읽어 주지 않으면 어쩔 수 없었던 난독증이 이렇게 허무하게 해결되었다. 수호는 안의 상태를 걱정스럽게 들여다보는 상림을 멍하게 쳐다보고 있었다.

"나, 이거 일시적으로 잠깐 나은 건가?"

"혹시 모르니까 다른 글씨도 좀 읽어 봐라. 유 비서는 크게 걱정 안 해도 되는 것 같으니까 나 먼저 들어가 볼게. 안 그래도 지금 병원이 난리야. 너하고 유 비서하고 무슨 사이냐고."

"뭐? 갑자기 왜 그런 말이 돌아?"

"네가 길길이 날뛰는 것을 본 코디들이 있더라고. 약혼자 구하러 들어갈 거라고 소리 질렀다며?"

"아……."

"그러더니 너하고 유 비서가 나란히 안 들어오네. 그동안 긴가민가했던 정황들을 모두 모아서 결론 내린 거 같더라. 이제 어쩔 거냐?"

"어쩌긴 죄지은 것도 아닌데……."

수호는 팔에 드레싱을 한 채 그녀답게 조용히 누워 있는 안을 안쓰럽게 바라보았다. 이만하길 다행이었지만, 아직도 화재 현장의 생생한 불길이 그녀를 둘러싼 순간을 생각하면 심장이 내려앉았다.

"내가 항상 지켜 줘야지. 그래야 나도 살아."

수호는 넋 나간 눈으로 세상 진지한 독백을 했다. 왕장은 입술을 늘어뜨리고 매우 비위 상한다는 표정으로 그런 수호를 쳐다보고 있었다.

* * *

눈을 뜨니 시야가 가물가물했다. 다 저녁이 되어 정신을 차린 안은 제일 처음 눈에 들어온 병실 천장의 모습에 잠깐 어리둥절했다. 그리고 짧은 장면들이 플래시가 터지듯 토막토막 떠올랐다.

"헉!"

"안아!"

병실 창가에 서서 밖을 내다보고 있던 수호가 득달같이 안에게 뛰어왔다.

"원장님! 여기 병원인 거죠?"

안의 곱고 예쁜 목소리가 쉰 소리로 거칠게 나왔다.

"저 괜찮은 거죠?"

침대 옆에 앉은 수호가 안의 머리를 찬찬히 쓸어 주었다.

"그래. 검사 다 끝내고 입원실로 올라왔어."

"사람들은요?"

"다행히 사망자는 없고. 너도 괜찮아. 왼팔에 화상이 좀 심해."

"다행이다, 정말. 음! 음! 그런데 목이 좀 불편해요."

"연기도 좀 마셨고 화기 때문에 목이 약간 상했을 거야. 지금은 진통제 때문에 잘 모르겠지만 약 기운 떨어지면 아플지도 몰라."

안은 목구멍에 가래가 낀 것 같은 불편함을 느끼며 잔기침을 했다. 수호가 미지근한 물을 줬지만 별 효과는 없었다.

"너, 정말. 할머니 모시고 나오느라 제일 끝에 나왔다면서?"

불만 가득한 수호를 본 안은 침대 가에 얹힌 그의 팔을 토닥이며 달랬다.

"눈앞에 할머니가 보이는데 어떻게 나 혼자 덜렁 나와요. 어쩔 수 없었어요."

"내 생각은 안 났어? 사람이 왜 이렇게 무모해?"

수호의 질문에 안은 잠시 생각에 빠진 얼굴로 침대 시트만 쳐다보았다.

"무슨 생각해?"

"그냥 나 좀 안아 줘요."

두 팔을 벌리고 어리광을 부리는 안을 보며 수호는 병실 바닥이 꺼지도록 한숨을 쉬었다. 사실 남이 그랬다면 대단하고 훌륭하다고 박수 쳐 줄 일이었다. 하지만 안이 그랬다는 말을 듣자, 그 과정에서 큰일 날 뻔했다는 사실만 중요하게 느껴졌다.

"혼내 줘야 하는데……. 예뻐서 봐준다. 이렇게 착해 빠져서 어떡하지?"

수호가 너른 품에 안을 담고 불에 그슬려 꼬불거리는 머리를 부드럽게 쓰다듬어 주었다. 얼마나 놀라고 무서웠을까. 그녀를 안은 팔에 힘이 더해졌다.

"정말로 원장님부터 생각났어요. 나 안 착해요. 솔직히 할머니 구하러 주방에 들어간 거 후회했었어요. 불이 붙는 걸 보자마자 주방으로 뛰어 들어갔는데 금방 불길이 번지더라고요. 겁이 더럭 났어요. 아, 나 여기서 이렇게 끝나면 어떡하지."

그래도 나, 사랑 한 번 받아 보고 가는구나. 그런 생각을 했다는 말은 하지 않았다. 그래서 행복했다는 말은 가슴속으로 삼켰다. 그런 말을 하면 왠지 수호에게 엄청나게 혼날 것 같았다.

"나는 골목에 검은 연기가 보이는데. 눈앞이 캄캄하더라. 너는 전화도 안 받지 사이렌은 끊임없이 울리지."

"미안해요. 걱정 끼쳐서."

"약속해. 앞으로는 네 생각부터 하겠다고."

"알았어요. 이기적으로 굴게요."

수호의 허리를 꼭 끌어안은 안은 그의 가슴에 얼굴을 묻고 웅얼거렸다. 큰일을 당하고 난 후에 이렇게 의지할 수 있는 편안한 품이 있다는 것이 꿈만 같았다. 언제나 혼자 알아서 삭이고 삼켜야 했던 안에게는 생경한 경험이었다.

"팔에 흉터 남을 거야. 그거 내가 말끔하게 고쳐 줄게. 아무도 못 알아보게 감쪽같이."

"고마워요. 와, 성형외과 원장님을 남친으로 둔 보람을 여기서 찾네요."
수호가 미간을 좁히더니 그녀의 콧등을 손가락으로 튕겼다.
"아야! 참, 저 언제 퇴원해요?"
"한 삼, 사 일 있으면 퇴원할 거야."
"삼 일이나요? 내일 아침이면 나갈 수 있을 것 같은데."
"일주일 눕혀 놓기 전에 사 일 쉬어. 산재 처리해 줄까?"
"산재는 무슨……. 그럼 상림이한테 도와 달라고 해야겠어요. 새 직원은 언제부터 출근해요?"
"현 선생이 도와주지 않아도 돼."
무슨 말인지 모르겠다는 듯이 안이 고개를 갸우뚱 기울였다.
"나, 이제 다시 글씨가 눈에 들어와. 이런 말 좀 웃기는데, 네 덕분이다."
"네?"
"사람이 발등에 불 떨어지면 못할 것이 없다더니. 네가 응급실에 죽은 사람처럼 누워 있으니까 급한 마음에 차트를 읽더라고."
안이 휘둥그레진 눈으로 수호를 빤히 쳐다보았다. 솔직히 말은 안 했지만, 기약 없는 수호의 증상이 낫기를 기다리면서 불안했었다. 저대로 평생 살아야 하는 것이 아닐까. 그런데 잠 한 번 자고 일어났더니 그가 멀쩡해졌단다.
"그럼 완전히 괜찮아진 거예요? 대박! 너무 신기하다."
"기적의 여자 친구 덕이지. 현 선생이 너의 살신성인 덕분이라고 너한테 거하게 쏘라고 하더라."
안은 그 후로 수호에게 이것 읽어 봐라, 저것 읽어 봐라, 하며 한 시간이 넘도록 테스트를 했다.

8

“정말 혼자 가도 되겠어요? 돈 벌기 힘드네요. 주말에도 수술이라니.”

“왕짱도 같이 가는데 뭘. 걱정을 사서 하지 말고 몸조리나 잘하고 있어.”

수호가 정기적으로 상하이 분원으로 출장 가는 날이었다. 원래는 안이 수행비서 자격으로 함께해야 했지만, 생각보다 유독가스로 인한 폐 손상의 회복이 더뎠다. 가벼운 증상이긴 했지만 방심하다 합병증이 올 수도 있어 수호가 그녀의 퇴원을 강력히 반대했다.

“나 정말 괜찮은데…….”

"병원에서 아니라잖아. 알 만한 사람이 더 말을 안 듣네."
"겨우 하루 차이로 못 따라가니까 괜히 약 올라요."
"퇴원해도 데려갈 생각 없었어. 나야말로 퇴원할 때 같이 못 있어서 미안해."
수호가 불만스럽게 처져 있는 안을 들여다보며 달래듯 싱긋 웃자 그녀도 마지못해 따라 웃었다. 안은 그와 떨어지는 것도 싫었지만, 난독증이 완벽히 고쳐졌는지 확신이 들지 않아 불안했다. 하지만 출장 가는 사람의 마음을 가볍게 해 주는 것이 더 중요했다.
"퇴원하고 집에서 고분고분 기다리고 있을게요. 일 잘 보고 와요."
"그래, 착하고 예쁘다. 사랑해."
안은 수호의 허리를 끌어안고 그의 가슴에 기대어 고개를 끄덕였다. 안은 자신을 보듬는 수호의 팔이 단단해질 때의 든든함과 머리를 쓸어 주는 다정한 손길이 좋았다.
"바깥바람 차가우니까 절대 나오지 마. 미세먼지로 공기도 안 좋아서 위험해. 회복기에 더 주의해야 하는 건 알지?"
"아유! 알겠어요. 걱정할 일은 절대로 안 할 테니까 잔소리 그만! 꼭 영감님같이 왜 이래요."
"언제는 안수호 어린이라고 하더니 이젠 또 영감님이래. 어느 장단에 춤을 추라는 거야."
"며칠 사이에 안수호 어린이가 폭삭 늙었거든요. 유안 걱정하느라."
피식 웃은 수호가 안의 코를 잡고 흔들었다.
"맞다. 머리가 백발로 세지 않은 것이 신기할 정도지."
"비행기 시간 늦겠어요. 이제 출발해요. 시간 나면 전화하고요."

"발이 안 떨어지네. 유안 어린이 두고 가려니까."

수호는 품 안에서 안을 떨어뜨리지 못했다. 아쉬움을 담은 한숨을 내쉬며 그대로 그녀의 입술을 머금었다. 안의 턱부터 뒷머리까지 큰 손으로 감싸고 천천히, 그리고 부드럽게 입술을 맞물리고 혀를 감았다. 안의 호흡이 불편해질 것이 걱정되어 최대한 자제하는 입맞춤이었다. 몇 차례의 키스를 나눈 두 사람은 아쉬운 눈빛을 미소로 감추며 손을 흔들었다.

* * *

같은 시각.

안이 입원한 병원 1층 카페에는 왕장과 상림이 대면 중이었다. 상림은 테이블에 한쪽 팔을 올리고 턱을 괸 채 녹차 티백만 가지고 놀았다. 안이 병원에 입원한 후로 상림은 왕장을 외면하다시피 했다. 왕장은 자신의 철저한 작전을 상림이 눈치챈 것이 아닐까 내심 두려워 그녀를 건드리지도 못했다.

"유 비서는 좀 어때요? 수호한테 물어보면 곧 어떻게 될 것 같이 과장해서 믿을 수가 있어야지."

왕장은 요즘 가장 큰 화두인 안의 안부를 묻는 것으로 대화의 포문을 열었다.

"아시다시피 생각보다 퇴원이 늦어져서 사나흘이면 될 줄 알았던 입원이 일주일을 훌쩍 넘었다는 거죠. 그리고 내일 오후면 퇴원이고요."

"다행이네, 정말."

"출장 잘 다녀오세요. 이번에는 누구 수술이에요?"

"마진이라고 중국 신흥 부호인데 그 사람 누나하고 친구 몇몇이래요."

"진짜 돈이 좋다. 원하는 의사 불러다 성형 받고. 가시면 호강하시겠어요. 좀 피곤하긴 해도. 그쪽 의료진들하고는 이제 손발도 잘 맞죠?"

"뭐 그렇지. 다들 프로니까."

"……."

"……."

짧은 침묵. 왕장은 침묵의 무게에 눌려 숨이 막힐 것 같았고, 상림은 지루해서 죽을 것 같았다.

"저기……. 현 간."

"네. 말씀하세요."

"요즘 나한테 왜 그렇게 냉정해? 내가 뭐 잘못했어?"

"헐."

"헐?"

"기억상실증이에요? 먼저 쌀쌀맞게 구신 건 김 원장님이었어요. 한창 소개팅이다 뭐다, 시끄럽더니 저한테 엄청 날 세웠잖아요. 알고 싶지도 않은 새 여자 친구까지 소개해 주시고."

왕장은 그제야 자신이 연극의 흐름을 놓쳤다는 것을 깨달았다. 안의 사고와 수호의 난독증 해소, 그리고 매일 안을 병간호하느라 바쁜 상림. 그래서 잊힌 왕장.

"아, 그게, 그러니까."

녹차 티백을 툭 하고 집어 던진 상림이 건조한 표정으로 질문했다.

"이종사촌? 고종사촌?"

"네?"

"여자 친구라고 저한테 소개해 준, 그 어리고 예쁜 아가씨요. 이모 딸? 고모 딸?"

"고모 딸."

생각보다 쉽게 불어 버리는 왕장 때문에 상림은 웃음이 터졌다.

"한 번은 발뺌할 줄 알았는데 무슨 남자가 이렇게 쉬워요?"

"미안해요. 속여서."

주눅 든 왕장과 달리 받아들이는 상림은 태연했다.

"나야말로 미안해요. 안이 말 들으니까 꽤 준비하신 것 같은데 한 번을 안 속아 줘서."

"진짜? 정말 한 번도 안 속았다고?"

믿을 수 없다고 중얼거리는 왕장을 보니 상림은 더 미안해졌다. 저 나이에 저렇게 순진하다니 자신이야말로 믿을 수 없는 지경이었다.

"그런 거에 누가 속아요? 허술해도 보통 허술해야지."

"아닌데! 다른 직원들은 다 속던데……."

"그래요? 그걸 왜 속아? 다 보이는데."

"무서운 사람이었어, 현 간은."

"그래서요. 무서우니까 이제 별로예요?"

"아니. 그럴 리가 없잖아. 나는 현 간의 모든 것이 좋은 사람이라고."

아이고, 이 남자를 어쩌면 좋을까. 상림은 휴가를 계획하면서 생각했던 말을 꺼냈다.

"저 봉사 다녀오는 동안 잘 생각해 보세요. 너무 오랫동안 감정에 빠져 계셔서 객관적으로 돌아볼 시간이 필요할 것 같아요."
"그러면 뭐가 좀 달라지나?"
상림은 말없이 웃어 보였다. 많은 의미를 내포한 미소 앞에 왕장의 가슴이 살랑 간지럼을 탔다. 철옹성 같았던 현 간에게서 한 줄기 희망의 빛이 새어 나오는 것을 느꼈다.
"알았어요. 잘 정리하고 착실하게 기다리고 있을게. 아마 달라지는 건 없을 거고."
왕장은 듬직하고 담백하게 다짐했다. 장난 섞인 농담처럼 덤비던 평소의 모습은 간데없었다. 그 모습이 썩 마음에 든 상림이 크게 고개를 끄덕이며 웃었다.

* * *

안은 쌀을 씻어서 밥솥에 안치고 예약을 설정했다. 수호가 좋아하는 소고기 전골은 냄비에 예쁘게 모양을 내서 담고 육수와 따로 냉장고에 넣어 두었다. 에코백에 따뜻한 물이 담긴 보온병을 넣고 뒤뚱거릴 만큼 두툼한 패딩을 걸쳤다. 마지막으로 털모자와 마스크를 다시 꼼꼼히 착용한 후 집을 나섰다.
안은 리무진에 올라 공항 가는 길이 너무 설레서 가슴이 터질 것 같았다. 마중 나온 자신을 보고 깜짝 놀랄 수호를 상상하니 자꾸만 웃음이 나왔다. 목이 건조해지지 않게 연신 따뜻한 물을 마셨다. 수호 앞에서 기침이라도 했다가는 영감님 잔소리를 쏟아 낼 것이 뻔했다.
1층 입국장 전광판에서 수호가 타고 올 비행기의 도착 시각과 출구를 확인했다. 기다리는 30여 분이 길고 지루했다. 혹시 수호가 다른 출구로 나가서 길이 엇갈리는 것이 아닐까 오만 걱정이 머릿속에 쌓여 가고 있었다. 다행히 제시간이 되자 비행기가 도착했다고 전광판에 안내가 떴다.

발을 동동거리며 기다리길 한참. 남들보다 머리 하나는 더 큰 남자가 한눈에 들어왔다. 그의 곁에 왕장이 함께 있다는 것이 보이지 않을 정도로 안의 시야는 수호로 가득했다. 안은 2박 3일 만에 그를 만나는 것이 문득 쑥스러웠다. 괜스레 저 혼자 얼굴이 붉어지고 수줍은 웃음이 비어져 나왔다.

앞을 가리고 선 사람에게 양해를 구하며 앞으로 나서던 안은 몇 미터 앞에서 벌어지는 광경에 발을 멈추었다. 인자하고 우아한 미소를 지으며 수호의 팔뚝을 두드리는 중년의 부인과 말쑥하게 웃으며 정중히 인사하는 수호. 그리고 곁에 서서 생글생글 웃고 있는 추하영. 안은 순간적으로 마스크를 고쳐 쓰고 몸을 옆으로 돌렸다. 일부러 인파에 몸을 숨긴 안은 다시 조심스럽게 그들을 훔쳐보았다. 못마땅한 듯 멀찍이 선 왕장과 나머지 세 사람의 모습이 선명하게 보였다.

단아하고 세련된 추하영과 중년 부인의 모습은 판화처럼 똑 닮아 있었다. 수호와 중년 부인은 꽤 긴 시간 대화를 나누었다. 중년 부인이 파안대소하며 수호를 끌어안다시피 하는 모습을 보자 더 지켜볼 수 없었다. 안은 그대로 발걸음을 돌리고 말았다. 유리문에 뚱뚱한 패딩 점퍼에 기모 바지를 꿰입고 간편한 에코백을 든 자신이 보였다. 춥더라도 좀 예쁘게 하고 나올걸. 안은 내내 그 생각뿐이었다.

추하영처럼 윤기가 자르르 흐르는 모피는 못 입어도 고급스럽게 코트라도 입었어야 했는데. 하지만 안이 제일 아끼는, 수호가 사 준 아이보리색 명품 코트는 지난주에 불에 타 버렸다. 아무리 꾸며도 추하영만큼 고급스럽고 예쁠 수가 없겠지. 다시 리무진을 타고 돌아온 안은 이대로 집에 들어갈 용기가 없었다. 들어가서 어떤 얼굴로 수호를 봐야 할지 난감했다. 모르는 척할 자신은 있었지만, 아무렇지도 않은 척할 자신이 없었다. 무리하면 안 되는 상황임에도 안은 집에 들어가지 못하고 동네를 배회했다.

나를 왜 따라오지 못하게 했을까? 혹시 추하영과 다시 만나려는 걸까? 그냥 우연히 만난 걸까? 그런데 왜 그렇게 친근하게 보여? 김 원장에게 물어볼까? 그냥 본인에게 대놓고 물어볼까? 안은 머리가 지끈거렸다. 너무 많은 생각과 걱정이 휘몰아쳐서 정리되지 않았다. 한정 없이 걷던 안은 충동적으로 미용실로 들어갔다.

“어서 오세요.”

“커트하려고요. 상한 부분이 많아서요.”

미용사는 여기저기 불에 상한 부분이 많아서 꽤 잘라내야 한다고 했다. 팔꿈치까지 오던, 까맣고 긴 생머리가 가차 없이 뭉텅뭉텅 잘려 나갔다. 미용사의 조언대로 펌 대신 클리닉을 하고 나오니 꽤 늦은 시각이었다. 이제 더는 지체할 수 없었다. 가출할 것이 아니라면 들어가서 그를 마주해야 했다. 그냥 솔직하게 물어보자. 안은 그렇게 결심했다.

엘리베이터를 타지 않고 일부러 천천히 걸어서 5층까지 올라갔다. 키패드 앞에서 한참을 머뭇거리던 손가락이 비밀번호를 눌렀다. 현관문을 열자 코트도 벗지 않은 수호가 빠른 걸음으로 다가오는 것이 보였다. 실크와 캐시미어가 섞인 고가의 맞춤 슈트가 잘 어울리는 남자가 멋들어진 카멜색 코트를 휘날리며 걸어오는 모습이 비현실적으로 느껴졌다. 내가 저런 남자를 탐냈구나. 안은 대놓고 물어보려고 했던 질문을 꿀꺽 삼켰다.

공항에서 본 귀티가 흐르던 추하영과 황금색 원피스와 구두가 세련되게 어울리던 추하영이 떠올랐다. 그녀는 처음 봤을 때부터 더할 나위 없이 수호와 잘 어울렸다. 격이 맞는다는 건 이런 경우에 쓰는 말이구나 싶었다.

"너! 이 시간까지 어디 있다가 오는 거야?"

치미는 화를 누른 걱정스러운 수호의 모습이 낯설게 느껴졌다. 저 남자의 생각을 읽을 수가 없어서 혼란스러웠다.

"유안! 네가 이렇게 돌아다닐 수 있는 상태가 아니라고 했지?"

"머리 좀 자르고 왔어요. 머리카락이 너무 타서……. 기분 탓인지 계속 탄 냄새가 나는 것 같고. 머리가 많이 상했다고 클리닉을 권하더라고요. 시간이 이렇게 많이 지난 줄 몰랐어요. 미안해요. 원장님 오는 시간을 착각했어요."

이마에 손을 얹은 수호는 안도의 한숨을 내쉬었다. 그러고 보니 그 길던 안의 풍성한 머리가 턱 끝에도 닿지 않을 만큼 짧아져 있었다.

"내일 당장 핸드폰부터 사자. 연락이 안 되니까 답답하고 불안하다."

안은 현관에 우두커니 서서 초조해 하는 수호를 바라보았다.

"왜? 어디 안 좋아? 괜찮니?"

수호는 자신이 너무 몰아붙인 것을 깨닫고 뒤늦은 후회를 했다. 가뜩이나 몸도 좋지 않은 사람을 신발도 벗지 않은 상태에서 윽박지른 것이 미안했다. 그녀의 손을 잡고 부축하며 신발 벗는 것을 도와주었다.
“미안해. 네가 연락도 안 되고 어디 갔는지 알 수가 없으니까. 내가 너무 흥분했어.”
“괜찮아요.”
안은 희미하게 웃으며 집 안으로 들어갔다. 뒤따르는 수호를 느끼며 안은 냉장고를 열었다.
“저녁 안 드셨죠?”
“먹고 왔어.”
“아……. 저녁 먹기에는 시간이 많이 늦었네요.”
손에 잡았던 전골냄비를 다시 밀어 넣었다.
“너는? 밥 차려 줄까? 머리하느라 굶었지?”
“아니요. 저도 먹었어요. 괜찮아요. 저 때문에 씻지도 못한 거예요? 쪽지라도 써 놓고 나갈 걸 그랬네.”
안은 기침이 나오는 것을 참으며 따뜻한 물을 따라 마셨다.
“출장 가셔서 잠은 좀 주무셨어요? 오늘은 목이 아파서 책은 못 읽어 드리는데 어떡하죠?”
“내 걱정 그만하고 네 몸 생각부터 해.”
“네. 그럴게요. 이따 자기 전에 차나 한잔 마셔요, 우리.”
수호는 유난히 기운이 없어 보이는 안이 걱정스러웠다. 아파 보이지는 않았지만, 왠지 간신히 버티고 있는 느낌이 들었다.
드레스룸에 들어간 안은 패딩과 목도리를 벗은 후 옷장을 열었다. 옷을 걸어 놓고도 한참 동안 옷장을 쳐다보았다. 그리고 처음 이 옷장을 열었을 때부터 걸려 있었던 샴페인 골드빛 실크 슬립을 가만히 꺼내 보았다. 너무 고급스러워서 한 번도 만져 보지 않았던 슬립의 매끄럽고 가벼운 감촉이 호사스러웠다. 황금빛을 좋아하고 잘 어울리는 여자가 남기고 간 흔적.

안은 슬립을 다시 제자리에 걸어 두었다. 추하영 씨, 당신, 제자리로 돌아오고 싶군요. 안은 오늘 일을 그대로 마음에 묻어 버렸다. 전 남편의 바람을 알았을 때 단호하게 결정을 내렸던 안이었지만, 이번에는 망설여졌다. 추궁하는 자신에게 들킨 마당에 어쩌겠냐며 뻔뻔하게 나오던 남편의 모습이 떠올랐다. 그때는 어이가 없으면서도 후련했지만……. 만에 하나 수호도 순순히 인정한다면. 그때처럼 차분하게 받아들이지 못할 것 같았다. 수호 앞에서 추하게 울며 매달릴 것 같아서 두려웠다.

안은 거울을 보며 표정을 만들었다. 아무렇지도 않게 생긋 웃는 연습을 했다. 자꾸만 입술이 떨리는 것이 마음에 들지 않아서, 괜스레 서러운 기분이 드는 게 바보 같아서 그만 주저앉아 울어 버렸다.

* * *

아무 일도 없이 잔잔한 일상이 흘러갔다. 안의 불안과 의심이 무색하게 수호는 그녀를 사랑했다. 아이를 돌보듯이 하나에서 열까지 세심한 남자를 보면서 안은 마음속에 한 가닥 연기로 피어올랐던 의혹을 걷어 냈다. 아침과 밤을 공유하는 생활 속에서 수호는 안정을 느꼈고 그것은 안을 향한 애정의 원동력이 되었다.

운동, 산책, 장보기, 그리고 화초 가꾸기와 햄만이 돌보기 등등. 사소한 것들을 함께하는 순간마다 수호는 안이 함께 있음에 감사하고 감동했다. 그녀가 너무 좋아서 걱정스러울 만큼 수호는 안에게 깊이 빠져 있었다.

짙은 잉크 블루 타이의 매듭을 마무리 지은 안이 옷걸이에 걸린 슈트 재킷을 펼쳐 주자 수호가 팔을 끼워 넣었다. 넓은 어깨와 탄탄한 가슴을 감싼 질 좋은 슈트가 제빛을 발하는 순간이었다. 거울을 보고 매무새를 점검하던 수호는 뒤에 서 있던 안이 갑자기 고개를 기울이며 조용히 웃는 것을 보았다.

"왜 웃어? 나 오늘 이상해? 안 어울려?"

거울을 통해 물으며 수호는 자신의 얼굴과 옷차림을 살폈다. 안은 살포시 미소 지으며 고개를 저었다.

"아니요. 그럴 리가 없잖아요. 오늘도 잘 어울리고 멋있어요."

"그런데 왜 웃었어? 깜짝 놀랐네."

안은 대답도 하지 않았고 수호의 시선을 피하기만 했다. 한겨울의 때아닌 벚꽃이 핀 것처럼 귓불까지 분홍색으로 발그레해진 안이 사랑스러워 수호는 집요하게 굴었다.

"말 안 할 거야? 이래도 안 해?"

"꺅! 아하하하. 알았어요! 말할게요!"

아예 뒤를 돌아본 수호는 작정하고 안을 간지럽혔다. 간지러움이 가라앉고 웃음이 진정되고도 안은 수줍어하며 수호의 눈치를 보았다.

"음……. 요즘 나는 출근도 안 하고 집에 있잖아요. 그리고 아침마다 원장님 출근 준비 돕고. 지금 이렇게."

"응."

"그게 꼭……."

"부부 같아서?"

수호의 직설 화법을 들은 안은 또 웃기만 했다.
"그게 그렇게 웃겼어?"
"웃긴 게 아니라. 음, 뭐라고 표현해야 할지 모르겠지만, 그냥 좋아서요."
수호는 안을 번쩍 들어 올려 키 작은 서랍장 위에 앉혔다. 그리고는 그녀의 머리를 찬찬히 쓰다듬었다. 안의 깡똥하게 짧아진 머리가 처음에는 어색하더니 이제는 발랄해 보이는 것이 제법 귀여워 보였다.
"나도 좋았어. 매일매일. 내가 이렇게 행복할 수 있게 해 줘서 고마워."
말을 마친 수호는 자신을 올려다보는 안의 얼굴을 감싸고 이마에 가벼운 입맞춤을 했다. 이마에서 시작된 키스는 눈두덩과 콧방울, 볼과 귓불을 돌아 입술에서 정점을 찍었다. 수호에게서 풍기는 은은한 향수 향이 안의 가슴을 두근거리게 했다.
그의 가슴에 손을 얹자 얇은 드레스 셔츠 아래로 뜨겁게 박동하는 심장이 느껴졌다. 촉촉하고 적당히 볼륨 있는 수호의 입술에 열기가 몰리기 시작했다. 거칠고 급해진 호흡만큼 안의 몸을 쓰다듬는 손길과 입술이 노골적인 욕심을 드러냈다.
"이제 그만요. 출근 시간이에요."
"조금만 더……."
안이 밀어내는 손길이 마음에 들지 않은 수호는 그녀의 다리를 제 허리에 감고 치맛자락 속으로 은밀한 손놀림을 감행했다.
"아, 정말! 오늘 아침에 전체적인 CS교육 있다고 했잖아요. 어서 내려가요."

"괜찮아. 나는 서비스 교육 필요 없어. 내 얼굴 자체가 친절이야."

안도 보드라운 허벅지 안쪽 살을 지분거리는 수호의 손길이 싫지 않았다. 그녀 역시 호흡이 흐트러졌지만 애써 수호의 손을 잡아서 밖으로 끄집어냈다. 그동안에도 수호의 입술은 안의 목덜미와 빗장뼈, 그리고 입술을 끈덕지게 탐했다.

"이제……. 하아. 이제 정말 그만! 그만해요."

안은 가까스로 그를 떼어 놓고 서랍장에서 폴짝 뛰어 내려왔다.

"정말 너무한다, 유안. 왜 이렇게 잘 참아? 내가 얼마나 오래 굶었는지 알면서 이렇게 매정하지."

"굶기는 누가. 하루 삼시 세끼 저하고 잘 해 먹고 계시잖아요."

"그거 말고 밤에 먹는 야식 말이야. 세상에서 제일 농염하게 익은 유안이라는……. 아야!"

얼굴이 빨개진 안이 수호를 노려보고 있었다. 수호는 꼬집혀서 빨개진 손등을 문지르면서도 뿌루퉁한 안이 너무 예뻐 죽겠다는 눈길을 거두지 않았다. 현관에서 또 뭉그적거리는 수호를 다그치던 안이 넌지시 말을 꺼냈다.

"이럴 거면 같이 출근하는 게 낫지. 저도 내일부터 출근할게요."

수호가 미간을 찡그리며 고개를 저었다.

"아직 안 돼. 감기라도 걸리면 너 정말 큰일 나. 집에서도 항상 공기청정기 켜 놓고 가까운 데 나갈 때도……."

"마스크하고 목도리하고 모자 꼭 쓰라고요? 네, 네, 알겠습니다. 누가 들으면 원장님은 성형외과가 아니고 호흡기 내과인 줄 알겠어요."

안의 목소리가 어딘지 모르게 날이 서 있었다.

"화났구나?"

"아니에요. 그런 거."

"아니야. 너 지금 기분 별로야. 화내지 마. 폐 안 좋아질까 봐 내가 무서워서 그래. 이번 겨울만 잘 지나면 괜찮아. 조금 답답해도 참자."

안이라고 왜 모를까. 그녀도 조심해서 나쁠 것 없다는 것을 누구보다 잘 알고 있었다. 하지만 문득문득 가슴을 치고 올라오는 불신이 그녀를 그녀답지 않게 했다.

"알아요, 나도. 그런데 이렇게 점점, 나, 꼭……."

안은 제 생각이 우스워 말을 멈추고 피식 헛웃음을 흘렸다. 이런 말까지 해도 될까 안은 잠시 망설였다.

"왜 말을 하다가 말아."

"내가 더는 원장님한테 필요 없는 게 아닌가."

수호가 그녀의 어깨를 움켜잡았다. 안의 눈을 들여다보며 엄하게 꾸짖었다.

"아니라는 거 모르겠어? 왜 그런 생각을 하지?"

"내가 못나서 그런가 봐요. 아니라는 거 잘 알아요. 화 풀어요."

안이 밀어내는 부드러운 손짓은 전혀 먹혀들지 않았다. 딱딱해진 얼굴로 그녀를 내려다보는 수호가 꿈쩍도 하지 않고 버텼다.

"어서 출근해요. 아침부터 심란하게 해서 미안해요. 할 일이 없다 보니까 쓸데없는 생각만 늘어서 그래요."

안은 수호의 기분을 풀어 줄 생각으로 그의 얼굴을 붙들고 입술에 굿바이 키스를 했다. 마무리로 환하게 웃어 주기까지 했지만, 수호의 표정은 여전히 엄해 보였다.

"이제 원장님이 화내는 거예요? 화내지 마세요."

"나야말로 화난 거 아니야."

네가 그런 생각하는 게 싫어. 그렇게 말하지만, 너야말로 다른 생각에 빠진 것 같아서 불안해.

수호는 안을 끌어안고 그녀의 귓가에 뜨거운 독백을 쏟아 냈다. 병원에서 퇴원한 후 안은 여전히 상냥하고 따뜻했지만, 가끔 창밖을 보는 뒷모습이 한낱 신기루처럼 느껴져 수호의 가슴이 철렁하기도 했다.

"사랑해요."

안은 누구보다 남자답고 당당한 남자의 바보 같은 불안을 달래 주기 위해 아끼고 아꼈던 말을 꺼냈다.

"와……. 유안. 이 대단한 여자."

수호는 팔에 더 힘을 주고 안을 끌어안았다. 아무리 안고 안아도 성에 차지 않았다. 뭉클한 마음이 찌릿한 전류를 일으켰는지 가슴 한끝이 아프기까지 했다.

"사랑해요, 수호 씨."

"안아."

수호의 꽉 잠긴 굵은 목소리는 평소보다 더 진하고 깊었다. 그가 좋아하는 에스프레소처럼.

"네?"

"왕짱한테 전화 좀 해 줄래?"

"네? 왜요?"

"안수호는 오늘 몸살이 심해서 침대에서 못 나온다고. 오늘 진료, 시술, 수술 다 알아서 하라고. 아야!"

안의 매운 손맛을 보고 나서야 수호는 출근할 수 있었다.

* * *

안은 오늘도 마음에 들지 않는 옷차림으로 집을 나섰다. 12월이라지만 아직 한파도 오지 않았고, 평년보다 기온이 높은 편이었다. 하지만 수호가 사다 준 종아리까지 오는 패딩에 기모 바지를 입고 마스크도 두 겹이나 해야 했다.

CS교육이 끝나는 시간에 맞춰 안은 직원들에게 돌릴 커피와 간식을 사러 나온 참이었다. 상림에게 듣기로 이미 병원의 직원들은 안과 수호의 관계를 확신하고 있다고 했다. 수호는 직원들이 아무리 물어도 웃기만 했지만, 그것이 곧 긍정으로 받아들여지고 있었다.

"안? 유안!"

왕장의 차에 탄 상림이 안을 불러 세웠다.

"두 사람 어디 가요?"

안은 뒤뚱거리며 다가갔다.

"유 비서가 맞네? 역시 절친이라 그런지 현 간은 단번에 알아보는구나."

"나는 서류 때문에 잠시 외출. 김 원장님은 홈쇼핑 미팅 나가는 길이고. 그런데 넌 이불을 입고 다니냐? 크크크크. 멀리서 오는데 펭귄 한 마리 나타난 줄 알았다."

"수호가 그렇게 입으라고 했죠? 집에 묶어 놓지 않은 게 기특하네요. 어찌나 걱정하는지."

왕장이 싱글거리며 수호를 놀렸지만 부끄러움은 안의 몫이 되었다.

"그러게나 말이에요. 전 정말 괜찮거든요. 출근도 하고 싶고, 너무 심심해요."

"시끄러워. 누가 챙겨 줄 때가 행복한 줄 알아. 그거 직원들 먹을 거야? 우리 것도 있지?"

"당연히 있지."

상림과 왕장은 한참 메뉴 선정으로 투덕거리더니 크림치즈 프레즐과 아메리카노를 골랐다.

"겨우 이거 고르면서 두 사람은 왜 이렇게 시끄러워?"

안은 문득 두 사람이 결혼하면 심심할 틈이 없겠다는 생각이 들었다. 마치 남매가 싸우는 듯 한시도 조용하지 않았고 투덜거리는 대화 속에도 정이 뚝뚝 묻어났다.

"김 원장님이 말이 많아서 그러지. 참, 너 병원 들어가면 직원들이 이것저것 물어볼 거야. 안 원장님이 아무 말도 안 해 주니까 엄청 궁금해 했거든. 잘 대처해라."

"대처랄 게 뭐 있나. 그냥 입 다물고 있는 거지."

안의 대답을 들은 왕장은 고개를 절레절레 저었다.

"어쩜 둘이 똑같네. 천생연분이야. 언제 날 잡아요?"

"지금 그게 무슨 소리예요? 날 잡는 걸 왜 우리 안이한테 물어요? 우선 안수호 씨가 거하게 프러포즈부터 해야지!"

"오! 우리 현 간, 그런 로망 있는 여자였어? 이벤트 좋아하는구나! 길에 촛불 좍 켜 놓고 길 한복판에서 세레나데를 부르면서."

"길 한복판에 메다꽂기 전에 그런 프러포즈 꿈도 꾸지 말아요."

상림이 인상을 매섭게 구기며 진저리를 쳤다. 하지만 왕장은 큰 수확을 얻은 양 기쁨의 환호성을 질렀다.

"헉! 나 지금 심장이 터질 뻔했어. 현 간이 나한테 프러포즈 받을 생각은 하고 있다는 거 아니야?"
"후……. 출발해요, 김 원장님."
"말해 봐, 현 간. 어떤 프러포즈를 원해?"
"나 여기서 내릴까요?"
"응. 현 간 성질에 그럴 줄 알고 벌써 락 걸었어. 말만 해. 뭐든 다 해 줄게."
어금니를 사리문 상림의 핀잔에도 왕장은 굴하지 않았다. 안은 멀어지는 왕장의 차를 보며 즐겁게 웃었다. 저 두 사람은 상림의 휴가가 끝나면 관계의 새로운 국면을 맞이할 것 같았다. 그것도 아주 아름다운 방향으로.

* * *

왕장과 상림의 말처럼 안이 병원 로비에 나타나자 직원들의 호기심 가득한 눈길이 쏟아졌다.
"안녕하셨어요. 오랜만이에요."
"어머! 유 비서님, 몸은 괜찮으세요? 이제 아예 그만두시는 거예요?"
"아니요. 다시 출근해야지요. 조금만 더 쉬고요."
안은 안내 데스크부터 들러 음료와 빵을 돌렸다.
"안 원장님 뵈러 오셨죠? 지금 상담 중이니 좀 기다리세요."
안에게 말을 거는 직원들의 눈망울이 부담스러울 정도로 초롱초롱했다.

"아니요! 지나는 길에 인사차 들렀어요. 간식만 드리고 갈 거예요."

"에이! 우리 이제 다 알아요. 겸사겸사 오신 거잖아요."

안은 짧아진 머리 아래로 드러난 목덜미를 쓸며 어색하게 웃었다.

"반응도 어쩜 안 원장님하고 똑같아. 둘이 세트로 짠 건 아니죠?"

"그런 거 아닌데."

직원들은 쿡쿡거리며 웃었지만, 악의는 없었다. 부러워하는 눈길조차도 새로운 연애를 시작한 연인에 대한 순수한 마음이 담겨 있었다. 짧은 시간이었지만 병원 식구들 모두 안의 심성을 잘 알고 있었다. 겉모습 그대로 조용하고 상냥한 사람이 화재 현장에서 사람을 구하느라 마지막에 나왔다는 사실까지 더해져 더 호감을 사고 있었다.

직원들과 담소를 나누는 중에 수호의 원장실 문이 열렸다. 미소가 가득했던 안의 얼굴에서 조금씩 웃음기가 가시기 시작했다. 막 원장실에서 나온 여자의 얼굴을 확인한 안은 방금 삼킨 빵 조각이 막힌 듯 가슴이 답답해졌다.

우아하고 여유로운 미소와 기품이 흐르는 옷차림의 중년 부인은 추하영의 미래를 보는 것 같았다. 공항에서 봤던 것보다 좀 더 피로하고 그늘져 보이긴 했지만, 분명 같은 사람이었다.

"저분 엄청 미인이시죠? 손볼 데가 어디 있다고 여길 오셨나 모르겠어요."

"그, 그러게요. 참 고우시네요."

"우리 엄마하고 동갑인데 울 엄마보다 열 몇 살은 어려 보여요."

직원과 입으로는 수다를 떨고 있지만, 안의 시선은 추하영의 모친을 좇고 있었다. 수납하고 나가는 거로 봐서 진료비를 계산한 것 같았다.

"지금 안 원장님 예약 많아요?"

"아니요. 오후에 시술이 몰려서 오전 스케줄은 여유 있게 잡았어요. 지금 십 분 정도 여유 있어요."

"알려 줘서 고마워요."

안은 지금 무슨 정신으로 걷고 있는지 다리에 감각이 느껴지지 않았다. 기계적으로 걸어서 원장실 문을 열고 들어갔다.

"무슨 일입니까? 노크도 없이!"

날카롭게 일갈한 수호는 문 앞에 선 안을 보고 크게 당황하는 모습을 보였다.

"웬……일이야. 말도 없이."

"사람들 못 본 지 오래돼서 겸사겸사 간식 사 들고 왔어요."

안은 그에게 웃어 보이고 싶었지만, 온몸의 신경이 삐걱거려서 제 마음대로 휘두를 수가 없었다.

"추운데 돌아다니지 말라니까. 말도 참 안 듣네."

"분위기가 왜 그래요? 안 좋은 일 있었어요? 아니면 골치 아픈 일?"

수호에게 에스프레소를 건네준 안은 카페모카가 담긴 컵의 뚜껑을 열고 생크림을 먹기 시작했다. 그렇게 좋아하는 생크림의 단맛도 신선한 우유 향도 느껴지지 않았지만, 애써 태연한 척하기 위해 먹는 것에 열중했다.

"그냥 좀 귀찮은 일이 있었어. 지금은 괜찮아."

툭 끊어지는 말과 표정은 평소 안에게 보여 주지 않던 수호의 모습이었다. 안은 자신을 향한 짜증이 아님을 잘 알면서도 상처를 받았다.

"뭐가 귀찮은 건데요?"

"네가 신경 쓸 일은 아니야."

"추하영? 아니면 나?"

"……!"

수호의 얼굴이 순식간에 새하얗게 질렸다. 그가 담담하고 의연하게 반응하길 바랐던 안은 수호의 그런 모습을 오해했다. 침착하고 이해심 많은 평소의 성격을 잃어버리고 말았다. 비밀을 들킨 남자의 얼굴을 몇 달 사이에 두 번이나 보는 것은 너무 벅찬 일이었다. 저런 반응 후에 나는 또 같은 과정을 되풀이하는 것일까. 안은 문득 모든 것이 권태롭게 느껴졌다. 생각해 보면 사랑도 이별도 긴 인생의 짧은 에피소드일 뿐이라는 허무함이 몰려왔다.

"내가 비켜 주면 되는 거예요? 말만 해요. 저 그렇게 질척거리는 사람 아니에요. 봤죠? 이혼도 단칼에 하는 거."

다짐한 대로 질척거리지 않으려다 보니 안은 그녀답지 않게 드센 사람처럼 말하고 있었다.

"왜 그렇게 생각해?"

"뭘요?"

"갑자기 왜 여기서 추하영이 나와? 네가 왜……."

수호는 깊이 숨을 몰아쉬며 감정을 다스렸다. 그런데도 목소리에서 화가 느껴졌다.

"네가 비켜 준다는 말이 도대체 무슨 소리야?"

"내 입에서 추하영 씨 이름이 나온 게 놀랄 일이에요?"

안은 마시던 커피를 내려놓고 수호를 정면으로 바라보았다.
"나는 여기서 추하영 씨의 어머님이 나온 게 더 놀라운데요."
수호는 들고 있던 펜을 집어 던지고 손으로 눈가를 쓸었다. 뭐에 화가 났는지 잔뜩 성난 얼굴로 깊은숨을 내뱉었다.
"안아, 오해하지 마. 그분은 단지 상담하러 오신 거야."
안은 그가 거짓말을 한다고 생각했다. 서울 시내에 난다 긴다 하는 성형외과가 한둘이 아닌데 굳이 이곳을 찾아왔다는 것을 어떻게 순수하게 믿을 수 있을까.
"상하이도 같이 다녀오시고 말이죠."
"너……."
안은 자꾸만 떨리는 손끝을 감추려고 주먹을 쥐었지만 역부족이었다. 하는 수 없이 입고 있던 패딩 주머니 속으로 손을 숨겼다.
"속이려던 거 아니에요. 저로서는 여러 생각이 들어서 말을 못 한 것뿐이에요."
"……."
"사실 출장에서 돌아오시는 날 어쭙잖게 서프라이즈 좀 해 보겠다고 공항에 나갔었어요."
그가 또 당황했다. 안이 이 방에 들어온 5분 남짓의 시간 동안 그는 내내 당황하고 놀라는 모습을 보여 주었다.
"너, 괜찮아?"
"괜찮지 않을 건 또 뭐람."
안의 뾰족한 말투에도 수호는 잠자코 있었다. 안 역시 아무 말 없이 서 있었다. 하지만 무감한 겉모습과 달리 여러 가지 생각과 감정이 치열하게 얽히고설켜 그녀를 괴롭히는 중이었다.

수호가 속 시원히 말해 주길 바라면서도 자신이 듣고 싶은 말을 해 주길 바랐다. 전남편과 달리 쉽게 현실을 인정하지 않기를, 그녀를 놓치기 싫어 거짓으로라도 이해를 구하길 바랐다. 미안하다고, 하지만 정말 오해라고 그런 거 아니라고……. 그 낮고 듬직한 음성으로 듣고 싶었지만, 그것은 그녀의 소설에서나 나오는 장면이었나 보다. 현실의 수호는 침묵했고 당당해 보였다.

"예약 있다면서요. 저 들어갈게요."

"그래, 이따 저녁에 봐."

"점심……은 안 드세요?"

"먹을 시간 없을 것 같아. 너는 꼭 챙겨 먹어."

"……."

안은 문을 열기 전에 크게 심호흡을 하고 표정을 가다듬었다. 이전의 자신은 무색무미(無色無味)한 눈에 띄지 않는 평범한 여자였지만, 지금은 안수호라는 남자와 사귄다는 이유만으로도 눈길을 끄는 처지였다. 원장실을 나선 안은 아무렇지 않은 얼굴로 로비에 있는 직원들에게 인사를 전하고 병원을 나섰다.

집으로 돌아온 안은 그대로 침대에 쓰러졌다. 어지러운 생각으로 정신이 심히 피로했다. 수호가 무슨 생각을 하는지 가늠하고 싶지도 않았다. 그가 하영을 잊지 못하는 것인지, 나를 진심으로 사랑하는지를 겨루고 싶지도 않았다. 지금은 모두 떨쳐 내고 싶은 고민이었다. 안은 수호의 드레스룸으로 들어가 그가 남겨 둔 수면제를 찾았다. 효과 좋은 수면제는 안에게 현실 도피의 아늑한 세상을 허락했다.

* * *

점심시간이 되자 북적거렸던 병원은 한산해졌다. 수호는 책상에 앉아 깊은 생각에 빠졌다. 공항에서 차라리 아는 척을 하지 왜 그냥 가 버렸을까. 비행기에서 하영과 그녀의 어머니를 만난 것은 정말 우연이었다.

'엄마, 내가 결혼하고 싶다고 그렇게 졸랐던 남자가 이 오빠야. 최진원하고 비교도 안 되는 남자야.'

하영은 제 어머니에게 스스럼없이 수호를 결혼 전 사귀었던 그 남자라며 소개했다. 수호와 왕장은 크게 당황했지만, 어색한 인사를 나누고 각자의 좌석에서 벗어나지 않았다. 하지만 입국 게이트에서 하영의 어머니는 기어이 수호를 불러 세워서 미안하다는 사과를 늘어놓았다. 처음에는 어른에 대한 예의로 받아 주었다. 그러더니 급기야 그녀의 어머니가 눈물을 글썽이며 하영의 불행한 결혼 생활을 하소연하는 데까지 이르렀다. 수호는 불편한 감정을 숨기지 않고 하영에게 어머니를 모시고 가라고 쏘아붙였다.

안은 도대체 어디까지 봤을까. 아직도 자신이 하영을 마음에 두고 있다고 생각하는 것일까? 수호는 벌떡 일어나 가운을 벗으며 안에게 전화를 걸었다. 그녀는 전화를 받지 않았다. 수호는 안이 집에 있기를 바라며 문을 나섰다.

* * *

"안아! 안아!"

항상 깨끗하고 정갈한 집은 전처럼 삭막하고 황량하지 않았다. 아직도 안이 좋아하는 대로 인테리어를 손보지 않았음에도 수호의 집은 점점 아늑하고 푸근한 온기를 품은 집이 되었다. 그런데 지금은 꽁냥거렸던 아침과 달리 썰렁한 정적이 휘감고 있었다.

수호는 불안한 마음으로 안의 이름을 부르며 침실 문을 열었다. 다행히 안은 자신의 방에서 곱게 잠들어 있었다. 잠깐의 불안으로 식은땀이 배어 나온 이마를 문지르며 수호가 안에게 다가갔다. 이불도 덮지 않고 잠든 안을 살펴보던 수호는 머리맡에 뒹구는 수면제 통을 보고 식겁했다. 혹시 안이 홧김에 다량으로 먹지 않았을까, 말도 안 되는 상상을 하며 뚜껑을 열어 본 수호는 가슴을 쓸어내렸다.

"안아! 유안! 좀 일어나 봐."

안의 볼을 톡톡 두드리며 몸을 흔들자 느리게 눈을 뜨고 껌뻑거렸다.

"안아, 약을 왜 먹었어? 응? 정신 좀 차려 봐. 많이 먹은 건 아니지?"

안은 수호의 손을 밀쳐 내고 이불에 얼굴을 묻었다. 미운 마음과 몽롱한 의식이 혼재해 마냥 귀찮았다. 수호는 급히 주방으로 뛰어가 차가운 물을 따라왔다.

"안아, 물 좀 마셔 봐. 나하고 얘기 좀 하자."

팔을 이마에 얹고 눈을 감고 있던 안은 수호의 성화에 못 이겨 몸을 일으켰다. 머리가 쨍하도록 차가운 물을 마시자 정신은 조금 들었지만, 의욕이 없었다.

"꼭 지금 말해야 해요? 저 지금 정신이 하나도 없어요."

"약은 왜 먹었어?"

"머리가 너무 복잡해서……. 좀 자고 싶었을 뿐이에요."

안은 다시 베개에 얼굴을 묻으며 누워 버렸다. 수호는 안의 손을 붙잡고 자신의 얼굴에 가져다 댔다. 그렇게라도 하지 않으면 안이 자신에게 영 멀게 느껴져서 견딜 수 없었다.

"그래. 그런데 안아, 이것만 말할게. 네가 무슨 생각을 하건 모두 오해야. 공항에서도 우연히 만난 것뿐이야. 오늘 일도……."

"알았어요. 그런데 이따 저녁에 얘기하면 안 될까요?"

"안아! 이상한 생각하면 안 돼! 알았지?"

안은 눈을 감은 채 졸린 목소리로 물었다.

"추하영이 다시 와도 아니라고 할 수 있어요?"

"그래. 그 이름은 잊어. 나한테 아무 힘도 발휘하지 않아."

"정말이에요? 그렇게 사랑했잖아요. 아직도 너 사랑한다고 하면서 그 여자 안아 줬어요. 나는 다 봤어."

안은 예전에 보았던, 머릿속에 콕 박혀 있던 영상이 떠올랐다. 그때도 안은 추하영을 부러워했었다. 영원히 못 이길 여자처럼 느껴졌다.

"후, 안아, 어떻게 해야 내 말을 믿겠어?"

"나는 지금 심술이 많이 났다고요. 화났어. 그러니까 퇴근 후에 다시 말해요."

"안아, 사랑해."

"지금은 다, 귀찮아요."

수호는 자신을 밀어내고 다시 눈을 감는 안을 한동안 지켜봤다. 순하고 착한 여자라 자신 혼자 삭이려고 잠을 청하는 모습이 안쓰러웠다. 수호는 하는 수 없이 이불을 덮어 주고 이마와 볼에 입을 맞춘 후 안의 침실을 나왔다.

* * *

안이 다시 눈을 떴을 때는 오후 무렵이었다. 핸드폰에는 상림에게 온 부재중 통화가 수없이 찍혀 있었다.

“상림아, 나야. 왜 이렇게 전화를 많이 했어?”

– 너야말로 무슨 잠을 그렇게 열심히 잔 거야? 하도 전화를 안 받아서 안 원장님께 물어봤더니 잔다고 하더라.

“응. 어제 글 쓰느라 밤새웠어.”

– 어휴, 너 그러다 노벨 문학상 타겠다.

“풉! 그럴 리가. 그런데 무슨 일이야.”

– 유정이 병원에 와서 너 찾았어. 너한테 급하게 할 말이 있다고 바뀐 번호 대라고 해서 내가 전해 준다고 했거든. 아버지가 몸이 좀 안 좋으시대. 한번 전화해 봐라.

“응. 알았어. 고마워.”

아무래도 오늘은 재수가 옴 붙은 날인가 보다. 보기 싫은 사람들을 보고, 겪기 싫은 일을 해야 한다는 생각에 또다시 가슴이 콱 막혔다. 안은 주섬주섬 일어나 씻고 옷을 챙겨 입었다. 친정 식구들에게 새 전화번호를 알려 주고 싶지 않아 일부러 밖으로 나가 공중전화를 찾았다.

“여보세요. 저 안이에요.”

– 너는 전화번호까지 바꾸고 참 인정머리 없구나. 키워 준 사람 공은 없다더니. 아이고, 내 팔자야.

숙정의 야멸찬 음성이 듣기 싫어 안은 수화기를 멀찍이 떨어뜨렸다.

"무슨 일로 찾으셨어요?"

— 네 아버지가 풍을 맞았어. 집에 좀 들러라. 언제 올래?

"지금 갈게요."

수화기를 내려놓은 안은 오늘따라 사는 것이 너무 지긋지긋하게 느껴졌다.

"나 좀 그냥 내버려 두면 안 될까요?"

누구에게 하는 말도 아닌 푸념을 내뱉으며 안은 전철역으로 향했다.

* * *

"엄마! 어떻게 됐어? 오빠가 뭐래?"

하영의 엄마 경선은 벌써 며칠째 친정에 와 있는 딸을 흘겨보며 구두를 벗었다. 키우면서 항상 자랑스러웠던 외동딸은 결혼과 함께 나날이 추락 중이었다.

"아줌마! 나 따뜻한 수정과 좀 줘요. 방으로!"

"아줌마! 저는 자몽차로 부탁해요!"

하영은 제 엄마의 뒤를 쪼르르 따라붙으며 안방으로 들어갔다. 수호를 찾아갔던 경선의 표정이 좋지 않은 것으로 보아 제가 원하는 결과를 얻지 못한 것 같았다. 그런데도 하영은 실낱같은 기대를 접지 못하고 경선의 입만 쳐다보았다.

"후……. 추하영, 너 때문에 내가 그 새파란 놈한테 무슨 소릴 들은 줄 알아! 너 그만 돌아가. 이제 죽으나 사나 JS그룹 귀신이라고 생각해!"

"악! 뭐야, 엄마! 겨우 그런 말 들으려고 내가 여기 와 있는 줄 알아? 최진원, 그 싼 티 나는 도박 중독자하고는 단 일 초도 같이 있고 싶지 않단 말이야!"

"네가 좋다고 했잖아! 재벌이라고 눈이 뒤집혀서 밀어 달라고 할 때는 언제고 인제 와서 물러 달래! 어쩔 수 없어. 도박 중독이라도 재벌이니까 여간해서는 망하지는 않아. 그냥 대충 비위 맞추고 살면서 너도 돈 쓰는 재미로 살아. 안수호는 안 되겠더라."

"오빠가 뭐라는데?"

몸이 단 하영은 제 엄마가 옷 벗는 것도 못 기다리고 닦달했다.

"결혼할 여자가 있단다! 그렇게 안 봤는데 걔도 인성이 바닥이야. 그래도 내가 부모뻘 어른인데 냉정하게 박대하는 게 버르장머리가 없어."

경선은 의자에 앉아서 스타킹을 벗어 던지다가 한숨을 내쉬었다.

"하긴, 내가 봐도 아깝더라. 훤칠하니 생긴 것도 마음에 들고……. 집안도 그렇게 대단하다면서. 도대체 사귀면서 뭘 알아본 거야? 똑똑한 척은 혼자 다 하더니. 으이그!"

"칫! 그때는 그냥 자수성가한 의사인 줄 알았어. 이게 다, 그 별 볼 일 없는 여자 때문이야. 걔가 뭐가 좋아서 거기에서 헤어 나오질 못해?"

"내 말이 그 말이다. 헤어진 지 일 년이 됐어? 이 년이 됐어? 남자가 지조 없이. 얘, 안수호도 여자 꽤 울리게 생긴 게 그닥이야. 너도 마음 접어. 어서 집에 돌아가."

하영이 새쭉한 표정을 지으며 소리를 질렀다.

"싫어! 더 늦기 전에 안수호 잡아야 한단 말이야. 최진원도 이혼하자고 했어. 나 이제 갈 데도 없어."

"뭐? 최 서방이 이혼하자고 했다고? 제가 뭔데? 잘못은 자기가 해 놓고 어디서 이혼을 들먹여?"

"내가 애 생겼다고 거짓말한 거 들켰거든."

경선은 아연실색한 얼굴로 딸을 쳐다보았다. 아무리 오냐오냐 키웠다지만 이렇게 속수무책일 줄은 상상도 하지 못했었다.

"아이고, 머리야. 나도 이젠 모르겠다. 그냥 깨끗하게 이혼하든지 아니면 지금 당장 돌아가! 솔직히 이혼도 하지 않고 안수호한테 들이대는 게 말이 되니? 아무리 보험이라도 그렇지 누가 알까 남사스럽다."

"알았어요! 자몽차만 마시고 갈게! 오빠는 내가 흔들면 넘어지게 돼 있어. 나 결혼 발표하고 나서도 계속 사랑한다고 했단 말이야. 지금 나한테 삐져서 저래. 두고 봐."

경선은 철없는 딸의 고집에 질려 버렸다. 저것을 어떻게 정신 차리게 해야 할지 엄두조차 나지 않았다.

* * *

친정집에 들어가자 무겁고 부담스러운 분위기가 평소보다 더했다. 아무리 각오하고 오더라도 절로 인상이 써지는 곳이 친정이라니 팔자 참 고약하다는 생각이 들었다.

"어떻게 되신 거예요?"

안의 아버지 일남은 회사에서 뇌졸중으로 쓰러졌다고 했다. 다행히 빨리 발견되었지만 이틀간 의식이 없었고 안에게 연락이 되지 않아 식구들이 난리였다며 숙정은 줄곧 안에게 가시 돋친 말을 늘어놨다.

"아빠가 쓰러지신 게 제 탓도 아니고, 제가 뭘 어떻게 해 드릴 수 있는 것도 아니었는데 저한테 왜 이러세요?"

억지소리를 듣다 지친 안의 차가운 반응에 숙정과 정은 발끈하며 더 시끄럽게 굴었다.

"좀 조용히 하세요. 집에 환자가 있잖아요. 병원에서 환자에게 스트레스 주지 말라고 안 했어요?"

그제야 잠잠해졌다. 환자인 일남을 제외한 세 여자가 주방 식탁에 둘러앉았다.

"그래서 아빠는 지금 어떤 상태예요?"

옆으로 몸을 틀고 안을 외면하고 있는 숙정을 대신해서 정이 설명했다.

"왼쪽이 전부 마비긴 한데 심하지는 않고 말씀이 좀 어눌해."

"통원으로 꾸준히 재활 치료받으면 아마 괜찮아지실 거예요. 그리고 재발할 수 있으니 예의 주시하시고요."

"안아, 네 말이 맞아. 병원에서도 그러더라고. 그런데 우리 중에 누가 아버지를……."

안은 충분히 예상했던 대로 흘러가는 대화에 오히려 웃음이 나올 지경이었다. 어쩜 이렇게 모두 자신을 우습게 아는 걸까. 서럽지도 않을 만큼 익숙한 레퍼토리가 지루했고, 그래도 되게끔 살아온 자신이 한심했다.

"어머니가 하셔야죠. 지금 여기서 경제 활동 안 하시는 건 어머니 뿐이잖아요."

"야! 아무리 그래도 엄마 나이도 있고, 아무래도 네가 대학병원 간호사였으니까."

정은 이미 엄마와 말을 맞춘 대로 안에게 풍 맞은 아버지라는 짐을 떠넘기려고 했다.

"아니요. 제 얼굴 보는 것도 오늘이 마지막이에요. 저, 멀리 떠나요. 그동안 지긋지긋하고 더러운 년 보고 사시느라 고생 많으셨어요. 언니도 밖에서 나하고 비교 당하느라 수고했어."

안이 자리에서 일어나자 숙정이 날카롭게 고함을 쳤다.

"나쁜 년! 네 아버지가 술집 년하고 배 맞춰서 낳아 온 너를 키우느라 내가 얼마나 피눈물을 흘린 줄 알아!"

"그래. 너 때문에 친척들만 모이면 수군거리는 말 때문에 우리 엄마가 얼마나 상처를 받았다고!"

"도대체 그걸 왜 저한테 따지시는 거예요? 잘못은 아버지가 한 거잖아요. 저도 피해자예요. 저라고 그렇게 태어나서 이렇게 살고 싶었겠어요?"

생전 말대꾸라고는 하지 않고, 고분고분 시키는 대로 순하기만 했던 안의 반박에 숙정은 기가 찼다.

"죗값 할 기회를 주는데도 매몰차게 외면하는 것 좀 보라지. 제 복을 지가 찬다. 그러니까 네가 그따위로 살다가 쫓겨난 거야."

"저는 죄가 없어요."

"넌 태어난 것 자체가 죄야!"

숙정이 안에게 떠는 극악은 나이가 들면서 더 심해졌다. 이만큼 대드는 것에도 큰 용기와 각오가 필요했던 안은 이제 기운이 모두 빠져 버렸다.

"그래요. 알겠어요. 태어나서 죄송해요. 아버지는 반년 정도 꾸준히 치료받으시면 멀쩡해지실 거예요. 평생 짐으로 지고 사실 생각 아니면 반년만 고생하세요."

안은 아우성치는 엄마와 언니를 내버려 두고 아버지가 누워 있는 작은방으로 들어갔다. 결혼 전 안이 쓰던 방에 의료용 침대를 두고 누워 있는 아버지는 눈에 띄게 야위어 보이고 무능해 보였다.

"아버지, 너무 걱정하지 마세요. 다행히 처치를 잘해서 몇 달만 고생하시면 멀쩡해지실 거예요."

"너는 집에 안 들어올 거냐? 도대체 어디서 뭘 하고 지내는 거야. 배 서방한테 잘 말해서 돌아가든가."

"저는 제가 알아서 잘 살아요. 그리고 저 보시는 것도 오늘이 정말 마지막이에요. 저도 그동안 지겨웠어요. 단 한순간도 이곳에서 행복한 적이 없어요."

"나는……. 최선을 다……했다."

"당연히 그러셨어야죠. 아버지가 저지른 일이었잖아요. 그리고 비난은 저의 몫으로 돌리셨고요."

안은 몸을 일으키고 누워 있는 일남에게 허리를 굽혀 인사했다.

"안녕히 계세요. 제 마지막 모습이 정나미 떨어져서 그립지는 않으실 거예요."

일남은 고집스럽게 입을 다물고 안을 외면했다. 서로에게 평생 부담이었던 부녀의 마지막다운 불편한 작별 인사였다. 안이 신발을 신고 나오는 길에도 숙정의 악담은 끝이 없었다. 정이 뛰어나와 말려도 아랑곳하지 않고 신세 한탄을 섞어 안을 비난하는 데 온 힘을 쏟았다.

"네가 왜 애가 안 생기는 줄 아니? 네가 이놈 저놈 붙어먹던 천것의 소생이라 대신 죄를 뒤집어쓴 거야. 너, 두고 봐라. 평생 남편도 없이 자식도 없이 버림받다가 쓸쓸하게 끝날 거야!"

안은 귀를 막고 집을 뛰쳐나왔다. 아버지가 쓰러졌다는 말에 순간 마음이 약해져 돌아온 것을 후회하며 빨리 걷고 있었다.

"안아! 안아!"

정이 뛰어와 안을 붙들고 매달렸다.

"왜 또!"

숨이 차서 헐떡거리느라 정은 좀처럼 말을 꺼내지 못했다.

"아오! 숨 차. 야, 엄마가 저러는 게 하루 이틀이니? 오늘따라 왜 이렇게 대들어?"

"백날 천날이라도 적응하기 힘들어. 왜 따라왔어?"

"저, 실은 아빠 병원비가 꽤 나왔어. 너 혹시 위자료 받은 거 있으면 좀 내놔."

"마지막까지 참 더럽네."

"야! 너 말이 좀 그렇다?"

안은 제 옷소매를 잡은 정의 손을 털어냈다.

"내가 가족들 앞으로 하나씩 보험 들어놓은 거 있어. 우편으로 보험증권이랑 다 보내 줄게. 알아서 타 먹도록 해. 아빠 같은 경우엔 이번 병원비는 충당할 만큼 나올 거야."

"현금은 좀 없어?"

"보내 줄게. 어머니 통장으로 보낸다고 전해 드려."

뒤돌아 몇 걸음 걷던 안이 다시 정에게 다가갔다. 단단한 눈빛과 또박또박한 목소리로 다짐하듯이 정에게 말했다.

"난 이걸로 계산 다 끝났다고 꼭! 전해."

정은 멀어지는 이복동생의 뒷모습에서 정말 끝이라는 것을 느꼈다. 동생의 성격으로 볼 때, 눈물 한 방울 흘리지 않고 이렇게 매정하게 끊어 내는 것이 하루 이틀의 결심이 아닌 것 같았다.

* * *

꽤 늦은 시각이 되어 돌아온 안은 아직도 병원 건물 3층에 불이 환하게 켜진 것이 의아했다. 아마 안에게서 집에 다니러 간다는 말을 들은 수호가 집에 혼자 있기 싫어 아직도 병원에 남아 일을 보는 것 같았다.

병원의 불빛을 보자 긴장이 풀어지고 마음이 놓였다. 숨 막혔던 친정에서 벗어난 홀가분함이 이제야 찾아왔다. 안은 속상했던 일도 풀고 진성에서 지인 기분도 전환할 겸 수호와 좋은 곳에서 한잔할 계획을 세웠다.

3층에서 엘리베이터 문이 열렸다. 불이 환하게 켜진 한산한 로비가 어쩐지 으스스한 기분이 들어 안은 진저리를 쳤다. 두리번거리며 수호의 원장실로 가던 안은 열린 문틈으로 젊은 여자의 목소리와 흐느낌을 들었다. 이 목소리와 상황이 주는 기분이 익숙했다.

'오빠, 나 오빠 너무 사랑해. 매일 보고 싶어. 너무 힘들어. 나 미워하지 마. 제발 부탁이야.'

'나도 너, 아직도 사랑한다.'

그들이 여전히 사랑했던 그때, 우연히 안이 훔쳐보았던 그 순간이 다시 환영이 되어 펼쳐졌다.

"그 사람 올 때 됐어. 돌아가."

타이르는 덤덤한 목소리는 수호의 것이었다.

"오빠, 나한테 어쩜 이럴 수가 있어?"

"……."

안은 발소리를 죽이며 조용히 다가갔다.

"내가 잘못했어. 오빠도 알다시피 나도 억지로 결혼한 거잖아. 그 남자, 정신병자야! 나를 다시 그런 데로 보낼 거야?"

"하영아, 이러는 거 아니야!"

"나하고 결혼하고 싶다고 했잖아! 나 닮은 딸도 낳고 오빠 닮은 아들도 낳기로 했잖아. 그거 이제 내가 다 해 줄게. 그 여자가 하는 거 나도 다 할 수 있어! 오빠, 나 좀 봐 봐."

"너……. 이게 무슨!"

하영이 쏟아 내는 눈물 섞인 절규를 듣는 안의 마음이 더 아팠다. 자신이 해 줄 수 없는 것을 다 할 수 있는 하영이 부러웠다. 그녀가 해 줄 수 있는 것을 할 수 없는 자신을 깨달았다.

'네가 왜 애가 안 생기는 줄 아니? 네가 이놈 저놈 붙어먹던 천것의 소생이라 대신 죄를 뒤집어쓴 거야. 너, 두고 봐라. 평생 남편도 없이 자식도 없이 버림받다가 쓸쓸하게 끝날 거야!'

숙정이 악담할 때는 흘려들었던 것들이 하영의 입을 통해서는 구체화 되었다. 안은 몹쓸 호기심을 견디지 못하고 조용히 다가가 문틈으로 두 남녀를 훔쳐보았다. 수호가 하영의 뺨에 손을 대고 그녀를 마주 보고 있었다. 그의 눈에 서린 걱정이 보였다. 하영이 수호의 목을 끌어안고 입술을 가져다 대는 순간, 안은 재빨리 발길을 돌렸다. 오늘은 마지막까지 참, 잔인한 날이었다.

* * *

수호는 자신의 목에 매달려 버티고 있는 하영을 힘껏 밀쳐 버렸다. 남자의 순수한 힘에 뿌리쳐진 하영이 바닥으로 나동그라졌다. 하영이 앙칼지게 소리치며 수호에게 따졌다.

"오빠! 미쳤어? 어떻게 나를……."

수호는 불결하다는 듯 하영의 것과 닿았던 입술을 손등으로 훔쳐 냈다. 따끔한 통증과 함께 찝찔한 쇠 맛이 느껴졌다.

"너! 정신 차려. 지금 뭐 하는 짓이야! 너 엄연히 결혼한 여자야."

"곧 헤어진다잖아. 지금 내 꼴 보고도 아무렇지도 않아? 나랑 헤어진 지 얼마나 됐다고 이렇게……. 어쩜 이렇게 냉정해?"

"선글라스, 다시 써라. 보기 흉하다."

하영은 도도한 표정을 지으며 다시 선글라스를 썼다. 푸른 눈두덩까지 보여 주며 그의 동정심을 자극했지만, 상황은 여전히 불리하게 돌아가는 것 같았다. 하영은 점점 마음이 조급해졌다.

사랑을 호소하는 애원도 눈물도 투정도 아무 효과를 보지 못했다. 지난 사랑은 아무 힘도 쓰지 못했다. 하영은 생각을 바꿔 차분하게 수호를 타일러 보기로 했다.

"나한테 실망하고 화나 있는 거 잘 알아. 예의를 갖추지 않고 이별하게 된 건 나도 유감이야."

겨우 서두를 꺼냈을 뿐인데 수호가 코웃음을 쳤다.

"착각하지 마. 그런 거 아니야. 사랑하다 헤어지면 누구나 아픈 시간을 겪어. 우린 그런 과정을 거쳤을 뿐이야. 지금까지 나는 너한테 아무 감정이 없었어. 그런데."

미간을 구긴 수호가 천천히 고개를 저었다.

"너한테 짜증이 나고 나한테 화가 난다. 겨우 이 정도였다니."

수호는 옷걸이에 걸린 재킷을 거칠게 잡아 빼고는 원장실의 불을 껐다. 아직도 바닥에 앉아 있는 하영에게 차갑게 권했다.

"이제 그만 여기서 나가 줘. 보안 시스템 켜고 퇴근할 거야. 그리고 한 번만 더 병원에 오면 끌려 나갈 각오하는 게 좋을 거야."

* * *

계단으로 5층까지 올라오는 동안 안은 묵묵하고 침착했다. 이상하리만큼 아무렇지 않았다. 마치 이미 끝을 알고 있었던 사람처럼 안은 방금 본 상황들을 자연스럽게 받아들였다. 지친 하루의 마무리를 샤워라는 사치스러운 여유로 끝내고 싶었지만, 시간이 없었다.

대충 옷을 벗고 손만 씻은 후 햄만이에게 먹이를 주고 침대 속으로 들어갔다. 새까만 어둠 속에서 안의 반짝이는 눈동자가 깜빡였다.

띠띠띠띠 띠리리.

수호가 들어오는 소리가 들렸다. 안의 모든 신경이 방문 밖을 향했다. 미세하게 사람이 움직이는 소리가 들렸다. 청각이 수호의 동선을 따라다녔다. 실내화를 끄는 소리가 안의 방문 앞에서 멈췄다. 안은 문을 등지고 누워 얼굴을 베개로 가렸다. 지루하고 긴장되는 시간이었다. 수호는 분명 방문 밖에 있는 것 같은데 들어오지 않았다.

청각이 한껏 예민해졌을 때쯤 안의 방문 손잡이가 돌아갔다. 거실의 불빛이 문틈으로 새어 들어오고 긴 그림자가 방 안으로 드리워졌다. 잠시 안의 뒷모습을 지켜보던 수호는 다시 문을 닫고 나갔다.

천천히 눈을 뜬 안이 깊은 한숨을 내쉬었다. 한참을 뒤척이던 안은 침대에서 빠져나와 창가에 의자를 가져다 놓았다. 멀리 보이는 도로에는 드문드문 자동차 불빛들이 지나갔다. 별 하나 없는 서울 하늘을 보며 안은 수호와 함께 보던 별 무리를 떠올렸다. 짧은 시간이었지만, 많은 행복을 겪었다. 하나하나 추억을 되새기다 보니 어느새 푸른 새벽이 왔다. 안은 수호를 사랑해서 행복하고 감사했다.

"그거면 됐어……."

잔잔한 웃음이 안의 얼굴에 부드럽게 퍼졌다. 창문을 닫고 의자에서 일어나자 굳었던 몸이 풀리지 않아 통증이 느껴졌다. 안은 엉금엉금 기다시피 침대 속으로 들어갔다. 포근한 이불 속에서 통증이 사그라지는 것을 느끼던 안은 드디어 잠이 들었다.

* * *

수호는 아침이 되어도 안의 기척이 없는 것이 이상했다. 어제 일찍 잠든 것을 보았고 여간해서 늦잠을 자는 사람이 아니었다.

"안아……."

수호는 노크를 한 후 문을 열어 보았다. 이불 속에 웅크리고 자는 여자는 오늘따라 더 작고 외로워 보였다.

"안아, 어디 안 좋아?"

고른 숨을 쉬며 자는 것을 보고 안심했던 수호는 혹시나 하는 마음에 이마를 짚었다. 체온계를 대 봐야 정확하겠지만 꽤 높은 열이 느껴졌다.

"안아! 일어나 봐."

소란스러움에 눈을 뜬 안이 수호를 발견하고는 길게 기지개를 켰다.

"왜요? 나 오늘 늦잠 잘 건데."

"너 지금 열 있어. 감기 걸린 거 아니야? 내가 조심하라고 그렇게 말했잖아. 어제 얼마나 돌아다닌 거야!"

안은 수호의 아랫입술에 난 작은 생채기를 보고 말았다. 자신의 이마를 짚고 있는 수호의 손이 불결하게 느껴졌다.

"죽지 않으니까 그만 떠들어요. 나 조금만 더 자고 아침에 병원 다녀올게요. 그럼 됐죠? 겨울에 어떻게 감기 한 번 안 걸리고 살아요? 호들갑 그만 떨어요."

안은 무거운 몸을 돌려 그를 등지고 다시 잠을 청했다.

"병원에 나하고 같이 가. 지금은 일단 해열제부터 먹자."

"혼자 가도 돼요. 자꾸 그러면 나 병원 안 가 버릴 거예요. 원장님이 해야 할 일에 소홀해지지 말아요. 그런 남자 매력 없어."

수호는 유난히 피곤해 보이는 안을 더 재촉하지 못하고 해열제를 먹이는 선에서 물러섰다.

* * *

왕장은 휘파람을 불며 로비를 지나다가 막 출근하는 수호를 발견했다.

“어이, 안 원장, 오늘 얼굴이 왜 그 모양이야?”
무시하고 지나가는 수호에게 따라붙은 왕장이 귓속말로 농담을 걸었다.
“유 비서하고 벌써 예비 부부 싸움이라도 한 거야?”
“장아, 너 잠깐 나 좀 보자.”
수호는 어젯밤 자신을 찾아온 하영에 대해서 왕장에게 털어놨다. 항상 환한 빛을 내뿜는 왕장의 얼굴이 어둡게 가라앉았다.
“결혼 잘못했다고 하더니, 그거 완전히 미친 거 아니냐? 여기가 어디라고 찾아와? 생긴 것은 엄청 우아하게 생겨서 하는 짓은 양아치네.”
“그게……. 많이 힘들어 보였어. 사실, 최진원이 손찌검을 하는 것 같아.”
수호의 얼굴에 괴로운 빛이 떠올랐다. 선글라스를 벗던 순간 보이던 하영의 퍼런 눈두덩이 다시 기억나자 속이 쓰렸다. 한때 사랑했던 여자의 불행이 불쌍하면서도 불쾌했다.
“그 말을 믿어? 고거 진짜 구미호네. 어디서 동정표를 얻으려고 수를 쓰는 거야! 맞고 사는 증거라도 있어? 얼굴에 멍이라도 달고 오면 또 모르겠다.”
“…….”
“뭐야? 진짜 멍 달고 왔어? 오 마이 갓. 이거 알려지면 난리 나겠는데.”
“됐다. 그만하자. 어차피 다시 볼 것도 아닌 사람이야. 아무리 헤어졌어도 잘사는 것이 보기 좋은데……. 나도 속이 말이 아니다.”
“너 추하영 단속 제대로 해라. 다시는 여기 발도 들이지 못하게 하란 말이야. 유 비서가 알아봐. 아무리 착한 사람이라도 그런 것까지 괜찮을 순 없다고."

수호는 일그러진 얼굴을 마구 문지르며 심란한 마음을 삭였다.

* * *

다시 잔잔한 일상이 시작되었다. 안의 가벼운 감기는 다행히 심해지지 않았다.

안은 수호가 출근하고 없는 시간을 틈타 글을 쓰고 집을 정리하기 시작했다. 매일같이 퇴근 후 달라지는 집을 보며 수호는 안에게 잔소리를 했다. 사람을 시켜도 될 일을 굳이 자신의 몸을 움직이고 애쓰는 안을 이해할 수 없었다.

하영이 다녀간 후 문득 떠오르는 그녀의 불행이 신경 쓰였지만, 수호는 애써 덮어 두었다. 하지만 눈치 빠른 안은 그런 수호의 변화를 세세하게 느끼고 있었다. 가끔 다른 생각에 빠져 불러도 모르거나 잔뜩 미간을 좁히고 한숨을 쉬는 모습을 부러 모른 척했다. 안은 멀찍이 떨어져서 수호를 바라볼 때면 자신이 더 미적거리지 말아야 한다고 결심하곤 했다.

수호는 안이 타이를 매 주는 시간을 좋아했다. 단단하고 깔끔하게 단번에 타이를 제대로 매 주고 뿌듯하게 바라보는 안을 보노라면 그녀의 남자가 된 기분이 확실해지곤 했다. 슈트 단추를 채우며 수호가 제 아래에 있는 안의 정수리에 입을 맞추었다.

"오늘 현 선생 환송회 있는 거 알지?"

"어제 통화했어요. 좋겠다. 멀리 떠나서 자기 인생도 되돌아보고.

나는 왜 그런 생각을 못 했나 몰라."

수호는 진심이 느껴지는 안의 말에서 불안이 느껴져 인상을 썼다. 안은 매일이 열심이었다. 이 집의 안주인으로 자리 잡은 사람처럼 완벽한 살림 솜씨를 보여 주었고, 수호에게도 지극했다. 하지만 왠지 모를 거리감이 느껴졌다. 선을 그었고 수호가 다가서면 생긋 웃으며 방어막을 쳤다.

"너 요즘 좀 이상해."

"내가요?"

"다른 사람 같고……. 남 같아."

"우린 남이에요."

"……?"

"풉! 그 표정 뭐예요? 혼인 신고를 하고 몇 십 년을 살아도 남이라잖아요."

"그런 말 하지 마. 듣기 싫어."

"저는 원장님 듣기 좋은 말 하라고 있는 사람이 아니에요."

"너 정말 오늘따라 왜 그래?"

안은 그를 향해 또 생긋 웃어 주며 그의 슈트 매무새를 매만졌다. 더 따지지 말라는 뜻이었다.

수호가 그녀의 허리를 끌어안자 몸이 살짝 굳는 것이 느껴졌다. 오기가 생긴 수호가 뒤로 주춤 물러서는 안에게 더 강하게 밀착하며 그녀의 입술을 찾았다. 고개를 숙이며 부드럽게 외면하는 안의 턱을 잡고 그녀의 입술을 벌렸다. 말랑하고 부드럽고 따뜻한 입술을 맛본 수호는 본능이 솟구치는 것을 느끼며 키스에 집착했다.

눈앞에 있지만, 자꾸만 손끝에서 아른거리기만 할 뿐 잡히지 않는 요즘의 안을 향한 불만을 터트렸다. 수호의 거친 호흡이 뿜어내는 열기와 입 맞추는 소리가 관능이 되어 안을 밀어붙였다. 두 손을 수호의 가슴에 대고 밀어냈지만 단단한 남지의 몸은 더한 욕망으로 끓어오를 뿐이었다.

“그만, 그만하고 싶어요.”

안이 고개를 틀며 키스를 거부했지만, 수호의 의지는 완강했다.

“너도 원하잖아. 지금 안고 싶어.”

“지금은 싫어요.”

다리를 잔뜩 웅크리고 수호를 억지로 밀어낸 안이 붉게 달아오른 얼굴로 그를 쳐다보았다. 열에 들뜬 눈이 촉촉하게 젖었는데도 안은 아니라고 고개를 젓고 있었다.

“너 도대체 왜 그래? 요즘 왜 이렇게 나를 밀어내?”

“미안해요.”

“뭐가 또 미안해? 응? 내가 싫어진 거야? 그런 거니? 내가 더 잘할게. 안아, 그냥 내가 다 잘못했어.”

“그게 무슨 소리예요. 바보 같아. 그냥 지금은 출근해야 하니까……. 나도 참는 거예요.”

“정말이지?”

안은 수호의 얼굴을 부여잡고 그의 입술에 가볍게 키스를 남겼다.

“정말이에요. 어서 출근해요.”

수호는 평소처럼 부드럽고 따뜻한 안이 더 불안하게 느껴졌다. 오늘은 병원이고 뭐고 다 접고 안의 옆에 꼭 붙어 있어야 할 것 같았다. 하지만 떨어지지 않는 발걸음을 재촉하는 사랑스러운 여자의 호통으로 위안을 얻으며 출근해야만 했다.

닫힌 현관문 앞에 한참 서 있던 안은 오늘 해야 할 일을 떠올리며 바쁘게 몸을 움직였다. 라벤더 화분에 영양토를 돋우고, 햄만이의 케이지를 청소했다. 며칠 동안 열심히 쓸고 닦아 윤이 반질반질한 집을 한 바퀴 휘둘러본 안은 드레스룸으로 들어갔다. 옷장을 열고 자신이 처음 이 집에 올 때 가져온 옷을 추렸다. 구석에 세워 두었던 캐리어를 꺼내서 차분한 마음으로 옷들을 개어 담았다.

9

맑은 소주가 찰랑거리는 잔을 들고 상림이 외쳤다.

"자, 저는 이게 마지막 잔이에요! 나는 내일 새벽 출국이니까 더는 놀아 줄 수 없다고요."

"그렇게 매일같이 이 모임 저 모임 환송회를 하시더니 결국 우리는 제일 마지막인가? 우리가 제일 중요한 사람들이 아니었나 봐."

왕장은 배웅도 못 나오게 하는 상림이 환송회도 흐지부지 끝내려는 것이 마음에 안 들어 투덜거렸다.

"솔직히 환송회를 왜 하는지 저는 이해가 안 가요. 가서 몇 년 있다가 오는 것도 아니고 달랑 육 개월이라고요. 다들 술 마실 건수

잡는 거야. 하여튼 저는 후딱 잘 다녀올게요."

"상림아, 건강하게 잘 다녀와."

"오냐! 너도 이 언니 없는 동안 사고 치지 말고 잘 지내고 있어."

"우리 안이는 얌전해서 사고 안 칩니다."

수호의 말에 상림은 입술을 삐죽였다. 아직 안에 대해 아는 것이라고는 수박 겉핥기 주제인 그의 큰소리가 우스웠다.

"예, 예. 얌전한 고양이란 말 모르시나 보네. 고양이 발톱에 할퀴어서 독이 올라 봐야 그런 말 쏙 들어가시지."

마지막 잔을 시원하게 비우고 나니 슬슬 파장 분위기가 났다. 왕장은 담배를 피우러 나가고 수호가 계산하러 나간 사이, 가장 친한 두 사람이 남았음에도 알 수 없는 어색한 기운이 맴돌았다. 상림은 오늘따라 너무 즐거워 보이는 안을 아까부터 유심히 살펴보고 있었다.

"너 무슨 꿍꿍이냐? 오늘 좀 수상하다."

"응? 꿍꿍이는 무슨. 사실, 너 그렇게 떠나는 거 보니까 나까지 들떴어. 네가 부럽고 나도 해 보고 싶어."

"해라! 이제 누가 너를 막겠냐. 아! 안 원장 울지 않게 잘 구슬리고 떠라. 오늘도 계속 너만 들여다보던데."

안은 까르르 웃으며 상림의 어깨를 때렸다. 하지만 오늘 작정하고 진지해진 상림은 전부터 하고 싶던 말을 꺼낼 결심을 했다.

"안아, 너 있잖아."

"응? 왜?"

"안 원장하고 결혼까지 할 거야? 안 원장은 제대로 마음먹은 것 같은데……."

"안 해. 나 결혼 같은 거 하고 싶지 않아. 그리고 우리 둘은 결혼관이 달라."

상림은 생각지도 못한 안의 반응에 조금은 놀랐다. 처음부터 안이 먼저 좋아하기도 했지만, 수호 못지않게 안도 푹 빠져 있는 것이 눈에 보였기 때문이었다.

"그게 무슨 소리야?"

"서로 추구하는 바가 다르더라고. 그냥 지금은 이대로 있고 싶어."

"전부터 나도 마음에 계속 걸리긴 했는데. 너 혹시 아이 때문에 그래?"

"상림아, 그만. 나 정말 더 얘기하고 싶지 않아. 딱 좋은 지금을 조금 더 누리게 해 줘."

상림은 마치 시한부 연애를 하는 것 같은 안의 발언이 마음에 걸렸다. 하지만 가장 행복한 순간이라고 말하는 안의 깊은 눈을 보자 더 나설 수가 없었다. 이리저리 치이고 상처받은 친구의 행복한 순간을 잠시라도 더 이어 주고 싶었다.

"상림아, 잘 다녀와. 그리고 김 원장님하고도 잘 지내고."

"뭐야. 환송 인사가 왜 거기까지 가니? 누가 보면 네가 어디 가는 줄 알겠어."

"그랬나? 네가 멀리 간다고 하니까 괜히 감상에 빠졌나 봐."

안은 제 표정을 들키기 싫어 상림을 꼭 끌어안고 어리광을 부렸다.

* * *

"수고해 주셔서 고맙습니다."

안은 차에서 내려 대리 기사에게 대리비를 지불했다. 기사가 자리를 떠나자 뒷좌석 문을 열고 수호를 흔들었다. 하지만 수호는 좀처럼 일어나지를 못했다.

"원장님, 일어나세요. 도착했어요."

미동 없이 눈을 감고 있던 수호는 자신의 볼을 두드리는 안의 손을 잡아서 손바닥에 입술을 눌렀다.

"나 안 자고 있었어."

그리고 안은 그대로 뒷좌석으로 끌려들어 갔다. 순식간에 문이 닫히고 안은 수호의 다리 위에 걸터앉아 있었다.

"네가 내 손 잡아 주고 머리 넘겨주는 게 좋아서 자는 척했어."

"연기해도 되겠어요. 감쪽같았어, 정말."

수호는 안의 코트를 벗겼다.

"뭐 하는 거예요."

"뭐 하는 거겠어. 아침에 약속했잖아 오늘 밤은 꼭……."

"여기서요? 집에 다 와서 굳이 왜."

"색다른 재미지."

안이 입고 있는 보드라운 블라우스 아래로 느껴지는 살갗의 따뜻함을 음미하며 수호는 그녀의 입술을 찾았다. 키스는 점점 달아오르는 호흡과 어울리게 격렬해졌다. 안이 급히 입술을 떼고 그의 얼굴을 부여잡았다.

"정말 여기서요?"

"나 지금 장난하는 거 아니야."

안은 그의 노골적인 손짓이 주는 생경한 부끄러움을 견디지 못하고 눈을 감았다.

"너는 정말 말랑하고 부드러워. 만지면 너무 기분이 좋지."

수호의 몸이 크게 움직이는 소리가 들렸다. 코트와 재킷을 벗는 소리 같았다.

"들어가요. 저 너무 어색해요."

"그때까지 못 참겠는걸."

그 말을 증명이라도 하겠다는 듯이 수호는 열정적으로 안을 안아 주었다. 차 안은 끈적한 애욕의 향으로 진하게 물들었다. 땀에 푹 젖은 두 사람이 하나로 겹쳐진 상태에서 늘어져 버렸다. 손가락 하나도 까딱할 힘이 없어 그 상태로 한참을 안고 있었다.

"이것 봐요. 그냥 집으로 가자니까."

"정말 더 참을 수가 없었어. 네 손이 내 머리카락을 만지고 손을 만질 때마다 최대치의 인내심을 발휘했거든."

수호는 바닥에 떨어진 코트를 주워 안의 몸에 덮어 주었다. 땀이 식으며 급히 체온이 떨어질 것이 염려되었다.

"사랑해, 유안."

그의 깊고 진한 목소리가 두꺼운 가슴통을 울렸다. 너른 품에 안긴 안의 귓가에 그 소리가 더 묵직하게 파고들었다. 안은 아무 말 없이 수호의 품으로 더 깊이깊이 파고들었다.

* * *

샤워를 마치고 나오던 안의 손을 잡아끈 수호는 수건을 뺏어서 그녀의 머리를 말려 주었다.

"이제 짧은 머리가 많이 익숙해졌어. 처음에는 좀……."

"못생겼었어요? 그나마 머릿발이었는데 그렇죠?"
수호는 세차게 고개를 저었다. 젖은 머리가 자유롭게 헝클어져 좀 더 젊은 느낌이 났다.
"아니야. 갑자기 짧게 자르고 들어와서 놀랐다고 말하는 거야. 왜 그런 말을 해?"
"한동안 나더러 몬난이라고 부르고 놀렸잖아요."
"귀여워서 그랬지. 맹세코 유안이 못생겼다고 생각한 적 없어. 처음 봤을 때, 아니다. 면접 보러 왔을 때 눈동자가 참 마음에 들더라고. 깊고 따뜻해서 홍채가 예쁘다고 생각했거든."
수호가 머리를 빗겨 주는 동안 안은 얼굴에 로션과 아이크림을 펴 발랐다. 그 모습을 보던 수호가 자신의 눈가를 가리켰고 안은 그의 눈 밑에도 아이크림을 찍어서 살살 펴 발라 주었다.
"세상에, 눈동자도 아니고 홍채가 예뻤대. 그게 뭐예요!"
"눈동자나 홍채나! 좀 더 디테일하게 표현한 것 같지 않아?"
"칫! 그게 뭐야. 순 말장난. 그러고 보니 원장님은 처음에 나한테 뭐라고 부른 줄 기억해요?"
"아마……. 유 비서라고 불렀지."
"그쪽."
"응?"
"그쪽이라고 불렀어요. 유 비서는 업무적으로만 얽혔을 때였고요. 처음 사귀기로 하고는 그쪽이라고 했어요."
"아! 그게 싫었구나. 습관이라……."
"알아요. 어머님이 쓰시더라고요. 그때 집에서 저하고 말씀하시면서도 계속 그쪽이라고 하셔서 웃음 참느라 혼났어요. 사이가 안 좋아도 그런 건 또 닮더라고요."

"싫었으면 빨리 말해 주지 그랬어."

"싫지 않았어요."

당시의 안은 수호와 사귀게 된 것이 얼떨떨해서 그가 뭐라고 부르든지 별 상관을 하지 않았다. 싫은지 좋은지 아무것도 못 느끼던 어느 날, 수호가 처음 '안아' 하고 불렀다. 그 다정한 어감이 너무 좋아서 혼자서 그를 따라 '안아' 하고 불러 본 적도 있었다.

"오랜만에 와인 한잔할까? 오늘 그쪽이랑 처음 기분 내 보고 싶은데."

안은 거울 속의 수호를 보며 고개를 끄덕였다. 짓궂게 웃어 보인 남자는 준비하고 있을 테니 나오라는 말을 남기고 침실을 나섰다.

* * *

쟁그랑하는 가볍고 맑은 소리가 거실을 울렸다. 하얀 대리석 테이블 위로 와인 잔 놓이는 소리가 은은한 종소리 같았다. 말린 무화과와 몇 가지 치즈가 담긴 접시를 들고나온 수호가 안의 빈 잔에 와인을 더 따라 주었다.

"오늘 너무 많이 마시는 거 아니야?"

"전 이제 두 잔째예요. 원장님이야말로 너무 드시고 있어요."

"기분이 좋아. 네가 오랜만에 기분 좋아 보여서 나도 좋다."

생긋 웃는 안의 얼굴에 그늘이 졌지만, 적당한 취기에 기분이 좋은 수호는 그것을 알아채지 못했다.

"책 좀 읽어 줘."

"응? 이제 굳이 읽어 주지 않아도 되잖아요."
"오늘은 유난히 그쪽 목소리 듣고 싶네."
피식 웃은 안이 잠시 생각하는 듯하더니 고개를 끄덕였다.
"흠……. 오늘은 지금까지 읽어 드린 작품의 마지막 회차예요."
"벌써? 그럼 다음에는 새로 썼다는 신작 읽어 주는 건가?"
"……."
안이 고개를 갸우뚱 기울이며 뜻 모를 미소만 짓고 있었다. 수호가 리모컨을 들어 오디오를 껐다.
"음악은 왜요? 듣기 좋았는데."
"그쪽 목소리 듣는 데 방해되거든."
거실 조명까지 은은하게 조절한 수호가 넓은 소파에 긴 다리를 쭉 펴고 누웠다. 안은 와인 잔을 내려놓고 이북 리더기를 집어 들었다. 가볍게 기침을 하며 목소리를 가다듬었다. 진심을 담아 하고 싶은 말을 먼저 내뱉었다.
"사랑해요."
"하! 오늘은 시작부터 꽤 직설적이네?"
"이제 좀 조용히 하세요."
안이 너무 정색하고 혼을 내자 수호는 미안하다고 사과하며 용서를 구했다.
안이 책 읽어주는 시간을 제대로 즐길 생각에 수호는 눈을 감고 몸을 편하게 늘렸다. 나긋하고 힘이 있는, 그녀를 닮아 진정성 있는 목소리가 흘러나왔다. 자신이 쓴 사랑 이야기를 읽는 안의 목소리는 유난히 포근하고 달콤했다. 특히나 오늘은 고난과 역경을 이겨 낸 주인공의 해피엔딩이어서 더 달았다. 수호의 입가에 만족스러운 미소가 걸렸다.

그녀의 목소리만 들어도 마음이 편안해진다는 남자. 수호의 지독한 불면증을 단번에 고쳐 버린 안의 목소리가 언젠가 함께 보았던 밤하늘의 은하수처럼 흘렀다. 수호는 금세 잠이 들었다. 마지막 구절을 읽는 안의 목소리가 느려지고 물기 어린 호흡은 자꾸만 끊어졌다. 마지막 낭독이 끝났다. 안은 이북 리더기를 끄고 잠든 남자의 모습을 세세하게 제 눈에 새겼다.

사랑은 여기까지. 당신의 첫사랑에게 돌아가세요.

안은 수호가 자신과 하영 사이에서 고민하고 있다고 생각했다. 혼자 있는 시간마다 문득 떠오르는 수호와 하영의 모습이 오해의 골을 깊어지게 했다. 너무 사랑하는 두 사람은 각자의 생각에 빠져 서로를 돌아보지 못했다.

안은 수호의 행복을 진심으로 원했다. 무엇보다 그가 꿈꾸던 다복하고 화목한 가정을 주고 싶어 미칠 것만 같았다. 안은 하영처럼 미련을 끊지 못해 울면서 매달리는 모습으로 기억되고 싶지 않았다. 안은 햄만이에게 다가가 소곤소곤 마지막 인사를 전했다. 그리고 그림자처럼 조용한 움직임으로 미리 챙겨 두었던 캐리어를 끌고 나왔다. 그녀의 인생 최고로 행복한 날들을 선물했던 남자를 다시 한 번 눈에 담았다. 눈은 촉촉해졌지만, 절대로 울지 않았다. 안의 사랑은 단 하나의 후회도 없었다. 눈물로 먹칠하고 싶지 않았다. 최고로 밝게 웃으며 뒤돌아섰다. 처음 수호의 집에 올 때 입었던 얇은 외투가 추웠지만, 안은 어깨를 펴고 의연하게 걸었다. 어두운 길을 걸어가는 안을 환송하는 환한 눈 꽃송이가 하늘에서 날리기 시작했다.

* * *

수호는 겨우 매듭지은 넥타이를 다시 풀어 버렸다. 한동안 안이 매주어서 그런지 오랜만에 매는 타이는 생각처럼 똑 떨어지게 모양이 잡히지 않았다. 묶었다 풀었다 수차례 만에 포기하고 타이를 내려놓았다. 수호는 고개를 갸웃거리며 혼잣말을 했다.

"도대체 말도 없이……. 요즘 왜 그러지?"

오랜만에 늦잠까지 자 버린 수호는 안을 찾다가 그만두고 혼자 출근 준비를 했다. 전화기가 꺼져 있어 아침부터 혼자 운동을 갔다고 생각했다. 드레스 셔츠를 벗고 검은색 목폴라로 갈아입은 수호는 안이 좋아하는 회색 헤링본 재킷을 집어 들었다.

안이 없어서 그런지 아침을 차려 먹고 싶은 생각도 없었다. 물을 마시는데도 가슴이 답답하고 이상하게 초조했다. 줄곧 꺼져 있는 전화기가 불안감을 더했다. 수호는 현관에서 신발을 신고 집 안을 둘러보았다. 허전하고 쓸쓸한 기운이 가득한 집. 안이 없다는 것 하나로 수호의 집은 단번에 스산해졌다. 떨어지지 않는 발걸음을 스스로 재촉하며 수호는 다시 안에게 전화를 걸어 보았다.

* * *

진료를 보면서도 수호는 전화기에서 눈을 떼지 못했다. 오전 내내 흐트러진 집중력 때문에 시술도 왕장에게 미루거나 아예 취소해 버리기까지 했다. 계속해서 메시지를 보내고 음성을 남겼지만, 전화기는 여전히 꺼져 있었다. 온갖 불길한 생각이 꾸역꾸역 머릿속을 채

우기 시작했다. 지난번 화재처럼 어디서 무슨 일을 당한 건 아닌지.
진료실을 서성거리던 수호는 불현듯 엄습한 생각에 놀라 굳어 버렸다. 요 며칠 안에게 느껴지던 낯선 느낌과 거리감이 그에게 암시했던 것이 무엇인지 뇌리를 스쳤다. 아니야. 아니야. 그럴 리가 없어. 하지만 이미 발은 병원을 벗어나 미친 듯이 5층으로 달려가고 있었다.
"안아! 유안!"
안이 집에 없다는 것을 알면서도 수호는 그녀의 이름을 목청껏 외쳤다. 거실에 서서 우왕좌왕하며 무엇을 해야 할지 갈피를 잡지 못하고 제 머리를 두드렸다. 안의 침대는 구김 하나 없이 이불깃까지 정갈하게 정리되어 있었다. 탁자도 의자도 제자리에 정물처럼 놓여 있었다. 온기가 빠져나간 창백한 풍경이 그의 심장을 타격했다.
안이 사용하는 세컨드 드레스룸으로 뛰어 들어간 수호는 서랍을 열어 보았다. 수호와 함께 고른 고급스러운 속옷 세트만 남고 텅 비어 있는 공간을 보자 심장이 발아래로 덜컥 떨어졌다.
"안아……. 아니지? 아니야."
수호는 벌벌 떨리는 가슴을 진정하려고 애쓰며 옷장을 열었다. 처음에는 비어 있지 않은 것에 안도했고, 모두 새로 산 옷이라는 사실에 다시 아찔해졌다. 자신이 기억하고 있는 안이 편하게 즐겨 입는 옷들은 하나도 보이지 않았다.
신경질적으로 옷들을 헤집던 수호는 제일 끝, 구석 자리에 걸려 있는 샴페인 골드빛 란제리를 보고 손을 떨어뜨렸다. 추하영의 찌꺼기. 왜 저것이 저기에 걸려 있는지 이해할 수 없었다.
"말도 안 돼. 유안……. 왜 버리지도 않고."

하영이 저것을 남겨 두고 간 줄은 몰랐다. 침대는 바꿨으면서 왜 그녀가 사용하던 공간을 점검하지 않았을까. 자신의 무심함에 기가 막혔다. 이 옷장을 열 때마다 안이 어떤 마음이었을지 짐작도 가지 않았다. 너는 처음부터 이방인의 마음이었구나. 내 마음의 주인은 네가 되었는데, 너는 왜 머물지를 못하고…….

수호는 무릎이 꺾였지만, 옷장에 손을 짚고 버텼다. 아직도 믿을 수 없었다. 믿으면 안이 떠난 것이 진짜가 될 터라, 믿지 않으려 했다. 수호는 옷걸이에 얌체처럼 걸려 있는 금색 란제리를 잡아채서 갈가리 찢어 버렸다. 그때부터 미친놈처럼 온 집 안을 뒤집었다. 안이 돌아오기 전에 혹시 또 있을지도 모를 추하영의 흔적을 없애야 한다는 일념으로 샅샅이 뒤지기 시작했다. 하지만 수호는 안이 떠나지 않았다는 확신을 얻기 위해 몸부림을 치고 있을 뿐이었다. 받지 않는 번호로 끊임없이 전화를 걸면서 수호는 안의 흔적을 찾아 헤맸다.

* * *

짧은 겨울 해가 지고 있었다. 난장판이 된 집 안에도 어둠이 깃들기 시작했다. 지친 수호는 소파에 넋 놓은 사람처럼 널브러져 있었다. 안이 떠난 것을 인정했다. 어젯밤 그렇게 뜨겁게 사랑하고 곱게 웃어 주더니 뒤통수를 치고 가 버린 여자가 미워지려 했다.

현 선생은 알고 있었을까? 아니다. 그 사람 성격에 분명 나한테 따졌을 텐데. 그래도 메일이라도 보내서 확인하고 싶었다. 우리 안이가 어디 갔을까요. 왜 그랬을까요. 물어보고 싶었다. 초인종이 울렸다. 수호는 번개처럼 몸을 일으켜 문으로 뛰어갔다.

"안아!"

안이 초인종을 누를 리가 없다는 것을 알면서도 그는 지금 작은 희망에도 모든 것을 걸었다.

"야! 너 뭐야?"

왕장은 잔뜩 골이 난 얼굴로 수호를 밀치고 집 안으로 들어갔다. 거실은 쓰나미라도 왔다 간 것처럼 아수라장이었고 수호의 몰골도 형편없었다.

"미친. 이게 도대체 뭐냐. 무슨 일이냐? 유 비서하고 3차 세계대전이라도 한 거야? 이렇게 싸웠어? 그 조용한 사람이랑?"

왕장은 이것저것 추리하며 질문을 던졌지만, 수호는 아무 말도 없이 힘 빠진 걸음으로 소파에 가서 누워 버렸다.

"안수호, 말도 없이 병원에서 뛰쳐나가고 이게 도대체 무슨 일이야?"

"갔어."

"뭐?"

"유안. 그 여자, 가 버렸다고."

"그게 무슨. 유 비서가 가긴 어딜 가? 싸웠어?"

"아니. 나도 몰라. 왜 갔는지. 어디로 갔는지. 말도 없이 나도 모르게 짐을 다 싸서 나갔어."

"……!"

너무 놀란 왕장은 입만 벙긋거렸다. 어제까지 멀쩡하던 여자가 갑자기 왜 집을 나갔다는 건지 도무지 이해할 수 없었다.

"현 선생은 알까?"

"글쎄, 내 생각에는 현 간도 전혀 모를 것 같은데. 어제도 분위기 좋았잖아. 그런데 이게 무슨 일이야, 갑자기."
"내가 뭘 잘못했지? 다들 나한테 왜 그래? 하나는 말도 없이 딴 놈이랑 결혼 발표를 하더니, 하나는 그냥 사라져 버리네. 하! 참!"
수호는 허탈하게 웃기만 했다. 왕장도 당장 뭐라고 위로해야 할지 감이 오지 않았다. 폭탄 맞은 것 같은 거실을 주섬주섬 정리하며 수호의 눈치만 살폈다. 왕장은 혹시 수호가 충격으로 또 난독증이라도 올까 봐 조심스러웠다.
"왕짱."
"응."
"당분간 나 병원 못 나간다."
"얼……마나?"
"글쎄, 모르겠는데. 그냥 네가 인수할래?"
추하영 때도 수호는 어떻게든 병원을 꾸릴 궁리를 했었다. 제 손으로 일군 〈The 미래〉에 대한 애착이 강했기 때문에 난독증이 왔을 때도 병원을 머릿속에서 밀어내지는 않았었다. 이렇게 대책 없이 맥 놓을 정도로 안을 좋아했을 줄이야.
"혹시 안이가 놔두고 간 게 있어서 나 없을 때 몰래 왔다 갈 수도 있잖아. 여기서 기다려야지."
"미친 새끼. 네가 뭐 망부석이라도 되냐?"
왕장은 진심을 담아 아무 말이나 지껄이는 친구가 안쓰럽기도 하고 한심하기도 했다. 여복이 지지리도 없는 놈인가 하는 생각이 들었다.
"그런데 너 글씨는 읽을 수 있지?"

소파에 누워 눈동자를 굴리던 수호가 핸드폰을 들고 포털 사이트에 있는 기사를 검색해서 읽었다.

"응. 읽을 수 있네. 야, 청소하지 마. 손대지 마."

수호가 날카롭게 외치며 왕장이 청소하는 것을 저지했다. 혹시 그 중에 안의 흔적이 있을지도 몰라 불안했다.

"그런데 유 비서, 정말 나간 거야? 말도 없이? 뭐 짐작 가는 거 없어?"

"계속 생각 중이야."

"혹시 하영이랑 관련된 거 아니야?"

"그럴 수도. 지난번에 상하이 출장 다녀오던 날, 공항에 마중 나왔었더라고."

"그날?"

"응. 그리고 하영이하고 같이 있는 걸 봤고. 그런데 내가 설명했는데……. 아무 일도 아니라고. 그리고 단지 그 일 때문에 이렇게까지 할 사람은 아니잖아."

잠시 골똘히 생각하던 왕장은 나름의 추리 결과를 꺼냈다.

"혹시 그 여우가 유 비서하고 만난 거 아닐까?"

"……?"

"그 말 잘하는 여우가 무슨 말을 했는지는 모르겠지만. 유 비서가 물러서게 한 거 아닐까?"

"만약 그렇다고 해도 왜 나한테 물어보지도 않고 떠나. 도대체 모르겠어."

"우리가 여자를 어떻게 알아. 그 복잡한 사람들을."

왕장은 반나절 만에 세상 다 산 사람처럼 피폐해져 버린 수호를 보며 심란해졌다. 왠지 이번에는 저놈을 구해 줄 누군가를 만날 수 없을 것 같아 걱정스러웠다.

* * *

안이 그렇게 사라지고 수호의 시간은 멈춰 버렸다. 하지만 일상의 시간은 속절없이 흘러 어느덧 봄이 되었다.

"깜짝이야! 안, 안녕하셨어요, 원장님."

"안녕하세요."

"오랜만이에요, 원장님."

병원에 나타난 수호를 보고 직원들이 화들짝 놀라며 어색한 인사를 건넸다. 그가 지나가고 난 자리에는 직원들끼리 수군거리는 소리가 남았다. 수호가 폐인이 되다시피 망가졌다는 소문은 병원에서 시작되어 업계에까지 파다해진 상황이었다. 수염이 덥수룩한 수호는 다 죽어 가는 화분을 끌어안고 있었다.

"심 원장은 아직 수술 중이죠?"

안내 데스크 직원이 왕장의 스케줄 현황을 살펴보는 동안 수호는 병원 내부를 훑어보았다. 눈에 띄게 매출이 떨어진 병원이라 그런지 한산했다. 그야말로 장사 안 되는 티가 났다.

"네. 한 삼십 분 정도 있으면 나오실 것 같아요."

"나오면 미팅룸으로 좀 보내 주세요."

회의용 탁자에 라벤더 화분을 올려놓고 수호는 창가에 서서 왕장을 기다렸다. 여자가 사라진 때 앙상했던 겨울 가지에는 연둣빛 새순이 돋아나고 있었다. 사람들의 옷차림도 한결 가벼워지고 색들도 화사했다. 언제 이렇게 계절이 바뀌었을까. 수호는 시간이 가는 것도 모르고 갇혀 지냈다는 것을 이제야 실감했다. 등 뒤에서 긴 휘파람 소리가 들렸다. 언제나 유쾌 상쾌한 왕장이 수호에게 손을 흔들고 있었다.

"끝났어?"

"안수호! 드디어 밖으로 나왔냐?"

보일 듯 말 듯 희미한 쓴웃음이 수호의 입가를 스쳤다. 수호에게 앉으라고 권하고 자신도 의자에 앉던 왕장은 테이블 위의 앙상한 화분을 발견했다.

"이건 뭐야? 누가 여기다 이렇게 다 죽어 가는 화분을 갖다 놨어?"

"내가 가져왔어."

"콘셉트가 레옹이야? 수염에 화분이라니."

왕장의 농담에도 수호는 아무 반응이 없었다. 숨이 붙어서 사는 게 다인 놈이라 왕장도 개의치 않았다.

"화원에 좀 맡기려고. 아직 완전히 죽은 것 같지는 않아서. 뭘 잘못했는지 이렇게 돼 버렸다."

마치 안처럼. 수호가 라벤더 가지에 붙은 잎을 만지자 맥없이 떨어져 버렸다. 그 모습에 수호의 미간이 좁아지는 것이 보였다.

"완전히 죽어 버린 거 아니야? 손만 대도 툭툭 떨어지네."

왕장의 말에 수호의 인상이 더 심하게 구겨졌다.

"그런데 어쩐 일이야? 외출을 감행하시고."

"언제까지 이렇게 살 순 없겠더라고. 밖에 나오니까 벌써 봄이네."

왕장은 조용히 안도의 한숨을 내쉬었다. 마음속으로 하늘에 계신

신에게 감사 기도를 올렸다.

"그래서 언제부터 출근할 생각이야?"

"손을 오래 쉬어서 출근해도 당장 진료 보기는 힘들어. 대신 홈쇼핑을 비롯한 외부 활동은 내가 맡을게. 선크림은 어디까지 진행됐어? 지금 벌써 판매해야 하는데 늦었네."

"와! 다행이다. 네가 그것만 맡아 줘도 살겠다. 그럼 다음 주에 있는 잡지사 인터뷰부터 네가 맡아라. 기자한테는 네가 나간다고 말해 놓을게."

"그동안 수고했다. 병원 맡느라 고생 많았어."

수호에게 인사말을 듣는 왕장은 속이 편치 않았다. 살림을 제대로 못 해 곳간을 거덜 낸 종갓집 맏며느리의 심정이었다.

"망하기 일보 직전으로 해 놔서 미안하다. 나는 아무래도 경영은 꽝인가 보다."

"너는 노는 것만 줄여도 돼. 실상은 다 내 잘못이지 뭐. 그나저나 현 선생은 언제 온대?"

"다음 주 수발, 현 긴이 입국하자마자 너부터 조질 거라고 벼르고 있어."

수호는 될 대로 되라는 심정으로 고개를 끄덕였다.

"점심은?"

"생각 없어. 지금 바로 나가서 화분 맡기고 사우나 갔다가 머리도 좀 자르고……. 정신 차리고 보니 할 일이 많네."

"오, 우리 수호 이제 예뻐지는 거야? 그렇게 예쁘게 하고 어딜 가시나?"

수호의 눈에 잠깐이지만 강렬한 빛이 돌았다.

"하영이한테 가야지."
히키코모리가 될 뻔한 안수호를 세상 밖으로 불러낸 것은 바로 추하영이었다.

* * *

경기도 양평 드라이브 코스 중에서도 명당에 있는 레스토랑 세실리아(Cecilia). 자갈이 깔린 주차장에 새빨간 색이 앙큼한 페라리 캘리포니아가 천천히 진입했다. 상아색 샤넬 트위드 원피스에 샤넬 진주 액세서리로 멋을 낸 하영이 페라리에서 내렸다. 빨간 스포츠카와 하얀 옷의 대비가 하영을 더 화려하고 고급스러워 보이게 했다. 노출 콘크리트로 지어진 꽤 규모가 큰 레스토랑 건물을 쓱 둘러본 하영이 새로 산 명품 백의 먼지를 털어 내며 발걸음을 뗐다.
"아이 씨! 뭐야, 이거! 이런 데다 자갈을 깔면 어떻게 해!"
마놀로 블라닉의 아찔한 뒷굽이 계속 자갈 사이에 꽂히더니 급기야 넘어질 뻔했다. 하영은 시작부터 재수 없는 징조가 아닐까, 짜증이 났다. 실내로 들어가자 정장을 차려입은 직원이 안내를 위해 다가왔다.
"어서 오십시오. 혹시 예약되어 있으십니까?"
"아니요. 식사하러 온 건 아니고요. 사장님과 약속이 되어 있습니다."
"실례지만 성함을 알려 주시겠습니까?"
매니저의 질문에 하영의 눈꼬리가 삐뚜름하게 올라갔다. 정말 자신을 몰라봐서 묻는 건지 믿을 수 없어 한참 동안 직원을 위아래로 훑어보았다.

"추하영이라고 해요."

매니저는 하영의 이름을 듣고도 반색하는 기미 없이 정중하게 자리로 안내했다. 신입 아나운서 시절에도 하영은 두각을 나타내는 기대주였고, 금세 스타가 되었다. 미모와 지성을 겸비한 그녀는 언제나 화제를 몰고 다녔고 어느 순간부터는 얼굴이 곧 명함이 되었다. 게다가 요즘 하영은 화제의 중심이었다. 재벌가의 며느리 자리를 버리고 자신의 커리어를 위해 새장을 뛰쳐나온 용기 있는 여자 추하영.

영리한 하영은 도박 중독 남편에게 벗어나면서 이미지를 새로 포장하는 데 성공했다. 전남편 최진원은 사랑하는 여자의 성공을 위해 물러서야 했던 로맨티시스트 재벌 3세로 포장되었고, 자신은 자유와 돈을 얻었다. 증권가 지라시가 외치는 진실마저도 하영이 대중 앞에 소비하는 이미지 앞에서 수그러들었다. 춘색(春色)이 완연한 남한강의 경치를 내다보는 호젓한 모습과 달리 하영의 내면은 오늘 목적의 성패 여부를 계산하느라 분주했다.

"안녕하셨어요?"

하영은 자신의 특기인 단아하고 아름다운 미소와 자태로 수호의 모친 미선에게 인사를 올렸다.

"네. 그럭저럭 아무 일도 없이 잘 지내고 있어요."

미선은 맞은편에 앉은 하영을 조용한 눈길로 응시했다. 단아하고 참하고 예쁘고 세련됐다. 하지만 정이 가지 않았다. 사고뭉치 아내로, 엄마로 살면서 산전수전 다 겪은 미선이 보기에도 만만치 않은 아이였다.

"나를 왜 보자고 했어요?"
하영은 사람을 꿰뚫어 보는 듯한 미선의 눈길이 부담스러웠지만, 침착하게 자신의 모습을 꾸몄다.
"저 외람되게도 부탁드릴 말씀이 있어 이렇게 찾아뵙습니다."
미선은 과도하게 예의 바른 하영이 어쭙잖게 느껴졌다. 문득 전에 잠깐 만나 얘기를 나눴던 소탈했던 유 비서가 떠올랐다.
"수호 때문에 왔어요?"
"네."
"그 녀석이 안 만나 주죠?"
"네. 그래서 어머님의 도움을 청하고자."
미선은 피식 웃으며 안됐다는 눈으로 하영을 바라보았다.
"어머, 제대로 알아보고 오지. 우리 모자는 남보다 못한 사인데. 나는 생물학적인 엄마일 뿐이에요. 내가 무슨 말을 해도 걔는 내 말 안 들어요. 게다가……."
미선은 앞에 놓인 허브티로 목을 축였다. 여유로웠던 미선의 표정이 싸늘하게 식었다.
"그쪽이 우리 아들 자존심을 완전히 짓밟았잖아? 우리 수호는 자존심으로 사는 남자야. 어릴 때도 자존심 하나로 버티고 혼자 힘으로 모두 해낸 녀석이거든. 지가 마음을 접었으면 그걸로 끝이야."
"안 그래도 오빠한테 그것도 사과하고 싶어서 계속 연락을 시도했어요. 저도 어쩔 수 없는 상황에 처해서 그만. 흐흑."
미선은 눈앞의 앙큼한 연기가 권태롭게 느껴졌다. 아무리 영리해도 온실 속의 화초로 자라 온 아가씨의 연기는 연륜을 속일 수 없었다.

"재벌가에 시집갔다가 모든 것을 박차고 나올 정도의 용기와 열정이 있는 여자가 결혼 전에 지극히 사랑했던 남자를 저버려야 했던 처지가 도대체 뭘까? 앞뒤가 안 맞네?"

하영은 고개를 숙이고 있었지만, 아랫입술을 꽉 물고 참고 있었다. 자존심이 상했지만, 수호를 잡기 위해서 안간힘을 쓰며 참고 또 참았다.

"돌아가요. 우리 수호 더는 건드리지 말고. 지금까지 살면서 하고 싶은 거 다 하고 살았죠? 나도 그렇게 살았는데 결국 인생 외로워져. 정신 차리고 조용히 살아요. 여기서 더 까불면 수호 아버지가 나선다고. 그러면 추 아나운서 인생도 시시해져."

룸을 빠져나가던 미선이 걸음을 멈추고 다시 하영을 바라봤다.

"무엇보다도 나도, 수호 아버지도 마음에 둔 아가씨가 따로 있어. 그럼 잘 가요."

혼자 남은 하영은 맺힐 뻔했던 눈물을 냅킨으로 찍으며 눈 화장이 번지지 않았나 신경 썼다.

"하……. 쉽지 않네. 그럼 뭐 더 시끄럽게 굴어야지."

하영은 전화도 받아 주지 않고, 집에 찾아가도 만나 주지 않는 수호 때문에 애가 탔다. 원래 자기 것이었던 남자가 말을 듣지 않았다. 시간이 지날수록 수호가 아깝고 그리웠다. 수호에게 자신의 진심을 보여 주기 위해서 계획보다 빠르게 이혼을 해 버리기까지 했다. 그런데도 돌이키지 않는 남자 때문에 하영은 괴롭고 초조했다.

* * *

"원장님, 살이 많이 빠지셨습니다."
"예. 좀 그렇죠?"
이른 아침부터 인터뷰에 응하는 수호의 안색이 좋지 않았다. 식사를 제대로 하지 않아 눈에 띄게 체중이 줄었고, 안이 떠난 후 심해진 불면증으로 인해 움푹 팬 눈은 피로함이 짙게 배어 있었다.
인터뷰는 홈쇼핑 완판 신화를 새로 쓰고 있는 〈The 미래 맨즈 패키지〉를 중심으로 진행되었다. 간간이 소문이 무성했던 그의 근황을 묻는 것으로 광고성 짙은 인터뷰 내용을 희석하고 있었다.
"인생에서 가장 기억에 남는 순간이 있다면 어떤 때였는지요?"
형식적인 질문이었다. 수호는 이 재미없는 질문에 또 어떤 답을 해줘야 할까 고민스러웠다.
"기억에 남는 순간이라……."
의자 등받이에 몸을 깊게 묻은 수호가 관자놀이를 지그시 누르며 생각에 빠졌다. 갑자기 어느 한순간이 떠올랐다.
'그……. 잠자리에서 책 좀 읽어 줄래요?'
아, 그때 그런 말을 했었지.
'네? 잠자리요?'
홍채가 예쁜 여자가 눈을 동그랗게 뜨는 게 깜찍했는데.
'저 좀 재워 주세요.'
나도 참, 미친놈이었구나. 회상에 잠겼던 수호의 얼굴에 천천히 미소가 떠올랐다.
"아무래도 그때부터였나?"
"네?"
기자는 뜬금없는 수호의 대답을 이해할 수 없었다. 성의 없는 인터뷰는 그렇다 치고 사람을 앞에 두고 혼잣말이나 하는 수호는 확실히 이상해 보였다.

"이미 그때 내 마음에 자리 잡았는데, 멍청하게 몰랐어. 그 여자는 그랬어요. 가랑비 같은 사람이에요."

"가랑비요? 지금 누굴 말씀하시는 건가요? 혹시 요즘 소문난 그……."

추하영. 기자의 머릿속에 요즘 심심찮게 떠오르는 소문의 주인공이 떠올랐다. 맞다 아니다 말은 무성했지만, 전처럼 두 사람의 데이트 장면이 찍힌 사진이나 목격자도 없는 상황이었다. 기자는 잘만 꼬시면 수호를 통해 뭔가를 끄집어낼 수 있으리라 기대했다. 하지만 눈앞의 인터뷰이는 벌떡 일어나더니 미안하다는 말만 남기고 사라졌다.

"아이 씨! 그 여자가 누군데! 추하영이야, 아니야? 약만 올리고 있어!"

* * *

수호는 다이어리를 펼쳤다. 빼곡했던 메모는 한 달 전을 마지막으로 끝나 있었다. 안은 수호의 곁을 떠나기 일주일 전에 신용카드로 제주행 비행기 표를 구매했다. 그리고 그녀의 행적은 제주도에서 끊어졌다. 사람을 풀어 제주도를 이 잡듯이 뒤졌지만 어디서 뭘 하다 갔는지 도대체 흔적이 없었다. 그래서 아직도 제주도에 사람을 두고 있었다. 그녀가 제주에 남아 있는지 떠났는지도 모르는 상태였다.

안의 핸드폰은 여전히 꺼져 있고 주소지도 옮기지 않았으며 신용

카드도 사용하지 않고 있었다. 한 달 전부터 더는 기록할 것도 없었다. 그녀를 찾을 길이 없어진 수호는 하염없이 기다리기로 마음먹었다. 언젠가는 그녀가 신용카드를 쓸 것이고, 주소를 옮길 것이고, 핸드폰을 켤 것이라고 믿으며 기약 없이 기다렸다.

"안아……. 어디서 뭘 하니. 잘 지내는 거니."

수호는 인터뷰를 하다가 사무치는 그리움을 견디지 못하고 자리를 박차고 나왔다. 다시 안을 찾는 일에 열중하겠다고 큰소리치며 다이어리를 펼쳤지만, 그녀를 추적할 끈이 없었다. 눈을 감고 처음부터 한 걸음씩 안의 흔적을 더듬었다.

RRRR RRRR.

전화벨이 울렸다. 요즘 수호가 부탁하는 여러 가지 일을 맡아서 해주는 흥신소 부장이었다.

"다 모였습니까? 알겠습니다."

통화를 마친 수호는 시계를 들여다보며 다이어리를 정리하고 차에서 내렸다. 빠진 체중 때문에 새로 사 입은 슈트의 버튼을 채우고 옷에 잡힌 잔주름을 툭툭 털어 냈다. 짙은 눈썹 아래 자리한 눈빛은 날카로웠고 여윈 턱선은 단단하고 고집스러워 보였다.

수호는 5분 거리에 있는 브런치 카페로 향했다. 청담동 언덕에 있는 브런치 카페는 요즘 젊은 여성들의 SNS마다 등장하는 곳이었다. 이른 점심시간인데도 카페는 사람들로 북적거렸다.

"여기 추하영 씨가 인터뷰 중인 테이블이 어디죠?"

수호는 가벽으로 분리된 넓은 공간으로 안내되었다. 안내해 준 직원에게 조용하게 감사 인사를 한 수호는 벽 뒤에 섰다. 기다란 테이블에는 간단한 다과가 차려져 있었고, 하영은 기자들을 모아 놓고 간담회 겸 인터뷰를 진행 중이었다. 타이밍도 적절하게 하영의 사랑과 연애에 관한 이야기가 한창이었다.

"지금도 어린 나이지만 한 번 실패를 겪고 보니 진정한 사랑의 의미가 뭔지 매일 생각하게 되었어요. 누구나 첫사랑이 소중하지만, 저한테는 정말 남달라요. 저는 보기보다 열정이 많은 여자였어요. 그걸 깨달았고, 그래서 그 사람을 다시 찾았어요."

하영은 짐짓 분위기 있는 목소리로 아련한 생각에 빠진 듯 말했다. 기자들이 술렁거렸다. 수호의 입가에 비릿한 웃음이 떠올랐다. 아무래도 하영은 아나운서가 아니라 배우의 길이 더 맞는 것 같았다.

"그럼 지금 연애 중이란 말씀이시죠?"

"네. 이혼한 지 얼마 되지 않아 조심스럽지만, 그만큼 자랑하고 싶은 남자예요."

"실례가 안 된다면 누군지 말씀 좀. 혹시 요즘 소문이 무성한 그 분인가요? 의사?"

기자들의 질문은 점점 구체적으로 깊어졌다.

"네, 그분이 맞아요. 그분이 저를 계속 기다렸다는 소문도 맞아요."

기자들은 일제히 업무용 핸드폰을 꺼냈다. 누구보다 빨리 메시지를 전하려는 손가락이 바빴다.

"그거 혹시 나를 말하는 건가?"

수호가 등장하자 소란스러움이 단번에 그쳤다. 핸섬한 남자가 매력적인 미소를 지으며 하영에게 다가가는 것을 본 기자들은 카메라를 꺼내 들었다. 하영은 수호를 보자마자 새파랗게 질렸다. 아직 여기까지 계획된 것이 아니었다. 지금은 아니었다. 눈앞에 다가오고 있는 남자는 부드럽게 웃고 있었지만, 눈빛은 서릿발처럼 차갑게 얼어 있었다. 수호가 하영의 뒤에 섰다. 두 손을 그녀의 어깨에 얹고 몸을 아래로 숙였다.

"오빠……. 여긴 어떻게 알고 왔어?"

웃고 있는 하영의 입꼬리가 잘게 경련을 일으켰다.

"네가 하도 나를 부르짖고 다녀서 말이야. 내 이름이 온갖 입방아에 오르내리는 걸 더는 못 견디겠더라고."

수호가 긴 테이블을 가득 채운 기자들을 둘러보았다.

"그동안 네 전화도 안 받아 주고 문도 안 열어 줘서 힘들었지?"

"오빠, 내가 언제. 그게 무슨……."

하영이 자리에서 일어나려고 하자 수호의 손에 힘이 들어갔다. 꽉 잡힌 어깨가 아파 하영은 잔뜩 인상을 쓰고 말았다.

"똑똑하고 영악한 추하영 씨, 한 번만 더 그 입에 내 이름 올리면 가만 안 두겠다고 말하려고 왔는데, 오늘 인터뷰 내용이 너무 충격적이라 내가 마음을 바꿨어."

수호의 목소리가 한 톤 높아졌다. 기자들이 더 잘 들을 수 있도록 하기 위한 배려였다.

"도박 중독에 손버릇도 나쁜 남편한테 속아서 결혼했던 거 나도 마음 아팠어. 그런데 너도 속였다면서? 최진원 상무가 아주 이를 갈고 있던데. 꽃뱀 같은 계집한테 속은 건 자기라고 나한테 악에 받쳐 호소하더라고."

이제 기자들은 하던 일을 모두 멈추고 수호의 입에만 집중했다. 대신 녹음기가 열심히 돌아가고 있었다.

"기자님들, 잘 들어주세요. 저하고 추하영 씨는 아무 관계도 아닙니다. 이 허언증 심한 여자가 지껄이고 다니는 소리 때문에 제 약혼녀가 상처받을까 두려워서 오늘 제가 나섰습니다. 가서 널리 전해주세요. 다시 한 번 말씀드리지만, 이 여자는 저와 아무 상관도 없는 그저 남입니다."

하영의 어깨를 두어 번 두드린 수호가 몸을 똑바로 세웠다.

"혹시 JS그룹이 손쓸까 염려돼서 기사를 못 쓰실 것 같다면 괜찮습니다. 광고도 떨어지지 않을 것이고, 앞으로 어떤 불이익도 없을 겁니다."

수호는 아버지 안백만의 힘을 처음으로 사용했다. 백만은 그 대가로 수호가 가업을 잇는 것을 확답 받았다.

* * *

느지막이 일어난 안은 손등으로 얼굴을 비비며 마당으로 나왔다. 툇마루 한쪽에 단단히 갈무리해 놓은 사료 포대를 들고나와 개뼈다귀 그림이 있는 그릇에 붓고, 옆에 있는 물그릇은 깨끗하게 씻어서 시원한 물을 담았다.

"구월아! 밥 먹자."

배가 볼록한 누렁이 한 마리가 꼬리를 흔들며 안을 반겼다.

"미안, 엄마가 오늘 늦게 일어났어. 배고팠지?"

구월이가 사료를 오독오독 씹어 먹는 소리만 들어도 안은 흐뭇했다. 이곳에 와서 사귄 그녀의 유일한 가족 구월이는 요즘 임신을 해서 그런지 먹성이 어마어마했다.

"구월아, 우리 햄만이는 잘 지내고 있을까? 잘 지내고 있겠지?"

안은 차마 입에 올리지 못하는 사람은 가슴에 묻고 햄만이의 안부를 궁금해 했다.

"구월아, 너도 아가를 낳는구나. 나는 네가 부럽다."

알아듣지도 못하면서 구월이의 귀가 쫑긋 세워졌다.

"구월이 엄마! 이리 와서 커피 한잔하자!"

이곳 은밀리에서 안 다음으로 제일 젊은 집주인 영숙이네가 안을 불렀다.

"오늘은 커피값으로 뭐 해 드리면 되는데요?"

"그냥 나하고 수다나 떨어 줘. 오늘은 보건소 안 나가?"

"오늘 토요일이잖아요."

"아, 그렇지? 잘됐다. 나, 오늘 왜 이렇게 심심하냐."

항상 자신은 뚱뚱이 아니고 통통이라고 우기는 인상 좋은 영숙이네는 나이 차이가 스물다섯 살밖에 안 나는 안을 무척 좋아했다. 말이 별로 없는 안은 외로운 영숙이네의 수다를 재미있게 잘 들어주었고, 음식 솜씨도 좋아서 영숙이네의 사랑을 독차지했다.

"이거 웬 잡지예요?"

안은 달달한 커피가 담긴 머그잔 아래에 깔린 잡지에 눈길이 갔다.

"응. 지난번에 읍내에 머리 말러 나갔다가 빌려 왔는데 한참 지난 거라 내가 꿀꺽하려고."

안은 잡지 표지에 있는 큼지막한 제목이 눈에 들어오는 순간 흠칫 놀랐다.

〈재벌가 며느리 추하영 아나운서의 용감한 선택 – 전격 이혼 풀스토리〉

저렇게 긴 제목이 어떻게 한눈에 들어왔는지, 안은 잡지를 재빨리 뒤집어서 구석으로 밀어 놓았다.

"가져가서 읽어. 좀 지난 거라도 읽으면 재미난 기사도 많아."

"됐어요. 구월이랑 놀아 주기도 바빠요."

"구월이 저것은 바람피우느라 바쁘고. 우리보다 낫다. 그치?"

안은 영숙이네의 우스갯소리에 대충 장단을 맞춰 주고 있었지만, 머릿속은 하영의 이혼 생각으로 가득 채워졌다. 어차피 돌아갈 것도 아니었지만, 이제 정말 수호와의 끈은 모두 끊어졌다고 생각했다.

* * *

수호는 전화로 흥신소 최 부장의 보고를 받으면서 다이어리에 의미 없는 낙서를 하고 있었다.

– 제주도 쪽에서 제보 들어온 비슷한 분은 확인 결과 부산이 고향인 전혀 다른 여자였습니다. 입출국자 명단에는 여전히 없습니다. 말씀하신 대로 밀항 쪽도 알아보고 있는데 그쪽은 워낙 어두운 경로다 보니 정확한 파악도 어렵고……. 솔직히 유안 씨가 밀항까지 해야 할 이유는 없다고 생각이 됩니다만.

"판단은 제가 합니다. 무조건 전부 다 뒤지세요. 비용은 얼마가 들어도 상관없으니까 찾아내기만 하세요."

오늘도 수확 없는 보고를 들은 수호는 짜증 깊은 한숨을 쉬며 핸들 위에 엎드렸다. 요즘은 혹시 안이 무슨 일이라도 당한 것이 아닌지 슬슬 걱정되기 시작했다.

한참 후 마음을 추스른 수호가 차를 몰아 병원으로 돌아왔다. 건물 입구에서 한 남자가 기웃거리는 것이 보였다. 남자의 얼굴을 확인하자마자 기억 속 한 장면이 떠올랐다. 억지로 안을 끌고 가려고 했던 몰염치한 안의 전남편이었다. 수호는 일단 남자 앞에 차를 세우고 창문을 내렸다.

"당신 뭡니까?"

신준은 날카로운 목소리에 놀랐지만 머뭇거리며 수호에게 다가왔다.

"유안, 어디 있습니까?"

"왜 그러십니까?"

"그 사람, 혹시 여기 그만뒀습니까?"

"네, 그렇습니다."

"안수호 씨와 그렇고 그런 사이 아니었습니까?"

수호는 신준의 입을 통해 나오는 싸구려 표현에 몹시 기분이 상했다. 신준이 평소 안을 어떻게 생각하고 대했는지 여실히 알 것 같았다.

"유안 씨는 지금 이곳에 없습니다. 그리고 그렇고 그런 사이라는 표현은 매우 듣기 불편합니다."

"그럼 아니었습니까?"

"그렇고 그런 사이가 아니라 정식으로 만나는, 사랑하는 사이입니다."

수호는 상대가 비척거리는 것을 냉소적으로 바라보며 차에서 내렸다.

"그런데 그 사람은 어디 있습니까?"

"그건 당신하고 상관없는 일이고. 안이는 왜 찾습니까?"

"하도 연락이 안 되고 해서, 걱정도 되고."

신준은 조금 전까지 안을 만나면 잘 설득할 자신이 있었다. 하지만 막상 수호를 보자 안을 찾으러 왔다는 말을 하기 두려웠다. 수호의 단단한 몸과 큰 체구가 위협적으로 느껴졌다. 또한, 서슴없이 사랑하는 사이라고 말하는 순수한 남자 앞에서 희망을 잃었다. 안이 아무리 착한 여자라고 해도 저런 놈을 두고 자신에게 돌아올 것 같지는 않았다. 모친이 하도 들볶아서 찾아오기는 했지만, 뒤늦은 부끄러움이 몰려왔다.

"술 한잔하다가 생각나서요. 미안했던 것도 있고……. 안부나 물으러 왔습니다."

"돌아가세요. 안이는 잘 지냅니다. 지금 여행 중입니다."

풀 죽은 신준은 고개를 끄덕였다.

"잘해 주세요. 좋은 여잡니다. 애 갖는 거야 뭐……."

수호는 웅얼거리며 돌아서는 신준의 팔뚝을 억세게 잡아챘다.

"당신, 방금 뭐라고 했어?"

"잘……해 주라고……."

"그거 말고! 아이가 뭐?"

"미안합니다. 괜히 끼어들어서. 아이 문제는 두 사람이 잘 알아서 하시라고요. 워낙 애 갖는 것 때문에 고생 많이 했으니까 더 괴롭지 않았으면 하네요."

벼락이 머리를 관통하는 순간이었다. 정신이 얼얼했다. 수호가 충격으로 얼어붙어 있는 사이 신준은 제 팔을 빼내고 줄행랑을 쳤다. 수호는 자신이 아무 생각 없이 떠들어 댔던 말들을 떠올렸다. 안에게 상처 준 것들이 많다는 것을 깨달았다.

화목한 가정, 평범한 삶, 아들과 딸……. 내가 안을 조금씩 말려 죽이고 있었구나. 자신이 눈치 없이 지껄인 말에 그 순하고 마음 여린 여자가 얼마나 아파했을지, 얼마나 주눅 들었을지. 수호는 가슴이 갈가리 찢어지는 고통에 숨이 쉬어지지 않았다. 정작 안에 대해서 아는 것이 하나도 없었다는 것을, 안이 먼저 말할 수 있도록 그녀에게 귀 기울지 못했던 것을 사무치게 후회했다. 더욱이 용서를 빌고 싶어도 어디 있는지 알 수 없다는 사실이 수호를 더욱 절망케 했다.

* * *

드디어 상림이 귀국하는 날.

공항에서 바로 병원으로 오겠다는 상림의 연락을 받은 수호는 원장실에서 초조한 마음으로 기다리고 있었다. 드디어 성미 급한 노크 소리가 들리고 벌컥 문이 열렸다.

"안 원장님!"

잔뜩 벼른 마음으로 문을 열었던 상림은 얼굴이 반쪽이 되고 눈빛이 흐려진 수호를 보고 기세를 누그러트릴 수밖에 없었다. 수척한 모습과 야윈 몸이 수호의 고통을 그대로 알려 주고 있었다. 그 앞에서 까맣고 윤기 있게 그을린 피부에 건강미를 내뿜는 자신이 부끄러워졌다.

"기다렸어요, 현 선생. 왕짱, 너는 잠깐 나가 있어."

"나는 나가라고? 너 우리 현 간한테 무슨 소리 하려고 그래?"

"김 원장님, 나가 계세요. 안 원장님이 저한테만 하실 말씀 있는 것 같아요."

마음에 안 든다는 듯 툴툴거리던 왕장이 문을 닫고 나갔다. 바로 상림이 급하게 입을 열었다.
"안이는 도저히 못 찾으시는 거예요?"
"없어요. 아무리 뒤져도 없어요. 경찰도 못 찾고 사설 팀들도 못 찾고 있어요. 이젠 안이 무슨 일을 당한 게 아닌지 불안해서 내가 미칠 지경이에요."
"하아……. 나쁜 계집애. 나한테도 말 안 하고."
"현 선생, 혹시 안이에 대해서 내가 꼭 알아야 하는 것이 있습니까?"
상림은 입술을 감쳐 물고 잠시 고민하는 모습을 보였다.
"……."
"얼마 전 배신준 씨가 찾아왔었어요."
"네? 그 망종이 여길 왔어요? 왜요? 안이 보러 온 건가요?"
"그건 중요하지 않아요. 그 사람이 아이 문제를 말하다 갔어요. 안이가 혹시……."
상림은 이제야 짚이는 데가 있었다. 왜 안이 이런 결정을 내렸는지, 그 곰같이 무던한 친구가 어떤 마음이었을지 알 것 같았다.
"불임이에요. 오 년 동안 아이 가져 보려고 안이가 안 한 것이 없어요. 그 집구석이 대대로 손이 귀한 독자 집안이에요. 우리 안이 고생 많이 했어요. 몸도 마음도 너덜너덜해질 정도로 시달렸어요."
수호가 자리에서 벌떡 일어섰다. 상림이 원망스러웠고, 안이 불쌍해서 참을 수가 없었다.
"저한테 귀띔 좀 해 주지 그랬어요!"
"안이가 원하지 않았어요. 원장님하고 지내는 게 너무 행복하다고 조금만 더 시간을 달라고 했어요. 때가 되면 말하겠다고요. 안이가 원장님과 자신은 결혼관이 다르다고 말했었는데……. 혹시 안이한테 아이 얘기하셨어요?"

"그랬어요. 나는, 나는 그것도 모르고……. 아이들 많이 낳고 북적거리고 살고 싶다고 여러 번 말했다고요. 너 닮은 딸을 낳고 싶다고 그런 개소리를……. 몇 번이나 했는지 모릅니다."

상림과 수호는 마주 보고 앉아서 지난 시간을 후회했다. 안의 프라이버시를 너무 지켜 준 것을 후회했고, 그녀에게 자신이 원하는 것만 늘어놓았던 것을 후회했다.

* * *

안의 행방은 여전히 묘연했고 시간은 흘러 폭염의 계절이 왔다.

수호와 왕장과 상림은 점심을 해결하기 위해 분식집에 자리를 잡았다. 주문한 음식을 기다리며 세 사람은 켜져 있는 TV를 쳐다봤다. 십수 년째 장수하는 리얼 다큐멘터리 프로에는 산골 마을의 작은 보건소 이야기가 나오고 있었다. 마을 어르신들을 정성으로 돌보는 보건소의 젊은 의사를 카메라가 따라다니며 인터뷰를 하고 있었다.

"주문하신 라면 나왔습니다."

"혹시 찬밥 있습니까?"

허구한 날 라면에 찬밥을 찾는 수호를 보며 왕장과 상림은 서로 질렸다는 사인을 보냈다.

"저런 데서 생활하면 지루하지 않을까?"

"사람마다 성향이 다르니까요."

왕장과 상림은 점점 다큐멘터리에 빠져들었고, 수호는 묵묵히 라면을 먹고 있었다.

– 저는 인터뷰 안 해요!

TV에서 들린 짧은 말 한마디, 가녀린 목소리의 여운을 남긴 채 화면은 바뀌었다. 수호와 상림은 동작을 멈추고 서로를 바라봤다.

"안!"

"유안!"

두 사람은 안의 목소리를 귀신같이 알아들었다.

* * *

출근 준비를 하며 조립식 서랍장을 열고 옷을 뒤적거리던 안은 몇 달째 꺼져 있는 핸드폰을 집어 들었다. 처음에는 수호의 전화를 피하려고 꺼 두었다. 시간이 지나면서 이 문명의 이기를 이용해서 그를 들여다보게 될까 봐 꺼 두었다. 검색창에 이름만 넣어도 쉽게 만날 수 있는 사람. 가끔은 자신이 안수호라는 남자와 잠깐이라도 사귀었다는 것이 꿈처럼 느껴졌다. 오늘따라 안은 핸드폰을 켜 보고 싶은 유혹을 강하게 느꼈다.

추하영이 이혼을 하고, 두 사람은 어떻게 되었을까? 혹시 벌써 결혼을 했을까? 하영의 웨딩 사진을 보고 흥분해서 자신의 노트북을 고장 냈던 수호가 떠올랐다. 아마 자신도 그렇게 돌아 버리지 않을까. 안은 핸드폰을 다시 서랍장에 잘 넣어 두었다.

"유 선생님, 출근합시다!"

"네? 벌써요? 저 아직 머리도 못 말렸어요!"
"한여름에 무슨 머리를 말려요. 가다 보면 마르는 거지."
보건소에서 함께 일하는 의사 수현이 출근길을 재촉했다. 얼마 전 TV 다큐멘터리 촬영을 하는 바람에 수현은 근동의 스타 의사가 되었다. 덕분에 하릴없이 보건소에 오는 사람들이 늘어 한가했던 보건소는 매일 인파로 북적였다.
"어머, 이건 뭐예요?"
"자전거지 뭐예요? 뒤에 타요. 앞으로 이게 우리 카풀용 자가용입니다."
"전 그냥 걸어갈게요."
"그런 게 어딨어요. 뒤에 타요, 어서. 더운데 땀 내면서 한참 걷느니 자전거 타고 쌩하고 가는 게 낫잖아요."
머뭇거리던 안은 수현이 짜증까지 내자 하는 수 없이 조심스럽게 뒷자리에 엉덩이를 걸쳤다. 그의 말대로 자전거를 타고 논길을 달리는 출근길은 시원하고 재미있었다. 하지만 젊은 남자의 옷자락을 잡고 덜컹거리는 자전거를 타는 것은 엉덩이도 아프고 마음도 불편했다.
"도착!"
"고마워요. 그런데 내일부터는 진짜 저 혼자 걸어올게요. 엉덩이 아파요."
안이 엉덩이를 손으로 두드리며 고통을 호소했다. 그래야 내일부터 불편한 출근길을 피할 수 있을 것 같았다.
"와! 저 차 뭐야? 나 보려고 온 관광객인가?"
수현은 오랜만에 구경하는 고급 자동차에 시선을 빼앗겼다. 묵직한 광택을 뽐내는 짙은 회색 세단은 시골 보건소 주차장과 전혀 어울리지 않았다. 안은 가슴이 쿵쾅거렸다. 비싼 차를 보자 자연스럽게 수호가 떠올랐다. 하지만 저 차는 수호가 타는 차도 아니었고, 그가 이곳까지 찾아왔을 리도 없었다.

자조적인 코웃음을 치며 수현을 따라 발길을 옮기던 순간, 달칵하고 차 문이 열렸다. 여름 아침의 햇빛 아래, 눈부신 빛을 받으며 차에서 내린 남자의 눈은 오직 안을 향하고 있었다. 우뚝 걸음을 멈춰 선 안은 눈앞의 현실을 믿을 수 없어 두 눈을 꼭 감았다가 떴다. 남자는 여전히 안이 알고 있는 그 모습으로 제 앞에 서 있었다. 매일 그립고 듣고 싶었던 남자의 낮고 굵은 목소리가 다정하게 안을 불렀다.

"안아, 이제 집에 가자."

저 사람이 왜 여기에 왔을까. 아니, 원장님이 맞긴 한 걸까?

오늘 아침 유독 수호가 보고 싶었던 안은 자신의 눈을 의심하고 있었다. 제자리에 뿌리라도 내린 사람처럼 꼼짝없이 서 있기만 했다. 눈도 깜빡할 수 없었고 목소리도 나오지 않았다. 남자가 발걸음을 떼고 걸어왔다. 흙을 밟는 소리가 저벅저벅 안에게 가까워졌다.

시골 햇볕은 유난히 강렬했다. 안은 부신 눈을 애써 똑바로 뜨려고 노력하며 다가오는 수호를 바라보았다. 큰 키와 넓은 어깨, 그리고 남성적인 얼굴은 그대로였지만, 살이 많이 빠져 전체적으로 체격이 줄어 보였고 콧날과 턱선이 날카로워져 있었다.

수호는 아무 말 없이 서 있는 안에게 다가가는 이 순간, 긴장으로 온몸이 부들부들 떨렸다. 여기는 뭐 하러 왔냐고 밀어낼까 봐, 그대로 뒤돌아 도망갈까 봐 입안이 바싹 타들어 갔다. 아침에 머리를 감고 바로 나왔는지 물기 젖은 머리는 그사이 길어져 어깨를 덮고 있었다. 하늘색 리넨 원피스가 바람에 날리자 앙상하게 마른 몸이 드러나 수호의 애를 태웠다.

안의 까맣고 투명한 눈동자는 수호를 바라보고 있었지만, 확신이 없어 보였다. 수호는 새벽길을 달리면서 내내 생각했다. 혹시 안이 돌아오지 않아도 괜찮다고 그녀가 무사한 것만 확인하면 된다고. 하지만 낯선 놈의 등에 붙어서 자전거를 타고 나타나는 안을 보자 그 모든 결심은 몹쓸 허세였음을 깨달았다. 자신은 절대 안을 두고 돌아가지 못할 것이다. 자신이 이곳에 남는 한이 있더라도 다시는 안을 놓칠 수 없었다.

마침내 두 사람이 마주 섰다. 안이 고개를 들고 수호를 바라보았다. 무슨 말을 하려는지 안의 입술이 천천히 열리는 것을 본 순간 수호가 먼저 그녀를 끌어안아 버렸다.

"늦게 찾아서 미안하다."

폭염보다 더 뜨거운 남자의 가슴에 얼굴을 묻은 여자의 뜨거운 눈물이 볼을 타고 흘렀다. 흐으으읍! 안은 가슴을 치고 목구멍을 울리는 흐느낌을 참으며 수호의 셔츠를 움켜쥐었다. 지난 반년 동안 한 번도 흘리지 않았던 눈물의 둑이 무너졌다. 수호의 커다란 손이 안의 머리를 쓰다듬었다. 가늘게 떨리는 어깨를 안온하게 끌어안으며 위로해 주었다. 상큼한 샴푸 향이 풍기는 머리에 입술을 누르며 수호는 안도했다. 다행히 안은 자신을 밀어내지 않을 것 같았다.

"유 선생님! 무슨 일입니까? 괜찮아요? 신고해 드려요?"

있는 줄도 몰랐던 수현이 멀찍이 떨어져서 핸드폰을 들고 있었다. 수현은 항상 안이 사연 있는 사람이라고 생각하고 있었다. 그런데 갑자기 꽤 세 보이는 남자가 나타나서 다짜고짜 안을 끌어안는 것이 아닌가. 수현은 그가 혹시 안을 협박하는 중이 아닐까 걱정했다. 아니나 다를까 수현을 쏘아보는 눈매가 여간 사나운 놈이 아니었다. 수현은 핸드폰을 흔들어 보이며 수호를 위협했다.

"내가 여기 경찰 서장을 잘 알거든요! 어제도 같이 막 밥도 먹고, 막 사우나도 같이 가고!"

수호는 코웃음을 치며 고개를 저었다. 잠깐이나마 질투했던 자신이 너무 부끄러울 지경이었다. 수호는 검지를 입가에 대고 조용히 하라는 신호를 보냈다. 지금은 안에게 시간을 주는 것이 더 중요했다.

한참 후 안의 울음이 잦아들고 흐느낌만 남았다. 딸꾹질을 하며 수호의 품에서 살며시 얼굴을 뗀 안은 흠칫 놀라며 가방에서 손수건을 꺼냈다.

"어머, 어떡해요. 이거 비싼 거죠? 비싼 걸 거야."

눈물과 콧물로 범벅이 된 수호의 셔츠는 닦을수록 얼룩덜룩해지고 있었다. 안은 두 눈이 퉁퉁 붓고 코가 빨개진 채로 어떡하냐는 말을 연신 중얼거렸다.

"어떡하긴 네가 빨아 줘야겠는데. 이러고 어디 돌아다닐 수도 없겠어."

그 말을 듣고 가만 생각에 잠겼던 안은 천천히 고개를 저었다.

"아니에요. 원장님은 차에 항상 여벌 옷 두고 다니잖아요. 그거 갈아입으시면 되잖아요."

수호가 희미하게 웃었다. 이곳에 오면서 수호는 여벌뿐만 아니라 여행 짐을 꾸렸기 때문이었다.

"옷 얘기는 됐고. 우리 얘기 좀 해야 하겠는데, 시간 괜찮아?"
"아니요. 이제 일해야 해요."
"그래. 그러면 기다릴게."
"퇴근은 여섯 시 넘어야 해요."
"알아. 점심 같이 먹자. 기다릴게."
"어디서요?"
"너 일하는 거 보고 있으면 돼. 들어가자."
수호는 긴 다리로 앞장서서 보건소로 들어갔다. 어쩌면 저렇게 태연할까. 안은 생각보다 재회가 아무렇지도 않게 흘러가는 것이 신기했다.
보건소에 들어가자 수호가 혈압 기계에 팔을 넣고 스위치를 누르고 있었다.
"뭐 하시는 거예요?"
"와, 시골 보건소가 뭐 이리 좋아? 없는 게 없네. 신기해서 이것저것 구경 중이야. 나 신경 쓰지 말고 일해."
혼자 놀기로 작정한 수호는 넉살 좋게 웃어 보이고는 보건소를 기웃거리기 시작했다. 그런 수호를 지켜보던 안이 포기하고 가운을 입으러 사무실로 들어가자 수현이 바로 따라 들어왔다.
"유 선생님, 괜찮으십니까?"
"네. 괜찮아요. 아침부터 못 볼꼴을 보여 드려 민망하네요."
"저야말로 괜찮습니다. 사람 사는 일이야 원래 다사다난하니까요. 그런데 저분은 누구시죠?"
"아……. 그게."
안은 뒷목을 문지르며 뭐라고 답해야 좋을지 망설이다 슬그머니

밖으로 나가 버렸다. 수현이 고개를 갸우뚱거리며 밖으로 나오자 수호가 그를 손짓으로 불렀다. 수호에게서 사바나 초원의 게으른 수사자 같은 위엄이 느껴졌다. 수현은 그의 손짓이 신경 거슬렸지만, 본능적으로 순순하게 끌려가는 자신을 발견했고.

"부르셨습니까."

자신도 모르게 공손하게 나오는 말투에 한 번 더 놀랐다.

"우리 안이 그동안 잘 보살펴 줘서 고맙습니다."

"별말씀을 다. 저야말로 유 선생님 덕을 톡톡히 봤습니다. 저보다 실력이 더 좋으시고 임상 경력도 많으셔……."

수호는 손바닥을 들어 수현의 말을 끊었다.

"아직 당사자한테는 말씀하지 마시고요. 유안 씨 후임을 빨리 구해 주세요."

"네? 아, 이거 참, 아쉽습니다. 그런데 도대체 유 선생님하고 어떤 관계십니까?"

"남편 될 사람이죠. 보면 모릅니까? 딱 보면 천생연분 이런 단어가 떠오르지 않습니까?"

"글쎄요."

수호의 눈썹이 날카롭게 사선을 그리며 솟자 수현은 재빨리 다른 의견을 내놓았다.

"매우 그렇습니다."

수현은 진료실로 들어와 분주하게 움직이는 안을 말없이 쳐다보았다. 안의 분위기로 보아 위험 상황은 아닌 것 같았지만 곧 그녀가 그만둘 거란 사실이 여간 아쉬웠다.

보건소의 업무가 시작되자 수호는 대기실에 앉아서 느긋하게 TV

를 시청하거나 잡지를 읽었다. 보건소에 들르는 사람마다 수호를 신기하게 쳐다봤고, 누구냐고 물어봤다. 수호는 〈The 미래 성형외과〉 원장으로서 갈고닦은 자본주의 미소를 지으며 마을 사람들의 환심을 샀다.

"점심 뭐 먹을래?"

"여기는 점심 사 먹을 곳이 없어요."

"어? 그럼 밥을 어떻게 먹어?"

"도시락 싸 오는데……. 이리 와서 같이 먹어요. 반찬이 별로 없긴 한데. 그래도 먹을 만하기……. 역시 양이 너무 적죠?"

플라스틱 도시락에 담긴 어린아이 주먹만 한 밥 한 덩이. 수호가 조용히 한숨을 쉬었다.

"겨우 이거 먹고 살았어? 6·25 때 주먹밥도 이것보다는 컸겠다. 이렇게 부실하게 먹으니까 깡마르지."

"오늘은 늦잠을 자서 밥을 새로 못 했거든요. 있는 것만 싸서 그래요. 평소에는 많이 먹어요."

"너 사는 집으로 가자."

"네?"

"나 배고파. 너 사는 집에 가서 뭐라도 해 먹자. 읍내 나가는 것보다 가깝잖아."

"……."

"가자!"

수호는 거침없이 안의 손을 잡고 밖으로 나와 차에 태웠다. 안은 시동을 걸고 출발하는 수호를 보며 질문했다.

"어딘지나 알고 가는 거예요?"

"물론. 내가 그 정도 조사 안 하고 왔을까 봐? 너 찾으려고 전국을 다 뒤졌어. 나 길눈 엄청나게 밝아졌다. 인간 내비게이션이야."
안은 미안한 마음에 입을 다물었다. 부디 집에 영숙이네가 없기를 바랄 뿐이었다.
"상림이랑 김 원장님은 잘 있어요?"
"응. 잘 지내. 아웅다웅하는 게 남매인지 뭔지 헷갈리긴 하는데 잘 지내. 참, 현 선생이 너 가만 안 둔다고 했어. 그리고 당분간 네 연락도 안 받을 거래."
"……?"
"너도 당해 보래."
"아, 네. 참, 햄만이는요?"
"잘 있어. 하도 쳇바퀴를 잘 돌려서 근육질이 됐어."
"화분은요? 물 잘 주고 키웠어요?"
"물론이지! 엄청나게 컸어. 완전 나무야, 나무!"
"다행이네요."
"그렇게 걱정되면서……."
수호는 뒷말을 삼켰다. 안의 마음을 무겁게 하고 싶지 않았다.
"차는 바꾼 거예요? 전에 차도 좋았는데."
"차를 바꾼 건 아니고 한 대 더 샀어. 집 인테리어도 지금 공사 중이야."
"왜요?"
"음……. 내가 이번에는 수 개념을 날려 먹었거든. 돈을 얼마나 물 쓰듯이 썼는지 너는 모를 거야."
농담하는 건지 진담을 하는 건지 알 수 없어 안은 운전하는 수호의 옆모습을 빤히 쳐다보았다. 수호가 피식 웃으며 안을 돌아보았다. 그 미소가 너무 매력적이어서 안의 귀가 빨개졌다.

"정말……. 이번에는 수를……. 저는 설마 이번에도 그럴 줄은 몰랐어요."

안은 추하영이 있기에 수호 걱정을 하지 않았다. 금세 집에 도착한 수호는 주차한 후 안을 돌아보았다.

"그건 농담이고……. 돈은 정말 많이 썼어. 너한테 이 말은 안 하려고 했는데. 혼내야겠어서 하는 거야. 내가 너 찾으려고 다달이 아니, 매일 쓴 돈이 얼만 줄 알아? 강남의 아파트 한 채는 날렸어."

안은 입을 크게 벌리고 눈도 크게 떴다.

"왜……? 도대체 왜요? 미쳤어요?"

"미치지 않고 배겨? 내 여자가 갑자기 말도 안 하고 가출을 했는데."

"하영 씨는요. 저는 원장님이 하영 씨하고 잘될 거로 생각했어요. 저 때문에 두 사람이 다시 시작 못 하니까."

"아니야."

수호는 까무잡잡하게 탄 안의 작은 얼굴을 한 손에 담았다.

"그거 아니야. 네가 잘못 생각한 거야. 추하영은 그때 이미 끝난 사람이었어."

"하지만……. 그렇지만 그날 제가 본 건."

"뭘 봤어? 그게 무슨 소리야?"

일이 도대체 얼마나 꼬인 걸까. 수호는 미간을 좁히고 안의 대답을 기다렸다.

"원장님하고 하영 씨하고……."

"……."

"키스했잖아요."

"……!"

"집에 다녀오던 날 저녁, 병원에 잠깐 들렀었어요. 하영 씨가 많이 울면서 원장님께 호소하고, 그리고……."

"알았어. 알았어."

수호는 점점 감정이 격해지더니 눈물을 글썽거리는 안을 진정시키며 토닥였다.

"그런데 안아, 그것도 오해야. 난 걔하고 키스한 게 아니야. 그날 나한테 찾아와서 매달린 건 맞아. 하지만 난 털끝만큼도 미련이 남지 않았어. 나는 이미 너뿐이었으니까. 그런데 선글라스를 벗었는데 눈이……. 남편한테 매 맞아서 멍이 심하게 들었더라고. 너무 놀라서 살펴보는데 추하영이 달려들었어. 나는 금방 밀어냈는데……. 네가 거기까지는 못 봤구나."

안은 당시의 상황을 곰곰이 되짚어 보았다. 그 모든 것이 오해를 불러일으키기 충분한 상황이긴 했지만, 자신의 경솔함을 인정해야만 했다.

"좋아하는 사람이 다른 여자하고 키스하는 걸 진득하게 지켜볼 배짱이 없었어요. 미안해요. 원장님을 못 믿은 건 저예요."

"아니야. 내가 정말 미안해. 그날 집에 가서 너한테 모든 걸 털어놨어야 했는데. 내가 어리석었어. 그냥 네가 아무것도 모르고 지나가기만 바랐어."

안은 모든 상황을 이해했다. 하지만 속이 후련한 것은 아니었다. 자신은 수호와 하영의 관계를 오해해서 그를 떠난 것이 아니었다.

오히려 둘이 잘되는 것이 당연하다고 생각하고 물러난 것이었다.

"배 많이 고프시죠. 들어가요. 밥은 시간이 오래 걸리고 비빔국수 해 드릴게요."

안은 자연스럽게 화제를 돌렸다. 그런 안의 변화를 눈치챈 수호는 차에서 내리려는 안의 팔을 붙들었다.

"다른 생각하지 마. 이번에는 절대 안 돼!"

"원장님."

"그놈의 원장님 소리도 그만둬. 언제까지 그렇게 한발 빼고, 곧 떠날 사람처럼 굴 거야! 내가 가지 말라고 했잖아. 그때 뭐라고 그랬어. 내가 필요 없다고 할 때까지 옆에 있어 주겠다고 약속했잖아. 그거 거짓말이었어?"

"아니에요. 거짓말 아니었어요. 전 설마 원장님이……."

수호가 안의 말을 끊고 세차게 고개를 저었다.

"수호 씨, 오빠, 자기야."

"네?"

"그중에 고르라고. 원장님 소리 갖다 버리고."

"아, 네. 저는 설마 원, 아니, 수호 씨가 나를 정말 좋아하게 될 줄 몰랐어요."

"그렇게 나를 꼬셔 놓고 몰랐다고?"

"제가요?"

힐난하는 수호를 바라보는 안의 얼굴은 순진무구했다. 살면서 여우 짓이란 걸 해 본 적이 없어 처음 듣는 비난이었다.

"그래. 꼬셨어. 확실하게 홀려 놓고 도망갔어. 이 요망한 여자. 네 목소리를 들어야 잘 수 있게 해 놓고, 라면만 봐도 찬밥만 봐도 생각나게 해 놓고. 게다가 네 이름도 문제야."

"네? 그건 또 무슨 소리예요?"

"이름이 좀 이상해? 안이 뭐야, 안이. 네 이름이 사방팔방에서 들려. 초 단위로 들린다고. 생활을 할 수 없어."

"제 이름이요?"

"안녕하세요. 안에 들어가세요. 안 그래요. 안 합니다 등등등. 네 이름 안! 들어가는 데가 없어. 네 생각을 안! 할 수가 없잖아."

"무슨 그런 억지를……."

"게다가 빌어먹을 내 이름에도 네 이름이 있어. 안! 수호."

풉! 안이 갑자기 웃음을 터트렸다. 오늘 만나서 처음으로 그녀의 웃는 모습을 본 수호도 환하게 따라 웃었다.

"안아, 사랑해. 이제 돌아가자. 나 인제 그만 미치게 하고."

"……."

"너도 나 사랑하지? 그렇지?"

"네. 그래서 어려워요. 저만 생각할 수 없어요."

시선을 내리고 잠시 생각하던 안이 결심이 선 눈으로 수호를 직시했다.

"원, 아니, 수호 씨. 나는 있잖아요. 사실……."

"안아."

수호가 안을 부르는 목소리는 깊고 진지했다.

"나는 너만 있으면 돼. 아무것도 필요 없어. 그냥 너하고 단둘이 알콩달콩 살고 싶어. 그게 내 소원이야."

안은 믿을 수 없다는 듯 고개를 기울였다.

"하지만 수호 씨는 원래……."

"너만 필요해."
"알……고 있었어요? 내가 아이를 못 갖는 거?"
"아이 생각은 이제 그만해. 나는 너만 필요해. 돌아가자. 너 없으면 나 죽어. 나 지금 살 빠진 거 안 보여? 이것도 너 걱정할까 봐 급히 찌워서 온 거야."
"정말요? 왜 그랬어요? 막 술 많이 마시고 밥 안 먹고 그런 거예요?"
"아니. 나 술 안 마셨어. 너 떠나고 한 방울도 안 마셨다고. 술 마시면 정신이 흐려져서 네가 희미해지거든. 그게 싫어서 안 마셨어. 너 잊어버릴까 봐."
안은 말문이 막혔다. 자신이 수호에게 그 정도로 막강한 영향력을 행사했다는 것이 믿어지지 않았다.
"말도 안 돼."
"그래. 말도 안 되게 내가 너한테 미쳤어. 그러니까 돌아가자. 결혼해 줘. 아, 이게 아닌데. 미안해. 청혼은 다시 멋지게 할게. 너무 급해서 그만."
"아, 저 지금 정신이 하나도 없어요. 갑자기 원, 아니, 수호 씨가 나타난 것도 그렇고……. 어지러워요."
"좋은 현상이야. 원래 결혼은 정신없을 때 하는 거랬어."
"정말 후회하지 않을까요, 우리? 세월이 많이 흐르면 분명 아이도 낳고 싶을 거고, 생각이 바뀔지도 몰라요."
"맹세해. 아이 문제로 너 괴롭히지 않아. 그냥 자연스럽고 편하게 살자. 우리 오늘 결혼해도 길어야 오십 년 남짓이야. 시간 없어."
길어야 50년. 사랑하기 충분한 시간이란 얼마일까. 고민하는 안의 얼굴을 두 손에 가둔 수호가 시선을 맞추었다.

"사랑해. 미치도록 사랑해. 네 몫까지 내가 다 사랑해. 나 믿어 줘. 유안을 평생 행복하게 해 줄게. 돌아가자."

안의 얼굴에 서서히 미소가 떠올랐다. 수호도 그녀를 따라 웃기 시작했다. 두 사람의 얼굴이 가까워지고 안의 두 팔이 수호의 목에 걸렸다. 오랜 시간 떨어져 있던 그리움을 담은 입술이 맞닿았다. 입술이 떨어질 때마다 수호에게서 사랑한단 말이 쏟아졌고, 안은 연신 고개를 끄덕여야 했다. 드디어 오늘로써 수호의 유안 찾아 삼만리 여정은 끝을 맺었다.

* * *

수호의 집으로 돌아온 안은 이틀을 꼬박 잠만 잤다. 깨워도 대답만 간신히 했고, 식사도 제대로 못 하고 잠에 취해 빠져나오질 못했다.

몸을 뒤척이던 안은 손등이 차가워지는 느낌에 눈을 떴다. 수호가 알코올 솜으로 안의 손등을 닦아 내고 이리저리 눌러 보고 있었다.

"뭐 해요?"

"이제 잠 좀 깬 거야? 영양제 놓으려고 라인 잡아."

"웬 영양제요? 아야!"

앙상한 안의 손등에 바늘을 찔러 넣는 수호의 표정이 좋지 않았다.

"엄살은. 밥도 안 먹고 잠만 자니까 불안하잖아. 안 그래도 뼈만 남아서 별로야. 하얗고 말랑한 내 찐빵 돌려놔."

"원장님도 살 많이 빠졌어요. 그런데 나처럼 볼품없지 않고 멋있어."

수호가 미간을 좁히며 안의 말을 정정했다.

"너 예뻐. 그리고 수호 씨."

"아 참, 수호 씨."

"이제 말을 좀 하는 거 보니까 잠은 다 잤나 보다. 왜 그렇게 잠만 잤어? 거기서 내내 못 잔 거야?"

수호는 자신처럼 안도 잠 못 이루는 고통스러운 시간을 보냈을 생각을 하니 마음이 아팠다. 오래 잠들었던 탓에 푸석해진 안의 얼굴을 가만히 쓸어 보니 피부까지 거칠했다. 한동안 잘 먹이고 재우는 일에 신경을 많이 써야 할 것 같았다.

"아니요. 잘 만큼 잤어요. 그런데 이 집에 들어왔을 때 갑자기 마음이 탁 놓이고 긴 여행에서 돌아온 기분이었어요. 그런 느낌 처음이에요. 아마도 나는 평생 어느 곳에도 발붙이지 못하고 떠돌았었나 봐요."

"집에 돌아온 걸 환영해. 나 믿고 따라와 줘서 고맙고, 사랑한다."

안이 살포시 웃으며 수호를 향해 팔을 벌렸다. 수호는 기다렸다는 듯이 링거 줄을 조심하며 누워 있는 안을 끌어안았다.

"믿어지지 않아. 네가 다시 여기 있는 게."

"나도요. 수호 씨가 나를 이만큼이나 사랑해 주는 게 거짓말 같아요."

안이 침대 한쪽으로 몸을 물리며 수호가 올라올 수 있도록 했다. 잠시 고민하던 수호는 이불을 젖히고 침대에 걸터앉았다. 분명 품에 안으면 집적거리고 싶어질 게 뻔한데 그러기엔 안의 상태가 좋지 않았다. 안을 위해 꾹 참을 것을 다짐하며 조심스럽게 옆에 누웠다. 서로 마주 보고 누운 두 사람은 시선을 나누고 가벼운 입맞춤을 하며 키득거렸다.

"배 안 고파?"

"배고픈 건 모르겠고 기운이 없긴 해요."

"현 선생 오고 있어. 이제 너는 죽었다."

수호는 올 때마다 잠에 빠진 안을 보고 가던 상림이 일어나기만 하면 가만 안 둔다고 소리치던 모습이 떠올라 또 웃음이 터졌다.

"상림이가요?"

"응. 현 선생 어머님이 너 주라고 죽 만들어 놨다고 해서 본가에 가지러 갔거든."

"아……. 저는 아줌마한테 은혜 갚아야 해요. 소풍 가거나 견학 갈 때 항상 제 몫의 도시락까지 보내 주셨어요."

"그래? 현 선생 어머님께 우리 병원 평생 이용권을 드릴까? 아니면 현 선생 연봉을 두 배로 올려 줘?"

"두 개 다 해 주면 안 돼요?"

안이 생긋 웃으며 수호의 목을 끌어안더니 사정없이 뽀뽀를 해 댔다. 수호는 생각이고 뭐고 할 여력도 없이 몸과 마음이 흐물흐물 녹아내렸다. 안의 애교에 맥없이 홀딱 넘어가고 말았다.

"하여간 너나 현 선생이나 협상력은 최고야. 알았어. 기분이다!"

안은 수호의 품에 안겨서 다시 눈을 감았다.

"또 졸려? 너 정말 어디 안 좋은 거 아니야?"

"졸린 거 아니에요. 생각할 게 있어서요."

"좋은 생각만 해. 또 어디 도망갈 궁리하기만 해. 예전에도 말했지만 나는 잠든 사이에 엄마가 도망간 트라우마가 있어. 그런데 너까지……. 후……."

"미안해요. 정말 당신이 나를 그렇게까지 생각하는 줄 몰랐어요."

"확신을 주지 못한 내가 잘못이지."

"수호 씨, 나 지금부터 당신한테 해야 할 말이 있어요. 아주 길고 속상한 얘기들이에요."

"그것참, 무섭네."

"난 말이죠. 낳아 준 엄마와 길러 준 엄마가 따로 있어요."

안은 그 밤, 긴 시간 동안 자신이 살아온 이야기를 수호에게 들려주었다. 새로 태어나고 싶었다. 지난 시간의 아픔을 다 털어 내고 제대로 사랑할 줄 아는 당당한 사람이 되고 싶었다. 남자는 이따금 우느라 말을 멈추는 여자를 다독이며 그녀의 인생에 귀 기울여 주었다. 수호는 앞으로 인생의 모든 여정을 함께 손잡고 걷겠노라 맹세하며 안을 꼭 안아 주었다.

* * *

까마득히 높은 담장 앞에 수호의 차가 서자 바로 육중한 대문이 열리고 사람들이 뛰어나왔다.

"회장님께서 기다리고 계십니다."

"네, 항상 수고가 많으십니다."

차를 맡기고 난 수호가 집으로 들어가자 현관에 도열하고 있던 고용인들이 모두 인사를 했다. 그 부담스러운 의식에 수호가 대놓고 인상을 찌푸렸다. 소박하고 푸근한 것을 좋아하는 수호는 올 때마다 거창하고 으리으리한 본가 분위기가 어색했다.
"아버지는 어디 계세요?"
"서재에 계십니다."
집사가 노크를 하고 나서 수호가 문을 열고 들어갔다. 백만은 돋보기를 걸치고 세 대의 모니터를 보며 장부에 뭔가를 기록하고 있었다. 수호가 기억하는 아버지의 모습 대부분은 숫자를 기록하고 비교하는 모습이었다. 수호는 이익을 따지는 데 철저하고 간혹 피도 눈물도 없는 일 처리를 보여 주는 아버지가 오늘따라 버겁게 느껴졌다.
"아버지, 저 왔어요."
"응. 알아. 거기 잠깐 좀 있어."
집사가 차를 내오고서야 백만은 하던 일을 멈추고 수호와 마주 앉았다.
"너, 요즘 집에 자주 온다? 일 년에 한 번도 올까 말까 한 녀석이 올해 벌써 두 번째야."
"저 가을에 결혼합니다."
수호의 단호한 선언을 들은 백만은 눈썹 끝을 긁으며 심드렁하게 답했다.
"아이구, 축하한다. 그래, 날짜는 잡으셨어요, 이놈의 자식님?"
"……."
"아비한테 허락을 받으러 온 것도 아니고 어디서 통보질이야. 이게 확! 아들이라고 오냐오냐했더니 안백만 무서운 걸 모르지."
백만이 서운함을 감추지 않고 아들에게 호통을 쳤다. 그제야 수호의 태도도 조금은 수그러들었다.

"알려 드린 겁니다. 가을에 하고 싶어요. 더는 못 기다려요."

"유 비서는 어디서 찾았냐? 내 사람 풀어서 못 찾은 사람은 걔가 처음이야. 대단해."

"외진 시골 마을에서 남의 이름으로 위장 취업하고 있더라고요. 무서운 여자예요."

"멋있네. 아주 확실한 것이 마음에 꼭 든다."

백만은 가볍게 대답했지만 속으로 혀를 내둘렀다. 아들이 마음고생 한 것은 마음에 안 들었지만, 덕분에 녀석의 뻣뻣한 태도도 누그러지고 죽어도 아버지 덕은 안 보려고 하는 놈이 찾아와서 부탁까지 하는 수확을 얻었으니 괜찮은 결말이었다.

"아버지, 저는 안이하고 꼭 결혼합니다."

"누가 뭐라냐? 나도 바라는 바다. 그나저나 오늘 왜 너 혼자야. 안이도 데려와야지."

"다음에요. 오늘은 제가 미리 말씀드릴 게 있어서 따로 왔어요."

앉아서 천 리를 본다는 남대문 큰손 백만은 순간 짚이는 데가 있었다.

"왜. 안이한테 무슨 문제 있어? 어디 아파? 난 건강하기만 하면 된다고 조건 걸었는데 너무 큰 욕심이었던 게냐?"

"아픈 건 아니지만, 손주 욕심은 내려놓으셔야 할 것 같아요. 아버지가 안이 앞에서 손주 타령할까 봐 미리 말씀드리는 겁니다."

백만은 턱을 쓸며 오랫동안 아무 말도 하지 않았다. 부자 사이에는 침묵과 한숨이 켜켜이 쌓이고 있었다. 잠시 눈을 감았다 뜬 백만이 담담한 목소리로 아들을 불렀다.

"야, 안수호."

"네."
"어떤 물건이건 마음이 들 때는 말이지 A에서 Z까지 완벽한 예는 없어. 이익을 얻을 때도 말이야 엄청난 수익을 탐할수록 망해. 내가 열을 얻고 싶으면 최소 삼은 내줄 각오를 해야 해."
묵묵히 듣고 있는 아들을 보던 백만의 목소리가 부드럽게 풀렸다.
"내가 손주 포기하면 아들하고 며느리를 얻는 거 아니냐."
딱딱하게 굳어 있던 수호의 얼굴이 단번에 놀라움으로 물들었다. 솔직히 아버지를 찾아왔을 때는 허락받을 생각이 아니었다. 이미 허락과 상관없이 결혼은 기정사실이었기에 안을 위해 나름의 격식을 갖추는 마음이었을 뿐이었다.
"고맙습니다, 아버지."
"사랑이 마음대로 되지 않는다는 것은 너보다 내가 더 잘 알아, 인마."
백만은 은은한 우전차의 향을 음미하며 빙긋이 웃었다. 아쉬운 마음이야 이루 말할 수 없었지만, 평생 큰아들에게 진 마음의 빚을 갚을 기회를 얻었음에 모든 것을 내려놓았다.

* * *

왕장은 누워 있는 상림의 얼굴에 마스크팩을 꼼꼼히 붙여 주고는 재빨리 옆에 드러누웠다.
"자기야."
"아, 닭살 돋아. 제발 그렇게 부르지 좀 말아요. 남자가 부끄러움이 없어."

상림의 핀잔쯤은 이제 이골이 난 왕장은 마스크팩 덕분에 빨갛게 도드라진 입술에 베이비 키스를 했다.

"유 비서가 그러는데. 아니지. 이젠 안이 씨라고 해야지. 안이 씨가 그러는데 자기는 무뚝뚝하고 감정 변화가 별로 없어서 나 같은 남자가 잘 맞을 거라던데."

"뭐야. 지가 어떻게 알아. 그렇게 잘 아는 게 왜 그런 뻘짓을 하셨나 몰라. 여러 사람 피를 말리고 지는 지대로 개고생하고."

"원래 중이 제 머리 못 깎는다잖아. 그런데 자기는 언제부터 안이 씨하고 친했던 거야?"

눈동자를 또르르 굴리며 생각을 더듬던 상림이 몸을 모로 돌려 왕장과 마주 보았다.

"우리는 초등학교 3학년 때 같은 반이 됐어요. 그때의 안이는 명랑하고 쾌활하고 당찼어요."

"정말?"

"응. 지금도 가끔 똘끼 부리는 거로 봐서 원래 기질은 지금이랑 좀 다른 것 같아. 하루는 학교에서 단체 견학을 갔어요. 전부 도시락으로 김밥을 싸 왔는데 안이만 슈퍼에서 산 빵하고 우유를 꺼내더라고."

"제과점 빵도 아니고 슈퍼 빵? 안이 씨 어머님이 어디 아프셨나?"

잠시 상림은 말을 멈추고 한숨을 내쉬었다.

"아니. 알고 보니까 친엄마가 아니었는데 그것도 안이 결혼하고 나서 알았어요. 엄청나게 구박받고 살아서 울 엄마가 계모 같은 엄마라고 했는데 정말 계모였던 거죠."

"아……. 그랬구나."

왕장은 의외의 사실에 놀라 영혼 없는 반응을 했다.
"하여튼 그때 우리 반에 고아나 다름없는 처지의 아이가 있었는데. 걔는 아예 도시락이 없는 거지. 견학도 간신히 따라왔더라고요. 안이가 지 빵하고 우유를 걔를 줘 버리는데……. 내가 울컥했잖아. 그래서 내가 걔네한테 가서 같이 먹자고 했어요. 그렇게 셋이 친해졌고, 안이는 지금까지 나하고 친하고요."
"와, 우리 상림이 진짜 착하다. 내가 그래서 현 간한테 확 빠진 거야. 냉정함 속에 감춰진 슈크림 같은 마음을 내가 알아챈 거지."
"어쨌든 우리 안이는 이제 정말 행복해야 해요. 너무 짜게 살았어."
"수호가 잘할 거야. 이제 친구 걱정 내려놓고 우리 걱정 좀 하자."
"우리? 우리가 뭘?"
"우리 언제 결혼할 거야?"
상림은 툭하면 결혼 말을 꺼내는 왕장을 발을 이용해 저 멀리 밀어냈다. 요즘 수호와 안의 결혼 준비를 보면서 더 몸이 달아오른 남자는 귀찮을 정도로 상림에게 구애했다.
"사귄 지 얼마나 됐다고 벌써 결혼이에요. 이래서 내가 아예 안 받아 주려고 했던 건데."
"내가 불쌍하지도 않아? 나 삼 년이나 현 간만 우러러보고 살았다고. 그리고 수호네는 뭐 일 년도 안 돼서 결혼하는데 우리가 이기면 좀 안 되나?"
"가만 보면 우리 짱짱이는 이상한 데서 승부욕 있더라? 나는 최소한 네 계절은 겪어 보고 결혼할 거니까 그리 알아요."
상림은 툴툴거리는 남자가 귀여워 코를 잡고 흔들며 어르고 달래

보았다. 왕장은 상림의 손을 낚아채고는 제 품에 와락 끌어당겼다.

"확 임신부터 해 버리는 수도 있어!"

왕장은 곁에 누운 상림에게 달려들어 간지럼을 태웠다. 한참 봄부림을 치며 놀던 남녀는 가벼운 입맞춤을 시작하더니 점점 조용해졌다. 상림의 얼굴을 덮었던 마스크팩을 떼 버린 왕장은 본격적으로 달고 깊은 입맞춤에 빠져들었다.

* * *

수호는 땀으로 범벅이 되어 미끈거리는 안의 몸 구석구석에 정성스럽게 후희의 입맞춤을 했다. 간지러움을 참지 못하고 까르르 넘어가던 안이 자신의 아랫배에 진한 입맞춤을 하는 수호를 위로 끌어당겼다. 수호는 만족스러운 미소를 지으며 안을 품에 담고 쉼 없이 어루만졌다.

"그만 좀 만져요."

"싫어. 말랑하고 따뜻하고 새하얀 우리 색시 원 없이 만지고 살 거야."

땀이 식자 체온이 떨어지는지 안의 몸에 오돌토돌 소름이 돋았다. 수호는 발치에 떨어졌던 얇은 시트를 끌어 올려 안의 몸에 덮어 주고 제 몸으로 다시 한 번 감싸 안았다. 아무 말 않고 가만히 서로를 안고 있자, 외따로 떨어진 풀 빌라 밖의 파도 소리가 침실까지 넘실거리며 밀려들었다. 안의 숨소리가 새근새근 고요하게 가라앉았다.

"피곤해? 졸리니?"

"아니요. 파도 소리가 너무 좋아서 듣고 있었어요."

"우리, 별 보면서 수영할까?"

"아니……. 지금은 이대로 당신 품에 있고 싶어. 너무 편해요."

수호는 품 안의 자그마한 몸을 다시 한 번 단속하며 행복한 미소를 지었다.

"그래. 그러자, 그럼."

"수호 씨, 나 있잖아요."

"응. 뭐 사고 싶은 거 있어?"

안은 신혼여행 내내 그녀의 머릿속을 지배하고, 입술을 달싹거리게 한 말을 꺼낼 마음을 먹었다.

"나 아기 갖는 것 포기 안 할래요."

"……."

"아직 젊은데 이대로 아무것도 안 하는 건 아무래도 아닌 것 같아. 병원부터 다시 다녀 보고……."

한마디 내뱉을 때마다 안은 조심스럽게 수호의 표정을 살펴보았다. 역시나 수호의 얼굴이 딱딱하게 굳어지는 것이 보였다.

"너 힘들어서 안 돼. 너도 잘 알잖아. 그 과정들, 마음고생. 내가 직접 겪진 않았지만, 나도 의대 시절에 간접적으로 들은 건 많아. 너한테 그런 걸 더 겪게 하고 싶지 않아."

수호는 단호했다. 상림을 통해 들었던 안의 고생이 생생하게 눈앞에 펼쳐지는 기분이었다.

"하지만 한 번쯤 노력이란 걸 하고 싶어요. 당신의 아이를 갖고 싶어요. 전에는 아이를 가져야 한다는 의무감에 시달렸지만, 지금의 내 마음은 그것과 달라요."

"안아, 나는 분명히 너한테 약속했었어. 아이 때문에 널 괴롭히지 않겠다고. 게다가 또 실패하게 된다면 네가 받을 정신적 데미지는 전보다 더할 거야."

"한 번만요. 딱 한 번만 해 볼게요. 응? 제발요. 지금 이대로 포기하고 말면 내내 미련이 남아서 더 괴로울 것 같아서 그래요."

"안아, 나야말로 너한테 이렇게 부탁할게. 제발 고집부리지 말자."

"자기야, 여보, 오빠. 딱 한 번만. 우리 '노오력'이란 걸 해 봐요."

"아, 정말! 너, 그렇게 부른다고 내가 넘어갈 줄 알아?"

수호는 일부러 버럭 소리를 질러 흔들리는 마음을 다잡았다. 안은 어느 순간부터 애교라는 것이 먹힌다는 것을 알고는 중요한 순간에 써먹기 시작했고, 수호는 그것을 이길 수 없었다.

"여보야, 나 정말 아기가 갖고 싶어. 그럼, 검사라도 한 번 받을게요. 그동안 내 몸에 변화가 생겼을 수도 있어요."

"후……. 너 은근 고집 센 거 내가 알고는 있지만."

"여보, 사랑해요. 나 정말 간절해요. 이런 보석 반지도 다 필요 없어. 그냥 병원 한 번만 가 보게 해 줘."

안은 자리에서 일어나 네 번째 손가락에 끼워진 커다랗고 반짝이는 돌을 빼내려고 했다.

"너 그거 빼기만 해. 혼날 줄 알아!"

풀이 죽은 안이 순한 눈매를 늘어뜨리고 수호를 쳐다봤다. 안의 눈에 눈물이 그렁그렁 차기 시작하자 수호는 차라리 눈을 감아 버렸다. 거의 다 왔다는 것을 눈치챈 안이 수호의 목에 매달려서 그의 가슴에 얼굴을 비볐다.

"집에 가면 나하고 병원 한 번 꼭 가 주는 거예요? 알았죠?"

젖은 목소리로 슬프게 웅얼거리는 소리를 듣자 수호는 바로 무너져 버렸다.

“너 진짜……. 후, 알았어. 대신 의사는 내가 알아볼게.”

“고마워요. 사랑해요.”

“갈수록 약아지고 있어. 여우 짓 할 때만 사랑한다고 하지.”

“여우 짓 아니고 마누라 짓. 여우 짓은 여기저기 흘리고 다니는 거고 나는 수호 씨한테만 하는 거고.”

수호는 나날이 맹랑해지는 안이 좋았다. 하지만 거침없이 표현하고 원하는 모습이 좋아 항상 잘한다고 응원해 준 것을 오늘만큼은 후회했다. 일단 아내를 못 이기고 승낙을 했지만, 앞일을 생각할수록 수호는 가슴이 갑갑했다. 제 품에 안겨 기분 좋게 잠든 안을 보았다. 이 여자의 슬픔을 볼 자신이 없다는 생각만 깊어지는 밤이었다.

* * *

안과 수호는 두 손을 깍지 끼고 눈앞의 의사가 하는 설명을 경청했다.

“유안 씨 같은 경우는 솔직히 더 어려워요. 어떤 원인이 명확하다면 그것만 해결하면 임신 확률이 더 높아지죠. 하지만 유안 씨는 원인이 없으니 의사로서는 아주 막막해요. 하지만 요즘은 워낙 수정 성공률이 높아지는 추세니 함께 노력해 보죠.”

의사와 안은 몇 마디 문진을 주고받았다.

“그럼 여기 시술 동의서에 먼저 서명하세요. 오늘 산전 검사를 하고 결과를 보면서 인공수정 스케줄을 잡아 보도록 하죠.”

서류에 서명하는 수호의 표정은 심란해 보였다.

“저희는 딱 한 번만 해 보고 안 되면 그만둘 생각입니다.”

“아니에요, 선생님, 인공수정 한 번 해 보고 안 되면 바로 시험관 할게요.”

“안아!”

안은 버럭 소리 지르는 수호의 손을 꼭 잡고 잔잔하게 웃어 보였다. 수호는 그 미소 속에서 안의 고집을 보았다. 아예 병원에 발을 들이는 게 아니었는데. 수호는 부글부글 끓어오르는 속을 간신히 다스리고 있었다. 수호가 잔뜩 인상을 쓰고 쳐다보는데도 안은 전혀 밀리는 기색 없이 서류에 서명을 하고 의사의 설명을 들었다.

병원을 나서기도 전에 수호는 안의 손을 놓아 버렸다. 자신에게 상의하지도 않고 마음대로 시술 횟수를 결정해 버리다니. 이번 일에 있어서 자신의 의견을 조금도 반영하지 않는 안에게 화가 났다. 문이 부서져라 닫고 안전벨트를 매고 있자 안도 조용히 차에 올라탔다.

“미안해요. 큰마음 먹었는데 시험관까지는 해 보고 싶었어요.”

“너는 나한테 말도 안 하고 그런 큰일을 결정해? 가만 보면 뭐든지 네 마음대로 하는 경향이 있어. 고집이 세도 정도가 있는 거야. 나는 허수아비야?”

“싫다고 할 거니까요.”

“그렇다고 이렇게 큰일을 마음대로 정하는 게 어디 있어! 의사가 나를 뭐로 보겠어!”

조용히 수호의 호통을 듣던 안이 빙그레 웃으며 수호를 쳐다보았다.

“나도 당신한테 잘못한 거 잘 알아요. 그런데 나중에 혼나면 안 될까? 나중에, 나중에 혹시 실패하면 그때 혼날게요. 지금은 의사가 스트레스 받지 않는 게 제일 중요하다고 했어요."
안의 눈에서 떨어진 한줄기 눈물이 억지로 웃고 있는 입꼬리를 타고 스며들었다. 수호는 제 머리를 흐트러트리며 괴로움을 참아냈다.
"벌써 그런 약해 빠진 소리를 왜 해. 그리고 나중에 실패하면……. 내가 널 어떻게 혼내니. 말도 안 되는 소리 하지 마."
수호는 무뚝뚝하게 말을 했지만, 안의 눈물을 꼭꼭 눌러 닦아 주는 손길은 다정하기 그지없었다.
"미안해, 안아. 큰소리 내서. 난 솔직히 두 번은 자신 없어. 네가 두 번이나 겪어야 한다고 생각하면 돌아 버릴 것 같아."
"수호 씨, 나 그렇게 연약하지 않아요. 잘 해낼 수 있어요."
"하……. 내 마누라, 너무 예뻐서 미워 죽겠다."
수호는 긴 한숨을 내쉬며 운전석 시트에 머리를 기댔다. 사상 최고의 강적을 몰라보고 결혼한 자신의 안목이 원망스러운 순간이었다.
첫 부부 싸움을 그렇게 끝내고 3일의 시간이 지나, 산전 검사 결과를 확인하는 날이 왔다. 병원 입구에서부터 이미 얼굴이 경직되어 화난 사람처럼 보이는 수호를 세워 놓고 안은 아이를 타이르듯 구슬렸다.
"수호 씨, 지금 얼굴이 어떤 줄 알아요? 와이프가 애 못 가져서 화난 남편 같아."
"뭐? 아니라는 거 잘 알잖아."
"그건 나만 잘 알지. 남들은 오해하기 딱 좋은 얼굴이야. 그러니까 표정 풀어요. 웃으라고까지는 안 바라."
수호는 헛기침을 몇 번 하고는 얼굴 근육을 이리저리 움직이며 표정을 풀었다.

"이제 괜찮아?"

"응. 더 잘생겨졌어요."

"큰일 났군."

수호는 억지 미소를 지으며 안의 손을 잡고 병원으로 들어갔다. 길고 지루한 대기 시간이 지나고 안의 이름이 불렸다. 진료실에 들어가자 차트를 살펴보던 주치의가 환하게 웃으며 안을 반겼다.

"어서 오세요. 그동안 컨디션은 좀 어땠어요?"

"괜찮았어요. 솔직히 조금 긴장 상태이긴 해요."

"이해해요."

의사는 차트에 뭔가를 끄적거리더니 고개를 끄덕였다.

"유안 씨는 시술 불가입니다."

전혀 예상치 못한 주치의의 말에 안과 수호는 파랗게 질려 소리쳤다.

"네? 왜요?"

"우리 안이, 어디 안 좋습니까?"

의사는 실룩거리는 입꼬리를 간신히 내리며 밝은 목소리로 답했다.

"임신 삼 주차예요. 그래서 시술 못 하게 됐어요. 정말 축하드립니다. 산부인과 전문의 이십 년 만에 이렇게 기분 좋은 케이스는 처음이네요."

믿을 수 없는 기적이었다. 엉거주춤 몸을 일으킨 수호는 실례를 무릅쓰고 주치의의 차트를 넘어다보았다.

"여기 가져가서 보세요. 피검사 결과니까 확실합니다. 다시 한 번

축하드려요. 이제 몸조리 잘하시고요. 유산기가 있을지도 모르니 매사 조심, 또 조심하세요."

병원에 들어갈 때와 달리 수호는 벌린 입을 다물지 못하고 싱글벙글이었다. 안이 제 발로 걷는 것도 걱정스러워 발걸음마다 안달복달이었다. 주차장까지 가는 길이 어찌나 요란한지 안은 참다못해 한소리하고 말았다.

"그만 좀 해요. 사람들이 욕한다고요."

"내 덩치 보고 욕할 사람이 어디 있어. 다 나오라고 해."

"칫, 나한테 막 화내고 그래 놓고. 우리 애기가 얼마나 놀랐을까. 아빠가 막 소리 지르고 그래서."

"아……빠. 크흑, 아빠래."

아빠라는 소리에 이성을 잃어버릴 뻔한 수호는 입술을 감쳐 물며 치미는 감동을 다스렸다. 좋은 일은 너무 티 내면 안 된다고 했던 어른들의 가르침이 떠올랐기 때문이었다.

"수호 씨, 당분간은 아무한테도 알리지 말아요."

"왜?"

"여기저기서 축하한다고 떠드는 것도 싫고. 신경 써 주면 더 불편할 것 같아서 그래요. 안정기 접어들면 그때 알려요. 조심해서 나쁠 것 없잖아요."

"알았어. 빨리 집에 가자. 가서 꼼짝도 하지 말고 있어. 내가 다 할게. 도우미도 늘리자."

"알았어요. 이제는 수호 씨가 하자는 대로 할게요. 그동안 속 썩여서 미안해요."

"아……. 난 또 너한테 죄를 지었어. 임신한 사람한테 소리나 지르고."

"몰랐잖아요. 이리 와요, 안수호 어린이."

안이 두 팔을 벌리자 물끄러미 바라보던 수호가 너른 품 안으로 안을 끌어당겼다. 그녀의 머리를 가만히 쓸어 주며 수호는 나직하게 읊조렸다.

"고마워. 아무래도 네가 너무 착해서 하늘에서 선물을 주신 것 같아. 앞으로 더 착하게 살자."

"그래요. 착하고 예쁘게 살아요."

"이제부터 책은 내가 읽어 줄게. 태교로."

"뭐 읽어 줄 건데요?"

"음……. 네가 우리 얘기를 써 봐. 그러면 내가 그걸 아기한테 들려주지."

"보통 태교로 그런 이야기를 들려주진 않지만……. 나쁘진 않겠죠?"

"물론! 엄청난 감동 실화잖아."

수호는 자신의 품에 안긴 두 사람을 생각하자 뭉클한 가슴이 뜨겁게 달아올랐다. 외로운 시간을 견딘 두 사람이 만나서 같은 마음으로 하나가 되는 기적을 이루었다. 그리고 셋이 되는 기적이 다시 이루어지고 있었다.

외전 1

"안아……."

부스스 잠이 깬 수호는 옆자리를 더듬으며 안의 이름을 불렀지만, 허전한 빈자리만 느껴졌다. 어제도 늦은 시간까지 회의와 동생 수형의 논문을 봐 주느라 새벽이 다 되어 들어온 수호는 감은 눈을 뜨는 것이 천근만근이었다. 끙 소리를 내며 간신히 몸을 일으킨 수호는 뻐근한 목과 어깨를 스트레칭하며 피로에 찌든 몸과 정신을 깨웠다.

"안아, 유안!"

넓은 거실은 아침볕으로 환하게 채워져 있었지만, 아내의 온기와 흔적이 느껴지지 않아 공허하기만 했다.

주방으로 들어가 차가운 물을 한 컵 들이켠 수호는 이제 막 두 돌이 다가오는 아들 태인의 방으로 향했다. 아이가 깰까 싶어 조심스럽게 방문을 열어 본 수호는 터져 나오는 한숨을 삼키고 미간이 찌푸려지는 것을 참아야 했다. 늦은 아침까지 곤하게 자는 태인은 분명 밤새 제 엄마를 괴롭히다 새벽녘에 잠들었을 터였다. 아이의 침대 옆에는 노트북을 펴 놓은 채 유아용 테이블에 엎드려 잠든 안이 있었다. 아이를 재우고 나서 시간을 쪼개 가며 글을 쓰다 잠든 모양이었다.

오랜만에 본 안의 뒷모습에 수호는 울컥 감정이 치미는 것을 간신히 참아야 했다. 아내의 앙상한 어깨뼈와 한 줌밖에 안 돼 보이는 허리가 모두 제 탓 같아 속상했다. 조용히 다가가 잠든 안을 들어 올리자 깜짝 놀라며 눈을 떴다. 쉿, 놀라는 안을 진정시킨 수호는 태인이 잠에서 깨지 않도록 최선을 다해 조심스럽게 방을 나왔다.

"너는 좀 혼나야 해."

부부 침실로 들어온 수호는 안을 침대에 눕히고 이불을 여며 주면서 무서운 표정으로 꾸짖었다. 안은 일부러 시무룩한 표정으로 수호를 올려다보며 그의 동정심을 자극해 보려 했다.

"아니야. 실제로 한 줄도 못 쓰고 잠들었어."

"그러니까. 한 줄도 못 쓰고 잠들 건데 왜 그러고 자는 건데! 단 오 분을 자도 편하게 자야지. 도대체 왜 이렇게 말을 안 듣지? 너……."

말을 하던 수호는 감정이 격해지자 잠시 숨을 골랐다. 안은 마른 침을 삼키며 수호의 눈치를 살폈다. 넓은 가슴이 크게 오르내리는 것을 보니 단단히 화가 나긴 한 모양이었다.

"너 또 크게 아프면……. 내가, 진짜!"

"알았어요. 그냥 취미잖아요. 딱 삼십 분만 쓰고 여보 옆에서 자려고 했는데 깜빡 잠이 들어서 그래."

수호는 자신의 눈치를 보며 슬그머니 자리에서 일어나는 안을 다시 눕혔다. 눈빛은 엄격하고 입매는 딱딱하게 굳어 있었지만, 손길에는 조심스러움과 애정이 뚝뚝 묻어났다.

기적처럼 찾아온 아들 태인을 낳으면서 수호는 안을 잃을 뻔했다. 임신 중기를 지나면서 임신성 고혈압 판정을 받은 안은 결국 출산하면서 과다 출혈로 쇼크가 와 혼수상태에 빠지기까지 했다. 천신만고 끝에 의식을 찾은 후에도 회복이 더뎌서 수호를 지옥 끝까지 다녀오게 했다.

수호는 자리에 누운 안의 곁에 걸터앉아 머리를 마구잡이로 헝클였다. 안은 그런 수호의 손을 끌어와 제 품에 안고는 싱긋 눈웃음을 지었다.

아무리 화가 나도 안이 웃어 주고 적당히 애교로 구슬리면 못 이기는 척 져 주는 수호는 언제나 안의 을이었다. 역시나 오늘도 진 수호는 안의 더 작아진 얼굴을 쓰다듬으며 깊은 한숨을 내쉬었다.

"도우미들은 왜 아직도 안 오는 거야?"

"주말이잖아."

"원래 주말에는 안 오기로 했었나? 집도 넓은데 입주 도우미를 들이자."

"……."

"고집은 이제 그만. 더는 받아 줄 수 없어. 뭐든지 네 손에서 다 해결하려는 그 완벽주의 좀 버려."

안은 대답 대신 수호를 향해 두 팔을 벌렸다. 수호는 또 이런 식으로 어물쩍 넘어가려는 안의 속셈을 알면서도 그녀 앞에 허물어졌다.

침대에 오르는 수호의 품으로 부드럽게 밀려들어오는 따뜻한 체온. 이제는 너무 야위어서 말랑하지 않은 아내. 수호는 눈을 감은 채 품 안에서 쌔근대는 안의 머리를 살살 쓰다듬었다. 다시는 찾으러 갈 수도 없는 곳으로 가 버리는 줄 알고 얼마나 애를 태웠던가. 지금도 그때를 생각하면 머리털이 쭈뼛 서곤 했다.

"유안, 아프면 안 된다. 많이 먹고, 많이 쉬어야지. 내가 너한테 바라는 건 그것뿐인데 이마저도 안 들어주는 건가."

"알았어요. 잘 먹고 잘 쉬고 그럴게요."

"말만 하지 말고! 내일부터 도우미들 면접은 내가 볼 테니까 그렇게 알고. 예전의 말랑한 찐빵 같은 당신 찾기 전에는 글 쓰는 것도 어림없을 줄 알아."

"너무해. 그건 내 취미인데."

"태인이 좀 더 키워 놓고. 당신 더 건강해지면, 글은 그때 다시 쓰자. 네 생각만 하면 조마조마해서 병원도 못 나가겠어."

"알았어요! 알았어!"

수호는 토라진 목소리로 버럭 소리치는 안을 토닥이며 미소 지었다. 자신을 올려다보며 눈을 흘기는 안이 귀여워 뾰루퉁한 입술에 쪽 소리가 요란한 입맞춤을 했다.

오랜만에 찾아온 주말의 한적한 아침이었다. 수호의 손이 안의 잠옷을 들추고 작은 팬티 속을 파고들었다. 안의 엉덩이를 살며시 쓰다듬으며 레이스로 만들어진 천 조각을 끌어 내렸다. 금세 끈적한 호흡 소리가 침실에 묵직하게 깔렸다. 둘의 입술이 맞물리며 깊이 스며들자 서로를 향한 갈증 섞인 신음이 흘러나왔다.

수호가 안의 한쪽 다리를 제 허리에 걸치고 그녀의 벗은 하체를 쓰다듬으며 촉촉이 젖은 틈을 희롱했다. 수호의 티셔츠 속을 더듬는 안의 손이 단단하고 우람한 근육을 쓸고 지나는 자리마다 흥분에 겨운 소름이 오소소 돋아났다. 그의 티셔츠가 벗겨지고 잔뜩 성이 나 울음을 터트리기 직전인 분신도 해방을 맞이했다.

수호는 몸을 일으켜 안을 제 아래에 가두었다. 이슬을 머금고 그가 들어오기를 기다리는 연약하고 은밀한 그곳에 제 분신을 들이밀 준비를 했다. 기대와 흥분으로 열이 오른 아내의 고운 얼굴이 사랑스러워 수호는 정신없이 얼굴과 목덜미에 입을 맞췄다. 이제 빳빳하게 솟은 녀석이 간절히 원하는 곳을 향해 박차를 가할 차례였다.

야속하게도 부부 침실의 문을 두드리는 소리가 들렸다. 귀여운 노크 소리. 통, 통, 통. 안의 눈동자가 차게 식으며 이성이 돌아오는 것이 보였다. 문밖에서 들리는 아이의 부정확한 말소리와 함께 촉촉해졌던 안의 몸이 급속히 건조해졌다.

"여보, 잠깐! 태인이 깼어요."

"으아아……."

다급하게 외치는 안의 몸 위로 털썩 엎드려 버린 수호가 짜증을 섞어 울부짖었다. 오랜만에 잡힌 부부간의 농밀한 분위기는 이렇게 어이없이 끝이 나 버렸다.

침대에 앉아 허탈한 한숨을 내쉬는 수호와 달리 안은 빠릿빠릿한 움직임으로 일어나 옷을 입고 문을 연 뒤 아들을 안아 올렸다. 수호를 닮아 또래보다 월등히 큰 키와 덩치를 자랑하는 아들은 말이 두 돌이지 유치원에 다닌다고 해도 믿을 만큼 듬직했다.

"안태인, 아빠한테 와."

수호는 보는 것도 아까운 아내가 커다란 아이를 안고 있는 것을 지켜볼 수 없어 나섰다. 다행히 성격이 둥글둥글한 아들 녀석은 아빠에게도 덥석 잘 안겨서 놀았다. 연약한 엄마가 몸으로 놀아 주는 것이 성에 차지 않아 자랄수록 수호를 더 따르는 것 같기도 했다.

"안아, 태인이는 내가 알아서 할 테니까 넌 눈 좀 붙여."

"아니에요. 벌써 시간이 아홉 시도 넘었어. 일어나서 아침 준비해야지."

고집부리며 몸을 일으키던 안은 수호의 홉뜬 눈앞에서 주춤했다.

"글쎄! 말 좀 들어. 아침도 내가 할 테니까. 좀 쉬어. 오늘 저녁에 내가 모임이 있어서 같이 못 있어 줄 것 같아서 그래."

"저녁에 어디 가요?"

"응. 기석이 녀석, 드디어 장가가잖아. 남들 다 가는 장가를 마흔 코앞에 가면서 여간 시끄럽지 않아. 결혼식 전에 다들 한 번 모이자고 해서. 참, 왕장도 같이 나가니까 현 선생 와 있으라고 하지."

"음……. 그럴까?"

"그래. 그게 나도, 왕장도 마음이 편하겠어."

"오랜만에 우리 원장님하고 저녁에 맛있는 것 좀 해 먹으려고 했는데."

수호는 힘차게 바둥거리는 아이를 추슬러 안으며 새침하게 토라진 안의 이마에 입을 맞췄다.

"미안해. 모임에서 제일 마지막 남은 노총각이라 빠지기도 어려워."

"나도 농담이에요. 저녁에 아가씨도 놀러 온다고 했으니까. 너무 걱정하지 말아요."

"수정이가? 걔는 또 왜 와? 그 녀석은 남자 친구도 안 사귀나?"

"조카가 너무 이뻐서 그렇다잖아요. 그래도 아가씨가 태인이하고 잘 놀아 줘서 덕분에 나도 편하고. 아가씨 용돈 좀 두둑이 줘요."
"안백만 회장님의 사랑을 듬뿍 받는 늦둥이 따님한테 웬 용돈. 지나가던 쥐가 듣다 웃어."
수호는 안이 자리에 누워 눈을 감는 것을 확인하고서야 태인을 데리고 침실을 나섰다.

* * *

그리스 신전의 외양을 본뜬 건물 앞에 차를 세우자 재빠른 직원들이 뛰어나와 수호와 왕장을 안내했다. 겉모습만큼이나 화려하고 웅장한 실내로 들어서서 왁자한 웃음이 소란스러운 몇 개의 룸을 지나자 수호는 기분이 꺼림칙해지기 시작했다. 곁에 선 왕장도 마찬가지인지 평소의 유쾌함은 사라지고 불안한 기색이 역력했다.
직원의 안내를 받은 룸의 문을 열자 오랜 친구들이 모여 카드 게임을 즐기는 것이 보였다. 그제야 수호와 왕장의 표정이 편안하게 펴졌다. 담배 연기 자욱한 실내로 들어서면서 수호가 잔소리를 늘어놓기 시작했다.
"야, 이 자식들아, 다들 집에 있는 아이들 생각해서라도 담배는 제발 좀 끊자. 간접흡연이 가족들한테 얼마나 위험한 줄 알아!"
오늘의 호스트 기석이 싱글벙글 웃으며 수호와 왕장을 반겼다.
"자, 오늘만은 애처가의 탈을 벗어 주세요. 주인공은 난데. 왜 너희들이 제일 마지막에 등장해? 지금 판이 몇 바퀴 돈 줄 알아? 애들아, 다 모였으니까 본격적으로 즐길 시간이다. 카드는 다 접어라!"

인터폰을 누르자 직원들이 들어와 카드 판을 치우고 양주와 간단한 안주를 세팅하기 시작했다.

"자, 자, 이제부터 파뤼 타임! 핸드폰들 다 꺼내 놓으시고."

"핸드폰은 왜?"

왕장과 수호는 어리둥절한 모습으로 친구들을 따라 핸드폰을 꺼냈다. 기석은 재빠른 손으로 핸드폰을 빼앗았다.

"다들 임자가 계시니 신나게 놀다가 집에서 오는 연락을 받는 불상사를 막는 거지. 오늘 이 채기석의 마지막 총각 데이 아니냐. 아쉬움 없이 혼신의 힘을 다해 놀아 보련다!"

"수호야……. 이 자식, 이거 괜찮은 거냐?"

"글쎄다. 지금까지 장가가기 전에 이렇게 난리 치는 놈은 얘가 처음이라 나도 뭐가 뭔지 모르겠다."

고삐 풀린 망아지가 날뛰기 직전의 분위기를 풍기는 기석을 보는 수호와 왕장의 마음은 어딘지 모르게 불편했다. 마치 해서는 안 될 뭔가를 해야만 할 것 같은 찝찝함이 두 남자를 불안하게 했다.

"아! 이런!"

낭패로군. 룸의 문이 다시 열리자 수호는 와락 미간을 구기고 말았다. 말로만 듣고 영화로만 보던 총각 파티였다. 요염, 청순, 섹시, 우아, 단아 등등 갖은 분위기의 여자들이 몰려 들어왔다.

옷을 입은 것인지, 막 벗으려던 것인지 알 수 없는 차림새의 미녀들이 생글생글 웃으며 일렬로 늘어섰다. 맨 앞에 선 여자가 기석이 건네주는 핸드폰들을 챙겨서 한쪽에 몰아 놨다. 그중 누군가의 핸드폰이 진동을 울리고 있었지만 요란하고 소란스러운 분위기에 휩쓸려 누구의 관심도 받지 못했다.

외전 2

"여보세요?"

안은 핸드폰 화면을 들여다보며 고개를 갸우뚱 기울였다.

"왜? 안 받아?"

배가 곧 발사될 것처럼 푸짐하게 솟아오른 상림이 누워 있던 소파에서 간신히 몸을 일으키며 물었다.

"아니, 받은 거 같은데……. 엄청 시끄럽고 대답을 안 해."

"그래?"

안은 손을 내미는 상림에게 핸드폰을 건네주었다. 한참 귀에 대고 있던 상림의 얼굴이 점점 표정을 잃고 싸늘하게 굳어 갔다.

"왜?"

안은 불안을 억누르며 상림의 표정을 살폈다. 비릿한 얼굴로 코웃음을 친 상림이 스피커 기능을 켰다. 와글와글 떠드는 남자들의 소리는 하나로 뭉쳐져 무슨 말을 하는지 알아듣기 힘들었다. 하지만 사이사이 들리는 여자들의 웃음소리와 그에 맞춰 열렬히 호응하는 남자들의 웃음소리를 구별하는 것은 어렵지 않았다. 상림은 스피커 기능을 그대로 켜 둔 채로 자신의 핸드폰을 찾아들었다.

"김왕장, 안수호……. 너희들 다 죽었어."

"상림아, 뭐 하려고?"

안은 불안함에 떨리는 눈으로 상림을 좇았다. 덩달아 옆에서 태인과 놀아 주고 있던 수정도 긴장으로 굳어졌다. 뭔가 오빠들이 옳지 못한 일을 저지르고 있다는 것을 어린 여대생인 수정도 눈치챌 수 있었다.

"안아, 내가 누구냐. 바람둥이 새끼 잡는 데는 셜록 홈스도 나 못 따라와. 이럴 걸 대비해서 내가 위치 추적 어플을 미리 깔아 놨거든. 어디 보자, 두 양반이 역삼동에 계시다는 말이지."

"상림아……. 설마. 그럴 리 없겠지?"

안은 의심으로 흔들리는 마음을 애써 다잡았다.

"지금 이 소리를 듣고도 믿음이 가니? 유안, 옷 입어. 바로 쫓아가자!"

상림의 채근에 어정쩡하게 일어나서 외투를 챙겨 입던 안은 도로 주저앉았다.

"상림아, 나 태인이 데리고 그런 데 못 갈 것 같아."

수정은 힘없이 풀썩 주저앉는 안을 보며 입술을 질끈 깨물었다. 세상천지 새언니밖에 없는 사람처럼 굴던 큰오빠가 여자들과 어울린다는 사실에 적잖이 충격을 받았다.

"언니! 태인이 제가 보고 있을게요. 그리고 거기가 어디예요? 나

아빠한테 다 일러 버릴 거야!”

수정은 눈물까지 글썽거리며 버럭 화를 냈다. 백만에게 전화를 건 수정은 미주알고주알 일러바치며 당장 큰오빠의 멱살을 끌고 오라고 역정을 냈다.

* * *

수호와 왕장은 철없는 10대들처럼 생각 없이 유흥에 빠져 신이 난 친구들을 한심한 시선으로 노려보고 있었다. 한쪽 구석에 서서 학생부 선생처럼 자신들을 지켜보고 있는 두 남자에게 기석이 다가와 얼음도 넣지 않은 온더록스 잔에 독한 위스키를 가득 따라서 건넸다.

“놀자고 온 사람들이 왜 이러고 있어? 우리 평생에 이러고 놀 날이 얼마나 있겠냐!”

“채기석. 너 인마 돌았어? 우리는 먼저 가 봐야겠다. 너희들도 이만하고 정신 차려. 원래 놀던 대로 놀아.”

수호는 건네받은 술잔을 물리고 문을 열고 나갔다. 등 뒤에서 친구들의 야유하는 소리가 들렸지만 개의치 않고 성난 걸음으로 빠져나왔다. 직원들에게 압수당한 핸드폰을 가져다 달라고 부탁한 수호와 왕장은 건물 앞에서 차와 핸드폰이 도착하기를 기다렸다.

“애들도 아니고 왜 저러냐.”

정기적으로 모여 카드 게임이나 즐기고 가볍게 술이나 한잔하면서 이 얘기 저 얘기로 밤을 새우는 것이 전부였던 동창 모임의 변화가 반갑지 않았다.

"그러게. 기석이는 결혼하고 싶어 난리 치더니 막상 다가오니까 서운한가?"

바지 주머니에 손을 꽂고 불쾌한 기색을 역력하게 풍기고 있는 수호 앞에 제법 분위기가 우아하고 고혹적인 여자가 두 사람의 핸드폰을 들고 나타났다. 마담인 듯한 여자는 수호와 왕장에게 사과를 하며 다음 기회에 다시 찾아 주십사 공손한 인사를 남기고 돌아섰다. 돌려받은 핸드폰을 살피던 수호는 꽤 긴 시간 통화 기록이 남은 최근 기록을 보고 황망한 표정을 감추지 못했다.

"장아……. 이거 뭔가 이상하다."

등줄기를 훑는 오싹한 예감은 틀리지 않았다. 수호는 아무 대답 없는 왕장을 흘깃 쳐다보다가 친구의 평소보다 더 하얀 얼굴에 시선을 빼앗겼다.

"수호야, 내 눈에 보이는 거 너한테도 보이냐."

"……?"

수호는 왕장의 시선을 따라갈 용기가 없었다. 지은 죄도 없는데 죄인이 된 기분. 천천히 고개를 돌렸다. 시선의 끝에는 익히 잘 아는, 그러나 이곳에서 봐서 좋을 것 없는 얼굴이 보였다.

"현 선생?"

수호는 차마 안의 이름을 먼저 부르지 못했다. 괜스레 곁에 선 왕장에게 자신의 결백을 주장했다.

"김왕장, 우리 잘못한 거 없잖아. 너 왜 이렇게 얼었어?"

"사돈 남 말 하시네."

왕장은 짐짓 의연한 척하는 수호를 비웃었다. 왕장은 폐부 한가득 숨을 들이마신 후 천천히 내뱉으며 놀란 가슴을 가라앉혔다.

"거기 서, 김왕장 씨."

지척에서 매서운 눈빛을 빛내며 서 있는 상림에게 해사하게 웃으며 다가가던 왕장은 아내의 메마른 목소리 앞에 멈춰 서야 했다. 착실하게 그 자리에 바로 멈춘 왕장은 최대한의 진정성을 담은 밝고 가벼운 어조로 말을 걸었다.

"자기야! 여기는 어떻게 온 거야?"

"택시 타고. 그것보다 나는 당신이 이런 곳에서 여자들과 흐뭇한 시간을 보내게 된 경위가 더 궁금한데."

한 마디 한 마디 꾹꾹 눌러 담아 내뱉는 상림의 어조는 싸늘했다.

"자기야, 우리는 정말 모르고 온 거야. 기석이가 총각 파티 같은 어리석은 계획을 세운 줄 알았다면 여기 오지 않았지. 수호하고 나는 여기 들어온 지 삼십 분도 채 안 돼서 나왔어. 술도 한 방울 입에 안 대고 나왔다고. 자, 확인해 봐."

바람둥이 트라우마가 있는 상림이 꼼꼼하고 예리한 눈으로 왕장과 수호를 관찰하기 시작했다. 왕장은 적군에게 백기를 들고 투항하는 포로처럼 두 손바닥을 들고 어깨를 으쓱해 보였다. 맑고 꾸밈없는 표정으로 자신의 결백을 소리 없이 외치고 있었다.

"유안, 네가 보기에는 어떠냐? 너도 나름 외도한 놈에 대한 일가견은 있잖아."

안은 천천히 고개를 저었다.

"모르겠어. 그놈이랑 이 남자랑 다른 사람이잖아."

안은 전화기로 듣던 남자들의 즐거운 웃음과 교태 넘치는 여자들의 목소리가 아직도 귀에 쟁쟁했다. 너무 생생한 증거 앞에 수호를 믿는 안의 마음도 흔들리지 않을 수 없었다. 수호는 멀찍이 서서 자신을 바라보는 안의 마뜩잖은 얼굴을 보며 미간을 구겼다. 자신을 의심하는 듯한 아내의 표정에 입 안이 썼다.

"장아, 나 먼저 간다."

수호가 큰 걸음으로 안에게 다가갔다. 상한 마음을 안고 자신 없이 서 있는 안을 보자 수호의 마음도 저릿하게 울렸다. 정직한 시선을 안에게 집중하고 스스럼없이 다가가 자연스레 품에 안았다.

그의 옷에서 짙은 담배 냄새가 풍기자 안은 눈매를 찡그리며 수호를 밀어냈다. 그녀를 감싼 커다란 몸은 꿈쩍도 하지 않고 버텼다. 수호는 품에 안긴 안을 안심시키기 위해 낮은 목소리로 그녀를 설득했다.

"왕장 말이 맞아. 나 의심하지 마. 전화기를 뺏겼다가 조금 전에 돌려받았어. 네가 전화했을 때 통화 버튼이 눌렸나 보다. 놀라고 불쾌한 마음 이해해."

"의심하지 않아요. 그런데 좀 밉고 그래. 이런 기분 느끼게 한 당신이 미워."

"알았어. 앞으로는 아예 이런 분위기 풍기는 술집에는 발길조차 안 할게. 맹세해."

안은 불만스럽게 입술을 비죽였지만, 이미 수호의 결백을 믿고 있었다. 그에게서는 술 냄새도 나지 않았고, 저녁에 입고 나간 옷은 조금의 흐트러짐도 없었다.

"어휴, 저 기집애 용서도 참 빠르다."

상림은 여기까지 올 동안 사색이 되어 바들바들 떨던 안이 금세 안정을 찾고 수호와 꽁냥거리는 것을 보며 고개를 저었다.

"몸도 무거운데 굳이 여기까지 뭐 하러 왔어. 어서 집에 가자."

왕장은 출산이 코앞인 상림을 부축하며 걱정스럽게 투덜거렸다.

"안 원장 전화기에서 하하호호 남녀의 질펀한 하모니가 들리는데 마음 편히 있으라고?"

"참, 그런데 자기는 여기를 어떻게 알고 온 거야?"

"몰라도 됩니다. 하여튼 김왕장 당신이 어디서 무슨 허튼짓을 하든 내 손바닥을 벗어날 수 없다는 것만 알도록."

왕장은 눈을 곱게 흘기며 매섭게 주의를 주는 상림의 말에 히죽거리기만 했다.

"뭐가 좋아서 웃어요?"

"당신 손바닥이라면서. 나 영원히 현상림 손바닥에서 사는 건가? 좋아 죽겠네."

자타 공인 애교 만점 애처가인 왕장의 너스레에 상림도 웃음을 터트리고 말았다. 간절히 바라고 쫓아다녔던 상림과 결혼한 왕장의 여전한 지극정성은 〈The 미래 성형외과〉 상하이 분원까지 소문이 자자했다.

"안아! 우리 들어간다. 너도 조심해서 들어가라."

결국, 오늘의 헛소동은 행복한 막을 내리며 결말을 맞는 듯했다. 서로 인사를 나누고 웃으며 헤어지던 그들 앞에 먼지도 미끄러질 만큼 광을 낸 검은색 고급 세단이 멈춰 섰다.

"아버지?"

수호는 이건 또 무슨 일인가 하는 마음으로 제 앞에 정차한 백만의 자가용을 유심히 쳐다보았다.

"어머, 아가씨가 말씀드렸나 봐요."

"수정이가?"

"집에 와 있거든요. 지금 태인이 보고 있어요."

덜컥. 뒷좌석의 문이 열리고 지팡이를 짚은 백만이 꼬장꼬장한 모습을 드러냈다. 안이 급히 다가가 백만에게 인사하자 엄하게 굳어 있던 표정이 금세 온화하게 풀어졌다.

"우리 아가, 많이 놀랐지? 너는 어서 차에 타라. 당분간 본가에 가 있자."

"네? 지금이요?"

"그래. 태인이도 지금 수정이하고 본가로 가고 있다. 저 쓸모없는 나쁜 놈은 버려두고 가자꾸나. 어디 감히 하늘 같은 안사람을 두고 허튼짓을 하고 다녀!"

노인의 벼락같은 호통은 그 기세가 대단했다. 안은 다급하게 시아버지를 말리며 해명했다.

"아니요. 아버님, 잠깐 오해가 있었어요."

"그래, 그래. 우리 착한 아가는 이해심이 바다와 같으니까 이런 썩을 놈도 감싸지. 하지만 말이다. 처음이 어렵지 두 번, 세 번은 수월해. 초장에 버릇을 고쳐 놔야 한다."

"아버지, 진짜 오해였어요. 정말 아무 일도……."

딱! 백만의 지팡이가 수호의 머리에 벼락을 내렸다. 따악! 백만에게 인사를 하러 다가오다 도망가던 왕장의 머리에도 벼락이 꽂혔다. 건장한 두 남자는 머리통이 쪼개질 것 같은 극렬한 통증에 머리를 감싸고 쩔쩔맸다.

"세상에! 당신, 괜찮아요?"

너무 놀라 외마디 소리를 지른 안은 아픔을 견디지 못해 고통스러워하는 수호의 머리를 감싸 안고 발을 동동 굴렀다. 조금 떨어진 곳에서 그 모습을 지켜보던 상림은 한쪽 눈썹을 비스듬히 올리고 사악한 미소를 짓고 있었다. 비록 오해였지만, 이렇게 매섭게 혼이 날 필요성은 있었다. 재발 방지 차원으로 아주 적절한 처사임에 상림은 백만을 향해 정중하게 인사를 올렸다.

"수형아! 뭐 하고 섰냐. 어서 형수 모시지 않고!"

"네, 아버지!"

운전석에서 형이 당하고 있는 모습을 관람하고 있던 수형까지 합세해 안을 차로 밀어 넣었다.

"아니! 아버님! 정말 수호 씨는 아무 잘못이 없어요!"

수호를 변호하는 안의 외침을 삼킨 백만의 차가 떠났다. 아직도 머리의 통증이 가시지 않은 수호는 막막한 얼굴로 멀어지는 차의 뒤꽁무니를 쳐다봤다. 눈앞에서 아내를 뺏긴 수호는 억울함과 황당함이 뒤섞인 감정으로 까만 밤하늘에 대고 고함을 질렀다.

외전 3

혼자 집으로 돌아온 수호는 샤워를 마치고 냉장고에서 캔맥주를 하나 꺼내 들었다. 심각한 얼굴로 테이블에 놓인 핸드폰을 노려보던 수호는 얼음장 같은 맥주를 단숨에 마셔 버리고 어디론가 전화를 걸었다.

"너까지 안 받으면 안 되지."

초조한 손가락이 무릎 위에서 초를 세듯 까닥거렸다. 수호는 집에 오는 길에 백만에게 전화를 걸었다가 대차게 욕을 먹고, 수정에게 걸었다가 눈물 바람 하는 동생을 달래느라 혼이 났다. 안의 전화기는 꺼져 있는 것이 아마도 백만이 받지 못하게 막고 있는 것 같았다.

– 예, 형님.

한참 신호가 울린 후에야 수형이 전화를 받았다. 분명 일부러 늑장을 부렸을 것이다. 수형은 결혼 후 너그러워진 수호를 요즘 들어

만만하게 생각하는 경향이 있었다. 지금도 동생의 능청 떠는 말투가 마음에 들지 않았다. 언제고 한 번 날을 잡아 서열 정리를 해야겠다, 마음먹으며 수호는 주먹을 꽉 움켜쥐었다.

"형수는 뭐 하고 있어?"

- 별채에 계세요. 아버지가 푹 쉬라고 태인이까지 맡아서 보고 계세요.

아무리 생각해도 아버지에게 낚인 기분이었다. 예뻐 죽겠는 며느리와 손자를 동시에 가로채려는 백만의 큰 그림에 걸려든 것이 분명했다.

"나 지금 출발할 테니까 차고에서 후원으로 통하는 출입구 열어놔라."

- 어휴, 그러다 들키면 저 다리몽둥이 부러져요.

엄살은.

"시끄럽고. 시키는 대로 해 놔."

- 안 되는데. 아버지가 한 달은 형수님 잡아 두실 거라서 경비가 삼엄한데.

안 그래도 청와대 뺨치게 보안이 철저한 본가의 경비가 삼엄하다니. 수형의 너스레임을 알면서도 수호는 괜히 마음이 무거워졌다.

- 형이 약간의 보상만 해 주면 노력은 해 볼게요.

"뭐. 원하는 게 뭔데."

- 형 지난번에 새로 산 그 차.

목구멍까지 치미는 욕설을 꿀꺽 삼켰다. 하지만 안을 빼돌리는 것이 급선무였다. 수호는 형에게 눈도 제대로 못 마주치던 수형이 상냥한 형수를 등에 업고 기어오르는 것을 오늘까지만 봐주기로 했다.

"알았다. 거래 성립. 차고지 문, 제대로 열어 놔라. 착오 없게 확실히 해."

전화를 끊은 수호는 외투를 챙겨 입고 바람을 일으키며 집을 나섰다.

* * *

저녁 시간이 정신없이 지나갔다. 백만에게 보쌈 당하듯 끌려온 안은 시댁 식구들의 환대 속에 실컷 먹고 마시고 수다를 떨다가 풀려났다. 수호의 버르장머리를 고쳐 놔야 한다며 일주일간 연락 금지령을 내린 백만에게 핸드폰까지 뺏긴 뒤였다. 안은 수정이 선물한 향기로운 입욕제로 느긋하게 반신욕을 하면서도 머릿속에는 수호 걱정이 한 짐이었다.

아까 머리 맞을 때 대추나무가 벼락 맞는 것처럼 큰 소리가 났는데 괜찮을까. 혼자 자는 것을 끔찍이 싫어하는 사람이 불면증이라도 도지면 어쩌나. 태인까지 시부모님 차지가 되는 바람에 몸은 더할 나위 없이 편한데 마음은 태산보다 무거웠다. 안은 내일 백만이 없는 동안 수호에게 연락할 궁리를 하며 욕조에서 나왔다. 바스 가운을 걸치고 젖은 머리를 수건으로 털면서 나오던 안은 외마디 소리 한 번 지르지 못하고 억센 힘에 끌려들어 갔다.

"……!"

강하고 빠른 힘으로 안을 포획한 수호가 목구멍을 울리며 낮은 웃음을 웃고 있었다. 몸을 잔뜩 웅크린 안의 놀란 가슴이 미꾸라지처럼 파닥거리며 뛰었다.

"다, 당신, 여기 어떻게 들어왔어요?"

"내 색시 되찾으러 담 넘어왔지."

수호가 나직이 웃으며 안의 입술을 찾았다. 달콤하게 침입한 수호를 반기며 안이 그의 혀를 엮었다. 이런 감정이 있을 수 있을까. 그의 얼굴을 보자 더 그리웠다. 그 잠깐의 시간 동안 참 많이도 보고팠던 모양이었다. 허리를 감은 든든한 팔뚝과 머리를 쓰다듬는 한없이 부드러운 손길, 입 안을 채우고 탐하는 야한 혀와 뜨거운 숨결. 안은 그의 변함없이 아늑하고 열렬한 사랑에 왈칵 눈물이 솟았다.

"울어? 안아 왜 울어."

수호의 커다란 손이 안의 촉촉해진 눈가를 지나고 그 자리에 바로 입술이 진하게 눌러졌다.

"갑자기……. 당신이 너무 좋아서."

"그런데 태인이는?"

"오늘 아버님, 어머님이 데리고 주무신데요. 아까 도련님하고 아가씨가 실컷 놀아 줘서 일찍 곯아떨어졌어요."

"그래?"

얄궂은 미소를 흘리던 수호가 방문의 잠금쇠를 꾹 눌렀다. 방문에 기댄 안을 몸으로 밀어붙이며 은근한 한숨을 귓가에 쏟아 냈다. 솜털을 간지럽히는 뜨거운 공기에 안의 몸이 파르르 떨렸다. 뭉근한 욕정으로 달아오른 수호의 혀가 안의 귓불을 간지럽히다 목선을 따라 훑어 내려온다. 입욕제의 산뜻한 꽃향기에 취한 남자의 굵직한 신음이 하얀 가슴 위에서 뭉개졌다.

"너한테서 좋은 향이 나는데?"

벌어진 가운의 앞섶을 파고 들어온 수호의 높은 콧날이 향을 따라

다니며 짙어진 유두를 장난스럽게 건드렸다. 저릿한 흥분감이 안의 목구멍을 타고 가녀린 소리가 되어 새어 나왔다. 안은 제 가슴에 집착하는 수호의 얼굴을 들어 올렸다. 그와 입을 맞추며 이미 반쯤 벗겨진 가운을 마저 벗었다. 수호의 세차게 뛰는 심장이 안의 손바닥을 둥둥 울렸다. 닿는 대로 입을 맞추고 서로의 벗은 몸을 쓰다듬었다. 열에 들뜬 눈동자가 진득하게 얽혀 든다.

"헉!"

단단한 대흉근을 핥던 안의 입술이 소름처럼 돋은 까만 열매를 덥석 물고 빨자 수호는 주저앉을 뻔했다. 수호는 침대에 풀썩 던져진 안의 몸을 덮었다. 그의 흉포한 손안에서 아담한 가슴이 모양을 잃고 일그러졌다. 단단한 몸이 연약한 그녀에게 밀려오듯 맞닿았다. 성급한 숨소리와 함께 그의 뜨거운 분신이 안의 아래를 휘저으며 찔러 댔다. 둥글게 굽어졌던 탄탄한 등이 펴지며 강인한 허리가 깊숙이 짓쳐 들어갔다. 단번에 꿰뚫린 안이 목을 뒤로 꺾으며 수호의 팔뚝을 쥐어뜯었다.

"괜……찮아?"

억눌린 목소리는 욕정과 배려가 치열하게 다투는 그의 상태를 알려 주었다. 태인이를 낳은 후 약해진 안을 걱정해 전처럼 욕심껏 안지 못했다. 안은 뜨거운 숨을 몰아쉬며 미간을 잔뜩 좁히고 있는 수호의 목을 끌어안고 제 허리를 천천히 움직였다.

"하아……."

"이렇게, 꼬시면 내가 조절을 못 하지."

작정한 듯 빨라지는 수호의 허릿짓. 서로의 시선은 단단히 고정됐으나 몸은 정처 없이 흔들린다.

"아앗!"
커다란 검으로 찌르듯이 수호가 강하게 쳐올릴 때마다 안의 입에서 비명 같은 교성이 터져 나왔다.
"너를……. 매일 이렇게 안고 싶어. 매일."
수호는 깎아지른 듯한 숨을 쏟아 내며 앓는 안을 끌어안았다. 그녀가 절정에 오르지 못하도록 속도를 늦춰 버렸다. 절정의 쾌감을 코앞에서 놓친 안은 애가 탔다. 수호는 얕게 움직이며 안을 약 올렸다.
"아……. 당신, 정말……."
"천천히……. 오늘은 태인이도 없잖아. 전처럼, 밤새 해 보자."
원망하는 안을 달래며 수호가 몸을 굴려 똑바로 누웠다. 꼭 맞물린 하체는 여전했다. 그의 몸 위에서 반듯하게 허리를 세운 안의 상기된 얼굴이 달빛 아래 신비로워 보였다.
헝클어진 긴 머리를 쓸어 올리며 안은 조심스럽게 골반을 움직였다. 잔잔한 물결이 되어 수호를 두드렸다. 그녀와 호응하는 수호의 눈빛이 짙어졌다. 그의 신음이 넓은 가슴통을 울리며 안의 몸까지 전해졌다. 다시 데워지는 두 사람의 숨소리가 가빠졌다.

* * *

수호는 벌써 여러 바퀴째 동네를 돌고 돌았다. 스튜디오가 코앞인데 근처에서 헤맨 지 30분째였다.
"이 동네는 주차하기가 너무 힘들어."
오늘따라 공영 주차장도 만차였다. 안의 말대로 오랜만에 대중교

통을 이용하는 것이 좋았을 터였다.
“태인이가 답답한가 봐. 우리 먼저 내려 줘요. 이 근처 구경이나 하고 있을게.”
“그럴래?”
카시트에서 벗어나고 싶은 태인의 칭얼거림에 마음이 더 급해진 수호는 안의 의견을 따르기로 했다.
“여기서 기다려! 멀리 가지 말고!”
잠깐인데도 뭐가 그리 불안한지 수호는 여러 차례 신신당부하고 나서야 주차할 곳을 찾아 떠났다.
“태인아, 엄마 손 잡고 걸어가자.”
다행히 날이 따뜻하고 볕도 좋았다. 한옥이 즐비한 한적한 길을 걸으며 안은 어린 아들과 대화를 나누었다.
“어머, 저기가 뭘까? 태인아, 저기 맛있는 집인가 봐. 이따가 아빠하고 먹으러 올까?”
“응! 먹어!”
뭐든지 잘 먹는 태인은 그저 먹는다는 소리에 방긋 웃으며 대답했다. 소문난 맛집인지 점심시간이 지난 시간인데도 만둣집은 줄이 길었다. 식당 앞에 서서 분위기를 살피던 안은 빠른 걸음으로 뒷문에서 튀어나오던 남자와 부딪칠 뻔했다.
“죄송합니다.”
“어……!”
안과 남자는 마주 본 채 한동안 꼼짝도 하지 못했다.
“오, 오랜만……이다.”
“네.”

주방에서 일하던 참이었던지 신준은 하얀 가운에 무릎까지 오는 장화를 신고 있었다.

"만두 먹으러 왔어?"

"아니요. 우연히 지나던 길이었어요."

둘은 서로의 모습을 보면서 마음속에 궁금증이 피어오르고 있었다. 예전보다 훨씬 예뻐지고 귀티가 나는 안을 보는 신준의 표정이 씁쓸했다. 제 손을 떠난 보석이 뿜어내는 찬란한 광택. 자신의 무능력을 확인받는 기분이었다. 게다가…….

"이 아이는……?"

"아! 제 아들이에요. 곧 생일이라 근처에 사진 찍으러 왔어요."

입양이라고 믿고 싶었다. 하지만 몇 번 마주쳤던 안수호와 꼭 닮은 남자아이는 신준의 기대를 무참히 구겨 버리는 확실한 증거였다.

"어떻게, 여기서 일해요?"

"어……. 그렇게 됐어. 아는 사람이 하는 집이라 일 배우는 중."

회사에서 잘리고 진주의 다단계 사업 덕에 집까지 날린 신준이 할 수 있는 일은 없었다. 평생 작은 회사의 사무직으로 있던 그가 하릴없는 백수 생활을 청산한 지는 얼마 되지 않았다. 먼 친척의 사돈이 하는 맛집에 웃돈을 주고 간신히 취직했지만, 언제 맛의 비법을 배울 수 있는지 기약도 없었다.

"좋아 보이네. 아들도 낳고……. 신기하다."

"그럼, 들어가 보세요. 바빠 보이던데."

신준은 쓰게 웃으며 돌아섰다. 유안이라는 복을 발로 찬 것을 내내 후회했다. 한때 배우자였던 여자는 이제 까마득히 멀어서 닿을 수도 없는 곳에 있는 귀한 존재가 되어 버렸다.

"많이 기다렸어?"

굵직하고 듣기 좋은 남자의 목소리가 들렸다. 신준은 건물 벽 뒤에 숨어서 지켜보았다. 역시 안수호와 결혼했구나. 안을 바라보는 수호는 세상을 다 가지고도 더 가진 행복하고 여유로운 남자의 모습이었다. 자신을 똑 닮은 아이를 번쩍 들어 올리더니 안의 어깨를 끌어당기고는 그대로 입을 맞춘다. 가족은 자연스럽고 평화로워 보였다. 신준은 텁텁한 한숨을 쉬며 고개를 숙였다.

수호는 안이 서 있던 식당 건물을 유심히 살펴봤다.

"여기서 뭐 했어? 만두? 사진 찍고 나서 먹으러 올까? 너 만두 좋아하잖아."

"아니. 오늘은 별로."

안이 얼굴을 찡그리며 고개를 저었다.

"그래? 그럼 뭐 먹으러 갈래?"

"음……. 고기?"

"그래! 고기 먹고 나서 맛있는 디저트도 먹자. 저 언덕 넘어가면 맛있는 케이크 집이 있대. 네가 좋아하는 생크림이 그렇게 맛있다더라고."

"응. 좋다! 너무 좋다."

안은 듬직한 수호의 팔에 매달렸다. 행복했다. 자신을 지극히 사랑하는 남자를 같은 마음으로 사랑할 수 있어서.

-完-